# J. J. BENÍTEZ
## EL DÍA DEL RELÁMPAGO

# J. J. BENÍTEZ
## EL DÍA DEL RELÁMPAGO

Planeta

Obra editada en colaboración con Editorial Planeta - España

© 2013, J. J. Benítez
© 2013, Editorial Planeta, S. A. – Barcelona, España

Derechos reservados

© 2013, Editorial Planeta Mexicana, S.A. de C.V.
Bajo el sello editorial PLANETA M.R.
Avenida Presidente Masarik núm. 111, 2o. piso
Colonia Chapultepec Morales
C.P. 11570, México, D.F.
www.editorialplaneta.com.mx

Primera edición impresa en España: abril de 2013
ISBN: 978-84-08-11203-7

Primera edición impresa en México: abril de 2013
ISBN: 978-607-07-1595-2

Impreso en los talleres de Litográfica Ingramex, S.A. de C.V.
Centeno núm. 162, colonia Granjas Esmeralda, México, D.F.
Impreso en México – *Printed in Mexico*

La operación Caballo de Troya terminó, sí, pero...

*A Patxi Loidi, el primero que me habló
del «otro» Jesús de Nazaret.
Y a Marcos Gabriyeh y a Laurencio Rodarte,
por su lealtad.*

# Índice

# EL DIARIO

(Décima parte)

# 28 de junio (1973)

Recuerdo un sol naranja, huyendo más allá del oasis de En Gedi, en la costa oeste del mar Muerto...

Recordaba los relojes de la nave...

Señalaban las 21 horas del jueves, 28 de junio de 1973.

Me hallaba de nuevo en mi tiempo...

Pronto oscurecería.

¡Habíamos fallado!

La «cuna» acababa de precipitarse a las aguas del mar de la Sal. Yo salté primero. Mejor dicho, Eliseo, mi compañero, me empujó. Y me hundí...

Después contemplé la nave, espantado. Se hundía y se perdía hacia las profundidades.

¿Qué había sucedido?

El módulo debería de haber aterrizado en lo alto de la meseta de Masada. Eso era lo programado. Pero fallamos...

Pensé en el combustible. Se agotó...

No, no era exacto. Pudimos posarnos en la «piscina»...

¿Por qué no lo hicimos?

Yo me hallaba medio inconsciente. Era Eliseo quien pilotaba.

No lograba comprender...

Miré a mi alrededor.

Negativo.

Ni rastro de mi compañero.

«Es listo —traté de tranquilizarme—. Seguramente habrá nadado hacia la orilla...»

Me sentía sin fuerzas.

«¿Dónde estaba?»

Quise orientarme, pero lo conseguí a medias.

Reconocí la costa oriental del mar Muerto (actual Jordania). Eso fue todo. Me hallaba a unos doscientos metros.

Lo lógico hubiera sido nadar en sentido opuesto y buscar la orilla judía. Desistí. Era mucha distancia. Casi quince kilómetros.

Después lo supe: la «cuna» cayó al mar frente a la desembocadura del *wadi* Mujib. En esa zona del mencionado mar Muerto —entre Mujib y En Gedi—, la profundidad es máxima: alrededor de trescientos metros. La nave, probablemente, había ido a parar al fondo; un lecho de fango de cien metros de espesor. Auténticas y peligrosísimas arenas movedizas. Todo lo que cae en esa zona desaparece para siempre... (1)

Traté de nadar. No lo logré. Estaba agotado.

Me dejé arrastrar por el viento y por la corriente. No tenía alternativa.

El viento soplaba sin demasiado convencimiento, pero soplaba. Me empujaba hacia el sureste.

Yo sabía que en esa época del año, coincidiendo con el verano, los vientos se presentaban antes del mediodía y morían poco antes del crepúsculo. En cuanto a las corrientes, en el mes de junio eran suaves: del orden de quince centímetros por segundo y siguiendo la dirección contraria a las agujas del reloj (2). Por la noche, dichas corrientes se

---

(1) Según nuestras noticias, el ritmo de sedimentación en los últimos quince mil años es de 6,5 milímetros por año, por término medio. Dada la inclinación del fondo del mar Muerto, la mayor parte del lodo ha ido acumulándose en las dos grandes hoyas existentes al norte (frente al río Nahaliel) y en el centro (En Gedi-Mujib). *(N. del m.)*

(2) A lo largo de las costas del mar Muerto, las corrientes de agua circulan en sentido contrario a las agujas del reloj, como consecuencia del efecto Coriolis (una fuerza que tiene su origen en la rotación de la Tierra y que mueve los líquidos hacia la derecha, en la mitad septentrional del globo, y hacia la izquierda en el hemisferio sur). En la costa oeste del mar de la Sal, la dirección de la corriente es hacia el sur y en la orilla oriental circula al contrario: hacia el norte. *(N. del m.)*

hacían más intensas y superaban el medio metro por segundo. En definitiva, viento y corrientes me empujaban, sin remedio, hacia la citada costa este, y concretamente al sur del *wadi* Mujib.

Ahora, al escribir esta parte de los diarios, comprendo. Eliseo, que conocía estas circunstancias, lo tenía todo calculado... Pero debo ir paso a paso.

Reparé entonces en el traje de astronauta. El instinto me previno. Tenía que desembarazarme de él. Si los judíos o jordanos terminaban por localizarme, ¿qué podía decirles? ¿Qué hacía un yanqui, vestido de astronauta, en la árida costa del mar Muerto?

Me deshice del pesado y llamativo traje y allí quedó, flotando en las rojizas aguas.

El sol desapareció a las 21 horas y 36 minutos.

Y el silencio, curioso, me miró desde lo alto. La luna hacía rato que se había mudado...

Sentí tristeza. Una profunda e intensa tristeza...

Todo había terminado. La operación Caballo de Troya era humo. Él ya no estaba...

Eché la cabeza atrás y me puse en las manos del Padre Azul, una vez más. Él sabía. Y recé: «¡Padre, recíbeme! Me consagro a ti ahora, en el tiempo...»

Y el dulce oleaje, casi de juguete, me consoló.

«¿Qué había pasado?... Jesús de Nazaret... El Maestro alzó el brazo izquierdo y agitó la mano... Se despedía de quien esto escribe... Nunca más volvería a verle.»

Era todo lo que recordaba.

✡

Entrada la noche alcancé la orilla...

Todo era silencio y negrura. Las luces más cercanas se hallaban en la zona judía, agazapadas aquí y allá. Nadie parecía haberse percatado de la presencia, y posterior hundimiento, de la «cuna». Pero no debía fiarme...

Acaricié las piedras que formaban la playa. Se mostraron tibias y dóciles. Lo agradecí. Estaba exhausto. Necesitaba un poco (un mucho) de ternura. Mi corazón también había saltado por los aires... Tampoco a ella la volvería a ver... Mi querida Ruth...

Exploré con la vista cuanto tenía a mi alcance, pero fue una inspección casi inútil. A mi espalda se alzaban los negros acantilados que yo conocía bien. Algo más arriba, hacia el norte, adiviné el cauce seco del Mujib, sembrado de desolación y de serpientes. En lo alto, en blanco y negro, un firmamento espectacular.

Permanecí tumbado en la orilla —no sé decir cuánto tiempo—, en un vano intento de ordenar ideas y sentimientos. Todo era confuso y oscuro, como aquel mar de muerte.

«¿Qué debía hacer? ¿Cómo ponerme en contacto con la gente del proyecto?... ¿Cómo explicar lo que ni yo mismo sabía?... ¿Trataba de llegar a Masada?... Estábamos en junio. Lo más probable es que los hombres de Caballo de Troya ya no estuvieran en la meseta. Tenía un problema, sí... ¿Uno?»

Reí sin querer...

Luché por incorporarme, y lo hice varias veces.

No lo conseguí. Las fuerzas se habían quedado por el camino...

Y allí continué, desmantelado, y con la única compañía de mí mismo.

Presté atención a la superficie del lago. Quise ver u oír a mi compañero, pero sólo fue eso: pura buena fe. Allí no había nadie. El mar se mantenía ligeramente rizado y hostil.

Me hubiera gustado llorar la muerte de Eliseo, pero tampoco fue posible. No quedaban lágrimas.

Las estrellas, como antaño, sí comprendieron. Algunas brillaron con más intensidad, dándome a entender que también se sentían solas y desamparadas. Lo agradecí y terminé acurrucándome en el lecho de piedras y en la voluntad del Padre.

Fue así como me quedé dormido, profundamente dormido.

Lo necesitaba.

Y me vi asaltado por una serie de absurdas y angustiosas pesadillas.

Una de ellas se me antojó especialmente dura y macabra...

En la ensoñación, la «cuna» se hundía en el mar de la Sal...

Yo ascendía hacia la superficie. Nadaba con premura... Entonces le vi.

Era Eliseo, mi hermano... Se hallaba en el interior de la nave... Miraba por uno de los ojos de buey... Vomitaba sangre..., y sonreía con maldad.

Se hundía hacia la negrura...

Quise nadar al encuentro del módulo, pero no fue posible. La salinidad, como una sirena, tiraba de quien esto escribe hacia lo alto.

En otra de las ventanillas apareció el general Curtiss, jefe de la misión.

También me miraba.

En la mano izquierda mostraba el cilindro de acero que contenía las muestras de sangre y cabello del Maestro, de la Señora, de José, el padre terrenal de Jesús, y de Amós, el hermano del rabí. En la derecha sostenía uno de aquellos enormes cigarros habanos...

¿Qué hacía Curtiss en la «cuna»? No era su lugar...

Y el general gritó en el sueño:

«¡Se terminó el plazo, maldito chupatintas!»

Lo supe. Se refería al ultimátum que me dio Eliseo el 24 de diciembre del año 26. Tenía el plazo de un mes para devolver el dichoso cilindro.

Y grité, también en la pesadilla:

—¿Y si no lo hago?

Curtiss clamó:

—Entonces regresaré sin ti...

Eso era lo que había replicado Eliseo en aquella oportunidad (1). ¿Cómo podía saber?

¡Qué absurdo!

---

(1) Amplia información sobre el suceso en *Caná. Caballo de Troya 9.* (*N. del a.*)

Nunca regresé a Beit Ids, ni pensaba hacerlo. El cilindro de acero lo robó la niña salvaje. Quise gritárselo, pero la nave se perdió en el fondo.

Nadé en el sueño, con desesperación. Quería huir de aquel lugar. Me ahogaba...

La salinidad seguía tirando de mí, como una criatura infernal.

Conseguí alcanzar la superficie y nadé hacia la orilla oriental del lago.

Estaba oscureciendo. Ese 28 de junio de 1973 —yo lo sabía— el sol se escondería a las 21 horas, 36 minutos y 53 segundos. ¿Cómo podía saber una cosa así en plena ensoñación?

Pero, al poco, la salinidad se volvió en mi contra. Me atrapó por los pies y sentí cómo tiraba de quien esto escribe.

¡Me hundía!

No era posible... En el mar Muerto no sucede eso. Al contrario. Además, la salinidad no actúa así... Tragué agua... Era amarga, sin vestigio de sal... ¡Oh, Dios!

Me hallaba a un paso de la orilla...

Noté cómo las fuerzas me abandonaban. Y ella continuaba arrastrándome.

Entonces escuché una risa lejana. Era la de Curtiss. Procedía del fondo...

Creí llegada mi hora.

Y a punto estaba de desaparecer bajo las aguas cuando le vi en la orilla. Me hizo señas con los brazos. ¡Era él, otra vez!

Me lanzó un cabo y me aferré a la cuerda.

Pero la salinidad se percató de la maniobra y tiró de este explorador con mayor violencia. Me hundí de nuevo...

Continué agarrado al salvador cabo, y con todas mis fuerzas. Noté cómo la cuerda tiraba de mí hacia la superficie.

Y a mi alrededor surgieron cientos de burbujas. Procedían de las profundidades. Llegaban con prisa.

¡Dios mío!

En el interior de cada burbuja flotaban las diabólicas sonrisas de Eliseo y del general. Estaban por todas partes...

Pero la salinidad terminó vencida y la cuerda fue jalándome hacia la costa.

Allí estaba él...

Recuperó el cabo y, sin mediar palabra, dio media vuelta y se alejó.

Era el hombre de dos metros de altura... ¡El tipo de la sonrisa encantadora!

Quedé perplejo.

Al poco, aquel fascinante personaje se giró hacia quien esto escribe, me miró, y oí una voz en mi cabeza. No le vi mover los labios. Y la «voz» dijo: «Regresarás...»

La sonrisa era increíble. Espectacular. Lo llenaba todo en el sueño.

Y repitió:

«Regresarás con él...»

Después se alejó, saltando ágil entre las rocas.

No tardaría en oscurecer en el sueño...

✡

Desperté bien entrada la mañana.

El sol, tibio, me acarició con delicadeza. Era como si supiera.

Permanecí un rato sin moverme. Y de la memoria regresaron algunas de las imágenes vividas (o sufridas) en una de las pesadillas de la noche anterior.

¿Por qué el tipo de la sonrisa encantadora había tirado de mí, salvándome? Yo ya no jugaba ningún papel... Y, sobre todo, ¿qué quiso decir con aquel «regresarás con él»? Más aún: ¿por qué he escrito «él» con minúscula? ¿No se refería a Jesús de Nazaret?

Desestimé las reflexiones. Sólo se trataba de un sueño. Un mal sueño... ¿O no? Y recordé igualmente la recomendación del Maestro: «Busca la perla en cada sueño...»

¿Qué quiso transmitir el hombre de dos metros?

La realidad tocó mi hombro y me obligó a descender al presente.

El mar continuaba azul y quieto, como si no hubiera pasado nada.

Me puse en pie con dificultad y verifiqué lo que ya sospechaba: me encontraba muy cerca de la desembocadura del *wadi* o cauce seco del río Arnon (Mujib). A cosa de cincuenta metros, al sur.

Busqué con la mirada, ansiosamente.

Ni rastro de Eliseo, o de la «cuna».

Y el presentimiento (?) (no sé cómo llamarlo) se hizo pesado como el plomo. Debía hacerme a la idea: mi compañero se hallaba en el fondo del mar de la Sal, muerto.

La memoria seguía negándome la información. Recordaba los vómitos en la playa de Saidan. Recordaba a *Zal*, corriendo hacia el Maestro. Recordaba el despertar en la nave y, finalmente, el empujón del ingeniero. Eso era todo.

De pronto escuché algo.

Era el típico y tranquilo campanilleo de un rebaño.

En efecto, eran cabras. Buscaban y hacían equilibrios entre las piedras naranjas que se derramaban en el *wadi*.

No tardé en descubrir al pastor.

Era un niño.

Se hallaba en cuclillas sobre uno de los peñascos, observándome. Portaba un bastón.

¿Cuánto hacía que me contemplaba? ¡Y qué importaba eso...!

Traté de pensar a gran velocidad. ¿Qué debía hacer? ¿Solicitaba ayuda? Quizá el muchacho supiera...

Terminé alzando la mano derecha y gritándole. Lo hice en inglés...

No hubo respuesta. Mejor dicho, sí replicó, a su manera.

Comprendió que algo extraño sucedía, y que aquel anciano larguirucho y semidesnudo necesitaba auxilio. Se incorporó y se alejó, a la carrera. Lo vi desaparecer hacia el Mujib. Allí quedaron las cabras, indiferentes.

Y me senté en la orilla, decepcionado.

Tenía que hallar una solución.

Traté de caminar. Sólo di tres pasos. Tuve que detenerme. Aquel insoportable dolor en el estómago regresó y me dobló. Caí de rodillas. Empecé a sudar copiosamente. Y volvieron los escalofríos.

Los vómitos de sangre no tardarían en aparecer...

Pero el corazón fue tranquilizándose y el dolor se alejó, de momento. Permanecí inmóvil. Sabía qué clase de mal me rondaba y eso multiplicó la angustia.

Al rato oí voces.

Me alcé, como pude, y distinguí al pastor. Se acercaba. Con él, igualmente presurosos, se aproximaban tres hombres. Parecían árabes. Vestían las amplias *dishashas* (túnicas beduinas) y sendos turbantes blancos. Era probable que estuviera ante una familia *badawi* (nómadas).

Se detuvieron a escasa distancia y me observaron. Comprendí su extrañeza.

Dos de los hombres eran jóvenes. El tercero andaba por los cincuenta. Era grueso y de baja estatura. Me recorrieron con la vista, de arriba abajo, y yo hice otro tanto. Los jóvenes mostraban en el cinto las *khanjas,* unas dagas curvas y anchas, más que temibles.

Conversaron entre ellos, pero no alcancé a escuchar. El niño se mantuvo en silencio. De vez en cuando se hacía con una piedra y enderezaba los malos pasos de las cabras.

Sinceramente, no me gustaron.

El más bajo avanzó y se situó a cosa de tres metros de quien esto escribe. Volvió a recorrerme con la mirada y preguntó, en árabe, quién era y qué había ocurrido.

Tenía los ojos enrojecidos, como si no hubiera dormido, y la barba negra y cerrada.

No respondí. No sabía qué decir...

El árabe, sin alterarse, preguntó de nuevo. Esta vez en inglés.

Tampoco contesté. Trataba de pensar, pero la mente estaba en blanco. Me encogí de hombros.

Creo que el hombre grueso percibió mi angustia y dejó de interrogarme. Regresó junto a los otros y parlamentaron. Uno de los jóvenes me señaló y me llamó «viejo loco». Siguieron discutiendo, y a voz en grito.

El que me había llamado «loco» pretendía dar media vuelta y abandonarme a mi suerte. El de la barba cerrada se lo recriminó, acusándole de falta de humanidad. E invocó al Dios de los cristianos. ¿Me hallaba ante un grupo de árabes cristianos?

La discusión se prolongó por espacio de unos minutos.

No había forma de que se pusieran de acuerdo.

Y, de pronto, uno de los jóvenes (el que menos hablaba) se distanció del grupo. Caminó hacia este desconcertado explorador y, al llegar a mi altura, se detuvo y extrajo la daga de acero.

La *khanja* avisó con un par de destellos.

E instintivamente di un paso atrás.

¿Qué pretendía? Me hallaba desnudo. No tenía nada de valor...

El árabe de baja estatura gritó al de la daga, advirtiéndole de que no hiciera ninguna tontería.

El de la *khanja* no prestó atención. Siguió mudo, observándome; mejor dicho, observando mi cuello. En esos críticos momentos no caí en la cuenta...

Y el segundo joven siguió los pasos del primero.

Se situó a mi espalda, pero no dijo nada. Al pasar observé la *khanja*, desafiante. Continuaba en la cintura del árabe.

Eché de menos la «piel de serpiente»...

Carecía de fuerzas. Me hallaba desarmado. Aquellos miserables podían degollarme, por el simple placer de hacerlo.

No tenía salida...

El que portaba la daga siguió con la vista fija en mi cuello. Parecía interesado en la chapa de latón, mi placa de identidad. Eso creí... Pero no.

De pronto habló y, en árabe, dijo algo sobre una perla.

No supe a qué se refería. No disponía de ninguna perla.

Mi silencio le irritó.

Movió la *khanja*, lentamente, y la punta fue a buscar el cordón del que colgaba la chapa metálica.

El árabe de corta estatura volvió a gritar, amenazante. Y ordenó que los de las dagas se retiraran de inmediato.

No obedecieron.

—¡Quiero la perla! —reclamó de nuevo el que tenía ante mí.

Negué con la cabeza, pero el árabe malinterpretó el gesto. Sólo pretendía decir que no tenía ninguna perla...

El segundo árabe, el que permanecía a mi espalda, me insultó, y aconsejó que hiciera caso a su compinche.

—¡La perla...!

La daga levantó el cordoncillo y agitó la chapa. Fue entonces cuando la «perla» tintineó al contacto con la placa de latón. Fue entonces cuando la vi...

No había reparado en ella; mejor dicho, en «ello».

Aparecía colgando del referido cordón, merced a una diminuta argolla de oro.

—¡La perla, maldito extranjero!

Noté la segunda daga en mi espalda.

Y ambos reclamaron la «perla» que colgaba de mi cuello. Una «perla» negra, de reducidas dimensiones... ¿Cómo llegó hasta mí? No recordaba...

—¡Por última vez, entréganos la perla!

El que se hallaba frente a mí aproximó la *khanja*, y la hundió levemente en la piel.

Levanté la cabeza e intenté decir algo. No podía explicarles. Hubiera sido inútil y absurdo.

Pensé que había llegado mi hora...

Finalmente balbuceé:

—No es una perla...

Fue entonces cuando el tercer árabe, el de baja estatura, lanzó un grito y se precipitó hacia nosotros.

Sus compañeros le miraron, desconcertados.

Y el de la barba negra y cerrada se situó a la altura del que amenazaba con la daga en el cuello.

Portaba un revólver en la mano derecha.

Actuó con rapidez y precisión.

Apuntó el arma a escasos centímetros de la sien izquierda del individuo de la *khanja* y conminó a los dos sujetos para que guardaran las dagas y regresaran al campamento.

Dudaron.

Era un revólver que no olvidaré jamás. Tenía las cachas de marfil. Probablemente era un Smith & Wesson, calibre .44 Magnum, con un cañón enorme, de 8 $\frac{5}{8}$ pulgadas.

La mano del que cargaba el .44 Magnum no tembló en ningún momento. El hombre sabía lo que quería y, sobre todo, sabía cómo hacerlo...

Amartilló el revólver y el cilindro giró, obediente. Era un tambor de seis balas. El alza era ajustable, con un clic micrométrico.

Los árabes se miraron, temerosos.

Entonces reparé en el dedo índice del que sostenía el temible .44 Magnum. Acariciaba el gatillo por la parte baja del mismo, haciendo palanca. Eso significaba que estaba listo para hacer fuego...

No fue necesario.

Los árabes comprendieron, guardaron las dagas y se retiraron, mascullando maldiciones y obscenidades.

Se alejaron hacia el Mujib.

Mi salvador guardó el revólver de la empuñadura de marfil y sonrió brevemente. Sudaba.

✡

Fue en esas circunstancias como acerté a conocer a Marcos, el árabe que empuñaba el Magnum; un hombre literalmente bueno.

Muy posiblemente, como digo, me salvó la vida.

Marcos, en efecto, era árabe cristiano. Era guía de profesión. Residía habitualmente en Belén, pero se le podía encontrar en cualquier parte del mundo. Hablaba siete idiomas.

Se hallaba en el *wadi* Mujib —según dijo—, preparando una expedición arqueológica conjunta en la que participaban la Asociación de Expediciones de Israel y el Departamento de Antigüedades de Ammān (Jordania). Había sido contratado por un viejo amigo, el célebre arqueólogo judío

Dan Urman (en esos momentos en la Galilea). Los arqueólogos pretendían excavar cuatro de las grandes cuevas del *nahal* o río Arnon. Para ello montaron un pequeño campamento en el referido cauce seco del Mujib. Marcos era el jefe en esos momentos. La campaña de excavaciones se iniciaría en el otoño.

El buen árabe intercambió algunas palabras con quien esto escribe. Me tranquilizó y le hice ver que no me encontraba bien. Solicitó calma. Regresó al *wadi* y lo vi retornar, al poco, con una mula y otro árabe, tan anciano como yo, sin dientes y sin habla. Era mudo.

Me ayudaron a montar en la caballería y me trasladaron al referido campamento.

Allí me proporcionaron ropa y leche.

El dolor se había quedado en la orilla del mar de la Sal. Eso creí...

Conversamos durante un rato y Marcos llegó a la conclusión de que se hallaba ante un yanqui que, quizá, había sufrido un accidente y padecía amnesia transitoria.

No le proporcioné muchas explicaciones. Tampoco hubiera tenido sentido y, además, estaba prohibido. La idea de la amnesia me pareció oportuna y muy aproximada. Ahí lo dejé.

Marcos sugirió que descansara y me recuperase. Tiempo había para ponerse en contacto con las autoridades y decidir sobre mi suerte.

Agradecí el nuevo gesto de generosidad y me dediqué a observar a cuantos me rodeaban. Allí estaban los sujetos de las dagas. De vez en cuando me contemplaban con desprecio... El resto de los árabes, contratado por el Departamento de Antigüedades, era igualmente *badawi* (beduinos). La mayoría pertenecía a la familia Di' Ab, del clan de los Hamaideh, asentados en la región del Arnon desde tiempo inmemorial. Eran pastores y contrabandistas. En la zona del Mujib vivían también los Haweitat, los Sararat, los Atawneh, los Sehour, los Gahalin y los Azazmeh, entre otras tribus que no recuerdo. Se odiaban y se soportaban, a partes iguales.

Marcos dio una escueta orden a Daher, el jefe de la familia Di' Ab. Nadie debía molestarme. Y la voz corrió por el campamento. El «yanqui loco» era amigo de Marcos. Es decir, intocable...

Así transcurrieron cinco días.

Traté de recuperarme, pero sólo lo conseguí a medias.

Cada mañana acudía al mar de la Sal y esperaba, en vano, una señal de los cielos. De la «cuna» y de Eliseo no detecté rastro alguno.

Pero creo que estoy olvidando algo importante: la mal llamada «perla»...

¿Qué hacía allí? Alguien, obviamente, la colgó de mi cuello...

Pero ¿quién?

La pregunta era estúpida. Si no fui yo (al menos no lo recordaba) sólo pudo ser el ingeniero...

La acaricié y quedé sumido en otro mar de dudas.

Como insinué, la «perla» (me gusta el nombre que le dio el árabe) no era tal. En realidad se trataba de un «DR», un *Dream Reader* o «lector de sueños», en el argot de los hombres de Caballo de Troya.

El «DR» era un delicadísimo dispositivo (miniaturizado), de 5 milímetros de diámetro, esférico, con un brillo negro (de ahí la confusión con una perla negra) y de 4 gramos de peso.

Que yo tuviera conocimiento, nunca fue utilizado en las diferentes misiones.

El interior, como digo, no tenía relación alguna con una perla.

En palabras comprensibles: era (y es) un revolucionario descubrimiento (de origen militar) que podríamos definir como «captador de ensoñaciones», con el correspondiente archivo-memoria.

En suma: en un «DR» puede ser almacenada la totalidad de los sueños, y de las memorias, de un mamífero (a lo largo de su vida).

Al conectar la «perla» al cráneo, un complejo sistema magnético (relativamente similar a los «nemos») busca los «almacenes» de las memorias (en especial los recuerdos codificados en los millones de neuronas del hipocampo), las copia y las transfiere al archivo del «lector de sueños». Memorias y ensoñaciones son almacenadas como si de una videoteca se tratase (1).

La velocidad de captación del «DR» es de 12,5 milésimas de segundo. Es el tiempo que necesita un pensamiento para formarse (me gusta más la expresión «recepción del pensamiento») (2).

La «perla», sin embargo, no fue incluida en el bagaje científico de la «cuna» con la única misión de conocer los sueños y memorias de los personajes que debíamos seguir y estudiar. Lo que verdaderamente interesaba del «DR» era su capacidad de memoria, similar a la de los cristales de titanio (3) que formaban la esencia del fiel ordenador central, «Santa Claus», con la ventaja de su mínimo volumen. No aburriré al hipotético lector de estas memorias con datos técnicos sobre el «lector de sueños». Diré, simplemente, que su capacidad de almacenamiento de información es ilimitada. La llamábamos memoria «Alfabit»; es decir, con principio y sin final. Alcanzaba (teóricamente) el millón de micabytes ($10^{10}$ brontos). En otras palabras:

(1) No estoy autorizado a describir, en profundidad, los delicados mecanismos del «DR». Pertenece al secreto militar. Sí puedo decir que una de las «puertas» de conexión con los «almacenes» de las memorias son los sueños REM o paradójicos, ya comentados en estos diarios. El cerebro clasifica nuestras memorias merced, justamente, a los REM. Durante ese tiempo, lo que llaman memoria «a corto plazo» es desechada. Se trata de escenas, objetos o sensaciones que no interesa guardar. Lo normal es que sean «borrados» en menos de 30 segundos. La memoria «a largo plazo», en cambio, sobrevive, y es almacenada químicamente. Nos hallaríamos ante todo aquello que, por una razón o por otra, nos impresiona en la vida. Es decir: lo que merece la pena ser guardado. Pues bien, la consolidación de esa memoria «imborrable» sucede mientras dormimos; más exactamente, mientras soñamos (períodos REM). El «lector de sueños» aprovecha esa vía REM para acceder a los referidos «almacenes» y absorber la información. Por cierto, siempre me pregunté: ¿qué «criatura» es la que decide qué conservar en la memoria y qué borrar? *(N. del m.)*

(2) Del Maestro aprendí que los pensamientos no se forman; se reciben... *(N. del m.)*

(3) Amplia información en *Jerusalén. Caballo de Troya 1. (N. del a.)*

un billón de veces las letras contenidas en la Biblioteca del Congreso de los Estados Unidos de Norteamérica. La potencia de transmisión era escalofriante: mil millones de operaciones por femtosegundo (un fem, como se recordará, es equivalente a $10^{-15}$ segundos), con una «latencia» inferior a 0,01 fem.

La memoria sin final del «DR» era igualmente ilimitada en el tiempo, pudiendo mantenerse intacta y limpia por espacio de miles de años (en teoría hasta un millón de años) (1). Fue blindada. Podía resistir temperaturas de 1.200 grados Celsius, así como inmersiones en ácidos o en aguas especialmente salinas.

Sí, la acaricié y la contemplé durante mucho tiempo...

¿Qué contenía la «perla»? ¿Por qué apareció colgada de mi cuello? ¿Por qué en esos críticos momentos?

Mi mente naufragó, una vez más.

No lograba recordar. No sabía...

Y el mar de dudas terminó tragándome. El Mujib no era el lugar idóneo para despejar semejantes interrogantes. Lo único claro en mi memoria es que el «DR» no fue utilizado por quien esto escribe. A no ser que lo hiciera durante el tiempo que no lograba ponerse en pie.

Me debatí en la confusión.

¿Y por qué iba a utilizar un «lector de sueños»? No le vi sentido...

Pobre idiota. Nunca aprenderé.

(1) En la actualidad (2012), los discos duros tienen una expectativa de «vida» que difícilmente supera los cincuenta años. A partir de esos momentos entran en un período de «oscuridad digital» y «mueren». En cuanto a la capacidad de memoria de los ordenadores (no militares), entiendo que han sido comercializados hasta 4 teras. Las unidades conocidas en informática son las siguientes: bit: la unidad más pequeña (valor «0» o «1»); byte: equivalente a 8 bits; kilobyte: 1024 bytes; megabyte: 1024 kilobytes; gigabyte: 1024 megabytes; terabyte: 1024 gigabytes; petabyte: 1024 terabytes; exabyte: 1024 petabytes; zettabyte: 1024 exabytes; yottabyte: 1024 zettabytes y brontobyte: 1024 yottabytes. El micabyte no consta en la informática civil. *(N. del a.)*

Así vi discurrir aquellas jornadas, montado en el miedo.

Sentía miedo a todo, y por cualquier motivo.

Miedo al dolor... Sabía que regresaría.

Miedo al Destino... ¿Qué me tenía reservado?

Miedo a los que me rodeaban... Miedo a la soledad...

Yo había vivido a su lado... Me había acostumbrado... ¿Sería capaz de vivir sin Él?

¡Cómo lo añoraba!

Sentado en los acantilados, con el mar de la Sal a mis pies, pensé y pensé...

En primer lugar, ¿qué hacía con mi vida? ¿Regresaba a la base de Edwards, en California? La idea no me tentó. Después de averiguar las verdaderas intenciones de los militares de mi país, en relación al proyecto Caballo de Troya, sinceramente, no me sentí atraído (1). Odiaba a Curtiss y a toda su gente...

Pensé en desaparecer. Podía huir. No era difícil conseguir una identidad falsa. Buscaría un lugar remoto y apacible y allí esperaría el final. Según todos los indicios no se hallaba muy lejano...

La idea fue conquistándome.

Y me dejé llevar por la imaginación.

Tenía algunos ahorros. Sería suficiente. Y dedicaría el tiempo a escribir nuestra experiencia con el Hijo del Hombre. Nadie había vivido una aventura semejante. Tenía que hacerlo. Era mi obligación. Era preciso que lo diera a conocer al mundo.

Ésa era la clave: la verdad sobre la vida y el mensaje de Jesús de Nazaret no debía permanecer oculta. La historia y la tradición son unos traidores...

Lo recordaba todo (o casi todo). Mi memoria era panorámica...

Pero, al tiempo que me dejaba arrastrar por estas fantasías (¿o no eran tales?), en mi mente se materializaba también la cruda y triste realidad: ellos te buscarán y darán contigo...

(1) Amplia información en *Caná. Caballo de Troya 9*. (*N. del a.*)

Sonreí para mis adentros y escuché en mi interior la voz cálida del Maestro: «Deja que Ab-bā haga su trabajo...»

¿Contar la vida del Galileo tal y como fue?

Me gustó el desafío... De hecho ya había empezado. Ahí estaban los diarios.

Pero ¿qué estaba pensando? Los diarios se hallaban en la base de datos de «Santa Claus». La nave estaba perdida...

No importaba —me dije a mí mismo—. Empezaría de cero. Buscaría ese refugio y me entregaría, en cuerpo y alma, a la misión de escribir.

Y el Padre Azul, supongo, sonrió con benevolencia.

Sí, todo está medido y bien medido...

Y los pensamientos volvieron a la «cuna» y al desastre final.

Curioso Destino...

Recordaba cómo había planeado la destrucción de la nave, en el caso de que las muestras de sangre y de cabello del Maestro y de su familia hubieran retornado a nuestro tiempo. Recordaba lo dicho a Eliseo en aquel agosto del año 25 de nuestra era: «—Llegado ese momento..., cuando la nave despegue del Ravid, no deberás preguntar sobre lo que veas. Sencillamente, acéptalo.»

Sí, extraño Destino...

Nada de eso ocurrió. El cilindro de acero, como dije, fue robado por la niña salvaje de Beit Ids y la «cuna», muy a mi pesar, se hundió en el mar de la Sal...

Durante aquellos días en el Mujib, la mirada y los pensamientos volaron también a lo alto de la meseta de Masada. Podía verla desde aquella orilla. Se hallaba relativamente cerca. Era de suponer que los israelitas continuaban en la «piscina», al mando de la estación receptora de fotografías (vía satélite) (1). Nuestro retorno fue programado para la noche del 19 al 20 de marzo de ese año, 1973. Lo pactado establecía que los militares judíos estrenarían la

_____

(1) Amplia información sobre el Big Bird y la estación receptora de fotografías en la meseta de Masada en *Masada. Caballo de Troya 2. (N. del a.)*

recepción de imágenes el día 1 de abril. Lamentablemente (?), nuestro regreso se produjo el 28 de junio: casi tres meses después de lo fijado por Caballo de Troya...

Supuse que Curtiss, y el resto de los equipos, resistieron al máximo, hasta el último momento. Después calcularon lo peor: habíamos muerto o nos hallábamos atrapados en el pasado...

Comprendí la dramática situación. Curtiss y los suyos no tuvieron alternativa. No debían desvelar su secreto a los judíos. Desmantelaron el instrumental «clasificado» y regresaron al desierto de Mojave.

La operación Caballo de Troya había fracasado.

Acerté en todo, excepto en algo. Caballo de Troya terminó, pero no fue un fracaso. No para mí y, mucho menos, para él... Él supo mover los hilos a la perfección.

Pero quien esto escribe, en esos momentos, estaba ciego. No supe ver...

✡

# 4 de julio

Aquel miércoles, 4 de julio (1973), todo volvió a oscurecerse.

El dolor regresó, y sin piedad.

La hematemesis (vómito de sangre) se hizo intensa. Fue una sangre negra, de claro origen gástrico, precedida por una tos sospechosa y extraña. Las heces también eran negras, como el alquitrán.

No tuve dudas.

La sangre estaba siendo digerida.

El diagnóstico, a mi entender, parecía claro: era víctima de una hemorragia digestiva.

Mal asunto...

Si era lo que suponía, y si deseaba salir con vida, no tenía otra alternativa que ponerme en manos de los médicos, y con urgencia.

Lo vi claro en cuestión de minutos...

Para cumplir el gran objetivo, si pretendía escribir sobre lo que habíamos vivido en la Palestina de Jesús de Nazaret, era necesario que volviera a la base de la Fuerza Aérea en Edwards (California). Tarde o temprano se enterarían de que me hallaba vivo...

Además, estaba el asunto de la «perla». Para desencriptar y conocer el contenido no tenía más remedio que acudir a la tecnología de Caballo de Troya. Sólo así podría «abrir» el «DR».

En Edwards, por supuesto, podía ser atendido por los mejores médicos y especialistas.

Eso haría.

Y me pregunté: ¿por qué sentía temor? ¿Por qué me preocupaba el ingreso en Mojave?

Traté de serenarme.

Yo había cumplido mi parte. Nadie podía reprocharme nada.

Contaría la verdad...

Y el Destino, supongo, sonrió, burlón...

Marcos y los beduinos no tardaron en percatarse de mi precaria situación. No fue posible evitar los vómitos de sangre. Me sentía nuevamente débil. Casi no me tenía en pie.

Y el árabe hizo los preparativos. Me trasladaría de inmediato a un hospital.

Digo yo que el cielo me iluminó y conseguí convencerlo para que, antes que nada, me permitiera hablar con la embajada de mi país en Ammān, la capital de Jordania. Marcos aceptó. Eso nos pillaba de camino hacia el hospital.

No hizo preguntas.

Lo agradecí.

Y a media mañana, a lomos de mulas, divisábamos la población de Mathlūtha. No hubo forma de contactar con la legación norteamericana. El único teléfono de los *badu* no funcionaba. Marcos decidió. Nos desplazaríamos, en vehículo, hasta Ammān. Era lo más sensato. Allí hablaría con la embajada.

En Mādabā tuvimos que cambiar de transporte. La vieja camioneta, alquilada en Mathlūtha, era un suplicio añadido. Se detenía cada kilómetro...

Finalmente, bien entrada la tarde, nos detuvimos frente a la embajada USA en Ammān. Simulé que me hallaba mejor y rogué a Marcos que regresara al Mujib. En la embajada me atenderían.

Fue una despedida breve y emotiva. Y comprendí mejor al Maestro: las despedidas no son buenas...

«Regresaré», le dije.

El buen árabe asintió con la cabeza. Quiso sonreír, pero no lo logró. Dio media vuelta, entró en el vehículo y arrancó a toda velocidad.

En esos instantes no imaginaba que Marcos se convertiría en un hombre clave a la hora de la transmisión de mi legado. Pero eso sucedería algún tiempo más tarde... (1)

El pulso aceleró. Y la frecuencia superó los 110. No supe si se debía a la pérdida de sangre o a la lógica agitación, al responder a las preguntas del policía militar que me interrogó.

Mostré la placa metálica. Me identifiqué y, tras un par de llamadas telefónicas, la maquinaria USA se puso en movimiento. El mismísimo embajador se colocó al frente de la operación de rescate de aquel explorador. Dean era discreto y eficaz. Había sido cónsul en el Congo Belga y embajador en Senegal y Gambia. Sabía qué hacer...

Vereker, la esposa, se desvivió por aquel compatriota enfermo y perdido...

Siempre estaré en deuda con ellos.

Ya anochecido, una ambulancia, fuertemente escoltada, me trasladaba a la frontera con Israel. Allí, en el puente Allenby, fui sedado. Mis recuerdos son confusos...

Nos dirigimos al sur. Vi los carteles de la ciudad de Be'er Sheva. Después nada. Quedé dormido.

Cuando desperté me hallaba en la cama de un hospital.

Interrogué a las enfermeras que entraban y salían, pero ninguna respondió. Sólo lo hacían con interminables sonrisas.

Después lo averigüé.

Había ido a parar al desierto del Negev, al sur. En esos momentos no supe si al centro nuclear de Dimona o a la base de Nevatim. Ambos se encontraban relativamente próximos y hacia el este.

Pero ¿qué importaba dónde me hallaba?

El dolor remitió, merced a la medicación suministrada en la embajada, en Ammān. Continuaba débil y con la mente confusa.

Y allí empezó una nueva e inquietante aventura...

✡

(1) El mayor se refiere a Marcos Gabriyeh, que residió en Belén (amplia información en *Saidan. Caballo de Troya 3. (N. del a.)*

Tras el ingreso en el hospital de la base judía (?), todo fue de «primera clase»: rápido, positivo y amable.

Fui sometido a las correspondientes analíticas y a primera hora de la tarde del jueves, 5 de julio, entraba en quirófano. No disponía de historia clínica y eso complicó, al principio, el diagnóstico diferencial. Los médicos sospechaban cuál era el problema, pero no tenían una seguridad total. Podía tratarse de una úlcera péptica o quizá de varices esofágicas.

Un médico joven y negro quiso tranquilizarme. «Estas intervenciones —susurró— las hacemos doscientas veces al día... ¡Ánimo!»

Mentía, pero lo agradecí.

Mis últimos pensamientos, antes de caer en el pozo de la anestesia, fueron para Él y para ella...

Horas después despertaba en una habitación pequeña, soleada y espartana. La única compañía era un suero. Brillaba en lo alto.

Una ventana, timidísima, me enseñó el desierto del Negev. Allí pasaría casi una semana.

Esa misma noche, el cirujano negro —nunca supe su nombre— se presentó en la habitación y me puso al día.

La intervención fue un éxito.

No se trataba de un síndrome de Mallory-Weiss, afortunadamente (1). Eso hubiera complicado las cosas...

También fue descartado un origen respiratorio de los vómitos de sangre (hemoptisis).

El problema se hallaba en una úlcera péptica que estaba dañando la arteria gastroduodenal y ocasionando hemorragias digestivas preocupantes (2). En definitiva, el

(1) El síndrome de Mallory-Weiss consiste, fundamentalmente, en un desgarro del esófago distal. Acompaña hemorragia gastrointestinal de origen arterial. Aparece en los alcohólicos, aunque puede darse en cualquier tipo de enfermo. De haberse presentado un problema así, como dije, la gravedad hubiera sido extrema. *(N. del m.)*

(2) La úlcera o ulcus péptico suele aparecer generalmente en los primeros centímetros del duodeno (bulbo duodenal). Se trata de una ulceración circunscrita de la mucosa que perfora la *muscularis mucosae*. Suele

clorhídrico, al perforar la mucosa, provocaba aquel intenso dolor.

La intervención (una vagotomía troncular con piloroplastia) fue limpia y relativamente cómoda. La úlcera era oval, con un diámetro de 1,2 centímetros.

El cirujano no habló sobre el origen de la úlcera. Podía ser múltiple, pero intuí que la causa se hallaba en el estrés provocado en el proceso de inversión de masa de los *swivels* y también, con seguridad, en la excitación vivida durante el tercer «salto» en el tiempo.

Por supuesto guardé silencio sobre dicha sospecha.

Lo que interesaba es que el mal había sido conjurado.

Sea como fuere, debía mantenerme alerta. No era bueno abusar de determinados medicamentos. La úlcera podía aparecer de nuevo (1). Tendría que vigilar las dosis de antioxidantes...

El postoperatorio fue bueno y tranquilo. Miento: fue todo menos tranquilo, pero por razones ajenas a la operación quirúrgica...

Veamos.

Debo seguir narrando, pero con orden...

No se produjeron nuevos episodios de dolor, o de vómitos de sangre. Recuperé la normalidad en la presión sanguínea, el pulso se estabilizó, y la anemia fue remitiendo. Tampoco se registró recurrencia de heces alquitranadas.

Al poco, ante la satisfacción del equipo médico, empecé a dar cortos paseos, y a ingerir alimentos no irritantes (especialmente leche y dosis de antiácidos). Los israelitas me proporcionaron hidróxido de aluminio, con un laxante que contenía, creo, hidróxido de magnesio (el hidróxido de

---

registrarse en zonas bañadas por pepsina y ácido. Esta clase de úlcera es frecuente también a lo largo de la curvatura menor del estómago (gástrica). Las llamadas pilóricas se presentan, con menor frecuencia, en el conducto pilórico. Otro tanto sucede con las posbulbares. También se dan en el divertículo de Meckel. *(N. del m.)*

(1) Existen drogas, caso de la aspirina y algunos antiinflamatorios no esteroides (corticosteroides y reserpina, por ejemplo), que pueden predisponer a la aparición de una úlcera (aunque no necesariamente de tipo péptico). *(N. del m.)*

aluminio, como es sabido, es susceptible de originar un impacto o impacción fecal tras el desarrollo de una hemorragia gastrointestinal).

Esa noche del jueves, 5 de julio, fui sedado con fenobarbital, a razón de 15 miligramos por dosis.

Dormí plácidamente...

Y llegó el viernes, día 6, con otra sorpresa...

✡

Tras el desayuno me vi sorprendido con la visita del general Curtiss, jefe de Caballo de Troya. Vestía de uniforme. Lo acompañaban dos directores del proyecto y un tercer hombre, de paisano, al que no conocía.

Permanecieron unos segundos en la puerta, desconcertados.

Comprendí.

Aquel mayor no era el que habían despedido el 10 de marzo (1973), cuando se llevó a cabo el segundo «salto» en el tiempo (1).

Lo sabía bien. Mi aspecto era el de un anciano.

Caminaron despacio hacia la cama, sin dar crédito a lo que tenían a la vista.

No sonreí. No lo merecían.

Curtiss, probablemente, fue el más afectado.

Y allí continuaron durante un par de espesos segundos, sin saber qué decir.

No los ayudé.

El general estaba pálido. Quiso hablar, pero no supo por dónde empezar.

Me miraban como si fuera un fantasma; un viejo fantasma con el cabello blanco y la piel arrugada como una momia chilena.

—¿Qué ha pasado? —acertó a balbucear uno de los directores.

(1) Amplia información sobre dicho «salto» en *Masada. Caballo de Troya 2. (N. del a.)*

Respondí con la verdad. No lo sabía.

—Pero ¿cómo es posible? —estalló Curtiss.

Los directores solicitaron calma. El tercer individuo permanecía mudo e impasible, contemplándome desde los pies de la cama.

Insistí. No sabía qué había ocurrido en los últimos minutos, cuando la «cuna» se precipitó en las aguas del mar Muerto. En realidad no sabía nada desde mucho antes. Pero me limité a comentar lo estrictamente necesario. No me fiaba.

—... La nave hizo estacionario —recordé— y mi compañero terminó empujándome... No me hallaba bien...

Guardaron un tenso silencio.

—... Entonces caí y me hundí... La intensa salinidad terminó lanzándome hacia la superficie... Fue cuando vi el módulo. Se hundía...

—¿Y Eliseo?

—No sé nada de él... No llegué a verlo en el interior de la nave... Supongo que saltó...

—¿Supones?

La pregunta del general era pura dinamita. Pero me mantuve frío:

—No llegué a verlo —repetí—. Después fui arrastrado por las corrientes y aparecí cerca del *wadi* Mujib, en la costa oriental...

Curtiss, enojado, no me permitió terminar:

—Sabemos dónde está el Mujib...

E insistió:

—¿Qué ocurrió con tu copiloto?

—No era yo quien pilotaba —repliqué con frialdad—. Me hallaba medio inconsciente... Era Eliseo quien volaba la «cuna»...

Uno de los directores terció, conciliador:

—¿Qué ocurrió? ¿Por qué te hallabas medio inconsciente?

—No lo sé... No consigo recordar...

—¡Mientes!

El general bramaba.

—¡Calma! —exigió el director que acababa de preguntar—. Así no llegaremos a ninguna parte...

Tenía razón.

Y todos intentamos serenarnos.

—Es posible que las hemorragias internas —aclaré— me debilitaran...

Eso lo sabían. Curtiss y el resto estaban al corriente de la intervención quirúrgica.

—... Después me recogió un grupo de beduinos...

—¿Por qué no llamaste de inmediato?

Me excusé, refugiándome en mi precario estado. Creo que no logré convencerlos.

No importaba. La verdad, como relaté, es que en aquellos momentos iniciales no deseaba volver. No me interesaba el proyecto y, mucho menos, el general y su gente.

—Hemos perdido un tiempo precioso...

El lamento de Curtiss no fue dirigido a nadie en particular. Caminó hacia la ventana y allí permaneció, abstraído. Dudo que se fijara en las dunas amarillas del Negev...

En esos instantes no acerté a comprender el auténtico significado de las últimas palabras de Curtiss: «Hemos perdido un tiempo precioso...»

Después se volvió hacia quien esto escribe y siguió contemplándome, muy serio.

Esta vez fui yo quien preguntó:

—¿Qué sabéis de Eliseo?

No hubo respuesta por parte de nadie.

Mensaje recibido.

El silencio confirmó mis suposiciones. El ingeniero no había dado señales de vida. ¿Se ahogó en el mar de la Sal?

—¿Eliseo?... Acabas de decir que se hundió con la «cuna»...

Rectifiqué al general. Yo no había dicho eso. La nave desapareció en las profundidades, pero no alcancé a distinguir en el interior a mi compañero.

—¿En qué lugar se hundió?

La súbita irrupción de una enfermera, con el termómetro en la mano, interrumpió la conversación.

Guardaron silencio.

Cuando la joven cerró la puerta y desapareció, Curtiss hizo suya la pregunta de uno de los directores:

—¿Dónde pudo caer la nave? ¿Lo recuerdas?

El tono se había dulcificado. El general era listo, muy listo...

—Estimo que la vi desaparecer no muy lejos del Mujib...

—El mar tiene casi 17 kilómetros de anchura... ¿No puedes ser más concreto?

Entendí.

El de paisano —el tipo que no conocía— sacó entonces una pequeña libreta de tapas negras y se dispuso a escribir.

Lo contemplé, intrigado. ¿Quién era?

Pero regresé a lo que importaba...

—No estoy seguro —dudé—. Estaba anocheciendo...

Hice cálculos, aunque un poco absurdos.

—Tuvo que ser a menos de una milla del *wadi*...

—Bien, eso es algo —replicó el general—. Una milla, o menos, al oeste del Mujib...

Asentí con la cabeza, y añadí:

—Más o menos...

El de la libreta garrapateó la ubicación que acababa de proporcionar y siguió mirándome, con la pluma en el aire. Parecía aguardar más información.

Se quedó con las ganas...

—Esperamos en la «piscina» hasta el último momento —declaró uno de los directores.

—Lo sé...

—¡Dios mío!... —clamó Curtiss—. ¡Tanto esfuerzo..., para nada!

Y musitó, casi para sí:

—¡No tenemos nada...!

Creí adivinar el porqué de sus lamentos.

¡Maldito bastardo!

Y me alegré de la «pérdida» del cilindro de acero, con las muestras de sangre y de cabellos del Maestro y de los suyos.

No dije nada. Elegí el silencio.

En esos momentos regresó la enfermera. Consultó el termómetro y sonrió, satisfecha. La temperatura era correcta. Saludó y se retiró.

Y el silencio volvió a espesarse.

Hice como si no recordara y pregunté por segunda vez por mi compañero, el ingeniero.

Se miraron, perplejos.

Uno de los directores apuntó:

—Te lo hemos dicho: no sabemos nada de él. Pensamos que tú podrías informarnos... Desde que nos retiramos de Masada, a finales de marzo, todo ha sido angustia y desconcierto... Os dimos por muertos o perdidos en aquel «ahora».

También lo deduje mientras permanecía con Marcos, en el cauce seco del Arnon.

En cuanto a la «angustia», me permití dudar. Las intenciones de algunos eran otras...

La visita terminó y yo continué con la mirada perdida en las dunas del Negev. E intenté ordenar los pensamientos.

La maquinaria militar había echado a rodar...

Eliseo era listo. Me costaba aceptar que hubiera cometido la torpeza de quedar atrapado en la «cuna». Algo me decía que el ingeniero se hallaba vivo. Pero ¿dónde? ¿Qué sucedió realmente? Y si había sobrevivido, ¿por qué no dio señales de vida? Disponía de los recursos necesarios para contactar con Edwards.

Eliseo era más despierto que yo...

Algo no cuadraba.

No debía olvidar —bajo ningún concepto— que Eliseo era un «oscuro» (1). En otras palabras, un indeseable con un extraordinario coeficiente intelectual. No importaba lo que hubiera sucedido. No importaba que hubiera sido curado por el Galileo. El ingeniero era un *dark-darn*, un «oscuro del infierno» hasta la muerte, y quizá más allá.

---

(1) Así llamaban a los agentes especiales del Servicio de Investigación de la Defensa (DRS). Todos eran militares. Amplia información en *Jordán. Caballo de Troya 8* y *Caná. Caballo de Troya 9. (N. del a.)*

¿O me estaba precipitando, una vez más?

¿Y si hubiera muerto?

No podía descartar ninguna posibilidad...

✠

Al día siguiente, sábado, Curtiss regresó a la habitación. Esta vez lo hizo en solitario y de paisano. Aparecía más calmado.

Solicitó disculpas por el tono y por la agresividad de la visita anterior y se interesó por mi salud.

Sonreí brevemente y con desconfianza. Él sabía bien cuál era mi estado...

Ambos, creo, odiábamos los enfrentamientos.

El general traía un sobre, color naranja, de gran tamaño.

Se sentó a mi lado, en el filo de la cama, y me observó durante un rato. Sé que intentó penetrar en mis pensamientos, pero no lo logró. Curtiss no era Él...

El instinto me previno.

Curtiss era portador de malas noticias. No sé cómo lo supe, pero lo supe...

Por último me entregó el sobre, animándome para que lo abriera.

Dudé.

El general se alzó y caminó hacia la ventana. Allí permaneció, en silencio.

Algo me decía que no abriera el sobre...

Y seguí dudando.

El militar no se inmutó. Tenía la vista fija en aquel paisaje árido y amarillo.

¿Contenía las pruebas de la muerte de Eliseo?

Entorné los ojos y me negué a abrirlo.

Así transcurrieron dos o tres minutos.

El general me miró y comprobó que el sobre no había sido abierto.

También dudó.

Finalmente se aproximó y procedió a extraer el contenido.

Cerré los ojos.

Curtiss sabía que no dormía, y comentó:

—Echa un vistazo...

Negué con la cabeza.

—Por favor... —insistió el general—. Es importante.

No tuve opción.

Las repasé varias veces.

Curtiss observaba, pendiente del menor movimiento.

No dije nada.

—¿Y bien?

—No sé interpretarlas... —mentí.

Eran fotografías, tomadas por el satélite KH II, también conocido como «Big Bird» (Gran Pájaro). Eran imágenes recibidas en la estación de Masada, a 34 kilómetros de donde me hallaba.

Al pie se leían las coordenadas, la altitud, el día y la hora, con los minutos y segundos en los que fue efectuada cada una de las tomas. El Big Bird había fotografiado la totalidad del mar Muerto en una órbita de 120 kilómetros y en franjas que barrían el lago longitudinalmente. Cada barrido examinaba una zona de veinte mil metros (1). El satélite fue direccionado y descendido a la órbita ya mencionada. Daba una vuelta a la tierra cada noventa minutos. La resolución era espectacular: fotografiaba el número de serie grabado en la culata de un fusil.

«Se han dado prisa», pensé.

Las fotos eran del día anterior, viernes, 6 de julio...

La última fue tomada a las 21 horas, 5 minutos y 32 segundos; es decir, poco antes del ocaso.

---

(1) El Big Bird, como ya expliqué en su momento, era un satélite de cuarta generación. El Pentágono se asoció para su construcción con empresas como la Itek, Perkin-Elmer y Kodak. La misión principal del Gran Pájaro era vigilar zonas inestables (políticamente hablando), como las fronteras de la URSS con Irán y Afganistán, así como el golfo Pérsico y parte de Oriente Medio. La estación receptora de imágenes de Masada estaba capacitada para recibir cientos de fotografías de dichas zonas a los tres minutos de haber sido sobrevoladas. Una vez terminada la misión, el satélite era devuelto a la órbita original: 150 kilómetros de la superficie terrestre. *(N. del m.)*

Curtiss insistió. Sabía que yo estaba entrenado para «leer» esta clase de imágenes aéreas.

—¿Qué opinas?

—No estoy seguro —volví a mentir—. Hace mucho que...

Y sentí un escalofrío.

«Aquello» era...

Supongo que palidecí.

El general lo captó. Sonrió, condescendiente, tomó una de las fotografías y señaló la mancha naranja que yo había detectado.

No era posible...

Curtiss intentó anular las dudas de un plumazo. Ése era su estilo:

—La nave puede estar ahí...

Era un punto cercano a la costa del *wadi* Mujib.

Y añadió:

—La profundidad ha sido estimada en 330 metros...

¡Dios mío!

Inspeccioné de nuevo la fotografía. No había duda. La mancha aparecía en una de las dos grandes fosas existentes en el mar de la Sal (1). El resto eran tonalidades verdes, azules, negras y violetas, correspondientes a las temperaturas lógicas del lago en esos momentos. Nada sobresaliente.

—Se trata de una fuente de calor, como sabes...

Asentí.

Los sensores en el infrarrojo térmico y los microondas pasivos del Big Bird habían localizado un «cuerpo» (?) capaz de emitir energía calorífica. El naranja rojizo era inconfundible. «Aquello» desprendía calor.

—Pero eso es imposible —balbuceé sin demasiado

(1) El lecho del mar Muerto, como referí en otro momento de estos diarios, se halla cruzado por dos fosas (de este a oeste), con una profundidad que oscila entre 322 y 350 metros. La situada al norte aparece frente al *wadi* Zarqa. La segunda, prácticamente en la «cintura» del lago, se extiende desde el *wadi* Mujib al oasis de En Gedi, en la orilla judía. (N. del m.)

44

convencimiento—. En el lecho del mar Muerto no hay vida. Nada puede emitir calor y mucho menos en esa cantidad...

—La resolución de los sensores —argumentó Curtiss, con razón— es buena...

Lo sabía. Los infrarrojos térmicos alcanzaban en aquel tiempo del orden de $\approx 1$ km.

Curtiss indicó de nuevo la mancha naranja y admitió:

—Tenías razón. Se encuentra a 500 metros de la costa jordana, casi frente a la desembocadura del Mujib.

Y preguntó:

—¿Fue ahí donde cayó la nave?

—Eso creo...

Noté como la boca se secaba. Puro miedo. E intenté aclarar la cuestión clave:

—¿La «cuna» sigue activa?

El general no respondió de inmediato. Caminó de nuevo hacia la ventana, meditó la respuesta, y comentó sin apartar la mirada del Negev:

—No lo sabemos... Necesitamos más información... Hay que comprobar...

Regresó, recogió las fotografías y las guardó en el sobre.

Me miró en silencio. Estaba lívido.

Pensé a gran velocidad.

El hundimiento de la «cuna» se produjo al atardecer del 28 de junio. Las imágenes eran del 6 de julio. Habían transcurrido ocho días...

—No es posible —titubeé—. Esa fuente de calor no pertenece al módulo...

—¿Y por qué?

El jefe del proyecto conocía la respuesta mejor que yo. Pero se la di:

—El motor principal no ha podido permanecer encendido bajo el agua...

Curtiss siguió atento.

—Además, cuando hicimos estacionario, apenas quedaba combustible...

—La fuente de calor —cortó el general— no tiene por qué proceder del J85.

—¿Qué insinúas?

—Hay otras fuentes de energía en la nave, y lo sabes.

Cierto. La pila atómica era una de ellas. Su capacidad teórica era de diez años. Si Eliseo había logrado sobrevivir era posible que hubiera mantenido activa la SNAP 27.

Percibí fuego en mi interior.

—Si eso es así —repliqué—, Eliseo estaría vivo...

Curtiss se encogió de hombros, e insistió:

—Especulaciones...

Me rebelé, e intenté incorporarme, al tiempo que clamaba:

—¿Es que no comprendes?... ¡Puede estar vivo!... ¡Hay que bajar y sacar la «cuna»!

Curtiss solicitó calma.

—No es tan fácil...

—Yo me pondré al frente...

—No es tan sencillo. Lo sabes...

Protesté.

—La situación —redondeó el general— sigue empeorando...

—¿A qué te refieres?

—Deberías saberlo. Ese maldito Nixon quiere arrastrarnos a la tercera guerra mundial... Y cuenta con el apoyo de los rusos...

Curtiss se incendió.

—¡Malditos comunistas!

Tenía idea de lo que estaba comentando, pero no me desvié del asunto capital: el rescate de la «cuna».

El general lo repitió una sola vez:

—En estos momentos no es viable una operación así en el mar Muerto, y mucho menos en el lado jordano...

Y finalizó, rotundo:

—Se prepara una guerra... No lo olvides.

Ahí concluyó la conversación.

Curtiss, en efecto, había hablado demasiado.

—Mejórate —fue su última frase—. Te espero en casa la semana próxima.

No volvería a verlo hasta mi regreso a la base de Edwards, en el desierto de Mojave.

✡

Esos días, en el hospital militar, creí volverme loco.

Si la información era exacta, la «cuna» se hallaba a 330 metros de profundidad, en la fosa sur del mar de la Sal ¡y activa!

¡Dios de los cielos! ¡Y no podía hacer nada!

Cabía la posibilidad de que mi hermano estuviera en el interior de la nave, ¡y vivo!

Hice mis cálculos.

Me puse en su lugar... ¿Qué hubiera hecho de haberme visto encerrado en la «cuna» y en el fondo del mar Muerto?

Pensé en el oxígeno.

Imposible calcular la reserva. Ignoraba si la nave había sufrido algún desperfecto. De no ser así, «Santa Claus» administraría la mezcla. El ingeniero disponía de oxígeno para un par de semanas, como máximo.

¡Dios...! ¡Habían transcurrido ocho días!

¿Pudo accionar la escotilla hidráulica y escapar?

La presión lo hubiera reventado...

No, ése no era el camino.

Evalué otros parámetros.

¿Se hallaba la «cuna» preparada para resistir la formidable salinidad del mar Muerto? (1). La alta concentración de iones de calcio era otro gran enemigo...

Me tranquilicé. El blindaje resistiría. El módulo fue fabricado con una especialísima aleación de torio (al 4 por

(1) Al ser un lago «meromíctico», las aguas del fondo presentaban mayor salinidad que las de la zona superior. En esos momentos (1973), la salinidad era de 332 gramos por litro (a una temperatura de 21 grados Celsius). La densidad del agua era de 1,234 gramos por centímetro cúbico. La salinidad de las aguas superiores oscilaba entre 284 y 290 gramos por litro, con una densidad, en superficie, de 1,201 gramos. *(N. del m.)*

ciento), aluminio y otros materiales «clasificados». La totalidad de la nave fue bañada en una consistente solución de óxido de aluminio ($Al_2O_3$), que multiplicaba la capacidad de anticorrosión (1). La conductividad térmica y eléctrica eran elevadas (80 a 230 W/mK y entre 34 y 38 m ($\Omega$ mm$^2$), respectivamente). El punto de fusión a 933 grados Kelvin era otro dato a tener en cuenta. La nave era casi indestructible desde el punto de vista de una agresión química.

En cuanto a los contenidos de oxígeno y azufre del lago, sinceramente, no me preocupé (2). Respecto a la concentración de iones de magnesio (44,2 gramos por litro: altísima) sí me pareció comprometida, en relación a la «membrana» protectora de la «cuna». La estructura de la misma, como detallé en su momento, era extremadamente compleja y delicada (3).

(1) En las pruebas efectuadas previamente se comprobó que la corrosión afectaba mínimamente al blindaje: del orden de 0,015 milésimas de milímetro cada diez años. En un ambiente como el fondo del mar Muerto, para alcanzar una corrosión de 3 milímetros, hubieran sido necesarios dos mil años. La seguridad de la «cuna», en este sentido, se hallaba garantizada. La alúmina proporcionaba a la nave un bello y atractivo color rojizo (tipo rubí), cuando no se hallaba apantallada en IR (infrarrojo). *(N. del m.)*

(2) La presencia de oxígeno es mínima. Ello aliviaba, aún más, los efectos de la corrosión. El azufre, por su parte, se hallaba presente en forma de $H_2S$, y especialmente en las aguas inferiores. El sulfato se convierte en hidrógeno sulfuroso ante un proceso reductivo, favorecido por la referida falta de oxígeno. Pues bien, según nuestras informaciones, el hidrógeno sulfuroso existente en el fondo del lago tiene un carácter biogénico (producto de la actividad de ciertos organismos). En definitiva: en la citada masa de agua inferior vive una importante colonia de bacterias, responsable de la producción del sulfato. Dichas bacterias utilizan los iones de sulfato (libres) y los que constituyen el yeso. *(N. del m.)*

(3) La «cuna» disponía de una «membrana» exterior con unas propiedades de resistencia estructural muy especiales. Una red vascular, finísima, por cuyos conductos fluye una aleación licuable, mantiene activa dicha membrana. Algunos de sus elementos no ocupan volúmenes superiores a 0,07 milímetros cúbicos. Las funciones fundamentales de la «membrana» eran las siguientes: apantallamiento del módulo mediante un «escudo» IR (radiación infrarroja: por encima de los 700 nanómetros). Ello hacía invisible la totalidad del aparato. Absorción —sin reflejo o retorno— de las ondas decimétricas, utilizadas por los radares. Por último: la «membrana» provocaba una incandescencia cada vez que se llevaba a cabo una inversión de masa, evitando así el ingreso de gérmenes en otro tiempo o en otros marcos dimensionales. *(N. del m.)*

Por cierto, al estudiar el factor azufre, caí en la cuenta de algo: ¿era el hidrógeno sulfuroso, existente en el fondo del lago, el causante de la emisión de calor que había detectado el satélite artificial? No tardé en rechazar la idea. Si el $H_2S$ hubiera sido responsable de tales emisiones, parte del fondo del mar Muerto se convertiría en un permanente emisor de calor. Yo sabía que eso no es así.

Y, de pronto, en aquella locura de cálculos y más cálculos, me vino a la mente un «detalle» que había pasado inadvertido: el cinturón gravitatorio que protegía la «cuna», como si de un viento huracanado se tratase. Como ya expliqué en su momento, los pilotos, o «Santa Claus», estaban capacitados para activar una emisión de ondas gravitatorias (algo sólo intuido hoy por los científicos civiles), que partía de la mencionada «membrana» exterior, siendo proyectada, a voluntad, tanto en distancia como en intensidad. El cinturón gravitatorio envolvía el módulo como una invisible esfera o media naranja, según los casos.

«Si Eliseo o el ordenador central hubieran activado el "viento huracanado" —pensé—, la nave habría terminado flotando en mitad del lago...»

Era elemental.

Las ondas gravitatorias habrían hecho de «salvavidas».

Pero yo sabía que eso no había sucedido. La «cuna» no retornó a la superficie del mar Muerto. El ingeniero pudo haber activado la referida defensa, pero, lamentablemente, no fue así...

Y volví a caer en el abatimiento.

¿Había muerto Eliseo? ¿Por qué no activó el cinturón gravitatorio? ¿Por qué no permitió que el fiel «Santa Claus» llevara a cabo la maniobra? Hubiera sido tan fácil...

Y las cábalas se sucedieron con idéntico y frustrante resultado: no sabía nada...

Me repuse físicamente, sí, pero el corazón siguió anegado por la tristeza y la incertidumbre.

No podía hacer nada por Eliseo...

✶

# 10 de julio

Fui avisado una hora antes.

El despegue del avión que me trasladaría a Estados Unidos de Norteamérica fue programado para el amanecer.

Así era Curtiss...

Alguien me proporcionó ropa.

Acaricié la «perla» que colgaba del cuello y abandoné el hospital.

Mi único equipaje fue la memoria.

Un avión de la USAF me aguardaba en un extremo de la pista 02/4 de la base de Nevatim.

Un vehículo me dejó al pie de la escalerilla y alguien, uniformado, me invitó a subir. Saludó militarmente y correspondí con desgana.

Fue mi adiós a la tierra de Israel, una tierra especialmente querida... Pero no sería la última visita.

Quedé sorprendido.

El aparato era un veterano Boeing —KC-97L—, debidamente medicalizado. No faltaba nada.

En el interior esperaba uno de los directores del proyecto Caballo de Troya y un equipo médico. Todo «sin banderas» (de primera clase). Eso pensé...

Y a las 7 horas y 31 minutos, los cuatro motores Pratt-Whitney, de hélice, de 3.500 caballos, me levantaban hacia mi Destino...

En esos momentos, los pensamientos se hallaban muy lejos, y muy cerca, según se mire.

Nadie, en esos instantes, hubiera imaginado lo que me reservaba el referido y burlón Destino...

Me acomodé. Tenía muchas horas de vuelo por delante. Pero la paz (?) duró poco.

Al alcanzar el nivel de crucero —9.500 metros—, el director se sentó a mi lado y, cuaderno en mano, sin preámbulos, empezó a interrogarme.

—Creí que lo había contado todo —repliqué, algo contrariado.

El individuo, con el que apenas tuve contacto durante la preparación del proyecto, sonrió brevemente, y siguió a lo suyo.

No me gustaba aquel tipo. No miraba a los ojos. Me recordaba a Judas...

Era flaco, con el cráneo rapado, la piel macilenta y algo verdosa, y unos labios siempre babeantes.

Insistió. Quería saber la verdad.

¿La verdad? La había contado hasta el aburrimiento.

No se inmutó. Y preguntó, autoritario:

—¿Dónde está la nave? Exijo la verdad...

No podía dar crédito a lo que oía. ¿Qué era aquello? ¿Qué pretendía aquel sujeto?

Me negué a repetir lo ya explicado ante Curtiss y los otros directores.

—¿Tienes miedo a la verdad?

La pregunta del baboso (1) casi me hizo perder los estribos. Algo me obligó a mantenerme sereno. Aquella conversación era más importante de lo que suponía...

—¿Dónde ha ido a parar la «cuna»?

Le miré, desconcertado, pero no supe leer entre líneas.

La pregunta, como comprobaría más tarde, contenía veneno.

—Lo sabéis igual que yo...

—No has comprendido —sonrió, malévolo—. Sabemos que la nave no está ahí...

---

(1) El mayor, en su diario, utiliza la palabra *slimy*, que podría ser traducida como «vil, repulsivo y servil» e, incluso, como «persona babosa». *(N. del a.)*

Y señaló con la mano izquierda por la ventanilla, hacia el mar.

Necesité unos segundos para medio entender.

—¿Qué insinúas?

—Te lo he dicho: sospechamos que Eliseo ha vuelto...

Me negué a responder. Aquel tipo era un bastardo. Desde ese momento lo llamé «Slimy». Se lo merecía...

El director se percató de mi actitud y cambió de asunto. La conversación empeoró.

Slimy se interesó por las muestras de sangre y de cabello del Maestro y de su familia. «¿Qué fue de ellas?»

Comprendí.

Aquel impresentable estaba al tanto de los propósitos de los militares para intentar clonar al Galileo. De ahí su especial interés por el contenido del cilindro de acero.

—Los informes están en la «cuna» —contesté con repugnancia—. Eliseo se ocupó de eso. No sé más —mentí—, ni quiero saber...

Volvió a sonreír, cínico.

Y estallé:

—¡Bajad vosotros y rescatadlos!

El baboso acusó el golpe y me recordó lo firmado antes de ingresar en el proyecto. Invocó el protocolo COL/10/6, que exige «íntima colaboración con la USAF» y «confidencialidad hasta la cuarta generación».

—Podemos meterte en la cárcel de por vida...

—Ya estoy en prisión, gracias a vosotros...

Pero Slimy no sabía de qué hablaba.

—En cuanto al «col», podéis metéroslo por donde os quepa...

Sonrió, divertido, y arreció en sus preguntas.

En esta oportunidad le tocó el turno a la vida sexual de la Señora y de su Hijo. «¿Qué había averiguado? ¿Era cierto lo que predican las iglesias? ¿Se casó Jesús con María Magdalena? ¿Tuvo amantes el Galileo? ¿Era homosexual?»

Lo mandé, directamente, al infierno.

Me levanté y me refugié en cabina, con los pilotos.

El KC-97L volaba mansamente. Leí en el instrumental.

Velocidad: 478 kilómetros por hora. Tiempo estimado para la primera escala: 7 horas... Las turbinas J-47 empujaban con una fuerza de 2.545 kilos.

Sí, nada es casual...

Aquella desagradable conversación con Slimy me puso en guardia. Alguien, en el agotado proyecto Caballo de Troya, ocultaba algo. Pero tendría que pasar un tiempo —no mucho— para que las cartas aparecieran boca arriba...

Y a las 18 horas de aquel martes, 10 de julio de 1973, el aparato aterrizó con dulzura en las Azores.

No me permitieron descender a tierra.

Slimy no volvió a molestarme. Continuó enfrascado en el cuaderno. De vez en cuando hablaba por radio...

✡

La escala fue breve. Repostamos y el KC-97L rodó por la pista 15/33 de la base aérea de Lajes, en la isla Terceira. El Boeing recorrió los 3.313 metros en un minuto y dos segundos.

Y nos fuimos al aire. Por delante aguardaban más de 3.000 millas.

Y me pregunté, una vez más: ¿qué sería de mí?...

La noche no tardó en alcanzarnos.

Y me dediqué a lo mío, a pensar...

Lo echaba de menos. Añoraba al Maestro.

Era preciso poner manos a la obra. Tenía que escribir la totalidad de nuestra aventura en la Palestina de Jesús de Nazaret. Nada quedaría oculto. El mundo tiene derecho a saber...

Y recuerdo una extraña sensación. La rechacé, por supuesto, pero siguió a mi lado, impertinente: «¿Había sido todo un sueño?»

Miré a mi alrededor.

Allí seguían el equipo médico y Slimy. Recordaba la caída en el mar de la Sal, los beduinos, y a Marcos...

No, no fue un sueño.

No tardé en dormirme.

El viaje fue tranquilo y sin sobresaltos.

Al despertar, Slimy vigilaba y babeaba.

¿Qué se proponía?

La primera sorpresa de aquella jornada estaba al caer...

Nuestro destino no era la base de Edwards, en California.

A las 3 horas, los pilotos iniciaron la maniobra de aproximación.

No tenía idea de dónde me hallaba. Hice cálculos. Sólo podía tratarse de la costa de Florida.

Así era.

Curtiss lo tenía todo planeado, ¡y de qué forma!

Pero ¿por qué Florida?

Sobrevolamos la bahía de Hillsborough e intuí hacia qué lugar se dirigía el KC-97L.

El general supo escoger...

Y a las 3 horas y 45 minutos de la madrugada del miércoles, 11 de julio, tomábamos tierra en una de las interminables pistas de la base área MacDill, al sur de la ciudad de Tampa, en el mencionado estado de Florida.

En un primer momento pensé en una nueva escala. Me extrañó. La autonomía del Boeing era de 6.880 kilómetros. Eso nos hubiera permitido aterrizar en Houston...

Tampoco quise preguntar. No deseaba el menor contacto con Slimy.

Por lo que sabía, MacDill era una de las bases más seguras de los Estados Unidos y, posiblemente, del mundo. Allí operaban el Comando Central y Operaciones Especiales, y se guardaban (bajo tierra) los restos de la nave extraterrestre estrellada en Roswell (Nuevo México). Sin autorización no entraba ni el aire...

Un dispositivo armado me esperaba al pie de la escalerilla.

Todo se desarrolló a gran velocidad y con precisión. Era obvio que la operación había sido ensayada.

La noche era cálida.

Algunas estrellas me miraron, sorprendidas. Una de ellas centelleó con prisa.

Mensaje recibido.

Supe que era Ruth, mi querida pelirroja...

Me introdujeron en una ambulancia, acompañado por dos de los médicos que viajaron en el KC-97L.

Segundos después partíamos a gran velocidad, y fuertemente escoltados.

La policía militar, en la entrada a la base, se cuadró al paso del pequeño convoy.

Abandonamos las instalaciones de la USAF y nos dirigimos hacia el norte.

Era la hora perfecta: cuatro de la madrugada. Ni un alma en las calles...

Sí, todo minuciosamente planificado.

Al dejar atrás MacDill me perdí por completo. Me hallaba en blanco. No tenía la menor idea de cuál era mi destino.

¿Qué pintaba en Florida?

Lo lógico es que hubiera volado a Mojave. Allí tenía mucho por hacer...

La incertidumbre no se prolongó demasiado.

Veinte minutos después de la salida de la base aérea de Tampa se abrían las puertas del vehículo sanitario y los soldados cerraron filas a mi alrededor.

El silencio era total.

Fue así como terminé en el «JAHVH». Así llamaban al Hospital de Veteranos «James A. Haley», ubicado en New Port Richey, al norte de la citada ciudad de Tampa.

Empecé a entender.

En esos días, el «JAHVH» era un centro de gran prestigio, con la tecnología médica más avanzada del mundo (1). Un lugar lo suficientemente grande como para pasar desapercibido...

(1) Entre otras especialidades recuerdo las siguientes: departamento de lesiones cerebrales traumáticas (TBIC), de especial interés para quien esto escribe; patología del habla; terapia respiratoria; medicina de rehabilitación; sección de estrés postraumático (TEPT); medicina nuclear; centro de asistencia a veteranos de Vietnam; microscopía electrónica; neurología profunda y oncología. *(N. del m.)*

Curtiss y su gente no descuidaron un solo detalle.

La segunda planta fue clausurada y allí me instalaron.

Y al equipo médico que me acompañó en el vuelo desde Israel se unieron otros especialistas, todos militares. No conocía a ninguno.

Los accesos a la planta fueron custodiados por militares de paisano.

Y durante tres largos e incómodos días me vi sometido a toda suerte de chequeos, análisis y pruebas.

Perdí la cuenta.

Nadie me informó de nada.

Preguntar era inútil. Nadie respondía.

Supuse que sólo el jefe de proyecto se hallaba autorizado a responder a mis preguntas. Pero Curtiss no se dejó ver.

Los expertos en resonancias, escáneres y demás máquinas se limitaban a llevar a cabo las exploraciones. Después desaparecían.

Tuve que esperar a mi llegada a Edwards, en efecto, para recibir información.

En realidad no descubrieron nada que no supiera...

En síntesis, esto fue lo que el general Curtiss me permitió leer a mi retorno a Mojave, en California (supongo que ocultó mucho más):

El envejecimiento —rezaba el informe confidencial— proseguía al ritmo calculado, tal y como adelantó «Santa Claus» (1). Las pérdidas neuronales fueron estimadas en 1.400 millones al año. En un adulto sano, esas pérdidas (a partir de los veinte años) rondan los 36 millones de neuronas anuales.

En otras palabras: el deterioro era inexorable. El margen de vida (teórico) oscilaba alrededor de ocho o nueve años (con suerte) (2).

(1) La situación era la siguiente: durante los procesos de inversión de masa de las partículas subatómicas, «algo» provocaba una mutación o pérdida de ADN nuclear en las neuronas del cerebro. Resultado: un imparable envejecimiento de la red neuronal. La causa, casi segura, obedecía a la degeneración mitocondrial. *(N. del m.)*

(2) Amplia información sobre el mal padecido por Jasón y Eliseo en los nueve *Caballos de Troya*. *(N. del a.)*

Las nuevas microfotografías (especialmente del cerebelo) fueron determinantes. La acumulación de lípidos en las mitocondrias de las neuronas era evidente y letal.

Al citado envejecimiento prematuro había que sumar otras alteraciones, no menos graves. A saber: inclusiones intranucleares, invaginación de la membrana nuclear, acumulación de lipofuscina y disminución del número de ribosomas y de las referidas mitocondrias. Estas perturbaciones aparecían escoltadas por trastornos bioquímicos, entre los que destacaban la disminución de la síntesis de proteínas, tendencia a la oxidación de los aminoácidos sulfurados y una caída de la oxidación intramitocondrial.

En suma: una catástrofe generalizada... (1)

Pero no todo fue horrible.

En el informe no se mencionaba la amiloidosis. No fueron detectados los 19 tumores, alojados en lo más profundo de mi cerebro, y tampoco el de la lengua. Como se recordará, «Santa Claus» acabó con ellos, y en unas circunstancias que prefiero no rememorar (2). Tampoco se decía nada sobre la «inminente amiloidosis secundaria», anunciada por el ordenador central en aquellos momentos (3).

Algo es algo...

Curtiss, en un intento de levantar mi ánimo, sugirió que prestara atención a uno de los párrafos del informe médico. En él se hacía alusión a un asunto «desconcertante».

---

(1) También los niveles de óxido nítrico eran elevados, tal y como advirtió «Santa Claus» en la última revisión de quien esto escribe. Sabíamos que, tras el proceso de inversión de masa, el óxido nítrico provocaba la síntesis de la guanosina monofosfato cíclico (segundo mensajero de los neurotransmisores) y eso empeoraba las cosas. Los especialistas apuntaban igualmente la posibilidad de que el NO pudiera reaccionar con el anión superóxido, dando lugar al peroxinitrito, otro destructor de proteínas. *(N. del m.)*

(2) El mayor intentó el suicidio a lo largo de la referida intervención quirúrgica, practicada por el ordenador central. Amplia información en *Caná. Caballo de Troya 9. (N. del a.)*

(3) Los «nemos» captaron signos de una inminente amiloidosis secundaria. En breve, el organismo se vería afectado por otros tumores, que invadirían el hígado, bazo, riñones, ganglios linfáticos y otros órganos y sistemas. La muerte llegaría en semanas. *(N. del m.)*

Quien esto escribe estaba envejeciendo de forma prematura y aparatosa. Eso era evidente. Las constantes vitales y la memoria, sin embargo, no mostraban signos de deterioro. Era una contradicción...

Interrogué al general, pero no respondió. No sabía o no quiso hablar...

¿Cómo era posible? La destrucción neuronal era grave. Los radicales libres me devoraban (1) y, no obstante, disfrutaba de una memoria panorámica. Mi aspecto era el de un anciano, pero la capacidad de absorción de oxígeno alcanzaba los cuatro litros por minuto. Ése es el consumo de un joven de veinte años... A mi «edad», la cifra no debería superar 1,5 litros por minuto.

Lo dicho: los expertos no salían de su asombro...

Curtiss me obligó a tomar notas del último apartado: «tratamientos y recomendaciones».

En honor a la verdad, los especialistas no se ponían de acuerdo. Había opiniones para todos los gustos.

La mayoría aconsejaba luchar contra la oxidación mitocondrial (envejecimiento) con una extensa batería de antioxidantes. Nada nuevo. Tanto Eliseo como yo los habíamos consumido en la pasada aventura. Recomendaban vitamina E, bromuro de etidio (de excelente resultado en el experimento con las *drosophilas*) (2), la socorrida dimetilglicina, glutamato, y el también familiar N-ter-butil-α-fenilnitrona.

Levanté la vista de los papeles y contemplé a Curtiss.

¡Maldito bastardo!

Fue él quien ordenó el ingreso en la «cuna» de aquellos

---

(1) En palabras del prestigioso especialista J. Miquel, jefe de Patología Experimental de NASA en el Ames Research Center, en Mountain View (California), «los radicales libres de oxígeno (fragmentos moleculares del gas que respiramos) tienen un papel clave y desorganizador en el envejecimiento. La diana principal del ataque de dichos radicales son las mitocondrias (estructuras celulares en las que se utiliza el oxígeno en la respiración celular para la producción de la energía que apoya las funciones fisiológicas)». *(Carta de J. Miquel al autor.)*

(2) Amplia información sobre las moscas *drosophilas* en *Masada. Caballo de Troya 2. (N. del a.)*

fármacos. Él sabía, desde el principio, que seríamos atacados por los radicales libres...

Me contuve.

No era el momento de revelar lo que sabía.

Era preciso esperar y mantener la mente fría y distante.

Ya le llegaría el turno...

Mis pensamientos —sin saberlo— fueron proféticos.

Le llegó la hora, y antes de lo que nadie sospechaba...

Pero sigamos en orden.

Volví a leer el capítulo de «tratamientos» y me llamó la atención la insistencia en la necesidad de consumir granadas. La granada es un poderoso antioxidante (uno de los más eficaces de la creación), con altos contenidos de polifenoles (especialmente punicalaginas).

Recordé de inmediato al bueno de Felipe, y su «laboratorio», en Saidan.

¡Cómo los añoraba!

Y me visitó una idea excitante: ¿qué habría ocurrido si este explorador hubiera decidido permanecer en aquel tiempo..., para siempre?

Quizá hubiera sido más feliz...

Me bajé de inmediato de tales pensamientos. No eran ésos los propósitos. Tuve la oportunidad, única y maravillosa, de conocer al Hombre-Dios y eso no era de mi propiedad. Estaba obligado a difundirlo. Él lo sugirió en diferentes ocasiones. Yo era un *mal'ak,* su mensajero...

Proseguí con las «recomendaciones».

La granada —decía el informe—, además de frenar el envejecimiento, terminar con las arrugas en la piel, beneficiar la hidratación general, favorecer la circulación sanguínea y proteger el corazón, es una solución para prevenir los cánceres e, incluso, multiplicar la actividad sexual.

Esto último me resbaló. Mi gran amor se había quedado al otro lado del tiempo...

Y volví a recordar a Felipe y su tejemaneje con las cáscaras de las granadas. Para él era lo mejor de la referida fruta. Las devoraba o las trituraba, mezclándolas con el zumo o, simplemente, con agua o con vino.

No iba desencaminado... El poder rejuvenecedor de la cáscara de la granada es notablemente superior al del contenido.

La *bellinte* de Dios...

Algún día, el ser humano comprenderá: todo está en la naturaleza. Todo ha sido ensayado en los «laboratorios» del Padre Azul. Lo dijo Él: «Ab-bā no improvisa.»

Pero la humanidad está ciega...

No importa —me reproché—. Ya despertará.

A eso vino...

También aconsejaban tratamientos a base de fenoles y derivados del azufre reducido. Ambos juegan importantes papeles en la defensa del organismo contra las peroxidaciones incontroladas. Y hacían hincapié en el consumo de ácido nordihidroguiarético y tiazolidin carboxílico. También hablaban de fármacos energizantes, como la hidergina y la ubiquinona. Los estudios aparecían respaldados por científicos del prestigio de Comfort, Bender, Powell, Kormendy, Miquel y Hrachovec, entre otros.

No dudé de la sabiduría de estos hombres, pero... (1)

(1) No aburriré al hipotético lector de estas memorias con los tratamientos recomendados contra el mal que padezco. Mencionaré, muy por encima, algunas de las sugerencias propuestas. A saber:

1. Neurogénesis o regeneración de las células nerviosas. Basándose en los estudios de Altman y Gopal Das, los especialistas buscaban la duplicación cromosómica, previa a la división celular. Y centraban el trabajo en las neuronas del hipocampo (concretamente en la circunvolución dentada). El hipocampo —decían— es una «fábrica» de células, a todas las edades. «Con ello se potenciará la memoria del paciente.»

Sonreí para mis adentros. La memoria era lo mejor de mí mismo...

2. Algunos pretendían criogenizarme, cerebralmente. Al rebajar la temperatura del cerebro se reduciría el mortal avance de los radicales libres.

Curtiss rechazó la idea.

3. Otros expertos defendían la posibilidad de proteger las colonias neuronales mediante una compleja ingeniería genética. Se trataba, en definitiva, de crear un gen que modificara las proteínas protectoras.

Curtiss y yo reímos la ocurrencia.

4. Hubo quien se centró en la necesidad de incrementar el glutamato, un neurotransmisor que anima a la captura de iones de calcio y beneficia la sinapsis.

Me negué. Estaba harto de tanto medicamento...

5. Alguien, con buen criterio, proponía el consumo de L-carnitina,

Finalmente prometí repasar los «tratamientos y recomendaciones».

No pensaba hacerlo.

Echaría mano, únicamente, de la vitamina E, las granadas y la vinburnina (por pura curiosidad).

Creo haberlo dicho: no tenía miedo a morir. Sólo necesitaba tiempo para dejar por escrito cuanto había vivido y cuanto sabía..., sobre Él. Fue el Maestro quien me enseñó: después de la muerte nos espera la realidad...

Curtiss ordenó: cada tres meses me sometería a nuevos reconocimientos médicos.

Increíble Destino... Los chequeos no se repitieron jamás.

---

mejorando así los niveles miocárdicos de carnitina. Al estimular la succínico dehidrogenasa y la nicotín adenín dinucleótido dehidrogenasa (enzimas básicas en los procesos energéticos), los niveles celulares mejorarían, así como la capacidad funcional del corazón.

Prometí pensarlo.

6. Vinburnina. La idea procedía del centro de investigación de Rennes, en Francia. La vinburnina es un alcaloide procedente de una planta africana llamada *Voacanga*. Los efectos —aseguraban— eran excepcionales: aumenta las tasas de ATP y 2,3 DPG del eritrocito. Dichos elementos consiguen que el eritrocito o glóbulo rojo se deforme, permitiendo su paso por los capilares, hasta alcanzar las neuronas. En el caso de ancianos, con los vasos obstruidos, la vinburnina era casi milagrosa. Y como consecuencia del incremento del transporte de oxígeno (hasta un 40 por ciento), las neuronas conseguían restablecer el perdido equilibrio, aumentando hasta un 50 por ciento el consumo de glucosa, su «combustible».

Me interesó el asunto...

7. Leí igualmente algunas exposiciones sobre la necesidad de ingerir fármacos potenciadores del cerebro. Hablaban de metilfenidato, un compuesto emparentado con las anfetaminas; inhibidores de la acetilcolinesterasa; antihistamínicos, capaces de bloquear el receptor H3; inhibidores de la fosfodiesterasa y, sobre todo, ampaquinas, capaces de intensificar las respuestas neuronales. Esto último ayudaría a fijar mis recuerdos «a largo plazo».

Volví a sonreír para mis adentros. Necesitaba de todo, menos eso...

8. Otro de los equipos de investigación propugnaba ensayos, destinados a activar la telomerasa y, en consecuencia, a retrasar la hora del envejecimiento no celular. Si lograban descubrir el gen responsable de la telomerasa, la vida de quien esto escribe podía alargase hasta un 40 por ciento.

Y me pregunté: ¿me interesaba vivir tanto? *(N. del m.)*

# 14 de julio

Todo termina (en la materia).

Al atardecer del viernes, 13 de julio (1973), los exámenes médicos concluyeron.

Y recibí la orden de prepararme. Partíamos.

No supe más. Nadie hablaba conmigo, salvo los médicos y especialistas, y lo justo.

Y a las dos de la madrugada del sábado, 14, con el mismo sigilo con el que llegué, abandonaba el «JAHVH»...

Me sentí como una cobaya. No recibí la menor información sobre mi estado. Fue Curtiss, como dije, días después, quien procedería a mostrarme los resultados. Pero antes fui testigo de otros hechos, no menos desconcertantes.

La ambulancia se aventuró, rápida, por las calles de Tampa.

A las 2 horas y 30 minutos cruzaba de nuevo la puerta de entrada a la base de la fuerza aérea (MacDill). Fui igualmente escoltado hasta uno de los hangares y allí, cortésmente, invitado a subir a un Deltic Orion, un tetramotor Lockheed P-3A, de lucha antisubmarina.

Quedé desconcertado.

¿A qué lugar pretendían trasladarme?

Esta clase de avión sólo se utiliza sobre la mar. (Me sorprendo a mí mismo: empiezo a utilizar el lenguaje del Maestro... Él se refería a la mar, en femenino.)

Curtiss era imprevisible.

Me acomodé e hice cálculos. El Deltic, con sus cuatro motores Allison, de 4.910 CV, era capaz de volar a 760 kilómetros por hora, con una autonomía de patrulla de 17 horas.

Eso significaba que estaba capacitado para alcanzar Alaska o la Antártida... (!)

¿Qué querían de mí?

Y me dejé llevar por la imaginación.

¿Sería sometido a nuevas pruebas médicas en alguna de las bases norteamericanas ubicadas en los hielos del mar del Bering o en Tierra de Fuego?

¿Qué más podían hacerme?

Después fui serenándome.

El Deltic no fue dispuesto como avión medicalizado.

Tampoco me acompañaba el equipo de doctores. Tampoco vi al odiado Slimy.

En el aparato, prácticamente vacío, sólo viajaba una escolta uniformada.

Seguí confuso.

Al poco, el Deltic se situaba en el nivel de crucero: 8.000 metros.

Y puso rumbo al oeste.

Aquella dirección no llevaba al norte, y tampoco a la Antártida...

Sobrevolamos Nueva Orleans, Houston y Austin.

Fue entonces cuando intuí...

Curtiss era un zorro.

Nuestro destino podía ser California.

Acerté.

Nos dirigíamos, con seguridad, a la base de Edwards, en el desierto de Mojave.

Hacía nueve años que trabajaba en la AFFTC (1).

---

(1) AFFTC: Air Force Flight Test Center, una de las designaciones de la base Edwards.

«En la primavera de 1964 —cuenta el mayor en sus diarios— fue cuando, confidencialmente y por pura casualidad (?), llegó a mis oídos la existencia de un ambicioso proyecto, auspiciado por la AFOSI y la AFORS (Oficina de Investigaciones Espaciales y Oficina de Investigación Científica de la Fuerza Aérea, respectivamente) y en el que trabajaba desde hacía años un nutrido grupo de expertos del Instituto de Tecnología de Massachusetts.

»Yo había sido seleccionado en octubre de 1963, con otros trece pilotos de la USAF, para uno de los proyectos de NASA. En mi calidad de médico e ingeniero en física nuclear, y puesto que seguía perteneciendo a

El general jugaba al despiste, como buen militar...

Pero ¿quién podía tener interés en aquel «anciano» de 36 años?

Y me sentí repentinamente inquieto.

No sé explicarlo.

Me hallaba descansado, pero nervioso...

---

la OAR (Oficina de Investigación Aeroespacial), me encomendaron un trabajo específico de supervisión del llamado VIAL o Vehículo para la Investigación del Aterrizaje Lunar. En la mencionada primavera de 1964, dos de estas curiosas máquinas voladoras —en las que se iniciaron los primeros ensayos para los futuros alunizajes del proyecto Apolo— llegaron al fin al lugar donde yo había sido destinado: el Centro de Investigación de Vuelos de NASA, en la base de Edwards, de las fuerzas aéreas norteamericanas, a ochenta millas al norte de Los Ángeles.

»En aquel paisaje desolado permanecí hasta últimos de 1964, en que concluyeron con éxito las pruebas preliminares del vuelo de los VIAL.

»Durante meses conviví con otros candidatos a astronautas, oficiales, científicos y técnicos... Y llegó a mis oídos un fantástico proyecto: la operación Swivel ("Eslabón").

»Una vez finalizado mi trabajo en Edwards, NASA estimó que debía incorporarme al Centro Marshall de vuelos espaciales. Mi verdadera vocación ha sido siempre la investigación. Concretamente, el joven «mundo» de la teoría unificada de las partículas elementales. Sin embargo, mis inquietudes en aquel mes de diciembre de 1964 discurrían por otros derroteros. Los costos de NASA habían empezado a dispararse y el Centro Marshall trabajaba día y noche para encontrar nuevos sistemas, o fuentes de energía, que abaratasen las costosas baterías "químicas" de los proyectos Explorer, Mercury y Geminis.

»Una semana antes de Navidad, y por motivos de mi trabajo, tuve que volar nuevamente a la base de Edwards. Durante uno de los almuerzos con el personal especializado conocí al nuevo jefe del proyecto Swivel, el general..., un hombre que supo escuchar mis disquisiciones y lamentos sobre la miopía mental de algunos altos cargos de NASA, que habían rechazado, una y otra vez, mis sugerencias sobre la necesidad de sustituir las anticuadas baterías químicas por células de carburante o por baterías atómicas.

»El general pareció interesarse por algunos de los detalles de las pilas atómicas y yo —lo reconozco— me desbordé, saturándole con una lluvia de datos e información en torno a las excelencias del plutonio 238, del curio 244 y del prometio 147... Antes de retirarse de la mesa, el general me hizo una pregunta: "¿Quiere trabajar conmigo?"...

»De esta forma, en enero de 1965, abandonaba definitivamente NASA para incorporarme al módulo de experiencias de la USAF, en Mojave. Yo había conocido a buena parte de los científicos y militares que se afanaba en aquel fantástico proyecto durante mi anterior etapa en la base de Edwards. Esto facilitó las cosas y mi definitiva integración en la operación Swivel fue rápida y total...» *(N. del a.)*

Algo estaba a punto de suceder. Algo grave.

Colgué de nuevo la «perla» junto a la placa de identificación y me hice una pregunta; una importantísima pregunta: «¿Cómo pensaba desencriptar el "DR"?»

Las dudas me asaltaron.

Nadie sabía de la existencia, en mi poder, del «lector de sueños». Quizá no actué correctamente. ¿Tenía que habérselo entregado a Curtiss? La intuición negó con la cabeza.

«Está bien donde está...»

Pero, para acceder al contenido del «DR», necesitaba de Caballo de Troya. Abrir aquel dispositivo no era sencillo. La tecnología, además, era secreta. Para descubrir lo almacenado en la «perla» tenía que solicitar autorización. En ese momento, delicadísimo, me harían preguntas y, lo que era peor, podían confiscarme el «lector».

¿Cómo actuar?

Y empecé a madurar un plan...

Era preciso ingresar en...

¡Estaba loco! Eso era inviable.

Esa zona se hallaba permanentemente vigilada. Las cámaras de seguridad barrían el último centímetro del último rincón.

Algo se me ocurriría...

Tenía que intentarlo. Era menester averiguar el contenido de la «perla», y debía hacerlo secretamente.

Lo dije: la intuición había avisado. La «perla» era vital para mis propósitos.

Buscaría el momento idóneo. Me deslizaría en la oscuridad de la noche...

Sería cuestión de minutos.

Recuerdo que, en la vertical de Albuquerque, otra jauría de dudas se me echó encima.

Y me descompuse...

Era un anciano.

¿Qué sucedería si me licenciaban del ejército? Era lo más probable...

Caballo de Troya había terminado, al menos para quien esto escribe.

Si la «cuna» no aparecía, Jasón sería dado de baja, y enviado a su casa. ¿Qué casa? Yo no tenía hogar...

Pero no quise desviarme del tema principal. Si causaba baja me obligarían a abandonar la base. En ese supuesto, la «perla» sólo sería un adorno.

Traté de consolarme.

Escribiría de memoria, y desde el principio. Recordaba nombres, palabras, fechas, sucesos..., todo.

Y las dudas me derribaron de nuevo.

¿Qué contenía el «DR»? ¿Quién lo colgó de mi cuello? ¿Fue Eliseo? ¿Por qué? ¿Fui yo? ¿Por qué no recordaba?

Sí, el contenido tenía que ser importante...

Me arriesgaría. Lo «abriría».

Y el Destino —cómo no— sonrió burlón...

No hubo forma de conciliar el sueño.

Demasiadas incógnitas...

¡Cómo lo añoraba! ¡Jesús de Nazaret, el Hombre-Dios! Lo mejor que me ha pasado en la vida...

¡Y cómo la añoraba, mi único gran amor!

¡Querida Ma'ch!

Se hallaban tan lejos y tan cerca...

Tenía que sentirme afortunado —me repetía—, pero no era así. Un sentimiento de tristeza aleteaba sobre mí. Presentía algo.

Las sorpresas aguardaban allí abajo. Tenía que ser fuerte.

¡Querida Ma'ch, espérame en el cielo!

Y a las 8 horas, el aparato comenzó el descenso.

Nos aproximábamos a Edwards, entre los condados de Los Ángeles y de Kern.

El alba, como en los viejos tiempos, me recibió violeta y lejana.

✡

A las 9 horas, el Deltic rodaba impecable y gruñón por la pista 04/22. Al piloto le sobró más de la mitad de los 4.576 metros de que disfrutaba dicha pista.

Las hélices se rindieron.

Habíamos aparcado a corta distancia del Dryden, el Centro de Investigación de Vuelos de NASA.

¡Cuántos recuerdos! Parecía como si hubieran pasado dos mil años...

¡Vaya! Así era...

Se abrió la puerta y, tras despedirme de la tripulación, la escolta me precedió en dirección a la escalerilla.

Ordenaron que aguardase.

Segundos después, a una señal del sargento, avancé hacia la plataforma.

Edwards seguía seca, gris y polvorienta, tal y como la dejé.

Al verlos quedé perplejo.

No supe qué hacer.

Los pilotos del Deltic observaban por las ventanillas de cabina, con curiosidad. Nadie, en el avión, sabía quién era, pero dedujeron que aquel anciano era alguien destacado. Quizá un general retirado...

Al pie de la escalerilla, para mi desconcierto, esperaba un grupo de militares.

Reconocí a casi todos.

Eran los 61 miembros del proyecto Caballo de Troya: científicos, técnicos, directores...

Curtiss, en primera fila, aparecía con el uniforme de general.

Y sobre el aparcamiento descendió el silencio.

Las miradas estaban fijas en aquel anciano...

Traté de saludar, pero me temblaban las piernas. Tuve que sujetarme al pasamano de la escalerilla.

Desconcertante. Fui entrenado para casi todo, pero no para una situación como aquélla.

Me sentí perdido.

Entonces amanecieron unos murmullos. Y se extendieron como una ola.

Comprendí.

El piloto había regresado como un anciano.

Fue muy impactante, para la mayoría.

Estaban atónitos.

Finalmente me decidí a bajar los escalones.

Lo hice despacio e inseguro.

La escolta se mantuvo atenta.

Y, conforme me acercaba, los murmullos volaron.

Todo fue silencio, de nuevo.

Me detuve en el último tramo de la escalera y los observé detenidamente.

Eran miradas de incredulidad...

Ellos no podían imaginar lo que este explorador había vivido y sufrido...

No sabían.

Se hallaban en otra galaxia.

Yo, ahora, procedía de la luz y regresaba a la oscuridad.

¿Entenderían mi tragedia?

¿Cómo explicar? ¿Cómo hacerles ver? ¿Cómo decir que todo lo sabido sobre el Maestro es erróneo? ¿Cómo mostrarles...?

Pero ¡qué estupideces estaba pensando! Ellos serían los últimos en saber.

Curtiss terminó disolviendo la espesa situación.

Avanzó un par de pasos hacia la escalerilla. Se detuvo. Saludó militarmente y gritó, de forma que fuera oído por todos:

—¡Bienvenido a casa!

¡Maldito hipócrita!

El silencio se derritió como plomo fundido. Nadie respiraba.

Terminé bajando los peldaños y, al tocar el suelo de la base, me cuadré y respondí al saludo.

Curtiss empezó a sudar.

Sí, faltaba alguien, y él lo sabía...

Habíamos fracasado...

Pero, de pronto, todo cambió.

Alguien empezó a aplaudir y el contagio fue general. La salva de aplausos se propagó por el aparcamiento. Y escuché algunos vítores.

Permanecí firmes, saludando.

Los aplausos arreciaron.

Y un extraño fuego me recorrió por dentro.

Las rodillas me temblaron nuevamente.

No estaba preparado para algo así...

No pude evitarlo. Los ojos se humedecieron. Curtiss se percató y dibujó una mala sonrisa.

¡Qué extraño! Yo no solía llorar...

Pero el recuerdo de Eliseo se mezcló con los aplausos y una lágrima, traidora, huyó por la mejilla.

El grupo se dio cuenta y aplaudió con frenesí.

Después, poco a poco, el silencio volvió a imponerse.

El general bajó la mano y caminó hacia donde resistía este perplejo explorador. El resto de los hombres lo siguió y terminaron apretando mis manos, y abrazándome.

Fue emotivo y triste.

Sí, faltaba mi hermano...

Las miradas eran curiosas y esquivas. Se prolongaban lo justo.

Estaban aterrorizados ante mi aspecto.

«¿Cómo ha podido ocurrir? —se lamentaban—. ¿Qué ha fallado?»

No supe dónde mirar, ni qué responder.

«Lo sentimos» fue la frase más repetida.

Slimy no se acercó. Me observó a placer y movió los labios, pero sin emitir sonido. Sólo capté la palabra «traidores». Y el baboso desapareció.

Alguien, entonces, por indicación de Curtiss, aproximó una silla de ruedas. No tuve más remedio que sentarme en ella.

Y de esa guisa fui acompañado hasta el cercano y familiar pabellón de oficiales.

Algunos, asombrados, se asomaban a las ventanas y saludaban.

Curtiss empujaba la silla.

Continuaba pálido y sudoroso.

Y, de pronto, alguien entonó el himno de los Estados Unidos de Norteamérica.

Fue otro minuto de gloria (?)...

Al llegar frente al edificio de oficiales, el grupo se disolvió.

El general se despidió con un cortés «hasta el lunes».

Un vehículo pasaría a recogerme a las 7 horas.

Curtiss lo tenía todo previsto, naturalmente.

¿Traidores? ¿Por qué traidores?

Slimy se refería, obviamente, a Eliseo y a quien esto escribe.

Y a mi mente regresó la imagen del cilindro de acero, con las muestras del Maestro y de su familia.

¿Qué estaba pasando entre los hombres del finiquitado proyecto?

La respuesta —demoledora— llegaría el lunes, 16 de julio.

⯭

El general, como digo, era hombre previsor..., en casi todo.

En la habitación de la residencia fue dispuesta mi ropa, las escasas pertenencias, algo de dinero, el pasaporte, y las credenciales necesarias para moverme por la base y, en especial, por la zona restringida, al norte (lo que llamábamos «Fog», y a la que me referiré en breve).

Sobre la modesta mesa descansaba un sobre, lacrado.

No identifiqué la figura impresa en la pasta roja de goma de laca y trementina.

Era una estrella de cinco puntas, invertida, con un círculo central y una leyenda, en latín, a su alrededor. Las palabras se distinguían con dificultad.

Creí leer algo así como «... fidelidad». Es posible que dijera: «Más allá de la fidelidad», pero no estoy seguro.

Me desconcertó.

Las estrellas de cinco puntas que presentan los emblemas de las bases aéreas de la USAF no aparecen boca abajo, y tampoco recordaba un lema parecido (1).

(1) Algún tiempo después, cuando sucedió lo que sucedió, comprendí que estaba en un error. En aquellos momentos, tres bases aéreas de la USAF ostentaban otras tantas estrellas de cinco puntas (invertidas): Ramstein, en Alemania (3.ª Fuerza Aérea); Yokota, en Japón (5.ª Fuerza

E hice algo poco usual en mí. Volví a dejar el sobre en la mesa, sin abrirlo.

Supuse que eran nuevas órdenes...

Estaba harto.

La abriría..., el lunes.

Me duché, descansé un rato, traté en vano de ordenar la mente, y terminé huyendo de la habitación. Necesitaba hablar con alguien o, al menos, estirar las piernas.

Disponía del fin de semana y de excesivos recuerdos. Demasiado desasosiego. Demasiadas preguntas sin respuesta. Demasiada tristeza, hasta el borde del alma...

Me detuve en el bar de oficiales.

Allí continuaba Joco, el viejo colega de borracheras y soledades.

Joco era una curiosa mezcla.

Había nacido en Alabama, de padre japonés y madre mejicana. Su infancia discurrió en Tijuana.

Era como un chimpancé, pero con ojos humanos.

Tenía encomendado el bar desde hacía veinte años...

Joco parecía un mono, pero se comportaba como un ángel.

Su corazón, sin duda, era de oro macizo...

Lo sabía todo sobre Edwards: lo secreto y lo secretísimo.

No sé cómo se las arreglaba para estar tan bien informado. Miento: sí lo sabía. Todo el mundo lo sabía. Joco era un «remiendacorazones». Cada noche, uno o dos borrachos, o más, se acodaban en la barra, y hablaban de lo humano y de lo divino.

Ya se sabe: los pilotos bajamos a tierra para beber y olvidar los miedos que fabricamos allí arriba...

Joco, en definitiva, terminaba siendo el gran confidente. No importaba la graduación. Cuando se bebe, las estrellas desaparecen...

Si alguien deseaba saber algo sobre la base, o sobre su personal, lo mejor era acudir al bar de oficiales.

---

Aérea), y Elmendorf, en Alaska (11.ª Fuerza Aérea). Curiosa, y sospechosamente, todas fuera del territorio nacional. *(N. del m.)*

71

Al principio no me reconoció.

Después, espantado, preguntó, al tiempo que derramaba el café fuera de la taza:

—¿Usted es el que ha vuelto del infierno?

Limpió, presuroso, el café y me observó con curiosidad.

Sonreí con desgana y apuré el primer sorbo.

¡Maravilloso! ¡Era café, café...!

—¡Está vivo! —exclamó Joco con incredulidad.

Eché una mirada a mi uniforme de mayor y comenté:

—Vivo y muerto, a la vez...

El hombre no comprendió, y siguió a lo suyo, sacando un brillo innecesario a las botellas de güisqui y de tequila.

Al cabo de unos minutos, mordido por la curiosidad, se aproximó y preguntó si deseaba otro café.

Asentí.

Hacía dos mil años que no probaba un verdadero café...

Esta vez fui yo quien preguntó:

—¿Y qué se dice sobre mí?

Joco dudó.

Lo animé. Estábamos solos.

—Usted, mayor, ha vuelto, pero ese pobre...

—¿A qué te refieres?

—A su compañero...

Y mencionó el verdadero nombre de Eliseo.

Sabía de lo que hablaba...

—¿Crees que ha muerto?

—Eso dicen... Al parecer no logró saltar a tiempo.

Las noticias volaban, supersónicas.

—... Pero usted, señor, lo sabe mejor que yo y que nadie...

—¿Cómo sabes tanto?

Pregunta estúpida.

Joco sonrió y me regaló un dato innecesario:

—Es un secreto a voces en la Fog...

Bueno era saber lo que se rumoreaba en la base; especialmente en la zona restringida, la Fog.

El resto del fin de semana lo dediqué a pasear y a planear el «asalto» al pabellón en el que deseaba desencriptar el contenido de la «perla».

¡Pobre tonto! ¿Cuándo aprenderé a no hacer planes más allá de mi sombra?

Edwards, como dije, no había cambiado gran cosa.

Era una ciudad en miniatura (1), similar —casi gemela— a las casi cincuenta bases aéreas norteamericanas existentes en el mundo: algo más de un millar de casitas de una planta, jardines esforzados en aquel desierto, 1.200 familias supuestamente bien avenidas, escuelas no raciales, autocares amarillos, cinco supermercados, una capilla, carros relucientes, cinco peluquerías de señoras, bramido de reactores, sudor, fines de semana aburridísimos y cerveza a cualquier hora... Y al norte, lo prohibido: la zona restringida.

Me crucé con viejos conocidos, pero no me reconocieron. Pasé de largo.

Me detuve frente a la placa que recordaba a Glen W. Edwards, capitán en aquella base y muerto cuando volaba la Northrop YB-49, la tristemente célebre «ala volante». Él y otros cuatro compañeros perecieron en el accidente. Edwards sólo tenía treinta años. En la placa se dice: «Fue un héroe que nunca reconoció su osadía.» No sé por qué, me vino a la mente la imagen de Eliseo...

---

(1) Inicialmente (1933), la base aérea de Edwards era un campo de ejercicio del Ejército del Aire. Era conocido como Muroc. En 1949, tras la muerte del capitán Glen W. Edwards, cambió de nombre. Fue planificada y construida sobre dos grandes lagos secos (Rogers, al norte, y Rosamond, al oeste). Dispone de 12 pistas principales. La más larga alcanza 12,1 kilómetros. En Edwards han sido probados todos los aviones de guerra de USA, así como los prototipos y cohetes de NASA. La serie «Bell-X» fue una de las más nombradas. El famoso «X-15» (1961) batió récords de velocidad, situándose en Mach 6.7 (3 de octubre de 1967). En julio de 1963 alcanzaba una altitud de 106.010 metros. Después, otro prototipo, el Mirlo SR-71, superó las dos mil millas por hora (3.331 km/h) a una altitud de 24.462 metros. Como digo, todos los reactores de la Fuerza Aérea Norteamericana han sido probados en Edwards: desde el XP-59A al Shooting Star. En 1951, la base fue reconocida como el centro de pruebas de vuelo y la escuela de pilotos de Wright Field fue trasladada a Edwards. La práctica totalidad de los astronautas ha pasado por el desierto de Mojave. Aquí se han desarrollado los programas más secretos de la USAF y de NASA. El proyecto Swivel es uno de ellos. Como también he mencionado, en Edwards se levanta un complejo centro de investigación (Dryden), al servicio de NASA y, por supuesto, del Pentágono. Yo trabajé en él... (N. del m.)

Recé una oración por Glen. Él, ahora, conoce la verdad (1). El domingo, 15, tras conversar con algunos colegas, me retiré a descansar. Y dormí mucho y profundamente.

Al día siguiente —yo lo sabía— me aguardaban nuevas emociones. Algunas especialmente excitantes...

El sobre lacrado, con la misteriosa estrella invertida, continuó sobre la mesa, sin abrir.

Estaba asombrado conmigo mismo.

Era un hombre nuevo, sin duda...

En otras circunstancias, el sobre habría sido abierto de inmediato.

Él me había cambiado. Ya nada era lo mismo.

Yo sabía que la vida no es lo que parece. Nada debía alterarme...

Sí, ésa era la verdad, pero...

✡

(1) Glen W. Edwards falleció el 5 de junio de 1948, a corta distancia de donde me hallaba (hacia el oeste), cuando participaba en un vuelo de experimentación. Probó otros muchos aparatos, como el peligroso bombardero XB-42. En diciembre de 1945, con el teniente Alcaide, estableció un nuevo récord al volar desde Long Beach, en California, a la base aérea de Bolling, en Washington D. C., en sólo 5 horas y 17 minutos. Era un joven prometedor que hubiera disfrutado con la operación Caballo de Troya... *(N. del m.)*

# 16 de julio

Esa mañana del lunes, 16, tras ducharme, procedí a abrir el sobre lacrado.

Me hallaba bastante repuesto.

E intuí sorpresas.

La primera llegó cuando extraje aquella cartulina de color blanco.

No era lo que supuse. No eran nuevas órdenes.

La repasé, desconcertado. Después le tocó al sobre.

Ni idea...

No aparecía remitente.

La cartulina, de 21 por 15 centímetros, presentaba una única frase, escrita a máquina, y en el centro geométrico de la hoja.

En la esquina superior izquierda brillaba un emblema.

¡Qué extraño...!

La frase decía: «Marte, alerta.»

No supe qué significaba.

El emblema, en relieve, constaba de dos elementos. El principal era una estrella, también de cinco brazos e igualmente invertida, como la del lacre.

Era azul oscuro, con un círculo rojo en el centro.

A su alrededor se leía: *ULTRA FIDEM* (Más allá de la fidelidad).

No descubrí fecha ni remitente.

Nada, ni una sola pista que revelara la identidad del autor, o autores.

Quedé pensativo y perplejo.

¿Era una broma?

En un primer momento lo rechacé.

El lacre era impecable. La cartulina, de buena factura, así como la frase mecanografiada en el centro. En cuanto al emblema, bello y perfecto.

La estrella medía 3 por 3 centímetros.

Demasiadas molestias, y demasiado caro —pensé—, para tratarse de una broma...

Pero no hallé sentido.

Las frases no me dijeron nada.

Sabía algo sobre simbología, aunque el especialista era Eliseo. La estrella de cinco brazos, según lo estudiado, es la representación máxima de la luz y del universo en expansión. Para muchos es el símbolo del microcosmos humano. Para la masonería, en el grado que corresponde a compañero, la estrella llameante simboliza la letra hebrea *yod:* el Principio Divino en el corazón del hombre o mujer iniciados.

Rectifiqué. Estaba equivocado. Entre los masones, en el centro de la estrella aparece siempre la letra «G», y éste no era el caso. No era un símbolo masón. Además, la estrella, como digo, se presentaba boca abajo.

Me senté y examiné el extraño envío con detenimiento. ¿Qué significaba?

Alguien me estaba comunicando algo...

Las letras de «Marte, alerta» habían sido espaciadas. Eso me llamó la atención.

No sé por qué, pero me puse a echar cuentas.

La frase medía 6 centímetros, exactamente.

En cuanto a la estrella, como dije, 3 por 3 centímetros.

Y me dejé arrastrar por la imaginación.

El «9» y el «3» se repetían...

Trasteé en la memoria.

El «9» encierra una gran simbología (1).

(1)   Aunque la relación de símbolos es interminable, he aquí algunas de las equivalencias del «9», según el mundo de la iniciación: representa el final de un ciclo y de un trabajo o carrera (es el cierre del anillo de la vida). Hesíodo se refiere a él en su *Teogonía* como el tiempo necesario para llegar

Para mí era el número del Maestro (1). Y recordé las lecciones de Yu, el chino, y jefe de carpinteros en el astillero de Nahum: «El Tao —decía— produce el uno... El uno produce el dos y el dos produce el tres...» Sí, a Jesús de Nazaret lo llamaban también el Príncipe Yuy («Dos» en árabe).

Respecto al «3» sabía poco. Yu aseguraba que es el número del cielo, el camino que se recorre solo. Después —decía—, uno se encuentra con su otro «3» y todo se vuelve «8».

No quería distraerme, y aparté las ideas del querido y añorado chino.

¿Por qué el «3» y el «9» se repetían en aquel galimatías?

Permanecí largo rato sumergido en el mensaje —porque de eso se trataba—, pero no acerté, desde ningún punto de vista.

Quizá me hallaba ante la obra de un loco o de un bromista.

En Edwards había de todo y no digamos en la Fog...

En fin, nunca se sabe.

Devolví la cartulina al interior del sobre y lo guardé cuidadosamente entre la ropa.

Se hacía tarde.

Algo deduje: *Ultra Fidem* no era un lema de la USAF. (Y no pretendo hacer un mal chiste...)

---

de la vida a la gloria: nueve días y nueve noches. Para la masonería, el «9» es el número de lo eterno y de la «germinación hacia abajo». Allendy va más allá y se aproxima a la naturaleza del Hijo del Hombre, afirmando que el «9» representa la pérdida de la personalidad, en beneficio del amor total. Para la vieja y sabia Persia, el «9» era el supernúmero: el final sin final. Algo similar al *hak* de los sufíes: Aquel que alcanza el «9» a lo largo de su vida está más cerca de la verdad. Era Parménides quien estimaba que el «9» concierne a las cosas absolutas. Para el referido René Allendy, el «9» simboliza el análisis total. Es el «mucho», que vuelve al «uno». Es la redención y la solidaridad cósmica. El «9» es la «montaña del sol», según los egipcios. Todo desciende y asciende por el «9». En la India, la más antigua secta filosófica —la Vaïseshika— sintetiza la vida en nueve estadios. «¡Ay de aquel que vea presentarse ante él, repetidas veces, el "9"! La muerte lo acecha...» Para los aztecas era la conexión con los mundos infernales. Para los mayas todo lo contrario... Y así, como digo, hasta el infinito. *(N. del m.)*

(1) Amplia información sobre el «9» y su vinculación a las fechas relacionadas con Jesús de Nazaret en *Jerusalén. Caballo de Troya 1. (N. del a.)*

Desayuné con ganas y a las 7 horas, como fue establecido por Curtiss, apareció el vehículo que debía trasladarme a la zona restringida, al norte de la base.

Al despedirnos, Joco me guiñó el ojo, animándome con el regalo de una sonrisa. Me recordó uno de los gestos del Hijo del Hombre. Y las palabras del Maestro se presentaron en mi mente «5 × 5» (fuerte y claro): «¡Confía...!»

Lo haría. Confiaré en Él.

Todo se presentaba manga por hombro, pero confiaría...

Recorrimos los seis kilómetros que nos separaban de la Fog.

El día prometía fuego...

En esos instantes no supe que otro tipo de «fuego» estaba a punto de caer sobre quien esto escribe, y de forma imprevista...

El Destino, sí. «Alguien» a quien olvido con frecuencia.

En la puerta principal de la zona restringida, la policía militar me impidió el paso.

¡Vaya!, olvidé colocar las credenciales en lugar visible.

Presenté las «tssc» (1) y el cabo sugirió que las colgara del cuello.

Sonreí, agradecido, y así lo hice.

El policía regresó a la garita, descolgó un teléfono, y habló con alguien.

Treinta segundos después se presentaba un vehículo militar. Tres hombres armados intercambiaron unas palabras con el cabo y éste ordenó levantar la barrera.

Crucé al otro lado y tomé asiento en el jeep recién llegado.

Fue así como regresé a la maldita Fog...

✡

Fog (Niebla) era el lugar secreto por excelencia en la base aérea de Edwards.

(1)  Las «tssc» consistían en credenciales —nivel azul-4— que permitían el acceso a secretos que afectan a la defensa nacional de los Estados Unidos de Norteamérica. No puedo dar más información al respecto. *(N. del m.)*

Lo llamábamos así por la neblina que cubría la zona casi permanentemente. Era lo ideal para no ser observado.

Con el tiempo, Fog terminó convirtiéndose en un monstruo...

La zona restringida se alzaba al noroeste del lago seco Rogers. Se hallaba apartada de todo, pero relativamente próxima al núcleo de la base, así como a la carretera 58, que une las poblaciones de Mojave con Silt y Boron.

Las dimensiones de Fog eran considerables.

Formaba un gigantesco triángulo equilátero, de 10 kilómetros de lado.

Las «joyas» eran la 06/24 y el llamado hangar «rojo».

La primera era una pista de hormigón de casi 8.000 pies.

El segundo...

Pero iré por partes.

Otras pistas, pintadas en negro, cruzaban el desierto.

Por el este, a poco más de 30 kilómetros, discurría la 395, la ruta que escapa hacia el norte y hacia el sur.

Fog, en definitiva, era un enjambre de pabellones, oficinas y hangares, en completo desorden, todos confidenciales (aunque no se supiera por qué).

El complejo fue dotado de altas alambradas espinosas, zanjas antitanques (!), cámaras de seguridad, barreras de infrarrojos, una carretera que corría paralela al perímetro, perros especialmente adiestrados, las inevitables líneas rojas (recuerdo media docena, rodeando algunos hangares, altamente «sensibles»), guardias por todas partes (incluidos los tejados) y, por supuesto, los *smoker*...

Había zonas a las que sólo se tenía acceso con las «tssc» de niveles rojo y violeta. Era el caso de la «ciudad subterránea», a la que me referiré más adelante.

Era divertido.

En la Fog, lo primero que mirábamos no eran los ojos de una persona, sino el color de las «tssc».

El segundo «rey» de la Fog, como decía, era el Z-412. Lo llamábamos hangar «rojo» por el color de los muros y de la techumbre, de plomo.

Era uno de los edificios sobresalientes de la zona restringida, debido a los archivos allí contenidos y a la gran plataforma circular en la que subían y bajaban los prototipos secretos.

En una de las dependencias del hangar rojo se encontraba el despacho de Curtiss. Lo conocíamos como el «ahumadero».

El resto era un laberinto de salas y dependencias. Allí trabajaba parte del equipo de Caballo de Troya.

Y he dejado la descripción de los *smoker* para el final, no por casualidad. La USAF se sentía orgullosa del «invento». Era una de las claves del éxito de aquella zona, repetían los generales en voz baja cuando visitaban la «ciudad subterránea» o el resto de la Fog. ¡Dios santo! ¡Qué mediocridad!

La Fog disponía de dos *smoker:* uno al este y otro al oeste. En palabras simples: consistían en sendas bocas, a cinco metros por debajo de la superficie, que vomitaban niebla cuando los responsables del campo así lo consideraban. Era una niebla densa y perlada que se apoderaba del triángulo en cuestión de minutos. Una tela de araña de tubos de torio de 2 milímetros sobrevolaba la zona a 10 metros del suelo, manteniendo el humo «encarcelado» merced a los campos gravitatorios que actuaban como «tapadera».

Los *smoker* y la calima natural existente en el lago seco Rogers hacían prácticamente «invisible» la zona restringida de Edwards. Ningún observador estaba capacitado para descubrir lo que se cocinaba en aquel remoto paraje.

Y, sinceramente, fue mucho, y de enorme trascendencia, lo que se experimentó (y se experimenta todavía) en la base de Mojave...

Mientras los *smoker* arrojaban niebla, la circulación rodada en la Fog estaba terminantemente prohibida.

Otros edificios «notables» en aquel complejo supersecreto eran los hangares «5» y «1», ubicados también al este y en el oeste de la zona restringida, respectivamente. En ellos se camuflaban tres poderosos elevadores que comunicaban la «ciudad subterránea» con la superficie.

Y se preguntará el hipotético lector de estas memorias: ¿por qué procedo a desvelar parte de una instalación militar secreta? ¿Por odio? ¿Por venganza? ¿Como resultado de la inconsciencia?

Lo he meditado profundamente y entiendo que la razón no tiene nada que ver con lo referido. La explicación es simple. Los militares son ciudadanos al servicio de la comunidad. Esa comunidad paga y los sostiene. Cualquier secreto militar es un insulto al ciudadano. Aun así, yo he guardado algunos. Soy tan pecador como ellos...

Pero no pretendo desviarme de lo esencial.

A las 7 horas y 20 minutos de aquel lunes, 16 de julio (1973), el jeep de la policía militar se detuvo en la esquina este del referido hangar rojo. La calima, ajena a lo que estaba a punto de suceder, lamía los edificios con cierto aburrimiento. Se veía y no se veía.

Conocía bien el lugar.

Saltamos del vehículo y nos encaminamos a una pequeña puerta metálica, disimulada en el muro rojo.

Uno de los militares pulsó un timbre y esperamos.

Nadie habló.

Siguiendo la costumbre, me dediqué a observar. Esta vez reparé en los subfusiles automáticos que portaban los policías. Aparecían relucientes. Eran «M3A1», de fabricación norteamericana. Probablemente procedían de Íthaca Gun Co. No creo que pesasen más allá de tres kilos y poco. Munición: 9 mm o quizá 11,43 mm. Cargador extraíble (30 balas). Cadencia de tiro: 350 a 450 disparos por minuto. Una joya...

En mis tiempos lo llamábamos *«greasegun»*, por el parecido con las pistolas engrasadoras.

El mecanismo de puntería era fijo, con un alza que permitía disparar a cosa de 100 yardas (alrededor de 90 metros). Había prestado buenos servicios durante la segunda guerra mundial, la guerra en Corea y Vietnam.

Y, de pronto, me sentí avergonzado.

Estaba admirando un arma; algo ideado para herir y matar. No era eso lo que predicaba el Hijo del Hombre...

Los policías me repasaron de arriba abajo, intrigados.

¿Qué pintaba un anciano en un lugar como aquél?

Eran muy jóvenes. No podían sospechar siquiera...

La puerta fue abierta por uno de los directores de Caballo de Troya.

Omitiré nombres, por seguridad.

Sonrió, y me invitó a pasar, al tiempo que sujetaba las gruesas gafas de carey con el dedo índice izquierdo.

El policía al mando indicó que esperarían allí mismo. Y los «M3A1» continuaron con los ojos de acero fijos en el suelo.

Segundos después entrábamos en la sala de las «tormentas». La llamábamos así porque era el lugar en el que se discutían los asuntos más afilados. Siempre terminábamos a gritos.

El de las gafas de carey me franqueó el paso y se hizo el silencio entre los allí reunidos. Parecían muy acalorados. Probablemente discutían.

La sala no tenía mucho que describir...

Una mesa de cristal, fría y distraída, era el habitante principal. Era un capricho de Curtiss, llegado de Dios sabe dónde. Mirando al norte se abría una ventana, la única. Se mostraba orgullosa de su blindaje. Sólo veía alambradas y desierto. Pobrecilla.

En lo alto lucían dos lámparas, peladas, y siempre encendidas. Flotaban entre el humo, con los cables en desorden y sin vestir. Una parpadeaba sin cesar, como protesta.

En la pared de la derecha (tomaré como referencia la puerta de entrada) colgaba un retrato del presidente Nixon, descolorido —casi azul— y con una sonrisa falsísima.

Junto a la ventana, en el rincón, una bandera norteamericana, tan aburrida como la mesa y las sillas.

En la pared de la izquierda observaba una gran pizarra, con un negro amenazante. Allí arrancaban siempre las disputas. No sé cómo se las arreglaba...

Por último, también en la pared de la izquierda, a dos metros del suelo, vigilaba el armario cuadrado del aire acondicionado. Ése vivía permanentemente colgado y enchufado. No le culpo. En aquella sala había oído lo que no está en los escritos.

En la cabecera de la mesa distraída se sentaba el general, de espaldas a la ventana que sólo veía alambradas.

Curtiss fumaba uno de sus interminables habanos.

Alrededor de la mesa se hallaba el resto de los directores, al completo.

Tres o cuatro fumaban, nerviosamente.

Sí, se preparaba el escenario para una gran tormenta...

Curtiss hizo señas para que avanzara y me sentara a su izquierda, cerca de la bandera.

Nixon ni me miró.

Éramos doce...

Los observé durante breves segundos, y ellos a mí.

Slimy babeaba, como siempre. Frente a él, sobre la mesa de cristal, descansaba un maletín plateado, metálico, esposado a su muñeca derecha. ¿Qué contenía? ¿A qué se debía tanta seguridad?

Percibí dureza en las miradas. ¿Qué podían reprocharme? ¿Por qué discutían?

Curtiss comprobó que el puro se había apagado y buscó cerillas.

No tuvo tiempo de registrar los bolsillos.

Dos de los directores se alzaron de inmediato y le brindaron fuego.

Eran los aduladores de siempre...

Y el general aprovechó la pausa para solicitar café.

El de las gafas de carey salió de la habitación y el silencio se sentó a nuestro lado. Ya éramos trece...

Curtiss se interesó por mi salud.

Puro compromiso.

El instinto volvió a tocar en mi hombro. Algo no iba bien entre los directores.

Debía prepararme...

Y así fue.

Después comprendí a la pobre ventana. Necesitaba huir, pero no era capaz.

✡

Llegó el café y todos lo agradecimos.

El silencio supo que estaba de más, se levantó, y se fue.

Nixon lo siguió con la mirada.

Y la conversación discurrió por derroteros intrascendentes. La reciente bronca parecía olvidada, pero no...

Curtiss se dirigió entonces a uno de los directores (lo llamábamos «el tejano») y ordenó que repitiera lo expuesto poco antes, cuando yo estaba a punto de entrar en la sala.

Y el tejano habló con cierto aire de desafío:

—Os digo que la «cuna» no está en el mar Muerto...

Observó las caras de incredulidad y repitió:

—Tenemos información que lo ratifica... La nave no se halla donde creíamos...

El silencio no llegó a la puerta. Se volvió y regresó junto a los directores.

Yo estaba pálido.

Miré al general, buscando una explicación, pero no la obtuve. Curtiss, impasible, ni me miró. Y animó al tejano para que continuara.

El director que había lanzado la bomba no era amante de rodeos (aunque parezca increíble), y tiró por el camino de en medio.

Esto es lo que recuerdo de aquella demoledora exposición:

De acuerdo a las fotografías y datos suministrados por el Big Bird y por otros dos satélites, especialmente desviados hacia la órbita del mar de la Sal (1), la nave no aparecía en el fondo.

---

(1)   Los satélites de apoyo al Gran Pájaro fueron los Landsat. Habían sido dotados de cartógrafos temáticos y escáneres multiespectrales. El primer dispositivo podía obtener imágenes con una resolución de 1 metro (en siete bandas: tres en el espectro visible, una en el infrarrojo térmico, otra en el cercano y dos en el infrarrojo medio). Respecto a los escáneres, estaban capacitados para medir la radiación reflejada por la superficie terrestre en cuatro bandas. Un dispositivo adicional y secreto emitía microondas y registraba los ecos. En el caso de naufragios, los restos se presentaban como imágenes brillantes. El fondo del lago era una superficie oscura. Se utilizó una combinación de polarización y longitud de onda para lograr imágenes en color, resaltando el lecho del mar Muerto. Las vistas estereoscópicas permitieron mediciones de todos los naufragios que resultaban sospechosos. El tejano y los directores que defendían esta hipótesis llevaban razón: ni rastro de la «cuna»... *(N. del m.)*

Algunos de los directores —entre los que se hallaba el de las gafas de carey— protestaron.

«La información no era determinante. Los radiómetros multiespectrales ofrecían perfiles confusos» (1).

Y volvieron las discusiones, más agrias si cabe.

Alguien insistía e insistía en la cuestión de los radiómetros.

«No son de fiar...»

El tejano se puso en pie, señaló el maletín que continuaba esposado a la muñeca de Slimy, y gritó por encima del resto:

—¡De eso hablaremos luego!...

Vi desaparecer al silencio, aburrido.

Curtiss ordenó calma, y volvió a prender el agonizante habano.

El humo caracoleaba, asfixiándonos.

La bombilla seguía protestando, con sus constantes parpadeos, pero nadie echaba cuenta.

Y el tejano prosiguió...

Tampoco los radares de penetración profunda habían obtenido resultados concluyentes (2). La «cuna» no aparecía por ninguna parte.

---

(1)   Un radiómetro es un dispositivo que mide la radiación electromagnética, de acuerdo con diferentes longitudes de onda. Algunos perciben la referida energía electromagnética merced a sensores ópticos y a técnicas electrónicas. Los utilizados en los rastreos de la «cuna» midieron el fondo del mar Muerto en longitudes de onda comprendidas entre 0,4 y 14,0 μm. Pero los radiómetros multiespectrales no fueron definitorios. Algunos de los directores llevaban razón. Tanto los de barrido, como los de empuje, ofrecieron imágenes poco convincentes. *(N. del m.)*

(2)   Los radares embarcados en los satélites artificiales emitían pulsos electromagnéticos (en frecuencia de microondas) que descendían sobre el punto elegido, rebotando hacia las antenas. La información, entonces, era procesada y transmitida. En este caso, la frecuencia del pulso oscilaba entre 2 y 18 GHz. Las resoluciones eran mejoradas con la ayuda de la comprensión del pulso. Los radares de penetración profunda podían «ver» el subsuelo, hasta 10 metros bajo la superficie. Al atravesar las diferentes capas de arena, arcilla, rocas, etc., los impulsos electromagnéticos iban «dibujando» lo que se cruzaba en su camino. Los ordenadores hacían el resto. Hasta diez metros, como digo, el perfil de la nave era inexistente. *(N. del m.)*

Los directores que se oponían al tejano plantearon que aquél tampoco era un argumento fiable. El fondo del mar de la Sal, como expliqué en su momento, sumaba del orden de cien metros de sedimentos, en sucesivas capas químicas y arcillosas, consecuencia de los arrastres fluviales. En definitiva: cien metros, o más, de puro fango, que se comporta como arenas movedizas.

La «cuna» pesaba más de 20 toneladas...

Era más que posible que el lodo la hubiera succionado, literalmente.

Quizá se hallaba a cincuenta u ochenta metros de profundidad. Quién podía saberlo...

Y pensé en Eliseo.

¡Dios mío! ¡Sepultado en el fango!

Percibí cómo el alma se encogía...

Apuré el segundo café.

Creí entender la situación del equipo director de Caballo de Troya.

Las informaciones e imágenes facilitadas por los satélites habían dividido las opiniones sobre el paradero de la nave. Y la brecha se hacía insalvable, por momentos.

Un grupo, integrado por seis directores, entre los que se hallaba Slimy, defendía que la «cuna» no se encontraba en el mar Muerto.

Los otros cuatro opinaban lo contrario.

El general no se manifestó.

Y el tejano, en nombre de los que le secundaban, a los que, a partir de ahora, llamaré los «halcones», añadió:

—Tampoco el foco emisor de calor, localizado en la fosa sur, es la nave...

Las nuevas protestas no se hicieron esperar.

—Eso es absurdo —planteó el de las gafas de carey—. En el mar Muerto no hay nada capaz de provocar una fuente de calor como ésa...

Alguien habló del aragonito y del hidrógeno sulfuroso.

Le taparon la boca de inmediato. Como ya mencioné, el azufre no podía provocar una cosa así, y mucho menos el aragonito.

El tejano dejó rodar la discusión.

Cuando los ánimos se calmaron, concluyó:

—Ese foco de calor es real, pero no es la «cuna»...

Hizo una pausa y remató:

—Esa fuente de calor podría estar relacionada con la nave.

El desconcierto y la sorpresa se dieron la mano. Nadie entendió:

Curtiss apremió:

—¿De qué demonios estás hablando?

El tejano esperaba ese instante. Hizo un gesto al de los labios babeantes y Slimy procedió a soltar las esposas que sujetaban el maletín a su muñeca derecha.

El silencio se sentó de nuevo entre los directores. Nixon perdió la estúpida sonrisa...

Todos estábamos expectantes.

Slimy abrió el maletín plateado y extrajo un sobre de color naranja.

Aparecía lacrado.

Y fue a depositarlo sobre el cristal, frente al general y jefe del proyecto.

Fue entonces cuando me fijé. El lacre era el mismo que cerraba el sobre que yo había recibido en mi habitación, en el pabellón de oficiales de Edwards.

¡Una estrella de cinco puntas, también invertida!

¿Qué era todo aquello?

Curtiss se apresuró a romper el lacre y extrajo una colección de fotografías.

Parecían imágenes captadas por los satélites.

Silencio.

La bombilla tartamuda continuaba con los parpadeos. Era insufrible...

El habano del general hacía rato que había fallecido.

Curtiss solicitó explicaciones:

—¿Qué es esto?

El tejano respondió al momento:

—Podría tratarse de acumuladores...

—Explícate.

Y el tejano lo hizo, sumiéndome en la confusión.

—Ese foco de calor —y señaló la mancha naranja que aparecía en las imágenes— no es de la «cuna». Si procediera de la nave, la radiación sería ligeramente radioactiva..., y no lo es.

Hablaba con razón.

La aleación con el torio convertía el blindaje del módulo en «levemente radioactivo».

—La fuente de calor que observas —continuó el «halcón»— es de origen químico.

—Y bien...

—Creemos que son acumuladores...

El general solicitó más claridad.

—Acumuladores... Ya sabes: baterías eléctricas como las que llevaba...

El tejano rectificó:

—Como las que lleva la «cuna» (1).

Hice memoria.

Las baterías en cuestión se hallaban estratégicamente repartidas por la nave. Eran elementos complementarios, destinados a suplir algún tipo de déficit menor o secundario. Recordaba haberlas utilizado en una ocasión, al explorar la cripta funeraria de la población de Nahum, en la Galilea (2). En dicha oportunidad, el acumulador de turno

---

(1)  Se trataba de doce baterías o acumuladores eléctricos que almacenaban energía, merced a los polímeros de ion de litio (una tecnología investigada años atrás por los militares, y por mí mismo, y que resultaría de gran utilidad en los satélites de comunicaciones). Disponían de cuatro celdas (14,8 V), con un voltaje nominal de 3,7 V. Se basaban en las baterías de iones de litio, pero alcanzaban mayor densidad de energía y una tasa de descarga muy superior. Eran de tamaño mínimo (30 centímetros de longitud), con un peso no superior a 500 gramos. Una carcasa los hacía estancos y garantizaba la flotabilidad. La autodescarga no rebasaba el 1 por ciento anual. La utilidad era múltiple: como generadores de energía de tipo secundario e, incluso, como linternas. Para funcionar tenían que ser abastecidos previamente, en lo que llamábamos «proceso de carga». De eso se ocupaba «Santa Claus», con la ayuda de la pila atómica. (N. del m.)

(2)  Amplia información sobre la exploración en la cripta funeraria en *Saidan. Caballo de Troya 3*. (N. del a.)

alimentó una potente linterna de 33.000 lúmenes. Que yo supiera, nunca más salieron de la nave.

—¿De cuándo son estas fotos?

El general lo tenía delante, al pie de las imágenes, pero no lo vio.

El tejano indicó:

—Ahí figura el día y la hora...

—Lo veo —se adelantó Curtiss—... Día 15, a las 13 horas...

Eso fue el día anterior. Las fotografías habían sido tomadas el domingo.

Curtiss no comprendió el alcance de lo que sugería el tejano y terminó pasando las imágenes al resto del equipo.

No hubo discusión. La información parecía correcta.

Y el general, tras encender un nuevo cigarro, planteó la cuestión clave:

—OK... Son acumuladores pertenecientes a la «cuna». Y os pregunto: ¿dónde está la nave?

Durante algunos segundos, nadie replicó.

Finalmente, el tejano habló con sensatez:

—No lo sabemos...

—¿Qué estás insinuando? —preguntó el general con desconfianza.

—No insinúo nada..., por el momento.

El director insistió en lo ya sabido:

—No hay rastro de la nave... Eso no quiere decir que esté hundida...

Curtiss siguió ausente, sin captar el doble sentido de las palabras del tejano. Reclamó las imágenes y las puso en las manos de quien esto escribe.

—Y tú, ¿qué dices?

Las examiné con avidez.

La teledetección activa y los radiómetros multiespectrales ofrecían una información impecable (1). La mancha na-

(1) El proceso de recogida de datos por parte de los satélites se lleva a cabo mediante los llamados sensores óptico electrónicos. Las ondas son transformadas en señales digitales y éstas en imágenes. En el caso del Big Bird se trabajaba con bandas espectrales, resoluciones radiométricas y espaciales. Los algoritmos matemáticos hacían el resto. Los «TIMS» (es-

ranja era nítida. Aquello representaba una fuente de energía de origen químico. Era el mismo foco emisor que había mostrado Curtiss el 7 de julio, en la base judía de Nevatim.

Calibré las dimensiones del foco emisor. Eran sensiblemente inferiores a las de la «cuna». Esto me dejó atónito. El tejano llevaba razón: podían ser acumuladores...

Rechacé la idea al instante.

Volví a examinar las fotografías, las comparé, y llegué a la misma conclusión: aquello no eran acumuladores...

El general captó mi extrañeza y preguntó, rápido:

—¿Qué sucede?

Necesité unos segundos. La mente era un laberinto.

«Aquello» no era posible...

Finalmente expliqué:

—No pueden ser acumuladores... No los de la nave.

—¿Qué estás diciendo? —intervino el tejano.

Indiqué la mancha naranja y abrevié:

—Están agrupados... Insisto: no pueden ser acumuladores.

—¡Explícate! —exigió el general con nerviosismo.

Y lo hice.

Si la nave se hubiera abierto como consecuencia del impacto en el agua, las baterías o acumuladores eléctricos podrían haber escapado de la «cuna», o no. Como mencioné, se hallaban estratégicamente distribuidos, dispuestos para ser usados en caso de emergencia. Era físicamente imposible que, al escapar de la nave, permanecieran agrupados. La flotabilidad era notable y eso los hubiera impulsado hacia la superficie del lago, y en desorden.

Curtiss me miraba, perplejo. El habano había vuelto a apagarse. Nixon no sabía de qué hablaba, como casi siempre...

—¿Cómo es que las imágenes muestran los acumuladores reunidos en una especie de racimo? Ni en un millón de años se produciría una casualidad así...

---

cáneres multiespectrales en IR) medían las radiaciones infrarrojas con un margen de error de 0,1 grados Celsius. *(N. del m.)*

»Y, para colmo —añadí—, aparecen activados.

El tejano y varios de sus hombres sonrieron. Deduje que ya lo sabían...

Y continué:

—Esos acumuladores no funcionan automáticamente. Hay que conectarlos manualmente.

—¿Han podido activarse con el choque?

La pregunta de Curtiss estaba de más, pero aclaré la duda:

—Difícil...

Y una nueva incógnita quedó flotando entre el humo: ¿Quién los puso en funcionamiento?

Yo no recordaba... Además, ¿por qué razón hubiera hecho algo así?

—Son como linternas —maticé—. Es preciso pulsar el correspondiente interruptor para que se «enciendan»...

El general había comprendido, y recapituló:

—Veamos... ¿Estás diciendo que esos acumuladores, o lo que sean, no deberían estar ahí?

Asentí con la cabeza.

—¿E insinúas que alguien los activó, uno por uno?

Volví a mover la cabeza, afirmativamente.

Todos, creo, fuimos visitados por el mismo pensamiento, pero nadie se atrevió a expresarlo.

—Pero los acumuladores —musitó Curtiss para sí— están ahí...

—Afirmativo..., y no lo entiendo.

—Y eso no es todo —intervino Slimy por primera vez—. Los acumuladores flotan a cinco o diez metros del fondo...

Curtiss y yo examinamos la línea que marcaba el fondo del mar Muerto. La apreciación era correcta. Los acumuladores se hallaban por encima del fango.

La nueva observación me dejó atónito.

Y exclamé, sin poder contenerme:

—¡Negativo!... ¡Eso es igualmente improbable!... ¡Las baterías flotan!

Slimy preguntó, malévolo:

—¿Se trata de un milagro?

Lo maldije en mi interior.

—Sólo hay una explicación —terció el tejano—. Alguien lo ha dispuesto así... Alguien ha reunido los acumuladores, los ha activado, y los mantiene sujetos en el fondo con algún tipo de peso...

Pero los interesantes comentarios del director quedaron diluidos en una nueva protesta. Estábamos elucubrando. Todo eran suposiciones. Necesitábamos más información.

Y el de las gafas de carey apuntó la necesidad de llevar a cabo una incursión, en toda regla, al mar Muerto. Habló de sondeos electromagnéticos, magnetómetros de protones, radares con láser, sonares de baja frecuencia y de barrido lateral (capaces de levantar cartas del fondo del lago) y de los «asdic», otro dispositivo sonar, inventado para detectar la presencia de submarinos.

Los «halcones» volvieron a burlarse, y con razón.

¿Con qué excusa preparaban una expedición así? ¿Qué argumentaban ante los judíos o ante los jordanos?

La guerra estaba a la vuelta de la esquina. Todos, en aquella maldita base, lo sabían...

Ése no era el camino.

Y otra duda me hundió, un poco más, en la confusión: ¿cómo era posible que los acumuladores, suponiendo que lo fueran, llevaran 17 días activos? En esos modelos, el límite era de 114 horas...

Curtiss me sacó de aquellos negros pensamientos.

Hora de comer...

✠

Tras el almuerzo, los «halcones» volvieron a la carga.

No estaba todo dicho.

Y el tejano, implacable, planteó algo a lo que nadie había hecho referencia, que yo supiera: ¿por qué fallaron las medidas de seguridad de la nave, en caso de impacto o hundimiento en el mar?

Sí, fue extraño. Nadie lo mencionó en los días anteriores.

No comprendí por qué.

Supuse que dieron por hecho que el golpe fue tan violento que las inutilizó.

Eso no era correcto.

Las «BAL», abreviatura de *Break Aleg*, como designábamos a las referidas medidas de seguridad, fueron concebidas, precisamente, para desastres de esa naturaleza.

En síntesis, las «BAL» consistían en lo siguiente (1): «Columna 20» (Col.20).

Si la «cuna» resultaba hundida (éste era el caso), a los 20 segundos, la «membrana» exterior, cuyo espesor total era de 0,0329 metros, y a la que ya me he referido en estos diarios, era activada automáticamente por el ordenador central. Y de ella partían miles de finísimos láseres, que formaban un cilindro perfecto, de un metro de diámetro. Los rayos láseres viajaban apantallados en IR, por lo que sólo podían ser observados mediante visión infrarroja. La «col.20» partía desde la «cuna» de forma vertical. No importaba la posición de la nave. «Santa Claus» se ocupaba de eso.

Era cuestión de tiempo que los buscadores localizaran el citado «tubo» o «cilindro» láser. La columna era visible a kilómetros de distancia. Se presentaba sobre la superficie de la mar como lo que era: una columna de luz, y se perdía en el espacio...

Cada láser, además, era portador de una señal de auxilio (121.5), que podía ser captada por radiómetro, con un sistema de posicionamiento que garantizaba un error máximo radial de 1,8 centímetros.

La señal múltiple permanecía activa de forma indefinida, siempre y cuando la SNAP 27 no resultara dañada.

El procedimiento, como digo, era automático. Todo se hallaba en las «manos» de «Santa Claus»: las mejores «manos», por supuesto. Quien esto escribe lo sabía por experiencia...

---

(1)   Las presentes medidas de seguridad aérea y marítima no han sido dadas a conocer a la opinión pública. Siguen siendo material clasificado, propiedad de los militares norteamericanos. *(N. del a.)*

Si los pilotos resultaban muertos, o perdían el conocimiento, el sistema actuaba automáticamente.

Y el tejano preguntó:

—¿Por qué no hemos sido capaces de localizar ese «cilindro» en el mar Muerto?

Nadie replicó.

Era inexplicable.

—¿Por qué nadie ha sido capaz de oír el canto de esos miles de balizas?... Tenemos tres satélites ahí arriba...

Nuevo y significativo silencio.

Alguien tenía que haber escuchado la «121.5», y no sólo los satélites. Cualquier avión en vuelo sobre la zona, o las estaciones civiles o militares que rodean el mar de la Sal, tendrían que haberla detectado.

Era muy raro...

Los directores que se oponían al grupo de los «halcones» plantearon una duda más que razonable: si la nave fue tragada por el barro, adiós a la «membrana» y adiós a las «BAL». Toneladas de cieno podían estar obstaculizando los sistemas. Era lógico que no funcionasen.

«Col.60.»

Era la segunda medida de seguridad, que tampoco había funcionado, que nosotros supiéramos...

A los 60 segundos del hundimiento de la «cuna», igualmente de forma automática, el ordenador central disponía la congelación del agua contenida en la «columna» láser. No importaba la altura de la misma. La «membrana» inyectaba gas al «tubo» (generalmente hidrocarburos con freones) y la temperatura del agua descendía. Al invertir la polaridad de la alimentación eléctrica, en un efecto relativamente similar al Peltier, el agua «prisionera» en el «cilindro» láser aumentaba la temperatura hasta el punto de ebullición. Esto provocaba un «boquete» en la mar, facilitando el acceso a la nave, así como el rescate de los ocupantes.

Pues bien, como decía, nada de esto sucedió en el mar Muerto.

Y la discusión derivó hacia lo ya sabido: el lodo del fondo pudo inutilizar los sistemas que activaban «col.60».

La tercera y última medida de seguridad carecía de nombre.

Funcionaba a los 5 minutos del hundimiento.

«Santa Claus» fue programado para lanzar a la superficie —siempre por el «cilindro» láser— un producto de composición química parecida a la clorofila, que «teñía» las aguas con «brillos» que oscilaban entre 6,9 y 89,0 GHz. Las observaciones corrían por cuenta de los radiómetros pasivos de microondas instalados en los satélites.

El resultado fue igualmente negativo.

Nada de nada...

Y el tejano retornó a la primera pregunta: ¿por qué ninguna de las «BAL» había funcionado?

Todos nos encogimos de hombros.

Repito: era inexplicable.

Y el general fue directo a lo que importaba:

—Hemos fallado... La «cuna» no emite porque no puede emitir...

El silencio fue significativo.

Curtiss llevaba razón.

Estábamos mareando la perdiz. Lo más probable es que el módulo, con Eliseo, se hallara en lo más profundo del fango, en el lecho del mar Muerto.

Alguien alzó la voz y, tímidamente, planteó la posibilidad de que la nave hubiera estallado mientras se hundía.

Dudamos.

Los restos de la pila atómica habrían sido localizados de inmediato.

En la superficie del lago, además, hubieran aparecido infinidad de restos.

Yo la vi descender, entre burbujas...

De haberse registrado una explosión, quien esto escribe la hubiera detectado. La onda expansiva, incluso, podría haber terminado conmigo...

La sugerencia sobre la desintegración de la «cuna» no prosperó.

Lo del cieno era otra cuestión. A razón de 10 metros por

segundo, la nave pudo necesitar del orden de 30 o 40 segundos para clavarse en el fango.

Tampoco encajaba...

La primera de las alarmas —«col.20»— tendría que haber saltado automáticamente. El contacto con el agua no era impedimento para la activación de la «membrana» exterior.

A no ser que...

Las discusiones —casi todas inútiles— se prolongaron hasta bien entrada la tarde.

✡

Esa semana del 16 de julio no se registraron cambios sustanciales.

Siguieron celebrándose reuniones en la sala de las «tormentas» y continuaron las polémicas, cada vez más ácidas y encontradas. Las imágenes y la información proporcionadas por los satélites no variaron. Y las posiciones se enconaron. Los directores pasaban el día a la greña. Mientras tanto, todo era silencio en la fosa sur del mar Muerto.

Las posturas, como digo, no cambiaron. Los directores que capitaneaba el tejano defendían que la «cuna» no se hallaba en el fondo del lago. Los segundos —a los que llamaré «palomas», por simplificar— se enroscaron en el asunto del barro y en la necesidad de organizar aquella expedición imposible al fondo del mar de la Sal. Nos hallábamos en julio de 1973. Las noticias sobre una inminente guerra entre árabes y judíos corrían como la pólvora. Algunos, en la base, daban por hecho que las hostilidades se iniciarían a primeros de octubre. Lo sabían de buena tinta...

Asistí a las reuniones, pero, sinceramente, no saqué nada en claro.

Fue una semana indigerible.

Me sentí fracasado e impotente.

Después de tantos días, Eliseo sólo podía estar muerto...

No fuimos capaces de reaccionar. Mejor dicho, nos enredamos nosotros mismos.

El viernes 20, llegaron los informes médicos, procedentes del Hospital de Veteranos, en Tampa. Curtiss y yo nos reunimos en privado y el general, como ya expliqué anteriormente, me permitió leerlos y tomar notas sobre los «tratamientos y recomendaciones».

Curtiss no disimuló su admiración hacia quien esto escribe.

Según aquellos papeles me quedaban ocho o nueve años de vida y, sin embargo, según el jefe del proyecto, mi única preocupación era Eliseo.

Sí y no...

A lo largo de aquella, y de otras conversaciones, tentado estuve de mostrarle la «perla».

La acariciaba mientras conversábamos, pero Curtiss no reparó en ella.

Y la intuición me obligó a guardar silencio.

No era el momento. Todavía no...

Obedecí.

El Maestro habló mucho sobre la intuición, «ese ángel que pasa de puntillas»...

No se equivocó.

Pero trataré de respetar el orden de lo acontecido...

Ocurrió al final de la entrevista.

El general guardó los informes médicos y, mirándome a los ojos, preguntó sobre la «cuna»:

—¿Qué opinas?

Dije la verdad; esta vez sí.

—Estoy confuso...

El general, comprendiendo, intentó ayudar:

—Admitamos —sólo es una suposición— que la nave no está en el fondo del mar Muerto... ¿Dónde puede hallarse?

Le miré, desconcertado.

Curtiss sabía más de lo que aparentaba.

—No entiendo —me defendí.

—Sabes bien a qué me refiero...

Percibí la presión y me encogí de hombros. No deseaba más complicaciones.

—¿Crees que ha regresado?

—¿Regresar? ¿A qué lugar?

El general sonrió de mala gana. Y añadió:

—No te hagas de nuevas... Sabes bien que ésos —imaginé que aludía a los «halcones»— están maquinando el regreso...

No lo sabía, y así se lo hice ver.

La respuesta de Curtiss me descolocó:

—A veces pareces de otro planeta... ¿No sabes que ésos están presionando en las alturas para enviar otra nave y averiguar lo sucedido?

Me quedé con la boca abierta.

Y el general se reafirmó en lo dicho:

—A veces pareces de otro mundo...

—¿Maquinan eso? ¿Quieren volver al tiempo del Maestro y averiguar qué ha sucedido con Eliseo?

El general negó con la cabeza, y aclaró:

—Eliseo no les importa nada... Buscan la «cuna», y lo que contiene.

—¿Y cómo sabes eso?

—Soy general, pero no sordo... Es el rumor que corre por la Fog y, supongo, por la base.

Y preguntó, burlón:

—¿No frecuentas el bar de Joco?

Asentí.

—Es raro que no lo hayas oído... Pregúntale.

—¿Hablas en serio?

—Naturalmente. Caballo de Troya no es un juego.

—No comprendo... Regresar, ¿para qué?

El general esbozó una sonrisa de circunstancias y contestó sin contestar:

—Lo dicho: no eres de este mundo...

Pensé a gran velocidad.

¿Cuál era el contenido de la «cuna» que tanto les interesaba? ¿La información sobre Jesús de Nazaret? ¿El cilindro de acero?

Intuí por qué maquinaban el retorno al tiempo del Maestro: el cilindro de acero...

La información sobre la vida, los pensamientos, y el mensaje del Galileo les traía sin cuidado; al menos a los «halcones». Fue una deducción matemática. Nadie, en casi tres semanas, se había interesado por nuestra aventura en la Palestina de Jesús. Nadie preguntó por el Hijo del Hombre. Era desconcertante...

Lo vi claro.

El objetivo era la nave. Para ser exacto: el objetivo eran las muestras de sangre y de cabellos del Hombre-Dios y de su familia.

¡Bastardos!

Y me pregunté, con idéntica sorpresa: si Curtiss era uno de los instigadores de los diabólicos planes de Caballo de Troya, revelados por Eliseo antes de que entrara en coma (1), ¿por qué planteaba estas cuestiones? Parecía como si el referido «regreso» no fuera de su agrado... ¿O había algo más?

No tardaría en averiguarlo...

Y el general volvió al tema del «hipotético regreso», pero con otras palabras:

—¿Consideras que Eliseo ha podido activar la inversión de masa de los *swivels* y retornar al «ahora» de Jesucristo?

—Jesús de Nazaret —le corregí.

—Bueno, eso... ¿Qué dices?

—¿Te refieres a modificar los ejes del tiempo antes de la llegada de la «cuna» al fondo del lago?

—Exacto.

—Si Eliseo no saltó, y permaneció en la nave, por supuesto que pudo hacerlo, pero no veo por qué...

Curtiss esbozó una enigmática sonrisa y se dio por satisfecho con la respuesta.

—Era lo que deseaba saber..., por ahora.

Y cambió de asunto, interesándose por mi salud.

—Estoy bien —repliqué sin demasiado convencimiento—, dentro de lo que cabe...

Fin de la conversación.

✡

(1) Amplia información sobre la confesión de Eliseo en *Caná. Caballo de Troya 9*. *(N. del a.)*

Aquel sábado, 21 de julio, fue relativamente sereno.

No pasó nada..., fuera de mi mente.

Me dediqué a pasear y a beber leche en el bar de Joco.

Las últimas cuestiones apuntadas por el jefe de Caballo de Troya ocuparon la mayor parte de mis pensamientos.

«¿Retornó Eliseo a la época de Jesús de Nazaret? ¿Y por qué a ese "ahora"? También pudo trasladarse a otro momento histórico... ¿Quizá al futuro?»

¡Qué tonterías llegué a pensar!

Me estaba dejando contaminar por los «halcones».

Tenía que mantener la mente fría y distante. Ése es el secreto del éxito...

Algo en el interior (ahora sé que fue la «chispa»), me rectificó: «El éxito consiste en despertar, y en eso no interviene la mente.»

Pero yo seguí a lo mío.

Eliseo estaba muerto...

Esa mañana me aislé en un pequeño parque que sobrevivía no lejos del pabellón de oficiales, a 600 metros al oeste de la carretera que buscaba la población de Lancaster. Era un bosque modesto, con un nombre sonoro: Onizuka.

Allí me senté y busqué respuestas.

Conversé conmigo mismo y, en ocasiones, con una familia de cactáceas, dedicada todo el santo día a la búsqueda de agua. No sabían que eran cactus...

Los había cilíndricos, lanudos, trepadores a ninguna parte, con formas de cirio y de penca, otros a los que llamaban «cholla», chaparrales enanos, enebros medio religiosos, y el *Pileocereus*, siempre a medio afeitar. Y en mitad de los verdes y de los espinos, el rey de Mojave: un cactus de cinco metros de altura, con el tronco fibroso y centenario. Era un milagro que pudiera sostenerse en pie. Las flores se abrían en primavera e imploraban agua a los cielos. Por eso, al verlos, los mormones los bautizaron con el nombre de «árbol de Josué». Eran pobres de solemnidad. Por no tener no tenían ni anillos concéntricos. Así disimulaban la edad...

Como digo, sostuve más de una y más de dos conversaciones con el tal Josué, más conocido en los diccionarios como *Yucca brevifolia.*

Yo preguntaba y el anciano replicaba, a su manera.

—¿Por qué razón iba a regresar Eliseo junto al Maestro?

El árbol de Josué me miraba, entornaba los ojos color mostaza, y digo yo que pensaba:

—Otro piloto loco...

Pero me seguía el juego. No tenía otra cosa que hacer, salvo el negocio del agua. Y murmuraba:

—En fin, cuéntame...

—Estaba pensando en las razones por las que mi compañero, Eliseo, podría haber vuelto con Jesús de Nazaret...

—Y bien... ¿Cuáles son?

Se me ocurren varias. Primera: por agradecimiento. El Hijo del Hombre lo sanó...

—No conozco esa historia...

—Es lógico —repliqué—. Aún no tiene editor.

—¿Y cómo lo curó?

—Fue en una puesta de sol, pero eso no importa... Quizá ha querido volver para darle las gracias...

—Eso se sostiene a duras penas, como yo...

Josué sabía más de lo que aparentaba; exactamente igual que Curtiss. Y remató:

—Eliseo es un «oscuro» y morirá como un «oscuro»...

—Segunda razón: podría haber vuelto por Ruth...

—¿Quién es?

—Mi amada...

—No entiendo.

—Quizá deseaba volver a verla y vivir con ella hasta el final de sus días...

Josué preguntó, extrañado:

—¿No dices que es tu amada? ¿Qué pinta Eliseo detrás de Ruth?

—Dijo que estaba enamorado de ella, pero no lo creo.

—Tú sí regresarías por esa razón... Tú sí estás enamorado...

—Se me ocurre algo más. Eliseo pudo volver para recuperar el cilindro de acero... Él, seguramente, ha leído los diarios. Él sabe que fue robado en la aldea de Beit Ids...

El pobre Josué se perdió...

—¿Qué cilindro?, ¿qué diarios?, ¿qué aldea?

—No importa —respondí—. La cuestión es que ésa sí es una excelente razón para «saltar» en el tiempo y regresar...

Josué recomendó que descansara. Pensar a tanta velocidad no podía ser saludable. Él había durado cien años porque pensaba lo justo.

Seguí el consejo y me quedé dormido.

Tuve sueños inquietantes. Uno de ellos resultaría profético, pero yo, en esos momentos, no podía saber...

Esto fue lo que soñé:

Me hallaba tumbado, y dormido, en el referido bosquecillo.

Los cactus seguían a lo suyo, empeñados en negociar agua.

Contemplé mi cuerpo desde lo alto. Era viejo y larguirucho.

De pronto, del interior de mi cabeza, desde el Palacio de Cinabrio, surgió un cactus largo y verdoso, con dos ramas, a manera de brazos. Se elevó nueve pies...

En lo alto presentaba una cabeza humana. Me recordó a Judas, el traidor.

Tenía los ojos rojos, encendidos.

Acto seguido vi florecer un segundo cactus. Nació del corazón. Se alzó hasta 3 pies y 9 pulgadas (exactamente). Era cilíndrico y con una cabeza de mujer en el extremo. Era muy hermosa. ¡Era Ruth!

Y al instante, de los testículos de aquel Jasón que dormía en el bosque, brotó un tercer cactus. Era un cirio, también con una cabeza humana en lo alto. Reconocí igualmente al personaje: ¡era Tarpelay, el guía negro que me acompañó en muchas de las aventuras por el Jordán! Lucía un turbante amarillo. El cactus alcanzaba 3 pies y 36 pulgadas, también exactamente.

No tuve tiempo de asombrarme.

Un cuarto cactus, lanudo, de color violeta, amaneció en

el vientre y creció y creció hasta los 3 pies y 20 pulgadas. En el extremo superior descubrí la cabeza de otro querido y añorado amigo: Yu, el chino.

Los ojos de los cuatro personajes se movían, inquietos. Buscaban algo.

En el horizonte habitaba un sol naranja. Supuse que se ocultaba, pero no. El sol se hallaba inmóvil. Todo Mojave aparecía teñido de oro.

Y allí, en la lejanía, distinguí la silueta de Eliseo.

Corría hacia el sol.

De vez en cuando se detenía, se volvía hacia el dormido Jasón, y gritaba: «¡Acepta!... ¡Acepta!»

Después desperté.

Josué continuaba con sus pensamientos verticales, interrogando a Dios sobre su insufrible inmovilidad.

Todo respiraba calma.

Sí, había tenido una pesadilla...

Pero, qué extraño... La ensoñación me recordó —no sé por qué— un pasaje del profeta Isaías (capítulo 11), en el que habla de un vástago del tronco de Jesé (1) y de cómo brotará un retoño de sus raíces...

No le concedí mayor importancia.

Me hallaba abrumado ante la supuesta posibilidad de que Eliseo hubiera activado los *swivels*, y regresado al año 28 de nuestra era. Esa era la causa, probablemente, de la pesadilla. Pobre tonto...

Y olvidé otra recomendación del Hombre-Dios: «busca siempre la perla de los sueños».

La tarde de ese sábado acudí, puntual, al bar de Joco.

Los rumores en la base no corrían: volaban...

Algunos de aquellos bulos tenían que haber nacido en

---

(1) Jesé fue un personaje bíblico. Era nieto de Booz y de Rut. Según el Antiguo Testamento tuvo ocho hijos. Uno de ellos fue David, que llegaría a ser rey. En la Edad Media, los artistas representaron la genealogía de Jesús de Nazaret, sirviéndose de lo que llamaron el árbol de Jesé. Jesé aparece dormido en el suelo y de él brota un tronco. En las ramas fueron pintados los supuestos ancestros del Maestro. Es famoso el cuadro de Stumme, *El árbol de Jesé*, así como los evangeliarios alemanes y checos de los siglos XI y XII, en los que se representa dicho árbol. *(N. del m.)*

la sala de las «tormentas», necesariamente. No había otra explicación. Afinaban muy bien la puntería...

Recuerdo los siguientes:

«La "cuna" no se hallaba en el mar Muerto... Eliseo me lanzó a las aguas y, acto seguido, regresó al tiempo de Jesús... La misión no había concluido... Los de arriba echaban chispas... El proyecto era el hazmerreír del Pentágono... Nixon y el doctor Kissinger trinaban... Una segunda nave estaba dispuesta en Mojave para "saltar" de nuevo en el tiempo, capturar al traidor y retornar con la "cuna" y su secretísimo contenido...»

No concedí crédito a lo que oía.

Joco, impasible, se encogía de hombros y servía más leche.

Él sólo contaba lo que le contaban.

Y a pesar de mi mente —fría y distante—, algunos rumores hicieron mella en quien esto escribe.

¿Una segunda nave?

Tenía que aclarar el asunto. Preguntaría directamente al general...

Curioso. Mi gran objetivo —escribir y dar testimonio de lo vivido junto al Galileo— aparecía cada día más lejano.

# 22 de julio

Alguien golpeó la puerta de mi habitación.

Eran las cuatro de la madrugada del domingo, 22 de julio (1973).

Dos policías militares saludaron en la penumbra y aconsejaron que me vistiera. Tenían órdenes de escoltarme hasta la Fog.

No pregunté.

Probablemente no sabían...

En la sala de las «tormentas» aguardaba el equipo director, al completo.

Me senté cerca de la cabecera y contemplé al personal.

Presentaban malas caras. Habían sido arrancados de las camas, como yo.

Algo grave sucedía...

Nos interrogamos mutuamente, pero nadie supo dar razón.

A las cinco se presentó Curtiss.

Quedé impresionado.

Aparecía perfectamente rasurado y con el uniforme impecable. Los ojos le brillaban.

En la mano izquierda portaba uno de aquellos inquietantes sobres de color naranja. En la derecha, claro está, el inseparable cigarro habano, todavía virgen.

¿Qué noticias traía?

Tenían que ser importantes, a juzgar por la hora, por su aspecto, y por el brillo de la mirada.

El silencio llegó detrás del general y se sentó en la habitación.

Nixon continuaba en lo alto, haciendo ver que sabía, pero no era verdad.

Curtiss abrió el sobre, extrajo el contenido, y fue caminando alrededor de la mesa de cristal, depositando varias fotografías frente a cada uno de los directores.

Yo fui el último en recibir las imágenes.

El general me miró de soslayo. La mirada se estaba apagando...

¿Qué demonios pasaba?

Y percibí una súbita palidez en el rostro del militar.

Deduje que las noticias no eran buenas...

Se trataba de fotografías del Big Bird y de los Landsat, los satélites artificiales que vigilaban el mar Muerto.

Al principio no distinguí nada anormal.

La bombilla tartamuda avisó con sus parpadeos, pero no caí en la cuenta.

Las imágenes tenían fecha del día anterior, sábado, a las 17 horas.

Nos miramos, intrigados.

Ninguno de los directores sabía qué tenía que mirar.

Eran fotos en blanco y negro y en color, con numerosas manchas y perfiles.

Curtiss esperó una respuesta, pero nadie abrió la boca.

Nadie sabía...

Fue el general quien marcó un punto en las proximidades de la costa oriental, cerca de la desembocadura del Mujib.

Y continuó en silencio, pendiente de las reacciones del equipo.

Todos nos sumergimos en aquella mancha.

Era un perfil...

Entonces sentí un escalofrío.

«No es posible...»

Lo examiné de nuevo.

No estaba equivocado.

Levanté el rostro e interrogué al general con la mirada.

Asintió con la cabeza, levemente.

¡Dios mío!

Y Curtiss habló. El tono era cansino:

—Todo parece indicar que sí...

El tejano estalló:

—Indicar, ¿qué?... ¿De qué estás hablando? Nosotros no vemos nada en estas malditas fotos...

El general solicitó café y calma.

El de las gafas de carey salió de la sala y Curtiss se sentó en la cabecera, acariciando la mesa de cristal. Pero ésta, distraída, no prestó atención al gesto.

Curtiss procedió al encendido del cigarro y lo hizo como siempre, ceremonioso, dejando escapar bocanadas de un humo blanco y oloroso que terminó cortejando a las estupefactas bombillas.

El tejano insistió:

—¿Qué se supone que debemos ver?

El general cortó en seco:

—De momento limítate a esperar. Faltan tu compañero..., y el café.

Los directores bajaron las cabezas y se esforzaron en identificar el perfil.

No era fácil.

Finalmente llegó el café y, con él, la noticia y el desconcierto.

—El Big Bird, y los otros —anunció Curtiss—, lo transmitieron ayer...

Eso lo sabíamos.

—Se encuentra a sesenta metros de profundidad...

Nadie respiró.

¡Dios de los cielos!

¿Cómo era posible?

—Los radiómetros —prosiguió el general con seguridad— lo han verificado una y otra vez... No hay posibilidad de error.

Y continuó, ante la tensa mirada de los directores:

—Distancia a la orilla oriental del lago: ciento cuarenta metros...

El tejano y el resto estaban a punto de estallar.

Curtiss no lo tuvo en cuenta.

—Se trata, como sabéis, de un acantilado con agujas, previo a la fosa sur...

El habano empezó a hacer de las suyas y Curtiss detuvo la explicación. Lo encendió de nuevo y lo saboreó con placer.

Después contempló a sus hombres y prosiguió con satisfacción:

—La hemos hallado...

Miré las fotografías y negué con la cabeza.

No era cierto...

No tuve tiempo de replicar.

Slimy se adelanto:

—¿De qué hablas?... No te entendemos... ¿Te refieres a la «cuna»?

Curtiss sonrió, malicioso, y replicó:

—Sí y no...

El equipo se removió, nervioso.

Yo volví a negar con la cabeza, pero nadie prestó atención.

Nixon sonreía todo el rato, como un estúpido.

Y el general, comprendiendo que había triturado a los «halcones» suficientemente, declaró:

—Es la *landing*... La han encontrado.

Los directores buscaron el perfil, nuevamente, y guardaron unos segundos de silencio.

Estaban perplejos.

Era, en efecto, la *landing pad*, la plataforma de aterrizaje de la «cuna», integrada por un armazón metálico, rectangular, al que se hallaban atornillados los cuatro puntos de apoyo, extensibles, de trece pies cada uno (4,33 metros) y 3.000 libras de peso (1,5 toneladas). Las imágenes, una vez amplificadas, ofrecieron detalles concretos e incuestionables. Allí se veían las antenas de aterrizaje de los radares, las sondas de percepción en cada una de las patas y parte de la escalerilla, sujeta al «cinturón» rectangular.

—Lo siento, señores —sentenció el general—. La nave está en el fondo...

Yo no daba crédito a lo que veía. Era el tren de aterrizaje de la «cuna», pero sin la nave... ¿Cómo era posible? Conocía el sistema de expulsión de la *landing*. La nave podía ser liberada del tren, bien manualmente, bien de forma automática. De esto último se ocupaba «Santa Claus».

Pero había algo que no cuadraba...

Y estaba a punto de plantearlo cuando alguien llamó nuestra atención sobre un asunto en el que no habíamos reparado: ¿Dónde estaba el foco emisor de calor?

Examinamos las fotografías, una por una.

Negativo.

La mancha naranja no aparecía por ninguna parte.

Curtiss, tan perplejo como el resto, levantó un teléfono y dio una orden.

Necesitaba fotografías de los días anteriores.

Yo continué, absorto, en la *landing*.

Medí y volví a medir.

Allí había un error...

A los pocos minutos, uno de los ayudantes de Curtiss se presentaba en la sala de las «tormentas» y entregaba al general otro mazo de fotografías.

Nixon parecía reírse de todo...

Eran imágenes de los satélites, registradas entre el 16 y el 21 de julio. En las tomas captadas a las 15 horas del referido 21 de julio, sábado, el foco de calor aparecía con nitidez. Y lo mismo sucedía en las fotos anteriores. A partir de las 17 horas de ese sábado, 21, como decía, la mancha naranja desapareció.

Eso significaba que el racimo de acumuladores se había apagado. Las baterías, en definitiva, se mantuvieron activas durante 23 días... Inexplicable.

Pero el interesante tema de los acumuladores fue olvidado, de momento.

Slimy se centró en la *landing* y se adelantó a mis intenciones. Habló en nombre de los «halcones».

—Algo huele mal —afirmó—. Si la «cuna» se hundió a medio kilómetro al oeste del Mujib —y me señaló con indiferencia—, ¿por qué el tren de aterrizaje aparece a 140 metros de la costa?

Lo planteado por Slimy era coherente. Era lo que yo pretendía exponer.

Fui yo quien facilitó la primera noticia sobre el lugar en el que se hundió la «cuna». En efecto: a 500 metros, más o menos, de la costa jordana, frente al *wadi* del Mujib. Los satélites, posteriormente, como se recordará, detectaron el foco emisor de calor, justo en la fosa sur del mar Muerto, en el lugar indicado por quien esto escribe.

—¿Qué insinúas? —preguntó Curtiss, inquieto.

—Lo que habéis oído. Algo huele mal en todo esto...

A petición del general, el equipo revisó la totalidad de las fotografías captadas por los satélites, de la primera a la última. Allí estaba la *landing*, fotografiada desde el 6 de julio. No supimos verla. Pasó desapercibida, como una mancha más. Fue error nuestro. Pensamos que podía tratarse de un naufragio más (1).

Alguien, ingenuamente, quiso justificar la presencia del tren de aterrizaje en el citado acantilado submarino, argumentando que la nave, al chocar con el agua, pudo sufrir

(1) Además de otros naufragios de barcos de madera, los satélites captaron perfiles de embarcaciones de hierro que pudieron formar parte de la navegación comercial en el mar Muerto, así como de las expediciones científicas de las que tenemos constancia: 1778 (Gay Lussac llevó a cabo los primeros análisis cuantitativos del agua del mar de la Sal); 1806 (Satzan, el primero que llegó al sur del lago y describió la toponimia del mismo); 1818 (Irvi y Mangels, de la armada británica, prepararon el primer mapa detallado del sur del mar Muerto); 1837 (los investigadores Moore y Bach observan que la temperatura para hacer hervir el agua del mar Muerto es superior a lo establecido por la ciencia); 1847 (Molineux viajó por el Jordán hasta el sur del mar de la Sal); 1864 (expedición del duque de Lyns: se fija la densidad del agua a diferentes profundidades); 1900 (expedición de McLister, del departamento británico para la Investigación de Israel); 1908 (Aharoni y el botánico Aharanson se unen a la expedición de Blankenhorn); 1929 (Ashbal, estudioso de la climatología israelí); 1936 (Elazari-Volcani demuestra que existe vida en el mar Muerto); 1948 (una expedición de la marina norteamericana establece el nivel exacto del lago: −394 metros) y 1967 (Neev y Emery dejan constancia de la constitución estratigráfica del mar de la Sal).

Los satélites descubrieron igualmente una serie de tesoros, sobre los que no estoy autorizado a escribir. *(N. del m.)*

el desprendimiento del referido tren. Después, las corrientes lo arrastraron hacia la costa y allí se hundió...

La explicación del director —perteneciente al grupo de las «palomas»— no convenció a nadie. Una tonelada y media de metal se hubiera ido al fondo, exactamente igual que el resto de la nave. Yo, además, al ver cómo se hundía, la percibí completa, con los puntos de apoyo, y sin la escalerilla.

Algo no cuadraba, en efecto...

El tejano intervino y me preguntó, directamente:

—¿Podrían los pilotos liberar la *landing*, manualmente?

Él lo sabía, pero atendí la pregunta:

—Por supuesto... Y también el ordenador central.

—Está claro —resumió el representante de los «halcones»—. Alguien nos está tomando el pelo...

—¿Qué quieres decir? —intervino Curtiss.

—Es muy simple: ese tren de aterrizaje pertenece a la «cuna», sin duda, pero no debería estar ahí...

Y el grupo se enzarzó en otra ácida polémica.

¿Ácida?

Hacía tiempo que no asistía a una discusión tan corrosiva...

Unos y otros se atacaron sin medida y sin pudor. Se insultaron.

Los «halcones» destrozaron a las «palomas», pero éstas no se quedaron atrás.

Eliseo fue acusado de traición.

Crucé una mirada con Slimy.

Ahora entendía...

Quise defender al ingeniero. Él no estaba allí para dar la cara.

No tuve opción. No me permitieron hablar. «Halcones» y «palomas» se pisaban los gritos.

La escena fue lamentable.

Guardé silencio, desmoralizado.

El tejano dio a entender que la presencia del tren de aterrizaje en aquel acantilado submarino, a un tiro de piedra de la orilla, era otra argucia del «traidor», exactamente igual que el foco emisor de calor, flotando a cinco metros sobre el fango, y durante 23 días.

«¡Algo huele mal! —gritaron a coro los «halcones»—. ¡Puro teatro!»

En eso les di la razón. Eliseo era un excelente actor...

Curtiss intentó poner orden en un par de ocasiones, pero no lo consiguió.

Los «halcones», como digo, estaban fuera de sí. Y exigieron al general que terminara con aquella situación. Era preciso enviar una segunda nave y aclarar el misterio.

Slimy fue más explícito:

—Debemos capturar al traidor y devolverlo, encadenado por la nariz...

—Por la nariz no —intervino el tejano—. Mejor por las pelotas...

El rumor era cierto: había una segunda nave.

Y la atmósfera siguió hirviendo.

Las «palomas» exigían más información, aunque no se negaban al envío de «Rayo negro».

Quedé perplejo.

¿«Rayo negro»? ¿Qué era? ¿Se referían a esa segunda nave?

El general terminó dando un puñetazo sobre la mesa de cristal. Ésta, sobresaltada, se quedó fría, del susto.

El humo, cobarde, huyó hacia lo alto.

No estoy seguro, pero creo que a la fotografía de Nixon se le cayó la sonrisa al suelo...

Curtiss, pálido, esperó.

El silencio regresó, se sentó junto a los espantados directores y todos temimos lo peor.

¿Lo peor? ¿Qué era lo peor en esos momentos?

El general fue claro y conciso: no enviaría una segunda nave a ninguna parte...

Esperaba alguna alusión a «Rayo negro», pero no la hubo.

Y sentenció:

—La seguridad de la tripulación es lo primero.

Me señaló con el dedo índice izquierdo y declaró:

—¿Hablo con claridad? El resultado de la primera expedición está a la vista...

Curtiss volvía a mentir. No era la tripulación de esa supuesta segunda nave lo que le preocupaba... Pero de eso me daría cuenta poco después, mientras conversaba con el cactus Josué.

Nadie rechistó. El general, aparentemente, hablaba con razón.

Y Curtiss insistió en lo ya analizado por el equipo de directores:

—No es el momento de pensar en eso... La guerra entre Israel y los árabes es inminente... Lanzar una segunda nave, como sabéis, exige una planificación minuciosa y exhaustiva...

Hizo una pausa.

Los directores fueron asintiendo con la cabeza.

—Hay que seleccionar un lugar de lanzamiento —prosiguió el general—, trasladar los equipos y el material... En fin, no os voy a contar lo que eso supone...

—«Rayo negro» —terció el tejano— dispone de un combustible muy superior al de la «cuna». Podríamos ubicar el lugar del lanzamiento fuera de Israel... Eso facilitaría la operación.

Me hallaba desconcertado. No sabía nada sobre esa nave. ¿A qué tipo de combustible se refería el «halcón»?

Curtiss no cedió.

Negó con la cabeza y sentenció:

—Está decidido. «Rayo negro» no se mueve...

En algo sí tenía razón el jefe del acabado proyecto Caballo de Troya. La cuarta guerra árabe-israelí era inminente. La tensión en la zona era crítica. Las últimas noticias, sobre el fallido atentado contra el presidente sirio Assad, habían tensado la frágil cuerda de la paz en Oriente Medio (1). Todos sabíamos del diabólico plan denominado Rapto de

---

(1) Días antes, el presidente sirio Hafez Assad había logrado escapar de un intento de asesinato. El atentado se registró el 10 de julio, cuando unidades «rebeldes» del ejército sirio abrieron fuego contra el cortejo de Assad, cuando éste se dirigía al norte de Siria, procedente de Damasco.

Europa, orquestado por la Unión Soviética y por mi país para colapsar las economías de Japón y de Europa. Era el único medio —decían— para salvar los programas expansionistas de soviéticos y norteamericanos. Rapto de Europa pretendía provocar esa cuarta guerra (1). El conflicto

---

Assad resultó herido en la pierna izquierda. Alrededor de 300 oficiales, incluyendo el general Abdel Moneim Ibrahim, fueron arrestados. Como es fácil suponer, la CIA y los servicios de inteligencia militar norteamericanos estaban detrás... *(N. del m.)*

(1) Aunque dicho plan aparece detallado en *Masada. Caballo de Troya 2*, entiendo que, aquí y ahora, es oportuno hacer una síntesis del mismo. Esto es lo que afirma el mayor: «... Washington y Moscú, en el más estricto secreto, habían llegado a un acuerdo y dibujaron un plan cuyo nombre, en clave, era Rapto de Europa. Tanto el corrupto Nixon como el frío y despiadado Brézhnev sabían que la fórmula más eficaz para hundir moral y económicamente a Japón y a Europa era la utilización del petróleo. Si Europa y el imperio nipón veían cortados sus respectivos suministros de petróleo, las economías de ambos quedarían frenadas. ¿Cómo lograrlo? ¿Cómo conseguir que los pozos petrolíferos de Oriente Medio —principales "grifos" de alimentación de la pujanza de Europa y de Japón— fueran cerrados, total o parcialmente?... Rapto de Europa era la solución. Una nueva guerra entre Israel y los árabes conduciría, inexorablemente, al cierre de los pozos de los países árabes, ancestrales enemigos de los judíos... Y la cuarta guerra fue planificada, minuciosamente, desde el Kremlin y desde el Pentágono. Se sabía, incluso, las posibles fechas de inicio de la misma. Las más propicias para el ataque a Israel fueron determinadas, inicialmente, en tres momentos de 1973: en la segunda quincena de mayo, en septiembre y en el mes de octubre. De hecho, en enero de 1973, el presidente egipcio Sadat ordenaría al jefe del Estado Mayor, general Shazli, la "puesta a punto" del cruce del canal de Suez. Con el paso del tiempo, los rusos se inclinarían a favor de la tercera fecha. Determinaron la duración máxima del conflicto, los países que deberían luchar contra los judíos, las tácticas a seguir, el material bélico a utilizar por unos y por otros, los límites en los apoyos logísticos por parte de la URSS y de USA, los "puentes" aéreos y marítimos a utilizar por ambas partes, el número de bajas...

»Entre los métodos a seguir para "elevar la temperatura de preguerra" en la zona, Rapto de Europa establecía una serie de escalonadas movilizaciones de los ejércitos árabes (Egipto lo hizo en veinte ocasiones), intensas campañas terroristas, intoxicación de la opinión mundial contra Israel (en el sentido de un inminente ataque judío a los países árabes), falsas pistas y comunicados a la prensa extranjera en relación al "deficiente material bélico de los árabes"...

»Rapto de Europa concluía con un no menos exhaustivo análisis de las posiciones políticas y económicas de los países europeos y de Japón respecto a árabes y a judíos y de las "casi seguras" consecuencias de dicha

estrangularía el flujo de crudo a los verdaderos enemigos (económicos) de Moscú y de Washington...

El propio Curtiss nos habló de ello en febrero de ese año (1973), cuando preparábamos el segundo «salto» de la «cuna» en lo alto de la meseta de Masada, en Israel.

Conocíamos, incluso, la fecha en la que estallaría el conflicto: primeros de octubre...

Faltaban dos meses.

Fin de la tormentosa reunión.

Curtiss guardó las imágenes procedentes de los satélites y ordenó a dos de los directores (ambos del grupo de las «palomas») que lo dispusieran todo para un viaje a Washington D. C. Los tres volarían esa misma tarde.

Supuse que el general deseaba informar a los jefazos del Pentágono, incluyendo al Dr. Kissinger, asesor de Nixon en asuntos de seguridad nacional, y muy al tanto del proyecto Caballo de Troya.

A las 8 horas de esa mañana nos despedíamos.

Fue la última vez que vi al de las gafas de carey y al otro director.

El Destino, implacable, lo tenía todo calculado...

cuarta guerra. (En el caso de Japón, su consumo de petróleo, en 1971, representaba un 8 por ciento de la producción mundial. De ese porcentaje, el 75 por ciento procedía de los pozos de Oriente Medio.)

»La trampa era perfecta. El resultado de la guerra —predibujado por Washington y Moscú— era poco importante. La clave de la operación era otra: forzar al mundo árabe al cierre o recorte del abastecimiento de crudo. El fantasma del alza de los precios del petróleo hacía tiempo que planeaba sobre los países industrializados. Con esta criminal jugada, Europa y Japón se verían forzados a tomar posiciones, bien a favor del dinero judío o del vital flujo del crudo árabe. La neutralidad ante la guerra era casi impensable. Incluso, en el caso de producirse, ningún bando la perdonaría.

»La suerte de Japón y de Europa estaba echada. El 8 de noviembre de 1973, Arabia Saudita reduciría su producción de petróleo en un 31,7 por ciento (comparándola con la producción de septiembre). El ejemplo de Arabia fue secundado por el resto de países árabes y Europa y Japón se hundieron en una crisis de la que todavía no han levantado cabeza.» *(N. del a.)*

Me retiré al bosquecillo de los cactus.

Desde ahora lo llamaré el bosque de Josué.

Me hallaba confuso.

«Tren de aterrizaje... "Rayo negro"... Eliseo traidor... La negativa de Curtiss a enviar la segunda nave... La desaparición de los acumuladores... Rapto de Europa... La guerra...»

Los pensamientos aparecían peleados unos con otros.

¿Qué hacer? ¿Qué decidir? ¿Cuál era mi papel en todo aquello?

Yo sólo deseaba retirarme, lejos, y escribir...

¡Jesús de Nazaret!

La aventura seguía difuminándose, como si de un sueño se tratase.

Me hice con una cantimplora y me dediqué a dar de beber a Josué.

El cactus de los ojos color mostaza me observaba desde lo alto de sus cinco metros y suspiraba, agradecido. Por lo visto era el primer piloto que hacía algo así. Eso me pareció entender...

Después me senté al pie del anciano y contemplé su sombra, recién nacida.

—¡Vaya mañanita! —pensé en voz alta.

Como mencioné, Curtiss mentía. Fue pura deducción. No era la seguridad de la tripulación lo que le preocupaba. No fue eso lo que le llevó a inmovilizar la segunda nave.

Y dejé hablar a la intuición...

Si «Rayo negro» era enviado al tiempo de Jesús —quizá al año 28 de nuestra era—, y Eliseo resultaba capturado, o se entregaba, los planes secretos de los militares podían quedar al descubierto. A Curtiss no le interesaba. Si el ingeniero hablaba sobre la clonación del Maestro y de su familia, Curtiss sería retirado del proyecto, o algo peor...

Era mejor parapetarse tras la excusa de la seguridad de la tripulación e invocar la inminente guerra...

Josué, que escuchaba atentamente estos pensamientos, no supo contenerse:

—¿De qué guerra hablas?

—No te afecta... Estallará lejos, como todas las que planifica mi país...

—¡Vaya pájaro el tal Curtiss...!

—No sabes bien...

—Lo sé... Conozco a muchos generales. Son doblemente mentirosos.

Y el cactus preguntó:

—¿Sabes qué necesita un hombre para llegar a ser general?

—Soy mayor —repliqué—. No aspiro a más...

—Te lo diré de todas formas. Para ser general tienes que ser listo y disponer de una escalera...

—Lo de inteligente lo entiendo. Lo de la escalera, sinceramente, no.

—He dicho listo; no inteligente...

—¿Y lo de la escalera?

—Simple: con ella puedes trepar más alto que el resto. Ser general no es otra cosa. Todos tienen de qué avergonzarse.

Ese día caí en la cuenta de algo terrible. Hablaba con los cactus, y con las cosas, porque no podía hablar con nadie. La naturaleza de mi secreto era tal que terminó engulléndome. ¡Dios mío, qué soledad!

¿A quién me dirigía? ¿Qué le contaba? ¿Explicaba que había conocido al Hijo del Hombre y que era depositario de su verdad? Nadie me hubiera creído...

Era mejor así.

Seguiría hablando con los cactus...

No es cierto que la verdad nos haga libres. Aceptando que exista —y yo la conocí—, la verdad aparta...

Esa tarde busqué refugio en el bar de Joco, como casi siempre.

Y pregunté por «Rayo negro».

El japonés no sabía gran cosa. Todo eran habladurías.

Se hallaba en la Fog, naturalmente. Era una nave enorme, con una tecnología «no humana»...

—¿Qué quieres decir?

Joco se encogió de hombros. Repetía lo oído en aquel mismo bar, revelado por alguien que sí tenía acceso a la «ciudad subterránea». Allí «flotaba», lista para ser utilizada. Era la joya del programa Swivel (1). Tripulación: 4 o 5 pilotos, según. Puede que más...

Yo carecía de credenciales que me permitieran el acceso a la «ciudad subterránea», en la zona restringida de la base.

Tendría que resignarme. ¿O no? La curiosidad empezó a roerme...

«Rayo negro». ¿Por qué nadie me habló de esa máquina? ¿O no era tal?

Joco tampoco supo aclarar el porqué del nombre.

Y la conversación terminó derivando hacia otro asunto, candente en esos momentos: Nixon y el «Watergate», un pozo negro que se estaba tragando al presidente de los Estados Unidos, tal y como vaticinó el general Curtiss.

La semana siguiente —concretamente el jueves, 26 de julio— Nixon recibiría tres mandamientos judiciales que lo obligaban a entregar las cintas magnetofónicas que lo vinculaban, directamente, con el referido escándalo de las escuchas en el hotel «Watergate».

Los rumores, en la base, apuntaban a que Nixon despreciaría los mandamientos (2). Y corrían apuestas. En último extremo, si el presidente se negaba a entregar las pruebas, el asunto acabaría en el Tribunal Supremo. Sea como fuere, Nixon estaba en las últimas...

Pero lo más grave es que una copia de dichas cintas

(1)   Amplia información sobre Swivel (Eslabón) en *Jerusalén. Caballo de Troya 1. (N. del a.)*

(2)   Los mandamientos judiciales, o *subpoena,* que le serían entregados a Nixon eran tres: dos firmados por el senador Sam Ervin, presidente del comité especial que investigaba el «Watergate», y otro firmado por Archibald Cox, fiscal que dirigía el caso. Nixon era el segundo presidente, en la historia de Estados Unidos, que recibía una *subpoena.* En 1807, el presidente del Tribunal Supremo, John Marshall, envió una citación judicial al entonces presidente, Thomas Jefferson, quien se negó a comparecer en el juicio por traición que se seguía contra Aaron Burr. Jefferson, sin embargo, entregó los documentos que le solicitaban. *(N. del m.)*

magnetofónicas se hallaba en poder de Curtiss. Los topos del DRS (Servicio de Investigación de la Defensa) en la Casa Blanca se apresuraron a entregar copias de las mencionadas cintas a diferentes estamentos militares. Curtiss fue uno de los beneficiados (Eliseo, como se recordará, era agente del DRS).

Joco resumió la situación:

—Si Curtiss, o el Pentágono, hacen llegar esas cintas a la prensa, adiós Nixon...

Y añadí:

—Y adiós Kissinger...

Así era. Las carreras políticas de ambos se verían seriamente comprometidas.

Lo peligroso para Curtiss es que los dos eran venenosos. Kissinger, más que Nixon.

El general debía moverse con pies de plomo..., y con la dichosa escalera más cerca que nunca.

Lo que no calculé en esos momentos es que tanto Nixon como Kissinger ya habían empezado a mover sus tentáculos...

# 23 de julio

Y llegó el trágico lunes, 23 de julio.

A las 7 horas y 30 minutos entraba en la sala de las «tormentas».

Primera sorpresa.

Curtiss se hallaba sentado a la cabecera de la mesa de cristal.

Repasaba unos papeles.

Me miró y comprendió mi desconcierto.

Hizo un gesto para que me aproximara y me sentara en la silla habitual, a su izquierda.

Estábamos solos.

Nixon seguía con la sonrisa de siempre y la bombilla tartamuda hacía cuanto podía. La luz de Mojave entraba por la ventana, pero con cautela. No se fiaba, y gastaba razón. Lo que sucedía en aquella sala era de infarto...

Al sentarme, Curtiss se justificó, en voz baja, como si temiera que lo oyeran.

Y pensé: «¿Podrían estar grabando?»

Por supuesto que sí...

—Problemas familiares...

Eso argumentó. Ésa fue la razón por la que, según él, no voló la tarde-noche anterior desde Los Ángeles a Washington D. C., capital federal.

Le creí, a medias.

Todo el mundo, en Edwards, sabía que su relación con el asesor de Nixon, el señor Kissinger, marchaba de mal en peor. En especial, desde el fracaso de Caballo de Troya.

Kissinger hizo responsable al general y lo apremiaba para que «resolviera los cabos sueltos» (eufemismo muy propio de Kissinger, que difícilmente se comprometía con nadie).

«Resolver los cabos sueltos» significaba encontrar la «cuna».

En la Fog, todos estaban al corriente de la estrecha relación de Kissinger con los «halcones». Y aunque no se había pronunciado abiertamente, el asesor de Nixon en seguridad nacional era otro convencido de la necesidad de enviar una segunda nave para «recuperar lo que es nuestro».

Era lógico que así fuera: los «halcones» informaban puntualmente a Kissinger y Curtiss evitaba el contacto con el asesor presidencial.

Ésta, en suma, fue la verdadera razón por la que el general no voló a Washington D. C. Los otros dos directores sí lo hicieron, tal y como había previsto el propio Curtiss.

Esa mañana del lunes, 23, los directores en cuestión debían celebrar dos importantes reuniones. La primera en el Pentágono. Después con el referido Kissinger. Portaban las imágenes del tren de aterrizaje de la «cuna», hundido a 60 metros de profundidad, como ya mencioné.

Los directores —suponíamos— recibirían instrucciones.

El regreso estaba previsto para el martes, 24.

Ese retorno nunca se produjo...

Y la mañana transcurrió sin discusiones, pero bajo el fuego cruzado de unas miradas poco amistosas. Todos, en la sala de las «tormentas», sospechábamos que el Pentágono y Kissinger podían inclinarse por la solución de los «halcones»: disponer una nueva nave y programar otro «salto» en el tiempo. En ese caso, Curtiss se tragaría sus palabras...

Y la tensión fue en aumento.

Las miradas, disimuladamente o no, finalizaban los recorridos en aquel teléfono negro y enorme que comunicaba con el exterior.

A las once de la mañana, el humo de los habanos y de los cigarrillos había convertido la atmósfera en prácticamente irrespirable. Las bombillas tosían. El retrato de

Nixon tosía. La bandera tosía. La ventana solitaria tosía. La gran pizarra negra tosía. El único que no tosía era Curtiss. Se hallaba tan excitado que, más que fumar, mordisqueaba los puros, y entraba y salía sin cesar de la citada sala de las «tormentas».

Pero el teléfono siguió negro y en silencio.

Tomamos café a litros.

Hablábamos en voz baja o, sencillamente, no hablábamos.

Yo opté por sentarme en mi lugar y huir con la mente al bosque de Josué. La ventana que sólo podía contemplar alambradas me vio salir y entrar varias veces, asombrada. ¿Cómo lo hacía?

Alguien, desconfiado, se acercó al teléfono y verificó si se hallaba conectado. Lo estaba, claro.

Y me pregunté, una y otra vez: ¿Cuál sería mi papel si el Pentágono ordenaba la movilización de una segunda nave?

Suponiendo que Eliseo siguiera vivo, ¿volvería a ver al Maestro?

La idea me fascinó, lo confieso, pero, al punto, retorné a la realidad.

«Eso es absurdo... La "cuna" está hundida en el fango del mar de la Sal... Yo vi cómo se precipitaba hacia la oscuridad... Pero ¿y si ocurriera? Si "Rayo negro" era enviado al tiempo de Jesús, ¿qué sucedería con quien esto escribe?

»Yo era la persona más preparada para una misión así. Conocía el terreno, los personajes, las circunstancias... Pero era un anciano... Esa misión, si prosperaba, era cosa de jóvenes...»

El tormento y el éxtasis se prolongaron poco tiempo.

Sonó el teléfono, al fin...

Eran las 11 horas y 20 minutos.

Uno de los directores atendió la llamada y cedió el auricular al general.

—Sí, soy yo...

Curtiss escuchaba atentamente, y mordisqueaba un habano moribundo.

Uno de los aduladores ofreció fuego, pero el general lo rechazó.

—... ¡Malditos inútiles!... ¡Trápalas!... ¡Engañabaldosas!...

Curtiss empezó a moverse cerca de la distraída mesa de cristal, al tiempo que lanzaba toda clase de improperios.

El director que había respondido a la llamada hizo un gesto. Al otro lado del hilo telefónico se encontraba el de las gafas de carey.

Eran malas noticias, obviamente.

Entendí que el director estaba transmitiendo las órdenes del Pentágono.

—¿Rusos?... ¿Qué rusos?... ¿De qué hablas?...

Nos miramos, atónitos.

—... ¿Y qué más?...

Se hizo otro largo silencio. Curtiss terminó devorando el habano. Al darse cuenta lo retiró de la boca y lo arrojó al suelo, pisándolo con rabia. Uno de los aduladores se apresuró a recoger los restos del cigarro.

Y continuaron los insultos:

—¡Comunistas! ¡Eso es lo que son esa pandilla de mangantes y filibusteros!...

Silencio.

—Está bien... Comprendo... Llama en cuanto hables con el judío...

Colgó con violencia y fue a buscar en el bolsillo interior del uniforme. Extrajo otro habano y lo encendió, resoplando como un búfalo.

—¡Conchudos!... ¡Holgazanes!...¡Hombres de talco, eso es lo que son!... ¡Guarida de ladrones y comunistas!

Deduje que Curtiss hablaba del Pentágono.

Estaba de acuerdo en casi todo...

El general buscó su asiento en la cabecera de la mesa, no tan distraída, por cierto, y se desahogó:

—Esos frotaesquinas del Pentágono consideran que la «cuna» ha podido caer en manos de los soviéticos...

Nos miramos, tan asombrados como las bombillas.

—¡Ignorantes! —siguió vomitando el general—. ¡Chupatintas!...

Slimy babeaba, sonriente.

—¡Malnacidos!... ¡Burócratas! —insistía Curtiss.

—Pero eso es imposible —intervine en mitad de la tormenta—. La «cuna» no tenía combustible.

Y recordé lo manifestado en otras oportunidades:

—Cuando fui empujado a las aguas, la nave acababa de entrar en la reserva... Disponíamos de 492 kilos... Quemábamos a razón de 6 kilos por segundo... El margen, por tanto, era de 80 segundos... ¿Cómo pudo Eliseo entregar la «cuna» a los rusos?...

Y remaché, asqueado:

—¡Eliseo no es un traidor! Nunca haría algo así... El planteamiento del Pentágono, sencillamente, es ridículo.

El general aprobó mis palabras con varios movimientos de cabeza, pero el tejano terminó interviniendo, y con evidente desprecio hacia mi persona:

—Lo del combustible está por ver...

—No miento.

—Eso también está por ver —deslizó el babeante.

Tuve que hacer un esfuerzo. Le hubiera roto los dientes allí mismo...

Pero los «halcones» abandonaron la sala.

Comprendí.

Ninguno de ellos había creído mi versión...

✡

A las 13 horas y 15 minutos sonó el teléfono de nuevo.

Esta vez respondí yo.

Era el de las gafas de carey.

Saludó con brevedad y preguntó por el general Curtiss.

Noté malestar en el tono de la voz.

—Soy Curtiss...

El general escuchó con atención.

Supuse que el director procedió a informarle sobre la reunión con Kissinger.

El habano volvió a apagarse.

La exposición, al parecer, fue breve.

Y Curtiss estalló:

—¡Maldito perro faldero!... ¿Qué sabe ése...?

Nuevo silencio.

—¿Estás seguro?... ¿Y qué más?

Los directores, adelantándose, fueron tomando posiciones alrededor de la mesa distraída.

La tormenta asomaba...

Las noticias —deduje— eran pésimas.

—¿Setenta y dos horas?... ¿De qué hablas?

El de las gafas de carey repitió lo expuesto y Curtiss se revolvió, furioso. Pero el cable del teléfono lo ató en corto. Y el general siguió maldiciendo:

—¡Alzapuertas!... ¡Ese judío de mierda es un alzacolas!... ¡Nadie puede hacer una cosa así!

El silencio se espesó, una vez más.

Al rato, Curtiss concluyó:

—Entiendo... ¡OK!... Mañana nos vemos... Buen viaje...

El teléfono pagó el monumental enfado del general. Dejó caer el auricular con estrépito y fue a sentarse a la cabecera de la mesa.

—¡Lunático!... Nixon lo arrastrará en su caída...

El odio de Curtiss por Kissinger era kilométrico.

Y el general, refugiándose detrás del humo del habano, volvió a informar al equipo: Kissinger había «recomendado» la redacción de un informe que condujera a la recuperación de la «cuna».

Los «halcones» respiraron, aliviados. Era lo que querían.

Curtiss me miró y comentó, con sorna:

—Y lo quiere en 72 horas...

—No termino de entender —intervine—. ¿Quiere que redactemos un informe sobre cómo recuperar la «cuna»?

El general asintió con prisa.

—Pero —insistí— ¿dónde se supone que debemos recuperarla: en el mar Muerto?

Los «halcones» rieron la «gracia». Y el tejano simplificó:

—Ése es el último lugar en el que buscaremos...

Curtiss consultó el calendario.

El lunes, 30 de julio, debería viajar a Washington D. C. y presentar el borrador al pelotillero.

Los «halcones» se felicitaron. Sabían bien lo que representaba ese paso para el general. Tendría que morder el polvo y arrodillarse ante Kissinger.

A las 14 horas y 30 minutos, Curtiss abandonó la sala de las «tormentas». No hubo despedidas. El general no cursó ninguna orden. Sencillamente, desapareció. Detrás quedó la estela del habano y del odio...

El tejano se dirigió a la gran pizarra y escribió:

«Operación RAYO NEGRO.»

Quien esto escribe abandonó también la habitación.

No podía resistirlo.

El desastre se aproximaba...

✡

Regresé a mi habitación, en el pabellón de oficiales, e intenté descansar. Imposible. La mente burbujeaba.

Era asombroso. Todos pretendían localizar la «cuna» fuera del mar de la Sal...

Y me debatí, una vez más, entre lo real y lo especulativo. ¿Qué teníamos? Poco, muy poco...

La nave se hundió. El tren de aterrizaje había aparecido cerca de la costa, sumergido a 60 metros.

¿Qué más?

Los acumuladores permanecieron 23 días activos y agrupados... Eso, ya lo dije, era inexplicable.

No teníamos más información. Lo lógico es que la nave se hallase en el fango, a mucha profundidad y, por tanto, indetectable. Pero no era momento para una expedición de búsqueda.

En resumidas cuentas: no disponíamos de pruebas concluyentes como para enviar una segunda nave al año 28 de nuestra era.

Aun así me dejé llevar por la fantasía...

Si «Rayo negro» era activado, quizá la paranoia del Pentágono, o de Kissinger, pudiera beneficiarme... Si formaba parte de la tripulación, quizá se repitiera la aventura... Me las arreglaría para buscar al Hijo del Hombre...

Tomé papel y lápiz e inicié una loca carrera de cálculos: ¿Qué necesitábamos?... ¿Dónde ubicar la nave?... Galilea parecía el lugar idóneo... Saidan estaba cerca... ¿Y los equipos? ¿Cómo transportarlos? ¿Cómo camuflarlos?... ¿Quién formaría parte de esa tripulación?... ¿Quién estaría al mando?... ¿Debería pensar en enero del año 28 o en otra fecha?

Al rato terminé arrojando el lápiz sobre la mesa.

Era un estúpido...

¿Por qué me dejaba enredar en semejante imposible?

Ni siquiera sabía qué era «Rayo negro».

Decidí tomar una larga ducha. Eso me relajaría.

Después caminaría y conversaría con Josué.

Y en ello andaba —en mitad de la ducha— cuando escuché el teléfono.

Me fijé en el reloj. Marcaba las 17 horas y 10 minutos.

Reunión de urgencia en la Fog.

¡Vaya! ¿Qué pasaba ahora?

Imaginé que Curtiss había maquinado algo contra los planes de Kissinger. ¿O se trataba de la «cuna»? ¿Se habían producido novedades? ¿Fue detectada, finalmente, por los satélites?

Me apresuré.

A las 18 horas regresaba a la sala de las «tormentas». Allí continuaba el equipo director.

Slimy se apresuró a borrar lo escrito en la pizarra.

Acerté a leer la palabra «Jordania».

¿Qué tramaban?

Nadie conocía el motivo de aquella nueva y urgente convocatoria.

Curtiss entró en la sala a las 18 horas y 10 minutos.

Sudaba.

Caminó inseguro hasta la cabecera de la mesa distraída.

Algo grave sucedía...

Portaba una hoja de papel en la mano izquierda.

Me alarmó no ver el habitual habano en la derecha.

Dos de sus ayudantes aparecieron detrás.

Aquello no era habitual.

Nos miramos los unos a los otros, desconcertados.

Y pensé: la «cuna»...

El general no se sentó.

Nos miró, pero dudo que llegase a ver. Tenía los ojos vidriosos.

La hoja de papel temblaba...

¿Qué demonios ocurría?

El general carraspeó e intentó leer.

No lo logró. La voz se negó a obedecer.

Curtiss se esforzó.

El sudor hizo brillar las sienes del militar.

Noté fuego en el estómago.

Y volví a pensar: Eliseo... Lo han hallado.

Me equivoqué.

Finalmente, incapaz de articular palabra, Curtiss pasó el papel a uno de sus ayudantes y se desplomó sobre la silla. Me miró, pero no me miró. No miraba a nadie...

Estaba perdido.

Nunca lo había visto en ese estado.

Lo ocurrido tenía que ser especialmente impactante.

Y lo era...

El ayudante —mayor, como yo— contempló a los presentes y comentó con un hilo de voz:

—Debo anunciarles una mala noticia...

No supe qué pensar.

Y procedió a leer:

—Esta tarde, a las 17 horas y 43 minutos (hora de Missouri), el vuelo 809 de la compañía aérea Ozark ha sufrido un gravísimo accidente a escasa distancia del aeropuerto Lambert, en Sant Louis...

El ayudante interrumpió la lectura y volvió a mirarnos.

Entendió.

Nadie sabía qué tenía que ver el suceso con nosotros.

Y aclaró, lamentablemente:

—Dos de los directores de este equipo viajaban en dicho bimotor...

No hubo ni murmullos.

Quedamos aplastados por la noticia.

Eran los directores que habían viajado a Washington D. C. Al parecer regresaban.

Curtiss sostenía la cabeza entre las manos. Creo que sollozaba.

Y el ayudante prosiguió:

—Por lo que sabemos...

Tragó saliva y redondeó:

—Por lo que sabemos hay supervivientes... Cuando tengamos más información se la comunicaremos. Por favor, no se muevan de esta sala...

El general terminó alzándose. Tenía los ojos húmedos, en efecto.

No dijo nada.

Caminó despacio hacia la puerta y desapareció.

Los ayudantes se apresuraron a seguirle.

Creí entender el estado de ánimo del general. Él tenía que haber viajado con esos directores y, posiblemente, en ese mismo vuelo. Fue la aversión hacia Kissinger lo que le salvó.

¡Dios mío! Yo había hablado con el de las gafas de carey esa misma mañana...

Y las noticias llegaron y llegaron, demoledoras.

El avión era un Fairchild Hiller FH-227B. Viajaban en él 41 pasajeros y 3 tripulantes. De momento se habían localizado 38 cadáveres y 4 supervivientes.

El bimotor se estrelló contra el suelo a 2,3 millas al sureste de Lambert (9 millas al noroeste de Saint Louis). Dos casas fueron destruidas en el impacto.

Se ignoraban las causas del siniestro, pero todo apuntaba al mal tiempo.

El «809» salió de Marion, en Illinois, a las 17 horas y 5 minutos (local).

Y me pregunté: ¿Por qué tomaron ese vuelo? Había otros...

A las doce de la noche confirmaron lo que sospechábamos: los directores se hallaban entre los fallecidos. En total perdieron la vida 38 personas. Los pilotos y 4 pasajeros lograron sobrevivir.

Poco a poco, las noticias afinaron. La posible causa del desastre había que buscarla en la aproximación al aeropuerto (concretamente a la pista 30L de Lambert). Al parecer fue llevada a cabo en mitad de una tormenta, y de forma instrumental.

Consultamos la meteorología.

Ese día, las ráfagas de viento alcanzaron 41,8 kilómetros por hora. En esos momentos había nubes bajas y lluvia.

El capitán, Arvid Linke, de treinta y siete años, declaró a la policía que fueron tocados por un rayo cuando se encontraban en plena aproximación.

Estaba claro.

El joven piloto se precipitó.

Mala suerte...

Me retiré de madrugada.

Joco esperaba con café caliente. Y habló de los rumores que corrían por la base: el desastre del «809» obedecía a un atentado.

Le miré, perplejo.

«Sí —añadió el japonés—, dicen que todo se debe a la venganza de Nixon... Ya sabes, por lo de las cintas en poder de Curtiss. Nixon iba contra el general, pero falló...»

No estuve de acuerdo.

Los expertos hablaron de un rayo o de una microrrotura, muy frecuentes en aviación durante las tormentas eléctricas. El aparato perdió las comunicaciones.

Pero el rumor siguió rodando...

✠

Esa mañana del martes, 24, intenté ponerme en comunicación con Curtiss.

Era un miserable, pero sentí piedad por él.

Había perdido a dos de sus hombres y recibido el susto de su vida.

El Maestro me enseñó a ser generoso, sobre todo con el enemigo...

El ayudante que atendió la llamada —un viejo conocido de los tiempos de la base de Wright Patterson, en Ohio (al que desde ahora llamaré Domenico)— se mostró desesperado.

El general se hallaba encerrado en su despacho, en el hangar rojo, desde la tarde-noche del accidente del bimotor. No sabían qué le ocurría. No comía. No recibía a nadie. No hablaba por teléfono.

—Sólo fuma y reza —manifestó Domenico con cansancio—. La familia ha llamado veinte veces, pero ya no sé qué inventar...

Ni ese día, ni al siguiente, se registró actividad alguna por parte del equipo. Yo, al menos, no fui convocado.

¿Se reunieron los «halcones»? Muy posiblemente.

Ellos seguían con el asunto de «Rayo negro».

Y los rumores, en Edwards, se hicieron sofocantes. El avión —decían— había sido derribado con una carga explosiva. El objetivo era Curtiss, pero el general tenía siete vidas... Nixon, naturalmente, era el autor intelectual del atentado. Kissinger estaba al corriente de la operación...

Terminé aburrido. Todo aquello era sólo palabrería.

Lo cierto es que en la base se doblaron las medidas de seguridad, y no digamos en la Fog.

A primera hora de la tarde del 25, miércoles, recibí una llamada telefónica inesperada. Era Estrella, la esposa de Curtiss.

La noté inquieta y preocupada. Su marido llevaba casi dos días sin aparecer por la casa. Los ayudantes la evitaban. Ella no tenía acceso a la zona restringida. Acababa de enterarse de que Curtiss tendría que haber volado en el «809»...

El general, por lo visto, no le hablaba de su trabajo.

Invocó nuestra vieja amistad (?) y solicitó que me informara. Sólo quería saber cómo se hallaba su esposo, y qué sucedía.

Prometí que me ocuparía del asunto. Haría todo lo posible y llamaría en cuanto tuviera noticias.

Estrella sabía que yo siempre cumplía...

E hice más que eso.

Decidí no esperar al día siguiente.

Hice bien.

Me presenté en el hangar rojo y busqué el despacho del general.

Eran las 17 horas.

Domenico se asombró al verme. Salvo su esposa, quien esto escribe era el único que se había preocupado por el estado de Curtiss.

Y el ayudante repitió lo que detalló por teléfono:

—Ahí sigue —señaló hacia el despacho del jefe del proyecto—. No atiende a nadie. A nosotros nos ha echado a patadas...

En esos instantes, la verdad, lo vi todo negro.

No me recibiría...

Pero los cielos laboran por caminos inescrutables.

Y fue Domenico quien aportó una posible solución:

—¿Por qué no pruebas?... Entra y pregunta qué demonios le pasa...

Le miré, incrédulo.

El bueno de Domenico me animó:

—Tú eres como Lázaro para el general...

¡Vaya! Eso no lo sabía.

Y Domenico me empujó suavemente hacia el despacho de Curtiss.

—Si no te echa en un minuto, todo irá bien...

Me detuve un instante ante la madera gris de la puerta.

Volví a dudar.

Miré al mayor y éste, lanzando una sonrisa, me animó a proseguir.

«Que sea lo que Dios quiera...»

Y en esos instantes escuché la voz del Maestro en mi cabeza. La oí $5 \times 5$ (fuerte y claro):

«¡Confía!»

La hoja obedeció, dócil.

Y entré.

Yo conocía aquel despacho. Lo había visitado en otras oportunidades.

En la Fog lo llamaban al «ahumadero», con razón.

Al principio sólo distinguí humo. El lugar era una densa y blanca humareda.

Me asusté.

Busqué el fuego, pero no había tal.

Eran los malditos habanos...

Frente a la puerta sobresalía un ventanal. La luz se colaba por las persianas y se derramaba por el gran despacho rectangular. Lo hacía con dificultad. El humo no cedía. Era plomo.

Curtiss se encontraba sentado en su sillón giratorio, de espaldas a quien esto escribe. Miraba, al parecer, por el ventanal.

Me aproximé, despacio, por la izquierda de la mesa que presidía la estancia (tomaré como referencia la puerta de entrada).

La gran mesa de caoba parecía dormida. Cinco torres de papeles —todos confidenciales— me vieron pasar con evidente curiosidad.

El general tenía los ojos cerrados.

¿Dormía?

Lo contemplé unos instantes.

Presentaba mal aspecto: barba de tres días, ojeras y la camisa manchada por la ceniza. En la mano izquierda sostenía un rosario de plata. Me asombró no ver un puro en la derecha.

Pensé qué hacer.

¿Lo despertaba?

Desistí.

Dejaría hacer al Destino, como siempre...

Traté de relajarme.

Imposible.

La humareda se fijó en mí y poco faltó para que rompiera a toser.

Me deslicé cautelosamente frente al ventanal y fui a

sentarme en el sofá negro y acolchado que se desperezaba al pie del muro de la derecha. Los muelles, montunos, trataron de delatarme.

Nadie se dio cuenta, salvo la fotografía de Nixon, colgada en esa misma pared. Pero el presidente siguió a lo suyo, sonriendo a nadie. Aquel hombre no tenía arreglo...

Y esperé, dedicado a lo mío: observar y tomar referencias.

Lo sé: yo tampoco tengo solución.

Sobre la mesa, además de los papeles, se hallaban las fotos habituales. Una de Estrella y de los hijos del general, cuando eran pequeños. La mujer me vio y sonrió, agradecida. Sé que me dio ánimos.

«Haré lo que pueda», repliqué desde el sofá de los muelles montunos.

La otra fotografía era del papa Pablo VI, cuando tomó posesión como arzobispo de Milán. Aparecía dedicada. Fecha: 6 de enero de 1955. Montini me dedicó una mirada enigmática, pero no dijo nada.

Y entre los papeles y carpetas, tres ceniceros de hierro, como tres fosas comunes. En ellos se pudrían no sé cuantos cigarros habanos, con las bocas abiertas, como los muertos.

Sobre una de las torres de papeles acerté a leer el título de una carpeta.

Quedé asombrado.

No sabía que «aquello» fuera «alto secreto»...

*Ecclesiam Suam.* Ése era el rótulo de la carpeta en cuestión.

¿No era ésa una encíclica de Pablo VI? ¿O se trataba de otra operación secreta?

Tenía que preguntar al general...

A mi derecha, en un rincón, dormitaba también la bandera norteamericana, con las barras y las estrellas desmayadas, no sé si por el sol de Mojave o por tanto secretismo.

Por último, en la pared de la izquierda, el general había mandado colgar un cuadro de Fra Angélico, pintado al temple y sobre tabla. Era *La Anunciación,* a tamaño natural (1,94 × 1,94 metros). Un ángel se presentaba ante la

Señora y le daba la buena nueva. A la izquierda de la escena, Adán y Eva, expulsados del Paraíso. Sobre la rodilla derecha de María descansaba un libro, abierto.

Al principio no reparé en lo escrito en dicho libro.

Fue después...

Yo conocía el original. Tuve la oportunidad de admirarlo en el Museo del Prado, en Madrid.

Y dejé correr el tiempo.

17 horas y 30 minutos.

Tenía que tomar una decisión. No podía seguir sentado en aquel sofá, indefinidamente.

¿Qué hacer cuando oscureciese?

Me fijé en las lámparas.

Dos de ellas, audaces, habían saltado en paracaídas azules sobre el escritorio.

Un tercer foco, más modesto, anidaba en lo alto del cuadro de Fra Angélico.

La situación era ridícula y peligrosa.

Si despertaba, y me descubría, el general podía desterrarme al desierto arábigo...

Tenía que hacer algo. Pero ¿qué?

Me hallaba en blanco.

Miré a mi alrededor, solicitando auxilio a los muebles.

Permanecieron mudos. Bueno, todos no...

En esos instantes, como si el ayudante hubiera escuchado mis pensamientos, la puerta gris se abrió.

Domenico permaneció en el umbral y me interrogó, por señas.

«¿Va todo bien?»

«De primera clase», repliqué, también con gestos.

Y le hice ver que no hiciera ruido. Curtiss dormía.

«Ten calma», le transmití.

«OK.»

Y el ayudante se retiró.

Pero la mala fortuna (?) quiso que, al cerrar, Domenico no calculara bien la distancia y la fuerza del brazo y la hoja golpeó el marco con estrépito.

¡Vaya!

Curtiss acusó el ruido y se estremeció.

Me alcé y caminé despacio hacia el sillón giratorio.

Falsa alarma.

El general continuaba dormido.

El rosario se hallaba en el suelo.

Lo recogí y lo examiné con curiosidad. Hacía mucho que no contemplaba una de aquellas «herramientas» para la oración.

Sonreí para mis adentros.

El Maestro nunca hubiera usado un rosario...

Era precioso, en plata, y desgastado por el uso.

Había olvidado que Curtiss era un hombre religioso, a la derecha de la derecha...

La pequeña cruz brilló, avisando, pero no entendí su lenguaje.

La luz que llegaba del oeste hizo destellar al crucificado por segunda vez.

Fue como un guiño.

Ahora sí comprendí.

Era como aquel gesto del Hombre-Dios, cuando guiñaba un ojo...

La crucecita no me gustó. ¿Por qué los católicos se empeñan en mostrar a su Dios clavado a un madero? ¡Es agobiante! ¿No sería mejor y más lógico que lo representaran sonriente o en los muchos momentos de gloria?

Me incliné sobre el general, con el propósito de devolverle el rosario. Pero dudé. No supe dónde dejarlo. ¿En la mano izquierda, donde se hallaba? Podía caerse de nuevo. ¿En el regazo?

Y en ello estaba, con la cruz oscilando en el aire, cuando Curtiss abrió los ojos.

Me miró, incrédulo.

Y, al instante, uno de los brillos de la cruz impactó en sus ojos.

El general los cerró de nuevo.

Tragué saliva.

Me sentí perdido.

Curtiss podía arrancarme los galones y la cabeza...

¿Qué pintaba aquel gusano en su despacho, a medio metro, y sin avisar?

Todo fue rápido.

Opté por aguantar el tipo.

Abrió nuevamente los ojos y se fijó en la cruz que se agitaba en el aire, sujeta por quien esto escribe.

En esta oportunidad, los brillos fueron continuados y directos a los ojos.

Curtiss parpadeó.

La luz llegada del oeste fue oportunísima. El resto de las cuentas también colaboró, incluida una diminuta imagen de la Señora, engarzada entre la cruz y el rosario propiamente dicho.

Dibujé una torpe sonrisa.

Fue lo único que llegué a improvisar.

Y el general (lo confesaría días más tarde) me tomó por lo que no era: un enviado de los cielos. ¿O sí lo era?

—¿Quién te envía?

No hubo respuesta.

Estiré la sonrisa y supliqué al Destino para que el general no estallara.

No lo hizo. Al contrario.

Y repitió, amable:

—Dime, ¿quién te envía?

—Eso no importa. Me envían...

La cruz lo tenía hipnotizado.

Diecisiete días más tarde, conversando en su casa, cerca de la ciudad de San Francisco, me haría una revelación: «Los intensos reflejos de la cruz fueron la respuesta a mis oraciones.»

Él, de nuevo, había intervenido...

Tomó el rosario que le brindaba y besó la cruz con veneración.

Me eché atrás y esperé.

El general terminó levantándose y rebuscó en la mesa de caoba.

Capturó un habano y, a la segunda calada, se mostró más seguro.

No hubo preguntas ni reproches.

Se limitó a observarme con curiosidad.

Aquello se prolongó un minuto, o más.

No sabía dónde esconderme.

Finalmente, tras lanzar un aro de humo sobre los papeles confidenciales, me invitó a tomar asiento en el sofá de los muelles escandalosos.

Fue entonces cuando, con voz serena, como si nada hubiera ocurrido, preguntó:

—¿Crees en la casualidad?

No supe por qué lo planteaba, pero tampoco me paré a buscar una explicación. Era el momento de ser rápido, sin más.

—Hace mucho que no, mi general...

Y añadí, poco o nada consciente de la trascendentalidad de mis palabras:

—No creo en el azar..., desde que le conocí.

—¿A quién?

—A Él, señor...

—¿Te refieres a Jesucristo?

—Me refiero a Jesús de Nazaret —le corregí, una vez más.

—Eso...

Y prosiguió:

—Yo debería estar muerto, lo sabes...

Asentí en silencio.

Y continuó disfrutando de los aros.

Entonces me arriesgué:

—Todo, en la vida, está sujeto a un orden minucioso e impecable. Un orden que no imaginamos.

Curtiss me seguía, asombrado.

Y añadí:

—Además, morir no es el final...

—Hablas con mucha seguridad.

—Él me enseñó.

—¿Él?... ¡Ah!, entiendo: Cristo.

—Jesús de Nazaret...

—Sí, claro...

Se embelesó con el humo del cigarro y observó cómo ascendía hacia las paracaidistas.

Al poco, convencido, pronunció una frase que modificaría mis planes, y los suyos:

—Hemos retrasado esta conversación durante mucho tiempo...

Me contempló, intrigado, y preguntó:

—¿Cuánto hace que volviste?

Consulté el reloj.

—A las 22 se cumplirán 27 días y 12 horas.

El general pulsó un timbre.

Cinco segundos después aparecía el ayudante.

Domenico nos miró con la boca abierta.

—Trae café —ordenó Curtiss— y una botella de güisqui. Tenemos mucho de qué hablar... Después puedes retirarte.

El mayor se cuadró, feliz.

Y me miró, desconcertado.

¡Lo había logrado!

—Por cierto —añadió el general—. Llama a Estrella y dile que regresaré de madrugada..., supongo.

—A sus órdenes, mi general.

✧

—Tienes razón —prosiguió Curtiss—. Han pasado 27 días y no hemos hablado una sola palabra sobre lo más importante.

Asentí de nuevo con la cabeza.

—Has vivido la más grande odisea de la humanidad, has conocido al Hijo de Dios, y no te hemos preguntado...

Y el general se obsequió uno de sus inconfundibles epítetos:

—¡Somos unos roemuertos!

Me encantaban aquellas calificaciones...

Hablaba con razón.

Hasta esos momentos sólo nos habíamos ocupado de la «cuna». Ciertamente tenía prioridad, pero...

Disponíamos de un tesoro —el gran tesoro de todos los tiempos— y, no obstante, a nadie parecía importarle, empezando por Kissinger. Nixon era un caso perdido.

Al Pentágono sólo le preocupaba la URSS. A otros, la posible vuelta de Eliseo a la época de Jesús. A las «palomas», cómo hundir a los «halcones». A Curtiss, cómo evitar el «regreso». A mí, sinceramente, cómo «regresar»...

En fin, fue así, en la tarde-noche de aquel miércoles, 25 de julio, como el general y yo iniciamos una extensa conversación sobre el Maestro.

Fue así, en fin, como Curtiss y quien esto escribe inauguramos una nueva relación, benéfica para ambos (sobre todo para mí).

Pero debo ir paso a paso...

A las 18 horas y 59 minutos, el general prendió las lámparas paracaidistas y levantó las persianas. La luz naranja del ocaso, que vivía enfrente, se dispersó por el despacho y lo pasó de miedo. Hasta que se agotó, lo doró todo: perfiles, fotografías y palabras...

Y continuamos conversando.

Más exactamente: él preguntaba y yo respondía.

No sé si estuve acertado.

Una cosa es vivir y otra, muy distinta, transmitir lo vivido...

Pero puse el corazón.

Curtiss —no sé si lo he aclarado— era un hombre extremadamente religioso, chapado, no a la antigua usanza, sino a la remota usanza...

Era más papista que el papa y, además, feo y sentimental.

Se hallaba anclado (la palabra exacta sería fosilizado) en los dogmas de la iglesia católica.

Creía en el infierno como un lugar físico, con un fuego que jamás se apagaba, y que superaba los 1.400 grados Celsius (!). Allí terminaban los pecadores y, sobre todo, los comunistas.

Creía, a pie juntillas, en el purgatorio y en el limbo.

El primero —según él— era similar al Pentágono.

El limbo era como el cine mudo.

Llevaba una minuciosa contabilidad de sus pecados (mortales y veniales) y, lo que era peor, anotaba los de sus enemigos...

La muerte en pecado mortal conducía, inexorablemente, a los 1.400 grados Celsius, por toda la eternidad.

La cola para ingresar en el infierno era interminable.

Sostenía que María, la Señora, madre del Galileo, había sido virgen «permanentemente». Nunca tuvo más hijos —«eso era una blasfemia»— y siempre permaneció al lado del Hombre-Dios. Era su apoyo y su consuelo. Eso defendía Curtiss. Eso era lo que pregonaba (y pregona) la referida iglesia católica, y otras confesiones.

María fue la corredentora en la salvación del mundo.

El general aseguraba también que la iglesia es la depositaria de la verdad y que fuera de ella no hay posibilidad de salvación.

Musulmanes, judíos, budistas, protestantes, ateos y comunistas eran las nuevas plagas de Egipto.

Su odio hacia los comunistas era patológico.

Comulgaba a diario y rezaba el rosario cada vez que se presentaba una oportunidad.

Al principio no fue fácil. Tuve que caminar con pies de plomo.

Pero el general, a pesar de lo expuesto, era inteligente y supo escuchar sin arrojar rayos y centellas.

Fue así como le hablé de una parte mínima, pero esencial, de lo vivido y experimentado junto al Hijo del Hombre y los que lo rodearon.

Le hablé del Maestro, y de su verdadera personalidad. Le manifesté que era un Hombre risueño y divertido. Pasó la mayor parte de su vida riendo. Son las iglesias y la tradición quienes lo muestran como un fiscal, siempre lejano y, para colmo, colgado de una cruz.

Lamenté esas circunstancias.

Y le hablé también de sus enseñanzas, del mensaje, y de cómo los seguidores se apartaron —desde el principio—, eligiendo una religión «a propósito» de la figura del Maestro.

Él nunca quiso que lo imitáramos.

Él se encarnó para experimentar la materia y, muy especialmente, para revelar al Padre Azul, un Dios opuesto a Yavé.

Y le hablé y le hablé de la gran esperanza: ¡somos inmortales desde el instante en que el Creador nos imagina!

No importa lo que hagamos o lo que pensemos. ¡Somos inmortales y viviremos sin tiempo!

Escuchó con atención mi versión sobre la «chispa», el Espíritu Divino (fracción infinitesimal (?) del Padre) que nos habita desde los cinco años.

Y me extendí, cuanto pude, sobre los doce; sobre la forma en que fueron designados y, en especial, sobre la cerrazón mental de dichos discípulos. Le hice ver que no entendieron. Sus ideas mesiánicas eran casi genéticas. Creyeron, y desearon, que Jesús era el Libertador político-religioso-militar que necesitaba su pueblo. Con esa idea lo acompañaron y con esa idea lo vieron morir. Después escribieron algo muy diferente a la realidad y, con toda seguridad, con el paso de los siglos, otros metieron la mano en los evangelios, deformando, aún más, la figura y el mensaje del Hombre-Dios.

En fin, toqué muchos palos...

—¿Tú lo consideras un Hombre-Dios?

—Eso es...

Curtiss no pudo disimular su asombro. Y replicó:

—¡Desconcertante!... Tú no eres religioso. Por eso te elegimos... ¿Te has convertido en un seguidor del Maestro?

Asentí con la cabeza. A qué negarlo...

—Si hubieras contemplado lo que yo he contemplado... Si le hubieras conocido... En fin, comprenderías...

Y añadí:

—No es necesario ser religioso para buscar y hallar al Padre Azul. Es más: Él, Ab-bā, tampoco es religioso...

Curtiss se atragantó con el güisqui.

—Eso es blasfemia...

Sonreí, divertido.

—¿Por qué insistes tanto en el Padre?

—Él lo hacía... Ab-bā es el final.

Maticé.

—El final de una larga etapa. Después seguiremos, convertidos en Dioses (con mayúscula).

El general miraba, perplejo. Y reconoció:

—En algo tienes razón. La iglesia ha olvidado al Padre. Nadie habla de Él...

—Obviamente se equivocan. El Hijo del Hombre lo hacía a todas horas, por cualquier motivo, y con quien fuera. El Padre Azul es la fuente. Lo sostiene todo y nos reclama, susurrando. Él nos habita, como te he dicho.

Y Curtiss regresó a uno de los puntos conflictivos:

—¿Por qué afirmas que Cristo no instituyó ninguna iglesia?

—Jesús de Nazaret...

El general, intrigado ante mi insistencia a la hora de corregirle, solicitó una aclaración. Y se la di:

—Cristo o Jesucristo son nombres que definen lo contrario a lo que Él pretendía. Cristo o Jesucristo es lo que no fue, ni quiso ser... Cristo, como sabes, es la traducción, al griego, de la palabra hebrea «ungido». Pues bien, como te he explicado, el Galileo fue todo menos Mesías. Él no vino a romper dientes, ni a conducir ejércitos, ni a liberar a Israel...

—¿Qué fue entonces?

—Un enviado...

—¿Sólo eso?

—¿Te parece poco? Jesús fue un enviado de lujo. Refrescó la memoria de una humanidad perdida y ha proporcionado esperanza. No somos lo que creemos. Somos mucho más: somos hijos de un Dios, somos hermanos...

—¿También los comunistas?

—Recuerda: eres inmortal, hagas lo que hagas y digas lo que digas...

—¿Y en qué queda la maldad?

Esa pregunta me sonaba. Yo también se la planteé al Galileo. Y repliqué con las mismas palabras del Hijo del Hombre:

—No juzgues, Curtiss... Es tan peligroso como dormir de pie.

—Pero los malos...

—Todo está calculado. La maldad existe, por supuesto, pero es parte del juego...

—No comprendo.

Le miré intensamente, pero no se dio por aludido. Dejé correr el asunto.

—Algún día me gustaría hacerte un regalo...

La sugerencia intrigó al jefe del proyecto.

—¿Qué regalo?

—El mejor que te han hecho en tu vida...

Y corté la expectación por la mitad:

—Pero, para eso, necesito una pizarra...

—¿Quieres que la traigan?

Negué con la cabeza y soplé sobre las ascuas de su curiosidad:

—Otro día, en otro lugar...

Curtiss tomó buena nota. No olvidaría. Y retrocedió en la conversación, empeñado en aclarar lo de la fundación de la «santa madre iglesia».

Le di mi versión:

—Nada es santo, general... Al menos en la materia. Seré sincero. No llegué a asistir a esa escena. No puedo confirmar si Jesús de Nazaret fundó una iglesia. Los indicios apuntan que no... Ése no era el pensamiento del Hombre-Dios. Él vino a algo más importante. Él es un revolucionario de la esperanza.

Y rematé, pensando en el Vaticano:

—Para buscar al Padre Azul no necesitas una multinacional...

—Entonces, según tú, no hay que preocuparse de los comunistas...

—Preocúpate de vivir. Además, hay comunistas honrados y capitalistas miserables.

—¿Te has vuelto comunista?

Volví a reír.

—No, señor, no me preocupa la política, y mucho menos los políticos. A Él tampoco le interesaron y era más sabio que yo...

Fue a lo largo de aquellas intensas conversaciones cuando reparé en el extraño «detalle» del cuadro de Fra Angélico.

Recuerdo que me había levantado y caminaba cerca de la tabla. Al pasar me fijé, sin querer (?).

¿Estaba soñando?

Leí de nuevo, me pellizqué, y verifiqué que no era un sueño.

El general seguía preguntando, incansable.

Me acerqué y metí la nariz, prácticamente, en las páginas del libro que sostenía María sobre la rodilla derecha. Como expliqué, es un libro abierto.

Respondí a Curtiss, pero sin precisión.

En esos momentos me hallaba en otro lugar.

Y recordé el sobre que encontré en mi habitación, en el pabellón de oficiales, nada más llegar a la base de Edwards.

Era una sola frase.

Y volví a leer...

¡Qué extraño!

No recordaba haberla visto en el cuadro original.

Estuve a punto de preguntar, pero no lo hice.

Decía: «Marte, alerta.»

Era lo mismo que había sido escrito en el centro de la cartulina que contenía el sobre lacrado y que, como digo, guardaba en mi habitación.

«Aquello» no era casual...

¿Por qué fue pintado en ese lienzo? ¿Qué tenía que ver el general Curtiss, jefe del proyecto Caballo de Troya, con «Marte, alerta»? Y, sobre todo, ¿qué diablos significaba «Marte, alerta»? ¿Qué tenía que ver conmigo? ¿Era una advertencia?

Lo archivé en la memoria y proseguí con lo que importaba.

La animada charla se prolongó hasta bien entrada la noche.

Curtiss era tozudo, pero supo ser respetuoso.

Yo había estado allí, con Él, y el general sabía que no mentía.

Eso le producía gran desazón y una enorme curiosidad, a partes iguales.

Pero lo importante, en definitiva, es que el general fue rescatado del profundo decaimiento en el que se hallaba y devuelto a la actividad.

¡Extraño Destino!

Un rosario de plata fue el responsable de buena parte de esa recuperación. El resto lo hizo una «perla»...

Y me explico.

Casi al final de la conversación, Curtiss manifestó lo siguiente:

—Tienes que poner manos a la obra y escribir tus recuerdos...

Me sorprendió. Ésa era mi intención.

En realidad, ya lo había hecho. Ahí estaban los diarios.

—Se lo debes a...

Curtiss no terminó la frase.

Le vi dudar y creí entender por qué vacilaba. ¿Se lo debía a quién? Lo vivido por Eliseo y por quien esto escribe era materia reservada. Alto secreto. ¿A quién tenía que dar cuenta?

Y el general terminó rectificando, sobre la marcha:

—Me lo debes... A decir verdad, me lo debéis.

¡Qué cinismo!

E, instintivamente, aún no sé por qué, fui a acariciar la «perla» que colgaba del cuello.

Nadie sabía que seguía conmigo.

Y cometí un error, supuestamente:

—Está todo escrito...

El general no comprendió.

Desenganché el «DR» y lo deposité sobre la mesa de caoba, entre las apestosas fosas comunes de los habanos.

Estrella y Pablo VI espiaron mis movimientos, celosos.

E insistí:

—Digo que está todo escrito..., supongo.

No sé por qué lo hice.

Aún me lo pregunto.

Ignoro por qué me fié de Curtiss.

Era un maldito bastardo...

Me había enviado a la muerte. Me quedaban nueve años de vida. Y lo hizo con frialdad, y mintiendo como un bellaco.

¡Era un tipo ruin y sin entrañas!

Pretendía clonar al Maestro y a los suyos...

¿Por qué le entregué el «lector de sueños»?

No estoy siendo sincero del todo.

Ahora sé por qué lo hice. Fue el Destino quien me obligó.

Curtiss se inclinó sobre la «perla», la observó con curiosidad, y terminó atrapándola con las puntas de los dedos, delicadamente.

No dijo nada y siguió con la observación.

Un minuto después me miró y preguntó:

—¿Es lo que creo que es?

Me hice el tonto.

—No sé...

—¿Es un «DR»?

Asentí.

—¿Cómo ha llegado a ti? ¿Procede de la «cuna»?

Fui sincero:

—Lo desconozco. Se hallaba en mi cuello cuando salté.

—No entiendo...

—Yo tampoco.

—¿Pudo ser Eliseo?

—Pudo...

Continuó examinando la esferita negra y fue a lo importante:

—¿Por qué dices que está todo aquí?

—Intuición...

Curtiss continuó en silencio. Prendió un nuevo cigarro y depositó la «perla» en la palma de su mano izquierda.

El «lector» se movió con timidez.

Curtiss jugó con él durante un rato, mientras recibía un chorro de pensamientos.

Pablo VI, Estrella, los papeles confidenciales, el estúpido Nixon, el ángel del cuadro e, incluso, Adán y Eva, esperaron impacientes. Y no digamos quien esto escribe...

—No hay duda —proclamó finalmente el general—. Tienes razón...

Y volvió a caer en el mutismo.

La «perla», incómoda, quiso volver conmigo, pero el general no lo permitió.

—¿En qué tengo razón?

Curtiss sonrió, benevolente.

—Está bien: acepto. Existe ese orden benéfico y maravilloso del que hablas...

—Ahora soy yo el que no comprende.

—No importa. Mejor así...

No dio más explicaciones.

Se levantó. Caminó hasta el sofá de los muelles montunos y alzó el puño izquierdo hacia la fotografía del presidente Nixon. En el interior de la mano seguía la «perla».

Y clamó, victorioso:

—¡Donnadie!... ¡Tú y tu mirlo no habéis ganado, aún!

Supuse que el calificativo de «mirlo», o chivato, iba destinado a Kissinger.

Después regresó al sillón giratorio y confesó, casi para sí mismo:

—Sí, maravillosamente ordenado...

Levantó la vista y me obsequió con un «empieza a gustarme tu teoría».

¿Qué tramaba?

—Sigo sin comprender —repliqué—, y no es una teoría.

—No importa. Ahora escucha atentamente.

Todos lo hicimos. Estrella, Nixon, el papa, todos...

—¿Sabe alguien más de la existencia de este «lector»?

—Que yo sepa, no.

—Pues bien, salvo nosotros, nadie debe saber que existe.

Miré a mi alrededor.

¿Salvo nosotros? Allí estábamos muchos...

—¿Has entendido?

Dije que sí, al tiempo que miraba de reojo a Nixon. Curtiss alzó de nuevo el puño izquierdo, con la «perla», y declaró, solemne:

—Alto secreto.

—Sí, pero...

—Nadie debe saberlo —repitió—, y mucho menos esos camotes (1).

Imaginé que se refería a los «halcones».

—¿Adónde quieres ir a parar?

—Ya lo verás...

Me devolvió el «lector de sueños» y manifestó:

—Mañana...

Consultó el reloj y rectificó:

—Hoy mismo daré las órdenes oportunas para que...

Dudó.

—Mejor aún... Tú, en persona, te ocuparás de esto... No quiero fisgones.

Y aclaró:

—Hoy pondrás manos a la obra. Quiero que trabajes en el desencriptado del «DR»... Tú solo...

—Pero general...

—Está decidido. Nadie te molestará. Te instalarás en el «avispero»... Te proporcionaré lo necesario... Y recuerda: alto secreto...

Siguió con el puño en alto.

¡Vaya anticomunista!

—Me rendirás cuentas a mí. ¿Hablo con claridad?

Nixon estaba tan alucinado como quien esto escribe.

Dije que sí, naturalmente. E intenté pensar a toda velocidad.

—Cuando conozcas el contenido del «lector», por favor, avísame. No importa la hora...

¿Qué pretendía?

Y el general terminó frotándose las manos, de puro placer.

---

(1) Camote, en el idioma náhuatl *(camotli)* significa boniato o batata. En América Latina es sinónimo de imbécil. *Encamotarse* designa el estado de bobería que suele acompañar a los enamorados. *(N. del a.)*

Después volvió a dirigir el puño izquierdo hacia el retrato de Nixon y gritó, feliz:

—¡Bellotero!

Cuando me retiraba —ya en la puerta—, Curtiss hizo otras recomendaciones:

—Trabaja sin descanso... Te libero del viaje a Washington D. C.... Regresaré el 1 de agosto. Para entonces quiero buenas noticias.

Y redondeó:

—A primera hora preséntate a mi ayudante...

Al mencionar el viaje a la capital federal, el general aludía al doble sepelio, en memoria de los directores muertos. Se celebraría el sábado, 28, en el cementerio nacional de Arlington.

Así terminó aquel imborrable miércoles, 25 de julio de 1973.

✬

# 26 de julio

No dormí gran cosa.

Los pensamientos llegaban, en oleadas.

No tenía intención de acudir al funeral por los directores. Hace tiempo que no me agradan esos actos. Además, el de las gafas de carey, y el otro, se hallaban mejor que yo y que nadie. Posiblemente en MAT-1, como decía Eliseo.

El lunes, 30, el general se entrevistaría con Kissinger y le haría entrega del informe «Cero», el borrador para el posible envío a la época de Jesús (quizá al año 28) de una segunda nave. Hablaban de «Rayo negro».

Ese asunto sí era de mi interés, pero no me atreví a sacarlo en la reciente conversación con Curtiss. Tendría que esperar...

Y me vi asaltado por las viejas dudas:

«¿Por qué había actuado con tanta ligereza? Curtiss no era de fiar ¿Por qué le mostré la "perla"? Pude haberme quedado sin ella...»

Pero, al mismo tiempo, en mi mente, «Alguien» susurraba que la iniciativa fue correcta.

Eso era lo que buscaba...

Necesitaba acceder a la tecnología de Caballo de Troya para desencriptar y averiguar el contenido del «DR». El general —mejor dicho, el Destino— me lo puso en bandeja.

Aprovecharía la orden y las circunstancias.

En esos momentos no podía imaginar que el Destino escondía un as en la manga...

¿Qué contenía el «lector de sueños»?

Pasé muchos minutos intentando recordar.

Fue inútil.

Me hallaba en blanco.

Como dije, quien esto escribe jamás utilizó los «DR». A no ser que lo hiciera en esos días finales (enero del 28) que no lograba rememorar...

Algo me decía que no. Yo no tenía nada que ver en aquella extraña historia...

Pero sólo fueron suposiciones.

Y vi llegar el amanecer, impaciente.

Ese día, el orto solar se registró en Mojave a las 5 horas y 0 minutos.

El sol me previno.

Apareció blanco y misterioso, como si supiera lo que me aguardaba.

El desierto, al verlo, huyó en todas direcciones.

Sí, algo muy especial sobrevoló ese día la base de Edwards.

Y en el horizonte de la memoria surgió de nuevo la querida y última imagen del Hombre-Dios. Levantaba el brazo y saludaba... «Confía.»

Eso haría...

A las 7 horas, sin desayunar, estaba ya en el despacho del ayudante de Curtiss, en el hangar rojo.

Domenico me abrazó.

No sabía cómo lo había logrado, pero el general flotaba, nuevamente. Esa misma tarde volaría a Washington D. C. con parte del equipo director.

Estrella me envió besos y un *cake* de manzana.

Me sentí más que recompensado.

—El general ha dejado esto para ti...

Domenico me entregó un sobre cerrado.

Contenía una hoja azul, manuscrita.

Curtiss me daba instrucciones precisas.

Leí con atención:

«1. Solicita las llaves del "avispero".

»Domenico sabe.

»2. Que mi ayudante reclame —verbalmente— (subrayó "verbalmente") una escolta de grado tres al jefe de Seguridad de la Fog, coronel... (He suprimido el nombre.)

»La escolta permanecerá contigo el tiempo necesario.

»Domenico sabe.

»3. De las credenciales para ingresar en el "avispero" (nivel 5 azul) también se ocupará mi ayudante.»

Firmado: Curtiss.

La nota presentaba dos posdatas:

«PD 1: Para evitar rumores innecesarios, almuerza en el "avispero".

»PD 2: TRITURAR.»

Mensaje recibido.

Trasladé la hoja a Domenico, la leyó, y procedió: introdujo la misiva en la máquina trituradora de documentos y ejecutó las órdenes del general.

Domenico era eficaz.

Mientras esperaba tomé café en el despacho del ayudante.

El *cake* era una delicia. Domenico me ayudó.

Y el familiar fuego interior, el que anuncia siempre acontecimientos especiales, me previno.

Estaba a punto de ingresar en el «avispero»...

A las 8 horas y 30 minutos se presentó en el hangar rojo un jeep «Quadratrac», automático, cubierto, y equipado con siete plazas.

La escolta, integrada por un cabo y dos policías militares, saludó, verificó mis nuevas credenciales, y se puso a mi disposición.

El cabo se llamaba Walter.

—Al «avispero» —ordené, al tiempo que saltaba al interior del jeep.

Arrancamos y el conductor se dirigió hacia el suroeste.

¡Vaya!

De pronto me di cuenta.

Había olvidado las llaves...

Fue preciso dar la vuelta y regresar.

Domenico, sudoroso, nos salió al encuentro. Corría por la calle de acceso al hangar rojo. Traía las dichosas llaves.

Resuelto el percance nos dirigimos de nuevo al «avispero».

No hablamos.

Los muchachos eran jóvenes.

Cargaban los célebres subfusiles «M3A1», brillantes y dispuestos.

Y pensé: «Tampoco es para tanto...»

Pero dejé hacer a Curtiss. En esos asuntos, él sabía más que yo...

Si los «halcones» sospechaban que disponía de un «DR», procedente de la «cuna», y que estaba a punto de desencriptarlo, adiós...

Kissinger hubiera podido confiscarlo.

El problema era: ¿cuánto tardarían en darse cuenta de la maniobra del general?

Como dije, en Edwards, los rumores no corrían: volaban.

✥

El «avispero» se levantaba al oeste de la zona restringida, cerca de las alambradas, del *smoker* número dos y de una de las torres de vigilancia.

Alguien lo había aislado, con toda intención.

Era una de las joyas de la corona...

El acceso no era fácil. Se hallaba ubicado a tres kilómetros de los hangares y de los pabellones principales de la Fog.

Al sur del «avispero», a cosa de 20 metros, sobrevivía una anciana tejavana de uralita. Era como de la familia. Proporcionaba, a veces, un simulacro de sombra. Se había bebido todos los soles de Mojave, desde 1952.

Allí se detuvo el «Quadratrac».

Salté del jeep y me encaminé, presuroso, al único edificio existente en la zona: el «avispero»...

La escolta tomó posiciones.

El «avispero» era un monstruo de hormigón y plomo, de 9 por 6 metros y otros 5 de altura, sin ventanas, y pintado con los colores del desierto.

Los muros, de un metro de espesor, eran espectaculares. Aparecían revestidos con planchas de plomo electrolítico, con una pureza del 99 por ciento, y 30 centímetros de grosor. Era una aleación secreta. El plomo contenía una pequeña dosis de pirocatecol (1) que hacía inviable cualquier intento de fotografía aérea.

La techumbre era plana e igualmente forrada de plomo.

A la derecha del edificio, tímidamente adosado, se veía un pequeño complejo, también en hormigón, que protegía los depósitos de gas, y albergaba lo necesario para el mantenimiento del «avispero».

Todo fue pensado para burlar los aviones de reconocimiento y los satélites rusos (!).

Lo llamaban el «avispero» (2) porque, desde el principio, las avispas de Mojave —grandes como dedales— lo habían seleccionado para la construcción de sus nidos. Y lo hacían de una forma singular. Las pequeñas colmenas, negras y esféricas, eran practicadas en los muros, siempre en el lado contrario al de los vientos dominantes en esa época.

De esta forma, conociendo la posición de los panales, los pilotos sabíamos, con antelación, cuáles eran los vientos que nos amenazaban (3).

(1)   En química orgánica, el pirocatecol es denominado ortodihidroxibenceno y suele obtenerse por descarboxilación del ácido protocatéquico. Tiene todas las propiedades de los fenoles, destacando como buen reductor; en especial del óxido de plata. Al ser transformado en ortobenzoquinona puede ser utilizado como revelador fotográfico. El mayor no habla de las características de la aleación plomo-pirocatecol. *(N. del a.)*

(2)   En los diarios del mayor aparece como *wasp's nest. (N. del a.)*

(3)   En aquella región, los vientos más temibles son los llamados del «diablo». Proceden del este y del sureste y suelen presentarse en primavera y en otoño. También los denominan de Santa Ana, aunque este nombre, con toda probabilidad, es una corrupción de Satán o Satanás. Así llamaron los españoles a los referidos vientos del «diablo», que soplan cargados de arena y elevan considerablemente la temperatura. Cuando aparecen, las casas se llenan de polvo y de venganzas.

Los vientos del «diablo» despejan el ambiente, proporcionando a la base una estimable visibilidad. Era en esos momentos cuando más trabajaban los *smoker.*

En ocasiones, al atardecer, surgían también los *sundowner* o vientos de la caída del sol. Eran fuertes e irritantes.

En suma: las avispas eran los meteorólogos más certeros de Edwards.

Un soldado, en lo alto de la torre de vigilancia, nos observaba con prismáticos.

Alcé el brazo y saludé.

Se cuadró, el pobre...

Empujé la puerta con dificultad.

Pesaba 200 kilos...

Ya no recordaba la baja temperatura del lugar. Oscilaba entre 4 y 5 grados Celsius. Era básico para un mejor funcionamiento de los delicados sistemas.

Al principio era una bendición. Sólo al principio...

Todo, prácticamente, seguía igual.

Hacía mucho que no ponía los pies en el «avispero»...

Al abrir, automáticamente, el ordenador ubicado a la derecha (tomaré la puerta de plomo como referencia) accionaba las luces, todas empotradas en las paredes. Era una computadora gemela a «Santa Claus», también con memoria de cristales de titanio (1). Se hallaba conectada a tres periféricos, a los que llamábamos «tóner». Trabajaban, entre otros cometidos que no debo revelar, como impresoras láser, tipo tóner (una tinta seca que actuaba sobre el papel mediante un sistema electrostático). Habían sido fabricadas por Centronics Corporation, de Nashua. Se trataba del modelo 101, hábilmente manipulado por los especialistas militares.

Era una maravilla.

Cada «tóner» leía o imprimía a razón de 80.000 dígitos por minuto, con velocidades que oscilaban entre 280 y 1.066 copias por segundo.

El resto del «mobiliario» lo formaba la reserva de papel (sin estucar), abundantísima, de 120 g/m$^2$, una caja fuerte, a la izquierda de la puerta, y una mesa y dos sillas en el centro de la sala.

---

El resto del año pertenecía a los vientos del Pacífico, más suaves y femeninos. *(N. del m.)*

(1) Amplia información sobre «Santa Claus» en *Jerusalén. Caballo de Troya 1. (N. del a.)*

156

La primera era una obesa «Wes 149», de un metro de alzada, especialmente modificada por la USAF. Se hallaba atornillada al suelo. La prisionera lucía una puerta impresionante, de 5 pulgadas de espesor. Hubiera resistido una temperatura interior de 350 grados Celsius. Fue fabricada con acero acorazado, al manganeso, y disponía de un sistema de combinación biométrico (1).

La mesa y las sillas eran igualmente prisioneras, pero podían moverse (si alguien era cortés...).

Activé los sistemas. Saludé al gemelo de «Santa Claus» (¡cómo le echaba de menos!) y llevé a cabo un par de comprobaciones rutinarias.

Al momento, la computadora advirtió que «todo estaba listo». Podía introducir la «perla» y verificar el contenido del «lector de sueños».

Pero dudé.

Si el «tóner» seleccionado trabajaba mediante impulsos eléctricos, la central de seguridad de la Fog detectaría al instante los referidos pasos.

Fue un error de Curtiss, y también mío.

No debía correr riesgos.

Y pensé en el suministro de gas.

Si el «tóner» en cuestión era alimentado por este último procedimiento, la máquina no registraría los pasos. Sólo quedaría constancia del gasto de gas, pero en el contador del depósito. Un gasto, además, mínimo. Para descubrir la maniobra, alguien tendría que asomarse a la caseta de mantenimiento del «avispero» y consultar las existencias del tanque.

Me pareció poco probable...

Dicho y hecho.

Salí del búnker y me deslicé, rápido, hacia el edificio que guardaba el gas.

La escolta me vio, pero siguió a lo suyo, fumando y aburrida.

_____

(1)   Para abrir la caja era necesario presentar una huella digital concreta. La «Wes» tenía una capacidad de almacenamiento de 30 huellas. Las baterías resistían 1.000 aperturas. *(N. del m.)*

El de la torre buscaba lo que no existía: rusos infiltrados...

Chequeé los dos depósitos.

Todo en orden.

Nivel de llenado: 95 por ciento. Capacidad de cada tanque: 4 metros cúbicos.

Había combustible de sobra...

Revisé los restantes parámetros.

Presión de trabajo: 20 bar. Temperatura: –20 grados Celsius. Presión de prueba: 30 bar.

Fue suficiente.

Y abandoné el recinto.

Noté agitación en los escoltas.

El de la torre había localizado una serpiente de cascabel.

La patrulla corrió hacia el lugar, localizó al peligroso ofidio, y uno de los soldados disparó el subfusil.

Mal hecho...

La detonación pudo alertar a la gente de la Fog.

¡Maldita sea!

Tenía que actuar con rapidez.

Y me dije: «¿A qué viene tanta preocupación?... Cumples órdenes.»

Me encerré en el «avispero» y me preparé.

✡

9 horas y 45 minutos.

Introduje el «DR» en el ordenador y procedí al quinto bucle (1).

La «espera» fue ninguna (!). La descarga se registró en una milésima de billonésima de segundo ($10^{-15}$).

Las pantallas ofrecieron una primera visión del contenido del «lector de sueños».

(1)   El mayor no aclara la naturaleza de la operación. Un bucle, en informática, es una instrucción, o conjunto de instrucciones, cuya ejecución se repite hasta que se cumple un objetivo (generalmente una condición de salida). *(N. del a.)*

Observé, incrédulo.

Solicité más información.

¡Oh, Dios!

En eso llamaron a la puerta.

¡Vaya...!

Desconecté y atendí la llamada.

Era Walter, el cabo.

Alguien preguntaba por el oficial al mando. Ése era yo.

Caminé hasta el «Quadratrac» y atendí la radio.

Era un suboficial de la central de seguridad.

Tal y como imaginé escucharon el disparo. Querían saber qué había ocurrido.

El cabo contó la verdad, pero exigieron la presencia del oficial al mando, si lo había.

Me identifiqué y confirmé la versión de Walter.

Falsa alarma.

Ahí terminó la comunicación, pero me sentí inquieto...

En cuestión de minutos, toda la Fog sabría que me hallaba en el «avispero».

Tenía que darme prisa.

10 horas y 10 minutos.

Me encerré nuevamente en el «avispero» y procuré calmarme.

Vuelta a empezar.

Conecté y la computadora ofreció la misma visión.

Repasé lo que tenía a la vista, y a gran velocidad.

No había duda...

Quedé atónito.

¿Cómo era posible?

No conseguía recordar...

Y así transcurrieron treinta minutos, más o menos.

Y volvió a ocurrir...

Llamaron a la puerta por segunda vez.

¡Maldita sea!

Apagué los sistemas y abrí de nuevo.

Era uno de los soldados de la escolta.

Señaló un jeep, un CJ5 biplaza. Se hallaba estacionado junto al «Quadratrac».

Una pareja de policías militares conversaba con el cabo.

Aquello no me gustó.

Todo se complicaba, innecesariamente.

Me aproximé, saludé, y pregunté a los policías.

Al parecer, en la central de seguridad no estaban satisfechos. Necesitaban más información sobre el incidente.

Walter se brindó a enseñar los restos de la serpiente.

Uno de los recién llegados se dirigió a su vehículo y habló por radio.

Le autorizaron a ver la serpiente.

Aquello era de locos...

Nos aproximamos al lugar y los policías examinaron la cascabel. Era un *Crotalus durissus* verde amarillento, de casi 1,80 metros. La mordedura era mortal.

Y en ello estábamos cuando reparé en el «avispero».

¡Había dejado la puerta abierta!

Los soldados discutieron.

Tenían que llevarse el ofidio, pero no sabían dónde guardarlo. Y lo que era peor: ninguno se atrevía a echarle mano.

Parecía muerto, pero...

El soldado de la torre se divertía de lo lindo.

¿Qué hacía?

Necesitaba una solución, y rápido.

No tuve que pensar demasiado.

Al poco vimos aparecer otro jeep. Era un «Commando», mucho más grande.

Se detuvo en la zona de las alambradas, donde nos hallábamos, y vi descender a un capitán. Detrás lo hicieron otros cuatro policías militares.

Me eché a temblar.

En breve, toda la Fog estaría allí.

Tuve que sujetar los nervios...

El capitán saludó e interrogó primeramente a sus policías.

Le explicaron y señalaron la serpiente.

Después se dirigió a mí, se cuadró, y expuso lo que ya sabía.

Y volvieron a discutir.

Decidí terminar con aquello.

Me acerqué a la cascabel, la agarré por la base de la cabeza, y la levanté.

Los soldados se echaron atrás, temerosos.

No había problema. Estaba muerta.

Y me encaminé al «Commando».

Me siguieron, intrigados.

Arrojé el crotálido a la parte de atrás del jeep y di por concluido el asunto.

El capitán se excusó. Montaron en los vehículos y se alejaron.

La escolta me observó con cierto temor reverencial.

Y quien esto escribe, sin más, se dirigió a su trabajo.

Nada de eso...

Me hallaba cerca del «avispero» cuando los vi regresar.

¡Vaya!

El capitán saltó nuevamente del jeep, se dirigió al cabo Walter y preguntó por el soldado que había matado la cascabel. El muchacho se presentó. Dio su nombre y otro de los policías militares exigió el subfusil. Lo examinó. Verificó el número de proyectiles disparados y devolvió el M3A1 al confuso soldado.

Nuevos saludos y nueva polvareda.

Se alejaron.

El cabo intentó tranquilizar al del subfusil.

Rutina.

Cerré la puerta de plomo, respiré hondo, y repetí las operaciones.

Sentí una profunda emoción...

¿Cómo era posible?

Por más que me esforzaba no lograba recordar... Pero ahí estaba...

Era real.

El ordenador no mentía.

12 horas y 30 minutos.

Y en ello estaba, contemplando «aquello», cuando golpearon la puerta, una vez más.

«Y ahora, ¿qué?»

Tuve que apagar la máquina.

Entreabrí la hoja y descubrí el rostro aniñado de Walter.

Sudaba.

—¿Desea comer algo, mayor?

Necesité unos segundos para reaccionar.

—Sí..., no.

—¿Sí o no? Es la hora del almuerzo, señor. Uno de los chicos volverá al hangar para buscar la comida...

—No, gracias —me enmendé, al fin.

Sonreí a la fuerza y agradecí el detalle.

No era comida lo que necesitaba.

Requería paz y que nadie volviera a llamar a aquella maldita puerta.

Cerré.

No daba crédito a mi mala fortuna..., y a lo que contenía el «DR».

✡

La «perla» que había aparecido colgada al cuello resultó un tesoro.

Reunía los diarios, completos, de quien esto escribe y la totalidad de los análisis practicados por Eliseo y por este explorador a lo largo de los tres «saltos» en el tiempo.

Un tesoro, sí.

Me felicité.

Allí estaban los informes sobre los lienzos mortuorios del Hijo del Hombre (1), los espectaculares resultados del llamado cuerpo «glorioso» del Resucitado (2), las informaciones que conducirían, algún tiempo después, al histórico hallazgo del «soporte» o «habitáculo» del alma (3), las investigaciones de mi hermano sobre las muestras de ADN

---

(1)  Amplia información en *Masada. Caballo de Troya 2. (N. del a.)*
(2)  Amplia información en *Saidan. Caballo de Troya 3. (N. del a.)*
(3)  Amplia información en *Saidan. Caballo de Troya 3. (N. del a.)*

(decisivas para demostrar que Jesús de Nazaret no fue concebido de forma sobrenatural) (1), las conclusiones de los «nemos» sobre el prodigio de Caná (2), análisis de vegetales, estudios sobre el pergamino de la «victoria», sobre el jade negro, sobre Yehohanan, sobre Ruth, los textos completos de mis conversaciones secretas con el Hombre-Dios, y una larga lista de documentos a los que me he referido o de los que hablaré, en su momento (supongo).

Quedé desconcertado y feliz, al mismo tiempo.

Allí estaba todo, o casi todo.

Eché de menos, por supuesto, los papiros en los que relataba los viajes confidenciales de Jesús, poco antes de su vida de predicación. No estuve acertado. No llevé a cabo esa transcripción.

El incendio en la *insula* de Nahum acabó con ellos.

Y me propuse escribirlos de nuevo. Los recordaba muy bien, palabra por palabra.

Necesitaba tiempo y un lugar remoto al que poder retirarme. Allí revisaría mi «tesoro» y lo pondría al día.

Pero ¿cómo hacerlo?

Era preciso imprimir el contenido de la «perla». Fuera de la base de Edwards, el «DR» no servía para nada. Necesitaba una copia en papel y, sobre todo, sacarla de aquel recinto militar.

En esos instantes, creo, empecé a maquinar cómo llevar a cabo la operación.

Y me sentí también desconcertado.

Una vieja duda, terca y encorvada, se presentó ante mí.

¿Quién trasvasó aquella monumental información desde el banco de datos de «Santa Claus» al «DR»?

Intentaba recordar, pero no lo conseguía...

No tenía conciencia de algo así.

Me fui al final de los diarios muchas veces.

Lo repasé, a la búsqueda de una pista.

Negativo.

(1)   Amplia información en *Hermón. Caballo de Troya 6. (N. del a.)*
(2)   Amplia información en *Caná. Caballo de Troya 9. (N. del a.)*

163

Lo último escrito por este explorador en los menciona-
dos diarios se remontaba a noviembre del año 27 (1).

Después permanecí junto a Eliseo, y no regresé al
Ravid.

No lo lograba...

No recordaba.

Y el sentido común puso ante mí un nombre: Eliseo.

¿Fue él?

A las 18 horas y 58 minutos, el sol se alejó por el oeste,
aburrido.

Comprendí.

La escolta llevaba muchas horas en aquel tostadero.

Apagué la computadora y colgué el «DR» del cuello.

Poco después regresábamos al hangar rojo.

Había sido un día intenso y afortunado.

El «tesoro» estaba a salvo, aparentemente.

Y seguí interrogándome: «¿Quién lo hizo?»

La intuición tocó en mi hombro y susurró un nombre.

Pero, al llegar al despacho del ayudante de Curtiss, me
distraje.

Domenico confirmó la partida del general hacia Washington D. C. Le acompañaba el equipo director.

No mencioné mi hallazgo. Tiempo habría de darle la
noticia a Curtiss...

---

(1) El texto al que hace alusión el mayor de la USAF dice así: «Regresé al Ravid en varias oportunidades. Necesitaba pensar. Necesitaba saber
qué hacer. Escribí mucho.

¡Dios!

Ruth y Eliseo se iban, y yo no podía hacer nada por ninguno de los
dos...

Kesil lloraba, y aún lloraba más cuando acertaba a verme.

Él sabía de mi impotencia.

Ayudé en lo que pude. Le suministré la dimetilglicina que quedaba en
la nave, y busqué nuevos antioxidantes en la fruta (especialmente en el
melón, en los melocotones, en el limón y en las moras), en la carne, en los
espárragos y en las espinacas. Todos contenían betacaroteno, tocoferol,
selenio y ácido ascórbico.

No fue suficiente. El mal seguía avanzando.

No me separé de él en dos meses.»

(Amplia información en *Caná. Caballo de Troya 9*). *(N. del a.)*

164

Permanecí lo justo en la Fog y, tras coordinar el encuentro con la escolta para el día siguiente, me retiré al pabellón de oficiales.

Walter y los otros habían empezado a tomarme cariño.

Y proseguí con lo que importaba: ¿Cómo burlar la vigilancia en la zona restringida?, ¿cómo sacar la copia de la base? Era un material abultado. Tenía que idear, en primer lugar, la forma de ocultarlo. Después, cómo cruzar la barrera sin levantar sospechas...

No era sencillo.

No importaba. Haría lo imposible. El mundo tenía derecho a saber...

Pero debía ser especialmente cuidadoso. Si el «DR» caía en manos de los «halcones», adiós a mis sueños...

Acudí al supermercado y compré la diaria ración de fruta.

Fue entonces cuando me fijé en algo...

«Aquélla podía ser la solución...»

Acaricié la caja de madera que contenía las brevas e hice algunos cálculos mentales.

«Podría servir...»

Esa noche, Joco me puso al corriente de los rumores que volaban por la base.

Nixon, arrogante, se había negado a entregar las cintas magnetofónicas que exigía la justicia. Era lo que presumíamos.

Y pensé en Curtiss.

La negativa del presidente a colaborar en la investigación del caso «Watergate» podía ocasionar disgustos al jefe del proyecto... Y así fue.

Olvidé el delicado asunto. Bastante tenía con lo que tenía...

Y el japonés habló también de las serpientes, en plural, que fueron capturadas, esa mañana, en la zona del «avispero».

Quedé perplejo.

No era una cascabel, sino diez (!).

En fin, Joco lo sabía todo, o casi todo...

Esa noche me dormí con una obsesión: sacar el «tesoro» de Edwards. Lo llevaría lejos. Lo revisaría, lo pondría al día... Después tenía que lograr su difusión, pero no supe cómo.

Intenté tranquilizarme.

Mi abuelo, el cazador de patos, decía: «Primero llega al río. Después, crúzalo.»

No fue una noche fácil.

Tuve pesadillas.

Una de ellas, en particular, me inquietó.

Se me antojó premonitoria, como tantas...

No me hallaba desencaminado.

La ensoñación ocurrió en una casa de campo, a la orilla de la mar.

Era de día.

De pronto me asomé desde la terraza y vi a una mujer.

A su lado, boca abajo, descubrí a un niño, desnudo.

El rostro era el de Curtiss (!).

La mujer le abrió la espalda con un cuchillo.

No salió sangre.

Extrajo algo del cuerpo, lo depositó en un vaso de cristal y me lo mostró.

Yo conocía a la mujer, pero no recordaba de qué.

En el vaso flotaba algo negro y espeso.

No era líquido.

Bajé al jardín, examiné de cerca el vaso, y entendí que el contenido podía ser pólvora.

Lo probé.

No era pólvora.

En eso levanté la vista.

Por la mar vi aproximarse una gigantesca y solitaria nube blanca y negra, palpitante.

La identifiqué con la gloria de Yavé, descrita en el Antiguo Testamento.

Era una nube «inteligente». Bullía.

Se dirigía hacia nosotros, amenazante.

Era Yavé, que deseaba venganza por mis pecados.

Permanecí aterrorizado.

Instantes después, cuando la nube se echaba encima, fui despertado por el tintirintín del despertador.

✴

El viernes, 27 de julio (1973), regresé a la Fog muy de mañana.

Me llevé ropa de abrigo.

La mesa, las sillas y la caja fuerte espiaron mis movimientos, envidiosas.

Y me dediqué a leer y a leer.

¡Aquello era fantástico!

Allí estaban todos los detalles...

Y fue a lo largo de esa mañana cuando recibí el título que debería encabezar los diarios: «Caballo de Troya.»

No sé si lo he mencionado. Hace tiempo, mucho tiempo, que creo que las ideas y pensamientos no son nuestros. Los recibimos. Eso es todo.

A primera hora de la tarde, la escolta me previno. Alguien me reclamaba en el hangar rojo.

¡Qué raro! Curtiss se hallaba fuera...

Domenico me comunicó, telefónicamente, con el general. El jefe del proyecto quería hablar con quien esto escribe.

Fue una conversación breve y en clave.

Comprendí los recelos de Curtiss.

—¿Cómo ha ido la caza? —preguntó con impaciencia.

—De primera, mi general...

—Explícate... Quiero detalles, detalles.

—La perla es auténtica...

Curtiss lo cazó al vuelo:

—¿Valiosa?

—Yo diría que muy valiosa...

—Excelente, pero ¿cómo de valiosa?

Me vi en un aprieto.

—Habría que tasarla, mi general...

—¿Sigue contigo?

—Duermo con ella... Había pensado llevarla este fin de semana a un joyero, fuera de la base, y hacer una copia...

El general adivinó mis intenciones y me interrumpió:

—¡Ni se te ocurra!

Y añadió, moderando el tono:

—Sé de una buena joyería en Rodeo Drive, en Los Ángeles, pero iremos juntos... Estrella nos acompañará. Ella sí entiende de diamantes.

—Perla —le interrumpí—. Es una perla, mi general.

—Eso... ¿Has comprendido?

—Sí, que espere, y nada de copias.

Y añadió, imperativo:

—¡Nada de joyerías desconocidas!... ¡Ese regalo merece el máximo respeto!...

Entendí.

—Regresaré a Edwards el miércoles, 1 de agosto, si ese «tumbao» lo permite.

Supuse que se refería a Kissinger.

La reunión entre el asesor presidencial y el general Curtiss, como ya mencioné, tendría lugar el lunes, 30 de julio.

—¡Es una orden! —Concluyó Curtiss—. ¡Guarda la perla y espera mi regreso!... ¡No la saques de ahí!

No me gustó la decisión del general. Fue algo instintivo.

Los «halcones» regresarían el lunes, 30, o quizá el 31.

Tenía que aprovechar ese fin de semana.

Era una oportunidad única.

Pero, de momento, obedecí.

Me incorporé al «avispero» y continué el repaso de los diarios.

No tardé en comprobar que los problemas merodeaban a mi alrededor.

Algunos pasajes no debían caer en manos de Curtiss, ni de nadie...

Especialmente la confesión de Eliseo o mi intento de suicidio (1).

Los acoté.

---

(1) Amplia información sobre ambos sucesos en *Caná. Caballo de Troya 9. (N. del a.)*

Si llegaba el momento de imprimir el «tesoro», los referidos pasajes serían suprimidos.

Más adelante, ya veríamos.

Por supuesto, a la hora de hacer públicos los diarios, los textos serían respetados, íntegramente.

Y en ello andaba, enfrascado en la lectura, cuando vi aparecer a la intuición.

No sé cómo entró...

Se sentó a mi lado y me observó, muy seria.

Dejó un paquete en mi mente, se levantó, y desapareció.

Miré a mi alrededor, desconcertado.

Ya no estaba.

Pregunté a la caja fuerte y a los «tóner». Se encogieron de hombros.

Nunca habían visto a una señora tan delicada y tan bella.

Abrí el paquete y hallé una frase:

«Imprime el "tesoro".»

Eso significaba incumplir la orden de Curtiss...

Y recordé lo que el Maestro repetía sin cesar: «La intuición nunca traiciona.»

Era cierto.

Es la razón la que llega después de la intuición y, al juzgar, lo estropea todo...

No lo dudé.

Reclamé al cabo y pregunté si podía conseguir cajas de madera. Cajas de frutas y hortalizas, vacías. En la cocina de la Fog las había visto...

Walter escuchó, perplejo, pero reaccionó inteligentemente:

—¿Cuántas, mayor?

—Con ocho o diez me conformo.

Un par de horas más tarde, el jeep regresaba con diez cajas de madera, vacías.

Excelente.

Las deposité en el «avispero» y las examiné con detenimiento.

Habían servido para almacenar melocotones romanos.

Los conocía. Los degusté en el pabellón de oficiales.

Eran enormes, dulcísimos, y de huesos colorados.

Las cajas medían 40 por 40 por 40 centímetros.

Estimé que resultaban perfectas para mis propósitos.

En la madera, pintados en rojo, se leía «La Mimosa» y el lugar de procedencia: Riverside, en California.

Terminé los cálculos y deduje que con cinco cajas sería suficiente. Ahora necesitaba cuerda, bolsas de plástico, y un total de 80 melocotones.

Al día siguiente, sábado, podía reunir el género.

Con un poco de suerte lo introduciría en la zona restringida en la mañana del domingo, 29. Era el momento adecuado. La asistencia a la Fog era mínima.

Los habitantes del «avispero» me contemplaban, desconcertados.

Aquello era pura degeneración.

La caja de caudales murmuraba y cuchicheaba con los periféricos. Éstos, a su vez, se hacían lenguas con la mesa.

«¿Qué pintaban las toscas y primitivas cajas de fruta en un lugar santo, como aquél?»

Las sillas miraban con odio, pero no dijeron nada.

Eran nacidas en Seattle y todo el mundo sabe cómo las gastan en la capital del estado de Washington.

No presté atención.

Yo andaba a lo que andaba...

Esa noche me hice con una cuerda, unas tijeras, las bolsas de plástico negro y un saco de melocotones romanos, exquisitos.

Joco me vio entrar con el cargamento e intentó ayudar.

Se lo agradecí, pero no. Podía con todo.

Y me refugié en la habitación, haciendo nuevas cábalas.

El plan no debía fallar...

El problema era sacar la copia de Edwards.

No tenía ni remota idea de cómo hacerlo...

Confié en el Destino. Él sabe...

¡Y ya lo creo que sabía!

✠

El sábado, 28, fue otro día de tensa calma.

Me concedí un respiro. Lo necesitaba.

La escolta descansó y yo dediqué parte de la jornada a pensar y a conversar con Josué, mi cactus favorito.

Le di de beber y le conté parte de mi vida.

Yo era un tipo raro: tenía 36 años de edad, pero aparentaba 80. Había conocido a un Hombre-Dios. Conversé con Él. Me reveló secretos. Fui testigo de sus prodigios y de su muerte. Estaba enamorado, pero mi amor era violeta. Intenté suicidarme y fui salvado por una computadora. Ese Hombre-Dios me enseñó que la vida no es la realidad y que estamos condenados a ser felices, a corto plazo. Y le hablé de Ab-bā, el Padre Azul que nos imagina, que regala inmortalidad, y al que llegaremos algún día.

Josué miraba desde lo alto, con sus ojos color mostaza, y repetía:

—Pobrecillo, pobrecillo...

El caso es que lo del Padre Azul terminó intrigándole.

Y preguntó:

—¿Es otro general?

¡Qué difícil es explicar la supersimetría!

Y recordé al Galileo y sus dificultades para aproximarse a la verdad.

—En cierto modo sí —repliqué—. Manda mucho, pero no se nota...

—Entonces es un buen general... ¿Dónde está el puesto de mando?

—La base la tiene en una isla lejana, más allá de las estrellas. Es la base Paraíso. Allí llegaremos todos, pero para eso hay que morir... Además, habita en la mente humana.

—¿Cómo es eso? ¿Tiene el cuartel general en una isla y habita en los humanos?

—Así es. Eso proclamó el Hombre-Dios... Es un secreto. Ni siquiera los ángeles lo conocen.

—¿Ángeles? ¿Qué son?

—Sargentos, pero con menos mala uva.

—Comprendo. ¿Y hay zona restringida en esa base?

—Lo ignoro. Acabo de empezar el camino.

—Tiene que haberla —murmuró el cactus—. En todas las bases hay secretos...

—¿Y qué secreto podría esconder el Padre Azul?

—Se me ocurre uno: ese buen Dios son muchos...

—¡Vaya!

—Hazme caso. Llevo aquí tiempo y no hago otra cosa que pensar y negociar agua. No es un Dios. Son muchos.

—Puede que tengas razón...

—Y pregunto yo: ¿por qué ese Padre Azul habita sólo en los humanos?

—Tampoco lo sé... El Hombre-Dios me hizo otra revelación. Sé que te gustará...

Josué esperó, impaciente.

—El amor de esos Dioses es tal que se dividen los territorios...

—No entiendo.

—Verás... Los humanos somos habitados por el Padre Azul, el gran general... La materia lo es por otro Dios: el Espíritu de la Verdad.

—¿Otro general?

—Y tan importante como el primero.

—Explícame.

—El Espíritu se fragmenta también, desciende, y habita cada gramo de lo que vemos y de lo que no vemos.

Los ojos de color mostaza se abrieron de par en par. Proseguí:

—Ese Dios viaja sin moverse...

—¡Como yo! —exclamó el cactus, emocionado.

Traté de continuar:

—Ese Dios que te habita no tiene exterior... Se divide, como digo, en trillones de trillones de trillones de trillones de trillones de fragmentos...

Noté cómo Josué se mareaba.

Detuve la explicación y dejé que respirara verde, que es como respiran los cactus.

—¿Estás bien?

Asintió y proseguí:

—Ese Dios, el Espíritu de la Verdad, al habitar las cosas y la naturaleza, está al corriente de todo: sabe de la tersura de la mar, de sus hijos más escondidos, del silencio congelado de los glaciares, del milagro de las cosechas, de los que reptan y de los que se mueven a la velocidad de la luz, del rocío en el que te bañas, de la dolorosa inmovilidad de las rocas, de las estrellas que mueren, fugaces...

Y resumí:

—También sois la envidia de los ángeles...

—Pues yo no siento a ese Dios.

—De eso se trata, querido amigo, de eso se trata...

—Hay algo que no termino de comprender —formuló Josué—. ¿Por qué somos tan distintos? Tú no eres como yo...

—Supongo que estamos ante un problema de imaginación.

Señalé hacia lo alto y redondeé:

—Ahí arriba sobra... Somos tú y yo los que estamos secos y con los pensamientos revueltos. Necesitamos saltar del tiempo al no tiempo para medio comprender.

El cactus se perdió.

—No importa, amigo... ¡Vive! Es lo único que merece la pena.

No quise hablar de la inmortalidad. Le hubiera herido.

Pero el cactus de cinco metros era largo también en sus pensamientos. Y adivinó los míos:

—¿Por qué no soy inmortal?

—Lo ignoro...

—Las cosas, los vegetales, los animales, todo tiene derecho a perdurar...

Se me ocurrió algo. No sé si una tontería, pero le dije:

—Podría ser un problema logístico. En la realidad puede que no haya espacio para tanta gente...

Josué me miró, incrédulo.

Y añadí, tratando de justificar mi osadía:

—El cielo —dicen— cabe en la palma de la mano.

—No entiendo.

—No importa. Sea como fuere, tú no morirás...

—Eso tiene gracia.

Me puse serio y reafirmé lo dicho:

—Eres inmortal porque vives en la memoria de alguien.

El cactus sonrió, también en color mostaza, y agradeció el detalle.

—Ahora vives en mi memoria —añadí— y algún día vivirás en la de muchos...

—¿En la de muchos?

—Algún día —declaré, solemne— estas conversaciones serán leídas por muchos.

—¿Piensas escribir un libro?

—Algo así...

—¿Y mencionarás al cactus que lo tenía todo de color mostaza?

Asentí.

—No podré comprarlo —lamentó—. Estoy prisionero...

—Nadie es prisionero cuando lo habita un Dios.

—Háblame de Él...

—El Espíritu de la Verdad te llena y se llena... Es un truco de los cielos. Él te da y Él recibe a cambio.

—¿Qué puede recibir de un pobre *yucca brevifolia*?

—Información, justamente, sobre los *brevifolia*. ¿Qué son?, ¿cómo se comportan?, ¿cuál es su lenguaje?, ¿a qué aspira un cactus?, ¿por qué sois tan bellos?, ¿qué veis desde esa altura?... En fin, podría seguir hasta mañana.

—Y todo eso, ¿para qué?

—Para mayor gloria de los Dioses. Ellos, así, están al día de tus miserias y de tus sueños... Es así como todo es uno. Y lo más bajo y primitivo asciende de la mano de un Dios...

Josué no pudo resistir y formuló la pregunta capital:

—¿Quién te ha enseñado?

Guardé silencio.

No me hubiera creído.

Y Josué insistió:

—¿Me harás inmortal? ¿Me llevarás en la memoria?

Asentí de nuevo. Y añadí:

—Desde ahora viajarás en la maleta de los recuerdos.

Y me sorprendí a mí mismo.

Hablar con las cosas (supuestamente inanimadas) no es tan loco. Todo está habitado por la Divinidad.

Desde entonces, la hierba, las piedras solitarias, el polvo del camino, las nubes que pasan, los horizontes, los brillos lejanos, las envidiadas aves, los monstruos marinos, los granos de arena, los animales que me salen al paso, lo que toco y lo que no toco, lo visible y lo invisible, todo, me inspira un respeto infinito. El Espíritu de la Verdad, otro formidable Dios, está en todos ellos. Si les hablo, también le hablo...

Cuando me alejé del bosquecillo, Josué lloró verdes, de pura emoción. Nunca se había parado a pensar que era un templo.

Esa noche, Joco, el japonés, me informó sobre el doble sepelio celebrado en Arlington.

Curtiss, en su discurso, llamó héroes a los directores fallecidos.

Yo sabía que eran más que héroes...

# 29 de julio

Joco también participó en la operación Riverside, pero nunca lo supo.

Iré paso a paso...

Esa mañana del domingo, 29 de julio, el japonés me trasladó hasta la barrera de acceso a la Fog.

Su «Cowboy», del 71, pintarrajeado con imágenes de los Beatles, era famoso en todo Mojave.

Me ayudó a descargar el saco, con los melocotones romanos, y aguardó a que la policía militar telefoneara a la patrulla que debía escoltarme.

Uno de los soldados abrió el saco, observó la fruta, y me miró, perplejo. No dijo nada.

Adiviné sus pensamientos: «Estos aviadores están locos...»

Me permitió el paso y me alejé en el jeep que había estacionado junto a la barrera.

Era domingo, pero a nadie le extrañó.

En la Fog se trabajaba a todas horas...

Cambiaron de escolta.

Y a las 8 horas y 30 minutos me hallaba de nuevo frente al ordenador, dispuesto a continuar la revisión de los diarios.

El saco de melocotones tampoco fue del agrado de los habitantes del «avispero».

«Esto parece un mercadillo apache», decían.

Allá ellos...

Y la jornada se presentó igualmente excitante.

No, excitante no es la palabra...

¿Cómo definirlo?

Que sea el hipotético lector de estas memorias quien juzgue...

Ocurrió a media mañana.

¡Qué extraño!

Soy minucioso en todo lo que emprendo.

Demasiado, según Eliseo.

Y aún era más en lo relacionado con el Hijo del Hombre...

¿Cómo era posible?

Lo repasé varias veces.

No había duda: me hallaba ante un lapsus calami, un error escrito e involuntario a todas luces (1).

Aparecía en un texto correspondiente al 12 de mayo del año 26. En dicho pasaje, quien esto escribe tomaba referencias en el llamado vado de Josué, cerca de Betania (la del Jordán) (2).

Al describir el candelabro ubicado en lo alto del monumento de las Doce Piedras, este explorador había escrito lo

(1) En los diarios han sido detectados errores. El mayor los justifica en una nota que aparece al final de *Caná. Caballo de Troya 9*. Dice así: «En los presentes diarios han sido introducidos —intencionadamente— errores de tercer orden, así como afirmaciones no probadas e inconclusas, sucesos anunciados y no narrados, y supresiones que no afectan a lo esencial. Todo ello obedece a la necesidad de rebajar, en lo posible, la credibilidad de lo narrado.»

Y añado: algunos de esos errores intencionados han sido iniciativa mía. *(N. del a.)*

(2) «El vado de Josué —escribe el mayor— era un lugar especialmente santo. Según la tradición oral, y los libros sagrados, fue en aquel tramo del Jordán donde se produjo el primer prodigio del caudillo Josué, el hombre que se hizo cargo del "pueblo elegido" tras la muerte (?) o desaparición (?) de Moisés. Al llegar a la orilla, Yavé ordenó a Josué que introdujera el arca de la alianza en el agua. Y así lo hizo. En cuanto los sacerdotes que cargaban el arca entraron en el cauce, las aguas del Jordán se detuvieron treinta kilómetros arriba, dicen que en la región de Adam y Damiya (vado de las Columnas), y el pueblo y el ganado cruzaron el Jordán. En recuerdo de este milagro, Josué mandó sacar doce grandes piedras del lecho seco del río y levantó un monumento. Cada piedra representaba a una de las doce tribus de Israel (las que habían atravesado el cauce).» *(N. del a.)*

siguiente: «A lo largo de los dos brazos inferiores del candelabro fue grabado un texto de Zacarías (4, 6): "Ésta es la palabra del Eterno: no por el poder, ni por la fuerza, sino por Mi espíritu, dice el Eterno de los ejércitos." En los restantes cinco brazos, repartido, se leía otro texto del mismo profeta: "Esos siete son los ojos del Santo. Ellos recorren toda la Tierra."»

Pues bien, una de las frases presentaba un error.

En lugar de «Esos siete son los ojos del Santo» leí: «También el séptimo son los ojos del Santo», (Zacarías 2, 7).

Era raro...

Zacarías (2, 7) no dice eso (1).

Permanecí pensativo.

Muy raro...

Pero continué.

Supuse que me había despistado.

Corregí el lapsus y proseguí la lectura, un tanto contrariado.

No me gusta equivocarme en nada relacionado con el Hijo del Hombre. Bastantes errores contienen la historia y la tradición...

Pero las sorpresas no terminaron ahí.

Poco antes del atardecer, cuando estaba a punto de regresar al pabellón de oficiales, volví a sobresaltarme.

Miré y remiré.

¿Qué estaba pasando?

Aquello no era normal...

Yo no hacía las cosas así.

Pero allí estaba, clarísimo.

Cincuenta páginas más allá del primer error detecté una segunda anomalía.

No daba crédito a mi torpeza.

En esta ocasión, el texto refería lo sucedido el 14 de junio, también del año 26 de nuestra era. Quien esto escribe

---

(1)  Zacarías (2, 7): «En esto, salió el ángel que hablaba conmigo, y otro ángel salió a su encuentro.»
Se trata de una visión de Zacarías (la tercera), vinculada al «medidor». Nada que ver, por tanto, con lo que tenía a la vista. *(N. del m.)*

se encontraba en la cárcel del Cobre. Trataba de localizar a Yehohanan. Fui conducido por uno de los guardianes a los aposentos de Nakebos, alcaide de la temida prisión existente en la desembocadura del río Yaboq.

El «amarillo» ordenó que esperase en una sala y me quedé solo durante algunos segundos. Las paredes aparecían decoradas con textos de diferentes profetas. Tuve tiempo de leer uno de los escritos. Era de Job (28, 5-12) (1).

Decía así: «En cuanto a la tierra, de ella viene el pan, y debajo de ella es como el fuego. Las piedras que allí se hallan son el lugar de los zafiros, y hay polvo de oro. Ese camino no es conocido por el ave de presa, ni el ojo del halcón lo ha visto. Las bestias orgullosas no lo han pisado, ni ha pasado por allí el león. Extiende (el minero) su mano sobre la roca pedernal; transforma las montañas de raíz; corta canales entre las rocas, y su ojo ve cada cosa preciosa. Sujeta las corrientes para que no fluyan, y lo que está escondido saca a la luz...»

Como digo, quedé perplejo.

Allí había otros errores; no importantes, pero sí llamativos.

La palabra «raíz» había sido modificada y, en su lugar, se leía «maíz».

Me desconcertó.

Yo no debía de haber escrito algo así...

El maíz no era conocido en Israel en la época del Maestro. Llegó a Europa mucho después, tras el descubrimiento de América.

¡Vaya!

Y lo atribuí, inicialmente, a un salto de letras.

Pero, insisto, se me antojó extraño.

En fin, pude equivocarme al pulsar, por supuesto.

La segunda anomalía era más escandalosa.

Donde debía decir «y lo que está escondido saca a la luz» decía: «y cada error conduce a la luz (Zacarías 3, 1)».

(1) Amplia información sobre dicho pasaje en *Caná. Caballo de Troya 9. (N. del a.)*

Volví a repasarlo, atónito.

No disponía en el «avispero» de los textos bíblicos, pero los recordaba de memoria. Zacarías, en el capítulo 3, versículo 1, no dice lo que yo había escrito en los diarios (1).

¿Cómo pude cometer semejantes errores?

Me encogí de hombros y lo atribuí a la fuerte tensión de aquellos momentos.

Y me dispuse a corregirlos.

Pero, súbitamente, algo me detuvo.

Ahora lo sé. Fue esa «fuerza» misteriosa y benéfica que siempre me acompaña. Rectifico: que siempre nos acompaña.

Y el instinto avisó...

Pero, torpe, no caí en la cuenta.

Me limité a tomar nota de las «anomalías».

Regresé al pabellón de oficiales, francamente preocupado.

Consulté las citas bíblicas. Las leídas en los diarios, efectivamente, estaban equivocadas.

¿Qué me sucedía?

Había localizado dos errores (en realidad cinco)...

¿Cuántos más pude cometer?

Tenía que revisar los diarios con lupa.

¡Era intolerable!

Realmente me estaba volviendo viejo...

✷

El lunes, 30 de julio, me entregué a una minuciosa revisión de los diarios.

No hallé nada anormal, de momento.

Eso me serenó.

Lo esencial, en la historia del Hombre-Dios, aparecía impecable.

---

(1)   Zacarías, en 3, 1, escribe textualmente: «Me hizo ver después al sumo sacerdote Josué, que estaba ante el ángel de Yavé; a su derecha estaba el Satán para acusarle.» *(N. del m.)*

Los directores no regresaron ese día.

Deduje que habían decidido esperar en Washington D. C. a que concluyera la decisiva reunión entre Kissinger y el general Curtiss. Como referí, dicha reunión se celebraría en la mañana de ese lunes.

El «negocio» era tan simple como notable: si el asesor presidencial en asuntos de seguridad nacional daba el visto bueno al informe «Cero», «Rayo negro» echaría a caminar...

Curioso...

Con el paso de los días, también la imagen de mi compañero, Eliseo, empezaba a difuminarse.

¡Qué bien diseñada está la vida!

Y, mientras leía, continué madurando lo que llamé operación Riverside. En otras palabras: cómo sacar de la base de Edwards una copia, en papel, del contenido del «DR».

Sabía que, tarde o temprano, Curtiss ordenaría la impresión de los diarios. Si deseaba leerlos, lo lógico es que lo hiciera con comodidad. Era impensable que se sentara frente a un ordenador durante horas y horas. Esa clase de consulta era incómoda y peligrosa. Alguien podía meter la nariz y hacer preguntas embarazosas.

Oficialmente, como mencioné, el «DR» no existía.

Y empecé a animarme.

Tenía que imprimirlo. Ése era el primer paso. Después, ya veríamos...

Esa noche, Joco me puso al corriente sobre lo acaecido en la capital federal.

La reunión entre el general y Kissinger había sido un éxito para todos..., menos para Curtiss.

«Rayo negro» recibió «luz verde».

El japonés no sabía más.

Los «halcones» —imaginé— estarían frotándose las manos.

Curtiss fue derrotado.

Y me pregunté: «¿Qué hará el general? ¿Dimitirá?»

Curtiss era tozudo. Dudé que deseara seguir al frente de un proyecto que rechazaba (aunque sus verdaderas razones no fueran honestas).

En ese supuesto, si el general abandonaba, ¿qué pasaría conmigo?

Los «halcones» me despreciaban. Me calificaron de traidor... Más aún: ¿qué sería de mi «tesoro»?

Si Curtiss era retirado del proyecto Swivel, lo más probable es que yo desapareciera al mismo tiempo. Desaparecer o algo peor...

Ésta sí era una razón de peso para acelerar la impresión del contenido de la «perla» y, sobre todo, para sacar la copia de la Fog.

¡A la mierda las órdenes!

Tenía que actuar con rapidez y precisión.

No podía permitirme ni un solo fallo.

Quién sabe lo que sucedería a partir del miércoles, 1 de agosto, con el retorno de Curtiss...

Y me retiré a descansar.

Necesitaba atar cabos...

Allí, en la habitación, me aguardaba otra sorpresa.

Al abrir la puerta la vi.

Me quedé quieto, con la mano en el pomo.

¿Cómo había entrado?

Qué pregunta tan tonta... Nunca cerraba con llave.

Al oírme se volvió.

Se hallaba sentada frente a la mesita. Curioseaba mis papeles.

Estaba bellísima, como siempre.

Vestía una túnica de gasa, azul, hasta los pies. ¿O era un camisón?

Era preciosa, sí...

Me miró con aquellos ojos rasgados y penetrantes, y lo dijo todo con una mirada.

Se presentó muy seria, como siempre.

Los cabellos negros descansaban sobre los hombros.

La recorrí con la vista y experimenté un intenso placer.

Señaló la cama, pero no dijo nada.

No terminaba de entender.

Ella se dio cuenta, se alzó, y siguió mirándome con intensidad.

Traté de sonreír, pero la sonrisa se evaporó.

Noté cómo las rodillas temblaban...

Y la mujer indicó de nuevo la cama.

La gasa permitía ver su desnudez.

Los pequeños pechos me fascinaron.

Y ella mantuvo la mano izquierda levantada, señalando el lecho.

Fue entonces cuando reparé en «aquello».

Sobre la cama, en una esquina, aparecía un pequeño paquete, envuelto en papel de regalo.

—Es para ti —habló al fin.

—¿Por qué? —balbuceé—. No nos conocemos lo suficiente...

—Eso, ahora, no importa...

Dudé.

Siempre dudo con las mujeres, y con aquélla más.

—Ábrelo...

Caminé hacia la esquina de la cama, tomé el regalo, e intenté abrirlo, torpemente.

Tuve que sentarme en el lecho y respirar hondo.

Al final lo logré.

Ella continuaba de pie, observándome.

Sé que disfrutaba...

Era una cajita.

La contemplé, intrigado.

Era un cartón de color azul agachado, como el de la mar.

Era lógico, procediendo de quien procedía...

Y, lentamente, retiré la tapa.

¡Oh!

El paquete contenía una perla negra, muy bella, y un papel, también azul agachado, con una frase:

«Llévame lejos.»

Cuando comprendí, y levanté la vista, la hermosa mujer había desaparecido.

Era la intuición, que me visitaba de nuevo...

Me había hecho un interesante regalo.

Seguiría su consejo.

Imprimiría el contenido de la «perla» y lo llevaría lejos, muy lejos...

Pasé la noche inquieto, temeroso de todo y de todos.

Los dedos se me hicieron huéspedes.

✦

# 31 de julio

El martes, 31, a primerísima hora, me encerré en el «avispero».

Walter, y los otros, se ocuparon de nuevo de la protección.

Tenía que darme prisa, y ser prudente y eficaz.

Esa misma tarde-noche, con toda probabilidad, el equipo director y Curtiss estarían de regreso en la base.

Todo debía estar ultimado antes del atardecer.

¿Antes del atardecer?

En una hora había liquidado el «negocio»...

Los habitantes del «avispero» miraban y no daban crédito.

Ventajas de la supertecnología...

Pero, a lo que iba.

«Calenté» las máquinas y preparé los «tóner».

Todo se hallaba dispuesto para la reproducción, en papel, de los diarios. Mejor dicho, todo menos lo previamente acotado. Más adelante (?), si el Destino lo estimaba oportuno y si los diarios debían ser difundidos, restituiría los pasajes censurados.

Visto y no visto.

A las 7 horas y 2 minutos, la computadora entró en acción y la copia vio la luz en seis segundos (!).

¡Asombroso!

Al principio lo interpreté como un error.

Revisé. Miré. Volví a mirar.

Todo OK. De primera clase.

No había fallos.

Allí estaban los diarios, casi al completo.

La caja de caudales felicitó a los «tóner», y éstos, a su vez, a la computadora. La mesa lloró de emoción. Las de Seattle, ya se sabe, siguieron silenciosas y estúpidamente verticales.

La sugerencia del ordenador dio resultado.

Al imprimir por las dos caras, el número de folios se redujo a la mitad. Aun así, el volumen era considerable: miles de hojas.

Total de espacios, según la computadora: 11.627.204.

Acaricié el papel con emoción.

Allí estaba la casi totalidad de mis vivencias y conversaciones con el Hijo del Hombre.

En efecto: un tesoro..., que no era de mi propiedad, ni tampoco de la USAF.

Ordené los mazos de papeles, los envolví en las bolsas de plástico, y procedí a amarrarlos con mimo.

Acto seguido fui a depositarlos en las cajas de madera.

Necesité cinco.

Perfecto.

Y les llegó el turno a los melocotones romanos...

Los cálculos fueron exactos.

Coloqué nueve en lo alto de cada bolsa negra y camuflé así el verdadero contenido. Ahora sí parecían cajas de fruta...

En un posible control, la policía militar pensaría que se trataba de melocotones.

Y, de pronto, aquella vieja conocida, la duda encorvada y chillona, se plantó ante quien esto escribe y me arrojó a la cara:

—¿Crees que los policías militares son estúpidos?

¡Vaya!

Nuevos problemas.

¿Cómo sacaba los diarios de la zona restringida?

Y me puse a cavilar...

Pero el éxito, de momento, se había mudado de lugar.

No supe cómo resolver la cuestión.

Necesitaba un vehículo, naturalmente, y una excusa que hiciera mirar hacia otra parte a los policías.

¿Qué excusa?

No tenía ninguna...

Contemplé las cinco cajas y empecé a desesperarme.

Tanto trabajo para nada...

La caja fuerte movió la cabeza con preocupación, y comentó:

—Sí, tienes un problema...

Las de Seattle hablaron, finalmente, y compararon el «avispero» con un palenque y con un contubernio (en sentido figurado, supongo).

Por cierto, sobraron 14 melocotones.

Y proseguí la lectura de los diarios en la pantalla del ordenador.

De vez en cuando miraba las cinco cajas y sentía un escalofrío. La operación Riverside estaba en marcha, pero...

Y me pregunté: ¿A qué obcdecían los escalofríos? ¿Al creciente temor o a los 5 grados Celsius del «avispero»?

✠

A eso de las 13 horas golpearon la puerta.

¡Vaya!, lo olvidé... Hora de almorzar.

Pues no...

Al abrir me encontré un Walter pálido y nervioso. Temblaba hasta el subfusil.

La patrulla observaba a corta distancia.

Parecían consternados.

—¿Qué sucede?

El cabo bajó el tono de la voz.

¡Qué ridiculez! Estábamos en mitad de la nada...

—Dicen en la Fog que Curtiss —rectificó sobre la marcha—... dicen en la Fog que el general Curtiss ha muerto.

Necesité segundos para reaccionar.

Había oído perfectamente, pero pregunté:

—¿Qué?

Walter asintió con la cabeza, mecánicamente.

La color del rostro iba y venía.

También el M3A1, boca abajo, parecía muy afectado. Ni brillaba...

Zarandeé al cabo, exigiendo una explicación.

El muchacho replicó como Dios le dio a entender:

—Dicen que volaba en ese avión que se ha estrellado en Boston...

Le miré, incrédulo.

—¿Qué avión? ¿De qué hablas?

—Boston —repitió sin tino— Boston... Boston...

De ahí no pude sacarlo.

Allí los dejé.

Y emprendí una loca carrera por el desierto, en dirección al hangar rojo.

Segundos después me detuve.

«¿Qué hacía? ¿Por qué corría?»

El hangar se hallaba a tres kilómetros...

Y recordé: ¡había dejado abierta la puerta del «avispero»!

¡Mi «tesoro»!

Volví sobre mis pasos, y a idéntica velocidad.

La patrulla se había movilizado y se dirigía, en el jeep, hacia quien esto escribe. A juzgar por la polvareda, a toda velocidad.

Llegaron a mi altura, y frenaron.

No me detuve.

Continué a la carrera y me perdí entre el polvo.

Imaginé las caras de los escoltas, desconcertados.

Y oí gritos.

Era Walter. Me reclamaba.

No hice caso.

Llegué al «avispero» y, sin pensarlo, cerré la puerta.

Fue entonces cuando me di cuenta.

¡Maldito idiota!

¡Había dejado las llaves sobre la mesita! ¡No tenía cómo abrir!

No hubo tiempo para nada más.

El jeep dio marcha atrás y se situó frente al «avispero».

Yo seguía mirando la puerta como lo que era: un perfecto inútil.

—¡Mayor! —gritó el cabo—. ¡Vamos!

La voz de Walter me devolvió a la realidad...

«Curtiss...»

Salté al vehículo y volamos —literalmente— hacia los pabellones de la Fog.

Aquellos escasos minutos fueron interminables.

Traté de pensar a gran velocidad.

«Si el general había muerto, ¿qué debía hacer?... ¿Huía?... ¿Intentaba sacar la copia de los diarios de la base?... ¿Cómo?... Necesitaba ayuda... Sí, huiría al fin del mundo... Yo no pintaba nada en aquel desierto... Tenía que difundir el gran mensaje... Ése era el objetivo... Los "halcones" terminarían conmigo... Lo dicho: era preciso salir de Edwards...»

Noté agitación en los pabellones.

Mal asunto...

Algunos miraban por las ventanas.

Observé corrillos.

Nos contemplaban al pasar.

Sentí un nudo en el estómago.

Otra vez aquella familiar sensación...

Y pensé en la úlcera péptica.

¡Dios mío, otra vez no!

Corrí al despacho del ayudante del general.

Domenico se asustó al verme.

—¿Qué sucede?, preguntó alarmado.

Tomé aliento y le miré, sin saber cómo plantear la cuestión.

Y me dije: «¿Por qué Domenico aparece tan tranquilo?»

—¿Qué pasa? —preguntó de nuevo el ayudante.

—Eso es lo que quiero saber...

—Entiendo. Has oído el rumor...

Fue en esos instantes cuando descubrí que todo se debía a uno de los malditos bulos que corrían, a diario, por la base.

Le expuse lo que acababa de oír sobre Curtiss y sonrió con desgana.

—Lo sé. El teléfono no para de sonar...

Y el ayudante me tranquilizó.

Se había registrado un nuevo accidente aéreo, sí, pero el vuelo procedía de Canadá.

El general Curtiss, y los directores, volaban en esos momentos hacia Los Ángeles.

Me dejé caer en una de las sillas, desarmado.

Y allí permanecí hasta bien entrada la tarde.

Olvidé el «avispero»...

Con el paso de las horas, los ánimos, en la Fog, se fueron remansando, relativamente.

El avión siniestrado era un McDonnell Douglas DC-9-31.

Se había estrellado por la mañana en el aeropuerto Logan, en Boston (Massachusetts). La niebla, al parecer, provocó que el aparato, con 89 personas a bordo, se estrellara contra un muro existente al final de la pista. El DC-9 terminó incendiándose.

De momento fueron recuperados dos supervivientes.

Tras el impacto, los restos del avión se precipitaron a la bahía de Boston.

El vuelo, de la compañía Delta Air Lines, procedía de Montreal (Canadá).

Domenico, paciente y eficaz, me proporcionó otro juego de llaves del «avispero».

Me despedí de la escolta y me dirigí al pabellón de oficiales.

Lo sucedido esa jornada debía servirme de lección.

Si Curtiss moría, o renunciaba, quien esto escribe tenía que saber qué hacer.

No me fiaba de nadie.

Lo vi claro: mi retirada de la USAF se aproximaba... Pero antes tenía que apoderarme de la copia de los diarios.

Y seguí maquinando y maquinando...

«¿Cómo sacarla de Edwards?... Tenía que lograrlo antes de que los "halcones" se percataran de la existencia del "DR"... Quizá lo sabían ya... Eso no era posible... La "perla" era un secreto entre Curtiss y yo... Lo intuí: el miércoles, 1 de agosto, podía ser clave en aquel laberinto... ¿Miércoles? Eso era al día siguiente... Debía permanecer alerta...»

Esa noche del martes, 31, el bar de Joco era un hervidero de habladurías.

Unos acusaban a Nixon del nuevo siniestro aéreo.

No tenían idea de lo que decían.

Otros aseguraban que los atentados continuarían. Curtiss —decían— era un peligro para Nixon. Sabía demasiado.

En eso llevaban razón.

El general era una bomba de relojería para el presidente.

Curtiss lo pronosticó: «"Watergate" será su tumba política.»

Y los rumores se propagaron como una mancha de aceite.

«Curtiss tenía los días contados...»

La mayor parte de estos bulos era puro chisme, pura falsedad. Pero no todos..., a juzgar por lo que sucedió 28 días después.

Esa noche dormí poco y mal.

Tomé papel y lápiz e intenté dibujar la segunda parte de la operación Riverside. Al igual que Einstein, sólo comprendo lo que puedo dibujar...

Pero esa segunda fase —sacar los diarios de la zona restringida— se resistió.

No daba con la tecla.

¿Solicitaba ayuda a Domenico? ¿Utilizaba un vehículo oficial? ¿Cortaba la alambrada y huía con la copia?...

Olvidé lo más importante: a Curtiss.

Terminé dormido sobre la mesa, con el lápiz en la mano.

✡

# 1 de agosto

A las 7 horas de aquel miércoles, 1 de agosto de 1973, me hallaba nuevamente en el «avispero».

El instinto advirtió.

El general llegaría de un momento a otro.

Así fue.

Revisé la caja de melocotones.

Todo aparecía en perfecto estado de revista...

Y esperé, pegado a la pantalla del primo de «Santa Claus».

Quedaba mucho por revisar...

Y a las 8 horas llamaron a la puerta.

Al abrir encontré a la escolta en posición de firmes y pálida como el papel de fumar.

Frente al búnker descubrí el «Wagoneer» blanco e impecable del general.

Todavía rugía.

Era un potente vehículo militar, con 155 caballos y unos faros sonrientes.

Lo había contemplado muchas veces, pero hablábamos poco.

Lo conducía Domenico.

Curtiss descendió del «Wagoneer» y caminó, decidido, hacia la puerta en la que me hallaba.

El ayudante lanzó un saludo.

El cabo me observó de reojo y preguntó con la mirada: «Y ahora qué...»

Comprendí.

Era la primera vez que todo un general de la USAF pasaba revista a su tropa de juguete.

Lo tranquilicé con un gesto.

No sirvió de nada. Walter continuó temblando, y también el subfusil.

El general pasó por delante de la escolta y, como sospechaba, ni miró.

Había empezado a preparar uno de sus habanos.

Saludé y Curtiss correspondió, pero con el cigarro.

Y se coló, rápido, en el búnker.

Cerré y le ofrecí asiento. Las de Seattle se sintieron recompensadas, al fin.

El general fue directo:

—¿Qué tienes?

Guardé silencio.

Me dirigí a la caja número uno. Retiré los melocotones, desanudé la cuerda, abrí la bolsa de plástico, y extraje un mazo de hojas.

Curtiss miraba, atónito.

Deposité los folios sobre la mesa y le invité a leer:

—La «perla» es de primera, mi general...

Curtiss se dispuso a incendiar el habano. No lo permití.

Refunfuñó y terminó mordisqueándolo.

La computadora y los «tóner» me hicieron un guiño. De nada...

Y la lectura de los diarios lo atrapó.

Pregunté si deseaba café.

No respondió.

Eso significaba que sí.

Salí y solicité un termo al jefe de la escolta.

Aproveché para cambiar impresiones con Domenico.

El ayudante no resolvió mis dudas.

Desconocía las intenciones del general respecto a seguir o no al frente del proyecto Swivel. Las desconocía o no quiso comprometerse...

Y anunció lo que sabía: Kissinger había dado luz verde a «Rayo negro» y el equipo director trabajaba, a toda máquina, en la puesta a punto del mismo.

Insistí.

—¿Seguirá Curtiss como jefe del proyecto?

Domenico se encogió de hombros y esquivó mi mirada.

Eso no me gustó.

Domenico ocultaba algo.

La lectura de los diarios se prolongó toda la mañana.

El ayudante del general estaba perplejo. Curtiss no había salido a fumar ni una sola vez...

Yo proseguí con lo mío, atento a la pantalla del ordenador.

De vez en cuando observaba a Curtiss.

Se hallaba inmerso en la lectura. Él mismo rescataba los folios de la caja de fruta y volvía a sentarse.

Del puro no quedaba nada. Se lo había comido, literalmente.

A las 13 horas levantó la vista del papel. Me contempló como si fuera la primera vez que me veía, y declaró:

—¡Buen trabajo!

No supe a qué se refería, exactamente.

Tampoco indagué.

Lo que me preocupaba era otro asunto...

El general se puso en pie, guardó los folios, y se entretuvo en amarrar la cuerda. Después, encantado de la vida, fue colocando los nueve melocotones sobre la bolsa negra, disimulando el contenido de la caja.

Terminada la maniobra, reconoció, sonriente:

—Ha sido la mejor desobediencia de tu vida...

—Sí, mi general... —balbuceé.

Permaneció serio, con la mirada perdida en las cinco cajas. Al poco regresó a la realidad y comentó:

—Hay que sacar esto de aquí... Sobre todo ahora.

¿Qué quiso decir?

Me quedé con la primera frase.

¡Era lo que buscaba!

—¿Se te ocurre algo? —intervino Curtiss.

Negué con la cabeza.

Dije la verdad.

Estaba seco...

Curtiss caminó en silencio junto a los «tóner». Los acarició con las puntas de los dedos y terminó reuniéndose con quien esto escribe, frente a la mesa y a las de Seattle.

Me miró fijamente y proclamó:

—Creo que sé cómo hacerlo...

No dio explicaciones. Y yo, como un tonto, tampoco pregunté.

Consultó su reloj:

—¿A qué hora oscurece?

Tecleé en la computadora y repliqué:

—A las 18 horas, 54 minutos y...

No me permitió terminar. Sonrió, complacido, y sentenció:

—No tienes arreglo...

Abrió la puerta y, cuando se disponía a salir, ordenó:

—Espera mi regreso...

—Sí, mi general, pero...

—Estaré de vuelta al anochecer.

Puso un pie en el exterior y, de pronto, como si recordara algo importante, se volvió y añadió:

—Por cierto, ¿no crees que merezco unas vacaciones?

No supe qué decir.

¿Vacaciones? ¿A qué venía esa pregunta?

—Supongo, mi general...

Fue lo único que acerté a ensamblar.

¿Qué se proponía?

—Recuerda —concluyó—. No te muevas...

Señaló las cajas de melocotones y reconoció, bajando el tono de voz:

—Esa «perla» es realmente valiosa. Tenías razón. Conviene tasarla y conservarla como Dios manda.

—Sí, mi general...

✦

Aguardé, volcado en el monitor azul del ordenador.

No detecté nuevas anomalías.

Eso me tranquilizó, en parte.

¿Qué maquinaba el general? ¿Cómo pensaba sacar las cinco cajas de folios del «avispero» y, sobre todo, de la zona restringida?

Era cuestión de esperar...

A las 18 horas y 57 minutos golpearon la puerta.

El sol acababa de ponerse.

Era Walter.

Señaló hacia los pabellones.

Por el camino de polvo cabeceaba un 4 por 4.

Traía los faros encendidos.

La luz violeta y rasante del desierto lo perseguía, inútilmente.

Era un viejo y chirriante hardtop del 64; un CJ6 verde oliva, con siete ventanas de plexiglás, y capaz para ocho humanos.

Frenó, con ganas, frente al «avispero».

No podía creerlo...

¡Curtiss aparecía al volante!

Lo acompañaba Domenico.

¿Qué diablos tramaba?

Me paseé, intrigado, alrededor del vehículo militar.

Era antiguo, pero voluntarioso.

Los asientos de la parte de atrás habían sido retirados.

Recordé las características: carga útil, 372 kilos; par motor, 11,75 kg; velocidad mínima sostenida (en TT), 5 km/h; peso máximo, 590 kilos; frenos hidráulicos; tracción de árbol delantera con un *transfer* de dos velocidades; montura para ametralladora de 30 milímetros...

¿Dónde había conseguido aquella antigualla?

El general saltó del hardtop y saludó.

¡Dios santo!

Vestía uniforme de campaña, con gorra de béisbol (1), y todas sus medallas (!), incluidas la DFC y la DSM (2).

---

(1)    Si no recuerdo mal, la gorra lucía el nombre del equipo Montana State Bobcats o algo así. *(N. del m.)*

(2)    DFC: cruz de vuelos distinguidos (por la guerra de Corea). Constaba de cinta azul, con una banda roja en el centro, recamada en blanco. La DSM (medalla de servicios distinguidos) también la obtuvo en Corea.

Estuve a punto de soltar una carcajada, pero Domenico me fulminó con la mirada.

La escolta imaginó lo peor, con razón.

Walter susurró al oído:

—Mayor, ¿han desembarcado los rusos?

Le seguí la supuesta broma:

—No, Walter... Es Pearl Harbor, otra vez...

La tropa estaba alucinada.

Y el cabo, que no bromeaba, insistió:

—Pero, mayor, ¿qué vamos a hacer? Casi no tenemos balas...

Quise tranquilizarlo.

Curtiss era muy teatral.

Y recordé la que montó en Masada, con los beduinos... (1)

El general se dirigió al cabo y ordenó:

—¡Acompáñame, hijo!

Y marcharon hacia el «avispero».

Corrí tras ellos.

¿Qué se proponía?

Al ver las cajas, con los melocotones, el cabo quedó perplejo.

El general indicó que llamara a sus hombres y que las cargaran en la parte de atrás del hardtop.

Walter me miró, confuso.

Asentí con la cabeza y el cabo, aturrullado, olvidó la orden y se dispuso a levantar la primera de las cajas. Pero el subfusil se deslizó desde el hombro y fue a estrellarse contra el pavimento. Poco faltó para que se disparase...

Y, por un momento, imaginé: Curtiss herido en un pie... Todo lleno de sangre... Una investigación... Alguien descubre la copia de los diarios... El general en el hospital y yo en presidio...

Borré los negros pensamientos y me centré en lo que tenía que centrarme.

---

Presentaba cinta blanca, ribeteada por una banda escarlata. Sólo las lucía en las grandes ocasiones. *(N. del m.)*

(1)   Amplia información en *Masada. Caballo de Troya 2. (N. del a.)*

Recordé la orden del general y el cabo, serenándose, salió a la búsqueda de sus hombres.

Curtiss estaba lívido.

Hizo ademán de fumar, pero volví a prohibírselo.

Y la escolta terminó cargando las cajas de melocotones romanos y trasladándolas al vehículo.

«Fue una operación militar rápida y brillante», en palabras del general.

Y añadió feliz:

—Como en Corea...

El general tenía los ojos brillantes...

Deduje que hablaba en serio.

Concluida la «operación militar», Curtiss dio otro par de órdenes: la escolta debería abrirnos paso, con el jeep, hasta la barrera de salida de la Fog, y quien esto escribe acompañaría al general y a su ayudante en el hardtop.

Walter me miraba, descolocado.

Adiviné sus pensamientos.

«¿De dónde salieron las cinco cajas de melocotones? Él me proporcionó diez, pero vacías. Ahora habían transportado cinco, pero llenas...»

No sé si era creyente y si pensó en la multiplicación de los panes y los peces...

En esa escena no estuve.

Tampoco aclaré nada. Para qué...

Colgué la «perla» del cuello, cerré el «avispero», y coordiné con el cabo para vernos al día siguiente, en el lugar y a la hora acostumbrados.

Domenico se instaló de nuevo en el asiento del copiloto.

No tuve opción.

Me introduje en la parte de atrás del hardtop y me acomodé, como pude, en el suelo del vehículo.

Los 45 melocotones me miraban, redondos.

Y con las primeras estrellas asomadas a Mojave —nadie quería perderse una escena como aquélla— alcanzamos la barrera y el control de la policía militar.

Me eché a temblar.

Había llegado el momento de la verdad...

Los melocotones romanos me vieron sudar y siguieron redondos, de puro susto.

Los policías reconocieron al «conductor».

Y se cuadraron.

Un cabo se aproximó a la ventanilla del general, saludó militarmente, e introdujo una potente linterna en la cabina.

Domenico parpadeó, molesto, pero permaneció impasible.

El cabo identificó igualmente al ayudante y repitió el saludo.

Domenico replicó, rápido.

Nadie preguntó, ni hubo comentario alguno.

El policía caminó entonces por el costado izquierdo del vehículo y enfocó la linterna a través del plástico de las ventanillas.

Me descubrió en un rincón.

Me iluminó durante varios segundos y saludó.

Correspondí, más muerto que vivo...

Seguía sudando, de terror.

La luz se paseó después entre las cajas de fruta y, finalmente, se apagó.

Los melocotones, y quien esto escribe, respiraron.

El cabo hizo una señal al de la barrera y el soldado procedió a levantarla.

La PM (policía militar) volvió a cuadrarse y Curtiss aceleró bruscamente.

Tuve que sujetar las cajas.

Aquel hombre no sabía conducir. Frenaba o aceleraba sin medida y sin razón. El pobre hardtop resoplaba.

Las medallas del general y las estrellas de Mojave tintinearon, descompuestas.

Los melocotones empezaron a marearse.

Mi corazón también tuvo que agarrarse...

El único impasible era Domenico.

E imaginé los comentarios de la PM: «Esto es el fin del mundo, tan anunciado por los mayas... Y ésta es una señal: los generales robarán melocotones a la tropa.»

Traté de distraerme.

¡Lo había conseguido! ¡La copia de los diarios estaba en mi poder!

Ahora tenía que planear dónde esconderla.

Pensé en el pabellón de oficiales.

Negativo.

Quizá...

Y recordé que no tenía familia ni amigos.

¿Dónde entonces?

Bueno, eso no importaba. Encontraría dónde.

¿Y después?

Pensé en encuadernarla. Era lo más cómodo y lo más práctico.

Después dejaría pasar un tiempo.

Reuniría el material en una maleta. Mejor en dos. No, mejor en un baúl...

Y llegaría el momento decisivo: haría público mi «tesoro».

¿Lo hacía en el Vaticano?

«¡Estás loco!»

Debería buscar a un periodista. En Washington los hay y muy buenos...

Pero, de pronto, aquellas especulaciones se vieron interrumpidas.

Oí hablar a Curtiss, aunque no entendí las palabras.

El ayudante respondió, pero tampoco acerté a comprender.

Hablaban en otro idioma...

Afiné los oídos y escuché:

—*Ave María, gracia plena... Dominus tecum...*

¡Oh!

Y Domenico replicó:

—*Benedita tu in mulieribus et benedictus fructus ventris tui...*

¡Coño, era latín!

Después prosiguieron, en inglés:

—Dios te salve, María... Llena eres de gracia... El Señor es contigo... Bendita tú eres entre todas las mujeres y bendito es el fruto de tu vientre, Jesús...

O mucho me equivocaba o aquello era un rosario.

El general iniciaba las llamadas «decenas» y Domenico completaba.

Pensé que lo había visto todo, pero no.

Y al voluntarioso hardtop se lo tragó la noche.

✡

A las 19 horas y 43 minutos de aquel importante 1 de agosto (1973), el vehículo frenaba violentamente frente al pabellón de oficiales.

Todos respiramos, aliviados.

Miré a los melocotones romanos y me pregunté: «¿Cómo me las arreglaré para subir las cajas a mi habitación?»

Descendí del hardtop y esperé órdenes.

«Quizá Domenico y Joco pudieran ayudarme...»

No me agradó la idea.

Joco haría preguntas, con seguridad.

Podía descubrir el artificio.

Ése no era el camino...

«Yo las subiré. Lo haré despacio, caja por caja.»

Tampoco me pareció buena idea.

Mientras subía una de las cajas, las otras cuatro tendrían que permanecer abandonadas.

¡Ni hablar!

Curtiss seguía al volante. El ayudante y el general hablaban..., o rezaban.

«¿Y qué alternativa queda?»

El general, finalmente, salió del vehículo.

Aparecía feliz.

Había empezado a fumar.

Avanzó hacia quien esto escribe y, sin más, me abrazó.

El gesto me confundió.

No entendía...

Noté las medallas, frías. ¿O fue el corazón de Curtiss?

Y declaró:

—Sigue con lo tuyo, en el «avispero». Mi ayudante te mantendrá al corriente...

Indicó con el puro hacia el hardtop y exclamó, sonriente:

—Tengo mucha lectura atrasada...

Saludó con el habano y el humo dibujó una especie de señal de interrogación en la noche. No supe leer la advertencia del Destino...

Dio media vuelta y regresó al hardtop, pero por la puerta de la derecha.

Domenico se había movido y ocupaba ahora el asiento del conductor.

Lo comprendería después...

Todo fue meticulosamente planificado por el general.

¡Maldito bastardo!

Y el vehículo se alejó, sin protestas.

✧

Allí quedé, como un estúpido, sin mi «tesoro».

Se lo robé a la USAF y Curtiss, a su vez, me lo robó.

Nunca aprenderé.

Me hallaba tan confuso y rabioso que necesité tiempo para descender a la realidad.

Cuando lo logré me encontraba sentado en la barra del bar de Joco.

El japonés hablaba y hablaba, pero no sé de qué.

«¿Qué se proponía el general? ¿En qué lugar pensaba depositar los diarios? ¿Qué intenciones tenía?»

Aquello olía a venganza...

Era lógico suponer que no regresaría a la Fog con la copia.

Entonces...

Tuve que desistir. Los pensamientos terminaron enredados y hechos un nudo.

Fue entonces cuando presté atención a las palabras de Joco.

Hablaba de lo último...

A saber: de la reciente reunión entre Kissinger y Curtiss, en Washington D. C., celebrada el lunes, 30 de julio.

«Rayo negro» estaba en marcha. Había comenzado la cuenta atrás.

Una nueva tripulación fue designada.

Oí, perplejo.

—Regresarán —aseguró el japonés—, localizarán la «cuna» y la traerán de vuelta a casa...

Y subrayó:

—Con Eliseo o sin él.

Los «halcones», al parecer, habían empezado a calcular los detalles.

—¿Y Curtiss?

Joco se encogió de hombros. Después llevó la mano derecha al cuello y simuló el gesto del degüello.

—Nadie da un centavo por él... Está maldito por partida doble. Nixon lo odia y Kissinger...

—Pero —interrumpí— ¿quién se hará cargo del proyecto? (1)

Joco no sabía, pero prometió informarse.

Pregunté la fecha y el lugar del «lanzamiento».

—Antes de Navidad y, posiblemente, en Jordania.

El japonés se curó en salud:

—Es lo que he oído...

¿Navidad? Faltaban cinco meses.

¡Bastardos! Nadie tenía la certeza de que Eliseo siguiera vivo...

E intenté penetrar de nuevo en la mente de Curtiss.

«¿Qué pensaba hacer con la copia? ¿La leería? Posiblemente... ¿Y después?»

Imaginé que terminaría en algún rincón de su casa o, lo que era más probable, como combustible de chimenea.

Pensé que me volvía loco.

¿Cómo fui tan necio? ¿Por qué confié en aquel cínico meapilas?

¡Jordania!

Lo leí en la gran pizarra de la sala de las «tormentas».

Pero ¿por qué ese país?


(1)   El proyecto Swivel se dividía en otros programas. Amplia información en *Jerusalén. Caballo de Troya 1. (N. del a.)*

Recibí un pensamiento: la guerra en Israel se acerca...
La tensión es máxima.

Pensé en presentarme ante el general Curtiss y exigir lo que era mío.

Reí para mis adentros.

En primer lugar, los diarios, aunque escritos por mí, no eran de mi propiedad.

Segundo: si exigía algo así, Curtiss montaría en cólera y yo terminaría en el desierto arábigo (lugar favorito del jefe del proyecto).

Pasé parte de esa noche en la compañía de Joco y del güisqui.

¡A paseo la úlcera péptica!

¿Qué debía hacer?

Disponía de la «perla» y de las llaves del «avispero».

Curtiss ordenó que «siguiera en lo mío»; es decir, con la revisión de los diarios.

Podía imprimirlos nuevamente e intentar sacar la copia de la base.

Lo primero no era difícil. En cuanto a lo segundo...

¿Riverside 2?

¿Cómo? ¿Otra vez en cajas de melocotones?

¡Ni pensarlo! Dos bombas no caen en el mismo cráter...

Podía involucrar a Walter...

Y así desfilaron las horas, mareadas en la mente calenturienta de quien esto escribe.

El jueves, 2, al ingresar en el «avispero», me esperaba otra sorpresa.

Nunca imaginé algo así...

Sobre la mesa apareció un sobre de color naranja, cerrado y lacrado.

Dudé.

¿Lo olvidó Curtiss mientras la escolta transportaba las cajas de melocotones?

El general no traía nada en las manos, salvo el puro.

Además, Curtiss no era de los que olvidaba...

En el sobre leí mi nombre completo, mecanografiado. Las tildes fueron colocadas correctamente.

La USAF nunca acertaba con dichas tildes.

El lacre me resultó familiar...

En él se apreciaba una estrella de cinco puntas, invertida.

Yo había recibido algo similar en mi habitación, en el pabellón de oficiales, nada más ingresar en la base de Edwards.

Alrededor de la misteriosa estrella se leía la misma frase: «Más allá de la fidelidad.»

¿Qué demonios era aquello? ¿Quién lo enviaba? ¿Por qué a mí?

Lo abrí, desconcertado.

Estaba claro que alguien lo depositó en el búnker a lo largo de la noche anterior, siempre y cuando no hubiera sido Curtiss...

Volví a rechazar la idea. El general no portaba ningún sobre naranja en las manos. Lo hubiera visto. ¿O lo traía oculto?

Pero, si no fue Curtiss, alguien disponía de una copia de las llaves del «avispero»...

Recordaba bien.

Lo había cerrado.

¿Cómo era posible?

¿Fue Domenico?

Él tenía acceso a las llaves...

Rechacé igualmente la idea.

No veía al comedido ayudante del general embarcado en una aventura así.

La puerta de plomo del «avispero» constaba de tres cerraduras, tipo *go back* (1). El intruso tenía que estar en posesión de tres llaves. De lo contrario no podía abrir.

Y seguí preguntándome: si alguien estaba capacitado para entrar, ¿descubrió la copia de los diarios cuando se hallaba oculta en las cajas?

_____

(1) El mayor no proporciona detalles sobre dichas cerraduras. En inglés, *go back* puede ser traducido como *desistir*. *(N. del a.)*

Era muy posible...

En el interior del sobre descansaba una cartulina blanca, idéntica a la que recibí en la ocasión anterior.

En la esquina superior izquierda brillaba el mismo emblema (?), integrado por una estrella de cinco puntas, en relieve, en color azul oscuro, e invertida. En el centro lucía un círculo rojo.

Alrededor de la estrella, también en relieve, se leía:

«*Ultra fidem.*»

Aquello, obviamente, no era casual...

Alguien trataba de comunicarme algo.

Pero, insisto, ¿por qué a mí?

No conseguía entender el galimatías.

Leí, perplejo...

Revisé la cartulina y el sobre.

Negativo.

Ni una sola pista.

Llegué a olerlos.

No tenía idea de quién o quiénes eran los autores de la «broma». ¿O no era tal?

Y otro asunto que me intrigó: ¿por qué este segundo sobre no fue depositado en mi habitación, en el pabellón de oficiales, fuera de la zona restringida? Penetrar en la Fog era arriesgado...

Si era un loco, evidentemente, le gustaba jugar.

En el centro geométrico de la cartulina —como en el caso precedente— había sido mecanografiada una palabra.

Me hallaba en blanco.

No supe...

¿Qué quería decir? Mejor dicho, ¿qué tenía que ver conmigo?

Era una expresión en hebreo.

El que lo había escrito, sin duda, era alguien culto.

Decía: «*Jilûl hashêm.*»

Significa: «blasfemia».

Me senté y contemplé el «mensaje».

La palabra, además, fue escrita boca abajo.

Eso lo entendí menos.

¿«Blasfemia»? ¿Por qué? ¿A qué se refería el autor? Yo no me consideraba un blasfemo, y mucho menos en lo escrito sobre el Hombre-Dios.

Estaba especulando. Quizá la «broma» (?) encerraba otra intención...

Recordé la primera cartulina. Decía: «Marte, alerta.»

«Marte, alerta» y «Blasfemia».

Ni idea.

No fui capaz de poner en pie un solo pensamiento coherente.

Volví a repasar, en la memoria, lo sucedido la tarde-noche anterior:

Oscurecía cuando llamaron a la puerta.

Eran las 18 horas y 57 minutos.

La «brillante operación militar» se demoró 33 minutos.

Cerré la triple cerradura del «avispero» a las 19 horas y 31 minutos, aproximadamente.

Y partimos hacia el control de entrada y de salida de la Fog.

En consecuencia, el intruso tuvo que penetrar en el búnker a partir de las 19 horas y algo.

Conclusión: alguien se hallaba al tanto de nuestros movimientos.

Pudo entrar a lo largo de la noche.

Lamentablemente, ninguno de los habitantes del «avispero» quiso hablar. O no sabían o sabían demasiado.

Y lo que era peor: ese «alguien» podía hallarse al corriente de la existencia de la «perla» y, por supuesto, de la copia de los diarios.

La imaginación me arrastró lejos: ese «alguien» lo sabía todo...

Fue inevitable.

Me vino a la mente el recuerdo de los *dark-darn,* los agentes especiales del DRS (Servicio de Investigación de la Defensa), al que pertenecía Eliseo.

¡Los «oscuros del infierno»!

Y me pregunté: ¿exageraba?

Eliseo, en su confesión, reconoció que el número de «oscuros» infiltrados en la operación Caballo de Troya ascendía a 52 (1).

Terminé ahogado en mis propias reflexiones.

Opté por dejarlo...

Ya veríamos.

Y me concentré en la lectura de los diarios.

Quedaba mucho por revisar.

Fue así como olvidé —a medias— el segundo sobre lacrado y la «pérdida» de la copia de mi «tesoro».

☆

Al atardecer me reclamó Domenico.

Sentí curiosidad.

¿Qué suerte había corrido la copia?

Pero no pregunté.

Me limité a escuchar.

Y el ayudante fue informándome:

1. El general había decidido tomar unas «merecidas vacaciones».

Curtiss lo insinuó, en efecto.

Domenico repitió las palabras del general: tiene lectura atrasada.

Comprendí, aunque no supe si el ayudante estaba al tanto del verdadero contenido de las cajas de melocotones.

No pregunté, como digo.

2. El general se hallaba en su casa de campo, en la bahía de Pablo, cerca de la ciudad de San Francisco (2).

No supo concretar cuándo regresaría a Edwards.

3. Los «halcones», con la reticencia de dos directores, trabajaban sin descanso en la puesta a punto de «Rayo negro».

También lo sabía.

---

(1)   Amplia información sobre la confesión de Eliseo en *Caná. Caballo de Troya 9. (N. del a.)*

(2)   A través de los diarios del mayor se observa su recelo y desconfianza hacia Pablo de Tarso, el discípulo que nunca conoció al Maestro. Jasón no creía en la santidad de las personas. De ahí que no lo llame san Pablo. *(N. del a.)*

Las órdenes de Curtiss eran claras: no mezclarme en ese asunto.

Domenico insistió:

—Obedecerás, únicamente, al general... ¿Has comprendido?

Asentí.

Y el ayudante añadió:

—Si te ofrecen participar en ese trabajo —que lo dudo— recházalo...

Me miró fijamente y repitió:

—Estás a las órdenes directas del jefe del proyecto.

Poco faltó para que preguntara sobre las diferencias entre Curtiss y Kissinger, pero la prudencia me tapó la boca.

En esos instantes no imaginaba que sería el propio Curtiss quien me hablaría del asunto...

Sí interrogué al ayudante sobre la fecha del «lanzamiento» de la segunda nave.

Domenico no estaba seguro o simuló:

—Quizá en Navidad...

También lo sabía, gracias a Joco.

4. De momento, hasta nueva orden, continuaría en el «avispero», entregado a lo mío.

«Rayo negro» se hallaba en marcha, pero debía ignorarlo.

Los siguientes nueve días transcurrieron en calma. Una tensa calma...

Algo se cocía en la Fog y en el Pentágono.

Algo muy grave...

Los «halcones» no me reclamaron y yo me alegré por ello.

Se reunían a todas horas.

La Fog echaba humo, literalmente.

Y empezaron a circular apuestas en el bar de Joco.

La tripulación de «Rayo negro» —todavía desconocida— atraparía al traidor.

Era asombroso.

Todo el mundo daba por hecho que Eliseo seguía con vida.

Que yo supiera, los satélites no habían vuelto a suministrar ningún dato relevante.

Domenico no me reclamó en el hangar rojo hasta la mañana del lunes, 6 de agosto. Pero antes ocurrió algo notable, aunque este torpe explorador siguió ajeno a la trascendencia de lo que iba descubriendo. Afortunadamente, todo está escrito. Maravillosamente dibujado por esa inteligencia no humana que nos imagina.

Sucedió el sábado, 4.

A eso de las 10 horas detecté un nuevo error en los diarios de quien esto escribe.

Me irrité.

En realidad, la irritación tenía otros orígenes, ya comentados con anterioridad.

De pronto, al releer el texto en el que este explorador visitaba por primera vez (julio del año 26) el llamado torreón de las «Verdes», y en la compañía del fiel *sais* negro Tarpelay (1), reparé en «aquello»...

Leí, desconcertado.

¡Otra vez!

Originalmente, cuando fue escrito en el Ravid, dicho pasaje decía: «Decidí acercarme al torreón.

»Y al llegar frente a la puerta descubrí un par de inscripciones, grabadas sobre el dintel. Una, en *a'rab*, decía: "Allat me protege. Pero ¿quién me protege de mí mismo?"

»Allat era una diosa árabe, identificada posteriormente con Afrodita.

»La segunda grabación, también en la piedra, aparecía en griego: "En buena suerte. Zeus Oboda ayuda a Abdalgos que construyó esta torre bajo nuevos presagios, en el año 188, con la ayuda del maestro de obras Wailos y Eutiques."»

Pues bien, lo que tenía en pantalla era lo mismo, pero diferente...

(1)  Amplia información en *Caná. Caballo de Troya 9. (N. del a.)*

210

Leí una segunda y una tercera vez.

No tuve duda.

Era otro error...

«Aquello» no era lo que recordaba y lo que había escrito con la ayuda de «Santa Claus».

El texto que aparecía ante mí rezaba así:

«... Zeus Oboda ayuda a Abdalgos que construyó esta torre en cien atardeceres, en el año 025, con la ayuda del maestro de obras Wailos, Eutiques y Turing.»

Quedé perplejo.

¿Cómo podía ser tan torpe?

¿«Cien atardeceres»?

No recordaba haber escrito nada parecido...

¿«Año 025»?

Francamente, no comprendí el error ni tampoco la forma de expresar la fecha.

Me explico.

Yo nunca hubiera escrito «025», sino «25».

Además, en lo redactado en lo alto del «portaaviones» me refería al año 188 (a. de J. C.). Mi visita al torreón, como manifesté, fue en julio del 26 y verifiqué que la construcción era antigua. Era imposible que datara del año anterior.

Lo de Turing, finalmente, me descabalgó.

¿Estaba borracho cuando lo describí?

Por supuesto que no.

Entonces...

¿Cómo es que había deslizado el nombre de aquel genio de la computación (1) en una leyenda, en piedra, existente hacía más de 2.000 años?

Por más vueltas que le di no logré aclararlo.

(1)   Alan M. Turing fue uno de los genios de la computación y de la inteligencia artificial. Hoy se le considera precursor de la informática. En uno de sus viajes a USA participó en el desarrollo de los ordenadores con memoria de titanio. Durante la segunda guerra mundial jugó un papel destacado a la hora de descifrar las codificaciones de los alemanes. Uno de sus logros fue la llamada «máquina de Turing». En definitiva: demostró la posibilidad de lo imposible. Eliseo lo adoraba. Turing falleció en 1954. *(N. del m.)*

¡Era absurdo!

Yo admiraba el trabajo de Turing, y Eliseo mucho más, pero eso no justificaba su presencia en los diarios.

Era la tercera anomalía...

No supe qué pensar.

¡Pobre idiota!

Cuándo aprenderé que Dios se divierte cuando imagina...

Tomé nota.

Probablemente, como dije, me estaba volviendo viejo.

¡Otra estupidez!

Viejos son los trapos... Yo era un anciano.

El resto del fin de semana lo encadené sin mayores sobresaltos.

Di de beber a Josué. Bebí pensamientos. Bebí en el bar de Joco y hubiera deseado beber, una vez más, en la compañía del Hijo del Hombre y de la pelirroja...

Los rumores continuaban: «Rayo negro» se hallaba listo... La inminente guerra entre árabes y judíos lo mantenía en la «ciudad subterránea»... Habían sido designados cuatro tripulantes, pero los nombres eran meras conjeturas. Yo no figuraba en esa lista...

La impaciencia me consumía.

No sabía nada de Curtiss y, mucho menos, de los diarios.

Todo apuntaba a que el general continuaba leyéndolos. Pero no podía fiarme...

En cuanto a la operación Riverside 2, sinceramente, no avancé nada.

Me hallaba bloqueado.

Está claro que tengo mucho que aprender... El Destino no funciona con parámetros humanos.

El lunes, 6 de agosto, fui reclamado de nuevo por el ayudante del general.

Volé al hangar rojo.

Curtiss nos invitaba el próximo fin de semana a su casa de campo, en la bahía de Pablo, al noroeste de Mojave.

Y cuando digo «nos», me refiero a Domenico y quien esto escribe.

—No puedes rechazar algo así —trató de convencerme mi colega, el mayor.

No necesitaba ayuda.

Acepté, encantado.

De regreso al «avispero», en frío, pensé: «¿A qué obedecía la invitación? Curtiss era celoso de su intimidad. Ninguno de sus subordinados, que yo supiera, era invitado a la casa de la bahía de Pablo.»

Algo sucedía.

Y me preparé.

El instinto tocó en mi hombro...

«Un fin de semana da para mucho —me dije—. Permaneceré vigilante.»

Y empezó el baile de las suposiciones: «¿Me devolvería Curtiss la copia de los diarios? ¿Deseaba alguna aclaración? Le preguntaría sobre "Rayo negro". ¿Por qué este explorador no participaba en la nueva operación? Nadie conocía el "terreno" como yo...»

Y me sorprendí a mí mismo: «¿Qué insensateces pensaba? Eliseo, posiblemente, estaba muerto... ¿Qué importaba "Rayo negro"?»

Y la realidad se impuso.

Deseaba ser cortés, y corresponder a la gentileza de Curtiss, en la medida de mis posibilidades.

¿Qué podía llevarle?

Sabía poco sobre los gustos del general.

Pregunté a Joco.

El japonés, sabedor de la furibunda antipatía de Curtiss hacia los comunistas, sugirió que le regalase una caja de habanos.

Y rió, divertido.

Lo mandé a paseo pero, poco a poco, la idea se me antojó acertada.

El general era un fumador compulsivo, pero sólo de cigarros puros.

Indagué en la base y los contrabandistas de turno aconsejaron y proporcionaron lo mejor de lo mejor: una caja de puros «upmann», llegada directamente de Cuba. Eran los favoritos de Fidel (?).

«La capa madura —rezaba el envoltorio— acentúa el sabor y el aroma.»

Los «upmann» —aseguraban— eran propios de varones y de mujeres valientes. Son dulces y picantes al mismo tiempo.

Y pensé: «¿Fidel Castro es dulce y picante a la vez?»

No sé...

Y lo más importante: «¿Cómo se lo tomaría el general? ¿Me tiraría el regalo a la cara? Quién sabe...»

Y me dispuse para la singular oportunidad.

No la olvidaría jamás...

# 10 de agosto

El viernes, 10 de agosto (1973), a primera hora de la mañana, Domenico pasó a recogerme por el pabellón de oficiales de Edwards.

Se presentó al volante de un diminuto «Renegade II», de 1971.

Me fascinan los automóviles.

El «Renegade» era descapotable, con un notable estrabismo en el faro izquierdo y una adaptación muy apañada (motorización 4.0 de 6 cilindros y 185 caballos). En otras palabras: la envidia de la base.

Los asientos eran para caerse de espaldas. El ayudante los había forrado con piel de cebra.

Nos turnamos a la hora de manejar.

La bahía de Pablo se halla a 500 kilómetros de la base.

No sé si lo he mencionado, aunque, francamente, creo que eso carece de importancia en este relato: Domenico era homosexual.

En el viaje hablamos de todo un poco.

Su última pareja acababa de abandonarlo —tras diez años de relación— por un sargento de paracaidistas destinado en Fort Campbell (Kentucky).

Estaba desesperado.

Pensaba en el suicidio.

No se lo recomendé. Hablaba por experiencia...

La vida es una oportunidad única.

Confesó que Curtiss y la fe lo mantenían a flote. El general se hallaba al tanto de su situación.

Empecé a comprender lo del rezo del rosario cuando «huíamos» de la Fog con las cajas de melocotones...

En definitiva: se hallaba perdido. No creía en la vida.

No sabía por qué había nacido con aquella «tara» y por qué Dios lo castigaba de forma tan cruel.

No dije nada.

No puedo pasarme la vida apagando incendios e intentando demostrar que Dios no es el responsable de la lluvia.

He ahí otra razón de peso para hacer públicos los diarios de quien esto escribe...

Los últimos 200 kilómetros me ocupé yo de la conducción.

De pronto, cerca de nuestro destino, con la isla del Ángel a la vista, en una de las fugaces miradas al espejo retrovisor, la vi sentada en el asiento de atrás.

¡Vaya!

Me miraba seria, como siempre.

Era la bella intuición...

Esta vez no hubo paquete-regalo, pero me transmitió un corto mensaje: «¡Alerta!»

No comprendí.

¿Alerta? ¿Por qué? ¿Por Domenico? ¿Por Curtiss?

Me encogí de hombros.

«Que sea lo que Dios quiera...»

Al volver a mirar ya no estaba.

Y a las 15 horas, tal y como habíamos previsto, dejamos atrás la cancela de hierro que servía de entrada a la finca de Curtiss.

Un perro amarillo, de raza indeterminada, nos salió al paso, furioso por el estrabismo del «Renegade».

Se llamaba *Henry*.

¡Vaya por Dios!

La de Curtiss era una casa de campo de color nevado, nacida con el siglo, y en la comodidad de unos miles de metros cuadrados.

Los vientos del diablo la maquillaban de arena, pero Curtiss, inasequible al desaliento, la pintaba, personalmente, cada año. Sólo la primera planta.

La propiedad y la casa fueron heredadas de su padre y éste, a su vez, las recibió del suyo, un buscador de oro que, según las malas lenguas del condado, llegó en 1852, en plena fiebre del oro, con una mano atrás y otra delante.

El abuelo de Curtiss procedía de Montana. Allí trabajó como sacapotras. Al llegar a California —como escribe Pérez Rosales— terminó convirtiéndose en un «afortunado mincro colado». Ganó mucho dincro en los ríos de la Nueva Helvecia y terminó comprando la finca. La llamó *Gold rush* («La prisa del oro»).

El general la había remozado, añadiendo una segunda planta que la hacía verdaderamente señorial.

La madera, elegida por Estrella, la esposa, procedía de los bosques de Alberta, en Canadá. Era ciprés americano. En verano se tornaba amarillento, a juego con el paisaje.

La «Gold» disfrutaba de un porche que la rodeaba por completo. Era uno de los habitantes más gruñones de la casa.

A corta distancia, al sur de la mansión, dormitaba una piscina, siempre azul y pacífica, a la que se asomaban un par de columpios de cadenas oxidadas y asientos de caucho (probablemente sustraídos en la base).

Más allá, al norte, se alzaba un cobertizo que daba asilo político a los trastos viejos del lugar.

Y por todas partes, agotadoras, las moscas del Pacífico, negras y dolorosas como un pellizco.

Curtiss las llamaba las soviéticas...

Por último, al oeste de la propiedad, verdeaba una mancha de «arbequines»: olivos frondosos y centenarios, célebres por un fruto pequeño, apretado, y capaz de suministrar un aceite que atrapaba al arco iris a cada rato.

Conocía bien la especie. Era la *Olea europaea ilerdensis*, de hojas con pelos estelares, que proporcionaba al bosquecillo una singular tomentosidad.

Al verlo me estremecí. No sé por qué.

Aquel corro de olivos guardaba un emocionante secreto...

Emocionante, sobre todo, para quien esto escribe.

Sería el general quien me lo haría saber, poco antes de nuestra partida de la «Gold», en la mañana del domingo.

✪

Curtiss nos recibió en el porche.

El tal *Henry* ladraba, furioso.

Domenico dudó.

¿Salía o no salía del «Renegade»?

Y Curtiss abroncó a *Henry:*

—¡Judihuelo!... ¡Anda con Nixon!

Y el chucho amarillo, acobardado, huyó a la carrera hacia los olivos.

¡Bueno era Curtiss para que le ladraran...!

El general, descalzo, vestía una bermuda a cuadros blancos y naranjas.

Completaba el desconcertante atuendo veraniego una guayabera marfileña, larga y bien planchada, con uno de los bolsillos repleto de habanos. Los cigarros asomaban las cabezas con timidez. Parecían resignados a su suerte.

Curtiss se protegía del sol con una gorra roja en la que se leía un diminutivo: «Bob». Después supe que se trataba de su equipo favorito de béisbol: los Montana State Bobcats.

Estrella, la generala, se presentó detrás.

Se secaba las manos en un delantal azul de grandes y felicísimas margaritas blancas y amarillas. Eso me parecieron: felicísimas...

Estrella había sido atractiva. Aún lo era.

Entre las arrugas del rostro habitaba el celeste de unos ojos permanentemente tristes y resignados.

¿Por qué las generalas que conozco llevan la tristeza colgada de la mirada?

Los cabellos eran blancos y valientes, hasta los hombros.

Curtiss y Estrella sobrevivían solos.

Los hijos volaron hacía mucho...

Nos acomodamos.

218

En la planta superior se alineaban los dormitorios.

El mío era espartano.

Lo describiré, siguiendo la costumbre de situarme en la puerta.

El único lujo era la vista que se contemplaba desde una ventana situada a la derecha. Alguien, con pericia y buen gusto, había pintado, a lo lejos, la bahía de Pablo. Y lo hizo en un azul agachado, imitando el de la mar, pero sólo lo consiguió a medias...

La estampa, no obstante, era de revista.

En la pared de la izquierda colgaban seis rosarios y un crucifijo de madera.

Los había de nácar, de vidrio, de plata, de semillas...

Procuré no olvidarlo: me hallaba en la casa del general Curtiss, un fanático de la religión católica.

Al fondo me miraban una cama y una mesilla de noche, claramente de derechas (por la ubicación). Alguien tuvo piedad y les regaló una lámpara, con una pantalla confeccionada en papel de pergamino. En la tulipa fueron dibujadas numerosas claves de sol y una enigmática ecuación: «5 + 5 = 1».

Conté las claves de sol: diez.

Lo sé. No tengo arreglo...

Y en esos momentos, mientras contemplaba las claves y los números, me vino a la mente la imagen, preciosa, de Iris.

No sé por qué...

La lámpara, en efecto, era una excelente señorita de compañía.

Y sobre la cama, ocupando casi la totalidad de la pared, una copia de un cuadro bellísimo: *Francisco confortado por un ángel*, de Murillo. Un óleo de 1,72 por 1,83 metros.

Lo inspeccioné, curioso.

El ángel alado tocaba un violín. Y lo hacía con la mano derecha.

Nunca imaginé que los ángeles fueran diestros.

¡Qué decepción!

Mi admiración por los zurdos no tiene límite...

Pero lo más singular del cuadro aparecía en las cuerdas del referido violín. ¡Eran cinco! Según lo poco que sé de música, los violines disponen de cuatro cuerdas (1).

Volví a contarlas: ¡cinco...!

Pensé en un error de Murillo...

En la pared de la derecha, próximo a la ventana que pintaba paisajes, encontré, de pie, un humilde reclinatorio. Debía ser franciscano, a juzgar por el asiento de esparto.

En el muro, mirando hacia el reclinatorio, encontré otro cuadro, al temple sobre tabla, que representaba a Juan, el Bautista, en el desierto. Era copia de un Veneziano. Yo había visto el original en la Galería Nacional, en Washington D. C.

Yehohanan fue pintado desnudo, con un aro de santidad sobre la cabeza, el cabello corto y amarronado, y sin rastro de la criptorquidia bilateral (2) que padecía. La cara tampoco presentaba la mariposa que yo había contemplado.

Sonreí para mis adentros. Nada es lo que parece...

Eso era todo.

Dejé mis cosas sobre la cama y continué curioseando.

Lo olvidé.

En la citada pared de la derecha, tratando de asomarse inútilmente a la bahía, vivía un armario chino, con bisa-

(1)   El violín posee cuatro cuerdas afinadas por quintas justas ($sol_2$, $re_3$, $la_3$ y $mi_4$). La nota más aguda que es capaz de producir es el $do_7$. Abarca desde el $sol_2$ al $sol_6$. *(N. del m.)*

(2)   El mayor cuenta en *Jordán. Caballo de Troya 8:* «No había duda. Pude contemplarlo durante largo rato y desde diferentes ángulos. Yehohanan padecía una criptorquidia bilateral; es decir, la ausencia de ambos testículos. Lo más probable es que hubieran quedado detenidos en el vientre, o en el conducto inguinal, durante el período fetal, o en la infancia, en la obligada emigración hacia el escroto o las bolsas en las que mantienen una temperatura ligeramente inferior a la del cuerpo, favoreciendo así la maduración. Esta ectopia testicular, o situación anómala, podía provocar una degeneración de dichos órganos y convertirlo en un hombre estéril. Si la atrofia, como sospechaba, era permanente, además de la referida esterilidad, Yehohanan se hallaba sujeto igualmente a algún tipo de impotencia...» *(N. del a.)*

gras, grande y negro. Estrella había abandonado en el interior un indefenso juego de toallas azules.

¡Qué inconsciencia! El ropero de palisandro podía devorarlas...

Traté de activar el ventilador de madera que flotaba en el techo. Imposible. Sufría algún tipo de parálisis.

Sobre la mesilla de noche había sido depositado —no sé si con intención— un misal romano diario, en latín y en inglés, con el santoral completo y un selecto devocionario. Era nacido en 1952, en Montana.

De la mano aparecía un «misalito» (variación del misal romano), dedicado a los «jóvenes de ambos sexos» (!), con una colección de recomendaciones, oraciones, fórmulas de pureza, y un reglamento para la vida cristiana (día a día). Las 798 páginas fueron ilustradas, a plumilla, con unas imágenes ingenuas y retrógradas.

Junto a los misales —algo incómodo, la verdad sea dicha— me miraba un ejemplar de *El amor, las mujeres y la muerte,* de Schopenhauer.

No pude resistirlo.

Ojeé el «misalito».

Aquélla era la más pura ortodoxia católica...

Lo abrí al azar (?).

Página 142.

¡Vaya!

Y leí: «Los modelos de la juventud.»

Entre las páginas 142 y 145, junto a los retratos de ocho hombres y mujeres, «modelos» de juventud, pude leer cosas como las siguientes: «Domingo Savio: Antes morir que pecar... María Goretti: El pecado no, no y no... Teresita: Quiero ser santa... Estanislao: Soy devoto de María... Tarsicio: No me quitarán a Jesús... Luis Gonzaga: Me voy contento al cielo... Inés, virgen: Jesús, defended mi pureza... Bernardita: ¡Qué hermosa sois, María!» (1)

---

(1)   Los textos que acompañaban a estos «modelos» católicos eran surrealistas (por utilizar una expresión caritativa). Recuerdo algunos: «María de Goretti: ¡Qué simpática esta jovencita de doce años! De pequeñita rezaba sus oraciones, asistía gozosa al Catecismo y a la santa Misa.

¡Dios de los cielos! ¡A qué extremos llegan las religiones!

«Aquello» se hallaba a años luz de lo que deseaba y pretendía el Hijo del Hombre...

Irritado, me refugié en Schopenhauer.

No podía ser peor...

Y me pregunté: «¿Qué hacía un libro del pensador alemán en una casa tan católica, tan apostólica, y tan romana...?

A mi juicio, Schopenhauer es uno de los fundadores del pesimismo moderno. Los cristianos, por definición, debe-

---

Iba muy modesta por las calles, y todos decían que parecía un ángel. En cierta ocasión se la quiso obligar a cometer un pecado impuro, y dijo que no y no...

»Decid todos con ella: "El pecado no, no y no."»

«Tarsicio: Hubo un tiempo en que los buenos cristianos eran perseguidos y encerrados en oscuras cárceles, y a veces los echaban a las fieras o los mataban, tras horribles tormentos. Antes de morir deseaban recibir la sagrada Comunión... Un día iba Tarsicio a llevar la Eucaristía a la cárcel, y decía: "No, no me quitarán a Jesús." Y murió antes de entregar las santas Hostias. Decid con él: "No me quitarán a Jesús."»

«Inés, virgen: Es la Patrona de la modestia cristiana. ¿Sabes por qué? Porque iba siempre muy modesta; se apartaba de cosas y lugares malos y tenía mucho cuidado, sobre todo, en vestir como Dios manda. Así lo hace la niña buena. Un día la llevaban a un lugar malo; ella no quería ir, y un ángel la defendió... Decid con ella: "Jesús, defended mi pureza."»

«Domingo Savio: Era un jovencito de casa pobre y amaba mucho a sus padres. Iba mucho a la iglesia y a la edad de cinco años ya ayudaba en la santa Misa. Se apartaba de malos compañeros y todos le respetaban y deseaban su compañía por ser tan bueno. Era listo y aprendía bien las lecciones. Se llamaba Savio, y supo ser sabio y Santo... Decid todos con él: "Antes morir que pecar."»

«Bernardita: Era muy pobre y vestía pobremente. No sabía leer ni escribir; pero sabía rezar y amar mucho a Dios y a la Virgen. Un día iba a recoger leña para preparar la comida, y de repente se le apareció la Santísima Virgen llena de resplandor. Varias veces se le apareció la Virgen, la cual le decía que rezase el Rosario y que convenía hacer penitencia. La vio por lo menos unas 18 veces. Un día la veremos en el Cielo. Decid con la santa: "¡Qué hermosa sois, oh María!"»

«Luis Gonzaga: Era hijo de casa muy noble y rica, y tenía todas las comodidades y riquezas. Pero Luis no estimaba estas cosas. Era el hermano mayor. Cuando tenía sólo ocho años, prometió a Dios huir siempre de cosas impuras. Y lo cumplió... Cuando estaba para morir, algunos lloraban; pero él decía: "No lloréis, porque me voy al Cielo." Si sois buenos, al morir, podréis también decir: "Me voy contento al Cielo."» *(N. del a.)*

rían ser optimistas... En realidad, cualquiera que conozca el verdadero mensaje del Hombre-Dios.

Lo ojeé igualmente.

Alguien había señalado determinados párrafos a lápiz.

¿Curtiss? ¿Quizá su mujer?

Y fui a parar —tampoco sé por qué— a las últimas líneas de la página 64. Decía textualmente: «Querer es esencialmente sufrir; y como vivir es querer, toda la vida es por esencia dolor. La vida no es más que una lucha por la existencia. El dolor la acompañará siempre, hasta la consumación de los siglos.»

Me asomé a la bahía de Pablo.

No estaba de acuerdo con Schopenhauer.

El Maestro no decía eso.

La vida es un regalo. El dolor sólo es parte del juego, como la maldad. La vida no es, únicamente, una lucha por la existencia. La vida —según Él— es una oportunidad para experimentar. Para el que ama, la dicha es superior al posible sufrimiento. Schopenhauer, obviamente, no supo de un amor violeta... Es más feliz el que ama que el que es amado. Respecto a que el dolor acompañará a la humanidad hasta la consumación de los siglos..., está por ver. El Maestro lo proclamó: «Llegará el día en que el mundo será anclado en la luz...»

Descansé hasta las 18 horas.

Las sorpresas estaban llegando a la «Gold», pero yo no lo sabía...

✡

El salón me recibió en silencio.

No había nadie, salvo las cosas.

Los ventiladores marcaban el ritmo de la vida. Aquellos sí giraban. Eran de palas viejas y lustrosas. También habían navegado lo suyo...

Decidí esperar.

Y me entregué a mi debilidad: husmear y tomar referencias.

Pero ¿para qué las necesitaba en la casa de campo del general Curtiss? La secuencia, como mucho, se prolongaría un par de jornadas...

Y pensé: «Nunca se sabe...»

Tomaré como referencia principal la puerta de ingreso (la frase me suena).

El salón de la «Gold» era amplio, luminoso, y delicadamente ordenado.

Se veía la mano femenina en cada detalle y en cada rincón.

Allí, como digo, agazapadas entre los muebles, acechaban varias e interesantes sorpresas.

Caminé despacio hacia el fondo.

En aquel lugar, el salón se comunicaba con la cocina y lo hacía sin puerta. ¡Qué milagro! El aire era el más feliz. Entraba y salía sin llamar.

En el rincón de la izquierda, la esposa había armado el despacho de Curtiss. Nada serio. Una doble librería, en ángulo, se alzaba hasta el techo. Enfrente murmuraba una mesa, también de fresno y de roble. Y murmuraba con razón: cargaba cientos de papeles y de carpetas. La única frivolidad permitida por Estrella era un sillón giratorio. ¿Cómo imaginar a Curtiss sin un giratorio?

Metí la nariz en las estanterías.

Calculé 395 libros.

Olían a criaturas queridas y acariciadas...

Me sorprendió el pequeño gran tesoro.

No sabía que el general fuera un hombre culto.

Me equivoco de nuevo. La cultura no consiste en leer, sino en tolerar.

Eso también lo aprendí del Hijo del Hombre.

Algunos títulos me desconcertaron (1). En especial, dos

<hr>

(1)   Recuerdo obras como *Introducción crítica al Antiguo Testamento*; *Grandes pecadores*, de Marchi; el Catecismo; *Historia del papado*, de Arienti; *Teología del Antiguo Testamento*, de Gerhard von Rad; *Figuras de la Pasión*, de Miró; *La religión antigua*, de Karl Kerényi; no sé cuántas vidas de Jesús y sobre mariología; *Concilio Vaticano II: documentos, decretos y declaraciones*; *Comentario bíblico de Jerónimo* (varios volúmenes); *El*

de ellos: *El Zohar*, que se remonta al siglo XIII, aunque se le atribuye a Simeón bar Yojai, que vivió en el siglo I, y *El libro de la claridad*, también conocido como *Sefer ha-Bahir*. Ambos son textos esenciales en el mundo de la Kábala.

Los ojeé.

Curtiss los había subrayado profusamente, con infinidad de anotaciones y comentarios en los márgenes.

Y la imagen del general adquirió, de pronto, una dimensión desconocida.

En una de las baldas descansaba un venerable tocadiscos.

Hacía mucho que no me cruzaba con una de aquellas benditas *pickup*, tan propias de mi juventud...

Leí: «Pionner (modelo PLC 590).» Disfrutaba de un *display* para la medición de decibelios y de las revoluciones por minuto (33 y 45). Eje: 10 milímetros y cápsula (aguja) Z-1-S. La cubierta era de caoba.

A su lado dormitaban discos de vinilo de 45 revoluciones.

Los acaricié con las puntas de los dedos.

También eran criaturas veneradas, como los libros...

Disfruté lo mío.

Yo admiraba a Barbra Streisand. No importaban sus devaneos políticos... *¡People!*... *¡Stoney end!*... La orquesta de Cleveland... Charles Aznavour... *¡Venecia sin ti!*... Nino Rota... ¡La música del *El Padrino*!... *¡La guerra de los mundos!*, de Jeff Wayne...

¡Cuántos recuerdos!

*¡Los Beatles!*... *¡Help!*... Beethoven y la mayor parte de las sinfonías... *La obertura de Egmont*, ¡mi favorita!... Los grandes compositores del romanticismo: Schumann, el prodigioso Chopin, Liszt, Rossini, von Weber, *Los hugonotes* de Meyerbeer, Berlioz, *Orfeo* y *Ariadna* de Monteverdi...

Y, cómo no, Maria Callas, la divina, y James Last y su inolvidable *Happy Heart*, de 1969...

---

*magisterio de la iglesia*, de Denzinger, y numerosas historias de los judíos. *(N. del m.)*

Finalmente, una sorpresa. Otra: *Lo mejor del tango*, con arreglos y letras de Mercedes Simone, José Basso, Héctor Varela y algunos más.

No recuerdo el resto.

¿Desde cuándo le gustaba el tango al general? ¿O era a la generala?

Y la joya de las joyas: el *Ave María*, de Franz Schubert.

En la estantería adosada a la referida pared de la izquierda habían practicado un hueco de 0,70 por 0,40 metros. Allí fue colgada una copia de la original y sugerente *Anunciación*, de Rossetti. Era la célebre *Ecce Ancilla Domini*, ejecutada al óleo en 1850.

Quedé prendado.

Una María pelirroja y asustada se echa atrás, en su cama, ante la presencia de Gabriel, el ángel que le anuncia la buena nueva. Gabriel flotaba sobre fuego.

La pelirroja me recordó a Ruth...

Ahora sé que fue un guiño del Destino.

Sobre la mesa murmuradora, como dije, se acumulaban papeles y carpetas.

El instinto volvió a tocar en el hombro.

Y recordé a la bella intuición, sentada en el asiento de atrás del «Renegade».

«¡Alerta!»

Aquellos papeles...

Resistí la tentación. Continuaba solo en el salón, pero no debía...

Una de las torres de documentos me resultó familiar.

Proseguí la inspección.

Sobre la boca, negrísima, de una chimenea, aparecía otro cuadro. Era *La Piedad*, de Botticelli.

Espléndido.

Me hizo vibrar.

Pero, de pronto, me sorprendí a mí mismo.

Regresé sobre mis pasos y me asomé de nuevo a la torre de papeles...

La curiosidad tiraba de mí, por la nariz.

No debo...

Sí debo...

No debo...

No lo hice. No curioseé.

Y retorné a *La Piedad*. Era otra copia (temple sobre tabla), de casi metro y medio de altura por otros dos de longitud.

«Deberías de haber ojeado los papeles», me reproché.

Una Señora con los ojos cerrados, envejecida y enlutada, sostenía sobre las piernas al Hijo, muerto. El discípulo Juan la ayudaba a sujetar el cadáver. Otros hombres y mujeres completaban la escena. Una de estas mujeres me impresionó vivamente. Abrazaba la cabeza del Maestro y derramaba lágrimas. Una de las lágrimas brillaba, de puro dolor. Otra se disponía a huir por la mejilla izquierda, hacia la comisura de los labios. La mujer también era pelirroja.

Jesús de Nazaret se hallaba perfectamente rasurado.

A la derecha, al fondo, se veía a un Pedro, también con el aro de santidad sobre la cabeza, y con una enorme llave en la mano izquierda. Bendecía al Maestro (!).

La llave del reino, según las iglesias...

Los mantos de las dos mujeres arrodilladas junto al Hijo del Hombre eran aire y sentimiento.

Botticelli supo y no supo...

En la esquina de esa misma pared hallé a una familia de sofás, rojos de soledad, desgastados y aburridos. Habían adoptado a una mesita baja y policromada, con todas las pintas de forastera. La mesita les seguía la corriente, sin más. Sobre ella, la dueña había destacado una decena de fotografías, todas en blanco y negro.

Las examiné. Eran fotos familiares y de Curtiss, en la guerra de Corea.

Una de las más sobresalientes presentaba a Estrella y al general con Montini, recién nombrado papa (1963). Parecía una audiencia, en el Vaticano. La mujer era la única que miraba a cámara. Pablo VI y Curtiss lo hacían a rincones distintos.

Y en esa misma pared, sobre uno de los sofás, se hallaba colgado, y siempre torcido, un tercer cuadro: *La transfiguración en el Tabor*, de Bellini. Copia en óleo sobre tabla.

En esa escena tampoco estuve...

Al otro lado del salón, en la pared de la derecha, las cosas eran distintas. Era otro mundo...

En el rincón cercano a la puerta de entrada descubrí al habitante más enigmático de la hacienda: una pecera cuadrada, de un metro de lado, llena de agua y vacía de peces. Una luz, llegada de lejos, le daba un toque interesante e intentaba, en vano, pintar las burbujas de azul. Las burbujas, malas como ellas solas, no hacían otra cosa que escapar y escapar...

Algo más allá, en mitad del salón, me contemplaban una mesa de madera torneada, jubiladísima, y diez sillas de patas helicoidales, a cual más presumida e insoportable. Decían proceder de finales del siglo XVII, pero no tenían fundamento. Eran peores que las de Seattle...

En ese lado, dos grandes ventanales transportaban la luz, directamente desde el norte.

Pero nadie, en el salón, era consciente del enorme y continuado esfuerzo que eso suponía...

Bajo el segundo ventanal, austero y de puntillas, se veía trabajar, sin respiro, a un aparador, igualmente fabricado en fresno y en roble. Éste sí era nacido en el XVII y a golpe de gubia y de cincel, como debe nacer un aparador que se precie.

Era negro, de nacimiento, y con los achaques propios de la edad. A saber: uno de los cajones se atrancaba y había que palmearlo para que cumpliera.

Curtiss lo mimaba, pero por interés.

En lo alto chisporroteaba un coro de botellas, con los licores más extravagantes, llegados de lugares que, probablemente, no existen. Así era el general...

Leí, divertido: «Licor de Galilea», «ron con sabor a nuez», «ginebra budú», «bourbon sin maíz y sin centeno», «orujo con miel», «sake comanche», «brandy malayo», «Cardenal Mendoza» y «Luis Felipe», entre otros.

El resto del salón era pura tropa: ventiladores con prisas en la techumbre de madera, cuatro lámparas paracaidistas y ceniceros de colores en las posturas y en los rincones más inverosímiles.

No tuve tiempo para más.

De pronto, procedente de la cocina, irrumpió en el salón la dueña de la casa, la generala.

Sostenía en la mano izquierda una bandeja de madera en la que viajaban dos cervezas «bud», muy rubias y deseables, y una botella del güisqui favorito de Curtiss: «Jack Daniel's», el licor sagrado de Tennessee.

—El general te espera en el porche —anunció Estrella—. ¿Deseas que te sirva algo?

Me apunté a una «Budweiser» y la seguí.

Curtiss, en efecto, se hallaba en el porche.

Se balanceaba suavemente en una mecedora de roble rojo.

Fumaba y contemplaba a Domenico. El ayudante había optado por un baño en la piscina.

Según el general, aquella mecedora había calmado los ánimos de su abuelo y también los de su padre.

Mentía, claro.

Me senté a su lado y lo contemplé.

Fabricaba aros de humo blanco y les concedía la libertad. Los aros huían, naturalmente.

Curtiss se encontraba abstraído.

No sé si llegó a verme.

Y esperé, disfrutando de los naranjas del atardecer, y de mis atentas observaciones.

Frente a nosotros se erguía una atormentada mesa de roble rojo, a juego con la mecedora. La formaban dos bloques del mismo árbol.

Yo había visto algo parecido en una posada de Northamptonshire.

El soporte de la mesa lo integraban la mole de la que parten las raíces y un breve tramo del nudoso tronco.

La tabla correspondía a una sección transversal del referido tronco.

Era un árbol centenario. Los anillos contaban alrededor de 250 años.

La región inferior de la mesa aparecía forrada con decenas de clavos de plata. Eso sí era propio del abuelo de Curtiss...

Y recordé la caja de puros.

¡Vaya! La olvidé en la habitación.

Se la entregaría esa noche, durante la cena.

Alrededor de la mesa, Estrella había dispuesto media docena de sillas «Windsor», comodísimas. Los asientos eran de olmo, las patas de abedul, y los arcos de los brazos y de los respaldos de tejo sagrado. Narraba la leyenda que aquel que se sentase sobre tejo podía volar...

Y hablando de volar...

Allí mismo, en la esquina del porche, volaban dos albatros patinegros de madera policromada.

Alguien los había colgado de la techumbre.

La brisa del Pacífico no tardaría en jugar con ellos, simulando que los resucitaba. Las alas, articuladas, tenían una envergadura de un metro. Curtiss, saltándose la ortodoxia, pintó los picos de rojo. Allá él...

Estrella regresó.

Hizo como que limpiaba la mesa, me ofreció la cerveza, retiró el cenicero, con los habanos difuntos, y me miró con intensidad.

Algo quiso decirme, pero no fui capaz de leer en aquel azul celeste.

Y se retiró.

La tristeza se la llevó de la mano.

Las soviéticas volaban, atacadas. Mal asunto. El viento del diablo no tardaría en aparecer.

Curtiss las ahumaba, pero no lograba hacerlas retroceder.

Era una guerra perdida, y el general lo sabía.

—¡Zarrias!

Supuse que Curtiss se refería a las moscas.

Quedé perplejo.

¿Por qué las llamaba «caguetas»?

Finalmente escapó de sus reflexiones (?) y, sin más, comentó:

—Es tan difícil de creer pero, al mismo tiempo, tan hermoso...

No entendí.

El general continuó ensimismado con el humo y las soviéticas.

Después me observó un segundo y prosiguió su monólogo:

—Si no te conociera, si no supiera, mejor que nadie, que la operación ha sido real, pensaría que lo que estoy leyendo es una novela...

Deduje que se refería a Caballo de Troya y a los diarios.

No supe qué contestar.

Y continuó, convencido:

—Si algún día decides hacer públicos esos diarios, por favor, te lo ruego, piénsalo dos veces...

Me sorprendió.

—¿Sabes que el mundo se vendría abajo?

—No necesariamente —repliqué con decisión—. No se trata de imponer. El Maestro nunca lo hizo.

Y me pregunté, sobre la marcha: «¿Por qué habla de publicar los diarios? Yo nunca lo he insinuado...»

No resistí la tentación y lo interrogué:

—¿Consideras que alguien lo hará público?

Sonrió con brevedad y siguió atontando moscas con el humo del habano.

—Yo también leo los pensamientos de mis hombres —resumió—. Por eso soy general...

Me atrapó.

Y Curtiss, olvidando a las soviéticas, solicitó:

—Prométeme algo...

El tono era solemne.

Lo contemplé, temeroso.

La brisa del Pacífico hizo acto de presencia y los patinegros, en efecto, echaron a volar. Mejor dicho: soñaban que volaban. Agitaban las alas blancas, pero no avanzaban un milímetro.

¡Qué angustia!

—Prométeme algo —insistió Curtiss con el rostro grave.

Retiró la gorra roja, y le dio mayor solemnidad al momento.

Asentí con la cabeza, sin saber.

—Si algún día se publican los diarios —solicitó— trata de rebajar la credibilidad de la historia...

Comprendió mis dudas e intervino:

—Mientras viva no se hará pública esa historia...

Dudó.

—Pero no viviré siempre... Llegado ese momento, si los diarios ven la luz, por favor, arréglatelas para que parezca una novela.

—¿Por qué? El mensaje es revolucionario y está cargado de esperanza...

—Mírame. ¿Qué ves?

—Un general de la USAF.

—Mira con atención... ¿Qué ves?

Tampoco supe a qué demonios se refería.

Él se adelantó:

—Soy un viejo...

Y pensé: «Y yo más.»

—Soy un viejo —sonrió Curtiss de mala gana—. Mi vida y mis principios están cristalizados. No puedo ni quiero cambiar...

Y añadió con la voz quebrada por la emoción:

—La verdad, suponiendo que exista, llega tarde para mí... Respeta a los que, como yo, creemos firmemente en algo, aunque esté equivocado. No me hieras con la verdad...

Tenía razón.

—Deja que el mundo siga su curso. No trates de cambiarlo...

Volvía a hablar con razón.

—Esa información, si algún día se hace pública, llegará a quien tiene que llegar. Los diarios buscarán a la persona, y no al revés. Pero, en beneficio de gente como yo, por favor, afloja la credibilidad de la historia.

Se lo prometí.

Si llegaba ese momento (?) buscaría una fórmula. No sé cuál, pero cumpliría mi palabra... (1)

Esa tarde, el general estaba inspirado:

—El gran beneficiado por ese mensaje no somos nosotros, querido amigo... Es el futuro.

Pero la inspiración se agotó pronto.

✠

La «bud» me reconcilió con el mundo.

El lúpulo era suave y el matrimonio entre la cebada y el arroz prometía felicidad...

Brindé en mi corazón por el Hijo del Hombre, allá donde estuviera: «¡Lehaim!»

El atardecer me vio y sonrió, violeta.

—Estoy sobrecogido y espantado —prosiguió el general.

Le dejé hablar.

Y Curtiss se vació.

Había leído parte de los diarios. Por eso me invitó a su casa de campo. Deseaba aclarar algunos puntos...

—Estoy indignado...

Me fulminó con la mirada. El humo, sabedor, huyó.

—¿Qué sucede?

—Seguramente estás mal informado...

Dejó que la duda engordara en mi mente y añadió, convencido:

—Ella no fue así...

—¿Ella?

—Tú la llamas la Señora, y con gran respeto. En consecuencia, no entiendo por qué afirmas cosas tan terribles...

—Me limito a contar lo que vi y lo que oí.

(1) Esto explicaría la nota que aparece al final de *Caná. Caballo de Troya 9:* «En los presentes diarios han sido introducidos —intencionadamente— errores de tercer orden, así como afirmaciones no probadas e inconclusas, sucesos anunciados y no narrados, y supresiones que no afectan a lo esencial. Todo ello —dice el mayor— obedece a la necesidad de rebajar, en lo posible, la credibilidad de lo narrado.» *(N. del a.)*

—María, la madre del Señor, no fue como la dibujas... Tenía fuego en los ojos.

Me costó, pero no repliqué. No merecía la pena.

—Ella sí comprendió a su Hijo...

Y Curtiss levantó la voz, amenazante:

—¡Su único Hijo!... ¡María no tuvo más hijos! ¡Fue virgen permanentemente! Sólo los odiosos judíos y los comunistas lanzan esas blasfemias...

No lo ocultaré. Aquél era Curtiss, químicamente puro.

—Sabes que no soy comunista...

—Por eso digo que, seguramente, estás mal informado... La Señora, como tú la llamas, entendió perfectamente el mensaje de Jesucristo...

—Jesús de Nazaret...

—Eso...

Y continuó, encendido:

—Ella permaneció con el Hijo hasta el final; no como otros. Ella resistió al pie de la cruz... Ella lloró por Él y por todos nosotros... También por ti.

De pronto recordó lo de la «virginidad permanente» y se revolvió, furioso:

—En cuanto a ese estudio de ADN... ¡Otra blasfemia!

Quedé perplejo.

¡Qué cinismo!

Era él quien pretendía clonar al Maestro y a los suyos...

—¡Me alegra que la «cuna» se haya perdido! —añadió.

Continué en silencio. No tenía sentido discutir; sobre todo con el que no quiere oír... Él me enseñó: «No polemices. Insinúa. No trates de convencer, ni de vencer.»

Así lo hice.

Curtiss no era mala persona, pero el fanatismo lo perdía.

Y continuó, sin freno:

—La santa madre iglesia enseña que María es el camino para los que se dirigen a Cristo...

—A Jesús de Nazaret...

—Eso... ¿Has leído la encíclica *Mense Maio*, de Pablo VI?

—No creo en la iglesia católica... En realidad no creo en ninguna iglesia.

—El papa lo dice con claridad: «la persona que encuentra a María encuentra a Jesucristo».

—Jesús de Nazaret...

—Eso...

—Te lo he dicho: no creo que el Hombre-Dios fundara ninguna iglesia...

—Pero eso no lo has visto...

Asentí. No alcancé a ser testigo de esa escena.

Y el general siguió a lo suyo:

María es la corredentora. Nos salvamos gracias a ella. Ella dice «sí» o «no»... Su intercesión es decisiva...

Negué con la cabeza, desalentado.

—Nada es posible sin ella. María es nuestra madre, amantísima.

Seguí negando en silencio.

Y Curtiss se desbordó:

—¡Eres un sabelotodo!...

—No, mi general... Es que no es así. Jesús de Nazaret no vino a redimir a nadie, de nada... Él se encarnó por algo más importante... María no es corredentora de nada...

—¿Cómo te atreves? La Señora es un ejemplo de devoción y de dedicación al plan de rescate del Hijo. Sin ella estamos muertos...

—No Curtiss... No es eso, no es eso... Estamos salvados desde el instante en que el buen Dios nos imagina y aparecemos.

El general no oía.

Y prosiguió con su cantinela, al tiempo que llenaba el vaso con el licor sagrado de Tennessee.

—Los santos evangelios lo dicen: Él vino a redimir a la humanidad de sus pecados...

Estallé.

—¿Santos? Los evangelios son otro naufragio... Son el *Titanic* de vuestro fanatismo...

Reconozco que me extralimité.

No debí decir algo así.

Solicité disculpas, pero agregué:

—Caballo de Troya ha confirmado que esos textos fueron manipulados...

La mirada del general arrojaba rayos y centellas.

Pero terminé la exposición, impasible:

—Manipulados y censurados, desde el primero al último... Los evangelistas no comprendieron y escribieron según sus intereses y creencias...

Curtiss estaba lívido.

—Después llegaron otros —añadí— y metieron la mano...

Sentí lástima por el jefe del proyecto.

—Lo lamento, mi general... No es mi intención herirte... La verdad no es la que cuenta la iglesia... La Señora fue una mujer valiente y extraordinaria..., pero equivocada.

E intenté redondear:

—Y no la culpo...

No pude concluir.

Domenico se aproximó a la mesa de los clavos de plata. Se cubría con una toalla.

Me pareció prudente dar un volantazo en la conversación.

Y pregunté:

—¿Se sabe algo de la «cuna»?

El ayudante, con el bañador mojado, fue a sentarse en una de las «Windsor».

Curtiss, serio, le sirvió un güisqui.

Ambos intercambiaron una mirada de complicidad.

Presentí algo...

Fue el general quien se decidió a hablar:

—No hay nada relevante... Los satélites no han aportado nada nuevo. Estamos donde estábamos...

Domenico apuró el licor sagrado de Tennessee.

—Ahora, como sabes —terció Curtiss—, la prioridad es otra.

Supuse que hacía alusión a «Rayo negro».

Y, cuando me disponía a preguntar por la segunda nave, se presentó Estrella.

—Es la hora —anunció a su marido.

Y fue a sentarse al lado de Curtiss.

Miré el reloj. Rozábamos las 18 horas y 43 minutos.

¿A qué se refería la generala?

—¿De qué habláis?

Curtiss y Domenico guardaron silencio.

No me pareció justo y pregunté a la mujer, abiertamente:

—¿Crees que Eliseo ha muerto?

Nos miró, desconcertada.

Ella sabía de qué hablaba.

Una o dos estrellas se dieron prisa en brillar. También deseaban conocer la opinión de la bella de los ojos celestes.

Los albatros se habían cansado de volar...

—Dime: ¿qué razón o razones podía tener tu compañero para «regresar»?

Me encogí de hombros.

Las había meditado, pero no estaba seguro...

—¿Por amor al Maestro? —volvió a preguntar Estrella.

Nadie respondió.

Vi aparecer otros luceros, igualmente curiosos.

—¿Por dinero, quizá?

Dibujé el escepticismo en mi rostro.

—Claro que no —declaró la mujer—. ¿Por qué entonces?

Nuevo silencio.

Faltaba la razón más probable —el cilindro de acero—, pero no abrí la boca.

—¿Pudo volver por amor a una mujer?

Esta vez fue Curtiss y quien esto escribe los que cruzamos una significativa mirada.

Curtiss había leído esa parte de los diarios.

El instinto femenino es envidiable...

Pero todos seguimos mudos.

Y Estrella, finalmente, sentenció:

—Quizá no esté muerto.

La oportunidad era excelente. E interrogué a los hombres:

—¿Qué opináis? ¿Está muerto?

Curtiss se revolvió en la mecedora, pero terminó mascullando un «sí».

El ayudante le siguió la corriente:

—Muerto, sí...

Y Estrella intervino de nuevo:

—Es la hora...

Curtiss asintió y fue a señalar la toalla y el bañador, húmedo, de Domenico.

—Ésas no son maneras —añadió el general—. Sube y cámbiate la ropa...

El ayudante saltó de la silla y desapareció, rápido.

Curtiss, entonces, apagó el habano y cerró los ojos.

Eran cientos y cientos los luceros que hacían estacionario sobre la bahía de Pablo...

¿Por qué?

No tardaría en averiguarlo...

Me quedé con las ganas. ¿Por qué la generala consideraba que Eliseo no estaba muerto? ¿Por qué no pregunté?

Muy sencillo: no era el momento.

Al poco retornó Domenico.

Nos sorprendió, gratamente.

Vestía un traje de lino blanco, inmaculado, con algunas arrugas perdidas aquí y allá, como si nada. Eran arrugas auténticas, no de imitación.

Acompañaban al hermoso lino una camisa de color rosa ternura, una flor de mandarino en la solapa y unos pies descalzos.

Al momento, la reunión se llenó de un perfume blanco y frágil.

Domenico apareció sonriente.

El ayudante tomó asiento y Curtiss se dispuso para el gran momento.

No tenía idea de lo que preparaban.

Y el general extrajo de uno de los bolsillos de la bermuda aquel rosario de plata que tuve entre las manos cuando acudí a su despacho, en el hangar rojo.

Curtiss entornó los ojos e hizo la señal de la cruz.

Estrella y Domenico le imitaron.

Yo permanecí quieto y en silencio, atento.

—Misterios gozosos...

Y dio comienzo el rezo del rosario.

—Dios te salve, María, llena eres de gracia... El Señor es contigo... Bendita tú eres entre todas las mujeres, y bendito es el fruto de tu vientre: Jesús... A quien tú, oh Virgen, has recibido por el poder del Espíritu Santo.

La mujer y Domenico respondieron, emparejados:

—Santa María, madre de Dios, ruega por nosotros, pecadores, ahora y en la hora de nuestra muerte...

Las estrellas cuchicheaban y se transmitían destellos.

No sé decir si estaban a favor o en contra.

La brisa del Pacífico se dio cuenta del rezo, dio media vuelta y regresó a la finca. Allí permaneció un rato, trasteando.

Los patinegros se pusieron a volar.

Tuve la ligera sensación de que pretendían huir.

No lo lograron.

A la tercera «santa María», Domenico se equivocó.

En lugar de recitar «ahora y en la hora de nuestra muerte», no sé por qué, se trabucó, y dijo «ahora y en la hora de tu muerte».

Curtiss detuvo el rezo.

Abrió los ojos, y gruñó.

Por lo que contó Estrella esa misma noche, una equivocación, al rezar el Avemaría, era señal de mala suerte (1).

Domenico rectificó y todo siguió su curso, con normalidad.

(1) Investigué y deduje que la superstición podía proceder de Alan de la Roche, ferviente seguidor de la Señora. De la Roche afirmaba que había visto a la Virgen y que en una de las revelaciones le comunicó lo siguiente: «una equivocación al rezar el rosario significa odio o tibieza y, en consecuencia, castigo eterno (infierno)». Así lo escribe Luis de Montfort (1710). Si dichas apariciones fueran ciertas —cosa que dudo—, la Señora jamás amenazaría con el infierno, y menos por un error... De la Roche era dominico. Vivió en el siglo xv. *(N. del m.)*

Yo proseguí las observaciones.

Y llegué a una conclusión: aquella gente vivía una fe que habría hecho sonreír al Galileo con benevolencia.

Curtiss no habría aceptado el mensaje del Hijo del Hombre, aunque lo hubiera oído de sus propios labios...

El Galileo tenía razón: el alma despierta cuando llega el momento; ni antes ni después...

Terminado el rosario, Curtiss entonó la letanía lauretana.

La mujer y el ayudante replicaron con precisión.

—*Kýrie, eléison... Christe, eléison...*

Las estrellas, aburridas, brillaron hacia otro lado.

También la brisa dijo adiós y los albatros se posaron en el aire. En la letanía sumé cuatro «santas», doce «madres», seis «vírgenes», catorce «reinas» y no sé cuántos atributos más, todos falsos.

¡Pobre Señora! La historia y la tradición la han destrozado...

Y casi al final del rezo, cuando Curtiss cantó el *regína profetárum*, tras el correspondiente *ora pronobis*, el general hizo una señal a su esposa. Ésta comprendió, se alzó, y desapareció en el salón.

Segundos después, una voz y un piano dejaron en suspenso la vida.

Curtiss y Domenico finalizaron la letanía, y el *Ave María*, de Schubert, se adueñó de lo visible y de lo invisible.

Fue una reconciliación de todos con todo.

*Ave María... gratia plena...*

Estrella regresó y depositó una vela sobre la mesa de roble.

Se sentó y guardó silencio, sobrecogida.

La llama amarilla brillaba, pero no brillaba. Éramos nosotros quienes brillábamos.

Y aquella voz, limpia y transparente, se fue elevando hacia el firmamento. Los corazones salieron tras ella.

Las estrellas no daban crédito a la belleza procedente de aquel minúsculo y remoto mundo azul.

Sólo alguien enamorado pudo componer una música así.

*Ave María... Mater Dei...*

Schubert hizo el prodigio.

De pronto me transporté y vi a la Señora a las afueras de Caná, alegre y feliz. Recogía flores... Y la vi ayudando a traer un bebé al mundo, en la caravana mesopotámica de Murashu... Y la vi lavando el rostro de Ruth...

*Ave, ave dominus... Dominus tecum...*

Y la vi en la «casa de las flores», en Nahum, a oscuras, rota por el dolor... Y la vi, triunfante, en las bodas de Caná...

*Ave María...*

Tuve que sujetarme para no llorar.

Curtiss fue más sincero. Y una lágrima se asomó, incrédula, a su rostro de veterano de guerra.

Domenico también lloró.

Estrella permitió que el azul de sus ojos se desbordase.

Después, al concluir el *Ave María*, vimos llegar al silencio. Nos cubrió y así permanecimos un tiempo, arropados.

Yo recordé la tumba de Franz Schubert, en Viena.

Y no estuve de acuerdo con la leyenda que fue grabada en la lápida: «La música enterró aquí una rica posesión...»

Lo más valioso de Schubert no está sepultado.

La delicia cantada por la soprano norteamericana, de origen griego, Ana María Cecilia Sophía Kalogeropoúlou, se prolongó 6 minutos y 17 segundos. La divina cantó en alemán y yo fui traduciendo al latín, en mi corazón.

Nunca olvidaré aquellos 6 minutos y 17 segundos...

✫

Esa tarde-noche cenamos en el jardín.

Estrella y Curtiss se esmeraron.

Luces de colores, más música, excelente comida, mejor güisqui y abundante cerveza mejicana.

La carne para la barbacoa fue enviada —ex profeso— desde las praderas de Montana, al este de las Rocosas:

charoláis de primera, uapití (1), costillas de puerco y *baby beef.* Una ensalada de mango suavizó el poderío de las carnes.

Un jefe indio, de la nación Siksiká, al que Curtiss llamaba Nitoh Mahkwi, enviaba las carnes, regularmente, a la base de Edwards.

El tal «Lobo solitario» había sido rastreador al servicio del general durante el conflicto de Corea. Según Curtiss, Nitoh pensaba tan rápido como una mujer...

Lo pasamos de miedo.

Aproveché el buen humor del general para hacerle entrega de la caja de «upmann», los cigarros favoritos de Fidel Castro.

Curtiss abrió el regalo y, al descubrir el contenido, se me quedó mirando, muy serio.

Temí lo peor.

¿Lo consideró un insulto?

Y a punto estaba de excusarme cuando, sin terciar palabra alguna, el general avanzó hacia quien esto escribe y me abrazó.

Respiré, aliviado.

Ya veía: la política no tiene nada que ver con los buenos habanos...

Curtiss no esperó a terminar la comida.

Se sentó en las escaleras del porche, preparó un cortador de guillotina de doble hoja, en oro macizo, y procedió a cortar uno de los «upmann».

La ceremonia fue lenta y medida, como debe ser.

Después, con el semblante grave, como si se tratase de algo relacionado con el fin del mundo (tan cacareado por los mayas), llevó el puro al oído derecho, lo palpó con delicadeza, lo hizo girar sobre sí mismo, volvió a palparlo, y trató de «oír» el lenguaje del cigarro.

Así permaneció varios segundos.

---

(1)   El uapití o ciervo del Canadá presenta una carne rica en proteínas y baja en grasas, con importantes contenidos en hierro, zinc y fósforo. (No confundir con el nannodes o uapití de California). *(N. del m.)*

De vez en cuando movía la cabeza, afirmativamente.

Estrella tradujo:

—El general dice que habla con sus puros...

Nadie se atrevió a ponerlo en duda.

¡Bueno era Curtiss...!

—El general —añadió la esposa— asegura que le anuncian el futuro...

Sin comentarios.

Terminada la «conversación», Curtiss se aproximó a una de las parrillas, se inclinó, e introdujo el «upmann» entre las ascuas. Aspiró con ansiedad y prendió el cigarro.

—La candela no tiene sabor —manifestó—. Es en lo único que tienen razón esos comunistones de mierda...

Aspiró de nuevo, suavemente, y el humo blanco llenó su boca.

Allí lo retuvo cuatro o cinco segundos, degustándolo como si fuera un buen vino.

Después, satisfecho, lo dejó en libertad.

Y proclamó:

—Podría perdonar a esos conchudos de Fidel sólo por esto.

Y señaló el poderoso habano.

Fue así como nos metimos en la harina de una conversación que nunca olvidaré...

Todos los días se aprende, y yo el primero.

Fue con la quinta cerveza cuando la lengua de Curtiss empezó a desatarse.

Éramos gente de confianza. No había problema.

Y confesó un secreto que, como digo, me desbarató por dentro.

Necesité tiempo para procesarlo, y aun así...

Insistí varias veces, incrédulo, y el general lo confirmó con total seguridad.

Curtiss lo sabía de buena fuente: el Pentágono.

—Fidel Castro es de la CIA...

Quedé perplejo.

Domenico, asustado, se refugió en la flor de mandarino que portaba en la solapa, e insultó al comandante:

—¡Señoritingo!

Castro, al parecer, fue captado por la Agencia Central de Inteligencia Norteamericana antes de la revolución cubana. La captación por parte de la CIA se produjo a raíz de los asaltos a los cuarteles de Moncada, en Santiago de Cuba, y «Carlos Manuel de Céspedes», en Bayamo (julio de 1953).

Castro, como es sabido, participó en dichas protestas contra el régimen de Fulgencio Batista.

Sí, nada es lo que parece...

Y Curtiss añadió algo más:

—Por eso sigue donde sigue...

—Pero...

Mis objeciones pincharon en hueso.

Curtiss lo sabía todo:

—Cuba es un laboratorio del Pentágono... Tras la crisis de los misiles, los comunistones se han vuelto sepias... Cuando caiga el muro de Berlín —que caerá—, Cuba se dedicará a dar coletazos. Después...

Domenico le interrumpió:

—Así que Fidel es uno de los nuestros...

—Sí, pero no lo parece... De eso se trata. El Pentágono está al día gracias a él.

—No comprendo —intervine de nuevo—. La CIA ha intentado acabar con Fidel Castro en varias ocasiones...

—Eso dicen...

Y Curtiss rió con ganas.

Mensaje recibido.

—Nunca te fíes de las apariencias —redondeó el general—. Donde consideras que no hay, suele haber, y al contrario.

Le di la razón.

—¿Y qué dices del intento de invasión en la bahía de Cochinos?

Curtiss abrió la sexta cerveza y suspiró, resignado, ante la pregunta de su ayudante. Finalmente proclamó:

—Teatro, querido Domenico. Teatro.

—¿Teatro? Allí participaron muchos leales anticomunistas...

—Teatro... Pura filfa... Esos petroleros de Florida no se enteraron de nada.

—¿Cómo puedes decir eso?

—Lo digo y lo sostengo. He visto los documentos que lo demuestran...

Y el general lanzó una observación que terminó de perderme:

—Fue un plan perfecto. El fracaso en Cochinos fortaleció a nuestro hombre en La Habana.

Curtiss levantó la cerveza y brindó:

—¡Por Fidel, el nuevo barbazul!

Nadie se atrevió a emparejar el brindis.

¡Maldita política!

Terminamos bailando al ritmo de Andy Williams, Roberta Flack y Joe Cocker.

Curtiss, más torcido que derecho, con su mujer. Quien esto escribe con Domenico...

Menos mal que nadie lo ha sabido jamás.

El ayudante acabó en los brazos de Curtiss, borrachos como cubas. Domenico lloraba sin consuelo y juraba, puño en alto, que mataría, con sus propias manos, al sargento paracaidista de Kentucky...

Así se fue aquel viernes, 10 de agosto (1973), más o menos...

✡

# 11 de agosto

Esa madrugada desperté, angustiado.

Sufrí una pesadilla.

Esto es lo que recuerdo:

Yo era tendero (!), en Nueva York. Tenía un puesto de frutas y de verduras.

Era Navidad.

Nevaba a ratos, sin demasiado convencimiento.

El día se iba.

Las cosas tenían color caramelo, como en casi todos mis sueños.

A ratos, ante la escasez de clientes, me refugiaba en las proximidades de un bidón en el que bailaba una comuna de llamas rojas y *hippies*.

En la ensoñación, a lo lejos, sonaba una música de Nino Rota... Yo conocía esa música.

Entonces se presentó un hombre. Vestía elegantemente: abrigo marrón claro, corbata a rayas horizontales (negras, blancas y tostadas) y mascota a juego.

Su cara me sonaba...

Se dirigió, en italiano, a un hombre joven que aguardaba apoyado en un Ford Super Deluxe, del 42, y le dijo:

—Espera, Fredo... Voy a comprar un poco de fruta.

¿Fredo?

Yo lo había visto en alguna parte...

—Está bien —contestó el joven.

Y el tal Fredo se introdujo en el Ford negro y reluciente. Por cierto, se trataba del modelo 73-B, de cuatro puertas, con un motor V8 (4,1 litros, 100 caballos y 3.300 revoluciones por minuto). Me quedé mirando el guardabarros. Era de película: una sola pieza y parrilla rectangular, sin cromados (por aquello de la guerra).

Ajusté la gorra y me dispuse a servir al de la corbata a rayas.

Tomé una bolsa de papel y escuché al cliente.

Yo conocía aquella cara...

El hombre repasó las naranjas y señaló dos de ellas, con el dedo índice derecho.

Las tomé y las deposité en la bolsa.

Luego indicó los pimientos y comentó:

—Piperones...

Y en ello estaba, introduciendo los pimientos en la bolsa naranja, cuando, en el sueño, aparecieron unos pies, en plano corto...

Eran zapatos masculinos. Eran dos hombres.

En un primer momento caminaban con prisa.

Vi los charcos y la penumbra, desmayada en la acera.

Sorteaban a los transeúntes.

Después empezaron a correr, también en plano corto.

Mi cliente sintió algo.

Se volvió y miró al fondo de la calle.

Los hombres se movían entre los automóviles aparcados.

Llevaban las manos ocultas en los bolsillos de los abrigos. El de la derecha —mirando desde cámara— vestía un gabán de lana, color mostaza. El otro lucía uno de brillos negros.

Cruzaron la calle y se aproximaron al puesto en el que nos encontrábamos.

Fue entonces cuando sacaron los revólveres.

Mi cliente echó a correr, en dirección al Ford Deluxe.

Tenía los ojos desencajados.

No tuvo tiempo de nada...

Los agentes de la CIA abrieron fuego sobre el tipo de la corbata a rayas.

Sumé once disparos.

Las naranjas rodaron por la calle.

El hombre se retorció sobre el Ford.

Vi los orificios en el abrigo. Y sangre...

Trató de incorporarse.

No pudo.

Resbaló por el vehículo y fue a caer frente al guardabarros de película.

Fredo había salido del automóvil, pistola en mano.

Se dirigió hacia el herido pero, atolondrado, perdió el revólver. El arma terminó volando por los aires.

El Ford quedó manchado de sangre. Lástima...

El hombre tiroteado perdió el sombrero y se despeinó.

Un hilo de sangre se presentó en la comisura derecha de la boca.

Se hallaba inmóvil.

Pensé: «Ha muerto...»

Y Fredo, descompuesto, permaneció de pie, contemplando a mi cliente.

Después fue a sentarse en el borde de la acera y comenzó a gemir y a llorar, al tiempo que clamaba, en italiano:

—¡Papa!

El impecable sombrero de Fredo terminó también por el suelo.

Y empezó a llegar gente. Conté seis o siete personas.

Nadie se atrevió a tocar al de la corbata a rayas.

Entonces recordé.

¡Era Fidel Castro!

Pero ¿qué hacía en Nueva York en la Navidad de 1945?

Oí un perro, en el horizonte del sueño.

Después lloró un niño...

¿Por qué supe que los pistoleros eran de la CIA?

La música subió, levemente, y el sueño fundió a negro.

En esos instantes desperté.

¡Qué sueño tan raro!

Y deduje que era consecuencia de la conversación sostenida la noche anterior.

¡Vaya!, al final resultó que la CIA terminó con la vida de su hombre en La Habana.

Me hice el remolón e intenté buscar la perla del sueño. El Maestro defendía que siempre existe; en todas las ensoñaciones.

No di con ella.

Me pareció una pesadilla «kleenex», sin más.

Eso sí, el papel del guardabarros del Ford y el de Juanito Cazale, como Fredo, fueron de película...

Yo había visto esa escena, pero no supe en qué cinta.

Y la parálisis del ventilador terminó atrapándome.

«Pobre... ¿Sufrirá mucho?»

Bajé a desayunar.

Estrella me atendió, solícita.

Vestía de azul, a juego con la mirada.

Me pareció más bella que nunca.

Curtiss y Domenico habían salido.

—Creo que buscan algo para ti —medio aclaró la generala.

No pregunté.

Esa mañana no hice gran cosa.

Paseé entre los olivos y me pregunté: «¿Qué habrá sido de la copia de los diarios?»

Tenía que interrogar al general al respecto.

Me bañé y recordé las tibias aguas del *yam*, en la Galilea.

¡Cómo lo añoraba!

A última hora de la mañana, Estrella me reclamó y preguntó si me apetecía echar una mano en la cocina.

Acepté, feliz.

Tomamos posesión de la pequeña cocina y la mujer fue a mostrarme la materia prima con la que deseaba preparar la cena. El menú prometía: patatas rellenas de caviar, langosta al estilo de Saint Croix (islas Vírgenes, USA), de la que era oriunda, y postre sorpresa.

Empecé por las patatas nuevas.

Me tocó lavarlas a conciencia.

Nos miramos de reojo.

La noté tensa.

Después procedí a cocer los tubérculos con sal gorda.

Ella preparó la mantequilla y el caviar.

La mirada de Estrella me salió al encuentro en varias ocasiones.

El celeste se había apagado, inexplicablemente.

Algo sucedía...

Escurrí con esmero —según su consejo— y empecé a retirar las pieles.

Sentí cierto pudor. Nunca me gustó desnudar a nadie...

Ella tomaba cada patata, cortaba la parte más afilada y guardaba el «sombrerito». Acto seguido practicaba un hueco en el interior del tubérculo. No muy grande.

—¿Qué sucede? —me aventuré.

Se turbó.

Eché marcha atrás.

No tenía derecho a meterme en su vida.

Pero adelantó algo:

—Eres el único que se ha preocupado por Curtiss.

Estrella nunca llamaba al general por el nombre de pila.

—No sé —balbuceé—, quizá...

Echó mano de cuatro recipientes de cristal y comentó:

—Te lo contaré, pero tienes que prometer...

Se detuvo y rectificó:

—Tienes que jurar que esta conversación no saldrá de aquí...

Se lo juré.

Vi entrar al silencio.

Y allí permaneció un rato, mientras Estrella depositaba tres patatas en cada cuenco. Las arropó con huevo hilado y sonrió. Parecía un nido, en efecto.

Pensé que se había arrepentido.

Se hizo con una cucharadita de mantequilla caliente, casi derretida, y la vació en el hueco de una de las patatas. El pobre tubérculo se estremeció, no sé si de placer.

Estrella dejó que la mantequilla se filtrara.

Después tomó el caviar y rellenó la patata feliz.

Aguardé, paciente.

¿Qué sucedía?

El silencio dio media vuelta y desapareció.

—Lo ideal es servirlas calientes —lamentó la mujer—, pero ya sabes cómo es Curtiss... Sabes cuándo se va, pero nunca cuando regresa.

Suspiró.

Las manos se enredaron en el delantal y, mirándome a los ojos, como si buscase comprensión, declaró:

—Curtiss teme por su vida...

El azul celeste tembló.

Aquella mujer era especialmente inteligente. No hablaba por hablar.

Depositó el resto de la mantequilla fundida en la salsera de plata y me sirvió una generosa copa de vino blanco.

Me miró, aliviada.

—Ahora ya lo sabes...

Probé el vino.

Era un tranquilo chardonnay de la región de Temecula, en el condado de Riverside, a no mucha distancia de allí.

El vino se dejó beber...

Y declaré, sin medir las palabras:

—Mucha gente habla de ello en Edwards...

Me contempló, desconcertada.

Traté de enmendar la torpeza. Demasiado tarde.

—Sólo son rumores, querida Estrella...

Movió la cabeza, negativamente.

¿Cuándo aprenderé que las mujeres son una raza aparte?

Son más rápidas e intuitivas que los varones.

Así lo demuestran los estudios hemastópicos llevados a cabo en la Universidad de Portland: el pensamiento femenino trabaja entre 2,01 y 2,03 veces la velocidad del pensamiento masculino.

Cuando el hombre va, la mujer ha vuelto...

—¿Qué dicen en la base? —preguntó la generala.

No tenía sentido mentir o dulcificar los rumores. Estrella no merecía algo así.

—Dicen que las diferencias entre Curtiss y Nixon son aparatosas...

Estrella me interrumpió:

—Aparatosas no... Di, más bien, insalvables.

Y sustanció:

—Esos malnacidos no perdonan ni olvidan...

En esos momentos no supe si se refería al supuesto fracaso de Caballo de Troya o al tenebroso asunto de las cintas magnetofónicas en poder de Curtiss, en las que el presidente aparece salpicado por las escuchas ilegales al partido demócrata, en el hotel «Watergate», en Washington D. C.

—Nixon es cruel y vengativo —resumió Estrella—. Irá contra Curtiss con toda la artillería pesada...

Estaba de acuerdo.

Y proseguimos con el segundo plato: langosta al estilo Saint Croix.

Ingredientes: dos libras de langostas, ya troceadas y aseadas; una cucharada de mantequilla; aceite de coco; una cebolla picada; tres dientes de ajo, igualmente picados; tres tomates sin pepitas; media taza de salsa de tomate; alcaparras; media taza de zumo natural de naranja y otra de consomé de pollo; cilantro; laurel; sal y pimienta.

Estrella dispuso el *soffritto* (a Curtiss le gustaba al estilo italiano: sin chorizo ni pimentón): un generoso chorro de aceite de coco (en lugar del habitual aceite de oliva), mantequilla y la cebolla y el ajo picados.

Removió y esperó cinco minutos.

—¿Y qué me dices de ese judío...?

Supo contenerse a tiempo.

—¿Kissinger?

Asintió con repugnancia.

—No sé —repliqué—. Parece que tampoco se lleva bien con el general.

—¿Por qué eres tan diplomático?

Y la mujer prosiguió, encendida:

—¡Se odian!

El ajo y la cebolla empezaron a gritar. ¡Se abrasaban!

—Curtiss está acorralado —dibujó Estrella—. Ha llegado su hora...

No me permitió intervenir.

—¡Lo matarán!... ¿Te das cuenta de la gravedad de la situación?

—No digas eso —repliqué con escaso convencimiento.

La cebolla y el ajo perdieron el sentido. Fue lo mejor que les pudo suceder.

La mirada azul de Estrella se oscureció.

Intenté rescatarla de aquella borrasca. No fue fácil.

Llevaba razón en casi todo.

El tiempo lo demostraría.

Nixon era una cobra escupidora y Kissinger hacía sonar la flauta...

Aun así tiré de ella:

—El general sabe cuidar de sí mismo...

Estrella añadió los tomates picados, las alcaparras, el jugo de naranja (truco personal de la generala) y el consomé de pollo.

Removió de nuevo y permaneció pensativa, observando cómo el tomate naufragaba en el *soffritto*.

E insistí:

—Él sabe...

La mujer agradeció el salvavidas y me acarició con el azul celeste, al tiempo que proclamaba:

—Curtiss sólo sabe de María Santísima y del bicarbonato...

Y se lamentó:

—En el fondo es un idealista.

«No tanto», pensé.

El silencio regresó a la cocina, se asomó al guiso, suspiró, y volvió a desaparecer.

—¿Qué aconsejas que haga?

No fui capaz de ordenar las ideas y, mucho menos, de articular una respuesta medianamente coherente.

—¡Lo matarán!...

No quise creerlo.

—No son capaces...

—Lo son, y lo sabes...

Siguió concentrada en la olla.

El olor, amabilísimo, nos distrajo, pero sólo fue un instante.

—Podríamos huir...

Sonreí para mis adentros.

Ella misma rectificó:

—No serviría de nada... Nixon y el judío terminarían encontrándonos.

El silencio volvió a entrar en la cocina. Se sentó y se dispuso a contemplar la última fase del guisote.

Estrella añadió la langosta, el laurel, el cilantro, la sal y la pimienta.

Consultó el reloj.

Y cada cinco minutos, a partir del añadido de la langosta, suministró a la burbujeante olla un largo chorro de leche de coco, su segundo secreto.

Quince minutos después, el silencio se levantó y se fue.

Estrella dulcificó el celeste de la mirada y preguntó con timidez:

—¿De verdad le has visto?

Se refería al Galileo.

Estrella sabía más de lo que aparentaba...

Asentí, sonriente.

—¿Es como cuentan?

—No...

—¿No?

—Era mejor... Infinitamente mejor.

Me miró, maravillada.

Supe que deseaba detalles, y se los proporcioné:

—Era más humano de lo que han escrito... Más amigo, más próximo, más generoso, más respetuoso, más divertido, más sabio, más poderoso, más misericordioso, más guapo...

—¿Cómo de guapo?

No fui capaz de responder. No tenía (ni tengo) palabras...

No hizo más preguntas.

Y se dedicó al postre. Eso fue todo cosa suya.

Me limité a espiar y a escribir en la memoria.

Mezcló queso cremoso mascarpone con azúcar glasé. Después la emprendió con el mango. Lo trituró en la batidora, hasta dejarlo en estado de gracia; es decir, líquido. Batió a mano la nata y permitió que azúcar, queso, mango y nata se abrazaran. Hecho el milagro, plantó un fresón en lo alto y los mandó al refrigerador.

Era un «Lumi».

Así llamó al postre: «Delicias de Lumi»

No supe quién era Lumi, pero estaba exquisito.

Aquella conversación, entre patatas desnudas, langosta en leche de coco y mangos en estado de gracia, fue otro aviso del Destino...

Faltaban 17 días para la tragedia, pero yo, obviamente, me hallaba ajeno.

✡

Curtiss y Domenico regresaron con el sol en lo más alto.

Venían «contentos».

Se habían entretenido por el camino, bebiendo a la salud de blancos, prietos y chinos...

Estrella los zambulló en la piscina y allí los mantuvo, hasta que recuperaron el norte.

Habían comprado una pizarra negra con el marco en madera de álamo.

¡Vaya! Olvidé el asunto...

La situaron de pie, sobre un improvisado caballete (cerca de la pecera sin peces), y tomamos un tentempié.

El agua y la bronca de la generala fueron mano de santo.

Curtiss obedecía como un corderito.

Y a eso de las 15 horas, el general reclamó lo que era suyo: el regalo prometido por quien esto escribe en su despacho, en la Fog.

Todos fueron a sentarse frente a la pizarra. También la luz y el silencio.

Curtiss me entregó un paquete de tizas de colores en el que se leía «ticatl».

Regresó a la silla, prendió un habano, se relajó, y dio la orden:

—¡Quiero mi regalo!

Todos estaban en ascuas en el salón, incluidos los ventiladores y las burbujas de la pecera.

Sinceramente, fue un momento terrible.

No supe por dónde empezar.

Es más: quise echarme atrás, pero tropecé con el gesto adusto de Curtiss.

Que sea lo que Dios quiera...

Abrí el paquete de tizas y seleccioné el rojo y el azul.

Me fui al ángulo superior izquierdo de la pizarra y dibujé dos círculos concéntricos. El interior lo pinté de azul y el exterior con la tiza roja.

Después me trasladé a la esquina superior derecha y procedí a pintar una esfera, con sus continentes.

—La Tierra—anuncié innecesariamente.

La parroquia seguía mis movimientos, absorta.

El silencio y la luz me miraban, escépticos.

Acto seguido tracé una flecha que partía de los círculos concéntricos y apuntaba a la Tierra.

Me detuve a mitad de camino y pinté dos esferas, más pequeñas. Una azul y la otra roja.

Miré a los asistentes.

Nadie tenía idea de lo que me proponía.

Mejor así...

Y escribí sobre los círculos concéntricos:

«MOMENTO CERO.»

Después, también en blanco, pinté cerca de cada una de las esferitas: «MUJER» (sobre la azul) y «VARÓN» (sobre la roja).

Volví a contemplar a los allí reunidos, pero seguían en blanco.

Y anuncié:

—Se trata de un presente para el general, pero, en realidad, es un regalo para todos...

Y ahora, al revisar estos diarios, pienso: «Fue un regalo para aquella gente pero, sobre todo, para el hipotético lector de estas memorias.»

Como decía el Maestro: quien tenga oídos que oiga...

Y abrí una explicación que, por supuesto, no es mía.

—Una parte de los habitantes de la Tierra es así antes de nacer...

E indiqué los círculos concéntricos.

Dejé que la idea los empapara.

E insistí con un leve toque de la tiza, llamando la atención sobre el rojo y sobre el azul interno.

Las miradas se centraron en los círculos concéntricos y en las palabras dibujadas sobre ellos: «MOMENTO CERO.»

La incredulidad también aparecía sentada entre mis amigos.

Era lógico y natural.

Proseguí con las explicaciones:

—Digamos que son pura energía...

Y señalé de nuevo los círculos concéntricos.

—Pura energía... Pues bien, en ese «momento cero» —por llamarlo de alguna manera—, la Gran Computadora da a elegir entre los trillones y trillones de cadenas de experiencias que un ser humano puede vivir en una existencia material.

Domenico me seguía con dificultad.

Noté cómo se le cerraban los ojos.

A Curtiss se le había muerto el habano y miraba la pizarra con la boca abierta.

Estrella —lo sé— iba por delante.

—El ser no nacido —continué— estudia esos trillones de «ofertas» y elige una, libremente.

Ofrecí un respiro y subrayé:

—¡Libremente!

Domenico terminó dormido.

—Entonces «alguien» pregunta: «¿Estás seguro de la elección?»... Si la criatura confirma dicha elección, ese «alguien» replica: «Firma aquí.»

Estrella parecía sorprendida.

—Al firmar se hace el milagro... La criatura desciende sobre la Tierra...

Indiqué el dibujo del planeta.

—... Y nace, pero dividida en dos...

Entonces dirigí la tiza hacia las pequeñas esferas sobre las que había escrito «mujer» y «varón».

E insistí:

—La criatura que era pura energía es ahora un hombre y una mujer. Y en la Tierra vivirán y experimentarán, según lo acordado previamente... Es casi seguro que nunca coincidan... No sabrán el uno del otro... Y si llegara a suceder...

Pero, de pronto, recordé una cuestión vital.

—Pido disculpas. Hay algo importante que no he dicho: al nacer, la memoria perpetua de esa criatura es borrada... Ni el hombre ni la mujer saben realmente quiénes son, ni de dónde proceden ni por qué están en la Tierra... Y a lo largo de sus vidas se preguntarán con frecuencia: «¿Qué hago aquí?»

A Estrella se le iluminó el rostro.

Sé que comprendió.

—Y al morir regresan a la realidad y se hacen uno, tal y como eran antes de...

Lo dejé ahí.

Me dirigí de nuevo a la pizarra y dibujé algo en la parte inferior: una segunda Tierra, también con sus mares y continentes, y una esfera, similar a los círculos concéntricos que había pintado en el ángulo superior izquierdo. De la Tierra partió otra flecha, en dirección a estos segundos círculos concéntricos. También los pinté de rojo y de azul.

Me volví y proclamé:

—Nada es como creemos... La verdad es mucho más bella.

Y concluí:

—Fin del regalo, mi general.

El silencio permaneció unos segundos en su silla, desconcertado. Después hizo un mohín y se retiró.

Allá él...

Curtiss tomó la palabra y expresó:

—¿Quieres decir que elegimos lo que somos... antes de nacer?

—Más o menos... Y seleccionamos todo: familia, amigos, enemigos, anonimato, riqueza, pobreza, dolor, sabiduría, oscuridad... E, incluso, la forma y el momento de morir.

Curtiss negó con la cabeza y comentó:

—Eso no es lógico. Yo no he podido elegir a ese verraco de Kissinger como enemigo...

No discutí.

Yo tuve una reacción parecida cuando el Maestro me instruyó en esta verdad.

La generala continuó pensativa.

Finalmente hizo la pregunta capital:

—¿Quién te ha enseñado todo eso?

Y señaló los dibujos de la pizarra.

Sonreí, pícaro.

La mujer entendió al instante.

Curtiss siguió en sus trece y se negó a aceptar la «descabellada proposición». Así la llamó.

Esta vez sí repliqué:

—General, reconoce que si la proposición fuera cierta, habrías recibido el regalo de tu vida...

—Dices bien: si fuera cierta...

—¿Por qué hablas de «una parte de los habitantes de la Tierra»? —interrumpió Estrella—. ¿Y el resto?

Sonreí, satisfecho. La mujer, en efecto, va siempre por delante del varón.

Y declaré:

—Eso no forma parte del regalo...

—¿Y qué hay de la libertad? —clamó Curtiss, notablemente enfadado.

—Eso mismo pregunté yo...

—¿A quién?

—A Él, claro...

—Entonces...

Estrella y yo intercambiamos una mirada de complicidad.

Curtiss llegaba tarde...

Y respondí:

—La libertad no es viable en la materia en la que vives.

El general, descompuesto, me salió al paso:

—¡Estados Unidos es el símbolo de la libertad!

Me encogí de hombros y proclamé:

—USA sólo sabe guerrear... Mi general: es libre el que conoce... Pero ese territorio pertenece a la realidad.

—¿De qué demonios hablas?

—De la realidad.

—No comprendo...

—La realidad nos espera después de la muerte. De eso hablo.

Curtiss terminó poniéndose en pie, decepcionado.

Y caminó hacia el rincón de la pecera sin peces.

Domenico dormía como un bendito. No se enteró de nada.

Y me dispuse a borrar los dibujos de la pizarra.

Estrella suplicó que no lo hiciera.

—Necesito pensar...

Cumplí sus deseos y allí permaneció un buen rato, contemplando las esferas azules y rojas.

Me sentí recompensado.

✫

Caminé hacia el general.

Deseaba disculparme.

Quizá no fui prudente a la hora de exponer «el regalo». No todos entienden...

Curtiss se hallaba absorto, con la vista fija en la pecera.

En la mano derecha sostenía al difunto habano. Con la izquierda arrojaba comida al agua.

Era un alimento coloreado.

Por lo que leí en la cajita, sangre desecada para peces con un 45 por ciento de proteínas.

Exploré la pecera de cristal.

Me hallaba atónito.

Allí no vi peces.

Las burbujas azules emergían en columna, y disciplinadamente, como los alumnos de un colegio de pago.

Al llegar a la superficie desaparecían. ¡Qué misterio!

—Me han recomendado los copos —comentó de pronto el general—, pero flotan y lo ensucian todo.

Volví a mirar, alarmado.

Repasé las piedras del fondo.

Allí no había peces...

—También he probado con alimentos deshidratados... Y los granulados...

Movió la cabeza negativamente y sentenció:

—Pero son más propios de burbujas grandes...

Me pellizqué, disimuladamente.

—¿Burbujas? —Pregunté como un idiota—. No comprendo, mi general...

Curtiss me contempló, perplejo.

—Burbujas, sí...

Y señaló hacia la columna.

—¿No sabes qué son?

—No, mi general... Sí, mi general.

—¿No o sí?

—Sí, claro... Pero ¿por qué dar de comer a las burbujas?

—¿Y por qué no?... Tienen el mismo derecho que el resto.

—Por supuesto, mi general.

Y fui a preguntar una estupidez, lo reconozco:

—¿Son burbujas de aguas frías o tropicales?

—Hombre... ¿es que no lo ves?

Volví a mirar; esta vez como un perfecto bobo.

—Pues no sé...

—Hijo, no sabía que fueras tan torpe... ¡Son burbujas tropicales! Vivimos en California...

—¡Vaya! No había caído...

Me hallaba tan anonadado que no acerté a reaccionar.

Curtiss abandonó la caja de comida para burbujas azules tropicales e indicó la esquina izquierda del salón, al tiempo que ordenaba:

—Ven conmigo. Yo también quiero hacerte un regalo...

Me eché a temblar.

Estrella continuaba meditando sobre los dibujos de la pizarra.

Domenico no meditaba; roncaba.

Caminó hasta su «despacho» y señaló el sillón giratorio. Deseaba que me sentara.

Dudé.

Era su sillón...

Finalmente exclamó, imperativo:

—¡Siéntate!

Obedecí, claro.

Mi mente seguía en el otro extremo del salón, en el interior de la pecera. Lo de las burbujas de aguas tropicales me tenía trastornado.

Acto seguido, en silencio, Curtiss se dirigió al cuadro que colgaba en el centro de la librería adosada a la pared.

Como ya referí, se trataba de *La Anunciación*, de Rossetti.

¡Vaya! El cuadro era una tapadera...

Lo hizo girar sobre el costado derecho y dejó al descubierto una caja de caudales tipo 125 UL-1, gris *Gunmetal*, con combinación y llave tubular.

La pelirroja y Gabriel quedaron mirando a la otra estantería. ¡Vaya vida!

El general abrió la caja y buscó algo en el interior.

Miré hacia otra parte, por pudor, pero lo único que acerté a ver fueron burbujas...

Sobre la mesa murmuradora continuaban las carpetas y aquellos papeles, tan familiares.

¿De qué los conocía?

La de fresno y roble dijo algo, pero no estoy seguro.

—Lee esto —intervino Curtiss, mientras depositaba en mis pecadoras manos un dossier medianamente abultado.

En la portada se leía: «*Top secret (Warning: special access required).*» Era una advertencia. Para consultar aquellas páginas se requería una autorización especial.

El dossier —«muy secreto»— llevaba por título: «Informe Cero.»

La carpeta no presentaba número.

Recordé.

¡Era el informe que Curtiss presentó a Kissinger en Washington D. C.!

¡Era el trabajo inicial sobre «Rayo negro»!

Miré al general, perplejo.

Curtiss, con el rostro grave, se limitó a hacer un comentario, totalmente innecesario:

—No puedes tomar notas... Sólo leerlo.

Saludó con el cigarro fallecido y añadió:

—Regresaré en una hora...

Dio media vuelta y se alejó hacia la pecera sin peces. Pero, de pronto, recordó algo. Volvió sobre sus pasos y declaró en voz baja:

—Yo no te he enseñado nada. Si hablas con tu sombra sobre esto —y señaló el dossier— te fusilaré...

Y desapareció.

Repasé de nuevo la portada.

«Informe Cero.»

Dejé que rodaran los segundos.

No daba crédito a lo que estaba sucediendo.

La visita de fin de semana a la bahía de Pablo no era casual. ¡Qué tontería! En la vida no hay casualidades...

Tenía una hora.

La aprovecharía.

Y me pregunté: «¿Por qué Curtiss me mostraba aquello?»

El general había insistido, a través del ayudante, para que no me mezclara en «Rayo negro».

¿A qué obedecía el cambio? ¿O no era tal?

Hice girar el sillón, suave y lentamente.

Entonces lo vi.

¡Vaya!

La caja fuerte había quedado abierta.

Miré a mi alrededor.

Todo continuaba igual.

Estrella al pie de la pizarra. Domenico al pie de sus ronquidos.

Nadie más...

¿Y si echaba un vistazo en el interior?

Desde el asiento distinguí otras carpetas.

La curiosidad empezó a tirar de la manga.

Resistí.

No debía hacer algo así.

Y me centré en lo que tenía entre las manos...

Eran 60 folios.

Los rumores que circulaban en la zona restringida, y en el bar de Joco, tenían base.

La nave se hallaba lista para el traslado. Se establecían cinco posibles emplazamientos. Jordania, en efecto, era uno de ellos. El combustible no lo conocía. Casi todo era nuevo para quien esto escribe. Leí detalles y detalles.

¡Dios mío!

Leí mi nombre... Volví a leer, incrédulo.

No había duda.

Yo era uno de los cinco miembros de la tripulación de «Rayo negro».

Sentí un escalofrío.

Al resto de los ocupantes de la nave no lo conocía. Supuse que eran pilotos jóvenes.

Leí un capítulo dedicado a nuevas armas y a una tecnología no humana, como adelantó el japonés.

El propósito de «Rayo negro» era uno y claro: recuperar la «cuna» y devolverla a sus legítimos propietarios.

Algo se decía sobre los soviéticos...

¡Qué absurdo!

Ante mi perplejidad, en el informe no se hablaba de Eliseo, ni de pista alguna que pudiera hacer sospechar que había «retornado» a la época del Maestro.

Y me interrogué de nuevo: «¿Por qué tanto empeño en enviar a "Rayo negro" si nadie tenía la seguridad de que mi hermano hubiera vuelto? ¿O sí disponían de esas pistas?»

El proyecto se hallaba tan cuajado que fijaban, incluso, la fecha del «lanzamiento»: «Después de la guerra entre árabes y judíos.»

Era espectacular...

Todo había sido minuciosamente programado.

Y vi la mano de los «halcones» en todo aquello...

Leí y leí con avidez.

Y, súbitamente, me asaltó un pensamiento, llegado de muy lejos: «¿Podía "volver" y encontrarme de nuevo con Él?»

Tragué saliva.

¡El Maestro! ¡Volver a verlo!

La idea se instaló en mi mente y empecé a sentirme bien. Muy bien...

¡Quién sabe! No era difícil dar esquinazo a aquellos novatos... Seguramente contaría con la ayuda de Eliseo.

Y me dejé arrastrar por la fantasía.

¡Volvería a verlo y a verla!

Fue suficiente con cuarenta minutos. «Informe Cero» quedó absorbido, palabra por palabra, en mi cerebro.

Y en eso, mientras fantaseaba, me puse en pie y tropecé de nuevo con el oscuro y atractivo interior de la caja fuerte.

¡Vaya!

Y la curiosidad, pesadísima, tiró de mí.

Sólo tenía que asomarme...

Miraría, sin más.

La dueña se había retirado.

El ayudante continuaba dormido en la silla «Windsor».

Era el momento.

Curtiss prometió regresar en una hora. Faltaban veinte minutos...

«Sólo tienes que mirar», insistía la curiosidad.

«No debo», me decía a mí mismo.

«Sí debes...»

«No...»

Y miré, claro. Mejor dicho, husmeé.

Desplacé las carpetas y leí los títulos. Uno de ellos me llamó la atención: «SPAN.»

No supe a qué se refería.

«¿SPAN?» ¿Espacio? ¿Instante? ¿Espacio-tiempo?

¿Por qué me atrajo?

Me senté, precipitadamente, como si acabara de cometer un asesinato.

Lo sé: no tengo solución...

Y aguardé el retorno de Curtiss sumergido en «Rayo negro».

✡

El general se presentó, puntual.

Eran las 18 horas.

El dossier secreto descansaba sobre la mesa murmuradora.

Seguía sin entender lo que decía la de fresno y roble.

Hablaba en un idioma desconocido. «*Istripu*» —repetía—. «*Istripu*».

Yo intentaba poner orden en el patio de atrás de los pensamientos. Fue inútil.

Eran como críos.

Se tiraban piedras y chillaban como monos. Llegaban en oleadas a la playa de la mente y se derramaban como olas...

«Rayo negro.» ¡Una misión diabólica!

—Y bien... —se interesó Curtiss.

Moví la cabeza, desalentado. Y le hice entrega del dossier.

—Es una locura, mi general... Eliseo, probablemente, está muerto.

Curtiss hojeó los papeles, muy por encima, y los devolvió a la caja fuerte.

Acto seguido cerró y la copia del Rossetti recuperó la posición habitual.

La pelirroja seguía aterrorizada; más o menos como yo.

Hice ademán de levantarme y cederle su sillón.

El general rechazó el ofrecimiento y ordenó que siguiera sentado.

Exploré la mirada del jefe del proyecto Swivel.

No parecía haberse dado cuenta de mis enredos en el interior de la caja de caudales o, al menos, lo disimuló a la perfección.

Y seguí temblando...

Curtiss era un vaso de Pandora.

De repente exclamó:

—Quiero que prometas algo...

Rectificó sobre la marcha:

—Quiero que me jures algo...

¡Vaya!

No estaba mal: dos juramentos en seis horas...

Aquello se ponía interesante.

—Tú dirás... —repliqué, intrigado.

De repente, palideció.

Se inclinó hacia quien esto escribe y me miró a los ojos.

¿Qué sucedía?

—Si «Rayo negro» sigue adelante —que seguirá— jura por tu honor de militar que no te echarás atrás...

—¿Echarme atrás? No entiendo...

—Jura que formarás parte de esa tripulación, pase lo que pase...

No terminaba de comprender y, señalando la caja fuerte, comenté:

—Ahí dice que formo parte de «Rayo negro»...

—Lo sé. Ha sido decisión mía.

La palidez se hizo más intensa.

Y percibí unas perlas de sudor en las sienes.

Me alarmé.

—No importa que no lo entiendas —continuó—. ¡Júralo!

Dudé.

No sabía de qué hablaba.

Curtiss comprendió que me hallaba perdido y, bajando el tono de la voz, susurró:

—Todo se está precipitando... Si llegara a sucederme algo —que sucederá— quiero que estés ahí, en «Rayo negro». No renuncies...

—¿Qué se supone que te va a suceder?

Y me vino a la mente el temor de Estrella.

Curtiss guardó un elocuente silencio.

—No entiendo —traté de sonsacarle—. Hace unos días ordenaste que no me mezclara en los trabajos de preparación de «Rayo negro»... Ahora resulta que estoy en la lista de la tripulación.

El general no cayó en la trampa.

—Eso fue lo que le transmití a Domenico. Pero de eso hace días... Ahora los problemas son otros.

Volvió a mirarme fijamente y ordenó:

—No preguntes más...

Vi llegar al silencio.

Curtiss buscó un habano.

Le metió fuego.

Las manos le temblaban.

Aspiró con ansiedad y vi flotar el humo blanco. Se quedó cerca del techo, como si supiera de qué hablaba el general.

El cigarro calmó los ánimos, en parte.

Y Curtiss susurró:

—Nadie está a salvo con ese putrefacto Nixon —parecía que hablaba consigo mismo— y yo menos que nadie...

Volvió a inclinarse sobre quien esto escribe y bramó, en el mejor de sus estilos:

—¡Obedece, mula de varas!... ¡Te va en ello la vida!... ¡No renuncies a «Rayo negro»!...

La palidez iba y venía.

Y concluyó, con la voz quebrada:

—¡No renuncies, pase lo que pase y veas lo que veas!

El humo del «upmann» me envolvió, literalmente.

Y empecé a toser.

Curtiss se mantuvo a un palmo de mi rostro, indiferente, y esperó una respuesta.

Sólo acerté a toser.

—Además —añadió, suavizando el tono—, eres el más capacitado...

Las palabras se abrieron paso entre la humareda y, con dificultad, logré preguntar:

—¿Qué tengo que ver con Nixon?... ¿Por qué dices que mi vida peligra?

—¡Es una orden, pies huecos!... ¡Júralo!

Lo tuve claro.

Curtiss no tenía intención de despejar ninguna de mis dudas. Al menos en esos momentos...

Y juré, ciertamente atemorizado.

El general ocultaba algo muy grave...

—Tiene gracia —comenté—. Ni siquiera he visto «Rayo negro»...

Curtiss cayó en la cuenta.

Mis credenciales eran «azul-4». Para acceder a la «ciudad subterránea», en la zona restringida de Edwards, necesitaba unas «tssc» de rango superior.

—Eso lo arreglaremos a mi regreso a la base —terció el jefe del proyecto—. Hablaré con Domenico para que lo disponga todo...

El general se había serenado. Y empezó a expulsar aros de humo blanco.

Tuve un pensamiento horrible: «¿Les daría de comer, como a las burbujas tropicales?»

—Mañana, cuando vuelvas a la base —prosiguió Curtiss—, sigue con lo que llevas entre manos... Que nadie sospeche que estás en la lista de «Rayo negro»... Y recuerda: si hablas te fusilo...

—Joco ya debe saberlo...

—Joco sabe lo que yo quiero que sepa...

Mensaje recibido.

Y me atreví a insistir:

—¿Consideras que Eliseo está vivo?

El general continuó con el juego de los aros.

Al cabo de unos segundos, cuando hubo meditado la respuesta, replicó:

—Amigo mío, Curtiss sólo cree en la Virgen Santísima y en el bicarbonato. Por ese orden. Y en el último, cada vez menos...

Y pensé: «Sin olvidar a las burbujas azules tropicales.»

Pero me tragué el pensamiento.

Algo sabía, por Estrella...

Y el general se quedó tan ancho.

No se me ocurrió preguntar de nuevo. Curtiss había sido un buen piloto. No convenía repetir la cuestión.

Y en esas estábamos cuando Estrella se presentó en el salón.

Despertó a Domenico y se vino hacia nosotros.

Me sonrió con la mirada y anunció a Curtiss:

—Es la hora...

El general buscó en una de las estanterías y tomó un libro de pastas rojas y grandes letras doradas. Era una encuadernación con la piel bruñida y jaspeada.

No alcancé a ver el título.

Me intrigó.

Curtiss me invitó a que los acompañase.

Fue entonces, al retirarnos, cuando la mesa de fresno y de roble volvió a murmurar en aquel lenguaje indescifrable. Y le oí decir:

«*Istripu... ez hildako.*»

Nadie le prestó atención.

Y gritó, cuando nos alejábamos: «*¡Istripu ez hildako!*»

Volví a reparar en los papeles que habitaban en lo alto.

Yo los conocía...

Nos acomodamos en el porche, frente a la mesa de los clavos de plata.

El general se dejó caer sobre la anciana mecedora y ésta lo recibió con un breve pero cariñoso balanceo.

Los albatros miraban, inmóviles, con los falsos picos rojos orientados hacia el este, atentos a la brisa del Pacífico. Pero la brisa patrullaba por otros lares.

El atardecer se acercaba despacio, y de puntillas, pero se acercaba.

Curtiss aplastó el habano y lo olvidó, agonizante, en uno de los ceniceros inverosímiles.

La mujer depositó una vela amarilla, a juego con la llama, sobre el tablero de roble y se sentó junto al marido. Domenico y quien esto escribe tomamos asiento cerca del matrimonio.

En esta oportunidad no se rezó el rosario.

Era sábado y, de acuerdo a las costumbres del general, tocaba lectura y meditación.

Curtiss abrió el libro rojo.

Se trataba de *La imitación de Cristo,* atribuido a Tomás Hemerken, más conocido como Tomás de Kempis (1). Conocía el texto de memoria aunque ahora, tras la aventura en la Palestina del Hijo del Hombre, lo rechazaba de plano.

Y Curtiss inició la lectura.

Empezó por el libro cuarto (capítulo 1, 5): «Santísimo Sacramento del altar... exhortación devota para la Sagrada Comunión... ¡Oh, Dios mío! ¿Qué no hicieron aquellos para agradarte? Mas ¡ay de mí! ¡Cuán poco es lo que yo hago! ¡Qué corto tiempo gasto en prepararme para la Comunión!»

El general se detuvo. Miró a los presentes y movió la cabeza, afirmativamente, al tiempo que repetía:

«¡Qué corto tiempo gasto en prepararme para la Comunión!»

Y dejó que la frase flotara en los corazones.

Yo me mantuve en silencio, pendiente.

«... Rara vez estoy del todo recogido —continuó Curtiss—, y rarísima vez me veo libre de la distracción... Y en verdad, que en tu saludable y divina presencia no debiera ocurrirme pensamiento alguno poco decente, ni ocuparme criatura alguna... porque no voy a hospedar a algún ángel, sino al Señor de los Ángeles.»

El general interrumpió de nuevo la lectura y los tres inclinaron la cabeza, dedicados a meditar sobre lo leído.

Permanecí mudo y atónito.

¿Cómo explicarles que el Maestro jamás pretendió instituir la llamada eucaristía? (2) Eso hubiera ido contra sus

---

(1) Se supone que Tomás de Kempis escribió numerosas obras de espiritualidad y de teología. Una de ellas fue *La imitación de Cristo* (1441). Kempis ingresó en la orden de los hermanos de la vida en común (1398). Fue ordenado sacerdote en 1413. *La imitación de Cristo* fue escrita en latín y consta de cuatro partes fundamentales. Es la máxima expresión del movimiento de moda en aquel tiempo: la Devotio moderna, una corriente ascética nacida en los Países Bajos. Pretendía una espiritualidad accesible a todos los fieles. *(N. del m.)*

(2) Amplia información sobre la última cena en *Jerusalén. Caballo de Troya 1* y *Masada. Caballo de Troya 2. (N. del a.)*

más básicos pensamientos... Jesús de Nazaret no era partidario de fórmulas mágico-matemáticas.

Todo se debió a malas interpretaciones y, sobre todo, a las censuras y manipulaciones posteriores.

Me resigné.

Ellos eran felices así. No tenía derecho a modificar sus brújulas.

Y Curtiss prosiguió en el párrafo séptimo: «¿Por qué, pues, no me inflamo más en tu venerable presencia? ¿Por qué no me dispongo con mayor cuidado para recibirte en el Sacramento, al ver que aquellos antiguos Santos patriarcas y profetas, reyes y príncipes, con todo su pueblo, mostraron tanta devoción al culto divino?»

—¿Santos? Nadie es santo en la Tierra...

Meditaron nuevamente y el general pasó el Kempis a Domenico. Éste, a su vez, leyó el libro primero (capítulo 23, 5): «De la meditación y la muerte.»

Y dijo: «No confíes en amigos, ni en vecinos ni dilates para después tu salvación; porque más presto de lo que piensas estarás olvidado de los hombres...»

Bajaron las cabezas y reflexionaron (?).

¡Dios mío! No es eso...

Él lo repitió hasta el agotamiento; ¡somos inmortales! ¡No necesitamos salvación! Confía o desconfía. No importa. Al final, tras la muerte, serás inmensamente feliz...

Pero seguí encerrado en el mutismo.

Domenico pasó al 23, 9: «Trátate como huésped y peregrino sobre la tierra, a quien no le va nada en los negocios del mundo... Guarda tu corazón libre y levantado a Dios, porque aquí no tienes domicilio permanente...»

En eso estuve conforme.

La Tierra es una simple o complicada aventura, según. Es un suspiro de 20, 50 o 100 años. Algún día —en el no tiempo— la vida sólo será un difuso recuerdo. Había que vivirlo y lo vivimos... Y pasaremos, afortunadamente, a la realidad.

Meditaron y le tocó el turno a la mujer.

Leyó el libro tercero (capítulo 14): «Tus juicios, Señor,

me aterran como un espantoso trueno, estremeciéndose todos mis huesos penetrados de temor y temblor, y mi alma queda despavorida...»

Estrella me miró, temblorosa.

Negué levemente, con la cabeza. Quise darle a entender que aquel texto no tenía sentido. No sé si captó el mensaje.

El Padre Azul, Ab-bā, no juzga a nadie. Es más: nadie juzga a nadie tras el dulce sueño de la muerte.

*La imitación de Cristo* es una bienintencionada obra, pero errónea y catastrófica.

Meditaron y Estrella procedió a la lectura del último pasaje (libro segundo, 12-11): «Cuando llegares a tanto, que la aflicción te sea dulce y gustosa por amor a Cristo, piensa entonces que te va bien; porque hallaste el paraíso en la tierra.»

No es eso, no es eso... —me dije—. A la Tierra no se viene a sufrir, sino a experimentar, que es muy distinto. En la Tierra se sufre porque es un mundo laboratorio. Él lo dijo.

Meditaron de nuevo y yo permanecí en silencio, hilando pensamientos.

No es eso...

✡

La cena, en el salón, fue deliciosa y reposada.

Bebimos chardonnay y chenin, de las cepas blancas del condado de Napa, al norte de la bahía de San Francisco (debería de haber escrito Francisco, pero en fin...).

Domenico repitió el postre.

Y como era tradición en la familia, durante la cena se habló sobre lo leído minutos antes: la necesidad de imitar al Maestro.

Hablaban y no acababan, elogiando las excelencias del Kempis.

Me mantuve al margen, ocupado, sobre todo, en piropear al resplandeciente chardonnay. El vino me miraba y hacía guiños amarillos. ¡Qué bella criatura!

Pero Estrella no tardó en percatarse de mi «ausencia». Y preguntó:

—¿Qué opinas?

Abandoné el diálogo con el chardonnay e interrogué a la mujer, ciertamente despistado:

—¿Qué opino sobre qué?

—Sobre la necesidad de imitar a Jesucristo...

Curtiss la corrigió:

—Jesucristo no... Di mejor Jesús de Nazaret.

La mujer escuchó, sin comprender.

Curtiss y yo nos miramos, satisfechos.

Y me centré en la pregunta de la generala:

—El Maestro no deseaba algo así...

—¿No deseaba qué? —se adelantó Estrella.

—No pretendía que le imitasen.

—¿Por qué? —intervino Domenico—. Cristo es...

Curtiss lo interrumpió también.

—Se dice Jesús de Nazaret...

El ayudante, confuso, continuó su razonamiento:

—Decía que Cristo —perdón, Jesús— es el supremo ejemplo en cualquier aspecto de la vida...

El general tomó el relevo y se vació:

—Así es. El Maestro fue un ejemplo en su vida diaria, en su trabajo como carpintero, en la relación con sus padres, en la moral, en sus pensamientos —siempre puros—, en la forma de orar, en los sacrificios y ayunos que practicó, en su caridad, en la ausencia de pecado, en su celibato e, incluso, en la forma de morir...

Y la mujer repitió la pregunta:

—¿Qué opinas?

No supe por dónde empezar.

El sagrado licor de Tennessee me echó una mano.

Y expresé lo que creía, en base a lo que había visto, con Él.

—Jesús se encarnó en un lugar y en un tiempo concretos.

Me escuchaban, expectantes.

—Nada fue casual. Todo estuvo minuciosamente pensado...

Pero no deseaba desviarme del asunto capital y regresé a la pregunta de Estrella:

—Aquella Palestina y aquel siglo primero no tienen relación alguna con nuestro tiempo. El Hijo del Hombre no quiso que le imitásemos porque las circunstancias históricas cambian de día en día... Lo que fue bueno para Él no tiene por qué serlo para nosotros.

Domenico no me dejó terminar.

—Entonces, si no consiste en imitarle, ¿de qué se trata? ¿Por qué y para qué estamos aquí?

Y recordé que se había dormido durante la «descabellada proposición» que llevé a cabo con la ayuda de la pizarra.

No importaba. Y resumí:

—No se trata de imitar al Maestro, sino de vivir...

—¿Vivir? ¿Y en qué consiste, según tú?

—Lo dije esta tarde. Vivir es experimentar la imperfección. Que nadie te lo cuente después de muerto... Vivir es degustar la vida que tú mismo has elegido.

Alcé la copa de chardonnay y los brillos me dieron la razón.

Y me hice eco de las palabras del general:

—Jesús de Nazaret es el símbolo del amor y de la espiritualidad. Eso nadie lo duda.

Asintieron en silencio.

—Pero cada cual tiene su Destino.

Yo también dejé que la idea flotara en los corazones, y añadí, sabedor de las reacciones que iba a provocar:

—Hitler cumplió con el suyo y ahora nos precede en el camino hacia el Padre...

Curtiss fue el primero en estallar:

—¿Cómo te atreves a insinuar que ese cabo pinchaúvas ha sido acogido por el Padre?

—Tergiversas las palabras, mi general...

Me miró, atónito.

—¡Ese inflapitos —bramó el ayudante— está ardiendo en el infierno!

—¡Dejadle hablar! —intervino la generala.

—No he insinuado. Afirmo.

A Curtiss se le apagó el puro, del susto.

—Nadie es rechazado —y miré a Domenico—. Nadie... Haga lo que haga o diga lo que diga...Todo forma parte del plan. Nada es gratuito. Ése fue el mensaje del Galileo. Ésa es la gran esperanza...

—Hitler fue un asesino de masas...

Repliqué a Domenico:

—También las Cruzadas...

Y le sonreí de inmediato.

—No temas. Todo está diseñado para el bien, aunque no lo comprendamos.

E hice mías unas palabras del Maestro:

—¿Sabes por qué las hormigas no miran al cielo?

Curtiss y Domenico pensaron: «Está loco.»

Me adelanté y proclamé:

—No miran al cielo porque no saben que hay cielo.

Y regresé al tema de la imitación:

—Jesús tampoco rezaba como lo hacéis vosotros. Sus oraciones eran diálogos con el Padre...

Y lancé una puya:

—Jesús sería incapaz de rezar el rosario...

Me arrepentí al momento. Eso no estuvo bien...

Y continué, a duras penas:

—Jesús fue más que un carpintero. Fue un educador revolucionario.

—¿Como Fidel?

La broma de Domenico suavizó la tensión.

—Tampoco practicó ayunos, al menos de manera consciente.

Curtiss escuchaba con la boca abierta y el habano apagado.

—Y si fue célibe —añadí— es porque convenía a sus planes; no porque estuviera en contra del matrimonio... En cuanto a la familia...

Dudé.

No deseaba herirles de nuevo.

Pero Estrella me animó para que continuara.

—En cuanto a la familia, la relación con la madre y con los hermanos no fue como creéis. No le comprendieron...

Y la generala redondeó, con tino:

—Ni entonces ni hoy.

Domenico, al parecer, arrastraba una pregunta desde hacía tiempo, y la soltó:

—¿Aceptaría el Maestro a un homosexual?

Curtiss se lo quería comer con la mirada.

Le sonreí de nuevo y repliqué:

—Hubo homosexuales que le siguieron...

Y añadí, seguro de mí mismo:

—Uno de los doce fue homosexual. Puede que dos...

A Domenico se le iluminó el rostro.

Y continué:

—Te contaré algo que no sabes...

Y procedí a narrar lo acontecido cuando caminábamos desde el monte Hermón a la localidad de Nahum, junto al *yam*. En aquella ocasión, Eliseo formuló una pregunta al Hijo del Hombre: «Dime, Señor, ¿cómo explicar la homosexualidad en un reino tan perfecto como el del Padre?» (1)

—Seguimos caminando, pero el Galileo no respondió a mi hermano... De pronto se detuvo a la izquierda del camino. Un viejo *badawi* (beduino) vendía uva.

Los tres escuchaban, atentísimos.

—Y el beduino, deseoso de vender, proclamó: «Las *anavim* (uvas) son un regalo de los dioses... Además, aclaran la piel. Iluminarán tu rostro...»

Jesús deslizó la mano izquierda sobre unos racimos blancos, con pintas negras, y, tras dudar, arrancó uno de los granos. Lo alzó y, dirigiéndolo hacia el sol, contempló satisfecho la textura y la firmeza de la pulpa. Después se lo dio a comer al ingeniero. Era muy dulce.

Finalmente, colocando las manos sobre los hombros de Eliseo, contestó la aparentemente olvidada pregunta: «Hijo, ¿crees que el Padre comete errores?»

Domenico proclamó, eufórico:

(1)   Amplia información en *Nahum. Caballo de Troya 7. (N. del a.)*

277

—Entonces no somos despreciables...

Quise decirle que no, pero Curtiss no lo permitió. La bronca fue monumental. Para el general, la homosexualidad era otra plaga de Egipto, como el comunismo... Si aceptaba a su ayudante era por su probada eficacia.

Estrella, una vez más, alivió la tensión de la caldera.

De pronto se levantó y puso música.

La Callas y *Madame Butterfly* hicieron el prodigio.

Los ánimos retrocedieron y nos asomamos a la belleza, sin más.

Después fue *Norma*, de Bellini.

La voz de la divina, en los pianos, era sublime.

Terminamos reconciliados, naturalmente.

Estrella, feliz, nos regaló también *La Bohème*, del incombustible Puccini.

La Callas era un monstruo.

Su registro de soprano abarcaba tres octavas. No importaban los sobreagudos estridentes. Era una *sfogato*.

Y, de pronto, Domenico soltó:

—¿Por qué no fundas una iglesia?

Quedé atónito.

—Eres un nuevo san Pedro...

—En todo caso, un Pedro —le corregí.

Curtiss y yo nos miramos.

Y recordé sus palabras sobre la necesidad de rebajar, en lo posible, la credibilidad de aquella historia.

Mensaje recibido.

Me retiré a una hora prudencial.

En mi mente hervían emociones y pensamientos.

Necesitaba poner orden en el patio de atrás del corazón.

Ellos permanecieron en el salón, hipnotizados con el poderío de la Callas.

Pero las sorpresas, esa noche, no habían terminado...

✣

Al entrar en la habitación lo descubrí sobre la cama.

¡Vaya! ¿Cómo llegó hasta allí?

Traté de utilizar la lógica.

Negativo.

No supe.

En la casa estábamos los que estábamos, amén de *Henry*, el perro amarillo. Pero ése no contaba.

Era todo muy raro...

Lo inspeccioné, intrigado.

Y llegué a mirar a mi alrededor, como un idiota.

Francisco y el ángel del violín, de Murillo, se encogieron de hombros.

Dijeron no saber nada.

Yo sabía que eso era imposible.

Tenían que haber visto algo. Se hallaban en un lugar privilegiado, sobre la cabecera de la cama.

No respondí. Allá ellos...

Las claves de sol y la misteriosa ecuación de la tulipa $(5 + 5 = 1)$ guardaron silencio. Eso fue más grave. La clave de sol, como es bien sabido, representa el amor violeta y, por tanto, el más sincero.

Algo grave, gravísimo, había sucedido en aquella habitación.

Tendría que averiguarlo...

Con el armario chino ni hablé. Continuaba obsesionado con la bahía de Pablo. Sólo deseaba asomarse por la ventana; pero eso era imposible. Era un ropero...

Tampoco el crucifijo de madera y los rosarios que colgaban en la pared aportaron una sola pista. Bastante tenían con lo que tenían...

El reclinatorio y Yehohanan miraron hacia otro lado.

A buen entendedor...

Me resigné.

Sólo quedaba el ventilador de palas de madera, pero ése estaba tetrapléjico. No pregunté, por respeto.

En suma, nadie quiso comprometerse.

En mi ausencia, alguien había depositado un sobre naranja sobre la cama. Era idéntico a los que recibí anteriormente. El mismo lacre, el mismo color...

Lo inspeccioné un buen rato.

No despedía olor.

Sin embargo...

Intenté pensar a gran velocidad: «Sólo alguien que me acompaña en la casa ha podido entrar en el dormitorio... Pero ¿quién? ¿Por qué?»

Lo abrí y hallé otra cartulina blanca, con el ya familiar emblema, en relieve, en el ángulo superior izquierdo: una estrella de cinco puntas, invertida, rodeada por el lema «más allá de la fidelidad».

¿Domenico? ¿Quizá Estrella?... ¿O pudo ser el general?

Los tres eran católicos, apostólicos y romanos. Los tres eran anticomunistas...

Y pensé de nuevo: «¿Y qué tiene que ver eso con estos mensajes?»

Me hallaba espeso.

No lograba despejar la incógnita.

En el centro geométrico de la cartulina, mecanografiada, aparecía la siguiente frase: «*Deditionem fac, proditor.*»

Era latín.

Podía ser traducido como «Renuncia, traidor».

De nuevo aquella acusación... ¿Por qué? Yo no era un traidor. ¿Y a qué debía renunciar?

No comprendí.

Y recordé los anteriores «mensajes». ¿O se trataba de amenazas?: «Marte, alerta» y «Blasfemia».

Le di vueltas y vueltas, pero no llegué a ninguna conclusión.

«Marte, alerta-blasfemia-renuncia, traidor.»

Estaba agotado.

Las emociones me habían atropellado.

E hice lo mejor que podía hacer: guardé el enigmático sobre naranja y me metí en la cama.

Me costó conciliar el sueño.

Buscaba una solución al misterio, pero no daba con ella.

«Yo no era un traidor...»

Finalmente, el sueño entró en el dormitorio y me cubrió con su capa negra...

Tuve ensoñaciones inquietantes y, ahora lo sé, medio proféticas.

Una, en especial, me impactó.

Esto es lo que recuerdo:

Me hallaba en la sala de las «tormentas», en la Fog.

Alrededor de la mesa de cristal se reunía una asombrosa colección de personajes.

Todos vestíamos los trajes de astronautas del proyecto Swivel, excepción hecha de Domenico, que hacía de escribano.

Yo estaba muy enojado.

Allí vi a Maria Callas, alta, seria y poderosa. También vi al compositor italiano Giacomo Puccini. ¿Cómo era posible? Puccini murió en 1924... Presentaba el pelo alborotado y un enorme mostacho. Acariciaba el traje blanco y la bandera norteamericana cosida en el hombro izquierdo. Y parecía decir: «¿Qué hago yo en este sueño?»

Tomás de Kempis era otro de los congregados.

Abrazaba una edición de lujo de *La imitación de Cristo*. Y repetía como un loro: «Es una traducción de Nieremberg.»

Nadie le prestaba atención.

Aristotelis Sokratis Onassis era otro de los asistentes a la reunión. La USAF le había obligado a prescindir de sus enormes gafas y eso le obligaba a entornar los ojos.

A cada parpadeo se oía un extraño sonido. Algo así como el ruido de una caja registradora...

Curtiss presidía la increíble asamblea.

Y, como digo, quien esto escribe se hallaba muy molesto e irritado.

Las quejas iban dirigidas al general y jefe de proyecto.

Al parecer, los presentes, salvo Domenico, integrábamos la tripulación de «Rayo negro» (!).

Y yo gritaba, descompuesto:

—¿Cómo voy a rescatar la «cuna» con esta tropa?

Curtiss sacó el rosario y se puso a rezar.

—¡Ninguno está capacitado para volar! —protesté.

La Callas, entonces, dio un puñetazo en la mesa y se puso en pie.

Todos guardamos silencio.

La divina casi tropezó con el techo.

Nixon dejó de sonreír a causa del susto.

La mujer levantó el puño y cantó:

—*Crudel!*...

—¿Yo cruel? —respondí—. Me confundes con Jon Vickers en *Medea*...

Y empezaron a silbar y a patear el suelo.

La Callas miró con desprecio, y volvió a cantar:

—*Crudel!*

Hizo una pausa y siguió con el canto:

—«*Ho dato tutto a te!*»...

Traduje a Curtiss:

—Dice que te lo ha dado todo...

El general enrojeció como una amapola.

Onassis empezó a aplaudir y el resto lo siguió, entusiasmado. La ovación se prolongó tres minutos.

Tampoco era para tanto, pensé.

Los agudos eran sonoros, aunque no se ajustaban a los cánones establecidos. No supe si eran registros de una soprano aguda o de contralto.

Pero eso, ¿qué importaba?

Estábamos a lo que estábamos: el rescate de Eliseo...

Empecé a sudar.

Aquello era un fracaso...

Kempis también se levantó y clamó:

—¡Yo he venido a hablar de mi libro!... ¡La Paramount Pictures Corp. está interesada en llevarlo al cine!

Domenico me hizo un gesto, y preguntó:

—¿Qué significa Corp.?

—No lo sé... No me distraigas.

Protesté.

No estábamos a lo que estábamos...

Curtiss no aceptó la protesta.

Y Tomás de Kempis prosiguió:

—Puede que la película la dirija Coppola...

Se registró un murmullo de admiración.

Todos le felicitaron.

Y la Callas preguntó:

—¿Qué se sabe del reparto?

—Está muy avanzado... Marlon Brando, Diane Keaton, Al Pacino, Robert de Niro, Duval, Talia Shire, James Caan, Richard Castellano...

Puccini le interrumpió:

—Tengo un par de óperas por estrenar. Quizá le interesen a la Paramount esa...

Kempis dudó.

—*La Traviata* te la dejo barata...

—No sé —musitó Kempis—. ¿Qué tal *La Traviata* y *La Bohème* por el mismo precio?

—*Porca miseria!* —masculló Puccini.

—Y tienes que regalarme la *Misa* de 1880, el *Preludio Sinfónico* de 1876, y el *Réquiem* de 1905...

Kempis era un tiburón.

Puccini aceptó, con la condición de que le presentara a Brando.

No fui capaz de poner orden.

Y Curtiss, ante mi desesperación, dio por finalizada la convocatoria.

Y los «astronautas» se encaminaron hacia la «ciudad subterránea». Allí esperaba la nave...

Domenico seguía empeñado:

—¿Qué es Corp.?

Lo mandé a paseo, directamente.

Estaban las cosas como para frivolidades...

Cuando nos disponíamos a descender a la «ciudad subterránea», la policía militar me cortó el paso.

Bajaron todos, menos yo.

Protesté.

Dijeron que carecía de las credenciales necesarias.

¡Qué absurdo! Aquello era un sueño...

Traté de razonar con el sargento de la PM.

Entonces caí en la cuenta...

Bajo el casco aparecía la cara aniñada de Walter.

Le felicité por el ascenso.

Ni se inmutó.

Me acusó de adulador y exigió las «tssc» correspondientes.

Vacié los bolsillos. Esto era lo que cargaba: un dado para hablar con Dios, las llaves de ninguna parte, cinco dólares (símbolo del Padre Azul), el carnet de socio del Área 51, doce tarjetas de crédito (algunas caducadas), pastillas para la tos, una foto de mi abuelo (el cazador de patos), números de teléfonos (secretísimos), toallitas higiénicas con aloe vera, rotuladores rojos y negros, las gafas, un inhalador (sin receta) y una clave de sol...

Walter estaba desesperado.

Y comentó:

—¿Algo más?

Las «tssc» no aparecieron.

Era sencillo: no las tenía.

Invoqué mi amistad con Curtiss.

Negativo.

Le hablé de nuestras peripecias con las cajas de melocotones.

Negativo.

Le entregué los cinco dólares.

Negativo.

Le prometí un par de entradas para el partido de baloncesto entre los Nets y los Stars.

Dudó.

Creí que lo tenía atrapado, pero no...

Ofrecí la receta de la langosta al estilo Saint Croix.

Negativo.

Walter era hormigón armado.

Insinué que era amigo del Maestro y que disponía de información de primera mano sobre su vida...

Negativo. Walter era protestante.

Me rendí.

Y abandoné el hangar rojo, palidísimo...

Caminé hacia ningún lugar.

La gente de ningún lugar que me veía pasar —vestido de astronauta— se burlaba a mis espaldas y cantaba *Madame Butterfly*.

La gente es cruel, incluso en sueños.

Me refugié en el bosque de Josué.

Lloré lo mío y, de paso, regué el cactus de los ojos de color mostaza.

Como era de prever, terminé en el bar de Joco, abrazado a una botella del sagrado licor de Tennessee.

Y el japonés comentó:

—Han traído esto para ti...

Era otro sobre naranja y lacrado.

¡Vaya!

Pregunté por el portador y Joco me guiñó un ojo:

—¡Qué callado lo tenías!

Sirvió otro güisqui y la describió:

—Era muy guapa, seria, con el pelo negro, hasta el trasero, y unos andares peculiares...

Creí adivinar de quién se trataba.

—Parecía que andaba de puntillas, como los ángeles.

Y Joco aventuró:

—Diría que era una apache.

Casi estuve seguro. Era la bella intuición, de nuevo.

No sabía que funcionase en los sueños...

—¡Ábrelo! —insinuó el japonés.

Apuré el güisqui.

Joco empezó a impacientarse.

Y pensé: «¿Otra amenaza?»

Seguí jugando con el sobre naranja.

—¿Es que no piensas abrirlo?

Y el japonés añadió:

—Acuérdate del hipotético lector de estas memorias...

Pero continué a lo mío, haciendo girar los pensamientos.

«No —me dije—, la intuición nunca amenaza.»

—Si quieres lo abro yo...

No era mala idea. Y se lo entregué.

Lo rasgó con precipitación y, en el sueño, extrajo una cartulina blanca, con el ya conocido emblema en relieve y de color azul.

«¡Oh, no!... Otro mensaje.»

Jocó leyó en silencio, me observó, y comentó, decepcionado:

—Qué cita tan rara...

—¿Por qué?

—Míralo tú mismo.

Y me entregó la cartulina.

En el centro geométrico había sido escrito, a mano, y en versales:

«29 AGOSTO.»

No vi nada más.

Joco consultó un calendario.

Faltaban 17 días..., para lo que fuera.

Y me dio por sumar: $1 + 7 = 8$.

¡Vaya! El número de la muerte, según Eliseo.

Joco insistió:

—Una cita rara, sí señor...

Y preguntó, malicioso:

—¿Cómo se llama la afortunada?

—Chu'ma ni —improvisé—. «Gota de rocío.»

—Entonces no es apache...

—Dakota.

Y me retiré a mi habitación.

Me hallaba tan decepcionado que me dejé caer en la cama sin quitarme el traje de astronauta. Y en mitad de la ensoñación volví a dormirme (!) y «resoñé» (!) que despertaba el 29 de agosto.

Estaba cansado, pero no era para tanto...

¡Dormí 17 días!

Me duché, canté algo, y fui a presentarme en el despacho de Domenico.

Deseaba saber cómo marchaba «Rayo negro».

Al entrar lo vi rezando el rosario.

No tenía noticias de Curtiss. La expedición, al parecer, se desarrollaba con normalidad (?).

No hice preguntas (cosa rara en mí) y me uní al rezo.

En los sueños, las obligaciones son si uno quiere...

Rezaba los misterios dolorosos... Debí suponerlo.

A la tercera avemaría entró el ayudante del ayudante.

Traía una colección de fotografías en las manos.

Lloraba.

Se las entregó a Domenico y comentó, como pudo:

—Todos muertos...

Domenico le miró incrédulo, y preguntó, a su vez:

—¿Todos?

El ayudante del ayudante asintió con la cabeza y dejó caer un murmullo:

—Sí, mayor... «Rayo negro» ha capotado.

Odiaba esa palabra. Y amonesté al ayudante del ayudante:

—Capotar significa que un avión o un automóvil han quedado en posición invertida, al volcar... ¿Y tú eres piloto?

El ayudante del ayudante dejó de lagrimear.

Domenico examinó las imágenes y se puso a llorar amargamente.

Se refugió en el rosario y el ayudante del ayudante se unió a él.

Inspeccioné las fotos y quedé espantado.

En mitad de un bosque se veían los restos, humeantes, de una nave.

¡Dios bendito!

En las ramas de los pinos colgaban las pieles de la Callas, de Puccini, de Onassis y de Kempis.

¡Parecían gabardinas al viento!

Entonces, al revisar las imágenes, observé algo que no cuadraba.

Solicité una lupa.

—En efecto —comenté casi para mí.

—En efecto, ¿qué? —interrogó Domenico.

Guardé silencio.

Deseaba estar seguro.

Finalmente estallé:

—Esto no es «Rayo negro»...

Y mostré, en mitad de la catástrofe, una cola en «T», propia de un avión.

Y señalé los estabilizadores y el timón de profundidad, muy dañados.

—¡Esto es un avión! —agregó Domenico.

—Lo es...

Y fui a indicar la rueda del morro y lo que quedaba del tren de aterrizaje, así como los alerones, parte de los flaps interiores y los *spoilers*...

«Rayo negro» era otra historia.

Después fueron los ayudantes quienes visualizaron los motores (o lo que restaba de ellos). Y vi igualmente las carenas y los soportes, incendiados.

—¿Y Curtiss? —pregunté, ansioso.

El ayudante del ayudante no sabía.

Y en eso, Domenico se dirigió a la ventana y abrió las cortinas. El sol naciente quería sumarse a la reunión.

Fue entonces cuando desperté.

La luz solar me acariciaba con dulzura. Llegó montada en un amanecer pálido.

En un primer momento no supe dónde me hallaba.

Aquel avión, estrellado...

Después me tranquilicé.

El ángel de Murillo continuaba tocando aquella música silenciosa, en su violín. Francisco lo contemplaba, extasiado.

Nada había cambiado.

Bueno, algo sí...

Una clave de sol se había posado en la almohada y me contemplaba, con amor.

Terminó besándome, y me mordió en los labios. Fue un beso apasionado.

No concedí mayor importancia al sueño y, mucho menos, al «resueño».

Pensé que se trataba de un batiburrillo mental, consecuencia de tantas emociones.

Sí y no...

✥

Desayunamos y nos despedimos del matrimonio.

Debíamos regresar a Edwards.

Y cuando estaba a punto de subir al «Renegade» de los asientos de piel de cebra, Curtiss hizo un gesto, para que lo siguiera.

Había olvidado algo...

*Henry*, el perro amarillo, ladraba, furioso, parapetado en la distancia.

¡Cobarde!

Y caminamos hasta el bosquecillo de olivos.

Una vez entre los «arbequines», el general preguntó:

—¿Te dicen algo estos árboles?

Me paseé entre ellos e inspeccioné las ramas, los troncos y los miles de verdes.

—Nada, mi general... Lo siento.

Curtiss sonrió, benevolente, y aclaró:

—Lo he leído en tus diarios. El Maestro plantó el vástago de olivo que os entregamos en Masada...

Recordé.

—Y lo hizo con amor en la llamada «casa de las flores», en Nahum.

Creí entender.

Aquel vástago procedía de la «Gold»...

El general adivinó mis pensamientos:

—Sí, fue un «arbequín» lo que llevasteis... Y fue un hijo de éstos...

En la memoria apareció Curtiss, poco antes del segundo «salto», en lo alto de la meseta de Masada, en Israel. El general sostenía entre las manos un cilindro de cristal... Con la mirada humedecida extendió sus manos hacia Eliseo, haciéndole entrega del vástago de olivo que contenía el cilindro...

Y Curtiss habló:

—Una última súplica... Llevad también este retoño y plantadlo en nombre de los que quedamos a este lado... Será el humilde y secreto símbolo de unos hombres que sólo buscan la paz. Una paz sin fronteras. Una paz sin limitaciones de espacio..., ni de tiempo. ¡Gracias! Y repitió: ¡Buena suerte!

¡Hipócrita!

Pero eso, ahora, no importaba...

Pasado el tiempo, cuando nos encontrábamos en lo alto del monte Hermón (actual frontera entre Líbano e Israel), mi hermano, el ingeniero, terminó regalando el vástago a Jesús de Nazaret. Lo hizo en su 31 cumpleaños (21 de agosto del año 25). Al Maestro le encantó y lo recibió de Eliseo con las siguientes palabras:

—Un regalo de otro mundo para el Señor de todos los mundos...

Y añadió, complacido:

—Lo plantaremos como símbolo de la paz... La paz interior: la más ardua...

Semanas después, en efecto, el Hombre-Dios lo plantaría, con amor, en uno de los parterres de la «casa de las flores», en Nahum, a la izquierda del portalón de entrada. Y allí quedó, hasta que el Destino decidió trasladarlo (1).

Entonces comprendí por qué me había estremecido al ver el bosque de olivos por primera vez...

Curtiss cortó una rama y me la regaló.

La guardaría para siempre.

Regresamos al «Renegade II».

*Henry* seguía ladrando, sobre todo en inglés.

El general, harto, agarró una piedra e intentó lapidarlo.

—¡Desertor!

Y emprendimos el viaje de vuelta a la base.

Lo reconozco: fue un fin de semana singular, emocionante y profético.

(1) Amplia información sobre el vástago de olivo en *Masada. Caballo de Troya 2, Hermón. Caballo de Troya 6* y *Nahum. Caballo de Troya 7. (N. del a.)*

# 14 de agosto

El lunes, 13 de agosto (1973), regresé a mis obligaciones principales en Edwards.

A saber: revisión de los diarios en el «avispero» (siempre con escolta), (Walter seguía de cabo), conversaciones con el cactus Josué y puesta al día de los secretos de la zona restringida (léase: bar de Joco, el japonés).

Los «halcones» continuaban a lo suyo, empecinados.

No sabían que yo sabía...

Y fue el martes, 14, cuando se desencadenó la sorpresa de las sorpresas.

Sucedió a primera hora de la mañana, nada más sentarme frente a la pantalla del ordenador.

Tecleé. Busqué los diarios y comencé la lectura de los mismos.

¡Vaya!... A 130 líneas del tercer error se presentó una nueva anomalía.

Leí, desconcertado.

¡Otra vez!

¿Cómo podía ser tan torpe?

Cuando relataba mi aventura al pie de lo que denominé la roca de los «graffitis», cerca del torreón de las «Verdes», e investigaba la leyenda grabada en lo alto del peñasco (1), detecté otros posibles errores en el texto.

Yo había escrito, originalmente: «A cosa de quince o

(1) Amplia información en *Caná. Caballo de Troya 9. (N. del a.)*

dieciséis metros del suelo se distinguía una leyenda (?), grabada en la roca.

»Era arameo antiguo.

»Leí con dificultad.

»La grabación era impecable. No parecía reciente. Alguien se tomó muchas molestias...

»Pensé en subir a la cima de arenisca e inspeccionar con más detenimiento. Las letras eran perfectas y de idénticas dimensiones. Sólo una palabra aparecía más destacada.

»Sí, subiría a la peña y exploraría...

»La leyenda —o lo que fuera— arrancaba con una frase: "Eran doscientos los que bajaron a la cima del monte Hermón."

»Lo dicho. Ni idea.

»El resto lo formaban cinco columnas de nombres. Leído de derecha a izquierda decía textualmente:

»Primera columna: *SEMIHAZAH* (era la única palabra algo mayor). A su lado se leía: "jefe de los encantamientos".»

Pues bien, donde debía decir «jefe de los encantamientos», leí: «jefe de los encantamientos después de muerto (SEMIHAZAH 3, 5)».

No era posible.

Volví a leer, descompuesto.

¡Otro maldito error!

No recordaba haber escrito algo semejante...

Semihazah, que yo supiera, no corresponde a ningún escrito bíblico. Como menciono en ese mismo pasaje, los nombres de la grabación en la roca podían pertenecer a ángeles caídos.

Pero ahí no terminó el desastre...

En esa misma página, para mi desesperación, hallé otras dos anomalías.

Pasé la jornada enfrascado en el enojoso asunto.

Tomé notas y llegué a una conclusión: era un torpe de solemnidad...

El quinto error surgió al leer la relación de nombres de los referidos y supuestos ángeles rebeldes.

Yo, inicialmente, había escrito en el Ravid:

«Y continuaba la primera columna:

»*Ar'teqo'f* (segundo jefe y conocedor de los signos de la tierra).

»*Ramt'el* (tercer conjurado).

»*Hermoní* (el que enseñó a desencantar).

»Segunda columna:

»*Baraq'el* (el que enseñó los signos de los rayos).

»*Kokab'el* (el que conoce las estrellas y practica la ciencia de las estrellas).

»*Zeq'el* (el que sabe de relámpagos).

»*Ra'ma'el* (el sexto).

»Tercera columna:

»*Dani'el* (el que conoce las plantas).

»*Asa'el* (el décimo de todos ellos).

»*Matar'el* (el que conoce los venenos).

»*Iah'el* (el que conoce los metales).

»Cuarta columna:

»*Anan'el* (el que conoce los adornos).

»*Sato'el* (decimocuarto).

»*Shamsi* (el que conoce las señales del sol).

»*Sahari'el* (el que conoce y enseña los signos de la luna).»

El quinto error en cuestión era el siguiente: en lugar de «*Zeq'el* (el que sabe de relámpagos)» aparecía «*Zeq'el* (será el día del relámpago) (3, 4)».

Extrañísimo.

En cuanto al sexto error (?) (ya no supe qué pensar), lo detecté 12 líneas más adelante.

En el «portaaviones», quien esto escribe redactó, en su momento:

«La quinta y última columna aparecía borrada en su totalidad. Las letras habían sido macheteadas, intencionadamente. No pude reconstruir ni uno solo de los cuatro presumibles nombres.»

Estaba hablando, como dije, de la extraña grabación en la roca de los «graffitis».

Lo que acerté a leer aquel 14 de agosto de 1973 en el ordenador no tenía nada que ver... Decía así:

«En la quinta y última columna se leía *Besa'el* (vivirás lo no vivido). Éxodo 3, 3.»

Permanecí frente al monitor, desconcertado.

Además de faltar un texto, y de la errónea cita bíblica, aquella frase añadida —«vivirás lo no vivido»— me dejó conmocionado.

«Vivirás lo no vivido», como relaté, era una frase que soñé en Nazaret el 24 de febrero del año 26. En la profética ensoñación, la *insula* de Nahum, en la que vivíamos, salía ardiendo. Allí murieron los niños «luna», los trillizos, hijos de Gozo, la prostituta. En ese sueño, quien esto escribe recogía del suelo un trozo de papiro, medio calcinado, y leía, en arameo: «Vivirás lo no vivido.» (1)

Para mi desesperación, algún tiempo más tarde, la *insula* resultaría destruida en la realidad, en un incendio provocado por Kuteo, el samaritano. En el siniestro, los papiros en los que relataba los viajes secretos del Maestro (anteriores a su vida de predicación) quedaron igualmente reducidos a cenizas.

¡Desconcertante!

Podía admitir que me hubiera equivocado a la hora de redactar los diarios, pero no de una forma tan extraña...

¡Seis errores!

Regresé al pabellón de oficiales y, en la soledad de mi habitación, repasé las citas, supuestamente bíblicas, que detecté en las citadas anomalías.

Sorpresa...

Sencillamente, como imaginé, no había tales. Y me explico: las citas en cuestión no existían o no guardaban relación con lo leído en pantalla, en el «avispero» (2).

---

(1) Amplia información en *Caná. Caballo de Troya 9. (N. del a.)*

(2) Zacarías (2, 7) dice: «En esto, salió el ángel que hablaba conmigo, y otro ángel salió a su encuentro...»

Zacarías (3, 1) dice: «Me hizo ver después al sumo sacerdote Josué, que estaba ante el ángel de Yavé; a su derecha estaba el Satán para acusarle.»

Semihazah (3, 5) no existe.

Zeq'el (3, 4) tampoco.

Éxodo (3, 3) dice: «Dijo, pues, Moisés: "Voy a acercarme para ver este extraño caso: por qué no se consume la zarza."»

Fue instantáneo.

Tuve un presentimiento.

¿Pudo leer Eliseo los diarios?

Era más que probable...

Y reaccioné de forma inesperada.

En lugar de continuar por ese camino, opté por olvidar.

Quiero creer que me asusté.

Alguien volvió a tocar en mi hombro...

Y lo hizo por algo especialmente importante.

Pero yo, torpe y cobarde, pasé página.

Bajé al bar de Joco y elegí la tertulia con el japonés.

Me puso al día.

Y olvidé los errores..., de momento.

El sábado, 11, mientras disfrutaba del fin de semana en la casa de campo de Curtiss, Nixon y su asesor, Kissinger, se reunían en la residencia de verano del presidente, en Camp David.

Los rumores sobre dicha reunión eran negros y borrascosos: «¿De qué hablan dos mentirosos cuando se encuentran?»

Joco puso el dedo en la llaga:

—Siempre contra un tercero...

Gerald Warren, portavoz de la Casa Blanca, salió al paso de las habladurías y aseguró que Nixon y el judío no «consideraron el asunto "Watergate"».

—¡Mentira podrida! —Estalló Joco—. ¡Esas malditas cintas magnetofónicas nos ahorcarán a todos!

Y recordé la conversación con Estrella, esa mañana del sábado, mientras cocinábamos.

La generala mostró su preocupación por la vida de Curtiss.

La intuición femenina siempre da en el blanco, aunque a los varones nos moleste o nos perjudique.

Algo se «cocinaba» también en la Casa Blanca...

Al mismo tiempo, la tensión en Oriente Próximo daba otra vuelta de tuerca.

---

No hay relación, por tanto, con el tal Besa'el, ni con nada de lo escrito inicialmente por quien esto escribe. *(N. del m.)*

Libia entró en escena de nuevo y advirtió a USA que las compañías petroleras extranjeras podrían ser nacionalizadas si continuaban con su política evasiva respecto a las legítimas demandas libias. El ministro del petróleo, Ezdin Mabruk fue muy claro: «A la Occidental le seguirán otras...» (1)

El diabólico plan Rapto de Europa seguía su curso...

Las petroleras norteamericanas, por su parte, continuaban presionando al Pentágono para que invadiera Libia o «anulase» al coronel Gadafi (2).

Pero, como éramos pocos, parió la abuela...

La estúpida y venenosa CIA volvió a meter la pata.

Los servicios de información árabes descubrieron que la Agencia Central de Inteligencia (?) norteamericana y la embajada USA en Beirut pasaban información secreta a los judíos.

Ese mismo martes, 14, el líder del Frente Popular para la Liberación de Palestina (FPLP), doctor George Habbash, fue interceptado por cazas israelitas cuando volaba de Beirut a Damasco. El chivatazo salió a la luz y la hoguera, en la región, se hizo más aparatosa.

La guerra se aproximaba.

—Tengo una cabaña cerca del volcán Mauna Kea, en Hawai... Si estalla la guerra te invito.

Tomé la palabra de Joco.

En esos momentos no podía imaginar que, en cuestión de meses, terminaría visitando la aludida cabaña del japonés.

(1)   El lunes, 13 de agosto (1973), Armando Hammer, presidente de la Occidental Petroleum Corporation anunció que la petrolera había recibido de Libia 135 millones de dólares, en concepto de pago por el 51 por ciento de sus acciones. *(N. del m.)*

(2)   Hasta 1973 habían sido puestos en marcha un total de seis planes para ejecutar o «anular» a Gadafi. Todos fracasaron. Un 31 por ciento de los consejeros de las petroleras norteamericanas son militares retirados, o no tan retirados... *(N. del m.)*

# 16 de agosto

Por supuesto, no escapé a mi Destino.

Nadie escapa...

Retorné al «avispero» y continué dándole vueltas a los enigmáticos errores. No llegué a nada concreto.

Fue el jueves, 16 de agosto, cuando las cosas cambiaron.

Fue un giro de 180 grados.

Me hallaba inmerso en la lectura de los diarios cuando, de pronto, la venda resbaló y empecé a ver con claridad...

¡Oh, Dios!

Esto fue lo que vi y lo que viví: 89 páginas más allá del sexto «error» (ahora sí entiendo que debo entrecomillar la palabra) apareció «aquello»...

El nuevo «error» no era imposible: era imposible-imposible.

Ya no era yo quien se equivocaba, sino «Santa Claus».

Fue esta circunstancia la que, como digo, me derribó del caballo. El ordenador central no solía cometer errores.

Me explico.

En su momento, yo había escrito en el Ravid: «Partimos de Damiya el sábado, 16, y, por seguridad, pernoctamos en el vado de Josué. Yo viajaba en el primer *reda*. Tar nos seguía en el suyo. (Nos dirigíamos a la fortaleza de Maqueronte.)

Ese domingo, 17 de noviembre, el orto solar se registró a las 6 horas, 5 minutos y 15 segundos. El ocaso —según "Santa Claus"— tendría lugar a las 16 horas y 37 minutos. La luna aparecería a las 19 horas y 43 minutos y se ocultaría a las 10 horas y 6 minutos, en posición de menguante. Todo estaba calculado. Mejor dicho, casi todo...»

Pues bien, al leer en pantalla, en el «avispero», observé que las horas de la salida del sol y de la luna no fueron escritas como era mi costumbre y, además, los respectivos ortos o salidas de los astros no eran correctos.

Leí, atónito: «Ese domingo, 17 de noviembre, el orto solar se registró a las 3,1 horas, 27 minutos y 025 segundos (Número).»

Algo más adelante detecté otro desconcertante «error»: «... La luna aparecería a las 3,5 horas, 33 minutos y 34 segundos (Ezequiel).»

Los ocasos eran correctos.

Como digo, permanecí perplejo, sin saber qué pensar.

Esta clase de datos eran proporcionados por «Santa Claus». Eran correctísimos.

Además —me dije—, qué pintan esas palabras detrás de los ortos: «Número» y «Ezequiel».

Yo jamás escribía así...

Esa noche certifiqué que las horas que acababa de leer en el «avispero» no eran exactas. El sol no salió a las 3,1 (forma absurda de consignar un orto) sino a las 6. Tampoco la luna lo hizo a las 3,5 (!). Su aparición, en Israel, en esa fecha (17 de noviembre del año 26), se registró a las 19 horas.

Y, como digo, «desperté»...

No hacía falta ser muy inteligente para descubrir que alguien había manipulado los diarios, aunque fuera de una manera aparentemente no grave.

Pero ¿quién?

Ésa era otra pregunta sin demasiado fundamento.

Sólo Eliseo tenía acceso a la «cuna» y, por supuesto, al lugar en el que se hallaban depositados los diarios: «Santa Claus».

Y me planteé la cuestión capital: ¿Qué interés tenía el

ingeniero en alterar unas pocas palabras (supuestamente de segundo o de tercer orden) y otros tantos números?

¿Qué escondía aquel manicomio?

Entonces llamaron a la puerta de la habitación.

¡Vaya!

Siempre me interrumpían en lo más interesante...

Abrí y la vi a ella.

Estaba bellísima, como siempre.

Vestía la túnica azul que tanto me gustaba.

El cabello, negro y libre, acariciaba la cintura. Parecía una apache, pero no...

Era la intuición.

Entonces, sin palabras, me dijo: «¡Al fin!»

Dio media vuelta y se alejó por el pasillo.

Caminaba de puntillas.

Sí señor... Tenía un trasero emocionante.

Cerré e intenté concentrarme.

No fue fácil.

Los nervios se habían desatado y rodaban hasta el suelo. Allí se agitaban como culebras...

Era menester empezar desde el principio.

Y así lo hice.

Me vestí de paciencia y fui anotando los «errores», en el orden en que se presentaron.

Primera versión:

**También el séptimo. (Zacarías 2, 7)**

**... y cada error conduce a la luz. (Zacarías 3, 1)**

**... en cien atardeceres, en el año 025, con la ayuda de Wailos, Eutiques y Turing.**

**... jefe de los encantamientos después de muerto (Semihazah 3, 5)**

**Zeq'el (será el día del relámpago) (3, 4)**

**En la quinta y última columna se leía Besa'el (vivirás lo no vivido). Éxodo 3, 3.**

El séptimo gran error —el de los ortos del sol y de la luna— lo dejé aparte.

No supe qué hacer con dichas horas.

Y empecé a marear el asunto. Le di vueltas y vueltas, buscando un sentido. Cambié las frases de posición, alteré los números, traduje todo al griego y al inglés, suprimí palabras...

Pero ¿qué era lo que buscaba?

Me detuve, agotado.

No lo sabía...

Ni siquiera tenía la seguridad de que «aquello» encerrara un «mensaje».

Todo eran suposiciones...

Y me pregunté, por enésima vez: «¿Alguien trata de decirme algo?»

¡Qué tontería!

Eliseo estaba muerto...

«A no ser que las "anomalías" hubieran sido introducidas en los diarios antes de "regresar" a 1973...»

Me pareció un comentario de perogrullo.

Y aceptando algo así, ¿qué sentido tenía?

Una de las frases (?) me llamó la atención desde el primer momento: «y cada error conduce a la luz (Zacarías 3, 1)».

Cierto.

Cada equivocación, en la vida —si uno sabe estar atento—, lleva a la verdad (suponiendo que la verdad exista).

Y me dije: «¿Conducen estos errores a la luz?»

Pero ¿a qué luz? ¿Hay un final en este laberinto?

Me estaba obsesionando...

Y en ésas, de madrugada, volvieron a llamar a la puerta de la habitación.

¡Vaya!

Abrí y hallé de nuevo a la bellísima mujer del cabello negro: la intuición.

Me miró intensamente.

Hice ademán para que entrara, pero negó con la cabeza.

Y me transmitió:

«Prescinde de lo superfluo.»

Sonrió, complacida, y se retiró.

¿Prescindir de lo superfluo? ¿Y qué era lo innecesario en aquel manicomio?

Volví a repasar los seis errores con detenimiento.

Y tomé una decisión.

Suprimí las citas bíblicas. A fin de cuentas eran falsas, o no relacionadas con el texto en cuestión.

Esto fue lo que obtuve:

**También el séptimo.**
**y cada error conduce a la luz**
**... En cien atardeceres, en el año 025, con la ayuda de Wailos, Eutiques y Turing.**
**jefe de los encantamientos después de muerto.**
**Zeq'el (será el día del relámpago).**
**En la quinta y última columna se leía Besa'el (vivirás lo no vivido).**

Continué sin rumbo.

Aquello carecía de lógica para quien esto escribe.

Sólo las dos primeras frases mantenían una cierta coherencia (?): También el séptimo y cada error conduce a la luz.

Invertí el orden, puntué, y leí: «Y cada error conduce a la luz. También el séptimo.»

El instinto avisó.

Esto sí guardaba mayor sentido. Pero seguí en blanco.

«Y cada error conduce a la luz...»

Yo había detectado siete errores, aunque uno de ellos —justamente el séptimo— no estaba siendo contemplado en esos momentos.

Sentí un escalofrío.

«Y cada error conduce a la luz... También el séptimo.»

El autor o autores de las «anomalías» parecían conocer la psicología del receptor. Yo había desestimado el séptimo «error» (de momento).

«Y cada error conduce a la luz...»

Me emocioné.

Y, de pronto, un rayo de esperanza me iluminó.

No fue la razón quien llegó a esa conclusión; fue el instinto: «Eliseo vive.»

La lucidez fue breve.

Me enredé de nuevo en las frases y la cordura —¡maldita criatura!— se impuso.

Así discurrieron las horas, interminables como desiertos de piedra...

Entonces recordé la advertencia de la bella intuición:

«Prescinde de lo superfluo.»

Examiné nuevamente el galimatías y tomé otra decisión.

Prescindiría de lo erróneo y de las palabras que aparecieran repetidas en el texto original.

Fue así como construí lo siguiente:

**Y cada error conduce a la luz.**
**También el séptimo.**
**En cien atardeceres y Turing.**
**Después de muerto.**
**Será el día del relámpago.**
**Se leía Besa'el (vivirás lo no vivido).**

No avancé mucho más, pero dos frases reclamaron mi atención:

«Después de muerto será el día del relámpago.»

Ahí me quedé, bloqueado de nuevo.

¿Quién tenía que morir? ¿Qué demonios era el día del relámpago? ¿Fallecía alguien en esa fecha?

Volví a desesperarme.

El amanecer clareaba y yo oscurecía.

Fue entonces cuando llamaron a la puerta por tercera vez.

Lo supe.

Era la intuición. Volvía en mi auxilio.

Así fue.

Al abrir la hallé frente a mí, a dos pasos.

Esta vez sonrió y señaló con el dedo hacia mi pecho.

Y susurró:

«Guíate por el corazón.»

Tenía razón, como siempre.

Me enfrenté de nuevo a las seis frases.

Esta vez las pinté de colores.

«Y cada error conduce a la luz» en rojo.

Fue al azar: el primer color que me vino a la mente.

«También el séptimo» en verde.

«En cien atardeceres y Turing» en azul.

Y me dejé arrastrar por el consejo de la bella intuición: «que hable tu corazón».

Borré «y Turing».

Entendí que sobraban. «Turing» era una ratificación, sin más.

Así lo interpreté.

Era como si Eliseo hubiera añadido al enigma un elemento que distrae y, al mismo tiempo, una confirmación de que aquello era obra suya. Como dije, adoraba a Turing, el mago de la informática.

De repente me detuve.

«Guíate por el corazón.»

Y continué pintando en azul: «después de muerto».

Fue así como apareció la siguiente frase: «En cien atardeceres después de muerto» (azul).

«Será el día del relámpago» la coloreé en negro.

Y faltaba la última frase.

¿De qué color la pintaba?

No me vino nada a la mente.

Fue entonces cuando decidí meter los dedos en la caja de pinturas y, sin mirar, sacar un rotulador, al azar (?).

Salió el violeta.

«Se leía Besa'el (vivirás lo no vivido)» quedó pintada en violeta.

«Guíate por el corazón», repitió la bella mujer.

Y suprimí «se leía Besa'el».

No hubo razón para ello. Fue puro instinto.

Y el «código» —como había empezado a llamar a las frases— se presentó con un nuevo aspecto:

Y cada error conduce a la luz (rojo).
También el séptimo (verde).
En cien atardeceres después de muerto (azul).
Será el día del relámpago (negro).
Vivirás lo no vivido (violeta).

Era la cuarta estructura.
Permanecí pasmado.
Aquello tenía mayor sentido.
Y la bella mujer habló de nuevo: «Guíate por el corazón.»
Cambié de posición una de las frases.
Me gustó más.
Y el código tomó nueva forma:

Y cada error conduce a la luz.
También el séptimo.
En cien atardeceres después de muerto.
Vivirás lo no vivido.
Será el día del relámpago.

Rojo, verde, azul, violeta y negro (1).
Fue la quinta estructura...
Pasé tiempo y tiempo frente al código.
Algo estaba claro para quien esto escribe: si Eliseo trataba de comunicarse —sabiendo como sabía de mi proverbial torpeza—, la fórmula tenía que ser extremadamente sencilla.
Y volví a sorprenderme.
«¿Por qué daba por hecho que el ingeniero se hallaba vivo?»
Menos mal que me centré en lo que verdaderamente importaba: las frases.
«En cien atardeceres después de muerto» me obsesionaba.

(1)  Como decía el Maestro... «quien tenga oídos que oiga». *(N. del a.)*

Hice toda clase de cálculos.

No logré desnudar la frase.

Barajé la totalidad de las hipótesis que me fueron enviadas.

¿Se refería al propio Eliseo?

Aceptando que hubiera muerto, ¿cuándo se registró dicha muerte?

Era obvio.

El fallecimiento —si es que murió— tuvo que producirse hacia las 21 horas del 28 de junio (1973). Fue en esos momentos cuando vi cómo la «cuna» se hundía en las profundidades del mar Muerto.

Consulté el calendario.

¡Vaya!

«Cien atardeceres después de muerto» (?) coincidía con el 6 de octubre.

Era en esa primera semana del mes de octubre cuando Rapto de Europa tenía previsto el inicio de la guerra entre árabes y judíos.

El instinto tocó en el hombro, pero no me percaté de la sutileza.

Ahí me quedé...

¿Sería el 6 de octubre el día del relámpago?

El resto del código —o lo que fuera— no me dijo nada.

Y una voz sonó 5 por 5 en mi interior: «¡Eliseo vive!»

El repiqueteo fue nítido: «¡Vive!»

Pero eso significaba que había «regresado» con el Maestro...

¡Dios mío!

¿Trataba Eliseo de comunicarme que se hallaba con el Hijo del Hombre?

No entendía.

¿Y por qué iba a volver al tiempo del Hombre-Dios?

Ya lo medité, pero volví sobre ello.

¿Qué razón o razones podía tener Eliseo para manipular de nuevo los ejes de los *swivels* y retornar a la época de Jesús?

¿Y qué pintaba yo en todo aquello?

Si era cierto que el ingeniero se encontraba de nuevo en el año 28 de nuestra era, por decir algo, ¿qué pretendía?

Y lo más desconcertante: ¿por qué intentaba comunicarse con quien esto escribe?

Yo estaba acabado...

Aun así reflexioné sobre las ya referidas razones:

¿Por gratitud hacia el Galileo? Él lo había sanado...

No sé.

Eliseo era frío y calculador.

¿Deseaba continuar lo que no pude terminar? ¿Pretendía seguir al Maestro el resto de su vida de predicación?

Si era así, sentí una intensa envidia...

¿Por Ruth, la pelirroja?

No lo creí.

¿Para rescatar el cilindro de acero, con las muestras?

Eso encajaba en la personalidad y con el «trabajo» del «oscuro»...

¿Por una mezcla de todas ellas?

¡Quién sabe!

Y la lógica regresó y se impuso: «Estás sacando los pies del tiesto...»

Quizá llevaba razón. Yo había visto la nave, hundiéndose en el mar de la Sal.

«¡Vive! —reprochaba la voz interior—. ¡Está vivo y trata de decirte algo!»

«¡Está muerto!» —insistía la razón.

«¡El código no es casual! —escuchaba en mi mente—. Nada es azar...»

Sí, lo sabía. Nada es casual. Nada...

Pero la razón pesaba lo suyo.

Y en ésas me hallaba cuando llamaron a la puerta, una vez más.

Pensé: la bella intuición...

Ella me sacará de la duda.

Abrí y quedé decepcionado.

No era la hermosa mujer que caminaba de puntillas.

Era un policía militar...

¡Vaya!

Domenico me reclamaba.

✠

A las 8 de la mañana del viernes, 17 de agosto, entraba en el despacho del ayudante del general Curtiss, en el hangar rojo.

Ésa sería otra jornada que no podría olvidar con facilidad...

Domenico no me miró.

Creo que no se percató de mi llegada.

Sobre la mesa aparecían cinco grandes fotografías en color.

El ayudante las contemplaba con la ayuda de una lupa.

Lo vi absorto y sombrío.

Permanecí en silencio, al otro lado del escritorio, pendiente.

Las imágenes me alertaron.

Algo sucedía...

Finalmente se percató de mi presencia.

Alzó el rostro y capté una sombra de inquietud en la mirada.

—¿Qué pasa? —pregunté mientras miraba, de soslayo, las superficies mates de las fotos.

Tomó una de ellas y me la entregó, al tiempo que sugería:

—Será mejor que te sientes...

Así lo hice y procedí al examen de la fotografía.

Era una imagen tomada por un satélite.

«Otra más», me dije.

Pero no. Aquélla era diferente...

En un primer momento no distinguí gran cosa.

Se trataba del mar Muerto, como casi siempre.

A la izquierda aparecía la costa jordana.

Al pie leí: «16 Agosto. 1973... 12 horas 12 minutos... Coordenadas...»

Ése era el punto en el que se había hundido la «cuna».

El 16 fue el día anterior.

Dudé.

Aquellas malditas fotos nunca me decían nada.

El ayudante indicó un punto, a cosa de medio kilómetro al oeste del *wadi* Mujib.

Volví a inspeccionar la fotografía, pero sólo hallé una mancha.

Y la miré, sin terminar de comprender.

Domenico, entonces, abrió una de las carpetas y extrajo un par de documentos.

Me los entregó y me invitó a leer.

Era un informe confidencial procedente del Pentágono (sección cartográfica del CDTI: Centro de Desarrollo Tecnológico e Industrial).

Leí, rápido, y la confusión me arrolló.

Crucé una mirada con el ayudante.

Asintió en silencio.

—Pero...

Allí reconocían que la «cuna» se hallaba a 92 metros, enterrada en el fango del lecho del mar Muerto.

Volví sobre la fotografía, pero continué en blanco.

Sólo se distinguía una mancha...

Y comenté, harto:

—Esto puede ser la cagada de una mosca...

Domenico sonrió con desgana y me animó a que concluyera el informe.

Los del Pentágono desplegaban numerosos datos técnicos que avalaban, supuestamente, el descubrimiento.

El autor (o autores) se refería al «inconfundible perfil del módulo» y a la «clara ausencia del tren de aterrizaje».

La detección —rezaban los papeles— había sido posible mediante sensores hiperespectrales de alta resolución espacial (1), con la ayuda de Rayos X y la «canalización ultrasónica».

---

(1) Los radiómetros hiperespectrales, altamente secretos, generaban información en 36 canales (desde el visible hasta el infrarrojo), con una sensibilidad de 12 bits. Los radiómetros proporcionaban 15 imágenes diarias de la zona seleccionada, con una capacidad de penetración de 120 metros. No importaba que fuera roca, fango, arcilla o agua. La información era capturada en paralelo, consiguiendo del orden de 406 líneas por minuto. Por su parte, los generadores de Rayos X trabajaban entre 10 kV y 250 kV. *(N. del m.)*

Los satélites, finalmente, lograron la penetración en el barro y la ubicación de la nave.

No sé explicarlo, pero aquello me olió a chamusquina.

Es cierto que los descubrimientos militares, en USA, superan la decena, anualmente, y que difícilmente salen a la luz. Todo era posible, pero...

Terminé encogiéndome de hombros y exclamé:

—¡Quién sabe...!

Domenico me contempló, perplejo.

—La información —argumentó— procede de lo más alto.

—Ahí es donde más mierda hay...

El ayudante me animó para que continuara la inspección de las restantes fotografías.

Así lo hice.

Esta vez palidecí...

Las cuatro imágenes eran distintas. Muy distintas...

Domenico se adelantó a mis intenciones y me cedió la lupa.

—¿Qué es esto? —pregunté tras una primera y detenida observación.

Mi compañero replicó:

—Sinceramente, no lo sé... Parece uno de los nuestros.

En las fotos, nítidas y perfectamente enfocadas, se veía un cuerpo. Era un cadáver.

Leí el reverso: «Mar Muerto. 11 de agosto 1973. Jordania. Identidad desconocida.»

No había duda. Las imágenes fueron tomadas en una playa de la costa oriental del mar Muerto (zona jordana).

Las inspeccioné una y otra vez, cada vez más nervioso.

—No puede ser...

—Parece ser que sí.

Y repetí:

—No es posible...

—Lo es, Jasón... Por eso te he llamado.

En la primera fotografía aparecía el cadáver, boca abajo, a escasa distancia del agua. Vestía un traje blanco, aparentemente de astronauta.

Me fijé en los detalles.

Era similar a los que usábamos en el proyecto Swivel y, más concretamente, en la operación Caballo de Troya.

Portaba la escafandra.

En las proximidades se apreciaban los pies de varios soldados. Eran botas. El fotógrafo era un militar, obviamente.

En la segunda imagen, el «astronauta» (?) aparecía boca arriba.

Paseé la lupa sobre la escafandra, pero la protección, tintada de negro, no permitía ver el interior.

En el hombro izquierdo se distinguía la bandera norteamericana (13 por 7 centímetros), cosida al traje.

Y se presentaron los escalofríos.

—No es posible —repetía.

Seguí aproximando la lupa al traje.

Afirmativo.

Era idéntico al que vestíamos Eliseo y yo cuando fui empujado a las aguas del mar de la Sal (1).

Domenico continuaba en silencio, con la cabeza baja.

La tercera fotografía me desconcertó un poco más.

Era una ampliación del brazo derecho.

Un maletín metálico, de mediano porte, se hallaba esposado a la muñeca.

No entendí...

Pregunté, pero Domenico no supo qué responder.

En la cara visible del maletín se apreciaba parte de un número, grabado en el metal.

Creí leer 1357.

Ni idea.

---

(1) En el argot del proyecto los llamábamos *aces*. Los rusos tienen otro nombre para los trajes de astronautas: *sokol*. Los *aces* constaban de dos capas, con un 92 por ciento de fibra «nomex», un 3 por ciento de P-140 y el resto en «kevlar». La capa exterior recibía un tratamiento especial —similar a la «piel de serpiente»— que hacía el traje prácticamente invulnerable. La zona en contacto con la piel era de algodón «w-7», que impedía la pérdida de calor y absorbía la sudoración. Todos se hallaban dotados de radiobalizas y pequeños equipos de supervivencia. (*N. del m.*)

Que yo supiera, en la «cuna» no cargábamos esa clase de maletines.

La última fotografía era otra ampliación. En este caso del pecho del astronauta.

La lupa tembló.

No tardé en reconocer el emblema circular, de siete centímetros de diámetro, que distinguía a Caballo de Troya. Aparecía sobre el corazón.

Me estremecí y Domenico se percató de ello.

Se apresuró a sacar el rosario y musitó las plegarias con los ojos entornados.

En el centro del pecho, a la altura del esternón, medio se leía un apellido.

¡Dios bendito!

Aparecía cosido al traje.

Volví a interrogar a Domenico.

No respondió.

Continuó con las avemarías.

«No —me dije—, no es...»

Sí lo era. Al menos, ése fue el nombre que leí.

¡Era Eliseo!

Su apellido (real) figuraba sobre el pecho.

Las cinco letras se presentaban deterioradas, pero legibles.

—¡Dios mío! No es posible...

El ayudante interrumpió el rosario y contestó:

—Ya ves... Parece que sí. Fin de la pesadilla.

—¿Lo sabe Curtiss?

—Está de camino...

Señalé las fotos y pregunté, aunque conocía la respuesta:

—¿Qué garantías hay de que eso sea auténtico?

—¿Garantías? —clamó Domenico, extrañado—. ¡Vienen de lo más alto!

Y recordé a Eliseo y a los «oscuros del infierno». También procedían de lo más alto...

—No sé qué pensar —lamenté.

El ayudante se puso en pie.

El rosario osciló, nervioso.

Domenico se explayó:

—Yo te diré lo que tienes que pensar... Eliseo murió.

Dudó unos instantes, pero siguió, valiente y decidido:

—Probablemente se ahogó... Quizá murió en el impacto. ¡Eso qué importa!... ¡Murió!... Le rendirán honores militares...

—¡A paseo los honores!

—Cuando llegue Curtiss preguntaré y avisaremos a la esposa y a la familia...

Y me vino a la mente el código.

¡Qué extraña situación!

Aquellas frases no casaban con lo que tenía a la vista.

¿Me estaba obsesionando?

No hice más comentarios y abandoné el lugar.

Caminé sin rumbo.

Me hallaba sumamente confuso y angustiado. No podía negar lo que acababa de contemplar, pero algo tiraba de mí en otra dirección... No sé explicarlo.

Fue, sin duda, uno de los momentos más difíciles de aquel tramo.

Las esperanzas nacidas al amparo del código se estaban esfumando, segundo a segundo.

Terminé en el bosque de Josué.

Hablé mucho con el cactus de los ojos de color mostaza.

Busqué poner orden en el gallinero de la mente.

Fue casi imposible.

Josué miraba y exclamaba:

—¡Pobrecillo!

Hizo de confesor:

—Empecemos por el principio. ¿Qué has visto?

Le dije que una mancha en la foto de un satélite.

—Tienes razón —manifestó—. Eso es manipulable...

Y hablé igualmente de los papeles del Pentágono...

—Un momento —terció, asombrado—, ¿qué tienes que ver con Ellsberg?

—Nada...

—¿Y con Colson?

—Mucho menos... (1)

—¿Y con el analfabestia de Nixon?

Me molestó la pregunta pero continué las explicaciones:

—Las restantes fotografías son otro cantar...

—¿Por qué?

—En ellas aparece un cadáver, vestido de astronauta. Dicen que es Eliseo...

—¿Quién lo dice?

—Lleva el apellido en el pecho...

—Eso no significa nada. ¿Le has visto la cara?

—No.

—¿Cuándo ha aparecido?

—Hace una semana... Lleva un maletín anillado a la muñeca.

—¿Un maletín? ¡Como el hombre que nunca existió!

—¿A qué te refieres?

—Son cosas mías... Tú no habías nacido.

Y, de pronto, recordé algo que podía ser importante.

No me di cuenta en el despacho del ayudante.

—¿Cómo murió?

No presté atención a las palabras del cactus.

—¿Se ahogó? —insistió—. ¿Se golpeó? ¿Murió en el impacto?

—No lo sé —balbuceé—. Eliseo era un atleta...

—¿Qué recuerdas?

—La «cuna» se hallaba en estacionario cuando fui empujado a las aguas...

—¿Nivel?

—30 pies (alrededor de 10 metros).

—¿Quedaba combustible?

—Los tanques de reserva entraron en funcionamiento al hacer estacionario sobre el mar Muerto.

---

(1)  Charles Colson era asesor de Nixon y se vio implicado en el escándalo del «Watergate». Una de las «aventuras» de Colson consistió en entrar en la consulta del psiquiatra de Ellsberg para tratar de hallar documentos que desprestigiaran al tal Ellsberg. Éste había pasado a la prensa los llamados «papeles del Pentágono», sobre los abusos de USA en Vietnam. *(N. del a.)*

—Eso quiere decir...

El cactus lo calculó. Yo le ayudé:

—Quedaban 492 kilos...

—¿A cuánto quemaba la «cuna»?

—En esos momentos, si no recuerdo mal, a razón de 6 kilos por segundo.

Y añadí:

—Cuando salté teníamos un margen de 40 segundos...

—Veamos —meditó Josué—... Fuiste empujado, te sumergiste en las aguas y regresaste a la superficie...

—Así fue.

No sabía adónde quería ir a parar...

—Todo eso pudo suponer del orden de 20 o 30 segundos...

Le di la razón:

—Más o menos...

—En realidad observaste la nave poco antes de volver a la superficie....

Estuve conforme. Vi cómo se hundía cuando empecé a subir.

—La nave, por tanto, no había consumido la totalidad del combustible cuando se cruzó contigo bajo el agua...

Esta vez fui yo quien hizo cálculos.

Tenía razón.

Cuando la vi perderse hacia las profundidades del mar de la Sal podían haber transcurrido 15 o 20 segundos desde que fui empujado por Eliseo. Quizá menos. Recordé que, segundos antes de que mi compañero me empujara, él gritó, al tiempo que miraba los controles: «¡Quedan cuarenta segundos!»

¡Vaya! La observación del cactus me dejó perplejo.

La nave no se precipitó al lago de forma violenta. Descendió suavemente. No hubo impacto.

En otras palabras: entró en el mar Muerto con la mitad del combustible de reserva.

Cuando me crucé con la «cuna», según estas estimaciones, quedaba combustible para otros 20 segundos, como poco. Y pensé: «Veinte segundos es una eternidad...»

Y el asunto de la escafandra —la idea que me había asaltado poco antes— regresó con fuerza.

Allí dejé al bueno de Josué, haciendo cábalas.

Y me encaminé de nuevo hacia la zona restringida.

Por el camino pensé y pensé.

Eliseo tuvo tiempo de activar la inversión de masa... ¡y «desaparecer»!

Pero ¿qué debía pensar del cadáver?

Si se ahogó (?) el 28 de junio, ¿por qué aparecía 44 días después? Más aún: si la «cuna» se hallaba a 92 metros, en el fango, ¿cómo explicar la presencia del «astronauta» en la orilla? ¿Quién encontró el cadáver? ¿En qué circunstancias? ¿En qué punto exacto?

Y lo más importante: ¿por qué no le fue retirada la escafandra?

Demasiadas preguntas sin respuesta...

Quizá Domenico llevaba razón.

«Fin de la pesadilla.»

Quizá tenía que hacerme la idea: Eliseo estaba muerto.

¿O no?

¿Y el código?

¿Se debía todo a una maniobra orquestada por los «oscuros del infierno»?

Deliraba...

¿Y qué pensar del extraño maletín metálico, esposado a la muñeca derecha del cuerpo?

¿Qué contenía?

¿Quizá el cilindro de acero, con las muestras del Maestro y de su familia?

Rechacé la idea.

Eso no era posible.

El cilindro se perdió en Beit Ids...

Quizá contenía algo de lo que Eliseo no había hablado.

¿Otro secreto?

Al ingresar en el despacho del ayudante de Curtiss, en el hangar rojo, fui directo a las fotografías del «astronauta».

Domenico me siguió, desconcertado.

—¿Qué ocurre?

No respondí. Sólo quería cerciorarme.

En efecto.

Y quedé nuevamente confuso.

El cuerpo hallado en la orilla jordana, como dije, portaba una escafandra tintada en negro.

¡Qué extraño!

Como referí, segundos antes de que este explorador fuera empujado por Eliseo a las aguas del mar de la Sal, el ingeniero procedió a retirar mi escafandra, y después hizo otro tanto con la suya. Ambas escafandras, además, eran transparentes. Recuerdo que la mía aparecía manchada de sangre (1).

¿Cómo era que el cadáver, supuestamente de Eliseo, presentaba la escafandra y tintada?

¿Volvió a encajarla después? ¿Por qué razón? Si pretendía saltar, la escafandra, en el agua, hubiera sido una molestia.

¿O no eran sus intenciones?

Tuve que sentarme.

Todo se oscurecía a mi alrededor.

Volví a leer el informe del Pentágono y repasé de nuevo las restantes fotografías.

---

(1)   En *Caná. Caballo de Troya 9*, al final de su ventura, el mayor escribe: «El ingeniero pulsó el sistema hidráulico y, al instante, la trampilla ubicada en el suelo del módulo se abrió por completo.

Vi las aguas azules, a poco más de diez metros, rizadas por los gases del peróxido de hidrógeno.

—¡Vamos, mayor!... ¡Hay que saltar!

Indiqué que tenía puesta la escafandra.

Eliseo asintió, y se disculpó por el fallo.

La retiró e hizo lo mismo con la suya.

—¡Ya! —ordenó el ingeniero.— ¡No hay tiempo ni combustible!...

Dirigió la mirada hacia los controles, y ratificó:

—¡Quedan cuarenta segundos!

Pero seguí dudando...

—¡Vamos, maldita sea!

Eliseo no esperó. Terminó empujándome al vacío.

Y caí...

Sentí el roce caliente de los gases en los cabellos y en la piel.

Después choqué con el agua...

Después, todo azul.

Me hundí.» *(N. del a.)*

No dije nada a Domenico sobre el asunto de la escafandra.

El ayudante no logró aclarar mis dudas.

No sabía gran cosa.

Las fotos del «astronauta», al parecer, fueron tomadas por el ejército jordano, y depositadas en la embajada norteamericana en Ammān. Desde allí las remitieron al Pentágono.

Domenico ignoraba cuándo fueron hechas realmente, aunque en el reverso del papel aparecía la fecha ya mencionada: 11 de agosto (sábado).

Tampoco sabía cómo había llegado el cadáver a la costa.

«Alguien dio la voz de alerta —supuso— y las autoridades se presentaron en el lugar.»

Tenía sentido.

Y pensé: «Hace 50 días que se ha hundido la "cuna", siempre supuestamente... Ese cadáver, aceptando que sea el de Eliseo, tiene que encontrarse en avanzado estado de descomposición... O mucho me equivoco o la identificación puede resultar lenta y laboriosa... Por cierto, ¿qué explicación proporcionó la embajada a las autoridades de Jordania?»

Allá ellos...

✧

Fue en aquel nuevo repaso de las fotografías cuando lo vi:

Aproximé la lupa y medio lo confirmé.

Era otro detalle «imposible».

Domenico me observaba con curiosidad.

Para él, yo era casi extraterrestre.

El traje del astronauta aparecía levemente rasgado a la altura de la rodilla izquierda.

Eso era inviable...

Como referí en su momento, la capa externa se hallaba protegida por un compuesto coloidal (1) que resistía las

(1) Amplia información sobre la «piel de serpiente» en *Jerusalén. Caballo de Troya 1. (N. del a.)*

agresiones físicas y químicas. El impacto de un calibre 22 americano, a diez metros, no le afectaba.

Y me pregunté: «¿Cómo puede estar roto?»

Tampoco hice comentarios al respecto.

Menos mal...

Curtiss se presentó en el hangar rojo a las 16 horas y 6 minutos.

Llegó nervioso y con el habano entre los dedos, fallecido. Echaba chispas. El Pentágono le había informado por la mañana. Siempre era el último en conocer las noticias... Eso decía.

Domenico se echó a temblar, con razón.

El general examinó las fotografías, al tiempo que el ayudante se hacía con la gorra.

Curtiss gruñó.

Exigió los papeles del Pentágono y continuó gruñendo de manera sorda.

Domenico empezó a palidecer.

Eso significaba «borrasca a la vista».

El jefe del proyecto me miró, pero no me vio. Y siguió emitiendo sonidos roncos e ininteligibles.

Domenico prendió fuego al cigarro, lo resucitó, y el general, con los documentos y las fotografías en las manos, se encaminó hacia el «ahumadero».

El enfado de Curtiss salpicaba...

De pronto se detuvo, giró sobre los talones, y, dirigiéndose a quien esto escribe, bramó:

—¡Tenemos que hablar tú y yo!

El tono sonó a andanada por babor.

¿Qué había hecho esta vez?

El portazo fue de película.

No supe qué hacer.

¿Me sentaba? ¿Huía?

Opté por esperar.

Y empezaron los gritos.

Curtiss hablaba con el Pentágono.

Después llegaron las maldiciones y los epítetos.

Domenico se escondió detrás de los papeles. Ni respiraba.

Los teléfonos echaban humo...

—¡Ya sé que es viernes, deshuevado! —Clamaba Curtiss—. ¡Esto tiene prioridad!... ¡Busca a ese trapalón de los cojones!

Silencio.

Después, nuevos gritos y más lindezas:

—¿Cómo que no encuentras al oficial de operaciones?... ¡Soviéticos!... ¡Baldados!... ¡Búscalo y me lo traes por las pelotas!... ¿Has entendido?... ¡Pues eso!... ¡Malditos jevas!

Domenico tradujo y se sonrojó:

—Jeva, en Cuba, significa maricón...

—¿Y trapalón?

—Viene del portugués: *trapalhão*..., embustero.

Curtiss los llamó de todo.

Nadie estaba donde debía estar...

Los calificó de traidores, putas sin tabaco, temulentos (borrachos), chupatintas y militares de calzón corto (?).

El repertorio no tenía fin.

—¿Que está cazando en Alaska?... ¡Maldito cularra!... ¡Que lo traigan!... ¡Es una orden!

Después les tocó el turno a los políticos.

Los llamó vampiros, gandules crónicos, cuernócratas, lameculos y ladronazos, entre otros regalos que no recuerdo.

Una hora después, en plena tormenta, me retiré.

Si el general me reclamaba, Domenico sabía dónde localizarme.

El bar de Joco era un incendio. Los rumores lo consumían todo.

Y escuché, pasmado:

Nixon se había dirigido a la nación, declarándose inocente en el caso «Watergate» (1).

(1)   Como se recordará, la entrada en el cuartel general del partido demócrata, en Washington D. C., por parte de los «fontaneros» o espías de Nixon, se registró el 17 de junio de 1972. Las escuchas ilegales se llevaron a cabo en el hotel «Watergate». *(N. del a.)*

Mis compañeros militares lo llamaban pérfido y logo-
rreico.

Dijo que no dimitiría...

Y las risas fueron de campeonato.

Joco lo llamó farfolla de tres al cuarto.

Kissinger y la CIA seguían incendiando Chile, aunque
por la puerta de atrás, de acuerdo a sus hábitos.

Allende, el legítimo presidente, advertía de la posibilidad de una guerra civil. Pero Nixon y los «monos» miraban hacia otro lado.

Para colmo, cazas judíos habían interceptado otro avión
de pasajeros. Y lo obligaron a tomar tierra en la ciudad de
Lod. En el bar de Joco se rumoreaba que en el aparato viajaba Salah Khalaf, un terrorista que dirigía la organización Septiembre Negro.

Y pensé: «Otra argucia de Rapto de Europa para calen-
tar el ambiente...»

La guerra aullaba muy cerca.

Todos la oíamos, pero nadie hacía nada.

¡Malditos políticos y malditos militares!

La mayoría de mis colegas obedece, lo sé, pero algunos
son villanos y cabitorcidos.

El dinero y el poder los domina.

¡Pobres iluminados!

No saben que lo único que se llevarán de este mundo es
la maleta de los recuerdos... Pero, aun así, cumplen su
«contrato».

Empecé a notar que no hacía pie.

Me sentía derrotado.

Curtiss no me reclamó.

Y opté por lo más sensato: retirarme a mi habitación y
seguir pensando.

Los pensamientos eran el mar Rojo de la Biblia: de
pronto se abrían y, al poco, se cerraban con estrépito.

Y yo me veía zarandeando en aguas turbulentas:

«Eliseo... ¿Vivía?... El código... Un cadáver en el mar de
la Sal... Fin de la pesadilla... Yo te diré lo que tienes que
pensar... Tenemos que hablar tú y yo... ¿Que está cazando

en Alaska?... Había combustible para 20 segundos... Señalé mi escafandra y él la retiró... Cien atardeceres después de muerto...»

Me rendí, abrazado al código.

En buena hora...

# 18 de agosto

Dormí profundamente.

Y amaneció aquel fin de semana, inolvidable.

Decisivo, diría yo, en la presente historia.

Tras desayunar y pasear un rato por el bosque de Josué me encerré de nuevo en el pabellón de oficiales.

De Curtiss no tuve noticias. Mejor...

Y, más sereno, dediqué el tiempo a algo que había arrinconado conscientemente; no sé si por miedo o por dejadez. Supongo que por lo primero.

Y pensé: «¿Por qué no me enfrenté a aquella última parte del código mucho antes?»

Hubiera ahorrado tiempo, energía y, sobre todo, disgustos.

Quién sabe...

El Destino no mide como nosotros.

Lo que llamé «séptimo error» (en el código) se presentó ante mí en la tarde-noche del sábado, 18 de agosto de 1973.

Pero iré paso a paso...

Tomé papel y lápiz y me dispuse a desenmascararlo.

El texto en cuestión, como se recordará, decía así:

«Ese domingo, 17 de noviembre, el orto solar se registró a las 3,1 horas, 27 minutos y 025 segundos (Número).»

Algo más allá continuaba de la siguiente forma:

«La luna aparecería a las 3,5 horas, 33 minutos y 34 segundos (Ezequiel).»

Sentí un pálpito.

Allí se escondía algo...

¡Qué torpeza! ¡Hasta un ciego lo hubiera visto!

Situé el código —en colores— a la vista y empecé a marear la perdiz.

Comparé.

Lo traje y lo llevé.

Suprimí palabras.

Añadí otras...

Fue trabajo en vano.

Así discurrieron varias horas.

El «error» parecía de hierro. No fui capaz de arañarlo.

Y, aburrido, pensé en abandonar.

El especialista en números era Eliseo... Nunca mejor dicho.

Y en ésas me hallaba, a punto de tirar la toalla, cuando llamaron a la puerta.

¡Era la bella intuición!

No entró.

Estaba hermosísima...

Y susurró desde el pasillo:

—¡Los números!

¿Los números?

Y la bella se alejó, de puntillas.

Cerré la puerta de la imaginación y centré mi inteligencia (?) en los números que aparecían en el referido «séptimo error».

Olvidé las palabras, dispuse los números en hilera, tal y como se presentaban en el «error», y leí:

17-3,1-27-025-3,5-33-34

Miré y remiré.

Seguí a oscuras.

¡Qué hombre tan torpe!

Permuté dígitos.

Invertí el orden.

Empecé por el final...

Nada de nada.

Casé unos números con otros.

Los divorcié.

Hice todas las diabluras que se me ocurrieron, y alguna más.

No dijeron ni mu.

Eran números dóciles y sufridos...

Y las combinaciones, cálculos y especulaciones provocaron una humareda en mi cerebro.

Lógico.

Me rendí por segunda vez.

Opté por dejarlo, de momento, y dar otro paseo.

Comí algo y ventilé la mente.

Al poco me hallaba de nuevo en mi habitación.

Era asombroso.

Algo tiraba de mí, y por la nariz.

Y siguieron las cábalas, las anotaciones, los quebraderos de cabeza y el humear de la sesera.

Nada.

El «séptimo error» era incombustible.

¿Me había equivocado al considerarlo una anomalía?

De lo único que estaba seguro es que no era un fallo mío.

Y, de pronto, cuando el sol se alejaba, aburrido, recibí aquella especie de chispazo.

¡Qué burro!

¿Por qué no lo vi antes?

Por seguridad, empecé de cero. Rescaté los seis primeros «errores» y observé, con alivio, que los números que acompañaban a las falsas citas bíblicas eran los mismos que estaba mareando desde la mañana.

¡Vaya!

Y leí, aturdido: «Zacarías 2,7-Zacarías 3,1-en el año 025-Semihazah 3,5-(será el día del relámpago) (3,4) y Éxodo (3,3)».

Entonces recordé el susurro de la bella intuición:

«¡Los números!»

Extraje los dígitos de las referidas falsas citas bíblicas y los dispuse en hilera (por orden de aparición):

2,7-3,1-025-3,5-3,4-3,3

¡Vaya y revaya!

Estos números eran casi idénticos a los que figuraban en el «séptimo error». A saber:

17-3,1-27-025-3,5-33-34

El 17 era el único que no se repetía.

Lo suprimí.

Y ambas hileras quedaron así:

2,7-3,1-025-3,5-3,4-3,3 (citas bíblicas)

3,1-27-025-3,5-33-34 («séptimo error»)

Quedé embobado.

De no haber sido por las comas, los números, prácticamente, eran gemelos.

Aquello no tenía pinta de casualidad, ni muchísimo menos.

El 3,1 de la primera hilera se cruzaba, en aspa, con el 3,1 de la segunda. Y lo mismo sucedía con el 2,7 y el 27.

El 025 y el 3,5 mantenían idénticas posiciones en ambas hileras.

En la «cola» volvía a repetirse el cruce en aspa.

¡Asombroso!

En criptografía, el doble cruce en aspa es denominado «ratificación bailada» (!).

¿Casualidad? Lo dudo.

¡Vaya! La frasecita me sonaba...

Y llegué a una brillante conclusión: yo, torpe hasta decir basta, hubiera necesitado mil años (?) para alcanzar una construcción así.

Sencillamente, me pareció simple y ardua.

El autor era un genio.

Pero no lo había visto todo...

Presentí que estaba acariciando algo. Lo sentí en las puntas de los dedos...

Alguien trataba de comunicarse con quien esto escribe.

Pero ese alguien sólo podía ser Eliseo...

¿Eliseo?

¡Dios mío! Acababa de ver su cadáver... Mejor dicho, el supuesto cadáver.

Y los cielos tuvieron piedad de mí. ¿Qué otra cosa puedo pensar?

En eso volvieron a llamar a la puerta.

Era la bellísima, de nuevo.

Parpadeó, emocionada, y sugirió:

—Las comas...

Y se alejó en la penumbra del pasillo.

¡Qué maravilloso y emocionante trasero!

Olvidé la banalidad y caí de nuevo sobre el código.

¡Vaya y revaya!

Suprimí las comas, como aconsejaba la intuición, y esto fue lo que apareció:

| | | | | | |
|---|---|---|---|---|---|
| 27 | 31 | 025 | 35 | 34 | 33 |
| 31 | 27 | 025 | 35 | 33 | 34 |

Las parejas de números, idénticas, aunque en posiciones diferentes, pivotaban en torno al 025 y al 35.

Y los cruces, en aspa, surgieron en todo su esplendor.

Lo dicho: quien esto escribe no hubiera logrado algo así ni en mil años...

No fue un escalofrío lo que experimenté. Fue una cadena de escalofríos.

«Alguien» se acercaba, sigilosamente...

Y fue al contemplar la doble secuencia —de forma panorámica— cuando mi cerebro de piloto reaccionó...

¡Dios santo!

¿Cómo no lo había visto mucho antes?

¿Y yo era aviador?

¡Un pendejo! Eso era...

Miré el reloj.

Marcaba las 21 horas.

Y escribí, triunfante:

| | | | | | | |
|---|---|---|---|---|---|---|
| 27° | 31' | 025" | - | 35° | 34' | 33" |
| 31° | 27' | 025" | - | 35° | 33' | 34" |

¡Se trataba de coordenadas geográficas!

Estaba flotando...

¡Lo había logrado!

Para ser exacto: casi lo había logrado.

Eran coordenadas, pero faltaba algo vital: la longitud y la latitud.

¿Qué indicaban? ¿Tenía que buscar algo en particular en ese punto? ¿Qué punto? ¿Por qué unas coordenadas?

Fue tal la emoción que la mente quedó encharcada.

No pude dar un paso.

Quería llorar, pero no sabía cómo.

Lo dejé y corrí al bar de Joco.

Alguien, en efecto, había llegado hasta mí.

Al fin...

✡

La bella intuición jamás traiciona, ni se equivoca, como afirmaba el añorado Maestro.

Los supuestos errores no eran tales.

Alguien deslizó «anomalías» en los diarios, y con toda intención.

Ese «alguien» —yo lo sabía— era Eliseo, el ingeniero.

Y siguió latiendo aquel pensamiento: ¡Vive!

Pero, si era así, ¿por qué? ¿Qué sentido tenía todo aquello? ¿Qué trataba de comunicarme? ¿Por qué no dijo nada cuando nos hallábamos en la nave? Hubiera sido más sencillo...

Eso ya no tenía solución. Estaba donde estaba.

Y me dormí, inquieto.

Tuve ensoñaciones absurdas.

La bella que caminaba de puntillas se presentó en los sueños y repitió, obsesivamente:

—«Número... Ezequiel... Número...»

La palabra «Número» (no comprendí por qué hablaba de «Número» en lugar de «Números») la repitió 226 veces.

Era agotador.

Me perseguía, allá donde fuera, se inclinaba hacia mí, y susurraba las citadas palabras.

«Ezequiel» la pronunció 137 veces.

Al inclinarse le veía los pechos. Eso me consolaba.

El domingo, 19, puse la habitación patas arriba y comprobé, con espanto, que no disponía de un solo mapa en el que estudiar las coordenadas.

Me resigné.

Tampoco conocía la información clave: las referidas longitud y latitud.

Sin ellas no había nada que hacer.

Debería esperar al lunes. Entonces acudiría al Dryden (Centro de Investigación de Vuelos de NASA), ubicado cerca del pabellón de oficiales, y resolvería el asunto.

¿Resolver el asunto?

Era más tonto de lo que aparentaba.

Primero tenía que despejar la incógnita de la longitud y de la latitud.

Y aun así...

Contemplé de nuevo las coordenadas:

$$27° \quad 31' \quad 025'' \quad - \quad 35° \quad 34' \quad 33''$$
$$31° \quad 27' \quad 025'' \quad - \quad 35° \quad 33' \quad 34''$$

Aquello admitía múltiples combinaciones.

Demasiadas...

Y recordé los sueños.

¿Por qué la bella insistió en las palabras «Número» y «Ezequiel»? ¿Por qué las repitió 363 veces?

El instinto avisó.

Allí se escondía algo.

Y recordé el consejo del Hijo del Hombre: «busca siempre la perla de los sueños».

«Números» (no «Número») es el cuarto libro del Pentateuco (como un estúpido me empeñé en «Números»).

«Ezequiel», por su parte, es el quinto de los libros proféticos del Antiguo Testamento.

¿Y qué relación tenían con lo que buscaba?

En apariencia ninguna.

Pero ensayé y ensayé cuantas fórmulas planearon en mi mente.

Traté de encajar «Números» y «Ezequiel» entre las coordenadas.

Aquello era mezclar agua y aceite.

El desastre fue total.

«Números» es el relato del peregrinaje de los judíos por el desierto.

Bueno, lo mío también era un peregrinaje...

En cuanto a «Ezequiel», ya se sabe: la visión del carro de fuego y del libro...

Y, de pronto, recordé algo, contenido en el referido texto de Ezequiel (2, 8): «Y tú, hijo de hombre, escucha lo que voy a decirte, no seas rebelde como esa casa de rebeldía. Abre la boca y come lo que te voy a dar.»

Ahora, sabiendo lo que sé, «aquello» resulta mágico y portentoso.

Y otra frase, también de Ezequiel (2, 3), trompeteó en la memoria: «Hijo de hombre, yo te envío a los israelitas, a la nación de los rebeldes, que se han rebelado contra mí.»

Lo dicho: mágico...

El esfuerzo se prolongó toda la mañana.

Negativo.

«Números» y «Ezequiel» no tenían pinta de latitud y longitud...

Me equivoqué, claro.

Y durante un tiempo me dejé caer en la cama, perdido.

No sabía por dónde tirar.

Y volvieron a golpear la puerta.

Salté, emocionado.

¡Socorro!

Era la bella, bellísima, del trasero emocionante.

Tampoco quiso pasar. Me miró y aclaró:

—Sobran letras...

Y desapareció en la penumbra dc la imaginación.

¡Vaya!

¿Cómo que sobran letras?

Volví a la mesa y revisé el desastre.

«Números»...

Y llamaron de nuevo a la imaginación.

Era ella, la intuición.

No me permitió preguntar.

Estaba seria.

Y exclamó:

—Número, en singular...

Se alejó.

Esta vez ni me fijé en el trasero.

¿En singular?

Repasé el llamado «séptimo error» y caí en la cuenta.

Estaba equivocado.

En la «anomalía» no se hablaba de «Números», en plural, sino de «Número».

La bella fue muy explícita: «Sobran letras.»

Y a ello me dediqué, al ciento por ciento de mi capacidad.

«Sobran letras...»

Y fui eliminándolas de las palabras «Número» y «Ezequiel».

Y en éstas estaba cuando, súbitamente, vi la luz.

¡Vaya y revaya!

«Número» contenía la «n», de norte y la «e» de este. El resto de las letras sobraba.

Quedé gratamente desconcertado.

«Ezequiel», a su vez, reunía la inicial de este (tres veces). El resto sobraba, igualmente.

Comprendí.

De haber manejado «Números», en plural, me habría encontrado con la «s», de sur, y todo se hubiera embrollado un poco más (1).

El corazón dio un salto.

«N», con mayúscula, y «E», igualmente en mayúscula.

¡Norte y Este!

Y la ratificación, siempre obligada en criptografía: la letra «e» (este) se repetía tres veces.

No tuve duda.

Podía ser una pista...

---

(1)   Los diarios, en inglés, hablan de *number* (número). En plural hubiera sido *numbers*, la «s», en inglés, es la inicial de *south* (sur). *(N. del a.)*

El problema, ahora, eran las múltiples combinaciones que se derivaban de las secuencias numéricas que interpreté como coordenadas geográficas.

Tenía que armarme de paciencia y buscar.

Una de las combinaciones tenía que decirme algo.

Tenía que guardar algún tipo de conexión con el código. Ésa era la clave.

Los seis «errores» y el séptimo tenían que formar un todo.

Y recordé: «Cada error conduce a la luz. También el séptimo.»

Mensaje recibido.

Seis «errores» y unas coordenadas...

Sé que iba por buen camino.

Un código y unas coordenadas.

Pero las dudas, salvajes, atacaron por la espalda:

¿Y para qué servía aquel misterio?... Si Eliseo estaba vivo, ¿qué pretendía?... ¿Y si quien esto escribe no era capaz de resolver el enigma?

Por supuesto, a esas alturas, el código formaba parte de mí mismo:

**Y cada error conduce a la luz.**
**También el séptimo.**
**Cien atardeceres después de muerto vivirás lo no vivido.**
**Será el día del relámpago.**

(Coordenadas)

¡Qué misterio!

El resto de la jornada me comí los puños, de impaciencia. Paseé. Zarandeé al código, para que hablase, e imaginé.

La del culo emocionante no dio señales de vida.

Lástima...

En el bar de Joco se rumoreaba algo sobre una conjura para matar a Nixon.

No hice caso.

Y me dormí entre coordenadas, al sur de la razón...

✧

# 20 de agosto

Ese lunes, el sol asomó a las 5 horas y 18 minutos.

Y lo hizo tímidamente y en amarillo, como si supiera lo que iba a suceder.

Hacía rato que miraba por la ventana. Lo esperaba, ansioso.

Yo también intuía algo.

Ese 20 de agosto (1973) resultaría más importante de lo que imaginaba...

Lo pensé con detenimiento.

La forma más rápida y eficaz de solventar el enojoso asunto de las múltiples combinaciones era someter las coordenadas a uno de los potentes «washington». Así llamábamos a las computadoras del Dryden, el Centro de Investigación de Vuelos de NASA.

En segundos, la máquina ofrecería la relación completa de los lugares sugeridos por los números (siempre respecto a las posiciones Norte y Este).

Aguardé en la calle, nervioso.

Abrieron las puertas y a las 7 de la mañana irrumpí en el centro.

Disponía de un par de contactos entre el personal. Ellos me ayudarían con los «washington».

Pero, al cruzar el hall, en dirección al elevador, alguien me salió al encuentro.

¡Era la bella del cabello hasta la cintura!

Quedé sorprendido.

¡Qué madrugadora!

¿Qué hacía en el Dryden?

Allí todo era técnica y razón pura. Ninguno de aquellos científicos trabajaban con la intuición. Es más: según ellos era una criatura poco recomendable...

Pasó a mi lado y, sin detenerse, susurró:

—Nada de ordenadores...

Me volví, desconcertado.

Ya no estaba.

La forma de presentarse, y desaparecer, me tenía trastornado. No soy sincero. Su trasero también me desmantelaba...

Dudé.

El proceso de búsqueda de las coordenadas, a la manera tradicional, con escuadra, cartabón y paciencia, era un suplicio.

Y, sobre la marcha, decidí no seguir el consejo de la bella.

Estaba impaciente. Seguro que la intuición lo comprendería.

Tomé el ascensor y me presenté en la planta de los «washington».

Pero...

No había dado ni cinco pasos cuando, de frente, encontré a Slimy, el director que babeaba.

Conversaba con dos científicos.

Slimy mostraba unas fotografías.

Las reconocí: eran las del cadáver del astronauta.

¿Cómo habían llegado a él?

Eso no importaba.

Me vieron.

Nos saludamos y, todavía no sé cómo, di media vuelta y huí por las escaleras.

La bella llevaba razón, como siempre...

No permitiría que Slimy, ni nadie, metiera las narices en mi búsqueda.

Me hice con mapas, y con el material necesario, y me refugié en una de las salas de reuniones, a cubierto de cámaras de seguridad y de miradas indiscretas.

Eran las 7 horas y 20 minutos cuando inicié el histórico rastreo.

Y la mañana se fue, volando...

Fueron horas de suspense, empeñado en una artesanal búsqueda de no se sabía qué.

Pero el entusiasmo y la intriga eran tales que limaron toda suerte de asperezas.

A lo largo de los primeros escarceos, ninguna de las coordenadas dijo nada.

Parecían mudas o se dejaban caer en lugares remotos y absurdos.

Aquello no guardaba relación con lo que sabía o con lo que intuía...

Y continué las anotaciones.

Fue a las 12 horas y 20 minutos cuando casi me caí de la silla.

Era la búsqueda número 171.

Mire y remiré, atónito.

No daba crédito a lo que tenía a la vista...

Era lo último que hubiera imaginado.

Palidecí.

Comprobé y comprobé.

Examiné el cartabón y la escuadra. Todo en orden.

No había error.

La posición detectada en el mapa estaba OK.

Y leí por enésima vez:

31°  27'  025''  Norte
35°  33'  34''  Este

—¡Imposible! —repetía.— ¡Imposible!

¿Estaba soñando? ¿Era otra de mis asombrosas ensoñaciones?

Me pellizqué, como un tonto.

No soñaba. ¡Era real!

Volví a movilizar el instrumental y la escuadra y el cartabón lo clavaron.

¡Exacto!

Pero, terco y escéptico, me negué a aceptar la evidencia. Abandoné la sala y busqué nuevos mapas.

¡Qué burro!

El resultado fue el mismo, naturalmente.

Ya no había duda.

«Aquello» era obra de Eliseo...

Los «errores» fueron planificados por el ingeniero.

Noté cómo temblaba.

Lo verifiqué una vez más.

¡Idéntico!... ¡Idéntico!

La combinación 171 proporcionó una ubicación en...

¡Maldita sea! Necesitaba una lupa...

El aire acondicionado hizo lo que pudo, pero no fue suficiente. Empecé a sudar.

Tenía necesidad de saltar, de gritar... Me contuve.

¿Cómo era posible? Nadie tenía una lupa en el Dryden.

Suele pasar...

Tuve que volver al pabellón de oficiales y suplicar.

Joco me contemplaba, atónito.

Subí, bajé, corrí, discutí, regateé..., y terminé pagando cien dólares por una lente de aumento de tres al cuarto.

No sé quién me la vendió.

¡Pilotos, ladrones!

Regresé al Dryden y las letras del mapa bailaron, animadas por la lupa.

¡Increíble!

Allí estaba, como un regalo...

¿Un regalo? Todo dependía...

Las coordenadas en cuestión señalaban un punto en el mar Muerto, al oeste del cabo Rās el Ghōr, en la orilla jordana. Concretamente a poco más de cuatro kilómetros de la costa, frente a la confluencia de los *wadi* Mujib y Heidān.

¡Asombroso!

¡Ése era un lugar cercano al punto en el que se hundió la «cuna» el 28 de junio!

Las imágenes de los satélites, como se recordará, ubicaron la hipotética posición de la nave frente al referido Mujib, a cosa de 330 metros de profundidad.

¡Increíble!

Tuve que hacer un considerable esfuerzo para proseguir el trabajo de ubicación de las restantes coordenadas.

Ni qué decir tiene que ninguna de las combinaciones aportó nada interesante.

El pescado estaba vendido...

El «séptimo error» había sido aclarado.

Tomé notas, devolví el material y los mapas, y me aislé en mi habitación, en el pabellón de oficiales.

Me sentía bien, muy bien...

Más que eso: me sentía lleno hasta el borde del alma.

Pero la felicidad se agotó rápido.

Al repasar el código, los fuegos artificiales se consumieron conforme leía:

«Y cada error conduce a la luz.»

Comprendido.

«También el séptimo.»

¡Eran las coordenadas!

«Cien atardeceres después de muerto.»

Eso me llevaba, supuse, al 6 de octubre. Pero ahí concluía el asunto.

«Vivirás lo no vivido.»

Ni idea.

Seguía en blanco.

Y empecé a venirme abajo.

«Será el día del relámpago.»

Nada. Cero.

No lograba entender el significado de las últimas frases, pero sabía que estaban ahí por algo...

Comprendí: faltaba mucho camino. El código no estaba resuelto, ni muchísimo menos.

Traté de calmarme.

Tomé papel y lápiz e hice balance de lo que había conseguido. Esto fue lo que dibujé:

1. Era evidente que Eliseo tuvo acceso a los diarios. Y lo hizo en el Ravid.

2. El ingeniero, hábilmente, deslizó una serie de erro-

res y anomalías en los referidos diarios. Todos se engarzaban en un código.

3. Si la «perla» hubiera caído en otras manos, los lectores habrían tenido dificultades para detectar dichas anomalías. Sólo yo estaba capacitado para descubrirlas y mi hermano lo sabía.

«Y cada error conduce a la luz...»

Y me pregunté por enésima vez: «¿Qué luz? ¿A qué se refería el ingeniero?»

Aquello no era un juego...

Eliseo perseguía algo. Pero ¿qué?

Era una situación insostenible.

De pronto se presentaba la esperanza, pero, al instante, las fotos de un cadáver la ponían en fuga.

Y la razón y la intuición volvieron a pelearse en mi interior:

—¡Estás loco! —proclamaba la razón—. ¡Eliseo ha muerto!

—¡No! —gritaba la bella desde alguna parte.

Demasiadas complicaciones. Demasiada tensión. Demasiadas incógnitas.

Yo no lo sabía en esos críticos momentos, pero todo obedecía a un porqué.

El Destino es sabio...

Y a las 15 horas y 20 minutos llamaron a la puerta.

¡Oh!

¿La intuición, de nuevo?

Echaba de menos su elegante caminar de puntillas, los cabellos negros, su oportunidad..., y otras cosas.

✡

Era un policía militar.

¡Qué decepción!

El PM me condujo al hangar rojo.

Curtiss me reclamaba.

Domenico se encogió de hombros. No sabía qué deseaba el general.

—Siéntate —ordenó el jefe del proyecto desde el sillón giratorio.

Me reuní con el sofá negro y acolchado; el de los muelles montunos.

Nixon ni me miró. Se pasaba el día sonriendo a la nada, como un estúpido.

El general fue directo:

—¿Qué opinas de las fotos?

Supuse que se refería a las del cadáver del astronauta, encontrado en una playa del mar Muerto.

—No sé —pensé a toda velocidad, en un vano intento de ir más allá de las palabras de Curtiss—. Sería bueno inspeccionar el cuerpo y confirmar si se trata de Eliseo...

Miré al general y proseguí con la verdad:

—Tengo dudas...

—Estamos en ello —cortó el general—, pero los jordanos no dan facilidades.

—¿Qué pasa?

—Esos del Pentágono son unos candilones. Creen que todo el monte es orégano...

—No entiendo.

—Los jordanos son árabes, pero no tontos. Piden explicaciones... Por ejemplo: ¿qué hacía un astronauta norteamericano flotando en sus aguas?

Los jordanos llevaban razón, pensé:

Curtiss prosiguió las aclaraciones:

—El Pentágono ha exigido la repatriación del cadáver, pero esos miserablones de Ammān se niegan... ¡Son campurreños!

—¿Campurreños?

Curtiss me contempló con benevolencia y aclaró:

—¿En qué mundo vives?... Un campurreño es un cateto.

—¡Vaya!

Y manifesté lo que pensaba:

—Es natural que los jordanos soliciten una explicación.

—Explicaciones las que sean necesarias —intervino Curtiss—, pero no dinero...

Y acompañó las palabras con el gesto internacional, agitando los dedos índice y pulgar de la mano derecha.

—Además —añadió—, exigen que la autopsia sea compartida y en territorio jordano.

—¿Por qué?

La pregunta sobraba.

—No se fían. Recuerda que estamos al borde de una guerra y que nosotros apoyamos a sus enemigos, los judíos.

—Por cierto, ¿lo sabe Israel?

El general sonrió, pícaro, y proclamó:

—Ésos lo saben todo, antes de que suceda...

Y regresé al tema de la autopsia:

—¿Qué pensáis hacer?

El general no respondió. Se levantó. Caminó hacia el cuadro de *La Anunciación*, de Fra Angélico, y allí permaneció unos segundos, contemplando a la Señora, embelesado.

No pareció que se fijase en el libro abierto que sostenía María sobre la pierna derecha. Como se recordará, en dicho libro había sido escrito: «Marte, alerta.»

Finalmente retornó al sillón giratorio, incendió un habano y dejó escapar el humo con furia.

Y clamó:

—Esos cagarrutas ordenan que vaya a Ammān, de inmediato, que controle la autopsia y la repatriación de Eliseo...

Deduje que hablaba de los jefazos del Pentágono. Yo no hubiera sido tan benevolente a la hora de calificarlos...

—¿Quieres que te acompañe? Puedo ser de utilidad...

Dudé, pero lo solté:

—Aunque no creo que se trate del cadáver de Eliseo.

Me miró, como miran los generales, pero no dijo nada, de momento.

Dejó bailar al humo blanco, a su antojo, y empezó a expulsar aros.

Curtiss disfrutaba con el suave balanceo de aquellas criaturas...

Entonces replicó:

—Sé que serías de utilidad, pero no, gracias... Quiero que te mantengas al margen de todo esto.

Lanzó nuevos aros y gruñó:

—¡Estamos vareando estiércol!

—No te entiendo...

—No importa. Continúa con lo tuyo. Nadie te molestará.

Y retomó el tema del cadáver de Eliseo:

—Así que tienes dudas...

Asentí y el general continuó en silencio y pensativo.

A partir de esos instantes, todo se precipitó.

De pronto apareció la bella.

¿Por dónde entró?

Qué pregunta tan tonta...

Llegó a mi lado, se inclinó hacia quien esto escribe, y susurró:

—Háblale del código.

Nixon, lo sé, trató de verle los pechos.

Y la bella intuición desapareció.

¿Cómo lo hacía?

El general tampoco la vio. ¡Qué misterio!

Y respondí:

—Sí, mi general, tengo serias dudas sobre la muerte de Eliseo.

—No entiendo. El astronauta lleva su nombre en el pecho.

Me decidí. Caminé hacia el escritorio de caoba y busqué algo donde escribir.

¡Vaya!

Todo, sobre la mesa, eran papeles y carpetas confidenciales.

Dudé.

Curtiss adivinó mis intenciones, y las dudas, e invitó a que escribiera sobre una de las carpetas: la más cercana a mí.

Así lo hice.

Y, mientras procedía a escribir el código, leí de reojo en la citada carpeta: «Alto secreto: GOG»

¡Vaya!

Curtiss me seguía con curiosidad.

«Y cada error conduce a la luz.

También el séptimo.

Cien atardeceres después de muerto vivirás lo no vivido.

Será el día del relámpago.»

Las coordenadas me las guardé, por si las moscas...

Le entregué la carpeta y aclaré:

—Tengo serias dudas..., por esto.

Curtiss tomó la no abultada carpeta y leyó el código.

—¿Qué significa?

Y expliqué hasta donde consideré conveniente.

Oyó, atentísimo.

El humo blanco y traidor casi me ahoga.

—... E interpreto —continué— que la frase «cien atardeceres después de muerto» podría conducirme al 6 de octubre.

Noté que palidecía.

Y pensé: «Tanto tabaco lo matará...»

—¡Repite! —ordenó con un hilo de voz.

—¿Qué?

—¡Que repitas, coño!

Y hablé de nuevo del 6 de octubre próximo.

—El resto del código —añadí— está sin resolver. «Vivirás lo no vivido» y «será el día del relámpago» no tienen sentido para mí.

Estrella y Pablo VI seguían la conversación como un partido de tenis.

Nixon, en las alturas, sonreía.

Joco tenía razón: era un farfolla; es decir, un tonto enterado (lo peor de lo peor).

—¡Repite! —ordenó de nuevo el general.

Me alarmé.

¿Qué le sucedía?

—El código dice «y cada error...»

—No, esa parte no —cortó en seco—. Me refiero a lo del 6 de octubre... ¡Repite!

Me esmeré. Quizá no me había explicado con claridad.

—La frase «cien atardeceres después de muerto» podría equivaler a cien días desde la precipitación de la «cuna» en el lago salado... En otras palabras: el 6 de octubre que viene.

Guardé silencio, a la expectativa.

Curtiss apremió:

—¡Sigue..., sigue!

Tuve que repetir:

—El resto del código, como digo, está sin descifrar. «Vivirás lo no vivido» y «será el día del relámpago»...

No me dejó terminar.

—¡Eso!... ¡El día del relámpago!

—¿Cómo dices?

Y exclamó, casi para sí:

—¡Seis de octubre: el día del relámpago!

—Claro —insinué con timidez.

Se puso en pie.

La palidez era importante. Pensé que estaba enfermo.

Dejó caer la carpeta sobre la sufrida mesa de caoba y caminó, despacio, concentrado en sus pensamientos, hacia el sofá de los muelles salvajes.

Algunos de los documentos contenidos en «GOG» medio escaparon de la carpeta.

No puede evitarlo.

La vista los recorrió con avidez.

«Uno era un mapa militar.»

Reconocí las islas del Caribe y el sur de Florida. Este último aparecía circunscrito en un círculo rojo.

Y leí: «Zona del doble impacto.»

En una esquina del mapa, alguien había escrito, a mano: «29 de agosto 2027».

Esta vez fui yo quien palideció.

Otro de los documentos era un segundo mapa, también de origen militar (muy detallado), en el que se veía el arco volcánico de Indonesia.

En rojo se leía: «Erupción total.»

Devolví los papeles a la carpeta y dediqué mi atención al general.

Lo logré a medias.

La mente continuaba atrapada en «GOG».

¿2027?

Eso quedaba lejos...

Y, de pronto, pensé en el hipotético lector de estas memorias.

Como decía el Maestro, «quien tenga oídos que oiga...»

✡

Curtiss despegó el retrato de Nixon de la pared.

¡Vaya!

Otra tapadera...

Y apareció una caja fuerte ignífuga, de combinación mecánica y algo simple y tontorrona.

El general la abrió y enredó en el interior.

Extrajo un papel, lo leyó por encima y, una vez seguro, regresó al sillón giratorio.

La caja quedó abierta, impúdica, mostrando lo más íntimo.

¡Ay Dios!

No quería volver a pasar por lo mismo...

Me entregó el papel y ordenó:

—Lee, pero recuerda: sólo para tus ojos...

Permanecí en pie, junto al escritorio.

Estrella y Pablo VI estiraban los cuellos, desde las fotos, pero no alcanzaban a leer. Mala suerte, hermanos.

El documento —breve— lucía el sello circular de la presidencia de los Estados Unidos de Norteamérica, con el águila, las estrellas y la leyenda: *«President's eyes only»* (Sólo para los ojos del Presidente).

La información en cuestión no podía ser copiada. No constaba numeración, ni registro de ningún tipo. Los servicios de Información lo llaman *fly* («documento que vuela»). Presentaba una franja de color azul en el borde derecho.

La primera lectura —rápida y en triángulo— me atornilló al suelo.

No era posible...

Levanté la vista por encima del papel.

El general practicaba su deporte favorito: aros de humo blanco.

Parecía hallarse en otro mundo...

Pensé en preguntar sobre la credibilidad de lo que tenía ante mí. No lo hice. Hubiera sido una imprudencia.

Se trataba de un documento *fly*, para Nixon.

Eso era lo importante.

Lo conocían cuatro militares, Kissinger, y poco más.

Los aros flotaban, aburridísimos.

Nadie respiraba en el «ahumadero». Yo tampoco.

Y llevé a cabo una segunda lectura, más reposada.

Mi cerebro entró en zona roja.

¡Dios santo!

Empecé a comprender...

El documento —en 26 líneas— anunciaba a Nixon que el inicio de la cuarta guerra árabe-israelí sería el 6 de octubre (1973).

¡Seis de octubre! El día del Yom Kippur o del Perdón; una jornada sagrada para los judíos.

Estaba perplejo.

¡El código hablaba del 6 de octubre!

Hora del ataque, casi simultáneo, de egipcios y sirios contra Israel (Hora «H»): 13.58 (local en El Cairo, Jerusalén y Damasco). El cruce del canal de Suez sería a las 14 horas.

Origen de la información: generales árabes Ismaíl, Baha el-Din Nofal y Mustafá Tlas.

¡Malditos militares!

Todo estaba diseñado y pactado...

Ataques iniciales: Canal de Suez y altos del Golán.

No me sorprendió la fecha; sí la relación con el código.

Sabíamos, desde hacía meses, que se preparaba una guerra.

Curtiss habló en lo alto de Masada del llamado Rapto de Europa, un diabólico plan para hundir las economías de Japón y del viejo mundo. El desencadenante era un conflicto armado entre árabes y judíos. Deduje que en febrero de ese año (1973), Curtiss ya sabía la fecha del inicio de la cuarta guerra (1) árabe-israelí.

Obviamente, si el general la conocía, Eliseo también.

No debía olvidar quién era el ingeniero y a qué organización pertenecía...

La información secreta contemplaba igualmente el número de bajas en ambos bandos: entre 2.000 y 3.000 muertos en el ejército judío y quizá 10.000 en el paso del canal, entre los egipcios.

Duración del conflicto: 30 a 45 días (máximo).

Puentes aéreos y marítimos: la URSS participaría con 3.500 millones de dólares; Estados Unidos «invertiría» 2.200 millones, también en armas, equipamiento, aviones, tanques, etc. Los «Antonov 22» rusos aterrizarían en El Cairo y en Damasco. Los barcos soviéticos cruzarían el Bósforo y desembarcarían los equipos de muerte en Alejandría y Latakía, entre otros puertos. Los «Galaxy C5» llevarían abastecimiento a Israel. En total, USA tenía previsto «ayudar» a sus aliados con 22.000 toneladas de armas y municiones.

Nombre en clave de la operación militar: «Barq» (Relámpago).

Había leído perfectamente.

¡Barq!

Las rodillas me temblaban de tal forma que tuve que apoyarme, disimuladamente, en la mesa.

Curtiss seguía en su mundo.

¡Seis de octubre: el día del relámpago!

Y el código tronó en la memoria:

«Será el día del relámpago.»

El alto el fuego fue previsto para finales de ese mes de octubre.

(1) Amplia información sobre Rapto de Europa en *Masada. Caballo de Troya 2*.

Según el mayor (ver *Caná. Caballo de Troya 9*), el conocimiento de la guerra entre árabes y judíos aceleró el segundo «salto» en el tiempo. (*N. del a.*)

Todas las fuerzas (soviéticas y norteamericanas) pasarían al estado de «alerta 3» (situación de emergencia nuclear).

Nota final: Kissinger deseaba una derrota moderada del ejército judío («remontable»), para apaciguar el «orgullo árabe herido».

¡Malditos políticos! ¡Todos...!

Lo vi con la claridad que provoca el relámpago.

El código estaba casi resuelto.

«Y cada error conduce a la luz.»

Afirmativo.

«También el séptimo.»

Las coordenadas... Afirmativo.

«Cien atardeceres después de muerto.»

¡Seis de octubre!

«Vivirás lo no vivido.»

Negativo.

Seguía a oscuras...

«Será el día del relámpago»

¡El estallido de la cuarta guerra árabe-israelí!

¡Seis de octubre!

Una pista decisiva...

Sólo faltaba por despejar «vivirás lo no vivido».

Curtiss —estoy seguro— percibió mi emoción, pero se mantuvo en un discreto silencio.

Se lo agradecí en lo más íntimo.

La conversación estaba siendo providencial...

Le devolví el documento y añadí, emocionado:

—Mensaje recibido, mi general... ¡Gracias!

—Tú no podías saberlo —comentó Curtiss, al tiempo que se alzaba y se dirigía de nuevo a la caja fuerte.

Guardó el papel, movió el retrato del casposo y retornó al sillón.

E insistió:

—Tú no podías saber eso...

—En efecto, mi general.

Y llevé a cabo una restricción mental: «Pero Eliseo, otro "oscuro del infierno", sí lo supo...»

Y el general desembocó en el asunto capital:

—Así que consideras que Eliseo puede estar vivo...

No esperó respuesta, y exclamó mientras contemplaba uno de aquellos sutiles aros de humo blanco cubano:

—Interesante...

Y sonrió, malicioso.

¿En qué pensaba?

En nada bueno, supuse...

✠

El resto de la conversación fue igualmente instructiva; sobre todo para quien esto escribe.

Curtiss descaba hablar de los diarios.

Era otra de las razones de su llamada.

Al parecer los había concluido y resumió así la experiencia:

—¡Fascinante..., sea o no cierto!

Me molestó el comentario.

—Lo es, mi general. En los diarios cuento la verdad; al menos la que presencié y de la que he tenido conocimiento.

—¿Crees, en serio, que Jesucristo fue así?

—Jesús de Nazaret...

—Eso...

—El Jesús de los diarios, mi general, es más lógico y deseable que el que venden las iglesias...

Curtiss negó con la cabeza y replicó con cierto cansancio:

—Para alguien con mi fe, eso es lo de menos.

No era mi intención entrar en esa rueda; lo aprendí del Maestro.

Y el general prosiguió con lo que verdaderamente le interesaba:

—Quiero hacerte...

Dudó.

—Quiero hacerte —¿cómo decirlo?— un par de sugerencias y algunos comentarios, en relación a los diarios.

La palabra «sugerencias» la cargó de dinamita.

Fui todo oídos y cautela.

Y empezó por la «sugerencia» de menor calado:

—No estaría de más que añadieras una nota con el fallecimiento de tu compañero...

Me quedé de piedra, pero repliqué:

—¿Por qué iba a hacer una cosa así? No tenemos la certeza de que Eliseo esté muerto.

Y disparé, con bala:

—Puede que esté vivísimo, como acabas de comprobar...

Curtiss sonrió con suficiencia. Y contestó:

—Y eso qué importa...

—No entiendo.

—Si esos diarios ven la luz pública —cosa que evitaré mientras sea general—, y Eliseo no estuviera muerto, tu vida correría peligro...

Me miró fijamente durante cinco o seis segundos.

Después preguntó:

—¿Me he explicado con claridad?

En esos instantes no capté el doble filo de la advertencia.

Sería después, al suceder lo que sucedió, cuando comprendí.

Olvidaba con frecuencia que Eliseo era un «oscuro».

—Lo digo por tu bien —subrayó Curtiss.

El instinto tocó en mi hombro.

Debía aceptar...

Y prometí pensarlo.

—Y ya que hablamos de tu seguridad —comentó el general— no olvides, por favor, lo que te recomendé en la casa de campo...

Me sorprendió el «por favor». No era el estilo de Curtiss.

Tampoco supe a qué se refería.

—Pase lo que pase —aclaró—, y veas lo que veas, no renuncies a «Rayo negro»...

¡Qué obsesión!

Dije que sí, por decir algo...

El habano, fallecido hacía rato, fue resucitado por segunda vez.

Curtiss aspiró con ansiedad, como si le fuera en ello la misma vida, y fue liberando palabras y humo a un tiempo:

—¡No renuncies! ¡Es una orden!

¿Qué demonios sucedía con «Rayo negro»?

—Por cierto —recordó el general súbitamente—, hablando de esa maldita nave, mañana, a primera hora, preséntate en el despacho de mi ayudante.

Sonrió, malévolo, y redondeó:

—Tiene una sorpresa...

¡Vaya! Las sorpresas de Curtiss me horrorizaban.

Segunda sugerencia.

Se puso serio, me señaló con el puro, y soltó sin el menor pudor:

—Deberías encerrarte en el «avispero», hasta nueva orden, y modificar los diarios...

—¿Cómo dices? ¿Cambiarlos?

Asintió en silencio y esperó mi reacción.

Permanecí pensativo.

¿Qué pretendía aquel miserable?

Me observó con fiereza y prosiguió:

—Eso he dicho. Cambiar los diarios en todo aquello que atenta contra los principios de la santa madre iglesia, y en especial, que lastime a la Santísima Virgen.

Pensé a toda velocidad.

Si me negaba estaba muerto...

Tenía que ganar tiempo.

Necesitaba resolver el código.

El acceso al «avispero» era vital.

Nadie debía molestarme.

¿Era capaz de simular que trabajaba en los «retoques»?

Lo era.

Estaba decidido: le diría que sí...

Pero hice como que me resistía:

—Mi general, eso no sería correcto.

—¡Hombre de Dios! ¿Y quién se va a enterar?

—Yo, mi general... Yo me enteraré.

—Insisto: esos diarios nunca verán la luz. No tienes por qué preocuparte.

—En ese caso —presioné—, ¿qué necesidad hay de cambiar nada?

—Yo me quedaré más tranquilo...

Y añadió, convencido:

—La Virgen merece otro trato.

De repente le llegó una idea y clamó, triunfante:

—Además, si los diarios fueran publicados, te crucificarían.

—Yo no soy el protagonista...

—Es igual. Quien se atreva a sacarlos a la luz será crucificado. El poder de la santa madre iglesia viene de arriba.

—Tienes razón en algo. Primero lo crucificaron a Él. Después crucificarán al que los haga públicos (1).

Y lamenté:

—¿Qué importa engañar al mundo por segunda vez?

Curtiss se regocijó.

—Veo que, por fin, comprendes. En el mundo sólo hay buñoleros.

Entendí que se refería a pelagatos. Y prosiguió:

—¡El mundo! ¿Qué sabe el mundo?

Indicó con el puro la caja fuerte y comentó, esta vez cargado de razón:

—Esos don nadie nacen, malviven, pagan impuestos y mueren sin saber que políticos y militares los engañan. Se avecina una guerra preparada —como todas— y no se enteran... El pueblo es un chinerío.

Tenía, como digo, toda la razón. Pero ocultaba algo: los militares mandan sobre los políticos.

No quise enredar la madeja y silencié los pensamientos.

—¡Manos a la obra! —ordenó Curtiss, dando por hecho que aceptaba las «sugerencias».— ¡Tienes mucho trabajo! ¡Hay que cambiar los diarios!

(1) Ambos llevaban razón. El autor de *Caballo de Troya*, transcripción de los diarios del mayor, ha sufrido toda clase de críticas y desprestigios. Lo más grave: un atentado del que salió ileso (o casi). Lo dicho: las palabras de Curtiss y del mayor fueron proféticas... *(N. del e.)*

Y advirtió, sutilmente:

—Cuando concluyas las «reformas» volveré a leerlos..., en su totalidad.

Mensaje recibido.

Y Curtiss pasó a otro asunto.

—Tengo una duda...

Percibí que no sabía cómo plantearla.

—Tú dirás...

—¿Por qué cambias de estilo al final de los diarios?

Creí saber a qué se refería, pero me hice de rogar.

—¿Cómo dices?

—Los últimos capítulos —matizó— no tienen nada que ver con los primeros...

—¿Puedes ser más explícito? Los diarios cuentan una sola historia.

—Sí y no... Hasta Beit Ids, y el torvo ese de «Matador», todo es denso, con un mismo estilo. Después, los diarios cambian. Hablan de cosas frívolas, como la *Chipriota,* los dados de Tomás o la segunda esposa de Mateo...

Y Curtiss arriesgó:

—Pareces distraído...

—¿Distraído? No conocerás a nadie más atento que yo, y más obsesionado por el dato...

—Quizá no he utilizado el término correcto. Yo me entiendo... No es que sea bueno o malo... Es tu estilo, pero me ha llamado la atención. Eso es todo.

—Sabes que no soy escritor —me justifiqué—. Lo mío es la física cuántica...

Y me pregunté, indignado conmigo mismo: ¿Por qué me justificaba ante aquel mentiroso y traidor?

—¡Ah, eso no!... También eres bueno en tintes y pinturas, en tomar referencias y en pelirrojas...

Palidecí.

Creí que había suprimido las alusiones a mi amor por Ruth.

Quizá no fue así.

Tenía que andar con pies de plomo.

Curtiss era rápido como una cobra.

—No sé —improvisé—. Quizá pensé que un estilo más desenfadado podía ser del agrado de todos, incluido el Maestro.

Me miró, atónito. Y preguntó:

—¿El Maestro ha leído los diarios?

No me permitió responder. Y añadió:

—¿Le has hablado de mí a Jesucristo?

Negué con la cabeza, estupefacto.

—Disculpa —rectificó—, Jesús de Nazaret...

Y siguió enroscado en aquel absurdo:

—Entonces ¿has hablado del general Curtiss al Salvador?

Me sentí atrapado.

El propio general llegó en mi auxilio:

—Comprendo: eso lo has dejado para el final... ¿Y qué dirás?

Me hallaba con la boca abierta, desconcertado.

—¿Hablarás de mis puros?, ¿de Estrella?, ¿del retoño de olivo?, ¿de mi decisiva actuación en Caballo de Troya?, ¿de cómo sacamos los diarios del «avispero»?, ¿de mi devoción por la Santísima Madre del Redentor?...

—Es posible.

—Lo daré por bueno mientras no utilices conmigo esas licencias literarias...

Y soltó una carcajada.

—Así que el Maestro construyó un barco en las colinas de Beit Ids...

Asentí.

—Y la tal Rebeca se enamoró de Él...

Dije que sí.

—Y Juan era un soberbio y un fatuo...

Me puse serio.

—Y a Yehohanan le metieron el pene en la boca...

Le interrumpí:

—No son licencias literarias. Nunca miento, mi general.

Y disparé a la línea de flotación:

—No he sido entrenado para mentir..., como otros.

Curtiss no se dio por aludido, o lo dejó pasar.

—Bueno, tampoco es grave... Además encaja con lo que te propuse...

—No recuerdo.

—Te dije que trataras de restar credibilidad a la historia... Pues bien, con ese estilo «desenfadado» lo has conseguido. ¡Bravo!

Guardé silencio. Discutir no era provechoso.

Y Curtiss sonrió, agradecido. Aparentemente, quien esto escribe había aceptado todas las sugerencias.

Sí, aparentemente...

Y saltó a otro asunto:

—Y ahora responde a algo que me consume.

Aún podía ser peor... Y me apreté los machos.

—Lo intentaré, mi general.

—Háblame de la muerte...

Temblé.

—Él te explicó, según he leído.

—Lo hizo en varias oportunidades...

—Sé que era un tema de especial interés para Eliseo.

—Lo era y lo es...

Percibí miedo en la mirada del general. Y recordé las palabras de Estrella, la esposa, en la mañana del sábado 11, mientras cocinábamos: «Curtiss teme por su vida.»

Traté de huir:

—Todo, o casi todo, está en los diarios...

No lo permitió:

—Lo sé, lo sé... Pero tú le has visto..., resucitado.

Asentí.

—Y es la mejor prueba —añadí— de que hay vida después de la muerte...

—¡Háblame! Dame detalles...

—¿Qué detalles?

—¿Me garantizas que seguiré vivo tras la muerte?

Los ojos se le humedecieron.

Buscó, tembloroso, otro habano y le prendió fuego sin dejar de mirarme.

—Según Él, sí... Tras la muerte despiertas a la realidad.

—No quiero filosofía —replicó—. Dame respuestas claras y sencillas...

—La realidad espiritual no es filosofía. Tiene su propia gravedad...

—Pero ¿cómo es eso de la muerte? ¿En qué consiste? ¿Cuál es el procedimiento?

Me eché a reír.

—No hablamos del manual... Pero sé que la muerte es un dulce sueño.

Y utilicé las palabras del Hombre-Dios:

—La muerte, mi general, es simple, como todo lo genial. Te duermes, como digo, y, de pronto, despiertas en un lugar que no conoces.

—¿Cómo de rápido?

—No hay tiempo...

—¿Y sabes que estás muerto?

—Al principio no... Ellos te lo hacen comprender.

—¿Ellos?

—Digamos que los ángeles, aunque no son tales.

—¿Y quién me juzga?

—Nadie. No se muere para ser juzgado...

—Pero la santa madre iglesia dice...

—Nadie juzga a nadie. En los mundos MAT se ingresa para otros menesteres (1).

—Sí, el invento de Eliseo.

—¡Bendito invento! Debería ser enseñado en las escuelas...

Asintió mecánicamente, pero dudo que alcanzara a comprender el total significado de mis palabras.

—Entonces, los comunistas...

—Tampoco serán juzgados, mi general. No es necesario. ¿Recuerdas el «regalo»?

—La pizarra, sí...

Pero Curtiss seguía erre que erre:

—¿Me garantizas que no iré al infierno, con los rusos?

(1) Amplia información sobre MAT en *Hermón. Caballo de Troya 6* y *Caná. Caballo de Troya 9*. (*N. del a.*)

—Te garantizo que estarás con los rusos, pero no en el infierno. Ese lugar no existe y tampoco el purgatorio o el limbo. Son inventos humanos para meter miedo y esclavizar. El Padre Azul no necesita venganza. El amor no la utiliza.

—Entonces, si no hay infierno, ¿qué hay?, ¿qué hacemos con los comunistones?

Sonreí con desaliento.

Ni en mil años hubiera asimilado el mensaje de esperanza del Hijo del Hombre.

En fin, era su «contrato».

—Después de la muerte, mi general, hay vida, conocimiento, aventura, amor, no tiempo, sorpresas, hermandad espiritual, asombro infinito, gratitud y bellinte.

—¡Bellinte! La belleza y la inteligencia del Padre a la hora de crear...

—Afirmativo.

—¿Y me garantizas que veré a Jesucristo después del dulce sueño de la muerte?

Se dio cuenta y rectificó:

—Jesús de Nazaret...

—Lo que sé, porque Él me lo dijo, es que lo verás a su debido tiempo, aunque allí no podemos hablar de tiempo, en sentido convencional. Recuerda: es la realidad...

No escuchó.

—Pero la santa madre iglesia dice que veré a Dios nada más morir, si he sido bueno...

¡Dios mío, necesitaba paciencia!

—No es eso, Curtiss, no es eso...

Y ensayé otra aproximación:

—No estamos preparados para ver al Padre Azul, cara a cara, de la misma manera que no debemos aproximarnos al sol.

—Entiendo, pero ¿le veré?

—Ése es nuestro penúltimo objetivo. Te lo garantizo.

—¿Me garantizas, entonces, que seré feliz después de muerto?

—Garantizado al ciento por ciento, mi general.

Me asombré. ¿De dónde sacaba tanta seguridad?

¡Qué pregunta tan tonta!

—¿Y Estrella? ¿Estará a mi lado?

«Quién sabe —pensé—. Ella es más lista que tú.»

Pero tiré por un camino menos comprometido:

—Eso no importa, Curtiss. La felicidad no es asunto de uno o de dos, sino de todos.

—¿Te lo dijo Él?

—Así es...

—No recuerdo haberlo leído en los diarios...

Sonreí, malévolo.

—¡Tú te guardas cosas!

—Pero no me las llevaré a la tumba, mi general.

Curtiss era obsesivo:

—Soy un pecador... La santa madre iglesia dice que tenemos que hacer penitencia y arrepentirnos... ¡No me salvaré, Jasón!

No tenía sentido discutir. Curtiss no era culpable. Su «contrato» era su «contrato».

Pero grité:

—¡Serás feliz! ¡Hagas lo que hagas y pienses lo que pienses!

Estaba asombrado. Era la primera vez que le gritaba a un general...

Y replicó, mansamente:

—¿Tan fácil?

—Tenemos que desaprender, mi general. El Padre Azul no es lo que venden.

Dejé correr unos segundos y soplé en su mente:

—El Padre es nuestro navegante... ¿Volarías con alguien del que no te fías? El Número Uno no es lo que crees... Es el TODO, elevado a la enésima potencia. Ya te ha salvado. Dispones de un alma inmortal. Esto, la vida, es un asomarse a la imperfección. Después continuarás la aventura y volarás hacia Él, más que supersónico. ¡Disfruta de lo que tienes porque, tras la muerte, todo será distinto!

✿

Y la conversación derivó hacia lo inmediato.

Al día siguiente, 21 de agosto, Curtiss volaría a Washington D. C.

Allí se reuniría con los sayones del Pentágono.

No mencionó a Kissinger.

Y ultimaría los preparativos para las reuniones con los sátrapas de Ammān.

Prometió mantenerme informado sobre las peripecias que corriera el cadáver del supuesto Eliseo, tanto si se llevaba a cabo la autopsia como si no.

Nuestro enlace sería Domenico.

Yo, mientras tanto, me ocuparía de lo «acordado»: rectificaría los diarios y ajustaría el contenido al sentir y a los dogmas de la santa madre iglesia...

Eso prometí, aunque no era mi intención cambiar una sola coma.

Nadie me molestaría.

Seguiría disponiendo de las llaves del «avispero» y de una escolta.

Sería mi única ocupación, hasta nueva orden.

Curtiss revisaría los diarios a su regreso de Jordania.

Dije a todo que sí. ¿Qué otra cosa podía hacer?

Y el Destino sonrió, burlón.

Nos despedimos.

Caminé hacia la puerta y, cuando me disponía a salir del «ahumadero», el general me reclamó.

Se había puesto en pie.

En la mano izquierda sostenía el rosario de plata.

La voz se presentó humillada.

Me alarmé.

Saludó militarmente, con el habano, y exclamó:

—Ha sido un placer trabajar contigo.

Sonreí y correspondí al saludo:

—¡Gracias, mi general!

Noté fuego en el estómago.

Otra vez aquella sensación...

Parecía un aviso.

Curtiss, entonces, sin dejar de saludar, añadió:

—¡Que Él te bendiga..., pase lo que pase!

Tuve un presentimiento.

Oscurecía cuando la policía militar me dejó en el pabellón de oficiales.

El sol huyó ese día a las 18 horas y 36 minutos.

Fue otra jornada para no olvidar, sin duda.

# 21 de agosto

De acuerdo a lo ordenado por el jefe del proyecto Swivel, a primera hora de la mañana del martes, 21 de agosto (1973), me presenté en el despacho del ayudante del general Curtiss.

Domenico, como siempre, lo tenía todo bajo control.

Curtiss volaba esa mañana hacia Washington D. C.

Lo acompañaban tres directores de la malograda (?) operación Caballo de Troya.

Slimy, el babeante, era uno de ellos.

Aquélla, sin dudarlo, fue otra jornada emocionante...

Domenico las mostró.

Las contemplé, asombrado.

El ayudante sonrió, complacido, y me animó para que las colgara en el pecho, sobre la camisa azul.

No eran deslumbrantes, como suponía, pero allí estaban...

Curtiss jamás olvidaba.

Y Domenico manifestó:

—Debemos esperar a que funcionen los *smoker*.

Tomamos café y hablamos de trivialidades.

En el fondo, los dos estábamos asustados.

Domenico manifestó su preocupación.

Deseaba cambiar la tapicería del «Renegade» pero no sabía qué hacer.

Y me consultó:

—He pensado en un rojo cereza, pero también me gusta la manta de león siberiano... ¿Qué puedo hacer, Jasón?

Acaricié las nuevas «tssc», las credenciales prometidas por Curtiss (rojas y violetas) que autorizaban el acceso a la «ciudad subterránea», y le recomendé que no hiciera tonterías. Los asientos de piel de cebra eran muy atractivos.

«¡La "ciudad subterránea"! —pensé—. Nunca la había visitado...»

Era el corazón de la Fog, la zona restringida de Edwards.

Mis credenciales habituales —nivel 4 azul— no daban para tanto...

Los *smoker* fueron activados a las 12 horas y 28 minutos.

La zona restringida se cubrió con una niebla densa y molesta.

Depositamos las pertenencias personales en el despacho del ayudante (en especial las metálicas) y nos encaminamos al exterior del hangar rojo.

La PM aguardaba en un jeep.

Todo había sido minuciosamente programado por Domenico y por los servicios de seguridad de la Fog.

Y el vehículo se dirigió, veloz, hacia el hangar número 5, en el ángulo oriental de la zona restringida. En el «5» se hallaba uno de los accesos a la «ciudad subterránea».

Las órdenes del ayudante, recibidas de Curtiss, eran precisas: mostrarme «Rayo negro», la nave que debería ser transportada a Jordania y, desde allí, «lanzada» a la búsqueda de la «cuna», una vez terminada la cuarta guerra árabe-israelí.

Ignoraba en qué nivel de la «ciudad subterránea» se hallaba «Rayo negro».

Domenico tampoco hizo comentarios.

Y la tensión fue en aumento.

Había escuchado rumores sobre la misteriosa nave, pero no sabía qué era en realidad. Las habladurías aseguraban que la tecnología era mágica y que habría hecho palidecer la de la «cuna».

Quien esto escribe le tomó cariño a la «cuna».

Fue nuestro hogar durante un tiempo.

Allí habitaba el fiel «Santa Claus». Le debía la vida...

Y, no sé por qué, sin verlo, me posicioné en contra de «Rayo negro».

Entramos en el «5» y nos dirigimos a la zona del doble elevador que llevaba a la «ciudad subterránea».

Domenico se situó frente a una de las puertas y descolgó un teléfono de pared. Lo activó, pulsando un teclado. Leí la secuencia «5 + 5 = 1».

Esperó, inquieto.

Yo había visto esa secuencia numérica.

Los policías militares se mantenían a una prudencial distancia, atentos.

Alguien respondió al otro lado del hilo telefónico, y el ayudante replicó con una contraseña, al tiempo que asentía con la cabeza:

—Clave de sol...

¿Clave de sol?

Entonces recordé.

Tanto la secuencia numérica (5 + 5 = 1), como las claves de sol, aparecían pintadas en la tulipa existente sobre la mesilla de noche, en la habitación que me fue adjudicada en la casa de campo de Curtiss, en la bahía de Pablo, cerca de la ciudad de San Francisco.

No supe qué pensar.

Era todo muy raro...

Diez segundos después se abría una de las puertas del doble ascensor.

Domenico me invitó a pasar en primer lugar.

Lo hice y quedé desconcertado.

La PM permaneció en el exterior.

Olía a ozono.

Era un olor intenso, picante e inconfundible.

No logré explicar el origen (1); no en esos momentos...

No tuve tiempo de tomar referencias, aunque, la verdad sea dicha, no había tales.

---

(1)   El ozono es una forma alotrópica del oxígeno ($O_3$). En griego, la palabra *ozein* significa «oler». Es un gas azul que aparece durante las tormentas y en proporciones muy pequeñas (entre 20 y 100 partes por mil millones). *(N. del m.)*

El elevador era especial.

Nunca vi nada parecido.

Era puro aluminio, sin pulsadores, sin señales de alarma, sin letreros ni indicaciones, sin llaves de seguridad o de emergencia... Todo pulido como un espejo. Seis caras inmaculadas en las que nos reflejábamos por todas partes.

No supe qué hacer.

Domenico no hizo ningún movimiento.

Nadie pulsó nada.

Pero ¿qué íbamos a pulsar?

Supongo que me hallaba con la boca abierta, como un paleto.

A nuestro regreso al hangar rojo, el ayudante me proporcionó algunas explicaciones sobre aquellos singulares ascensores; únicos, diría yo...

Trabajaban sin motores. Los cables tractores tradicionales, en acero, fueron reemplazados por láseres sólidos. Dichos «cables» se hallaban conectados al ordenador que dirigía una «maquinaria» inexistente. Las órdenes se ejecutaban por control remoto. Disponían de sistemas magnéticos que detectaban los seísmos segundos antes de que se registraran. Eso hacía posible que abrieran las puertas y el personal pudiera evacuarlos de inmediato. Se desplazaban a razón de 10 metros por segundo pudiendo variar la velocidad, según las circunstancias.

Nadie podía acceder a ellos sin el permiso de la computadora. Era inviable la entrada con cámaras, armas, o con un simple lápiz. Cualquier material que no fuera el programado previamente hacía saltar las alarmas y el elevador quedaba bloqueado. Un caramelo o una goma de mascar en la boca eran detectados por el ordenador y la máquina se detenía. La seguridad era tal que, antes de autorizar el ingreso en la «ciudad subterránea», la computadora chequeaba las prótesis o los implantes dentarios del invitado.

En definitiva, si alguien intentaba burlar las normas, el sistema lo descubría y el traidor era expulsado de inmediato y, lo que era peor, condenado al aislamiento, de por vida, en un penal arábigo.

La traición, en la Fog, equivalía a suicidio.

Domenico miraba al techo del elevador. Mejor dicho, se contemplaba.

¿Por qué en los ascensores todo el mundo mira al suelo o al techo?

El «viaje» se prolongó cinco segundos.

Fue como volar.

No hubo ruidos o brusquedades.

Después hice cálculos.

Descendimos a cosa de cincuenta metros.

Era el nivel «9».

Se abrió la puerta y el olor a ozono se hizo más intenso; casi sofocante.

Los ojos empezaron a lagrimear.

Allí mismo arrancaba un largo y estrecho pasillo, de apenas un metro de ancho, con las paredes y la techumbre igualmente de aluminio.

Y bloqueando dicho pasadizo, dos tipos enormes, de unos dos metros de altura.

Quedé estupefacto.

Vestían unas singulares indumentarias transparentes, posiblemente de plástico, confeccionadas en una sola pieza.

Portaban sendas escafandras, también transparentes.

Bajo los protectores se distinguían unos trajes parecidos a los de los submarinistas, también en una sola pieza.

Podía tratarse de neopreno (1).

Eran de color violeta.

En el pecho lucían unas letras grandes, de unos tres centímetros cada una, de color dorado.

Supuse que se trataba de las iniciales de los nombres y apellidos. Pero no. Al instante me di cuenta: las letras eran las mismas: DSR.

---

(1)   El neopreno o dupreno forma parte de la familia de los cauchos sintéticos. Su estructura se basa en el policloropreno o polímero de cloropreno. Es la primera goma artificial producida a escala industrial. Resulta un excelente aislante térmico, así como eléctrico. La marca «DuPont» fue la inventora, basándose en los hallazgos del profesor Nieuwland, de la Universidad de Notre Dame. *(N. del m.)*

Ni idea...

En las muñecas derechas sobresalían unos «relojes» (?) enormes, de unos 10 centímetros de diámetro, sin agujas ni dígitos.

También me extrañó.

No observé botellas de oxígeno a las espaldas y tampoco los habituales dispositivos respiratorios existentes en los trajes de astronautas o en los buzos.

Uno de ellos, el que se hallaba delante, algo más vejo que el segundo, se dirigió a Domenico y le habló.

La voz surgió metálica y distorsionada:

—Venus... 635.

Cada vez que hablaba se encendían unos «pilotos» (?) rojos, ubicados en los laterales de la escafandra (a la altura de las orejas).

Y el ayudante se apresuró a responder:

—Clave de sol...

Aquello era surrealista.

El de la escafandra asintió con la cabeza, avanzó un paso, y se fijó en mis «tssc».

Las dio por buenas e indicó que los acompañáramos.

Dieron media vuelta y avanzaron por el largo y rectilíneo pasillo.

El olor a ozono era insoportable.

Tomé referencias, como siempre.

El pasadizo se hallaba perfectamente iluminado. Del piso salía una luz amarillenta que se reflejaba en el techo y en las paredes.

Era estrechísimo, como decía. Dos personas se hubieran cruzado con dificultad.

Traté de descubrir el final, pero no lo logré. Podía tener más de cien metros.

Y el pobre Domenico empezó a estornudar.

Uno de los «vigilantes» —porque de eso se trataba— se volvió y ordenó silencio.

Domenico se reprimió como Dios le dio a entender. Y tuvo que echar mano del pañuelo.

Los estornudos terminaron escapando por las orejas.

Los vigilantes caminaban muy despacio, casi a cámara lenta, midiendo cada movimiento y pisando con delicadeza. Necesitamos diez minutos para salvar los cien metros. Creí que nunca llegábamos.

El ayudante estaba en las últimas...

Finalmente alcanzamos una puerta, también metálica. Allí moría el corredor. No había otra salida.

Uno de los vigilantes dijo algo —no alcancé a oír— y la puerta se abrió de abajo arriba, en absoluto silencio.

Y entramos...

✧

Domenico no me había advertido.

No me habló de la «ciudad subterránea» ni tampoco de «Rayo negro».

Eran las órdenes de Curtiss. Después lo supe.

Y fuimos a parar a una especie de vestuario, todo en aluminio, provisto de «duchas», cabinas para el cambio de ropa, aseos y taquillas.

No faltaba de nada.

El vigilante número «1», el que solicitó el santo y seña, habló de nuevo y ordenó que nos desnudáramos..., «por completo».

Así lo hicimos.

¡Vaya!

Domenico usaba braga...

Una vez desnudos nos acompañaron a las «duchas» y allí fuimos rociados (la expresión correcta sería pulverizados) con un producto incoloro e inodoro. Parecía un desinfectante, pero no estoy seguro.

Se evaporaba con rapidez.

Curiosamente, la piel se mantenía seca.

No nos perdieron de vista ni un segundo.

Las luces de las escafandras pulsaban sin cesar.

Deduje que hablaban entre ellos o con un tercero.

Estaban muy interesados en nuestras manos. No dejaban de observarlas. No sé por qué motivo...

El ayudante continuaba con los estornudos.

La «ducha» se prolongó un par de minutos.

Ordenaron salir y señalaron las cabinas. Allí esperaban dos trajes de neopreno, similares a los que vestían, pero en color negro teléfono.

Debíamos embutirnos en ellos, pero antes era preciso orinar.

Insistieron, y mucho.

Y lo hicimos, claro.

Eran, como digo, trajes de neopreno, pero sin iniciales.

Examiné el mío con desconfianza.

Era un material de dos milímetros de grosor, muy liviano. Deduje que el neopreno había sido tratado con algún tipo de «spandex» (quizá un «superflex 2»), proporcionándole mayor flexibilidad. Al regresar a la superficie, Domenico confirmó la sospecha, añadiendo que el neopreno contenía nitrógeno puro. El proceso se llevaba a cabo durante la fabricación. El aire era expulsado y, en su lugar, se inyectaba el referido nitrógeno. Eso lo convertía en incorruptible.

En la Fog cuidaban hasta el último detalle...

Después nos entregaron los protectores de plástico y me ayudaron a encajar la escafandra. No supe cómo llegaba el oxígeno al interior del protector.

El ayudante de Curtiss tuvo problemas.

Se notaba que hacía mucho que no volaba.

Tuvieron que auxiliarle a la hora de embutirse en el neopreno y en el protector.

No me autorizaron a prestarle ayuda.

Y me mantuve a corta distancia, observando.

Si deseábamos hablar —explicaron— podíamos hacerlo libremente, pero sin alzar la voz. Insistieron también en ello: «nada de gritos».

—¿Listos? —preguntó el número «1».

Levantamos los pulgares y abandonamos el vestuario.

El «1» se colocó en cabeza y el vigilante «2» cerró la pequeña comitiva.

Y me pregunté, una vez más: «¿Adónde diablos íbamos?

¿Qué era "Rayo negro"? ¿Por qué nos obligaban a utilizar aquellos trajes? ¿Por qué la escafandra?»

El instinto tocó en el hombro.

¡Atención!

Recorrimos otro angosto pasillo —de unos cinco metros—, igualmente trabajado en aluminio y con idéntica iluminación, y fuimos a topar con una segunda puerta metálica.

Allí terminaba el pasadizo.

Aquello era como una ratonera.

El «1» habló con alguien (supongo que advirtió de nuestra presencia) y, al momento, la puerta se alzó. Lo hizo en un segundo y sin ruido.

Entonces se presentó una claridad azul...

Permanecí unos instantes deslumbrado.

Fue un par de segundos.

El número «2», a mi espalda, terminó empujándome sin miramientos.

Y desemboqué en un balcón o mirador, todo acristalado.

¡Dios mío!

¡Allí estaba «Rayo negro»!

Quedé atónito.

No sabía adónde mirar...

Domenico lo había visto con anterioridad, pero también permaneció asombrado.

Los vigilantes tomaron posiciones, uno a cada lado de aquellos desconcertados visitantes.

Y el «1» aclaró:

—Disponen de seis minutos... ¡Nada de preguntas!

Intenté serenarme.

Como digo, no supe adónde mirar.

Todo era nuevo para quien esto escribe.

Y me dije: «Sólo es una observación, sin más.»

Conté otros cinco vigilantes, también altísimos, en el foso de arena que rodeaba aquella «cosa». Vestían como los que nos acompañaban, con las mismas iniciales en el pecho.

Ninguno portaba armas.

¿Para qué? Aquello era un búnker inexpugnable...

Absorbí con la vista cuanto pude, que no fue mucho.

Nos hallábamos, como digo, en una suerte de plataforma (aislada por un material plástico), y a cosa de 14 metros de un enorme cubo de cristal (?), de unos 50 o 60 metros de lado.

¡Dios de los cielos!

¿Qué era aquello?

—Cinco minutos...

La voz del vigilante sonó 5 por 5 en el interior de la escafandra.

Y continué tomando referencias...

El formidable cubo me recordó una «pecera». Aparecía lleno, hasta arriba, con un líquido (?) espeso, de color azul índigo.

En el recipiente flotaba una esfera, de unos 40 metros de diámetro.

Era oscura y brillante, como el grafito, y se balanceaba de forma casi imperceptible.

Los vigilantes que caminaban por la arena que rodeaba el enorme cubo de cristal se acercaron al balconcillo.

Nos hallábamos casi al nivel del foso.

Observé cómo parpadeaban los pilotos rojos de las escafandras.

Hablaron entre ellos.

No pude entender por qué no les oíamos.

Nos contemplaron, curiosos, y terminaron retirándose a sus posiciones.

Eran, como decía, muy altos, y jóvenes. Ninguno era negro.

El nivel «9» era inmenso.

Pero no quise distraerme con el entorno.

Y me centré de nuevo en «Rayo negro».

Deduje que la nave se hallaba sumergida en ozono líquido: de ahí el permanente olor que lo inundaba todo.

Quedé maravillado.

El ozono líquido es altamente inestable.

¡Aquello era una bomba!

¿Cómo se las arreglaban para domesticarlo?

No tenía idea de cómo lo fabricaban (1).

Pensé que actuaba como desinfectante. El ozono disfruta de una capacidad muy alta, como bactericida (superior, incluso, al cloro).

Pero ¿qué era lo que protegía? ¿Qué era «Rayo negro»? ¿Qué contenía la esfera?

Nadie dio una explicación. Ni una sola palabra...

Sinceramente, sentí miedo.

«Rayo negro» no me gustó.

—Tres minutos...

No localicé ventanillas, ni motores, ni sistemas de propulsión que yo conociera...

Nada.

La esfera era lisa, con una característica que me dejó confundido. Al fijar la mirada en un punto de la referida esfera —no importaba cuál—, de la superficie en cuestión nacía un breve rayo curvo, con los colores del arco iris. El rayo curvo (?) no iba más allá de las paredes de la gran «pecera».

Domenico, al regresar a su despacho, confirmó la observación, pero tampoco supo interpretarla.

¿Se trataba de un efecto óptico, sin más?

Jamás vi cosa igual...

Mirase hacia donde mirase, allí aparecía el rayo curvo con los colores del arco iris.

Duraba tanto como la observación.

Al parpadear, el arco iris desaparecía. Y vuelta a empezar.

Era un espectáculo bello, pero agobiante.

(1) Domenico explicó en el hangar rojo: para conseguir el trioxígeno líquido hacían pasar el aire por tubos concéntricos en los que saltaba una descarga de 15 kV, con una frecuencia de 50 Hz. A continuación se separaba el ozono mediante destilación fraccionada. El último proceso consistía en irradiación con luz ultravioleta y en la condensación. Las placas metálicas que cubrían los tubos ozonizadores eran secreto militar.

Respecto a cómo lo mantenían sin riesgo de explosión en la gran «pecera», el ayudante no supo o no quiso informarme. *(N. del m.)*

—Fin del tiempo —intervino el número «1»—. Síganme...

Los vigilantes nos obligaron a abandonar el lugar y retornamos al vestuario.

Allí procedimos al cambio de ropas y deshicimos el camino previamente andado.

Los vigilantes nos escoltaron hasta el final.

No hubo despedidas, ni saludos, ni una miserable sonrisa.

Eran témpanos de hielo.

No alcancé a ver nada más en el fugaz recorrido por el nivel «9» de la «ciudad subterránea», en la Fog.

Y no fue poco...

☆

A las 15 horas nos sentábamos de nuevo en el despacho de Domenico, en el hangar rojo.

Devolví las «tssc» y cambiamos impresiones sobre lo que habíamos visto en la «ciudad subterránea».

Domenico aclaró algunas dudas; no muchas.

Dijo no saber nada sobre el interior de «Rayo negro».

No le creí, y seguimos hablando de otros asuntos.

La nave, al parecer, estaba lista para partir.

No lo saqué de ahí.

Y sonrió, malicioso, cuando presioné.

Mensaje recibido.

En el proyecto trabajaban 1.086 personas, entre técnicos y científicos. Diez veces más que en Caballo de Troya.

Todos juraron fidelidad a Curtiss y firmaron el «protocolo 4» (1).

Pregunté también sobre las iniciales que lucían los vigilantes en el pecho: «DSR».

(1) «Protocolo 4» era un documento de confidencialidad. El firmante se comprometía a no revelar la naturaleza de su trabajo. El compromiso alcanzaba a su familia, hasta la cuarta generación. En caso de incumplimiento, la familia podía ser «anulada» (asesinada) y las posesiones y dineros pasaban directamente al gobierno. Éste era mi caso... Éramos (somos) los modernos esclavos. *(N. del m.)*

De manera igualmente confidencial, el ayudante vino a decir que los tipos de dos metros de altura integraban un selecto «club» al que llamaban «Servicio de Custodia Directa», o algo así. Eran militares (hijos y nietos de militares). Sólo blancos. Sólo gente religiosa. Sólo solteros. Prestaban servicios especiales en lugares especiales. Los contratos eran de por vida.

E insinuó algo que me dejó perplejo: una vez retirados del servicio «DSR», casi todos fallecían..., «inexplicablemente».

—Y no preguntes más —suplicó Domenico.

Me retiré de la Fog al atardecer y con un amargo sabor de boca.

¿Por qué Curtiss había solicitado que no renunciara a «Rayo negro»? ¿Qué se escondía tras aquel proyecto?

¡Vaya!

Era 21 de agosto...

Y me dormí con la imagen del Hijo del Hombre, allá, en la lejanía del *yam*, con el brazo en alto, despidiéndose de quien esto escribe.

Un día como aquél, en Belén, hacía 1.979 años, nacía en la Tierra el Hombre-Dios.

¡Cómo lo añoraba!

Y también a ella...

Descubrí el amor demasiado tarde y en el lugar equivocado.

No importaba. La amaría siempre.

Era asombroso...

La aventura parecía un lejano y brumoso sueño. Pero yo sabía que no fue un sueño.

El resto de la semana fue relativamente tranquilo.

Me encerré en el «avispero».

Revisé los diarios hasta la última línea.

No encontré nuevos «errores» o «anomalías».

Y la vieja convicción se hizo fuerte en mi interior.

¡Eliseo estaba vivo!

No sabía cómo ni dónde, pero vivía...

Y repasé el código, una y otra vez:

«Y cada error conduce a la luz. También el séptimo. En cien atardeceres después de muerto vivirás lo no vivido. Será el día del relámpago.»

Fue en esos días de agosto cuando me lo propuse seriamente: tenía que viajar a Jordania o Israel y presentarme el 6 de octubre en el lugar indicado por el código.

Coordenadas:

| | | | |
|---|---|---|---|
| 31° | 27' | 025'' | Norte |
| 35° | 33' | 34'' | Este |

Tenía que hallar una excusa y abandonar la base de Edwards.

Pero ¿cuál?

Podía decirle a Curtiss la verdad.

No me pareció buena idea. No me fiaba de él.

El general conocía el código, pero no las coordenadas.

Y el Destino, lo sé, sonrió burlón desde una de las esquinas de la vida.

Todo estaba minuciosamente calculado...

¿Cuándo aprenderé?

Esa semana fue intensa en el bar de Joco.

Los rumores circulaban como locomotoras sin freno.

El FBI, el Servicio Secreto y la policía de Nueva Orleans habían descubierto una conjura —eso decían— para acabar con la vida del presidente. Naturalmente, Nixon se partió de la risa al conocer la noticia. Joco lo llamó empecinado.

El 22, miércoles, Nixon, el tronado, como lo llamaba también el japonés, hizo otra de las suyas: designó a Henry Kissinger como nuevo Secretario de Estado. Los que sabíamos algo sobre los venenosos tentáculos de Henry nos echamos a temblar.

Kissinger sustituía a William Rogers, otra «víctima» del caso «Watergate».

El nombramiento de Nixon debería ser aprobado por el Senado. Puro trámite.

Y me pregunté: «Con Kissinger en lo más alto, ¿qué sería de Curtiss? Ambos se odiaban...»

Joco llamó a Kissinger troncho, zángano y zampabollos.

Yo, sin querer, me acordé de *Henry*, el perro amarillo y cobardón del general.

El 24 de agosto, viernes, Domenico me puso al corriente de las actividades de Curtiss en Jordania.

El general y jefe del proyecto Swivel había viajado a Ammān en la compañía de tres directores de Caballo de Troya y dos forenses militares.

Los jordanos no daban su brazo a torcer.

Reclamaban dinero a cambio de la repatriación del cadáver del astronauta, así como una explicación oficial por parte de nuestro gobierno y, como dije, una autopsia compartida.

Domenico me enseñó el télex.

Quedé estupefacto.

Ammān exigía dinero y un cargamento de armas. Concretamente: un millón de dólares USA y un avión cargado de granadas.

—Están locos —proclamó el ayudante.

—Y Curtiss, ¿qué piensa hacer?

Domenico se encogió de hombros.

La decisión era asunto del Pentágono.

—Por cierto —aclaró innecesariamente—, están que trinan...

El cadáver del supuesto Eliseo había sido trasladado a la base aérea jordana de Muwaffaq Salti, en la región de Azraq, al este de Ammān.

Allí aguardaban Curtiss y el resto.

El general, según Domenico, bramaba contra todos.

A los del Pentágono los llamaba cagacirios. A los árabes los calificaba de trinconeros...

Según los comunicados del general, el equipo desplazado a Jordania había tenido acceso al cadáver. La inspección —muy superficial y siempre bajo vigilancia jordana— resultó negativa.

La putrefacción, al parecer, era intensa y eso dificultaba las labores de identificación.

—Necesitarán muestras —precisó Domenico—. Sobre todo de la dentadura... Después compararán con las fichas de la USAF.

El ayudante seguía convencido: aquel cadáver era el de Eliseo.

Yo no estaba tan seguro...

Al día siguiente, sábado, 25 de agosto, Domenico me reclamó a primera hora de la mañana.

Novedades.

Los del Pentágono se habían movido, rápido, y autorizaron la entrega de las armas.

Un «Galaxy» volaba ya hacia la base de Muwaffaq Salti, sede de la célebre Legión Árabe (ALAF).

Transportaba 10.000 granadas de mano (ofensivas) y 5.000 del tipo anticarro.

Era un cargamento «diezmado».

El ayudante de Curtiss explicó, satisfecho: las granadas fueron manipuladas por la División de Investigación y Desarrollo del Ejército. En eso, los del «RD» eran unos manitas...

Dado que Jordania se hallaba posicionada en el bando árabe y que, presumiblemente, se uniría a Egipto y a Siria en la cercana guerra contra Israel, el Pentágono dio la orden de «modificar» el armamento requerido por Ammān.

En las granadas de mano, el sistema de ignición, que habitualmente funciona «a tiempos», fue anulado. Eso significaba que, al retirar el pasador de seguridad y accionar la palanca de disparo, la granada estallaba de forma inmediata.

El lanzador resultaría muerto o mutilado.

Con las anticarro sucedía algo parecido. Investigación y Desarrollo puso en marcha el protocolo «TE», alterando así el dispositivo eléctrico de magneto.

Resultado: el proyectil hacía explosión en la cara del lanzador.

Ni pregunté qué era «TE». Me sentí asqueado.

El «Galaxy» llegaría esa noche a la base jordana de Azraq.

De las 15.000 granadas «regaladas» por USA, 1.500 fueron descompuestas.

Los cagacirios y Domenico preferían el término «diezmadas».

El ayudante me hizo un guiño y clamó, feliz:

—Como dice Curtiss, ¡ahí va eso, sátrapas!

✦

# 26 de agosto

Y llegó el domingo, 26 de agosto (1973).

Fue otro día para la historia...

Al recibir el «cargamento», Ammān autorizó la autopsia y la repatriación del cadáver del astronauta.

Los médicos forenses actuaron de inmediato.

Fueron cinco: tres jordanos y dos norteamericanos. Los de mi país pertenecían a la Navy y a la USAF. Fueron seleccionados por Curtiss.

Según las comunicaciones llevadas a cabo por el general, la autopsia fue iniciada a las 7 de la mañana (hora local de Azraq).

Pasé buena parte de ese domingo en el despacho de Domenico, pendiente del teléfono y del télex.

Los resultados llegaron a las 16.34 horas, en un largo comunicado de los peritos médicos norteamericanos. En el encabezamiento del informe se leían unas frases de Curtiss.

Decían textualmente: «A la atención de Jasón. Las diatomeas también conducen a la luz.»

¡Vaya!

Aquello me previno.

Y seguían 62 páginas.

Leí con avidez.

Era un trabajo minucioso, muy profesional, en el que se adivinaba la mano experta y segura del forense de la Armada.

Como referí en su momento, el código sólo era conocido por Curtiss y por quien esto escribe.

Domenico, que también leyó el informe de los forenses, no supo interpretar el «mensaje» de Curtiss en relación con las diatomeas. Ni yo se lo aclaré.

El general pudo no haber enviado dicho informe. Era confidencial. Sin embargo, todavía no sé por qué razón, se saltó las normas y lo hizo llegar al despacho del ayudante.

En buena hora...

Al leerlo quedé desconcertado.

Ahorraré al hipotético lector de estas memorias las referidas 62 páginas, sembradas de términos médicos y de descripciones tan farragosas como desagradables.

Siempre he admirado el talante y la sangre fría de los forenses.

Haré referencia, únicamente, a los capítulos que, en mi opinión, arrojaban luz sobre el gran dilema: ¿estábamos ante el cuerpo del ingeniero?

A juzgar por lo descrito, y por los resultados, los peritos contaron con el apoyo de un aparataje más que aceptable.

La autopsia, propiamente dicha, se prolongó durante diez horas.

Se practicaron análisis anatomopatológicos, químicos y bacteriológicos, y se contó con la ayuda de una sala de Rayos X.

Los forenses se guiaron por el tradicional método de Virchow (1), que se caracteriza por el reconocimiento global de las vísceras (in situ) y por el examen de las mismas una vez extraídas del cuerpo.

(1)   Virchow (1893) llevó a cabo una síntesis de los métodos forenses aplicados hasta esos momentos. A saber: Morgagni (procedimiento clásico, 1761); Rokitansky (fue el primero en practicar una disección in situ de las vísceras); Gohn (perfeccionó el método de Rokitansky, formando bloques con los órganos cadavéricos) y Letulle (hacía una gran incisión oval en la cara anterior del tórax y del abdomen, procediendo después a la extracción masiva de las vísceras).

Virchow se basó también en los estudios del profesor Thoinot y logró un método que fue aceptado en la mayor parte de los países. Sus «cortes encuadernados» son la base de la mayor parte de los reglamentos de autopsias. Virchow defendía el reconocimiento completo, respetando las conexiones interorgánicas. *(N. del m.)*

Fue retirado el traje y se observó en él un nombre («medio borrado») idéntico al apellido de Eliseo.

«Rasgadura en el traje a la altura de la rodilla izquierda.»

Y el informe se centró en una inspección detallada y minuciosa del cadáver.

En síntesis, esto era lo que decía:

«Varón. Blanco. Tipo caucásico. Edad: entre 30 y 40 años. Constitución atlética. Estatura: 1,73 metros...»

También el color del cabello era el de Eliseo.

De momento, todo coincidía...

Los forenses insistían en algo de especial trascendencia: el estado de putrefacción del cadáver era avanzado. El rostro aparecía desfigurado. Ni Curtiss ni los directores reconocieron a Eliseo.

Era un hecho registrado en el informe pericial.

Recuerdo que lo había imaginado...

El cuerpo, como dije, fue encontrado en las aguas del mar Muerto (costa jordana) el 11 de agosto (1973). Así figuraba en el reverso de las fotografías. También el grupo sanguíneo —AB negativo— era el del ingeniero.

Pero en la descripción externa del cuerpo, de pronto, descubrí un dato que me alarmó: «... Se observa un tatuaje —rezaba el informe— de 18 centímetros, en forma de iris, sobre el tórax. La flor (azul) aparenta brotar del corazón.»

Hice memoria.

A Eliseo no le gustaban los tatuajes.

No tenía ninguno...

Yo lo había visto desnudo en varias ocasiones. Lo lavé cuando contrajo aquel grave problema intestinal en septiembre del año 25, en el vado de las Columnas (1), y también al final de nuestra aventura (últimas semanas del año 27 y primeros días de enero del 28) cuando cayó en coma (2).

(1)   Amplia información sobre la gastroenteritis sufrida por Eliseo en *Nahum. Caballo de Troya 7. (N. del a.)*

(2)   Amplia información en *Caná. Caballo de Troya 9. (N. del a.)*

¡Eliseo no lucía ningún tatuaje!

¡Aquel cadáver no era el de mi compañero!

Lo sospeché en esos instantes, pero guardé silencio.

El instinto tocó en mi hombro.

¡Atención!

Tampoco la dentadura coincidía.

La de Eliseo era sana e impecable.

En el informe forense se hablaba de dientes en guerrilla, y arruinados.

¿Podía deberse al impacto con el agua?

Me pareció poco probable.

A continuación leí algo que también me dejó confuso.

Lo pensé detenidamente, pero no cuadraba.

Los pics, rodillas, zona dorsal de la mano izquierda y cuero cabelludo presentaban excoriaciones y heridas de diferente consideración. Los forenses hablaban de roce del cuerpo con las piedras y el fondo del lago.

Eso era imposible, por dos razones: porque el cuerpo se hallaba enfundado en un traje, con el correspondiente calzado, y porque en el mar Muerto los cuerpos flotan. Jamás se hunden. Las heridas en cuestión no podían ser posmortales. A no ser que...

La idea era tan descabellada que la olvidé.

A continuación, el equipo médico entraba de lleno en la obducción o examen interno del cadáver (la autopsia propiamente dicha). El estudio era sistemático y en el siguiente orden: raquis, cráneo, cuello, tórax, abdomen, aparato genitourinario y extremidades.

La lectura no me dijo nada hasta que llegué a la inspección de los planos profundos y de la cavidad bucal.

Allí se presentaron los primeros signos de sumersión (ahogamiento): las vías aéreas estaban ocupadas por la típica espuma traqueo-bronquial. La glotis se hallaba igualmente taponada por dicha espuma (1). Los pulmones apa-

(1)   La espuma en cuestión se forma por la mezcla de moco y agua en los movimientos respiratorios convulsivos agónicos. El agua desciende hasta los bronquios principales y expulsa el aire residual. Ello provoca hiperdistensión de los pulmones (enfisema hidroaéreo). *(N. del m.)*

recían llenos de agua y considerablemente aumentados, dando la impresión de que no cabían en el pecho (1). El corazón se hallaba prácticamente abrazado por los pulmones.

No salía de mi asombro.

¿Cómo era posible? El cuerpo portaba una escafandra y un traje especialmente diseñado. Era difícil que entrara agua.

No fueron localizadas las manchas de Tardieu. El informe, al menos, no se refería a ellas.

Las aberturas del tórax y del abdomen —practicadas simultáneamente y mediante una incisión única, oval y elipsoidea— reservaban otras sorpresas...

Tras los análisis correspondientes se procedió a la extracción (por separado) de los dos pulmones. Para ello se llevó a cabo la sección del hilio.

El informe señalaba congestión y marcada cianosis en el lado derecho del corazón.

Los grandes vasos venosos aparecían distendidos y con sangre oscura.

El esófago y el estómago albergaban aire y agua, así como barro, hierbas y otros materiales extraños.

Tomaron muestras de todo.

También hallaron arena en el líquido bronquial.

Estaba cada vez más confuso.

El mar Muerto se encuentra enclavado en un desierto. En sus aguas es difícil hallar hierba. ¿Cómo llegó al estómago y a la región bronquial del supuesto Eliseo?

Las lividideces cadavéricas eran típicas de un ahogado. Resultaban más claras que en el resto de las asfixias mecánicas.

El fenómeno hubiera sido explicable, en parte, por la hemodilución y por la permanencia del cuerpo en aguas

---

(1) La presión sobre la superficie externa había dejado la típica huella o «fóvea». También aparecieron las manchas de Paltauf (hemorragias petequiales de gran tamaño). La palpación —según el informe— proporcionaba la sensación de crepitación. Al cortar los pulmones se presentó abundante líquido espumoso. *(N. del m.)*

frías. No era el caso. El mar Muerto mantiene temperaturas que oscilan entre 21 y 31 grados Celsius.

No lograba entender el singular asunto.

El cadáver presentaba igualmente el llamado «cutis anserino», debido a la rigidez cadavérica, y una extendida maceración cutánea, con arrugamiento generalizado de la piel de las manos y de los pies. Dicha piel tiene el aspecto de guantes y de calcetines, respectivamente.

Y me dije, una vez más: «Eso no es viable... La maceración cutánea exige el contacto del cuerpo con un medio líquido.»

A partir de ahí, las sorpresas se encadenaron...

El agua contenida en los pulmones y en el estómago fue analizada en los laboratorios de la base jordana.

¡No era agua salada!

¡Era dulce!

Quedé perplejo.

En cuanto al barro hallado en el líquido bronquial, tampoco pertenecía al mar Muerto.

¡Carecía de aragonito, uno de los elementos constitutivos del barro del mar de la Sal (aragonito, sal gema y yeso)!

¡Y qué decir de la concentración de iones!

El potasio, calcio y magnesio aparecían en concentraciones más bajas que las existentes en el mar Muerto.

No podía creer lo que leía.

Lo repasé de nuevo.

Correcto.

Había leído bien.

Los análisis eran claros y determinantes: el hombre murió por sumersión en agua dulce, aunque fue hallado flotando en el mar Muerto, cuya salinidad oscila entre el 27 y el 27,5 por ciento (1).

---

(1)   Cuando la muerte por sumersión tiene lugar en agua salada, a la aspiración le siguen otras alteraciones graves de la química sanguínea y del balance líquido. Una de ellas es la concentración osmótica de la sangre en el lecho capilar del pulmón, aumentando el contenido de sal. En el caso de sumersión en agua dulce, el agua alcanza la sangre a través de la barrera alveolocapilar, provocando hipervolemia y hemólisis, con eleva-

¡Agua dulce!

Alguien nos estaba tomando el pelo...

Y las sorpresas arreciaron.

En el examen de las vísceras surgió la «adipocira», un marcado endurecimiento y tumefacción de las grasas del cuerpo. La grasa se había vuelto blanca y rígida (1), adherida al tejido óseo y muscular.

Pero lo más desconcertante es que el fenómeno de la «adipocira» exige del orden de cinco a seis meses en el proceso de putrefacción.

Eché cuentas de nuevo.

Aquella persona pudo fallecer en febrero o marzo (1973) y la «cuna» se precipitó al lago el 28 de junio.

En efecto: no salían las cuentas...

Para terminar de enredar el laberinto, el informe forense señalaba la presencia de nidos de *calliphora*, una mosca que coloca los huevos en las zonas húmedas de las heridas, boca y ojos, fundamentalmente. Estas «moscardas» se reproducen a las pocas horas del óbito.

Se suponía que el cuerpo se hallaba protegido por la escafandra y el traje hermético.

Esas moscas no tenían por qué estar ahí...

Hice balance.

La autopsia hablaba de un varón con las características físicas de Eliseo (incluido el grupo sanguíneo).

Había sufrido muerte por sumersión y se hallaba embutido en un traje del proyecto Swivel (supersecreto), con el apellido de Eliseo cosido al pecho.

Aparentemente era el ingeniero.

Pero no...

¿Qué era lo que no encajaba?

---

ción de los niveles plasmáticos de potasio y descenso de los de sodio. El miocardio experimenta una agresión anóxica y el resultado es una fibrilación ventricular. En agua salada no se registra la fibrilación ni la hemólisis. *(N. del m.)*

(1) La «adipocira» se produce como consecuencia de una hidrogenación del ácido más insaturado: ácido oleico en ácidos más altos; es decir, convirtiéndose el ácido oleico en esteárico opaco. O lo que es lo mismo: $C_{17} H_{33}$. COOH + $H_2$ = $C_{17} H_{35}$. COOH. *(N. del m.)*

En primer lugar el agua dulce.

La persona no había fallecido en el mar Muerto.

Segundo: el tatuaje en el pecho.

Tercero: las heridas en los pies, rodillas, zona dorsal de la mano izquierda y cuero cabelludo. El traje lo protegía.

Cuarto: la «adipocira» y los nidos de *calliphora*.

El individuo falleció antes de que nos precipitáramos al mar de la Sal.

Quinto: el barro encontrado en el interior del cadáver no era del mar Muerto.

En fin, para qué seguir...

El instinto me previno de nuevo.

No hacía falta ser muy despierto para deducir que aquel infeliz no guardaba relación alguna con el ingeniero.

Y me pregunté: «Si era así, ¿qué pintaba aquel cuerpo en aquella historia? ¿Quién era realmente? ¿Por qué lo utilizaron? ¿Quién lo lanzó a las aguas del mar de la Sal?»

En esos momentos, no sé por qué, regresaron a la mente las imágenes de los misteriosos sobres lacrados que había recibido en la habitación del pabellón de oficiales, en el «avispero», y en la casa de campo de Curtiss: «Marte, alerta», «Blasfemia» y «Renuncia, traidor».

No hice comentarios.

Deduje que Domenico había reparado también en aquel cúmulo de despropósitos.

Hasta un ciego lo hubiera visto...

Curtiss lo captó..., y me advirtió.

El ayudante, sin embargo, eligió el silencio.

Un significativo silencio...

Soy un desastre.

¿Por qué no caí en la cuenta mucho antes?

Domenico, en efecto, no era lo que parecía...

Pero vayamos por partes.

No quiero desviarme.

El informe de los forenses había terminado.

Fue hallada agua en el estómago, en una cantidad superior a 500 ml.

Esto significaba que el enigmático personaje estaba vivo cuando cayó (o lo arrojaron) al agua (1).

Se detectaron hemorragias en el oído medio y en las celdas mastoideas.

Y la autopsia fue redondeada, como decía, con los tradicionales exámenes complementarios: radiológicos, microscópicos, químicos y bioquímicos.

Fue así como se apreció opacidad de los senos paranasales (indicativo de sumersión o ahogamiento intravital: mientras el sujeto estaba vivo) y una amplia colonia de protozoarios ciliados y diatomeas, los decisivos marcadores biológicos a los que hacía alusión el general en el encabezamiento del informe: «Las diatomeas también conducen a la luz.»

Los análisis, en efecto, identificaron tres tipos de diatomeas (2). Todas ellas aparecieron en la médula de los huesos largos, así como en la sangre cardíaca y demás órganos irrigados por la circulación sistémica. Las pruebas se repitieron con ejemplares existentes en el cerebro, pulmón, hígado y riñones.

No había duda.

El personaje se ahogó en plena lucha.

La respiración agitada del infeliz, tratando de sobrevivir, arrastró aire y agua (con diatomeas). Primero fueron

(1)   Si la cantidad de agua hallada en el estómago es superior a 500 ml, los forenses dan por hecho que la persona murió ahogada (sumersión intravital). Tras la muerte no es posible que el estómago reciba tanta agua. También se observó desgarro de la mucosa a nivel del cardias (consecuencia de los vómitos violentos producidos por la ingesta abundante de agua en los instantes finales). Fue detectada agua en el duodeno. *(N. del m.)*

(2)   Las diatomeas son algas microscópicas, muy resistentes, conocidas también como *Bacillariophyceae.* La mayoría es unicelular, aunque se dan también en colonias, en forma de cintas, estrellas, etc. El caparazón es de sílice y disponen de un plasma claro, con grandes vacuolas y prenoides. Habitan en agua y en tierra. Los restos se acumulan en los fondos marinos, formando la llamada «tierra de diatomeas» *(Kieselguhr),* muy utilizada industrialmente. En la actualidad se conocen del orden de 25.000 especies aunque los científicos sospechan que la cifra podría alcanzar las 100.000. *(N. del m.)*

bombeadas al corazón y desde allí distribuidas por el resto de los órganos.

Según los especialistas, la identificación de las diatomeas puede conducir al lugar exacto en el que se registró la sumersión o ahogamiento. En otras palabras: cada diatomea procede de un punto en el planeta.

Supuse que los forenses tenían perfecto conocimiento del riesgo de contaminación existente en el proceso de investigación.

Imaginé que tomaron todas las precauciones posibles.

Di por bueno el hecho de que las diatomeas localizadas en el interior del cadáver eran ajenas al laboratorio.

En este caso, las diatomeas detectadas fueron las siguientes: *Scoliopleura lorami, Opephora Mutabilis* y *Scoliopleura peisonis.*

En esos momentos no supe de qué lugar procedían.

El informe tampoco hablaba de ello.

Ahí concluía el trabajo de los peritos.

En resumen: el ahogado no había muerto en el mar de la Sal.

Algo intentaba comunicarme el general Curtiss, pero no estuve listo...

Me resigné.

Esperaría su regreso a Edwards.

Por cierto, del maletín ni palabra. Me pareció raro que el informe no lo mencionara.

✡

Domenico habló con Curtiss a primera hora del lunes, 27 de agosto.

El jefe del proyecto se mostró preocupado.

El equipo había procedido al embalsamiento del cadáver, pero el papeleo para la repatriación del cuerpo era un asunto laborioso, casi agónico, que dependía por completo de los jordanos.

Curtiss, harto, llamó a los árabes mamporreros y bigardos.

Nadie sabía cuándo lograrían salir de aquel agujero.

El Pentágono empezó a impacientarse, y con razón.

Si los jordanos descubrían que las granadas habían sido «diezmadas», Curtiss y el resto no saldrían con vida del país.

Para colmo —según Domenico—, el «Galaxy» que había transportado las armas terminó huyendo como un conejo. Se necesitaba un transporte, con urgencia, que aterrizara en la base aérea de Azraq y rescatara al general, al equipo, y el féretro con el cuerpo del misterioso personaje.

Pero no era tan sencillo...

La situación en Oriente Próximo seguía deteriorándose, tal y como preveía el siniestro plan Rapto de Europa.

Representantes del rey jordano y del presidente egipcio venían celebrando intensas y frecuentes reuniones, con el fin de restablecer relaciones diplomáticas (1).

La guerra, insisto, aullaba cada vez más próxima.

Si Jordania establecía relación con Egipto, dada la inminencia del conflicto con Israel, la suerte de Curtiss y los suyos podía verse seriamente comprometida. Y no eran frases hechas.

Curtiss lo sabía. El Pentágono lo sabía. Kissinger lo sabía. Nixon lo sabía.

La situación empeoró.

Las explicaciones secretas del gobierno USA sobre la presencia del astronauta en el mar Muerto no fueron del agrado de Ammān. La embajada norteamericana en Jordania cursó una nota confidencial al rey Hussein, explicando que el fallecido era miembro de una expedición conjunta y humanitaria entre judíos y norteamericanos para la investigación del mosquito *Anopheles* (paludismo). Jordania, naturalmente, no tragó.

---

(1)   Egipto rompió sus relaciones con Jordania en 1972, como consecuencia del plan del rey Hussein de establecer un reino árabe unido que abarcara la orilla oriental del río Jordán y también la occidental, ocupada por los judíos. Siria, por su parte, había roto las relaciones con Ammān en 1971 como protesta por la actitud jordana contra los comandos palestinos. *(N. del m.)*

Y Curtiss volvió a insultar a políticos y a militares, llamándolos rijosos y segundones.

El general —según Domenico— se subía por las paredes.

Yo dividí mi tiempo entre el «avispero», en la revisión de los diarios, y las consultas en el Dryden sobre la naturaleza y el origen de las diatomeas aparecidas en el cadáver.

En el Centro de Investigación de Vuelos de NASA no sabían gran cosa. Y me remitieron a los departamentos oceanográficos de las universidades.

Lo único que saqué en claro en aquellos momentos es que las referidas diatomeas procedían de Hungría, Texas y Baja California Sur.

Mi confusión se multiplicó.

¡Aquel infeliz se había ahogado a miles de kilómetros del mar Muerto!

El ayudante interrumpió las primeras investigaciones sobre las diatomeas.

Tenía una buena noticia. Mejor dicho, dos.

Al fin...

El Pentágono había sobornado a los militares jordanos con una buena suma de dinero y el papeleo para la repatriación del «astronauta» se agilizó milagrosamente.

La segunda buena noticia fue el avión de carga C-141, que volaba ya hacia la base de Azraq. Domenico no supo decirme dónde lo habían localizado. Supuse que podía proceder de una de las bases USA en Turquía. Llegaría a Jordania esa misma noche.

Según el ayudante, nada más aterrizar, el C-141 cargaría el féretro y el equipo escaparía del lugar, rumbo a Atenas. Allí debían recoger a otros norteamericanos y hacer una nueva escala en la base de utilización conjunta de Torrejón, en Madrid (España).

Si todo marchaba bien, para el 30, jueves, Curtiss y el resto se hallarían de regreso en Edwards.

Si todo marchaba bien...

✦

Y todo fue perfecto, o casi...

El avión partió de la base de Azraq y tomó tierra sin novedad en Atenas.

Curtiss se comunicó con su ayudante.

El general aparecía más relajado.

Pocas horas después, el C-141 se dirigía hacia España.

Domenico anunció:

—El general tiene una sorpresa para ti...

No dijo más. Curtiss, probablemente, no le informó sobre el particular.

¿Una sorpresa?

No me gustaban las sorpresas de Curtiss.

Y me la dio; ya lo creo que me la dio...

En Atenas se unieron al grupo los familiares de una serie de pilotos norteamericanos. Regresaban también a USA.

Yo me encerré en el «avispero» y me dediqué a lo mío.

Pero, hacia las 15 horas de ese 28 de agosto, llamaron a la puerta.

Era Walter.

Domenico volvía a reclamarme en su despacho, en el hangar rojo.

¿Qué tripa se la había roto esta vez?

Encontré al ayudante desplomado en su sillón y pálido como la cera.

Sujetaba el rosario con ambas manos, con fuerza, y lo besaba sin cesar.

Me vio, pero no me vio.

De vez en cuando suspiraba y decía:

—¡Dios!... ¡Dios!... ¡Dios!...

No logré que respondiera a mis preguntas.

Besaba y besaba la crucecita y, de pronto, se desmayó.

Solicité ayuda.

¿Qué le ocurría?

Acudieron dos tenientes y trataron de reanimarlo.

Buscaron agua.

Fue inútil.

Domenico estaba privado del todo.

Pregunté.

¿Qué pasaba?

Los tenientes parecían mudos.

Comprendí. Ocultaban algo.

No me miraron.

Finalmente entró un capitán. Traía un télex en las manos.

Observó la escena y se dirigió a uno de los teléfonos, ordenando el envío de una ambulancia.

Y dejó el papel sobre la mesa del ayudante.

No insistí.

Nadie deseaba hablar.

Al poco llegaron los sanitarios y se llevaron a Domenico.

Se le cayó el rosario.

Me agaché y lo recogí, con el propósito de devolvérselo, pero el ayudante ya no estaba.

Fue entonces, al quedarme solo, y cerca de la mesa, cuando reparé en el télex que había traído el capitán.

Dejé el rosario sobre el escritorio y «algo», más fuerte que yo, me empujó a leer el texto.

Tuve que leerlo por segunda vez.

¡Dios!

No supe qué hacer...

Y comprendí el porqué del desmayo de Domenico y el silencio de los tenientes.

Tenía que haber un error...

Salí del despacho y busqué al capitán.

Pensé que me hallaba en mitad de uno de mis sueños... Pero no.

Interrogué al capitán y el hombre bajó la cabeza.

Y asintió con el silencio.

¡Era cierto!

El C-141, en el que viajaba el general Curtiss, había desaparecido a las 22.50 (hora local de España).

Tuve que sentarme.

El télex era claro e implacable: «Un avión de carga Lockheed C-141A-10-LM Starlifter, de la USAF, perdió el contacto con la torre de control de la base conjunta hispano-norteamericana de Torrejón, cerca de Madrid, cuando se hallaba en aproximación a la misma...»

¡Dios mío! ¡Otra vez...!

El capitán fue suministrándome nuevos informes.

El avión se había estrellado en una zona boscosa, cerca de la localidad de Pastrana.

No había duda.

Era el C-141 en el que viajaban los tres directores de Caballo de Troya, el féretro con el «astronauta», los forenses y Curtiss, así como los familiares de los pilotos que regresaban de un viaje turístico por Grecia.

Las primeras noticias no hablaban de supervivientes.

Alguien, caritativo, me sirvió un güisqui.

Como digo, todo era confuso.

Los teletipos repiqueteaban información sin cesar, pero, en ocasiones, contradictoria.

Hablaban de 24 víctimas.

Nunca mencionaron el féretro.

Número de registro del C-141: 63-8077.

¿Y qué importaba el registro?

Número de serie: 300-6008.

El capitán lo verificó. Correcto.

Tripulación: 7. Ocupantes: 18.

Eso hacía un total de 25... ¿Por qué hablaban de 24 fallecidos?

Número de horas voladas por el C-141: 14.372.

Y un dato que me dejó perplejo: nadie sabía en qué año fue construido (!).

No lograba entender lo ocurrido...

El avión podía ser viejo, pero la tripulación (dos pilotos y dos ingenieros) era excelente. Los conocía.

Curtiss era un tipo peligroso. Yo no comulgaba con sus ideas, pero tampoco le deseaba una muerte así.

Sentí una enorme tristeza.

Y pensé en Estrella, la generala. ¿Le habían dado la noticia? El capitán dijo que no sabía. Era mejor esperar. Estuve de acuerdo. Convenía confirmarlo todo.

Y noté cómo el corazón aceleraba.

Los teletipos gotearon hasta bien entrada la noche.

El hangar rojo estaba patas arriba.

Todos conocían (y odiaban) a Curtiss.

El C-141 llevaba una carga de ocho toneladas; muy poco. Disfrutaba de cuatro motores Pratt-Whitney TF-33-P-7, con 91 caballos de empuje cada uno. El peso máximo de despegue (autorizado) era de 147 toneladas.

Tras una escala en Torrejón, el avión tenía previsto continuar a la base de McGuire, en Nueva Jersey, y de allí a Edwards.

Domenico no regresó.

A las tres de la madrugada se facilitó la lista de fallecidos, así como la identidad del único superviviente. Curtiss y el resto aparecían en el télex. El ocupante con vida era el navegante: William H. Ray. Los vecinos de un pueblo cercano al lugar del siniestro lo habían rescatado de entre los hierros retorcidos y humeantes. Al parecer fue trasladado al hospital más cercano.

El aparato —decían— perdió altura en la aproximación y fue a estrellarse contra los olivos. El C-141 se partió en dos y se incendió.

De madrugada empezaron a llegar fotografías del siniestro.

Me sentí hundido...

Los restos del avión se hallaban esparcidos entre encinas y olivos. Algunos bomberos procedían al apagado de los rescoldos.

¡Dios mío!

El aparato aparecía boca abajo.

Qué extraño...

El impacto tuvo que ser muy violento. Los télex hablaban de 250 nudos (463 kilómetros por hora) al chocar con el monte.

Y, no sé por qué, me vino a la mente un sueño tenido en la casa de campo de Curtiss. En él vi los restos de un avión y las pieles de la Callas, de Puccini, de Onassis y de Kempis colgadas de los árboles.

Me estremecí.

¿Por qué en la ensoñación no se veían los restos de Curtiss?

El Destino tocó en mi hombro de nuevo, pero no caí en la cuenta... Me hallaba demasiado espeso como para andar con sutilezas.

Y seguí pensando en Estrella.

¡Pobre mujer!

Sus palabras sonaron «5 por 5» en mi cerebro:

—Curtiss teme por su vida...

Pero me enredé en las fotografías y en las informaciones que seguían proporcionando los teletipos y olvidé, de momento, los temores de la generala.

¡Dios bendito!

En poco más de un mes habían muerto cinco directores y el jefe del proyecto Swivel...

¿No era extraño?

Bien entrada la mañana del miércoles, 29, intenté localizar a Domenico.

No lo conseguí.

Me dijeron que había abandonado la base, en la compañía de Estrella.

Supuse que el ayudante se había recuperado.

Me pareció una buena idea. La generala necesitaba ayuda y compañía.

Imaginé que estaban viajando hacia la casa de campo.

Tenía que llamarla y darle el pésame.

Pero deseaba hacerlo en persona.

Lo dejé para más adelante...

Y llegó un momento en el que todo estaba dicho sobre el accidente. Eso pensé...

Decidí retirarme.

El hangar rojo y el personal destinado en el proyecto Swivel era un caos. Tras la muerte de Curtiss, nadie sabía qué hacer y, lo que era peor, a nadie le importaba.

Hablé con el capitán y manifesté que deseaba tomar unos días libres.

Asintió y comprendió.

Tomó nota y nos despedimos.

Y fui a refugiarme en el bar de Joco.

El japonés entendió mi silencio y se limitó a llenar el vaso de buen güisqui. Fue lo único que le pedí.

La base estaba consternada.

Fue allí, en el bar, donde supe que se preparaba un vuelo especial para trasladar a Madrid a los expertos de la UAAI (1).

Eran lo mejor de lo mejor entre los investigadores de accidentes aéreos.

Debían proceder al examen de los restos del C-141 y a intentar esclarecer las causas del siniestro.

En el aparato —según Joco— volaría también una unidad de la AFI 91-204, otro grupo altamente especializado en accidentes de «clase A» (aquellos en los que hay muertos, invalidez permanente, pérdida del aparato y daños a la propiedad del gobierno por un valor superior a dos millones de dólares). Eran los investigadores que investigaban a los investigadores. Algo así como «asuntos internos» de la UAAI. Uno de los jefes de la AFI era el teniente coronel Hansen, viejo conocido.

El vuelo despegaría de Edwards a las 6 de la mañana del viernes, 31 de agosto (1973).

Fue entonces cuando la vi entrar en el local.

¡Vaya!

¡Qué hermosa era! Parecía una apache...

Lucía la hermosa melena oscura, hasta la cintura, y la túnica azul, transparente.

Se hizo el silencio.

Se detuvo un instante junto a quien esto escribe y susurró:

—¡Adelante!

Y la bella intuición desapareció de mi vista.

El bar recuperó el latir habitual y Joco me guiñó el ojo, malicioso. El japonés la conocía. En cierta ocasión le dejó un sobre con una nota...

Pero creo que sobre esto ya he hablado.

(1) *USAF Aircraft Accident Investigation. (N. del m.)*

No lo dudé.

Hice caso a la bella y el viernes, a las 5 de la mañana, poco antes del alba, me dirigí al KC-130F, el cuatrimotor que trasladaría a los expertos a la base de utilización conjunta de Torrejón.

Me presenté a Hansen y el hombre, comprendiendo, me abrazó.

No tuve que dar muchas explicaciones. Deseaba colaborar en el esclarecimiento del suceso.

Me facilitó el ingreso al KC-130F y me brindó la ayuda de su equipo... «para lo que fuera necesario».

Dijo sentirse orgulloso de mí.

No entendí por qué.

La verdad es que aquella actitud, tan generosa, terminaría favoreciéndome, ¡y de qué forma!

Lo que conseguí en España se debe, en buena medida, al teniente coronel Paul M. Hansen.

Me acomodé y traté de relajarme.

Por delante aparecía un viaje de dieciséis horas.

Y organicé, lápiz y papel en mano, lo que debería ser mi investigación.

Primero trataría de conversar con el superviviente, el teniente Ray. Después visitaría la zona del siniestro e interrogaría a los testigos, si es que los había.

Mi castellano estaba un poco oxidado.

No importaba.

El Padre Azul cuidaría de los detalles...

Después, ya veríamos.

Y en un momento del viaje, súbitamente, como si todo estuviera mágica y minuciosamente calculado, acudió a mi mente el recuerdo de unos singulares sueños, todos relacionados con Curtiss.

Quedé asombrado.

Ahora, sabiendo lo que sabía, dichas ensoñaciones cobraron un valor muy especial.

La «perla» de los sueños...

El primero, como relaté en su momento, tuvo lugar en febrero del 26, en plena aventura.

En la ensoñación, quien esto escribe se hallaba en Saidan, en el «palomar». Miraba por la ventana. Era una noche estrellada, preciosa. De pronto, en el sueño, alguien tocó mi hombro derecho, y lo hizo un par de veces. Me volví pero no había nadie. Entonces oí una voz desconocida que decía (en arameo): «Ya es hora de que vuelvas a la realidad.»

No comprendí y retorné a la ventana.

Al poco, sin embargo, alguien volvió a tocar en el hombro (esta vez en el izquierdo) y por tres veces. Me volví, asustado, pero el «palomar» seguía vacío. Y aquella voz sonó de nuevo en mi cabeza («5 por 5»): «Deja de mirar por la ventana y regresa a la realidad.»

En esta oportunidad la voz lo hizo en inglés.

Y en eso llamaron a la puerta de la habitación.

Era el Maestro.

Sonrió, alargó el brazo izquierdo, y me entregó una de las ampolletas de barro, utilizadas por quien esto escribe en la visita a Caná (1). En el interior descubrí un pequeño pergamino. ¡Estaba escrito en inglés! Decía: «Curtiss te precederá en el reino de los cielos (Isaías 29, 8).» Algo más abajo se leía: «¡Alerta, pero ten calma! No temas, ni desmaye tu corazón (Isaías 7, 3).»

Fin del sueño.

Recuerdo que hice consultas.

Las referidas citas de Isaías no me dijeron nada.

Tampoco entendí lo de Curtiss; no en esos instantes.

Isaías (29, 8) habla de «sueños», pero no caí en la cuenta... (2)

En cuanto a la segunda parte (Isaías 7, 3), «Santa Claus»

(1)   Amplia información en *Caná. Caballo de Troya 9. (N. del a.)*
(2)   Isaías (29, 8) dice: «Será como cuando el hambriento sueña que está comiendo, pero despierta y tiene el estómago vacío; como cuando el sediento sueña que está bebiendo, pero se despierta cansado y sediento. Así será la turba de todas las gentes, que guerrean contra el monte Sión.» *(N. del m.)*

confirmó lo que sospechaba: se trataba de un error (?). La frase «¡Alerta, pero ten calma! No temas, ni desmaye tu corazón...» no correspondía al versículo 3 sino al 4.

Quedé intrigado y sorprendido por el sueño, pero ahí quedó la cosa.

Curtiss tenía dos nombres de pila en la vida real. Uno era Isaías...

Y fue durante el vuelo, cuando, papel en mano, me puse a jugar con los números de las citas bíblicas.

Después de lo vivido con el código me pareció normal...

Era noche cerrada sobre el Atlántico.

Me quedé hipnotizado.

Miraba los números, pero no daba crédito.

¡Era mágico! ¿Cómo era posible?

Isaías 29, 8 e Isaías 7, 3 podía ser leído de otra forma: ¡29-8-73!

¡Dios santo!

¡Era la fecha en la que había muerto el general!

Claro...

¡Curtiss (Isaías) te precederá en el reino de los cielos!

Quedé lívido.

Y creí entender la segunda parte de lo soñado: «¡Alerta, pero ten calma! No temas, ni desmaye tu corazón.»

Alerta, sí...

El Destino me reservaba nuevas e importantes sorpresas.

No temería, pasase lo que pasase. No desmayaría mi corazón.

El Maestro estaba conmigo...

Y recordé otro de los consejos (en realidad una orden) del general: «Pase lo que pase, y veas lo que veas, no renuncies...»

Mensaje recibido.

✡

El segundo y no menos extraño sueño, también relacionado con Curtiss, me dejó perplejo, pero no supe interpretarlo; no en esos momentos.

Era lógico.
Las cosas llegan cuando tienen que llegar...
Sabía que el Destino observaba con atención.
A lo que voy: esa segunda ensoñación tuvo lugar en la noche del 26 de julio, en mi habitación, en el pabellón de oficiales.
En el sueño vi a un niño desnudo, boca abajo. Tenía la cara de Curtiss. Una mujer le abría la espalda con un cuchillo y sacaba algo negro. Lo introducía en un frasco de cristal y me lo mostraba. Pensé que se trataba de pólvora. Lo probé. No era pólvora.
Desperté cuando una nube palpitante se me echaba encima.
El tercer sueño —igualmente referido— me dejó no menos atónito.
En la ensoñación (registrada el sábado, 11 de agosto, en la casa de Curtiss, en la bahía de Pablo) se produjeron dos hechos, a cuál más asombroso.
El primero fue el recado de la bella intuición, depositado en un sobre, en el bar de Joco. En una cartulina blanca, contenida en el interior, se leía: 29 DE AGOSTO.
En el sueño sumé los días que faltaban para ese misterioso 29 DE AGOSTO: 17. Y me dije: «1 + 7 = 8 ¡Vaya! El «8» es el número de la muerte, según Eliseo.»
El segundo y alarmante suceso (contemplado dentro del sueño) fue la aparición de unas fotografías. En ellas vi los restos humeantes de un avión, esparcidos por el monte.
Al principio pensé que era «Rayo negro».
Nada de eso...
Era un avión, con la cola en forma de «T».
Curtiss no se hallaba entre los fallecidos que colgaban de las ramas de los árboles.
Yo, al menos, no vi su piel.
Verdaderamente, los sueños son el patio de atrás de los cielos...
El resto del viaje fue sosegado.
Pensé mucho y hablé con el teniente coronel Hansen.

✡

El 1 de septiembre, sábado, a las 7 de la mañana (hora local), aterrizamos en la base aérea de Torrejón de Ardoz, a poco más de 10 kilómetros al este de Madrid.

Nos trasladaron a los pabellones y Hansen, con buen criterio, permitió descansar a sus hombres.

Por la tarde, aunque era fin de semana, iniciarían el trabajo.

Dejé las escasas pertenencias en la habitación de la residencia de pilotos y opté por iniciar la investigación de inmediato.

Me sentía extrañamente nervioso.

Algo iba a suceder. Lo sabía...

Y a las nueve, tras un par de consultas, me presenté en la habitación 109 del hospital militar.

Allí encontré al teniente y navegante William H. Ray, único superviviente del accidente aéreo.

No observé vigilancia alguna.

¿Y por qué tenía que haberla?

Ray era joven.

Se hallaba solo y aburrido.

Presentaba la pierna derecha escayolada.

Se extrañó al ver a un anciano, de uniforme, y con el cabello blanco.

Intentó saludar, pero hice un gesto, tranquilizándolo.

Después, conforme fuimos hablando, Ray se sinceró. En un primer momento pensó que era otro de los oficiales que lo acosaban a todas horas.

Estaba harto.

En dos días lo habían interrogado treinta veces.

Por allí pasaron médicos, pilotos, ingenieros, policías militares, inspectores, controladores y hasta gente de la CIA. Lo habían fotografiado y grabado, y le hicieron firmar una declaración de confidencialidad. No podía hablar del suceso ni con la familia.

Lo tranquilicé.

—Estoy aquí —le dije— porque cuatro de los pasajeros eran compañeros míos...

Me contempló, desolado, y expliqué quiénes eran esos amigos.

—El general —replicó—, lo recuerdo. Era un pez gordo.

—Muy gordo...

—Al aterrizar en Atenas solicitó permiso para bajar y estirar las piernas...

Deposité la mano izquierda sobre la frente del joven y comprobé que no tenía fiebre.

Sonreí y el muchacho se sintió agradecido.

Con este gesto, creo, terminé conquistándolo.

Y me habló con franqueza.

No sabía qué había ocurrido.

Todos muertos menos él...

Se le saltaron las lágrimas.

La verdad es que tuvo suerte. Mejor dicho, así estaba programado...

Ray sufrió contusiones múltiples, sin mayor trascendencia, y fractura del fémur y del peroné derechos.

Se recuperaba bien.

Y el teniente procedió a contar lo que sabía. No fue mucho, pero mereció la pena...

Se hallaban en plena aproximación a la base de Torrejón cuando sucedió «aquello»...

—Faltaban poco más de cinco minutos para la toma de tierra —continuó—. Todo iba bien... Ya sabe... De primera clase...

Entendí. Todo en el C-141 funcionaba a la perfección.

Lo dejé hablar.

Yo no tomaba notas. Eso le tranquilizó.

—Recuerdo que estábamos viendo las luces de la base, al fondo... Fin del vuelo —pensé—. Otra tripulación nos relevaría... Entonces escuchamos aquellas palabras... Se colaron en nuestra frecuencia... Todos las oímos... Los cuatro que íbamos en cabina...

—¿Qué palabras?

—Zorro dos...

—¿Zorro dos?

—Así es... El que las pronunció era norteamericano. El acento era muy tejano...

Estaba desconcertado.

Nada de esto figuraba en los teletipos que había leído en Edwards.

—Las palabras —agregó Ray— fueron pronunciadas con lentitud y seguridad... Y las repitió varias veces.

—¿Cuántas?

—Quizá cuatro.

Y pensé: «Esto tendría que estar grabado en la caja negra...»

Pero no quise interrumpir.

—En esos momentos sentimos cómo el aparato se estremecía... Escuchamos un ruido en la parte de atrás del avión... Fue como una explosión... El C-141 vibró y caímos...

No pude contenerme y pregunté:

—¿Saltaron las alarmas?

—Negativo. Saltaron después, tras aquel ruido...

—¿Y antes de la explosión?

—Negativo. Todo era «sin banderas», como le dije. Tras la detonación, el *panel panic* se volvió loco.

Guardé silencio.

En mi mente se instaló una imagen aterradora.

—Los pilotos consiguieron enderezar el aparato, pero sólo fue un espejismo... Oíamos gritos... Se había declarado un incendio... Las señales luminosas y acústicas convirtieron la cabina en un manicomio... No sabíamos qué hacer ni adónde acudir... Todo fue espantosamente rápido...

El teniente hizo una pausa.

Los recuerdos dolían como metralla.

—Nos precipitamos contra el terreno... El golpe fue muy violento... Volábamos a 250 nudos (casi 500 kilómetros por hora)... Todo empezó a dar vueltas... Seguían los gritos... ¡Había fuego!... El capitán gritaba: «¡Mierda, mierda!»... Entonces dejamos de dar vueltas... Yo estaba cabeza abajo, sujeto por los cinturones... Me solté como pude y caí... Los pilotos y el otro ingeniero estaban muertos... Destrozados... Se escuchaban gemidos... Había humo y fuego por todas partes... La pierna derecha me dolía... Olía a carne quemada...

Ray se detuvo, agotado.

Le proporcioné agua.

En eso entró una enfermera. Me miró de arriba abajo. Dejó una medicación sobre la mesilla, sonrió, y desapareció a la misma velocidad que había llegado.

Tenía que darme prisa, pero no debía forzar al voluntarioso Ray. Bastante estaba haciendo...

—No podía mover la pierna derecha —continuó—. Y empecé a gritar con desesperación... Las llamas me rodeaban... Creí llegada mi hora... Quise rezar, pero estaba aterrorizado... Después apareció aquel hombre... Me habló en español... No lo entendía... Se jugó la vida... Llegó hasta mí y trató de levantarme. No pudo... Finalmente lo consiguió. Me agarré a su cuello con desesperación. Entonces me sacó del lugar...

Llegó un segundo hombre... Hablaron entre ellos... Gritaban... Finalmente se pusieron de acuerdo y cargaron conmigo... Un minuto más y las llamas me hubieran devorado...

Eso era todo, y no fue poco...

Insistí en el asunto de las alarmas luminosas y acústicas del avión y Ray se ratificó en lo ya mencionado: antes de la explosión todo funcionó correctamente. No hubo aviso de nada. Fue a raíz del «estremecimiento» del C-141 cuando se precipitaron a tierra.

Ray confirmó que la altitud del aparato, en el momento de la «explosión» (?), era de 3.000 pies (mil metros).

Abandoné la habitación a las 12 horas y 10 minutos.

Me sentía profundamente desazonado.

La terrible imagen seguía en pie en mi mente.

Y no lo había visto todo en aquella dramática historia...

El fin de semana hice lo mejor que podía hacer.

Lo sé: los cielos me protegieron.

Me cambié de ropa y ese mismo sábado, día 1, alquilé un vehículo.

Pregunté cómo llegar al lugar del accidente y, de paisano, me presenté en Hueva.

Eran las 14 horas y 13 minutos.

Hueva era un pueblo pequeño y sosegado, escondido entre encinas y olivos.

El viaje fue plácido. Apenas 35 kilómetros desde Torrejón.

Me detuve antes de entrar en la población y dudé.

¿Buscaba la zona del siniestro?

Hueva se halla enclavado entre lomas.

Miré a mi alrededor.

Eran hectáreas y hectáreas de bosques.

Hubiera necesitado mucho tiempo para encontrar el punto de impacto.

A cosa de cinco kilómetros, hacia el oeste, se alzaba un monte más encopetado. En las cartas lo denominan Carabo, de 928 metros.

¿Era el lugar que buscaba?

Hice cálculos —a vuelapluma— y estimé que Ray llevaba razón: a partir de aquel pueblo, a razón de 250 nudos, el C-141 hubiera necesitado 5 minutos y 25 segundos para aterrizar en la base.

Finalmente se impuso el sentido común.

Entraría en el pueblo y solicitaría ayuda. Los vecinos, con seguridad, sabían del paraje en el que se estrelló el avión.

Y así lo hice.

Recorrí las diez o doce calles, conversé con cuantos hombres y mujeres me salieron al paso, y terminé sentado entre ellos, bebiendo un excelente vino.

Fueron amables y comunicativos.

Todos lamentaron el triste suceso.

Y la totalidad de los que interrogué coincidió en un par de asuntos; uno de ellos de especial importancia, desde mi punto de vista: el aparato volaba a baja altura y envuelto en llamas.

Insistí en lo de las llamas y —repito— todos estuvieron de acuerdo.

La tragedia tuvo lugar poco antes de la once de la noche.

La gente salió de sus casas y vio al C-141 cuando se dirigía hacia Torrejón.

«El ruido era enorme —decían—. El aparato caía y lo hacía envuelto en llamas rojas y azules...»

Después oyeron un estruendo.

Y salieron hacia el cementerio. Pensaron que el avión se había estrellado.

Pero, con la precipitación, corrieron en sentido equivocado.

El fuego los alertó y se dirigieron entonces al punto correcto: el Serrano, una zona de bosques.

Aquella gente, como la de la región, conoce los aviones militares. Torrejón está cerca. Sin embargo, lo de las llamas azules y que el aparato volase «rozando los tejados», me pareció una exageración.

Sí y no...

«Fue una noche horrible.»

Tras el choque, los restos del avión quedaron diseminados en un radio superior a un kilómetro.

«Fue espantoso —declaraban—. Cuando llegamos, todo era fuego y humo... El aparato se partió en dos y quedó boca abajo.»

Logré conversar con Antonio Beas y Víctor Martínez, dos vecinos que participaron activamente en el rescate del teniente Ray. En realidad, todo el pueblo se volcó.

Llevaron en brazos al navegante y lo introdujeron en un automóvil, trasladándolo al hospital de Guadalajara, a 38 kilómetros. Allí fue asistido por el servicio de guardia. Poco después viajaba al hospital militar de Torrejón.

Esa noche se montó un perímetro de protección alrededor del C-141 y, al alba, el personal militar norteamericano (exclusivamente) procedió a retirar los cadáveres y los restos del avión.

La PM prohibió el paso a los civiles.

Hubo sus más y sus menos...

Aquello es propiedad del pueblo y, sin embargo, nadie pudo traspasar el perímetro policial.

Tras la retirada de los restos, los militares formaron una cadena y, «codo con codo», peinaron el lugar. Se llevaron hasta el último vestigio del desastre. Utilizaron la carretera de Fuentelencina.

«Cargaron bolsas y bolsas...»

En cuestión de horas, el bosque se hallaba «limpio».

El domingo, 2 de septiembre (1973), regresé a Hueva, y con más calma.

La gente, amabilísima, me guió a la zona del accidente, a dos kilómetros al este, y cerca de la carretera de Pastrana a Fuentelencina. Concretamente en las coordenadas 40° 27' 49" N y 2° 55' 55" O. Allí aparecieron los restos de la cabina, a 954 metros de altitud. Más al oeste, a 114 metros, fue hallado el resto del avión, a 949 metros de altitud y a 2,210 kilómetros de Hueva. El tren de aterrizaje fue catapultado algunos metros hacia el oeste, a 930 metros de altitud.

Allí permanecí toda la mañana, inspeccionando.

No saqué nada en claro.

Las encinas y olivos aparecían mutilados y calcinados.

La PM hizo un buen trabajo...

Un extraño silencio gobernaba el lugar.

✡

El lunes, 3, no me moví de la base.

Cambié impresiones con el teniente coronel Hansen, pero no hablé de Ray ni de mi visita al lugar del accidente.

Al parecer, según las primeras investigaciones, el siniestro se debía a una serie de lamentables errores de los pilotos.

Quedé estupefacto.

No era eso lo que contaba el navegante...

Y el instinto tocó en mi hombro, una vez más.

¡Atento!

Alguien no decía la verdad.

Pregunté si estaba autorizado a ver los restos de los pasajeros, y del C-141, y Hansen dijo que sí, brindándose, incluso, a acompañarme.

Aquélla fue una jornada igualmente angustiosa...

Los restos mortales de los 24 fallecidos habían sido depositados en una improvisada morgue, en uno de los hangares no utilizados habitualmente. La policía militar vigilaba el exterior.

Me asombró el despliegue.

Los muertos no precisan vigilancia...

El espectáculo era desolador.

Largos tableros blancos, con pies en forma de tijera, hacían de mesas.

Formaban una «U».

Alguien, sensible y respetuoso, situó un cristo de madera entre los brazos de la «U».

Al pie del crucificado ardía una vela y una cuarta de incienso.

Lo agradecí...

No supe por dónde empezar.

El teniente coronel permaneció en la puerta del hangar, en conversación con algunos oficiales de la 401 Tactical Fighter Wing.

Me hizo un gesto para que avanzara e inspeccionara.

Hansen estaba pálido.

Comprendí.

Supuse que la visita no era de su agrado.

No le faltaba razón.

Ni siquiera sabía qué buscaba en aquel lugar.

Intenté tranquilizarme.

Deseaba reconocer los restos del general Curtiss, o quizá los de los directores que lo acompañaban.

Llevé a cabo una primera y rápida inspección. Miré por encima, sin entrar en detalles.

¡Aquello era un caos!

Después paseé despacio frente a los tableros, tratando de hallar algo familiar.

Imposible...

¡Aquello era una masacre!

Los cuerpos —mejor dicho, lo que quedaba de ellos— aparecían troceados y carbonizados. La polifragmentación era extrema y muy severa.

Sentí náuseas...

Tenía delante un amasijo informe, negro y retorcido en el que se adivinaban las formas (sólo eso: se adivinaban).

Los cuerpos se hallaban decapitados, sin miembros, salvajemente mutilados y con las vísceras al aire, calcinadas.

Aun siendo médico, la visión de semejante mortandad me encogió el alma.

En un extremo de la «U» fueron alineados los brazos y las manos (insisto: lo que quedaba de ellos). Cerca se hallaban los pies y los restos de las piernas.

Me detuve frente a varias de las cabezas.

Aparecían trituradas.

No reconocí a Curtiss, ni tampoco a los directores.

La identificación de las víctimas —aceptando que se hiciera— era un trabajo lento y casi humanamente imposible. El deterioro y, sobre todo, la fragmentación y quemado de los cadáveres, complicaba mucho la tarea de los médicos forenses.

Necesité una hora para medio acomodarme al lugar.

Hansen, aburrido, terminó haciéndome una señal y se retiró.

Como digo, no fui capaz de reconocer los restos de Curtiss, ni los de ningún otro.

El cristo miraba al suelo, con razón.

Aquello sólo era muerte y tristeza.

Y, no sé por qué, continué la búsqueda...

¿Búsqueda?

¿Qué era lo que esperaba encontrar?

No tenía ni idea...

Pero seguí paseando ante los restos.

De vez en cuando me inclinaba sobre una pierna o sobre un tórax e intentaba «leer».

¿Qué había sucedido? ¿Por qué el C-141 se estrelló? Y el cielo me guió; estoy seguro.

Fue en una de las minuciosas inspecciones cuando reparé en algo que me llamó la atención. Algunos cadáveres presentaban restos de ropa. La mayoría no. Pensé en el fuego o en un *blast* (síndrome de onda explosiva) (1). Era como si «algo» hubiera arrancado las vestiduras, desnudando los cuerpos.

Y la vieja idea regresó a mi mente.

¿Fue una explosión lo que derribó el C-141?

Las polifracturas, desintegraciones, aplastamientos y mutilaciones que tenía a la vista apuntaban en esa dirección.

Pero rechacé la idea. Sólo eran suposiciones.

El «detalle» de las ropas, sin embargo, me puso en alerta.

Continué la inspección y detecté otro asunto que me dejó confuso.

Volví a contar y comprobé que estaba en lo cierto.

El número de víctimas ascendía a 24, sin tener en cuenta el cadáver del supuesto Eliseo.

¿Por qué, entonces, sólo aparecían once piernas y doce pies? ¿Dónde estaba el resto?

Yo mismo me respondí: desintegrado.

¿Cómo era posible?

En un impacto contra el suelo, los cuerpos pueden quedar seriamente mutilados, pero no desintegrados.

Y pensé: «El lugar del accidente fue peinado por los

_____

(1) El *blast* (literalmente «voladura o explosión») conduce al desnudamiento de los cuerpos como consecuencia de la presión y depresión de los gases en una detonación. La expansión del gas ubicado bajo las ropas termina provocando el arrastre de las mismas y la mutilación del cuerpo («aspiración»). Dependiendo de la presión atmosférica en el lugar de la explosión, así se registra la diseminación molecular de los gases, pudiendo alcanzar velocidades del orden de 1.500 metros por segundo. Como es sabido, el efecto de la presión positiva se halla en relación inversa al cuadrado de la distancia de la explosión. Si el cuerpo se encuentra cercano al lugar de la detonación, aquél resultará gravemente despedazado. Si es muy inmediato, el resultado será la desintegración. *(N. del m.)*

soldados, y codo con codo. Era difícil que una pierna o un pie hubieran permanecido perdidos en el bosque.»

Algo no encajaba.

Faltaban 39 piernas y 38 pies...

Aquello no era normal.

Sólo recibí una respuesta: los pasajeros fueron desintegrados por un *blast*, y en pleno vuelo.

Eso significaba la detonación de un artefacto explosivo en el interior del C-141 o bien...

No, eso era una barbaridad.

Y olvidé la idea que acababa de llegar a mi mente: un misil.

En cuanto al féretro, con el cadáver del supuesto Eliseo, ni rastro.

Permanecí una hora más en el hangar.

El resultado fue negativo.

Como dije, no fui capaz de identificar a Curtiss, ni a los otros.

En la puerta, dos forenses comentaban:

—Son las órdenes...

Presté atención.

—No hay más remedio que «hacer *boiler*».

*Boiler*, en el argot de los forenses de la USAF, era «hacer olla carnicera» con los restos de una catástrofe. En otras palabras: llenar los féretros como fuera. No importaba mezclar los restos. Para alcanzar el peso aproximado de la víctima se cargaba el ataúd con hierro o, incluso, con los restos del avión siniestrado. El féretro quedaba sellado y nadie estaba autorizado a abrirlo; mucho menos los familiares.

Abandoné el lugar, espantado, y con una espesa duda: «¿a qué me enfrentaba en esta ocasión?»

Decidí visitar también los restos del C-141, el avión de carga de la USAF, estrellado en la noche del 28 de agosto.

La policía militar me escoltó hasta un segundo hangar,

no demasiado lejos del primero, igualmente en desuso, en el que fueron almacenados los restos del tetramotor a reacción.

La vigilancia era superior a la que había visto en la improvisada morgue.

Un sargento de la PM se cuadró al recibirme y se brindó a acompañarme.

Parte del equipo de Hansen trabajaba entre los restos.

Vestían monos blancos y gafas especiales (probablemente de visión infrarroja).

Iban y venían, examinando aquella ruina.

Lo que restaba del aparato aparecía disperso por el suelo del recinto.

Los militares habían situado pequeños carteles entre la chatarra retorcida y calcinada, identificando las diferentes partes del avión.

Algunos tomaban fotografías.

Otros medían, hacían anotaciones, y aproximaban aparatos a los restos. Parecían contadores «geiger-müller».

Y me pregunté: «¿Por qué buscaban radioactividad?»

Un oficial de la AFI se presentó ante mí y se puso a mi disposición:

—¿Qué desea ver, mayor?

No supe qué responder.

Tampoco sabía qué demonios buscaba en aquel hangar...

La loca idea del misil seguía navegando en mi mente.

No fui capaz de rechazarla.

Y dejé que el Destino hiciera su trabajo.

Adopté la postura de la docilidad.

Y, sin mediar palabra, inicié otra exhaustiva exploración, siempre bajo las atentas miradas del oficial y del PM.

El C-141 se hallaba desmigado y consumido por el fuego.

El impacto contra el terreno fue más violento de lo que suponía.

¡Pobre Curtiss! ¡Pobre gente!

Y siguiendo la costumbre hice una primera evaluación general. Después pasé a los detalles.

El tren de aterrizaje, tres de los motores, y la cola en forma de «T» eran reconocibles. El resto —fuselaje y planos— era una constelación de fragmentos negros y retorcidos, difíciles de identificar.

Caminé un buen rato sin rumbo fijo y sin saber dónde posar la mirada.

¿Qué buscaba realmente?

¿Me hallaba ante la consecuencia de una lamentable serie de errores humanos, como aseguraba el teniente coronel Hansen?

Las versiones de Ray, el superviviente, y de los testigos del accidente (vecinos de Hueva) no apuntaban en esa dirección.

Y la incómoda idea siguió instalada en mi cabeza: «¿Pudo tratarse de un atentado? ¿Fue un misil? ¿Por qué? ¿Quién deseaba la muerte de Curtiss?»

Se me ocurrieron más de uno y más de dos nombres.

Nixon y Kissinger destacaban en la lista.

Y estaba el cadáver del supuesto Eliseo. Un cuerpo igualmente incómodo, que exigía muchas aclaraciones.

Sí, había razones para el atentado, y muchas.

Y «alguien» dirigió mis pasos, una vez más.

Quiero creer que, en un primer momento, llamó mi atención porque era lo único que medio se sostenía en el hangar.

Sí y no...

Los cielos, como digo, estaban atentos.

Me aproximé y la rodeé lentamente.

La cola del avión o empenaje era idéntica a la que había visto en mi sueño.

Se salvó en parte.

El estabilizador vertical tenía cinco metros de altura. Se hallaba casi intacto. También los horizontales permanecían en su lugar (1).

---

(1) El empenaje o «conjunto de cola» forma la parte trasera del avión. Básicamente dispone de dos grandes superficies: el plano o estabilizador vertical y los estabilizadores horizontales. El timón de dirección se halla unido al estabilizador vertical y mantiene el avión en el rumbo

Examiné la unidad auxiliar de energía.

No parecía haber sufrido daños de importancia.

El timón de dirección, en cambio, había volado.

Lo mismo sucedía con los de profundidad.

El oficial y el PM observaban mis movimientos con curiosidad.

Fue entonces cuando acerté a descubrir aquellos agujeros en mitad de la bandera norteamericana que lucía, estampada, en la parte superior del estabilizador vertical.

La cola descansaba sobre el estabilizador horizontal derecho. De haber sido al revés, la zona de los boquetes hubiera quedado oculta.

¡Cosas del cielo!

El caso es que captó mi atención.

Me incliné sobre el referido estabilizador vertical y verifiqué que la bandera, en efecto, se hallaba perforada por seis orificios de una pulgada de diámetro cada uno.

Los vigilantes conversaban entre ellos, distraídamente, a cosa de cinco pasos. No se percataron de mis maniobras.

Pasé los dedos, disimuladamente, sobre la bandera y comprobé que los cráteres se dirigían de fuera al interior del aparato.

Traté de medirlos.

Calculé tres centímetros.

Eran idénticos.

Parecía un impacto múltiple; como si la cola hubiera sido ametrallada.

¡Qué extraño!

Repasé, intrigado, el resto del estabilizador vertical y descubrí otros orificios, muy similares.

Una serie —conté doce agujeros— se distribuía por encima de la mencionada bandera.

No guardaban orden.

---

deseado. Por su parte, los timones de profundidad aparecen igualmente ligados al estabilizador horizontal. En el extremo del avión, bajo la cola, se encuentra la llamada unidad auxiliar de energía: un pequeño reactor que bombea aire y que permite la ignición de los motores, entre otros cometidos. *(N. del m.)*

El diámetro de los boquetes era algo mayor (alrededor de cinco centímetros).

También los cráteres eran similares a los de la bandera (de fuera hacia dentro).

Una tercera oleada de «impactos» (?) aparecía sobre el número del cuatrimotor —21072—, pintado en mitad de la cola.

Estos agujeros eran más pequeños que los anteriores.

Sumé 35.

Me incorporé y contemplé el estabilizador vertical en su conjunto.

El oficial y el PM continuaban hablando, ajenos a quien esto escribe.

Revisé igualmente los perfiles de los orificios situados sobre el «21072» y estimé que tenían el mismo origen que los anteriores. Los cráteres se dirigían de fuera hacia dentro.

Sumé el número de boquetes (53) e intenté reflexionar sobre lo que tenía ante mí.

No supe qué pensar.

Parecían impactos de proyectiles, dirigidos a tres áreas de la cola. Pero ¿por qué de diferentes diámetros?

¿Fue el C-141 ametrallado desde el aire? ¿Quizá desde tierra?

Supuse que los investigadores los habían localizado. Sin embargo no se hallaban señalizados.

Y pensé también: «¿Podían ser impactos naturales, consecuencia del choque con el terreno o con los árboles?»

Y en ésas me hallaba —cavilando— cuando se presentó ella...

Vestía la vaporosa túnica azul, deliciosamente transparente.

Llegó de puntillas.

Sorteó al oficial y al PM y avanzó hacia quien esto escribe.

Sonrió y me susurró al oído:

—Regresa al pueblo y busca...

Percibí un intenso y amabilísimo aroma a jazmín.

Después se alejó.

¡Qué increíble trasero!

Continué en el hangar el resto de la tarde.

Repasé el C-141minuciosamente.

El oficial y el PM terminaron agotados y sentados en un rincón.

Pude observar el aparato a mi antojo, pero no hallé ningún otro impacto sospechoso ni nada relevante que consignar.

Y regresé a la residencia de pilotos, convencido de que los 53 orificios en la cola del avión era un asunto inquietante.

Lo sé. Él me enseñó: «Nada es lo que parece.»

✡

Seguí el consejo de la bella intuición, por supuesto.

El martes, 4 de septiembre, lo dediqué por entero a Hueva y a sus habitantes.

Los vecinos recordaban bien a aquel anciano de cabellos nevados, tan curioso como tenaz, y con un castellano zurcido con alfileres.

Volví a conversar con los mismos, y con alguno más.

Recorrí el pueblo de arriba abajo.

Paseé por la calle Detrás de la Iglesia, por la del Tropiezo, por la travesía del Norte, por el paseo de San Roque y por la de la Cuesta, entre otras.

Como dije, Hueva era una aldea de poco más de cien almas.

Allí era difícil guardar un secreto.

Y confié en los cielos.

No sabía qué buscar, pero ellos (los vecinos y los cielos) me ayudarían.

Y así fue...

Repasé los hechos de aquella funesta noche desde el principio y cada cual ofreció su versión; la misma que ya había oído.

Nada cambió, sustancialmente.

Escucharon ruido. Vieron el avión a baja altura. Ardía. Después se estrelló. Después rescataron a Ray. Después llegaron los soldados. Después nada...

Por la tarde, con el regreso al pueblo de la mayoría de los hombres, la cosa se animó.

Y, de pronto, en una de las tertulias, una de las mujeres mencionó algo que me puso en guardia.

Había oído bien, pero lo repitió a petición de quien esto escribe.

Se trataba de un pastor.

Fue testigo del impacto cuando se hallaba no muy lejos del pueblo.

Al parecer recogió algo del suelo y se lo guardó.

No supieron decirme si ese «algo» pertenecía al C-141.

No supieron o no quisieron...

Traté de localizar al pastor. No fue posible.

«Anda por las cuestas —explicaron los vecinos—. Regresará al anochecer.»

Y esperé, naturalmente.

El pastor —cuya identidad no debo desvelar por razones de seguridad— era un tipo joven, de unos 30 años, parco en palabras, y desconfiado.

Aceptó mi presencia a regañadientes.

Después, al ver cómo asomaban algunos dólares en mi billetera, se fue haciendo más y más comunicativo...

Nos quedamos solos y le ofrecí cien dólares.

Mano de santo.

Respondió a todas mis preguntas. Mejor dicho, a casi todas.

Confirmó la versión de la vecina. Esa noche, él se hallaba cerca del lugar donde se estrelló el aparato. Lo vio volar muy bajo. Procedía de la zona del embalse de Entrepeñas. Sobrevoló el cercano pueblo de Valdeconcha y fue a estrellarse a cosa de 300 metros de la carretera comarcal 200, al este de Hueva.

El aparato —según el pastor— volaba con una lengua de fuego en la cola.

«Eran llamas azules...»

Después se estrelló contra el suelo y recorrió más de 700 metros, envuelto en una bola de fuego.

Por último, el C-141 se vio sujeto a varias explosiones.

Al preguntar si vio otros aviones en los alrededores, se encogió de hombros, y desvió el tema y la mirada.

Presentí que ocultaba algo.

Sirvió vino y queso y cayó en un significativo mutismo.

Comprendí.

Ofrecí otros cien dólares y el individuo exclamó:

—Por ese precio no recuerdo nada de nada...

¡Maldito zorro!

Me interesé por el objeto que había hallado en el lugar del siniestro y el pastor se apresuró a negar nuevamente.

Él no recogió nada. Así se lo hizo ver a los militares que lo interrogaron.

Extraje otro billete y repetí la pregunta:

—¿Robaste algo en el lugar del accidente?

El pastor palideció.

Me arrebató el dinero y proclamó —por lo más santo— que él no había robado nada. Y añadió:

—Ni siquiera lo encontré donde se estrelló el avión...

Cayó en su propia trampa. Y no tuvo más remedio que aclarar que fue en otro paraje donde encontró «aquello».

—¿Aquello?

—Las barras...

—¿Qué barras?

Se encogió de hombros de nuevo.

Esta vez fue sincero. El pastor no sabía de qué se trataba.

Rogué que las mostrara.

Sonrió, pícaro, e hizo el gesto internacional del dinero.

Me rendí.

Ofrecí otros cien dólares y el tipo desapareció de mi presencia.

Al poco regresaba con un pequeño envoltorio.

Lo depositó sobre la mesa y procedió a desenvolverlo con gran misterio.

Y a la luz de la humilde bombilla quedaron al descubierto dos barras de 5 y 8 centímetros de longitud por unos 8 milímetros de grosor. Eran blancas y brillantes.

Pregunté si podía tocarlas.

Hizo un gesto afirmativo y tomé una de ellas.

Era metal. Mejor dicho, una aleación...

Pesaba y parecía especialmente dura.

Creí saber de qué se trataba...

El pastor aseguró que las había hallado en el bosque, a cierta distancia del punto en el que se estrelló el avión.

Insistí en el asunto y se mantuvo firme: no las encontró entre los restos del C-141. Fue más al este...

Y propuse algo.

Le compraba las barras por otros cien dólares, siempre que aceptara llevarme al lugar exacto donde las halló.

Lo pensó cinco segundos.

Reclamó mil dólares y sólo por la barra más corta.

Regateamos como verduleras.

Finalmente llegamos a un acuerdo.

Me quedé con la barra pequeña y por 500 dólares.

Me hizo jurar que no diría nada a nadie.

Y así ha sido.

A la mañana siguiente, al alba, me guiaría hasta el paraje en el que descubrió las barras.

Nos dimos la mano y cerramos el trato.

¿Podía confiar en él?

No demasiado, pero no tenía alternativa...

Entrada la noche regresé al turismo de alquiler. Allí, en el interior, examiné la barra de metal e intenté atar cabos.

¡Malditos bastardos!

Y la vieja idea prosperó: el C-141 había sido derribado...

✧

# 5 de septiembre

Pasé la noche en el vehículo.

La tensión y el regateo con el paisano me vencieron.

Desperté hacia las cinco de la madrugada, sobresaltado.

Las sospechas eran insoportables.

¿Fuimos nosotros quienes derribamos el aparato en el que viajaban el general y el equipo de directores? ¿Fuimos capaces de una atrocidad así?

Cosas peores hemos hecho...

Y la condenada barra —posiblemente de titanio— me revolvió el estómago.

Tenía que estar seguro.

Convenía visitar el lugar donde el pastor decía que las encontró, inspeccionarlo a fondo y, posteriormente, analizar el metal.

Sabía dónde y cómo hacerlo.

Y poco antes del amanecer crucé el pueblo y me senté frente a la puerta de la vivienda del pastor.

La aldea dormía, acurrucada en blanco y negro.

Y esperé.

Es curioso: mi vida es una permanente espera.

El alba asomó entre las colinas, me vio, y se puso violeta; mi color favorito.

Menos mal que alguien me tenía en consideración...

El cabrero no tardó en dar señales de vida.

Primero se encendió una luz en la casa. Después vi sombras. Por último, la puerta se abrió y apareció el «negociante en dólares».

Se sorprendió al verme, pero no dijo nada; ni buenos días.

E hizo un gesto para que lo siguiera.

El pueblo, como digo, estaba en el último sueño. No tardaría en abrir los ojos y ventanas.

Abandonamos la aldea rápida y sigilosamente.

Al poco nos deteníamos en un aprisco de piedra.

El joven abrió la portezuela y dejó salir a una veintena de merinas blancas y lanudas.

Una de ellas tomó el mando y tiró de las hermanas.

El pastor gruñó algo y se fue tras las ovejas.

En eso vi aparecer un perro alto y bullanguero, con el cuerpo pintado a pinceladas blancas y negras.

Me recordó el braco del Mediodía, pero no estoy seguro.

Tenía los ojos como el ámbar y el rabo cortado.

Me olisqueó, curioso, dándome su aprobación.

Después dio un salto y se lanzó a un galope corto tras el amo.

El bullanguero alcanzó al pastor y trató de hacerle fiestas, pero el dueño respondió con una coz.

El pobre animal lloró algo —poco— y se quedó atrás.

Y así, sin cruzar una palabra, ascendimos y bajamos toda suerte de colinas. La marcha se prolongó casi dos horas.

El bullanguero era el único preocupado por quien esto escribe. Se detenía y esperaba. Me recordó a *Zal*, el perro del Maestro. También tenía una mirada acariciante.

Marchamos siempre hacia el este.

Las ovejas conocían el camino. No se detuvieron en ningún momento.

El perro se desviaba en ocasiones y se perdía entre las encinas y los olivos. Le veía dibujar muestras. Era un cazador nato. Supuse que nos hallábamos en tierra de conejos y de liebres.

Traté de tomar referencias, pero los horizontes aparecían y desaparecían en cada loma. Me resigné.

En un momento determinado, el pastor rodeó una aldea, por el sur, y continuó hacia el noreste.

Después, de regreso a la base, lo supe: era el pueblo de Valdeconcha, relativamente próximo a Hueva. Una carretera comarcal (la 2007) lo visitaba a diario.

Hice algunos cálculos mentales.

Nos hallábamos lejos del lugar del accidente del C-141; estimé que a cosa de tres kilómetros.

Una hora después —hacia las diez— nos deteníamos en una barranca de mediana profundidad, con el cauce sembrado de piedras rojas, y las laderas arboladas.

Fin del viaje.

El pastor lanzó otro gruñido y las merinas se detuvieron.

Y empezaron a remolonear, a la búsqueda de tallos frescos.

El de los dólares se dirigió a mí y señaló un árbol cercano.

—Ahí fue...

Me aproximé al lugar marcado, pero no vi nada especial.

Se trataba de un moráceo de tronco grueso y gran copa, con las hojas en forma de corazones.

Y me pregunté: «¿Qué hacía aquel moral, solitario y perdido, en mitad de una tribu de encinas?»

No me di cuenta en esos momentos. El cielo habla así, con señales...

¡Hojas en forma de corazón!

—Ahí las encontré —insistió el pastor, al tiempo que indicaba la base del moral.

No esperó respuesta.

Se retiró a la sombra de una de las encinas y se dispuso a desayunar.

Me esforcé por averiguar en qué lugar nos hallábamos.

Lo logré a medias.

No disponía de mapas y tampoco de una brújula.

Tuve que valerme del sol y de los dibujos lejanos de los pueblos de Valdeconcha y de Hueva, así como de las carreteras que blanqueaban entre los bosques. Una, como dije, era la que unía Pastrana con Valdeconcha y otro pueblo llamado Alhóndiga, más al norte. En paralelo, hacia el oeste, corría otro camino comarcal (CM-200), que desembocaba en Fuentelencina.

Éstas fueron mis referencias.

Una vez en la base comprobé que las barras del posible titanio fueron encontradas a 4,5 kilómetros (en línea recta) del punto de impacto del C-141.

Y la idea del derribo del aparato siguió conquistándome.

Pero necesitaba más información.

Me concedí un respiro y jugué un rato con el bullanguero.

Tenía las orejas finas y largas y bien enrolladas por detrás de la línea del ojo.

Las pulgas se lo comían...

Después probé fortuna. Tomé el moral como referencia y empecé a inspeccionar la zona, trazando círculos en torno al árbol.

Y así escaparon quince o veinte minutos.

No percibí nada anormal.

Quizá me estaba equivocando...

El pastor había encendido un cigarrillo y me contemplaba, avaricioso.

Sentí hambre, pero me contuve.

Y proseguí la búsqueda... ¿De qué?

Entonces ocurrió algo providencial.

El perro, como buen cazador, merodeaba entre los árboles.

Y, súbitamente, quedó inmóvil, apuntando con la trufa rosa hacia una gran roca. El cuerpo era una flecha. La mano izquierda aparecía doblada. La muestra era perfecta. El bullanguero (nunca supe su nombre) había detectado una pieza y la señalaba.

Tres segundos más tarde vi corretear a un conejo. Y el perro se lanzó tras él.

El pastor no se movió.

Sabía que el de las pulgas atraparía al conejo.

Y noté aquella mirada sobre mí.

No me gustó.

Pensé en la billetera. Quedaban seiscientos dólares...

¿Pensaba robarme?

Espanté la idea. Sólo importaba lo que importaba...

No sé por qué, pero terminé acercándome a la roca.

Entonces lo vi.

Quedé perplejo.

Me agaché y dirigí una mirada al lugar en el que continuaba sentado el pastor. La roca me ocultaba, en parte.

Y dediqué toda mi atención al inesperado «hallazgo».

Al percatarme de su naturaleza sentí un escalofrío.

¡Dios santo!

Podía alcanzar sesenta centímetros.

Lo miré y lo remiré.

No había duda.

Era un trozo del fuselaje de un avión. Pertenecía a la zona de una ventanilla. Parte del material plástico aparecía embutido en el metal.

Medí la distancia al moral.

Cinco metros.

Y las ideas empezaron a atropellarme.

¡Dios mío!

Moví la pieza con delicadeza y, al girarla, descubrí algo que me heló la sangre.

Sobre el plástico que daba forma a la ventanilla, por el lado interno, se apreciaba una masa viscosa.

¡Era carne humana!

Distinguí un trozo de hueso —quizá el parietal—, materialmente soldado al plástico.

¡Dios bendito!

¡Era parte de un cráneo!

Del hueso colgaba un largo mechón de pelo.

Pasé los dedos sobre la estructura metálica y verifiqué que había otros restos humanos, igualmente proyectados contra el fuselaje. Aparecían desintegrados.

Todo encajaba...

Noté cómo las rodillas temblaban.

Me puse en pie e intenté dominarme.

No fue fácil. El corazón intuía lo ocurrido en aquel paraje en la noche del 28 de agosto de 1973.

No fue un accidente, por supuesto.

✧

¡Malditos! ¡Malditos bastardos!

No tuve tiempo de nada.

El bullanguero regresó junto al amo. Traía el conejo entre los dientes.

El pastor, puesto en pie, se hizo con la pieza y la guardó.

Lo vi caminar hacia mí.

Rodeé la roca y fui a colocarme al otro lado del «hallazgo».

No deseaba que lo viera.

Y, de pronto, el perro se lanzó a la carrera.

Rebasó al pastor y se dirigió al moral.

Allí comenzó a ladrar, y de forma furiosa.

Saltaba. Colocaba las manos sobre el tronco y dirigía la mirada hacia la copa del árbol.

Algo había detectado entre el ramaje.

—Aquí me despido —anunció el joven al llegar a mi altura—. ¿Sabrá regresar?

Dije que sí con la cabeza, aunque sólo era una suposición.

El perro estaba fuera de sí. Ladraba desafiante.

El pastor también dirigió una mirada a lo alto del moral, pero no hizo comentario alguno.

Dio media vuelta y se alejó.

Pero, cuando apenas había dado cuatro pasos, regresó.

Me miró y sonrió, malévolo.

Echó mano del zurrón y extrajo algo.

Me lo mostró y exclamó:

—Es suya por 500 dólares...

En la palma de la mano brillaba la segunda barra de metal.

Quedé desconcertado.

Aquel sujeto no tenía arreglo.

Intenté pensar a gran velocidad.

El posible titanio era una prueba. Mejor estaba conmigo que con él...

Acepté sin regateo.

Aboné el dinero y el individuo me entregó la barra.

Acto seguido arreó a las ovejas y se perdió por la barranca, en dirección norte.

El bullanguero, histérico, continuaba ladrando, brincando y escarbando la tierra.

¿Qué le sucedía al noble animal?

Volví a repasar la copa del árbol con la vista, pero seguí sin apreciar nada anormal.

Oí un silbido y el perro reaccionó al momento.

Olvidó árbol y contencioso y se lanzó a la carrera, a la búsqueda del pastor.

Fue la última vez que vi al bullanguero.

Le debo mucho...

Me aproximé al moral e inspeccioné las ramas con detenimiento.

Negativo.

Quizá había detectado la presencia de un animal.

¿Una serpiente?

No tenía sentido que me preocupara por aquel asunto.

El objetivo del viaje estaba satisfecho, o casi.

Eso consideré.

Y cuando me disponía a regresar a Hueva (es un decir), apareció ella...

¡Vaya y revaya!

¿Qué hacía tan lejos de la civilización?

Caminaba con soltura entre las piedras.

Descendió sin apuro por la ladera y llegó hasta quien esto escribe.

La espesa mata de pelo negro flotaba, sensual. Ella la dejaba suelta con toda intención.

Me sonrió.

Señaló el moral y aconsejó con voz dulce:

—Sube...

Entonces prosiguió su camino, hacia ninguna parte.

Marchaba descalza y de puntillas.

¡Dios mío! ¿Estaba perdiendo el juicio?

¿Qué hacía? ¿Seguía el consejo de la bella intuición?

Consulté el reloj.

Tenía tiempo de sobra, aceptando que supiera hallar el camino de vuelta.

Observé de nuevo la copa del árbol.

Una jovencísima brisa empezó a colarse entre las hojas.

¿Por qué tenía que subir?

¿Qué diablos se escondía entre las ramas?

Sólo había una forma de averiguarlo...

Treparía, sí.

Me aseguré de que el pastor y su rebaño se hallaban lejos.

Después salté y me aferré a las primeras ramas.

El moral tenía sus añitos. Era espléndido.

La copa se presentó ante mí cerrada y enorme. Calculé cuatro metros de envergadura.

Las ramas escapaban hacia el cielo y, en el camino, se buscaban y se enredaban las unas en las otras, en curvas imposibles. Parecían serpientes en celo.

Era un prodigioso trabajo de la naturaleza. La bellinte...

Miré, pero no vi nada fuera de aquella belleza.

Con santísima paciencia, el ramaje se había convertido en una fogata de madera. Las ramas danzaban como lenguas de fuego.

Pensé en descender.

Ya no tenía edad ni humor para semejantes aventuras.

Y la brisa, lista, me hizo cambiar de opinión.

Agitó las hojas en forma de corazón y algo me hizo un guiño desde lo alto.

Creí ver...

No era posible.

Trepé un poco más y casi lo tuve al alcance de la mano.

¡Dios...!

Terminé situándome a su altura y, al reconocerlo, me estremecí como las hojas del moral.

La frondosidad del árbol lo hacía prácticamente invisible.

Lo toqué, desconfiado.

Era lo que pensaba, en efecto.

En una de las horquillas del laberíntico ramaje —clavada en la madera— aparecía otra pieza del avión.

¡Dios bendito!

Tenía casi dos metros de longitud.

Era parte del timón de dirección del C-141.

Recordé que, en la visita al hangar, la cola carecía de él.

Me moví como pude a su alrededor y confirmé las primeras sospechas: se hallaba muy deteriorado, pero conservaba uno de los tres herrajes que lo habían articulado al estabilizador vertical.

Observé también la horquilla y uno de los largueros.

No había duda.

Y en eso fui a descubrir un total de cinco orificios, en desorden, similares a los 53 que detecté en la cola en forma de «T».

Aparecían en las proximidades del borde de salida y con los cráteres en idéntica posición: de fuera hacia dentro.

¡Miserables!

Allí permanecí más de una hora, tomando notas mentales sobre lo que tenía a la vista.

¿Era casualidad que las barras de metal, el trozo de fuselaje del tetramotor y parte del timón de dirección del C-141 hubieran aparecido en un sector de diez metros de diámetro y a casi cinco kilómetros del paraje donde se estrelló el avión?

No, no era casual...

El aparato había sido derribado.

Pero las sorpresas no terminaron ahí.

✡

Poco antes del mediodía, terminada la inspección, decidí bajar.

Y me dije: «Ahora empieza lo comprometido... ¿Sabré encontrar el camino de vuelta al pueblo?»

El Destino, supongo, sonrió burlón...

La cuestión es que, en una de las maniobras de descenso, la mano izquierda buscó apoyo en la reunión de varias ramas.

Noté algo raro.

Había tocado una superficie blanda y húmeda.

Dirigí una fugaz mirada hacia «aquello» y recibí un susto de muerte.

Reaccioné mal y terminé perdiendo el equilibrio.

¡Qué hombre tan torpe!

Entonces me precipité hacia el suelo.

Las ramas fueron golpeándome y amortiguaron la caída.

Terminé con los huesos en tierra.

El golpe fue de película.

Pero los cielos me protegieron.

Me levanté a la misma velocidad a la que caí.

Tenté la ropa.

Sólo presentaba magulladuras y arañazos.

El orgullo —eso sí— aparecía malherido...

Miré a mi alrededor como un perfecto estúpido.

Allí no había nadie. Mejor dicho, estaba el silencio y me observaba, estupefacto.

¡Vaya!

Y rebobiné la memoria.

¿Qué había sucedido? ¿Qué fue lo que toqué en el árbol?

No daba crédito a lo visto y tampoco a mi torpeza.

Pensé en volver a subir y confirmar la «visión», pero no me sentí con ánimos.

No fue necesario.

La «visión» estaba al pie del árbol.

Había caído conmigo.

Aparecía boca abajo.

Me acerqué, desconcertado.

¡Era lo que creía que era!

Le di la vuelta y retrocedí, desmoralizado.

Una legión de hormigas rojas lo devoraba.

Lo inspeccioné a distancia y llegué a la «brillante conclusión» de que tenía mucho que ver con el derribo del C-141.

Era el pie derecho de un adulto. A decir verdad, lo que quedaba de él.

Faltaba la parte del talón.

A través de la carne y de las implacables hormigas se distinguían los huesos cuboides y escafoides.

El dedo pulgar aparecía amputado a la altura de la primera falange.

No hacía falta ser muy despierto para deducir que pertenecía a uno de los pasajeros del avión de carga, estrellado en los bosques de Hueva.

Me senté sobre una piedra, desalentado.

Ya no había duda.

El C-141 fue atacado y, posteriormente, cayó.

Y comprendí la excitación del perro...

Terminé buscando una grieta en el terreno y deposité el pie, sepultándolo bajo un montón de piedras.

Después emprendí el camino de regreso a Hueva.

Ya había visto más que suficiente.

La desmoralización era tal que me limité a caminar y caminar, sin pensar. Eso me salvó.

No podía creerlo. Alguien derribó el aparato.

El sol tuvo piedad de quien esto escribe y me llevó de la mano hasta la aldea.

Esa tarde, en la base, alguien me previno: Hansen y los suyos regresarían a Estados Unidos al día siguiente, jueves. El trabajo de investigación estaba concluido.

Iría con ellos.

Me hice con mapas de la zona y me encerré en la habitación.

Necesitaba reflexionar y sintetizar lo vivido en aquellos bosques.

Conocía la respuesta de antemano pero quise ser objetivo.

Dibujé. Hice cálculos. Consulté los mapas. Volví a calcular. Volví a dibujar...

Afirmativo.

El resultado fue el mismo.

Me sentí nuevamente desolado.

El C-141 fue derribado, ¡y lo hicimos nosotros, los propios norteamericanos!

Lo había intuido a lo largo de las pesquisas. Ahora estaba claro.

En resumen, esto fue lo averiguado:

1. Las barras metálicas, presumiblemente de titanio (1), podían formar parte de la carga explosiva alojada en la cabeza de guerra de un misil aire-aire (2). Como piloto, lamentablemente, sabía mucho al respecto...

Al impactar, las barras de titanio se proyectan en anillo, siendo troceadas y actuando como metralla. El titanio (especialmente diseñado para ello) destroza cuanto encuentra a su paso, en un efecto guillotina. En el caso del C-141, parte de la cola quedó destruida, cortando cables, sistemas hidráulicos y afectando, posiblemente, a las turbinas. Esto explicaba los numerosos y misteriosos orificios que hallé en la referida cola, así como la falta de ropa en muchos de los cuerpos y la desintegración de otros.

Por razones no difíciles de imaginar, parte de la metralla cayó al pie del moral. Y otro tanto ocurrió con el timón de dirección y con el pie humano. Ambos quedaron retenidos entre el ramaje. El trozo de fuselaje, con parte del cráneo, fue lanzado algo más allá del árbol.

2. ¿Qué tipo de misil aire-aire contiene barras de titanio?

Según mis noticias, el AIM-9 Sidewinder; un proyectil guiado por calor (3), con una carga explosiva de 9,4 kilos.

---

(1) El titanio es un metal tetravalente cuyas cualidades de ligereza y de resistencia mecánica (punto de fusión: 1.660 grados Celsius) lo hacen especialmente atractivo para la industria armamentística y aeronáutica. *(N. del m.)*

(2) El diámetro de la cabeza de guerra oscila alrededor de cinco pulgadas. En el interior se acumulan del orden de 200 barras, generalmente distribuidas en capas concéntricas. Cada barra de titanio alcanza 30 centímetros de longitud por 4 u 8 milímetros de diámetro. *(N. del m.)*

(3) La cabeza de guerra del Sidewinder contiene un explosivo del tipo PBXN-3, de gran potencia. Está compuesto, básicamente, por octógeno (HMX), al 86 por ciento, y nylon, al 14 por ciento. Su efectividad es mayor

El maldito círculo seguía cerrándose, inexorablemente.

3. Y me hice una pregunta lógica: ¿qué aviones militares disponen de ese tipo de armamento?

La respuesta fue dramática: aparatos norteamericanos o cazas aliados.

En otras palabras: el F-4 Phantom II.

«Casualmente», esta clase de interceptor y cazabombardero se hallaba destacado en las bases aéreas de Torrejón y Zaragoza, al noreste de Madrid (1).

Tuve que detenerme más de una y más de dos veces.

Aquello era desolador...

4. El lugar del impacto contra el terreno no guardaba relación con la barranca en la que fueron halladas las barras de titanio y los restos humanos y del C-141. La deducción fue simple: el aparato fue alcanzado por un misil y terminó estrellándose a cuatro kilómetros, en las proximidades de Hueva. Esto explicaba la versión de Ray, el navegante, y la de los vecinos «que vieron el avión envuelto en llamas antes de estrellarse en el bosque».

5. Los datos apuntaban a que el disparo fue hecho desde atrás (posiblemente a las «seis» de la posición de los pilotos del tetramotor) y desde un nivel superior. Por eso el F-4 no fue captado por el radar del C-141. El misil tuvo que golpear la parte posterior del aparato.

6. Las palabras oídas en la radio por el personal de cabina del C-141 fueron igualmente importantes. «Zorro dos» es la expresión utilizada por los pilotos cuando lanzan un misil «Sidewinder».

---

que la de sus hermanos, los misiles Falcon y Sparrow. El radio de acción de los Sidewinder es de nueve metros. En aquel tiempo lo fabricaban la Ford y la Nammo, entre otros. El peso era de 85 kilos, con una longitud de tres metros y un diámetro de casi 13 centímetros. Alcance efectivo: entre uno y treinta kilómetros. Costo de cada misil: 85.000 dólares. *(N. del m.)*

(1) En aquellos momentos (1973) ambas bases eran de utilización conjunta. En ocasiones, dependiendo de las circunstancias, el F-4 podía ser armado con cuatro misiles «Sidewinder» (fabricados por General Electric) y seis Sparrow, así como con 7.500 kilos de cargas lanzables (incluidas armas nucleares). El Phantom utilizaba también un cañón de 20 milímetros (M-61), situado bajo el fuselaje. *(N. del m.)*

7. La meteorología no intervino en el suceso. Las condiciones, en esos momentos (casi las once de la noche), eran las siguientes: no hubo precipitaciones, la velocidad media del viento fue de 4,6 kilómetros por hora (muy poco) y la visibilidad, 10 kilómetros (de sobra).

8. Dado que el alcance de un Phantom, en combate, es de 640 kilómetros, y 3.700 en misión de traslado, deduje que el caza que había disparado el misil procedía de Torrejón. De la base de Zaragoza a Hueva hay 300 kilómetros en línea recta. El piloto de caza —según el navegante— tenía acento tejano.

Como decía mi abuelo, el cazador de patos, «blanco y en botella»...

En definitiva, 24 asesinatos.

El vuelo de Atenas a Torrejón se había desarrollado con normalidad. De pronto, cuando faltaban cinco minutos para el aterrizaje, el C-141 se estremeció. Escucharon gritos. Apareció fuego. Saltaron las alarmas en cabina y el aparato perdió altura, precipitándose contra el suelo.

Lamenté no haber tenido tiempo para interrogar a los controladores aéreos militares de Torrejón, aunque supuse que sus labios estarían sellados.

Y recordé las palabras del teniente coronel Hansen. ¿Por qué habló de una serie de lamentables errores de los pilotos?

Aquel asunto olía francamente mal...

Y terminé formulando la pregunta clave: ¿A quién le interesaba la muerte de Curtiss?

Traté de ser frío.

Caballo de Troya, aparentemente, había fracasado.

Curtiss era el responsable y, además, se negó, con todas sus fuerzas, a dar luz verde a «Rayo negro».

Kissinger lo odiaba. El Pentágono lo envidiaba y lo aborrecía, a partes iguales.

Y estaba el otro y no menos delicado asunto: las cintas magnetofónicas que comprometían la carrera de Nixon, el tramposo. Curtiss disponía de una copia y la guardia de hierro del presidente (Erlichman, Dean, Colson y Magruder, entre otros) lo sabía, con toda seguridad.

Era más que probable que hubieran ido contra el general.

Y a mi mente volvieron, una vez más, los temores de la generala. Por cierto, ¿qué sería de ella?

Tampoco podía olvidar el incómodo y enojoso tema del supuesto cadáver de Eliseo. Al derribar el C-141 no sólo terminaron con la vida de Curtiss sino que, como propina, destruyeron el «cebo» que había llevado al general al punto deseado.

Diabólicos, sí...

Y me pregunté: «¿Y los directores del proyecto? ¿Por qué tenían que ser aniquilados? ¿Formaba parte aquella operación de un plan más oscuro? ¿Se trataba, únicamente, de "daños colaterales"?»

Eché de menos a la bella intuición.

¡Dios mío! Ya habían muerto seis compañeros...

¿Quién era el siguiente?

Quedaban cinco directores vivos y quien esto escribe; mejor dicho, cinco directores, Eliseo y yo.

Me estremecí.

¿A qué me enfrentaba?

Y recordé los anónimos recibidos en el pabellón de oficiales, en la casa de campo de Curtiss y en el «avispero».

Me llamaban «traidor»...

Me hubiera gustado desentrañar el misterio, pero no supe. No tenía idea de quién movía los hilos.

Lo que era evidente es que tenía poder.

Y en ese instante percibí la presencia de la bella.

Se acercó y dijo: «Peligro...»

Lo sabía: yo podía ser el siguiente, a no ser que fuera fiel a los consejos del general: «Pase lo que pase, y veas lo que veas, no renuncies a "Rayo negro".»

Lo tuve claro.

Mi vida dependía de mi astucia.

Me hice un firme propósito: seguiría adelante.

Continuaría la investigación.

Y lo haría en silencio.

Primero trabajaría con las barras de metal. Las pondría

en manos de un laboratorio especializado y averiguaría la naturaleza de las mismas. Después —si se trataba de titanio— tiraría del hilo. Con un poco de suerte, y contactos, las características de la aleación me llevarían al misil concreto y éste, a su vez, al F-4 que lo disparó.

Después...

En eso llamaron a la puerta.

«¡Vaya —pensé—, la bella!»

Y me apresuré a abrir la imaginación.

Pero no...

La puerta real fue golpeada por segunda vez.

Me equivoqué.

No era la intuición, con sus gasas azules. Era el teniente coronel Hansen, de uniforme. ¡Mala suerte!

Traía una carpeta bajo el brazo.

El hombre tuvo la amabilidad de anunciarme que el avión de regreso a casa despegaría al día siguiente, a las 7 horas.

El destino no sería Edwards, sino la base Bolling, en las cercanías de Washington D. C.

Me extrañó el cambio, pero no pregunté. Mis pensamientos estaban en otro planeta. Los militares, además, hemos sido entrenados para preguntar hacia adentro.

Eso fue todo, o casi todo.

Hansen se despidió con una sonrisa y procedió a entregarme la carpeta azul.

—Echa un vistazo —comentó en voz baja—. Es confidencial, pero también era tu general. Tienes derecho a saber lo que sucedió en el C-141... Mañana me lo devuelves.

La carpeta contenía un borrador de lo que debería ser el informe oficial de los investigadores sobre el siniestro del tetramotor en el que viajaban Curtiss y el resto.

Al informe, brevísimo (21 líneas), acompañaba una notable colección de fotografías en color de los restos humanos y del C-141.

Lo leí con detenimiento y con una creciente indignación.

Arrancaba con los datos técnicos del aparato (1) y proseguía, como digo, con un escrito tan escueto como dudoso.

«El accidente —rezaba el informe— era consecuencia de los errores de los pilotos y de los controladores de Torrejón.» (2)

(1) El avión Lockheed C-141A-10-LM Starlifter tenía una longitud de 44,2 metros, con una envergadura de 48,8 y una superficie alar de 300 metros cuadrados. La altura, de la cola al suelo, era de 12 metros. Carga útil: 28,8 toneladas. Peso máximo en despegue: 143,6 toneladas. Velocidad máxima: 919 kilómetros por hora. Avión de carga de la USAF. *(N. del m.)*

(2) En esencia, el escrito preliminar decía lo siguiente: «El vuelo partió de Atenas con destino a la base de McGuire (USA), con escala en Torrejón (Madrid).»

Me extrañó, pero proseguí la lectura.

«La tripulación fue autorizada a una aproximación ILS a la pista 23 de la base de Torrejón.»

«En la aproximación, los pilotos olvidaron utilizar el protocolo de descenso.»

Textual: «No modificaron el altímetro (29,92 pulgadas) a la altitud local (30,17 pulgadas).»

«No conectaron el radar de altura.»

«El piloto fue autorizado a descender de nivel (volaba a FL60) pero, debido a la densidad de tráfico en esos momentos, la autorización fue confusa... Los pilotos no sabían si fueron autorizados a bajar a 5.000 o a 3.000 pies... La tripulación se puso de acuerdo y respondieron que descendían a 3.000... El controlador de Torrejón no respondió.»

No daba crédito a lo que leía.

«El controlador tampoco se percató de la maniobra del C-141 y de su descenso a 3.000 pies (aunque lo tenía en pantalla).» (!)

«Los pilotos informaron de nuevo que descendían a 3.000 pies, pero la torre (un segundo controlador) tampoco se dio cuenta del error.»

«Cuando el aparato se hallaba a 3.000 pies (1.000 metros) de altura, el instrumental de cabina detectó y avisó de la presencia de un monte por delante y por encima del nivel del avión. El piloto respondió "que todo parece claro por delante y que tenían las luces de la base aérea visibles por debajo, en el valle".»

«A una altitud de 929 metros (3.050 pies), y a una velocidad de 463 kilómetros por hora (250 nudos), el C-141 impactó con el terreno cerca del borde de una meseta. El aparato se elevó, dio la vuelta, y se estrelló en un barranco.»

«En el momento del accidente, la tripulación había dormido 8 horas (en las últimas sesenta). Varias teclas del panel de mando se hallaban en posición incorrecta (señal de fatiga de los pilotos).»

«Irónicamente estabilizaron a 3.000 pies, con los altímetros fijados en 29,92.»

Asunto concluido.

Volví a leerlo, incrédulo.

Había leído perfectamente.

El preliminar —con todos mis respetos a Hansen y a los investigadores— me pareció un insulto a la profesionalidad de los aviadores y de los controladores militares.

No era justo.

Por supuesto, no aparecía una palabra (ni una sola fotografía) sobre los 53 orificios existentes en la cola del C-141.

Repasé los mapas de la zona y comprobé que el monte citado en el informe (929 metros) no existía. La única elevación cercana a esa altitud (928 metros) era el Carabo —ya mencionado—, que se alza a más de seis kilómetros del lugar del siniestro (!).

Como siempre, lo más sencillo es culpar a los muertos.

⚹

Esa noche dormí poco y mal.

Alguien estaba arrojando paladas de tierra sobre la verdad.

No lo permitiría.

Continuaría investigando y, en su momento, lo daría a conocer.

¡Pobre ingenuo!

Pensé también en la copia de los diarios.

Había quedado en poder de Curtiss.

¿Qué podía hacer para recuperarla?

Tenía que trazar un plan y hacerme con ella.

Pero debía ser exageradamente cauteloso. Notaba el aliento del lobo en la nuca...

Media hora antes del amanecer me presenté en la pista.

La visión del KC-130F, que nos trasladaría a mi país, provocó en quien esto escribe un familiar cosquilleo.

---

«Las condiciones meteorológicas informaban de cielo nublado a 20.000 pies (6.666 metros) y 10 kilómetros de visibilidad.»

El informe aparecía firmado por el teniente coronel de la USAF, Paul M. Hansen. *(N. del m.)*

Algo estaba a punto de suceder.

En un primer momento no me percaté de su presencia.

El equipo de la UAAI y el resto de los investigadores de Hansen iban y venían, ocupados en el traslado del material y de sus respectivos petates.

Después nos visitó el amanecer y empezó a teñir los rostros y las cosas.

El día llegó detrás, casi de la mano del alba.

Consulté la meteorología.

Anunciaba tiempo en calma, con una presión atmosférica de 1.017,2 milibares.

Echaba de menos la «cuna».

Un viento tímido, montado en ráfagas de 9,3 kilómetros por hora, vino también a despedirse. Y nos despabiló a todos.

Fue entonces cuando me fijé en él.

Frente a la cola del KC-130F descubrí un pequeño tractor. Arrastraba un remolque de color verde. En él descansaba un solitario ataúd, envuelto de forma descuidada en una bandera norteamericana.

Nadie le prestaba atención.

Caminé hacia el remolque y permanecí junto al féretro, intrigado.

¿Quién era?

Nadie me había comentado nada.

¿Por qué uno solo de los cadáveres? ¿Qué sucedía con los otros? ¿O no se trataba de uno de los pasajeros del C-141?

El alba lo había visto todo y se alejó, definitivamente.

Entonces, sobre las lomas lejanas, apareció él, redondo, y con un amarillo recientísimo. Y el sol la emprendió a destellos con los Phantom que dormitaban en las pistas.

Pero alguien me sacó de mis observaciones.

Sentí una mano en el hombro izquierdo.

Era Hansen.

Le devolví la carpeta azul y aproveché para preguntar sobre la identidad del muerto.

Sonrió con brevedad y señaló la carpeta, sorteando la pregunta con otra cuestión:

—¿Qué opinas?

No estaba dispuesto a descubrir mis cartas y disimulé:

—Parece un informe muy escueto... Demasiado.

—Son las órdenes.

—¿Las órdenes?

El teniente coronel comprendió que se había columpiado y escapó del embrollo, respondiendo a mi anterior pregunta sobre el féretro.

—Es tu general...

Rectificó:

—Mejor dicho, lo que dicen que queda de él.

Señalé el ataúd y formulé una cuestión innecesaria:

—¿Curtiss?

Asintió y añadió:

—Lo llevamos a casa...

—¿Lo han identificado?

—Y eso qué importa... Está muerto.

Yo sabía que en aquel ataúd no se hallaba el cadáver del general. Nadie logró identificar a nadie. El interior podía contener hierro y los restos mortales de otros...

Los forenses «hicieron *boiler*» y punto.

No hubo comentarios. ¿Para qué?

Y Hansen, advirtiendo la sorpresa en mi rostro, trató de aliviarme:

—Los otros irán llegando, poco a poco...

—¿Los otros?

—Sí —matizó—, los otros 23 cadáveres.

Sonrió de nuevo, maliciosamente, y exclamó:

—Los jefazos no quieren que el pueblo sufra a la vista de tanto ataúd...

—No entiendo.

Y aclaró:

—Vietnam todavía duele...

—¿Cuándo serán repatriados?

Se encogió de hombros y redondeó:

—Eso depende del señor Kissinger.

Deduje que el flamante secretario de Estado estaba

pensando, sobre todo, en la catástrofe llamada «Watergate».

—¿Cuáles son los planes respecto a él?

E indiqué el féretro.

—El sábado tendrá lugar el sepelio, en Arlington. Acudirá la plana mayor.

¡Malditos bastardos!

Hansen se retiró y atendió a sus hombres.

Yo continué frente al ataúd.

Los sentimientos andaban revueltos y encontrados.

Curtiss no había sido un hombre de mi devoción. Es más: lo taché de traidor... Intentar clonar al Maestro me pareció una aberración.

Ahora, sin embargo, a la vista del féretro, sentí una inmensa piedad.

Nadie merece una muerte tan cruel.

En fin, el general había cumplido su «contrato».

El Galileo lo dijo muchas veces: «No juzgues, aunque creas que tienes razón.»

Sí, nadie es superior a nadie.

Curtiss, al final, había dado señales de humanidad.

Me hizo algunos favores, y notables.

Ahora, el general conocía la verdad (o parte de ella).

Le deseé suerte y me retiré.

Al poco, la PM cargó el féretro y se dirigió, lentamente, hacia la bodega del KC-130F.

No hubo música ni honores.

Me cuadré y saludé militarmente.

Sentí un nudo en la garganta.

Y en eso, cuando los seis policías militares caminaban con el féretro hacia la rampa de acceso a la bodega del aparato, una ráfaga de viento, cómplice del Destino, arrebató la bandera que mal cubría el ataúd y se la llevó lejos. Y fue a perderse entre los Phantom que espiaban el cortejo desde el falso horizonte de las pistas.

Aplaudí la simbología.

Los cielos, como dije, hablan ese idioma.

Mensaje recibido.

Nadie se preocupó de la bandera.

Y el KC-130F terminó tragándose el ataúd del supuesto Curtiss.

A las 9 horas, 16 minutos y 14 segundos despegamos pesadamente de la base de Torrejón, rumbo a los cielos y a lo desconocido.

Por supuesto: asistiría al sepelio del general.

Lo que no imaginaba es que en la base de Bolling —al pie de la escalerilla del avión— aguardaba otra sorpresa...

✡

El vuelo fue tranquilo.

Pensé mucho y dibujé planes.

La rabia por el derribo del C-141 se mezcló con los pensamientos y todo hirvió en la misma olla.

Tenía que analizar las barras metálicas. Eso era lo primero.

Tenía que aclarar el asunto de la copia de los diarios.

Si no lograba hacerme con ella tendría que dibujar un plan «B». A saber: imprimiría una segunda copia y la sacaría de la base de Edwards. ¿Cómo hacerlo? Ni idea.

Tenía que pensar a quién entregar dichos diarios y, sobre todo, cómo hacerlo sin que peligrase su vida. La mía —prácticamente consumida— no contaba.

Tenía que barajar nombres de periodistas. Sería la solución ideal. El mundo quedaría sobrecogido. La USAF había logrado la hazaña de las hazañas. El verdadero mensaje del Hombre-Dios estaría al alcance de todos. Nada de filtros. Nada de mutilaciones e intereses bastardos. Esos diarios podrían devolver la esperanza a millones de personas.

¡A la mierda las prohibiciones y los protocolos de confidencialidad!

Y, como digo, dibujé un plan.

Por supuesto, no olvidaba la «cita» en el mar Muerto: 6 de octubre.

El instinto gritaba que Eliseo continuaba vivo.

No podía descuidarme.

¡Faltaba un mes!

Primero tenía que arreglármelas para abandonar la base de Edwards, mi destino. Esta vez no tenía excusa.

Tenía que pensar y pensar y pensar...

Era menester que viajase a Israel, o a Jordania, y, desde allí, a las coordenadas del código.

No era tarea fácil.

La situación política en Oriente Próximo seguía envenenándose.

Y todo esto debía ser ejecutado con limpieza, efectividad y máxima prudencia.

La desaparición de Curtiss traería problemas y mucha confusión en el seno del ya alterado proyecto Swivel.

No me equivoqué...

Aterrizamos en Bolling sin novedad. Eran las 15 h. (hora local de Washington D .C.) del jueves, 6 de septiembre de 1973.

Al asomarme a la pista quedé atónito.

Al pie de la escalerilla aguardaban el jefe de la base, Estrella, dos de sus hijos, y el fiel Domenico, el ayudante de Curtiss. Nadie más.

Tampoco hubo música u honores militares.

¡Malnacidos!

Nos abrazamos.

Estrella, la generala, aparecía encorvada, consumida, y de luto riguroso.

Se hundió el mundo al verla.

Dejé que me inundara con aquellos habladores ojos azules.

Se esforzó por sonreír pero la voluntad falló.

Y las lágrimas, incontenibles, corrieron por los ojos de todos.

Uno de los hijos me expresó el agradecimiento de la familia por haber acudido al lugar del siniestro y por acompañar los restos de su padre.

No supe qué responder.

Sentí cómo me desangraba por dentro.

No debía revelar lo que había descubierto en España. No tenía sentido sumar dolor al dolor...

Fueron momentos espesos, como dibujados por una mano enemiga.

Bajaron el féretro.

Alguien, sabiamente, lo había cubierto con una segunda e impecable bandera.

Estrella se aferró a mi brazo y los tres (ella, el dolor y quien esto escribe) caminamos despacio tras el ataúd.

El KC-130F aparcó al sureste, cerca de la capilla. Fue otro detalle del coronel de la base, viejo amigo de Curtiss.

Y la policía militar, con el féretro al hombro, caminó con marcialidad hacia la capilla ardiente.

Nosotros marchábamos detrás.

Mirábamos pero no veíamos.

A lo lejos se oía el tronar de los reactores, despegando y aterrizando. La vida seguía, inexplicablemente.

La capilla era casi infantil, con cuatro vidrieras temblorosas, todas en azul, y representando la ascensión del Señor.

El coronel de la base había dispuesto rosas blancas sobre el altar.

Un cristo de escayola, con los brazos abiertos, recibió los restos del supuesto Curtiss.

Era feo con ganas...

¡Dios mío! El general, ahora, probablemente, estaría con Él.

El páter de la base, a petición de la familia, condujo el rezo del rosario.

Yo permanecí cerca de Estrella, en silencio, y rememoré los buenos ratos en la casa de campo del general, en la bahía de Pablo. Después apareció en la memoria la última imagen de Curtiss, en el «ahumadero», con el rosario de plata en la mano izquierda. Era el atardecer del 20 de agosto. El general, en pie, saludó a su manera, con el habano. Y con la voz humillada exclamó:

—¡Que Él te bendiga..., pase lo que pase!

Me estremecí.

Recuerdo que en aquel momento me asaltó un presentimiento.

El instinto nunca se equivoca... ¿O sí?

Tras el rosario, la familia y Domenico permanecieron en la capilla, junto al féretro.

Yo elegí el exterior.

Necesitaba respirar. El dolor es masculino y asfixiante.

El otoño asomaba en las puntas de las hojas de los castaños.

El cielo dejaba hacer.

Y al poco se presentó Domenico. Conversamos y me abrasó a preguntas sobre el accidente del C-141.

Hablé de asuntos menores, haciéndole ver que la muerte de Curtiss fue instantánea, y que no sufrió. Ni yo me lo creí.

No mencioné lo del posible atentado.

Y, súbitamente, el ayudante cayó en la cuenta de algo que había olvidado.

Extrajo una hoja de papel del bolsillo izquierdo de la guerrera y comentó:

—Casi lo olvido... Perdona... Ha llamado el ayudante de Haig... El general desea hablar contigo.

Alargó la hoja y leí las anotaciones:

«Pentágono. Diez de la mañana del viernes, 7 de septiembre. Despacho del general Alexander Haig. Ponerse en comunicación con el ayudante...»

—¿De qué se trata?

Domenico no supo aclarar la cuestión.

—Debe ser importante —añadió—. Haig es el nuevo jefe del proyecto Swivel...

Domenico comprendió mi desconcierto y aclaró:

—Has estado ausente y, lógicamente, no sabes... Kissinger lo acaba de nombrar... Eso, al menos, es lo que se rumorea en el bar de Joco. El nombramiento, como sabes, nunca será oficial.

Y me pregunté: «¿Cómo sabía Haig que yo regresaba el día 6?»

¡Qué pregunta tan tonta!

Haig, amigo íntimo de Curtiss, era la mano derecha de Kissinger. El 4 de enero fue designado vicejefe del Alto Estado Mayor del Ejército. En esos momentos desempeñaba también el cargo de jefe de gabinete en la Casa Blanca.

En otras palabras: Haig lo sabía todo...

Y creo que es el momento de hacer referencia a un asunto que no he mencionado nunca. El cargo de jefe de gabinete de la Casa Blanca era una tapadera, perfectamente estudiada. Era la forma ideal de desviar la atención «de otros asuntos más notables».

El general Curtiss también desempeñó un cargo oficial, y de gran brillo. Pero de eso no debo hablar...

Y con las primeras estrellas, la viuda y los hijos se retiraron.

Uno de los muchachos estaba indignado. No terminaba de entender por qué la USAF no permitía que vieran el cadáver de su padre:

Me encogí de hombros y repliqué:

—Mejor así...

Estrella me observó y comprendió. Guardó silencio y tiró del hijo.

Nos veríamos el sábado en el cementerio nacional de Arlington, en Washington D. C.

El camposanto de los héroes...

Yo me retiré con Domenico a la residencia de oficiales de la base de Bolling y allí continuamos conversando hasta muy tarde.

No conocía personalmente al general Haig y empecé a preocuparme. ¿Qué quería? Yo ya no pintaba nada en el fracasado (?) proyecto Caballo de Troya.

Y el instinto tocó en mi hombro, una vez más.

¡Atención, peligro!

✿

# 7 de septiembre

El viernes, 7 de septiembre (1973), me presenté en el nido de los cagacirios con una hora de antelación. Así llamaba Curtiss al Pentágono.

Conocía el «nido» de otras ocasiones y sabía que los filtros de seguridad son irritantemente lentos.

Los cabellos blancos, mi aspecto de anciano, y los galones de mayor provocaron desconfianzas.

Fui paciente y sonreí a todo el mundo.

Por último, uno de los vigilantes me condujo hasta mi objetivo: quinto anillo, segundo piso, despacho 540 (1).

En el Pentágono todo es funcional, aburrido de solem-

(1) Perderse en el Pentágono es fácil. El «nido», empezado a construir el 11 de septiembre de 1941, fue inaugurado en 1943. Se trata, sin duda, del edificio de oficinas más grande del mundo. Dispone de 131 escaleras normales y 25 mecánicas, así como de cinco plantas visibles y otros siete niveles subterráneos, de acceso limitado. El «nido» suma 31 kilómetros de pasillos, 700 puntos de agua, 12.000 armarios metálicos, 100 cajas fuertes de alta seguridad y 477 «portátiles», 7.000 cámaras de vigilancia (exteriores e interiores), 23.000 funcionarios y 3.000 trabajadores de apoyo, 9.000 plazas de aparcamiento, 4.200 relojes y casi cuatro millones de metros cuadrados de oficinas. Los micrófonos ocultos son más de 12.000. Se consumen 5.000 tazas diarias de café y se llevan a cabo del orden de 200.000 llamadas telefónicas diarias. Hay 17 patrullas en constante vigilancia exterior. Las internas son incontables. El «nido» recibe 2.000 periódicos diarios (de todo el mundo) y dispone de una biblioteca que ronda los 500.000 volúmenes. Tiene 865 cuartos de baño (cuando se construyó había baños para blancos y para negros). En los sótanos —auténtico «corazón» del «nido»— se guarda parte de los restos del instrumental hallado en las naves «no humanas» que se estrellaron (?) en Roswell y Alemania. *(N. del m.)*

nidad, mal iluminado (a posta) y construido siempre con doble intención. Las puertas no son sólo puertas y las paredes tienen la habilidad de oír.

En el «nido» todo el mundo va despacio, precisamente porque todo es para ayer...

Todo el mundo insinúa que sabe pero, en realidad, nadie sabe quién es quién.

El Pentágono, como la CIA, es el lugar de Norteamérica con mayor número de espías por metro cuadrado.

El Pentágono —como maldecía Curtiss— no sólo es un nido de ratas hambrientas de poder, sino, sobre todo, el auténtico cerebro bursátil del planeta. Allí se planifican las guerras (a 15 años). Allí se decide sobre la suerte de los países, sobre la oportunidad de una hambruna, sobre las contaminaciones víricas o sobre la desinformación de la sociedad. Pero el pueblo norteamericano está ciego y no ve. Si el mundo supiera, el Pentágono sería asaltado y demolido.

El ayudante de Haig me esperaba. Era un teniente coronel. Me atendió con delicadeza y con una más que descarada curiosidad. Me sentí como un fósil del Cuaternario.

Comprendí que sabía algo sobre Caballo de Troya.

El general me recibió un minuto después de mi llegada.

Alexander Meigs Haig consideraba el tiempo como un don de Dios. Todo, en su vida, estaba medido.

Se levantó al verme y aguardó a que me aproximara.

Saludé y replicó con un amago de sonrisa.

Noté cómo me taladraba con aquellos ojos azules, de vuelta de casi todo.

Me recorrió de arriba abajo y, supongo, le decepcioné.

Yo no lucía condecoraciones y el uniforme aparecía tan desgastado como mi corazón.

Haig, en cambio, era un pincel.

El uniforme formaba un todo con la mirada.

Los cabellos, más blancos que rubios, se movían, ondulada y estudiadamente, de izquierda a derecha, como ordenaba la tradición familiar.

El afeitado iba más allá de lo humanamente razonable.

La camisa, de un blanco brillante, casi lo estrangulaba. Yo diría que era de estreno y almidonada con mimo.

El nudo de la corbata negra había sido ensayado cuatro o cinco veces.

La voz era un trueno.

Haig era frío y práctico; sobre todo práctico. Nadie sabía si tenía corazón. Corrían apuestas sobre ello.

En esos momentos rondaba los cincuenta años.

Sobre la mesa, y en las paredes, las fotografías se hacían la guerra las unas a las otras. Conté 17. Las favoritas eran las del general MacArthur. Se hallaban siempre en primera línea. También contemplé alguna de la guerra de Vietnam, con Nixon, con McNamara, con el general Westmoreland y con Kissinger (1).

Haig era católico, anticomunista beligerante y pésimo político.

Como el general MacArthur (fallecido en 1964), a Haig no le hubiera importado lanzar la bomba atómica sobre chinos o soviéticos. «Los problemas —decía— habrían terminado de raíz.»

En una de las paredes, junto a la bandera, colgaba una metopa de madera con un lema: «*Fide et opera*» («Fe y trabajo»).

Más allá, sobre otra mesa, se alineaban las medallas y condecoraciones: estrellas de plata por su heroísmo; una de bronce; el corazón púrpura; la cruz al servicio distinguido y la cruz distinguida de Vuelo, entre otras.

En un extremo de la referida mesa observé una pipa amarilla de zuro (mazorca desgranada), similar a la que usaba el citado MacArthur.

Y más fotos...

(1)   El general Haig nació en 1924 en el seno de una familia católica. Ingresó en la academia de West Point y se graduó en 1947. Estudió economía en Columbia y fue asesor de MacArthur en Corea. Trabajó en el Pentágono y fue profesor en West Point. Destacó como ayudante del secretario de Estado, McNamara, y fue un héroe en la guerra de Vietnam. Nixon lo había promovido como asistente militar de Kissinger y tuvo acceso al Consejo de Seguridad Nacional. *(N. del m.)*

Me invitó a tomar asiento y continuó explorándome sin pudor.

Me sentí incómodo.

Y seguí preguntándome: «¿Qué pretende?»

Habló con el ayudante por teléfono y ordenó café.

—¿Desea algo, muchacho?

¡Vaya! Lo de «muchacho» me dejó perplejo.

Era obvio que sabía mi edad (treinta y seis años) y que estaba al tanto de mi «problema».

No preguntó por mi estado de salud.

Dije que no deseaba nada y permití que siguiera estudiándome.

Un ordenanza sirvió el café y se retiró, rápido.

Encendió un cigarrillo y arrancó:

—Escuche, mayor... Sé cuánto apreciaba a Curtiss...

Negativo.

Yo no apreciaba al general desaparecido.

Empezábamos mal...

—Yo ocupo su puesto ahora —prosiguió, confirmando los rumores—. Y tengo grandes planes para usted...

«¿Para mí? —pensé—. ¿Está ciego?»

Guardó silencio y lanzó la mirada azul a través del ventanal del despacho.

Una bruma blanca y premonitoria acababa de ponerse de pie sobre el río Potomac y amenazaba con devorar al Capitolio y a la capital federal.

Haig descendió de nuevo a la realidad y prosiguió:

—Curtiss era un bravo anticomunista, pero la vida sigue...

Y fue al grano:

—¿Sabe que el doctor Kissinger está muy interesado en recuperar lo que es nuestro?

—No comprendo —mentí. Sabía que hablaba de la «cuna».

—Me refiero a la nave que usted pilotó —se esforzó en aclarar—. Una nave que es nuestra y que puede caer en manos de los rusos.

¡Oh, no!... ¡Otra vez no!

Y me aventuré:

—Pero eso no es seguro, mi general...

No permitió que continuara:

—Escuche y escuche bien, muchacho... Quiero recuperar esa nave a toda costa, antes de que el mundo libre tenga que lamentarlo. ¿Me explico?

Asentí en silencio.

—Pues bien, sé que usted es clave en esa operación.

Encendió otro cigarrillo con el rescoldo del último.

Parecía que en aquel nido de cagacirios nadie pensaba con la cabeza. Ni siquiera teníamos seguridad de que Eliseo estuviera vivo...

Hacía cuatro meses que Haig había sido designado jefe de gabinete del presidente. Lo dicho: una tapadera perfecta. Pero el asunto «Watergate» los estaba volviendo locos a todos...

—¿Conoce «Rayo negro»?

Dije que sí.

—Pues insisto: nadie mejor que usted para dirigir la operación de rescate. Usted ha estado allí y conoce al traidor, su copiloto. Sabrá cómo convencerlo para que regrese a casa...

La palabra «convencerlo» goteaba sangre.

No pude contenerme:

—Mi general, nadie está en condiciones de asegurar que Eliseo haya vuelto. Y le diré algo más: no es un traidor...

—No discuta conmigo.

Quedé mudo.

El azul acero de la mirada se apagó. Haig era temible cuando se empeñaba en algo. En el Capitolio y en la Casa Blanca lo apodaban el presidente «37 y medio».

La niebla se había fijado en nosotros y avanzaba lentamente.

—¿Está dispuesto a considerar mi oferta?

—¿Qué oferta? ¿Puede ser más concreto?

—Un general no necesita ser concreto —me fulminó—. Para eso están los subordinados.

Me tragué palabras y pensamientos. Me estaba moviendo en arenas movedizas.

Pero le gustó mi sinceridad.

—Lo repetiré una sola vez: ¿aceptaría capitanear «Rayo negro»?

Me vio dudar.

—No es necesario que tome la decisión ahora mismo.

—«Rayo negro» no saldrá bien... —musité.

—Nada es seguro en la vida, muchacho, salvo Haig.

El azul espada de los ojos recuperó el brillo y el general continuó:

—¿Sabe qué? Me gusta que hable poco y de frente, como un soldado.

—Tengo que pensarlo —traté de escapar.

—Ése es mi consejo, muchacho. Piénselo. Dispone de tiempo. Se aproxima una guerra. «Rayo negro» será enviado cuando termine el conflicto entre árabes y judíos.

Y redondeó, amenazante:

—«Rayo negro» irá con usted o sin usted...

—¿Y cuándo supone que terminará esa guerra?

Recordaba el documento secreto que me había mostrado Curtiss en su despacho. En él se hablaba del nombre en clave de la guerra —«Relámpago»— y de su duración máxima: 45 días a partir del 6 de octubre. Eso nos situaba en noviembre o, como muy tarde, en diciembre (1973).

El general no respondió con una fecha.

Era listo.

—De eso no se preocupe ahora —trató de calmarme—. Piense, únicamente, en ese nuevo servicio a la patria. Insisto: tómese el tiempo preciso.

—¿Qué quiere que haga?

Haig no mordió el anzuelo.

—Descanse. Lo necesita. Ha sufrido mucho...

Me miró con complicidad.

—Algún día me hablará de Él...

El nuevo jefe del proyecto Swivel, en efecto, sabía más de lo que aparentaba. Tenía que ser sumamente cauteloso...

Haig señaló la puerta del despacho y comentó:

—A primeros de diciembre debería regresar por aquí. Si acepta, las órdenes estarán listas...

Fue entonces cuando recordé las repetidas advertencias de Curtiss sobre «Rayo negro»: «Si te ofrecen participar en el proyecto —decía— acepta. Te va en ello la vida.»

Y rememoré también el extraño sueño tenido en el bosque de Josué. Eliseo corría hacia el sol. De pronto se detenía. Se volvía hacia quien esto escribe, y gritaba: «¡Acepta..., acepta!»

Y volví a sorprenderme a mí mismo:

—¿Qué obtendré a cambio?

Haig me miró con desprecio y calculó la respuesta:

—Escuche, muchacho, y escuche bien...

Me gustaba lo de «muchacho».

—En esta vida, lo primero es el honor. Después está la patria. Después... Dios.

Bajé los ojos, asqueado.

Y pensé en el C-141, derribado por nosotros mismos.

¡Maldita patria!

—Pero le entiendo —suavizó el tono—. No le queda mucha vida y desea disfrutarla.

No era eso, pero dejé que se vaciara.

El general, al parecer, lo tenía todo previsto. Era probable que estuviera esperando ese momento.

Echó mano de un cajón, lo abrió, extrajo un papel, y me lo entregó, al tiempo que aclaraba:

—Esto será para usted si acepta mandar «Rayo negro».

Leí, incrédulo.

Era un documento con el borde azul; es decir, altamente secreto.

En él se establecía mi licencia definitiva de la USAF, con el grado de coronel, y una compensación especial de dos millones de dólares, «en concepto de daños físicos y mentales».

Sentí pena por mí mismo. Mi vida sólo valía dos millones de dólares...

Tanto la baja en el ejército, como la «compensación», se harían efectivas al regreso de «Rayo negro».

El documento aparecía sin fecha.

Traté de pensar a gran velocidad.

Curtiss tenía razón.

Aquellos buitres eran capaces de cualquier cosa...

La niebla alcanzó el Pentágono y empezó a devorarlo.

Devolví el documento y guardé silencio.

Y Haig sentenció:

—Piénselo...

—Lo haré, mi general. Seguiré su consejo. Me tomaré un respiro y lo pensaré.

Haig trató de dibujar una sonrisa, pero no estaba acostumbrado a semejantes debilidades. No le salió.

—Escuche, muchacho, y escuche bien... Ahora recupere fuerzas y reflexione. Tómese unas vacaciones. Nadie le molestará. Hablaremos en diciembre.

Se puso en pie y dio por terminada la entrevista.

—Prepárese para la gloria...

Sonreí a la fuerza, saludé, y le di la espalda, retirándome.

El ayudante consultó el calendario y rogó que me pusiera en contacto con él a finales de noviembre, con el fin de coordinar la nueva entrevista.

Curtiss había acertado.

Al salir del «nido», la niebla ya no era blanca. Al devorar el Pentágono se había vuelto sucia. Noté que andaba perdida.

Caminé y caminé, sin rumbo. Tenía que decidir: perseguir a Eliseo y sobrevivir (?) o renunciar a «Rayo negro» y morir.

✬

# 8 de septiembre

La ceremonia fúnebre por el general Curtiss fue breve y emotiva.

Lástima que el ataúd no contuviera sus restos...

Pero eso sólo lo sabían algunos de los jefazos del Pentágono —allí presentes— y quien esto escribe.

Haig estuvo en primera fila, naturalmente.

Esta vez sí hubo disparos de fusiles, y uniformes impecables y cargados de medallas, y caballos negros tirando del féretro, y banderas amarradas (por si las moscas).

Curtiss (?) fue sepultado a las 11 horas y 16 minutos.

Ese sábado, 8 de septiembre, casi todo estuvo en su lugar.

El día se presentó radiante, con una presión atmosférica impecable (1.018,1 milibares) y la humedad justa (50 por ciento); ni más ni menos, como le gustaba al general. La visibilidad tiró la casa por la ventana (20,9 kilómetros) y el viento se puso de puntillas (11,7 kilómetros a la hora); pero no pasó de ahí. El sol, siguiendo el consejo de alguien, calentó los bosques del cementerio nacional de Arlington y lo hizo con una temperatura media exquisita: 23 grados Celsius. Los robles albar se pusieron firmes al paso del cortejo y los cedros del Líbano adelantaron el otoño, dejando caer hojas amarillas. Fue su forma de saludar al viejo soldado.

A los cerezos silvestres les tocó lo más difícil: simular que era primavera y vestir el bosque con flores blancas y perfumadas.

Sé que Curtiss lo agradeció, allá donde estuviera...

Estrella y sus hijos formaron una piña.

Domenico les seguía a corta distancia, pañuelo en mano, llorando desconsoladamente.

Los jefazos marchaban detrás, con los pensamientos en otra parte.

Haig hablaba por lo bajinis con otro general. Supongo que trataba de convencerlo de algo.

Yo elegí la distancia y repasé en la memoria las imágenes del C-141, destrozado y en llamas.

¡Malditos mentirosos!

Los disparos de otros fusiles recordaron que éramos el sepelio número trece.

¡Vaya!

En la tristeza cabe mucha gente...

No hubo discursos, a petición de la generala.

Y, poco a poco, una vez inhumado el féretro, los cagacirios fueron despidiéndose de Estrella y de la familia. Y los vehículos oficiales se alejaron. Pero el bosque no movió una hoja; sabía que lo más importante estaba por llegar.

Estrella permaneció frente a la tumba.

Los hijos y Domenico se dirigieron a los coches, aparcados cerca de los hermosos y perplejos *sakuras,* los cerezos llegados de Japón.

Allí esperaron a la madre.

Fue mi momento.

Caminé hacia la tumba y sorprendí a la generala en mitad de un llanto sereno y silencioso.

Apretaba un rosario entre los dedos.

No dije nada.

No era preciso.

Y deposité una rosa roja sobre la lápida blanca.

Después retrocedí y me situé a la altura de la mujer.

Ella, entonces, sin mediar palabra, se alzó sobre las puntas de los pies y me besó en la mejilla izquierda.

Creo que respondí con una sonrisa, pero no estoy seguro.

Y allí permanecimos un rato, con los ojos y los corazones fijos en el nombre grabado en la piedra: Curtiss.

De regreso, hacia los automóviles, Estrella me retuvo unos instantes.

Estábamos lejos. No podían oírnos.

Los verdes y los amarillos de los árboles se asomaron, curiosos.

—Necesito verte...

—Claro —repliqué, deseoso de satisfacerla en todo.

Me miró con intensidad y sentí que me ahogaba en el azul de sus ojos. No tuve duda. Tenía que ser un azul robado: era demasiado celeste...

Estaba hermosa. La tragedia hace bellas y deseables a las mujeres. Nunca he sabido por qué.

—Tengo que verte..., a solas.

Observó el grupo de familiares y lo hizo, creo, con desconfianza.

E insistió:

—Es importante que nos veamos...

—Hoy estoy en Washington. Regresaré el domingo...

Y añadí:

—Podemos vernos donde quieras...

El azul se iluminó, hasta casi transparentar.

Pero rechazó la oferta:

—No, aquí no.

No terminaba de comprender.

En realidad nunca he entendido a las mujeres; ni falta que hace, añado.

Noté cómo temblaba.

Aquella confesión había sido costosa para ella. Pero ¿por qué? ¿Qué buscaba? ¿Qué pretendía?

Le ofrecí mi brazo y se aferró a él con fuerza.

Y lo hizo con las dos manos.

Caminamos despacio y en silencio.

En un momento determinado, ella suspiró.

Se detuvo de nuevo y comentó en voz baja, como si temiera que pudieran oírla:

—El martes, once, sería un buen día...

Se tranquilizó, en parte, y prosiguió:

—¿Conoces el hotel Florencia, en San Francisco?

Asentí y gasté una broma sobre los cócteles del bar Norcini, en la planta baja de dicho hotel. Yo lo frecuentaba con otros pilotos.

Pues bien, allí quedamos: a las 14 horas.

Curtiss sonrió desde los cielos.

Era la primera vez (y la última) que un soldado le regalaba una rosa roja...

✡

Regresé a Edwards en la tarde del domingo, 9 de septiembre.

Lo hice en la compañía del desconsolado Domenico.

Se pasó medio viaje interrogándome.

Quería saber hasta el más pequeño detalle sobre la entrevista con Haig.

No solté prenda.

Y me parapeté, como pude, tras el «accidente» del C-141.

—Haig —mentí— desea información de primera mano sobre lo ocurrido.

Domenico era largo y especialmente sensible. No me creyó. Y soltó a quemarropa:

—Tú tampoco crees la versión oficial, ¿no es cierto?

Miré hacia otro lado.

No deseaba entrar en un territorio tan pantanoso.

Necesitaba pruebas. Tenía que analizar las barras del supuesto titanio.

En la base todo eran rumores y apuestas.

Oí diez nombres para el puesto vacante. El de Haig sonaba con fuerza...

Guardé silencio sobre lo que sabía.

El trabajo en la zona restringida se hallaba casi paralizado. Todo el mundo esperaba al «nuevo».

Se percibía una calma tensa.

Joco me puso al día: Haig era su favorito para la jefatura del proyecto Swivel. En cuanto a la cercana guerra entre árabes y judíos, el japonés definió la situación con una expresión muy del estilo de Curtiss: «marranada de marranallos».

Después entró en detalles (1).

Al día siguiente, lunes, hice oídos sordos a las recomendaciones de Domenico para que olvidara la zona restringida.

Me atrincheré en el «avispero» y puse en marcha un par de asuntos..., prioritarios.

La noche anterior, adelantándome a los acontecimientos, pedí prestado a Domenico su «Renegade II», el maravilloso jeep que sufría de estrabismo. No tuvo reparo en proporcionármelo, siempre y cuando supiera cuidar de la tapicería de piel de cebra. Se lo juré por la Callas.

Y al alba, según mi costumbre, procedí al primero de los objetivos.

Siguiendo las recomendaciones del desaparecido general introduje en los diarios algunas breves alusiones a la muerte de Eliseo.

Sospechaba que el ingeniero estaba vivo, pero consideré que dichos comentarios podían evitar males mayores.

Estoy seguro que, llegado el momento, el hipotético lector de estas memorias terminará entendiéndolo.

---

(1)  La tensión en el mundo seguía aumentando, de acuerdo al diabólico plan Rapto de Europa. Las medidas de seguridad en torno a las embajadas judías en el planeta se incrementaron ostensiblemente. Kissinger y la maldita CIA continuaban alimentando la hoguera del golpe de estado en Chile. La CIA llevaba gastados más de 400 millones de dólares en subvenciones a los descontentos. Allende era un cadáver. Así lo evaluaba la Inteligencia Militar USA. La Ford y la Fundación Asia eran unas inmejorables tapaderas de Kissinger. Días antes, «asalariados» de la CIA habían atentado contra el ministro de Planificación Nacional, lanzando un artefacto explosivo en el jardín de su residencia. Pero los chapuceros de la CIA fallaron. Allende rechazó la renuncia presentada por el jefe de la Armada, almirante Raúl Montero. La embajada de Arabia Saudita en París fue asaltada por un comando palestino. Las compras de armas en Oriente Medio se incrementaron extraordinariamente, alcanzando los 10.000 millones de dólares. Alguien se frotaba las manos... Por último, Joco me habló de Ricardito, el tramposo (así llamaba a Nixon). Acababa de descubrirse que había pinchado los teléfonos de su hermano, Donald. Ricardito, al parecer, temía que su hermano pudiera estar implicado en negocios sucios con el millonario Howard Hughes. Los teléfonos fueron intervenidos por el Servicio Secreto. *(N. del m.)*

No haré más reflexiones al respecto. Todo llegará...

El segundo trabajo, en aquella mañana del lunes, 10 de septiembre (1973), fue la activación del ordenador.

Instantes más tarde se presentaba ante este pecador una nueva copia —en papel— de los diarios.

Estimé que era el momento idóneo para imprimirlos y para sacarlos de la base. El ambiente se hallaba tan enrarecido en Edwards que quizá pudiera pasar los folios sin dificultad ante la PM.

Algo se me ocurriría.

Me precipité, claro...

Y la segunda copia del «tesoro» fue guardada en el «avispero».

Sólo yo tenía acceso al mismo.

No tenía por qué haber problemas.

Lo sacaría de la Fog, y de la base, a mi regreso de la ciudad de Francisco (1).

Y a las doce, según lo planeado, abandoné Edwards, rumbo a Inyokern, en el noreste; a cosa de dos horas de la base.

Allí se levantaba la Estación Naval de Pruebas de Artillería.

Allí tenía un excelente contacto.

Puse en sus manos una de las barras metálicas, obtenidas en España, y solicité que llevara a cabo una exhaustiva investigación de los componentes.

El análisis era confidencial.

Accedió, encantada.

No preguntó.

Al fin llegaba un poco de emoción a su vida...

Prometió informarme a la mayor brevedad posible.

Y a las 17 horas busqué la carretera estatal 178, y me dirigí a la ciudad de Francisco.

Me sentía inquieto.

La cita con Estrella me tenía perplejo.

(1)  Se supone que el mayor se refiere a la ciudad de San Francisco. *(N. del a.)*

No lograba interpretar sus palabras. No sabía qué deseaba, exactamente.

Llegué al hotel Florencia bien entrada la noche.

Era un lugar discreto, con viejas maderas, viejos elevadores, viejos camareros, viejas pinturas, al estilo renacentista, viejas aspiraciones, y una cocina italiana de primera.

Se hallaba cerca del centro y de la Union Square.

Descansé medianamente bien.

La imagen de la generala, hundida y arrasada por el llanto, aparecía a cada instante en la memoria.

Sentía un profundo aprecio por aquella bella e inteligente mujer.

Pero —me preguntaba una y otra vez— qué deseaba de mí.

Pensé, incluso, algo absurdo: ¿se había enamorado de quien esto escribe?

Con las mujeres (y con los hombres) nunca se sabe...

Podía tratarse de otro asunto.

Pero ¿cuál?

Que yo supiera, Estrella no participaba en los «negocios» de Curtiss. Como dije, era más inteligente que su marido.

Hice cábalas y cábalas, pero no llegué a ninguna parte.

Estaba en blanco.

De algo sí estuve seguro: la cita no era gratuita, ni tampoco un capricho femenino.

Tenía que saber esperar. No quedaba otra...

Paseé por Francisco y a las 13 horas me encontraba sentado en el hall, temblando como un adolescente ante su primera cita.

Y la imagen de Ruth, la pelirroja, se sentó a mi lado.

Querida Ma'ch...

¡Cómo la echaba de menos!

Estrella se presentó media hora antes de lo acordado.

Vestía de negro y de azul.

No llegó sola.

A su lado aparecía uno de los hijos; el que había protestado por el asunto del cadáver.

El joven cargaba una maleta de cuero, en color sangre.

Quedé confuso y, por qué ocultarlo, también contrariado.

La generala, nerviosa, miraba a su alrededor continuamente.

Y terminó preguntando:

—¿Te han seguido?

—¿Seguido?

Asintió con la cabeza y continuó inspeccionando a los que entraban y salían.

—¿Qué pasa? ¿Por qué tenían que seguirme?

No aclaró las preguntas y se dirigió al bar.

La seguimos.

Nos sentamos en un rincón apartado del Norcini y solicité dos cócteles. El hijo no quiso nada.

Lo noté serio.

Le sudaban las manos.

De vez en cuando me miraba, inquieto.

Fueron minutos de tenso silencio; una situación embarazosa.

Nadie habló.

Ella me contemplaba, ansiosa. Después desviaba la mirada azul hacia las sombras del bar.

Parecía buscar a alguien.

Y llegaron los salvadores cócteles...

Estrella eligió un «mango amarillo», a base de vodka, zumo de naranja y almíbar.

Yo me incliné por un «washington», con mucho güisqui («Cuervo real»), licor ácido de manzana y arándanos.

Delicioso.

Y, sin saber qué decir, levanté la copa y propuse un brindis:

—¡Por el general, allá donde esté!

Estuve y no estuve afortunado.

Lo supe algún tiempo después...

Estrella palideció.

Noté cómo se enturbiaba el azul de la mirada, pero no comprendí.

Lo sé: soy muy torpe...

La mujer reaccionó y terminó sumándose al brindis:

—¡Por Curtiss...!

Dudó un par de segundos y concluyó:

—¡Allá donde esté!

Nunca olvidaré aquel brindis...

—Y bien —le animé—, ¿qué es eso tan importante que tienes que comunicarme?

Negó con la cabeza y bebió un segundo sorbo.

Acto seguido, más animada, repuso:

—Yo no he dicho que tuviera que comunicarte nada...

La miré, perplejo.

Cada vez entendía menos.

Señaló la maleta roja que miraba entre las sillas y después indicó el bolso negro y perlado que sostenía sobre las rodillas.

Seguí sin entender.

Y volvió a preguntar:

—¿Estás seguro?

—¿De qué?

—De que nadie te ha seguido...

—Francamente, no lo sé.

Y la abordé, sin miramientos:

—No comprendo. ¿Qué es lo que te preocupa?

No escuchó.

—Entonces han podido seguirte...

—Sí, es posible, pero...

—Estamos corriendo un gran riesgo.

Fue en esos instantes cuando empecé a preguntarme: «¿La ha trastornado la desaparición del marido?»

Y volví a la carga:

—¿Qué sucede? ¿A qué tienes miedo?

—A eso —volvió a señalar la pacífica maleta— y a esto...

Indicó el bolso con el dedo índice derecho.

Después paseó la vista por el lugar, inquietísima. El bello celeste de los ojos quería huir.

Y estallé:

—¡Por Dios..., acaba de una vez!

Y, misteriosa, se aproximó a mi oído izquierdo.

Percibí un intenso aroma a romero.

Y susurró:

—Antes de partir hacia Jordania, el general me hizo prometer algo...

Asentí, desorientado.

—Y tuve que jurar que lo cumpliría. Lo hice sobre el rosario de plata. ¿Lo recuerdas?

Lo recordaba muy bien.

Y esperé, impaciente.

—Pues bien, si le sucedía algo...

Dudó, pero logró remontar los recuerdos.

—Si le ocurría algo irreparable —repitió—, yo debería entregarte esta maldita maleta...

Nueva pausa.

A Estrella le costaba hablar.

Intenté ayudarla:

—¿Qué contiene?

—No lo sé y no quiero saberlo...

Miré la maleta y la pobre se ruborizó.

Comprendí: Estrella mentía.

Ella, la maleta, no tenía culpa de nada.

No fui capaz de adivinar el contenido.

Entonces descubrí que alguien la había amordazado con un candado reluciente. Era de plata. Ese «alguien» sólo podía ser Curtiss...

—A partir de ahora es tuya...

La mujer hizo un gesto y el hijo, atento y ceremonioso, se puso en pie, entregándome la maleta y una llave diminuta.

Estrella se alzó también y comentó, aliviada:

—He cumplido mi parte.

Me besó en la mejilla y el hijo estrechó mi mano con fuerza. Tenía la mirada extraviada.

Intuí algo.

¿Qué demonios estaba pasando?

La generala se alejó unos pasos y, de pronto, se detuvo. Regresó hasta mí y exclamó:

—Disculpa... Casi lo olvido.

Abrió el bolso, extrajo un pequeño envoltorio, y lo puso en mis manos.

—Esto es también para ti...

Esbozó una perezosa sonrisa y concluyó:

—De parte del general...

Traté de invitarlos a comer.

El «Kuleto», en el hotel, era un restaurante apacible y de calidad.

No aceptó.

Era obvio que tenía prisa y muchos nervios.

Y los vi alejarse, presurosos, por la calle O'Farrell.

Yo también miré a mi alrededor, preocupado.

¿Me seguían o era una paranoia de la generala?

Estrella —lo he dicho— era una mujer equilibrada e inteligente. Nunca hablaba por hablar...

Ni comí.

Me encerré en la habitación y deposité la tímida maleta sobre la cama.

Pesaba lo suyo.

¿Qué demonios contenía?

Curtiss era capaz de cualquier cosa...

¿Por qué dio la orden de que me fuera entregada si él moría?

Y, sobre todo, ¿qué tenía yo que ver en aquel embrollo?

El pequeño paquete tampoco me dijo nada.

A simple vista no parecía gran cosa.

Se hallaba envuelto, cuidadosamente, en papel de periódico.

Retiré el envoltorio y descubrí una cajita de cartón, amarilla y huérfana. Pesaba poco.

Y me distraje.

Como suele ocurrir con frecuencia, en un primer instante presté más atención al continente que al contenido.

Desplegué las hojas de periódico y verifiqué que se trataba del *Guardian*, uno de los rotativos de la ciudad de Francisco.

Correspondía al diario del 11 de agosto último.

Ese sábado, si no recordaba mal, quien esto escribe se encontraba en la casa de campo del general.

Me asombró que Curtiss comprara un periódico de izquierdas. Su anticomunismo era rabioso.

Buena parte de una de las páginas del *Bay Guardian*, como se le conocía también en la región, se hallaba dedicada a la convulsa situación de Chile (1).

En la parte inferior del tabloide me llamó la atención un pequeño anuncio.

Alguien lo había remarcado en rojo, a mano.

El texto impreso decía: «Enviado el paquete.»

Me extrañó, como digo, pero ahí quedó la cosa.

Y me dispuse a abrir la cajita.

Aparentemente servía para guardar pañuelos.

Podía tener 16 por 16 centímetros.

Pero me detuve.

Quise adivinar el contenido.

¿Eran documentos secretos? ¿Dinero? ¿Una carta de Curtiss, reconociendo su culpabilidad en Caballo de Troya?

¡Qué ridiculez!

Curtiss nunca se arrepentía de nada...

No se me ocurrió nada más.

Y permanecí unos segundos a cierta distancia de la cajita amarilla.

El instinto me previno.

Allí se escondía algo poco o nada agradable...

---

(1) Allende había decidido incorporar a los jefes de las fuerzas armadas a su gabinete ministerial. En el nuevo gobierno aparecían el comandante en jefe del Ejército, general Prats; el de la Armada, almirante Montero y el de la Fuerza Aérea, Ruiz Danyau. *(N. del m.)*

¿La abría o la olvidaba?

No podía olvidarla.

Y opté por lo más insensato.

Al abrirla encontré una bolsa de plástico negro, perfectamente sellada.

Volví a echarme atrás.

Aquello no me gustó.

El instinto nunca se equivoca...

Pero la curiosidad me venció y rasgué la bolsa.

¡Vaya!

Genio y figura hasta la sepultura...

Allí apareció el célebre rosario de plata y una cinta magnetofónica.

El crucificado me hizo un guiño, como en los viejos tiempos.

Y escuché una voz en mi mente: «Confía.»

Con el rosario, y la cinta, Curtiss había adjuntado una nota. Reconocí la letra amontonada del general. Y leí: «18,5 minutos de grabación. Machaca a esos tragasables.»

Permanecí perplejo.

No entendía.

¿Quiénes eran los «tragasables»?

¿Por qué tenía que machacarlos?

Pensé en los cagacirios del Pentágono, pero no estuve seguro...

No era difícil imaginar que la cinta contenía algo explosivo. Pero ¿qué?

Y a mi mente llegó una idea tenebrosa.

La eché a patadas.

Curtiss era sorprendente, pero no hasta esos extremos. ¿O sí?

Y la idea regresó y regresó.

¡«Watergate»!

Finalmente logré arrojarla lejos.

Bastante tenía con lo que tenía...

Guardé el rosario y la cinta e intenté distraerme con lo que parecía más importante: la maleta color sangre.

Esta vez no traté de adivinar el contenido.

Me fui derecho al candado de plata y, dócil y bello, dejó que hiciera. Ni siquiera gimió.

Al abrirla quedé sin aliento.

¡No era posible!

¡Qué razón tenía el Maestro! ¡Nunca hagas planes más allá de tu sombra!

Los acaricié.

¡Dios bendito!

¡Qué gran detalle por parte del general!

Era lo último en lo que hubiera pensado.

Pero ¿por qué lo hizo?

Tenía que pensar. Tenía que pensar. Tenía que pensar.

Los hojeé, nervioso.

No faltaba ninguno.

¡Era la copia de los diarios! ¡La que logramos sacar del «avispero» en la tarde-noche del 1 de agosto, en las cajas de melocotones, y gracias a la «brillante operación militar» que dirigió Curtiss en persona!

El general los había encuadernado en una sugerente piel azul.

En letras doradas leí un título que me sonó muchísimo: «Caballo de Troya.»

¡El «tesoro» había vuelto a mí y de la forma más insospechada!

Y brindé por Curtiss, mentalmente, allá donde estuviera.

Me había ahorrado un problema...

Fui a sentarme junto a los folios y me pregunté: «Y ahora qué.»

¡Vaya y revaya!

Ahora disponía de dos copias...

Tenía que pensar, sí.

Y fue en esos instantes cuando apareció él, con los ojos inyectados en sangre.

No sé explicar cómo llegó, pero allí estaba, en mitad de la habitación.

Era el miedo...

Lo miré de arriba abajo.

El miedo no tiene rostro.

No se movió. Sabía que, tarde o temprano, me devoraría.

Pensé que fue el olor a «Watergate» lo que lo atrajo.

Si Nixon fue capaz de dar su bendición a Rapto de Europa —que desembocaría en la cuarta guerra árabe-israelí y colocaría al mundo al borde de la tercera guerra mundial—, ¿por qué me extrañaba que hubiera anulado a Curtiss?

Nixon era capaz de eso, y de mucho más, con tal de mantenerse en lo alto.

Por eso se presentó el miedo...

Si la cinta de 18,5 minutos de duración contenía lo que imaginaba (las pruebas del respaldo de la Casa Blanca en el espionaje al partido demócrata), el «regalo» de Curtiss era pura dinamita.

Yo podía correr la misma suerte que el general y los cinco directores muertos...

Y el miedo avanzó un paso y me señaló.

Tampoco debía olvidar la copia de los diarios; otro secreto que yo trataba de difundir.

Si Kissinger o el Pentágono me descubrían era hombre muerto.

Estaba jugando con fuego.

Y recordé la segunda copia, oculta en el «avispero», y los anónimos, y los temores de Estrella...

¡Me despedazarían!

El miedo, entonces, dio otro paso.

No pensé con la cabeza.

¡Tenía que ocultar la cinta y las copias y huir!

¡No, era mejor destruirlo todo!

Y escuché una voz en mi interior. Susurraba: «¿Cómo puede ser eso? El mundo tiene derecho a saber...»

Me negué a oír.

No hubo tiempo para más.

El miedo se lanzó sobre mí e intentó estrangularme.

Grité que lo destruiría todo.

El miedo no oye. Y continuó ahogándome.

Finalmente escapé, como pude, reuní mis cosas precipitadamente, aboné la cuenta del hotel, y salté sobre el «Renegade».

Después volamos hacia el sur.

El miedo corría cerca del jeep.

Aceleré.

Fue así como huí —literalmente— de la ciudad de Francisco.

No estoy seguro de quién manejó durante la primera hora.

Pocas veces he sentido tanto pánico como en aquella oportunidad...

Sólo intentaba escapar de mí mismo.

En definitiva, eso es el miedo...

Uno no sabe que está «habitado» por un Dios y, en consecuencia, siente miedo.

Y, como digo, volamos.

No sabía dónde iba, pero eso tampoco importaba.

De vez en cuando miraba por el retrovisor y veía al miedo a corta distancia. Corría veloz.

Hasta que, en una de ésas, al consultar el espejo principal, la vi.

¡Oh!

Se hallaba sentada en el asiento de atrás.

El aire de la costa enredaba los cabellos negros.

Ella dejaba hacer.

Me observó, divertida.

¡Era la bella!

Se inclinó hacia quien esto escribe y acarició mis cabellos.

Sentí un escalofrío.

Era la primera vez que la intuición me tocaba.

Entonces susurró al oído: «No destruyas nada...»

Y se hizo el silencio en la imaginación.

Cuando miré de nuevo ya no estaba.

¿Cómo lo hacía?

Mano de santo.

Levanté el pie del acelerador y me vi inundado por una benéfica paz.

El miedo se había sentado al pie de la carretera. Parecía derrotado.

Supuse que buscaría otra presa.

Continué por la ruta federal 101 e intenté averiguar qué había sucedido.

Al dejar atrás la población de Salinas me detuve.

Y caminé un rato por la bahía de Monterrey.

Me había dejado intimidar por una perturbación, impropia de alguien que se sabía habitado por el Padre Azul.

No volvería a suceder...

Algunas olas me salieron al paso y cabecearon, dándome la razón.

Si descubres que estás «habitado», sólo tú te harás sombra.

Me senté cerca de la mar y tomé una seria, muy seria, decisión: los diarios eran prioritarios; Él era prioritario; su mensaje era prioritario...

No había llegado hasta allí para dejarme avasallar por una criatura prehistórica, como el miedo.

Y alguien, más que familiar, se puso de puntillas en mi interior y exclamó: «¡Confía!»

Allí mismo, asomado al roquedo, vivía un pequeño restaurante de carretera.

Lo visité. Comí algo y dibujé sobre el mantel de papel blanco.

La bella tenía razón: no debía destruir nada. De eso ya se ocupan el miedo y el tiempo...

Pensé y pensé.

Y la noche se asomó, curiosa, al mantel.

Bauticé el plan: «Bella 1».

Primero regresaría a la base y escondería la cinta y la maleta.

Después, quizá el viernes, 14, me ocuparía de...

Pero debo ir paso a paso.

Y esa noche del martes, 11 de septiembre (1973), ingresé en el pabellón de oficiales de Edwards cuando todo el mundo dormía.

Y me dispuse a descansar.

«Bástele a cada día su afán», repetía el Galileo.

¡Cómo lo añoraba!

¿En verdad no volvería a verle?

La jornada fue intensa e imborrable.

☆

Al día siguiente, miércoles, al devolver el «Renegade», Domenico me dio la noticia:

—Los cadáveres del C-141 están siendo repatriados.

Sinceramente, me traía sin cuidado.

El mayor captó mi indiferencia y añadió:

—Uno de esos cuerpos es el de Eliseo...

—¿Eliseo?

Asintió y me mostró la comunicación —confidencial—, procedente del Pentágono.

Leí, incrédulo.

¡Había sido inhumado en Arlington en la mañana del 11 de septiembre!

Domenico redondeó:

—Acudió la familia...

Y me reprochó:

—Deberías haber estado presente.

No repliqué.

Aquellos buitres eran capaces de todo.

Yo sabía que el féretro depositado en el tetramotor que se estrelló cerca de Torrejón quedó desintegrado en el impacto. E imaginé lo que habían enterrado en Arlington.

¡Malditos bastardos!

Y me felicité por las rectificaciones efectuadas en los diarios sobre la muerte del ingeniero.

Curtiss tenía razón, una vez más.

Domenico trató de sacar agua de mis pensamientos, pero no lo consiguió.

Debía seguir alerta...

Esa misma tarde recibí noticias de mi contacto en Inyokern.

Hablamos en clave, tal y como establecimos:

—Afirmativo, mayor —anunció la científica—. El pan (la barra de metal) contiene veneno (titanio)...

—¿Estás segura?

—Lo he horneado tres veces.

—¿Es sabroso?

—Mucho...

—¿Y el veneno?

—A un 92 por ciento. El resto es acero...

—¿Cómo es que el pan contiene acero?

—Ya ves, amigo... No puedes fiarte de nadie...

—¿Qué clase de acero?

—Serie «4140».

—Comprendo.

La barra de metal, en definitiva, como sospechaba, era titanio de gran pureza, con un pellizco de acero.

No había duda: aquello formaba parte de la cabeza de guerra de un misil, y adulterado.

El C-141 fue derribado por una «caza», presumiblemente norteamericano.

Quedé en recoger los análisis en cuanto fuera posible:

—Te debo una, querida.

—Eso espero...

Y me dediqué, en cuerpo y alma, a lo establecido: «Bella 1».

✡

El golpe de estado en Chile y el continuo empeoramiento de la situación en Oriente Medio agitó los ánimos en la zona restringida de Edwards. La confusión y la ansiedad se hicieron insoportables.

La guerra estaba al caer.

Todo el mundo sabía que Nixon y Kissinger se hallaban detrás, avivando el fuego.

Fueron momentos difíciles para quien esto escribe.

¿Me había descuidado?

Quizá la guerra entre árabes y judíos no estallase el 6 de octubre, sino antes.

Confié en el código y en Curtiss.

Seguiría lo trazado.

Joco estaba indignado.

¿Es que nadie lo veía? ¿Nadie se daba cuenta de las maniobras de la CIA para derrocar a Allende, el presidente constitucional de Chile? Los rumores se atropellaban unos a otros. «Allende —decían— ha sido suicidado.» (1)

Aquella agitación me favoreció.

El jueves, 13, sin embargo, caí de nuevo en el desaliento.

Trece aviones «Mig-21», sirios, fueron derribados por la Fuerza Aérea Israelí.

En la base de Edwards se habló de provocación orquestada por Kissinger y los judíos.

Estuve a punto de hacer las maletas y volar a Israel.

Algo me contuvo.

Después de la guerra lo supe: el derribo de los aviones sirios fue otra maniobra de los árabes tras la cumbre celebrada en El Cairo entre Egipto, Siria y Jordania. Uno y

(1) Tras el golpe militar en Chile, los sublevados exigieron la inmediata renuncia de Allende. La petición fue firmada por el comandante jefe del Ejército, general Augusto Pinochet; el de la Fuerza Aérea, Gustavo Leight; el nuevo jefe de la Armada, almirante Jorge Toribio Merino y el también nuevo director general de Carabineros, César Mendoza. Todos ellos integraban la llamada «Junta Militar de Gobierno», presidida por Merino. Al mismo tiempo fueron relevados de sus cargos el almirante Raúl Montero y el director general de Carabineros, José María Sepúlveda. El golpe fue iniciado por unidades de la Marina, que aislaron el puerto de Valparaíso. Era el cuarto intento contra la vida de Salvador Allende. El 16 de enero de 1971, la CIA lo intentó por primera vez. Un poderoso explosivo fue descubierto en el jardín del palacio presidencial. El 20 de julio de 1972, un grupo extremista (subvencionado por la CIA) intentó asaltar la casa del jefe del Estado chileno. Los 25 miembros del comando fueron detenidos por la Policía. El 16 de septiembre del mismo año trataron de asesinar de nuevo a Allende.

En el ámbito internacional, como digo, todo marchaba manga por hombro, como pretendía el plan Rapto de Europa. Los servicios secretos israelíes habían dado la voz de alerta: guerrilleros palestinos podían atentar en el aeropuerto de Orly, en París. Disponían de cohetes Strela.

Para colmo, Egipto y Siria habían reanudado las relaciones diplomáticas con Jordania. Era otra señal inequívoca: la guerra aullaba cerca... (N. del m.)

otro bando (rusos y norteamericanos) se empeñaron en sendas campañas de provocación, bien contra Israel, bien contra el mundo árabe. Todo valía.

Y la dramática situación, como digo, me favoreció.

Era el momento idóneo para intentar sacar la segunda copia de los diarios del «avispero» y de la base.

Y activé el plan «Bella 1».

Pero antes indagué en el DRYDEN (Centro de Investigación de Vuelos de NASA) y conseguí que me prestaran un equipo de lo último en sistemas de localización por satélite.

Lo llamaban «Navstar Global Positioning».

Se trataba de un aparato de reducidas dimensiones, que trabajaba con los satélites, y que podría ayudarme en la fijación de las coordenadas del código con una precisión de 100 metros (1).

Por supuesto, seguía pensando que Eliseo, mi compañero, continuaba con vida.

¿Dónde se hallaba?

Ése era el misterio...

Parlamenté con Joco y me arriesgué a pedirle tres favores.

Aceptó sin saber.

Siempre estaré en deuda con él.

Primer favor: debería acudir a las 13 horas del viernes, 14, a la puerta del «avispero» y ayudarme a cargar «algo» en su viejo y pintarrajeado «Cowboy» del 71.

Hecho.

Segundo favor: esa mañana (si teníamos suerte) tendría que trasladarme a la ciudad de Francisco, y en el mismo vehículo.

Sonrió y aceptó.

—Al fin algo de emoción... —exclamó.

(1) El «Navstar» o navegador estelar funcionaba con el apoyo de cuatro satélites militares. Las señales recibidas proporcionaban la posición del sujeto en tiempo real. El «Navstar» trabajaba la latitud, longitud, altura y tiempo (sin necesidad de los incómodos relojes atómicos). La exactitud superaba el 95 por ciento. *(N. del m.)*

Tercer favor: ¿podía prestarme su cabaña, en Hawai, durante unos días?

Hecho.

Tampoco preguntó.

Y el viernes, 14 de septiembre, a la hora pactada, vi llegar a Joco, al volante del «Cowboy». Los Beatles pintados en el chasis sonrieron. Fue una buena señal.

El japonés aparcó frente al «avispero» y se puso a mi disposición.

No sé cómo logró entrar en la zona restringida, ni pregunté.

Walter y la escolta ayudaron a cargar las bolsas de plástico negro que tenía preparadas (supuestamente basura) e hicieron risas a cuenta de los Beatles.

El «negocio» resultó más simple de lo que había supuesto.

Sacar las bolsas de «basura» en la parte de atrás del «Cowboy», en pleno viernes, cuando media población de la Fog se atascaba en la barrera de control, fue un acierto pleno.

La PM también estaba deseando colgar los uniformes...

Vieron a Joco y su inconfundible y simpático «Cowboy» y ni miraron.

Aquellas palabras —«¡Siga, siga...!»— sonaron a gloria.

Así escapamos de Edwards (los diarios y quien esto escribe).

Joco nunca supo.

El resto del viaje fue inolvidable.

Joco era un fanático de los Beatles, naturalmente, y oímos todo el repertorio, incluidas adaptaciones y orquestaciones de Mauriat y de Caravelli.

El japonés cantó. Sobre todo, *Across the universe*, *Something* y *Norwegian wood*.

Yo hice otro tanto y canté, a gritos, mi favorita: *Michelle*.

Después entoné *Yesterday*.

Discutimos sobre las letras.

Yo aseguré que eran mediocres.

Joco frenó en seco y me fulminó con la mirada.

Aclaré:

—Letras mediocres y música caída del cielo.

El japonés me perdonó y continué cantando:

«¿Por qué tuvo que irse ella?... No lo sé... No me lo quiso decir... Y dije algo que no debía... Ahora anhelo el ayer... Ayer.»

Por el camino compré dos maletas: una de color marrón oscuro y otra en un naranja rabioso.

Era parte del plan...

✵

Invité a Joco al hotel Florencia. Qué menos...

El japonés dedicó el fin de semana a sus amigos y parientes.

Yo aproveché el sábado y el domingo para peinar Francisco y buscar un apartamento pequeño, céntrico y discreto.

Después de meditarlo me decidí por Chinatown, el barrio chino de la ciudad de Francisco.

Se hallaba a 800 metros del hotel.

«Perfecto», me dije.

Y miré y remiré.

Había infinidad de ofertas.

Finalmente elegí un cuchitril en la calle Stockton, poco frecuentada por los turistas.

El barrio era apacible, con un mercado de pescado y decenas de callejones pestilentes.

Era lo que necesitaba.

Me recordó Hong Kong.

Alquilé dos habitaciones con derecho a baño comunitario.

El exterminio de las chinches y de las cucarachas corría por cuenta del arrendatario.

No me quejé.

Lo estimé apropiado para mis propósitos.

La patrona, una vieja cantonesa, me cobró por adelantado: 120 dólares al mes. Pagué tres meses.

Y «Bella 1» siguió adelante.

Continué atento a las noticias que llegaban de Oriente Medio.

Me pusieron los pelos de punta.

La Interpol pasó aviso a todas las policías del mundo: «un grupo de terroristas árabes había partido del Líbano con la intención de atentar en la celebración del año judío».

Los periódicos de Washington hacían mención de un informe confidencial en el que se revelaba que Libia había comprado a Francia un sistema de misiles antiaéreos, de gran movilidad, destinado a la defensa del país ante un posible ataque judío. Los misiles fueron ubicados en las proximidades de las bases militares libias. Eran del tipo «Crotale», superiores al «Sam-D».

Pero lo que me alarmó y me puso en guardia fue una noticia procedente de El Cairo: «Israel —decía la agencia— está concentrando tropas y carros blindados a lo largo de sus fronteras con Siria, a raíz del combate aéreo del pasado jueves, 13 de septiembre, sobre el Mediterráneo. En dicho enfrentamiento entre aviones sirios y judíos, 13 "Mig" sirios fueron derribados.»

La guerra parecía inminente.

Tenía que actuar con rapidez y destreza.

Faltaban 19 días para el 6 de octubre y aún me quedaba trabajo en mi país...

Joco regresó a Edwards en la tarde del domingo, 16 de septiembre.

Le vi feliz e intrigado.

Al entregarme las llaves de su cabaña, en Hawai, manifestó:

—No soy cristiano... Algún día deberías hablarme de Él. Me lo debes.

Se lo prometí.

Nos abrazamos.

Tardaría mucho en volver a verlo.

Él sabía que no me proponía descansar en Hawai...

Y el lunes, 17, acudí al banco y retiré parte de mis ahorros.

Después busqué un lugar en el que poder anillar los folios que había sacado del «avispero». Uno de los mozos del hotel me ayudó a cargar las bolsas negras en un taxi. E introduje en el vehículo la maleta marrón, recién comprada.

Un par de horas después, hacia el mediodía, todo estaba listo.

Regresé al Florencia.

Deposité la maleta marrón, con los diarios anillados, bajo la cama y repasé el plan.

Eché mano de la maleta naranja y la llené con todo lo que se cruzó en mi camino, incluidas dos macetas. Lo sentí por las violetas...

Y a eso de las 15 horas —maleta en mano— me encaminé hacia la puerta del Dragón, el arco de entrada a Chinatown. La avenida de Grant se hallaba muy concurrida.

Aquel anciano, arrastrando una llamativa maleta naranja, era el foco de atención de los transeúntes.

De eso se trataba...

De vez en cuando me detenía y hacía como que descansaba.

Si alguien me seguía lo tenía sumamente fácil.

Como digo, eso pretendía: que el supuesto vigilante conociera mi destino.

Hubo caminantes que se brindaron a ayudarme. Lo agradecí, pero no.

Era preciso que continuara a pie y que me hiciera notar.

Me detuve seis o siete veces en el barrio chino.

Hice como que contemplaba escaparates.

Di un par de vueltas por la plaza de Portsmouth, tomé sake y contemplé una partida de ajedrez chino.

No fui capaz de averiguar si me seguían.

Una vez en el cuchitril deposité la maleta en el piso, tras la puerta de entrada, y en una posición determinada, formando un ángulo de 45 grados con una de las paredes.

Si alguien entraba en el apartamento, en mi ausencia, la maleta resultaría derribada o desplazada.

Si el intruso volvía a colocarla en su lugar, lo más probable es que no acertara con el ángulo original.

Eso demostraría que me estaban siguiendo.

Después de lo descubierto con el C-141 tenía que ser especialmente precavido.

Así terminó aquella jornada.

Regresé al hotel y me instalé, cómodamente, en el bar Norcini.

Repasé el «Bella 1».

Todo iba saliendo según lo dibujado.

Tomé un delicioso cóctel: un «ruso» (a base de vainilla, kahlúa y vodka).

Esa noche dormí como un bebé.

En mi mente bullían otras ideas. Pero era pronto para activar la segunda fase de «Bella 1».

Tenía que ser paciente y despierto al mismo tiempo.

Lo más importante, por supuesto, era la cita con el mar de la Sal.

Pero todo tenía su momento...

Y el martes, 18, tomaba tierra en Hilo, la capital de la isla de Hawai.

¿Por qué estaba allí?

Supuestamente para tomar una importante decisión.

Necesitaba calma.

Mi equipaje lo formaban dos maletas y una bolsa.

Una de las maletas —color sangre— contenía los diarios encuadernados en azul, y entregados por Estrella, a petición de su marido.

La otra —marrón oscuro— guardaba la segunda copia, anillada en Francisco.

Y me dispuse para la nueva y, aparentemente, apacible aventura.

El Destino —lo sé— sonrió burlón...

＊

Joco, prudentemente, me hizo un pequeño y rústico plano.

Llegar a su cabaña era fácil, pero no tanto...

¿He dicho cabaña?

Contraté los servicios de un taxi e hice acopio de víveres. No sabía cuánto tiempo me quedaría en la isla.

Después buscamos un negocio en el que vendieran máquinas de escribir.

Pretendía poner al día los diarios.

No había mucho donde elegir.

Terminé comprando una anciana Underwood (posiblemente del Paleolítico) de carro ancho y teclado español. Tenía 40 años, como poco, pero reía cada vez que la pulsaba.

Me hice con papel; mucho papel...

Acto seguido nos dirigimos al extremo norte de la isla.

Allí se levantaba un hotel de lujo, construido por el mismísimo Rockefeller en 1965.

Lo llamaban Mauna Kea Beach.

Era una de las referencias en el mapa de Joco.

Fin del viaje en automóvil.

Allí tenía que contratar los servicios de alguien que conociera el camino.

No fue difícil.

Dos mozos se pelearon por llevar los bultos.

Tuve que poner orden.

Tomaron el camino de la playa y me guiaron a la cabaña.

El hotel se hallaba a 800 metros del hogar de Joco. Era cuestión de bajar a la arena y seguir hacia el sur. No tenía pérdida.

La broma me costó 100 dólares...

Al pisar la arena blanca, el océano Pacífico, desconfiado, se montó en las olas e intentó averiguar quién era el nuevo inquilino.

No lo consiguió.

Las olas eran ridículamente pequeñas y morían antes de nacer.

Se quedó con las ganas.

¿Por qué me cae tan mal el Pacífico?

La cabaña (?) de Joco se alzaba en la costa oeste de Hawai, a cierta distancia de Kalaoa, una población de pescadores y cultivadores de caña de azúcar.

Era pura madera de acacia, embreada de forma desigual, y con un solo lujo: un porche enamorado de las puestas de sol.

Los días claros —si uno miraba hacia el este— se distinguía la silueta verdinegra del Mauna Kea, un volcán apagado de 4.208 metros de altitud, visitado con frecuencia por una familia de nubes blancas, achaparradas y de origen poco recomendable (posiblemente nacidas en el odiado Pacífico).

El resto era selva de colores y ríos de lava negra que buscaban la mar inútilmente.

Vi relámpagos azules, rojos, amarillos y verdes.

Eran papagayos.

Al pie de la cabaña se estiraba —indolente y femenina— una playa de 1.200 metros. Vestía una arena blanca, harinosa y perfumada de algas, que moría en el hotel de Rockefeller.

Y a las 17 horas —al fin— tomé posesión de la cabaña de marras.

¡Maldito bribón!

El japonés no me advirtió...

La cabaña consistía en una sola habitación, sin luz y sin agua, y sostenida, malamente, sobre maderos carcomidos.

En lo alto bostezaba un ventilador de madera, obviamente inservible.

¿Y qué decir de las paredes?

Quedé atónito.

Las inspeccioné, incrédulo.

A Joco se le había ido la olla...

Yo sabía que adoraba a los Beatles, pero no tanto...

Conté 240 fotografías en blanco y negro.

¡Todas de los Beatles!

Desde los comienzos, en 1960, hasta 1972.

Los Beatles cantando. Los Beatles comiendo. Los Beatles huyendo. Los Beatles contemplando coches en miniatura. Los Beatles con sus novias. Sin las novias. Los Beatles con el dúo cómico formado por Morecambe y Wise. En el *show* de Ed Sullivan. Con Cassius Clay. Lennon con Eleanor Bron...

En fin, todo.

Algunas de las imágenes aparecían firmadas por gente que no conocía: Dave Sheppard, Alan Pinnock, Steve Torrington y Richard Jones, entre otros.

No quedaba un hueco en las paredes.

En realidad no era la cabaña de Joco, sino la de sus amantes, los Beatles.

En el centro de la sala habitaba una mesa y, sobre ella, una lámpara de petróleo de la guerra de Secesión, como poco.

No había sillas. No había cama. No había ducha. No había platos...

Juré que lo estrangularía con mis propias manos.

Miento.

En un rincón flotaba una hamaca de nudos blancos, llegada de no se sabe dónde.

Nos miramos, pero no hicimos comentarios. Todo estaba dicho y más que dicho...

El fregadero y la letrina se hallaban en la parte de atrás de la casa, entre las palmeras.

Las ventanas carecían de cristales. El viento, los mosquitos y los papagayos entraban y salían a su antojo.

Aquello era el desastre de los desastres...

No me desanimé.

Estaba allí por lo que estaba. A saber: para trabajar.

Me organicé.

Utilicé la maleta marrón como asiento y entronicé a la Underwood sobre la mesa. La lámpara de petróleo se puso contentísima.

Y esa misma noche empecé a pensar y a dibujar.

Por las mañanas, tras el baño en la mar, escribía, y lo hacía febrilmente.

Puse al día los diarios (hasta la llegada a Hawai).

La Underwood se portó como una profesional.

Por las tardes era otro cantar.

Me dejaba caer en la hamaca y hacía girar en mi mente los nombres de los periodistas más prestigiosos de Estados Unidos.

Tenía que elegir uno.

Tenía que decidir a quién entregar los diarios...

Ésa era la gran duda.

Y así vi escapar los siguientes cinco días.

✲

Poco antes del anochecer caminaba por la arena y me dirigía al Mauna Kea Beach.

Allí, entre pacientes budas de piedra y papagayos incansables, disfrutaba del único lujo del día: un cóctel helado, servido por Kawai, un barman de piel cobriza y ojos achinados.

Mi favorito era el «ketel», bien trabajado con vodka, amaretto y zumo de naranja.

Allí pensaba y pensaba...

El retorno a la cabaña, siempre por la costa, era inquietante.

La selva se envolvía en la noche y emitía sonidos indescifrables.

El Pacífico me espiaba desde lo alto de las olas.

Yo no le dirigía la palabra.

Y el asunto de la selección del periodista fue enredándose.

No era una labor sencilla.

Esbocé una relación de periódicos que podrían publicar los diarios (quizá por entregas): *The New York Times, The Washington Post, Newsday* (de Long Island), *New York Post, Daily News* (de Nueva York)...

¿O debería pensar en la televisión?

En aquellos momentos, las cadenas líderes eran cuatro: ABC, PBS, CBS y NBC.

Conforme avanzaba, el panorama resultaba poco convincente.

Algo no terminaba de gustarme...

Hice otra lista con los periodistas que sobresalían en 1973 (1).

Negativo.

A la mayoría sólo le interesaba la política, la corrupción o los escándalos sexuales.

Muchos de aquellos periodistas, además, eran confidentes de la CIA o agentes de los servicios de Inteligencia Militar de los Estados Unidos (o de los soviéticos).

No debía fiarme.

Si entregaba las memorias a la prensa norteamericana, la historia podía terminar en la basura, o en un sitio peor...

Y las dudas me devoraron.

¿A quién le interesaba un viaje en el tiempo y la verdadera historia del Hijo del Hombre?

Lo que les importaba era despedazar a Ricardito, el tramposo...

Existía, además, otro peligro, ya apuntado por el general Curtiss: según en qué manos cayeran, los diarios podían ser manipulados.

(1)   Entre mis notas aparecían los siguientes informadores: Vanocur, corresponsal de la NBC; Daniel Schorr, de la cadena televisiva CBS; Marvin Kalb (autor del libro *Kissinger*); Goodman, presidente de la NBC; Tom Wicker, director adjunto del *New York Times;* James Reston, también del *New York Times;* Jack Anderson; Mankiewicz, columnista de *Los Angeles Times;* Hines, redactor científico del *Chicago Sun Times;* Rowland Evans; Mary McGrory, columnista del *New York Post;* Marquis Childs, del *St. Louis Dispatch,* en Washington D. C.; Robert Woodward y Carl Bernstein, ambos del *Washington Post;* Zabludovsky, de la televisión mejicana; Howard Smith, de la cadena de televisión ABC; William Randolph Hearst; John Chancellor, de la NBC; Anthony Lewis, columnista del *New York Times;* Jim Hougan, de la revista *Harpers;* Deborah Davis; Adrian Havill; Seymour Hersh; Walter Cronkite; Janet Cooke; David Rudenstine; Daniel Ellsberg y Tad Szulc, entre otros. *(N. del m.)*

Terminaba siempre la jornada con dolor de cabeza...

Pensé, incluso, en algunos «anti-Nixon» (1) a la hora de entregar mi «tesoro». Pero no.

Y empecé a desesperarme.

Lograr la publicación de los diarios de quien esto escribe no era tarea sencilla. Además eran miles de páginas.

Aunque parezca increíble, no era una operación oportuna.

Y en ésas me hallaba —sin saber qué partido tomar— cuando se presentó el atardecer del lunes, 24 de septiembre.

Los cielos lo tienen todo diseñado..., al milímetro.

No termino de hacer mío el consejo que me brindó el Maestro: «¡Confía...!»

Soy humano, lo sé...

☆

Ese día, a las cinco, lo dejé todo y me dirigí al hotel.

Estaba harto.

No daba con el nombre del periodista.

Mis intenciones eran sencillas: disfrutaría del ocaso, charlaría un rato con alguien, y bebería un buen cóctel.

(1) El 27 de junio de 1973, la prensa de mi país publicó una lista de los «enemigos» de la Casa Blanca, según Nixon. En total, 206 nombres que provocaron la risa y la indignación. Allí aparecían políticos, líderes sindicales, actores de cine, periodistas, empresarios, catedráticos e investigadores. Nixon los consideraba «los más peligrosos». Me llamaron poderosamente la atención los actores y las actrices. Recuerdo a Jane Fonda, que luchaba contra la guerra de Vietnam; Gregory Peck, presidente de la Academia de Ciencias Cinematográficas de Hollywood; Barbra Streisand «por sus tendencias demócratas»; Steve McQueen y Paul Newman, «que apoyó a los candidatos demócratas», según la Casa Blanca.

Poco faltó para que me pusiera en contacto con Gregory Peck. Lo pensé seriamente. Primero me entrevistaría con él. Después, ya veríamos... No fue necesario.

También le di vueltas al nombre de Arthur Schlesinger, antiguo consejero del presidente Kennedy, y al de Wiesner, presidente del Instituto de Tecnología de Massachusetts, con el que Caballo de Troya había tenido relación. *(N. del m.)*

Mientras caminaba por la playa me consolé: «Aparecerá, no lo dudes...»

Y ya lo creo que apareció, pero no como imaginaba...

El Mauna Kea Beach se asomaba al Pacífico desde una posición desahogada.

Al pie del edificio, en mitad de una terraza, se alzaba una amistosa palapa de madera y bambú. Allí me refugiaba a diario. Allí esperaba la magia del crepúsculo y allí pensaba y dibujaba.

Pues bien, esa tarde, cuando el ocaso tejía las primeras sombras, la vi.

¡Era ella!

¿Cómo había llegado hasta el Mauna Kea?

Qué pregunta tan tonta...

Caminé despacio hacia la palapa.

Los bambúes la miraban, extasiados. Y otro tanto le sucedía a Kawai, el barman.

No les culpo.

Era bellísima.

Estaba sentada en uno de los altos taburetes.

Al principio no me vio.

Sostenía una copa vacía entre los largos y delicados dedos.

Entonces me fijé.

¡Vaya!

Lucía un arco iris en cada uña.

No sabía de esa moda...

Kawai le sirvió un «mai tai»: mango, amaretto y zumo de piña, bien ligados, y fríos.

Me puse a su altura.

El cabello negro aparecía esta vez recogido en la nuca.

El cuello era interminable.

Vestía las gasas azules y transparentes que me volvían loco.

Bebió un sorbo, descendió del taburete, y caminó de puntillas hacia quien esto escribe.

El barman me preguntó si deseaba algo.

No respondí.

Aquella criatura me transportaba...

Kawai insistió:

—¿Qué le sirvo, señor?

La bella llegó hasta mí, depositó su copa entre mis manos, y susurró, muy seria: «No pienses más en el periodista. Nosotros te diremos quién es... Para eso ha nacido.»

—¿Qué va a tomar? —insistió el barman.

No contesté.

Y la bella se perdió en ninguna parte.

¡Qué formidable trasero!

—No sé —tartamudeé, al fin—. Lo dejo a tu elección.

El muchacho se esmeró.

Deposité la copa sobre el bar y permanecí un rato en silencio, contemplándola.

¡Uñas arco iris!

Kawai me sirvió un «azul» (helado): ron, curasao azul y piña colada.

¡Fantástico!

Continué ausente mientras el camarero confesaba el secreto del «azul»: las cáscaras de naranja tenían que ser «delicadamente olorosas».

No terminaba de entender la recomendación de la bella.

¿Quiénes eran «ellos»?

¿Quién era ese periodista, nacido para recibir mi legado?

¿Podía fiarme de la intuición?

Por supuesto.

Pues bien, ahí terminó la búsqueda del periodista.

Ella sabía...

Cené algo en el hotel y, entrada la noche, cumplí el ritual: acaricié un buda de piedra arrodillado, y me encaminé hacia la playa.

En esta ocasión fui yo quien se dejó besar por la mar.

Ella iba y venía entre mis pies desnudos. La dejaba hacer.

Tenía razón el Hombre-Dios: la intuición es un ángel; actúa por pura misericordia...

Pero las sorpresas no habían terminado esa noche... No señor.

✦

Podían ser las diez.

La luna, en decreciente, rodaba en mitad de la oscuridad.

Al fondo, entre la maleza, distinguí la danza azul de la lámpara de petróleo.

No tenía sentido continuar en la isla.

Recogería mis cosas y activaría la última fase del plan.

Próxima parada: Washington D. C.

Faltaban once días para el 6 de octubre.

No debía descuidarme.

Entré en la cabaña y el quinqué me hizo un guiño.

Estaba cansado.

Pensar agota más que una pala y un pico...

La lámpara se esforzó y volvió a guiñarme un ojo.

Fue entonces cuando me aproximé a la mesa y lo descubrí.

Alguien lo había depositado entre las blancas y sumisas teclas de la Underwood.

Traté de memorizar...

«Aquello» no era mío.

¡Alguien había entrado en la cabaña!

Lancé una mirada a mi alrededor.

Negativo.

No vi a nadie.

Tomé la lámpara y me paseé por la habitación, cada vez más inquieto.

Negativo, negativo...

Todo se hallaba en su sitio. Aparentemente no faltaba nada.

Regresé a la mesa y contemplé de nuevo a la Underwood. La pobre no supo aclarar el misterio. Escribía pero no hablaba.

Entre el teclado, como digo, aparecía un sobre, idéntico a los recibidos en otras ocasiones.

¡Maldita sea!

Alguien me estaba siguiendo...

Examiné el lacre.

Era igual al que conocía: una estrella de cinco puntas, invertida...

Alguien se hallaba al tanto de mi estancia en la cabaña de Joco.

Pero ¿quién lo sabía?

Sólo el japonés...

Abrí el sobre y hallé otra cartulina blanca.

Como las anteriores presentaba un emblema azul, en relieve, en el ángulo superior izquierdo. La estrella de cinco puntas, también invertida, lucía un círculo rojo en el centro. Alrededor de la estrella se leía la ya familiar leyenda: «*Ultra fidem*» («Más allá de la fidelidad»).

En el centro de la cartulina, alguien había escrito (a máquina y en inglés): «La Biblia triunfará.»

Quedé desconcertado.

Por debajo de la frase destacaban dos gotas rojas, de 2 y 4,4 centímetros de diámetro, respectivamente.

Parecía sangre.

No encontré remitente ni tampoco sellos...

Alguien, obviamente, se había tomado la molestia de viajar a Hawai, esperar a que saliera de la cabaña, entrar en la choza, y depositar el sobre.

Era el cuarto anónimo.

Aquello no me gustó.

Y recordé el resto de las «advertencias» (?): «Marte, alerta-blasfemia-renuncia, traidor y la Biblia triunfará.»

¿Qué estaba pasando?

¿Por qué me seguían?

¿Cómo supieron...?

Y lo más importante: ¿qué representaban aquellas amenazas?

¿Tenían algo que ver con el derribo del C-141?

Recorrí los alrededores de la cabaña, lámpara en mano, pero no vi nada extraño. (En realidad no se veía un carajo.)

Tampoco oí nada raro, salvo el cotorreo de los papagayos.

El Pacífico martilleaba a lo lejos.

No aprecié luces en la mar.

Todo era negrura.

Regresé al interior e intenté pensar con rapidez.

¿Corría peligro? ¿Corrían peligro los diarios?

¡Los diarios!

Revisé de nuevo mis cosas.

Las maletas se hallaban cerradas y las llaves en mi poder. Nunca me separaba de ellas.

Las abrí y verifiqué que todo estaba en orden.

La confusión se apoderó de mí.

Me senté sobre la maleta marrón y esperé la claridad del amanecer.

Tenía que actuar, y rápido.

Y actué, naturalmente.

Mi estancia en Hawai tocaba a su fin...

El alba se presentó, puntual y violeta, y me acompañó.

Me deslicé a la parte de atrás de la casa y examiné los pilotes que la anclaban a la costa.

No tardé en encontrar lo que buscaba.

En una de las esquinas, la arena había cegado el hueco existente bajo el suelo de la cabaña.

Excavé con furia hasta que conseguí un hoyo de aceptables dimensiones.

Después busqué la maleta roja y la introduje en el boquete, cubriéndola de arena.

Contemplé la «sepultura» y quedé satisfecho.

¿Por qué hacía algo así?

No lo sé; lo hice, sin más.

Grabé una marca en el poste más cercano y retorné al interior de la vivienda.

Aparentemente nadie vigilaba mis movimientos.

Digo bien: aparentemente...

Y tomé la decisión de abandonar el lugar.

Lo dejé todo, incluida la fiel Underwood, y cargué, únicamente, la maleta marrón, con los diarios anillados en Francisco.

Y me dirigí al hotel Rockefeller.

Pero, cuando había caminado una docena de pasos, me detuve.

Regresé a la cabaña y me situé frente a una de las fotografías de los Beatles.

En la imagen se veía a George Harrison en la compañía de Ravi Shankar, un gran músico de sitar. Era una foto tomada en septiembre de 1970 en el Royal Albert Hall. A finales de ese año, Harrison publicó un triple álbum titulado *All Things Must Pass* («Todo debe suceder»).

Pues bien, no sé por qué razón, escribí al pie de la fotografía: «Todo sucede, pero nada es lo que parece.»

Y firmé.

Después seguí mi camino.

Me despedí de la mar con una intensa mirada y despegué de Hilo, rumbo al continente.

Aterricé en la capital federal a última hora de la tarde del martes, 25 de septiembre de 1973.

Llevé a cabo dos escalas, en un intento de despistar a los posibles seguidores.

¡Pobre ingenuo!

Llegué molido.

No salí de la habitación del hotel.

Y dediqué el tiempo a dos menesteres, a cual más importante.

En primer lugar repasé lo que quedaba por hacer.

«Bella 1» había dado resultado, hasta cierto punto.

Faltaba la elaboración de un código que debería entregar al periodista finalmente seleccionado.

Después me dediqué, con atención, a la situación nacional e internacional.

Leí, detenidamente, la prensa que fui capaz de atrapar y permanecí pegado a la pantalla del televisor.

En mi ausencia, el doctor Kissinger había sido ratificado por el Senado como secretario de Estado. Votos a favor: 78. En contra: 7.

«Malo para mí —pensé— y también para Eliseo, suponiendo que siga vivo.»

Por cierto, la semana anterior, desde México, la viuda de Salvador Allende había hecho unas declaraciones explosivas: su marido, el legítimo presidente de Chile, no se suicidó; lo asesinaron. Presentaba heridas de bala en el pecho y en el estómago.

Joco y los militares de Edwards lo dijeron: «Allende fue suicidado.»

Kissinger tuvo mucho que ver en aquel golpe de estado.

En cuanto a Oriente Medio, los cascos de la guerra se oían ya al otro lado de la habitación...

La tensión estaba a punto de romper la cuerda.

La guerra era inminente.

El 18 de septiembre, el rey Hussein, de Jordania, hizo un anuncio esclarecedor: liberaría a todos los acusados de delitos políticos (1).

Tenía que actuar con rapidez.

Era preciso que ingresara en Israel a la mayor brevedad.

El 6 de octubre era la fecha clave.

«El día del relámpago —recordé— vivirás lo no vivido.»

¿A qué se refería Eliseo?

Algo estaba claro: si estallaba la guerra, y no me hallaba en el mar Muerto, adiós al código y, quizá, adiós a todo.

Tenía que entrar en Israel antes de ese 6 de octubre.

¡Dios mío!

¡Faltaban 10 días!

Estuve a punto de saltarme lo establecido y volar a Tel Aviv.

Me contuve.

(1)   Fue otra señal de la inminencia de la cuarta guerra entre árabes y judíos. El rey Hussein comunicó la decisión al gobernador militar, general Ziad al-Rifai. El decreto de amnistía afectaba «a todos aquellos convictos, detenidos o buscados por delitos de tipo político, tanto si se hallaban en Jordania como fuera del país». Entre los beneficiados se encontraba Mohamed Daud, alias *Abu Daud*, dirigente de los comandos de FATAH. En total fueron liberados 754 detenidos. *(N. del m.)*

La elaboración del código también era importante.

Eso tenía en mente.

El plan era simple y complicado al mismo tiempo.

Deseaba construir una clave, un código, al estilo de Eliseo, y entregárselo al hombre o a la mujer elegido como depositario de los diarios. Si no resolvía el código no tendría acceso al «tesoro».

Lo interpreté como una prueba de interés por el asunto y de fidelidad a quien esto escribe.

Pero no deseo adelantarme a los acontecimientos. Debo ir paso a paso.

Al día siguiente, miércoles, 26 de septiembre, puse en marcha la última fase de «Bella 1».

Ingresé, muy de mañana, en el cementerio nacional de Arlington, en Washington D. C., y llevé a cabo una primera comprobación: ¿estaba Eliseo sepultado en aquel camposanto? Eso, al menos, era lo que aseguraba el Pentágono.

Yo sabía que el ingeniero no podía estar enterrado en aquel lugar, pero dejé que el funcionario lo comprobara.

En efecto: Domenico llevaba razón.

Los cagacirios habían hecho su trabajo.

Allí constaba la inhumación de mi compañero, y recientemente.

¡Malditos bastardos!

Lo tenían todo bajo control. Bueno, casi todo...

Me indicaron cómo llegar a la tumba y caminé, sorprendido, entre los álamos y los robles.

Los cortejos fúnebres no tardarían en presentarse y en incomodar a las palomas con los disparos de los rifles (1).

---

(1) En esos momentos (1973) el número de tumbas en Arlington se acercaba a 200.000. Casi todos los enterrados eran veteranos de guerra. Arlington fue inaugurado en 1864. El gigantesco camposanto, propiedad del Ejército, se encuentra situado en la orilla occidental del río Potomac (estado de Virginia). Los terrenos pertenecían al general Lee, comandante de las fuerzas sureñas en la guerra de Secesión. Cada día se celebran en Arlington del orden de 20 ceremonias fúnebres. En dicho cementerio se encuentran las tumbas de John F. Kennedy y de su hermano Robert, ambos asesinados (probablemente por la misma organización que perpetró el derribo del C-141 en el que viajaba el general Curtiss). *(N. del m.)*

Finalmente encontré la tumba.

El nombre real del ingeniero aparecía grabado en la lápida blanca.

Fecha de la muerte: 1973 (sin más).

Y me pregunté: «¿Quién estaba sepultado en aquel lugar?»

¡Malditos mentirosos!

Permanecí en la zona un buen rato, intentando esclarecer las maquinaciones de los malnacidos del Pentágono.

No lo conseguí.

Al atardecer, un modesto níspero regalaba su sombra a la tumba.

Me paseé por Arlington durante cuatro días.

Volví a la sepultura del supuesto Eliseo.

Hice mediciones.

Hice cálculos.

Medité ante la tumba del soldado desconocido.

Estudié al centinela.

Sumé sus pasos...

Recé ante la losa gris que cubre la sepultura de Kennedy.

Sumé las letras que forman los nombres y el apellido del presidente.

Y, poco a poco, fui construyendo el código que necesitaba.

El número «21» resultó clave.

Y el viernes, 28, me presenté en el cuartel general de la U. S. Postal Service (Servicio de Correos).

Ahí recibí un jarro de agua fría...

Necesitaba contratar un apartado de correos —exactamente el «21»—, pero no fue posible. El «21» tenía dueño.

Sólo pude rellenar una solicitud y esperar a que dicho apartado quedara libre.

No me preocupó excesivamente.

Lo del «21» no era prioritario, de momento.

Esperaría.

El código se hallaba prácticamente ultimado. Decía así:

«El centinela que vela la tumba te revelará el ritual de Arlington.

Llave y ritual conducen a Benjamín.

Abre tus ojos ante John Fitzgerald Kennedy.

El hermano duerme en 44-W. La sombra del níspero le cubre al atardecer.

Pasado y futuro son mi legado.»

La segunda frase —«llave y ritual conducen a Benjamín»— quedó en suspenso, a la espera del «21».

Leídas en vertical, las primeras palabras del código formaban una frase, confirmando así la clave (1).

También lo aprendí de Eliseo...

Y me dispuse para la gran aventura: Israel.

¿Qué sucedería el 6 de octubre en el mar Muerto?

Revisé las cajas metálicas, y el equipaje, y el 30 de septiembre, domingo, abandoné la capital federal, rumbo a Tel Aviv.

La suerte estaba echada...

✠

(1)   Las primeras palabras del código, elaborado por el mayor, son las siguientes:

«_The_ guard...»

«_Key_ and ritual...»

«_Open_ your eyes...»

«_The_ brother...»

«_Past_ and future...»

O lo que es lo mismo: «_The key open the past_» («La llave abre el pasado»). _(N. del a.)_

# 1 de octubre

El viaje fue largo.

Los nervios me devoraron.

La razón y la bella intuición no hicieron otra cosa que discutir entre ellas.

Recuerdo que decían: «Eliseo está muerto... No —replicaba la bella—, el ingeniero vive... ¿Qué diablos haces en este avión de la PanAm?... —preguntaba la razón—. ¡Vuelve a casa!... ¡Adelante! —intervenía de nuevo la intuición...—. ¡Ánimo!... Vivirás lo no vivido.»

Al aterrizar en Tel Aviv (Israel) recibí el primer susto.

El funcionario de aduanas contempló mi equipaje y me miró fijamente.

Conocía esta táctica. Fui entrenado para ello.

Mantuve la mirada y esperé.

—Abra...

Y señaló las dos cajas metálicas que me acompañaban. Al lado aparecían la maleta marrón, con los diarios anillados en Francisco, y una bolsa.

Obedecí en silencio.

Al descubrir el contenido, el funcionario palideció.

—¿Qué es todo esto?

—Soy biólogo —repliqué con una frialdad que todavía me aterra.

Y me apresuré a mostrar una carta —más falsa que el Iscariote— de la Universidad de Stanford (California), en la que el rector aseguraba que servidor formaba parte del equipo de Stanley Cohen y Herbert Boyer (1).

No voy a aburrir al hipotético lector de estas memorias con los detalles de cómo obtuve la referida carta. Sé que lo imaginará con facilidad...

La cuestión es que el Departamento de Biología de Stanford me encomendaba la delicada misión de recolectar una bacteria llamada *Clostridium*, de alto interés científico (2), así como un alga verde, muy especializada, denominada *Dunaliella* (3).

En la misiva, quien esto escribe era autorizado a navegar, y a tomar muestras, frente a los manantiales de Mazor, al sur del oasis en En Gedi, en la costa occidental del mar Muerto (territorio judío). En dichos manantiales, la concentración de sulfato es muy alta.

En definitiva: el funcionario judío se hallaba ante una especie de profesor chiflado, responsable de la obtención de glicerol a través de las algas del mar Muerto (4).

Creo que empezó a alucinar...

El tipo leyó la carta pero, obviamente, no entendió gran cosa.

(1)   Cohen y Boyer lograron transferir, por primera vez, genes ajenos al material hereditario de determinadas especies. Fue la base para la clonación. *(N. del m.)*

(2)   La *Clostridium* habita, fundamentalmente, en el fondo del mar Muerto. Se trata de una bacteria patógena de la gangrena y del tétanos. Fue descubierta en 1891 por Lortet, investigador y aventurero. Fue la primera demostración de que en el mar de la Sal hay vida. *(N. del m.)*

(3)   La *Dunaliella* es un alga fotosintética unicelular halotolerante que habita, en amplias colonias, las aguas superiores del mar Muerto. Resulta especialmente atractiva por su capacidad para formar y acumular glicerol. Para ello asimila dióxido de carbono, transformándolo en el citado glicerol. Éste es utilizado en farmacia (como sucedáneo del azúcar) y en la industria (como disolvente, para explosivos, resinas gliceroftálicas, anticongelantes y humectantes, entre otras utilidades). *(N. del m.)*

(4)   Por si surgía algún contratiempo, quien esto escribe se hizo con una segunda carta de recomendación —igualmente apócrifa—, firmada por la Universidad de UCLA (Los Ángeles), en la que me presentaban como un eminente ornitólogo, encargado de supervisar las migraciones de las gaviotas reidoras y de la curruca falsa listada, muy comunes en el Neguev y en las costas del mar Muerto durante el otoño. *(N. del m.)*

Volvió a las cajas metálicas y solicitó que le informara del contenido.

Guardé la carta y me armé de paciencia.

Aquello iba para largo...

Y fui señalando y describiendo:

—Prismáticos Sailor... 8 por 30... Cargados de nitrógeno seco... Ángulo de visión: 8,2 grados... Campo: 143 metros...

Y proseguí:

—Cámara de vídeo con carcasa estanca... Capaz para filmación a 75 metros... Equipos de iluminación de 2 por 25 W...

—¿Y para qué necesita todo eso?

—Las bacterias...

—¿Qué bacterias?

—Está en la carta...

—¡Ah!... Siga, siga...

—Cámara fotográfica submarina con flash SB-102... Operativa hasta 60 metros... Sonar de barrido lateral, modelo CM800/S... El equipo puede ser conectado al «Navstar»...

El funcionario empezaba a marearse.

—Sonda hidrográfica de doble frecuencia (38 kHz), con penetrador de fangos... Sensores de temperaturas... Sonda EQ32... Vibrocorer miniaturizado para la obtención de muestras de fango... Minigrupo electrógeno, generador de corriente trifásica... 380 voltios... Sonda multiparamétrica con memoria opcional de 1,5 MB... Perfilador de sedimentos con frecuencia primaria de 100 kHz y un transductor de 22 por 22 centímetros...

El funcionario se ahogaba. Lo presentía.

Pero fui implacable...

—Botella hidrográfica..., cabos lastrados...

—¡Está bien!

El funcionario ordenó que devolviera el equipo a las cajas y preguntó:

—¿Cómo dice que se llama la bacteria esa?

—¿Cuál de ellas?

—Da igual... ¡Siga, profesor!

Y el funcionario dio luz verde.

La maleta marrón y la bolsa no fueron molestadas.

Y a las 10 horas y 10 minutos de aquel lunes, 1 de octubre, abracé de nuevo a mi amigo Marcos, el árabe cristiano del revólver .44 Magnum, con la empuñadura de marfil, que me salvó la vida en la desembocadura del Mujib.

Había recibido mi telegrama a tiempo.

Y allí estaba, en el aeropuerto Ben Gurión, dispuesto a servirme.

Cargamos el equipaje en una vieja *pickup* RN-20; una Toyota de segunda generación, blanca por el polvo del desierto, pero con cuatro cilindros bien puestos...

Y partimos hacia Belén.

Marcos no permitió que me alojara en un hotel.

Me ofreció su casa. Yo sabía que la hospitalidad es sagrada para un árabe.

No discutí.

Pregunté por la situación en el país.

Marcos movió la cabeza, negativamente.

Mensaje recibido.

No hablamos más del asunto.

Por supuesto no avancé nada sobre la inminente guerra. ¿Para qué?

Y le hablé, eso sí, de mis planes.

Tenía que instalarme en la costa jordana del mar Muerto al día siguiente. Concretamente en el Mujib. Él conocía la zona.

—¿Qué necesitas?

—Una embarcación.

—¿Grande o pequeña?

—Para dos o tres personas...

—¿Cuánto tiempo?

—Lo ignoro.

Y guardó silencio.

En cierto modo me recordaba al fiel Tarpelay.

¡Cómo los añoraba! ¡A todos!

Al llegar a Belén hizo un par de llamadas telefónicas.

Al regresar a la Toyota comentó:
—Arreglado. Partiremos al amanecer...
Quise adelantar un dinero.
Lo rechazó.
Yo era su amigo.
Y los nervios siguieron devorándome...

# 2 de octubre

Al alba del martes, 2 de octubre, partimos hacia Jordania.

Decidí que la maleta marrón, con los diarios, permaneciera en Belén. Era lo más seguro.

La jornada se presentó tibia y dorada, con promesas de temperaturas acariciantes (no superiores a los 25 grados Celsius). Los cielos azules no tenían fin.

Sentí un nudo en el estómago.

Faltaba poco para comprobar si el código guardaba algún sentido o era fantasía de quien esto escribe.

«Y cada error conduce a la luz...»

Al cruzar la ciudad de Jerusalén noté tristeza en los rostros.

La gente se apresuraba, pero no sabía por qué.

Intuían algo, sin duda.

Los corazones derramaban temor.

Antes de una guerra, todo el mundo se lamenta sin saber por qué.

Marcos también presentía algo.

Como árabe sabía del odio ancestral de sus hermanos hacia los judíos, y viceversa.

¡Y pensar que los «judíos» que partieron de Egipto, en el éxodo, eran beduinos! (1)

Escuchamos la radio.

La situación empeoraba y empeoraba.

Tropas jordanas y sirias habían establecido un frente

(1)   Amplia información en *Jordán. Caballo de Troya 8. (N. del a.)*

conjunto en la región del Golán, al este. Los cañones apuntaban a la Galilea.

El locutor (árabe) hablaba de un inminente ataque por parte de Israel... (!)

Pura intoxicación.

Las agencias de prensa internacionales se referían a un despliegue de fuerzas israelitas a lo largo de la frontera meridional con el Líbano. Y lo justificaban por la presencia guerrillera en la zona.

Otras noticias anunciaban miles de civiles judíos evacuados de los altos del Golán.

Marcos seguía manejando la camioneta. Tenía el rostro grave.

Por su parte, el rey de Jordania acababa de hacer unas manifestaciones a la revista norteamericana *Time*, advirtiendo que si Israel no se retiraba de los territorios ocupados la guerra sería inevitable. Hussein pedía a Tel Aviv que aceptara los términos de la resolución 242 del Consejo de Seguridad de Naciones Unidas. En dicha resolución se exhortaba al ejército judío a abandonar los territorios árabes, «a cambio de una paz, garantizada por fronteras seguras y reconocidas».

Todo estaba preparado.

Todo rodaba hacia el abismo...

—¿Quieres que me quede contigo en el Mujib? —preguntó súbitamente el guía.

Fui rápido y contundente:

—Es importante que regreses a Belén..., esta noche.

—¿Por qué?

Repliqué con la primera idea que se posó en mi mente:

—La maleta...

Me miró, sin comprender.

—¿Te refieres a tu maleta?

Asentí con la cabeza.

—¿Qué pasa con esa maleta?

—Alguien acudirá a buscarla —improvisé—, en mi nombre...

El árabe se encogió de hombros y aceptó.

—Confía —añadí.

¡Vaya!

Estaba copiando al Hombre-Dios.

Cruzamos el puente Allenby, cerca de Jericó, a eso de las siete de la mañana.

Todo era tranquilidad en la frontera.

Nadie preguntó.

Nadie registró la Toyota.

Tampoco vi soldados en los alrededores.

Y me pregunté: «¿Estoy en un error?»

No era posible.

Yo había leído aquel documento secreto en el «ahumadero», el despacho del general Curtiss en la zona restringida de Edwards. Allí se anunciaba el 6 de octubre como el comienzo de la cuarta guerra árabe-israelí.

¡Faltaban cuatro días!

¿Podía fiarme de los cagacirios del Pentágono?

En ese maldito aspecto, por supuesto que sí.

Y nos dirigimos a Ammān, la capital.

Hice compras —fundamentalmente víveres (como para una semana)— y Marcos efectuó un par de llamadas.

—El barco está en Mazra'a —anunció, triunfante.

Conseguí también una tienda de campaña y una vieja, viejísima, radio a transistores.

Y pusimos rumbo al sur.

La aldea de Al Mazra'a se halla cerca de Lisan, en la zona meridional del mar Muerto.

Yo conocí el lugar durante la aventura en la ciudad de la Sal...

Como dije, Marcos sabía de mis planes como «biólogo» y de mi intención de permanecer unos días en la orilla jordana del mar Muerto. Nunca le planteé quién era en realidad ni por qué estaba allí. Él tampoco preguntó.

Mi idea, en fin, era simular que estudiaba las aguas.

Deseaba montar un campamento cerca de la desembocadura del cauce seco del Mujib.

Desde allí, con la ayuda del barco, peinaría el lago a la búsqueda de no se sabe qué.

¿Se presentaría Eliseo? ¿Lo haría con la «cuna»? ¿Se limitaría a dejar un mensaje?

No quise perderme de nuevo en especulaciones y me centré en lo inmediato.

La Toyota no podía sortear las barrancas del Mujib y yo no deseaba que Marcos se hallara fuera de Israel cuando estallase el conflicto armado. De ahí que planteara todo tipo de excusas —incluida la maleta— para permanecer en solitario en el *wadi*.

Había estudiado los mapas hasta la saciedad e intuía que el Mujib era el lugar ideal para montar el campamento. No existían carreteras que llegaran al sitio. Nadie me molestaría.

Desde allí, al punto sugerido (?) por el código, sólo había cuatro kilómetros y algo.

Cruzamos la ciudad de Mādabā y, siempre por la carretera 35, descendimos hasta Al Karak. Allí nos detuvimos.

Eran las doce del mediodía.

Faltaban poco más de cinco horas para la puesta de sol.

Teníamos tiempo, pero no debíamos dormirnos.

Esa noche deseaba pernoctar en el Mujib.

El guía efectuó otra llamada telefónica.

Le oí discutir, en árabe.

Algo no marchaba bien...

El patrón del barco, al parecer, solicitaba una suma de dinero poco razonable.

¡Vaya!

Reanudamos la marcha y nos internamos en una senda olvidada y polvorienta que se lanzaba, suicida, entre barrancas blancas y achicharradas.

Marcos siguió mudo, atento al tortuoso camino.

¡Cuántos recuerdos!

El polvo y la desolación nos rodearon.

Al fondo, a los lejos, hacían reflejos los azules del mar Muerto.

Y me vi con Él, caminando, animosos, por aquellos parajes.

¡Cuántos y maravillosos recuerdos llamaron a la puerta!

Y a eso de las 13 horas nos deteníamos en Al Mazra'a, otra prisionera del sol.

Se trataba de una aldea beduina. Los habitantes trabajaban en la cercana ciudad del Potasio, algo más al sur.

Si se ponían de puntillas alcanzaban a ver el lago.

Marcos me hizo un gesto. Debía dejarle negociar a él.

Los beduinos se las saben todas...

Asentí y me convertí en su sombra.

La ceremonia del regateo tuvo un largo preámbulo.

Marcos preguntó por la familia. Bebimos té y más té.

Y el patrón, a su vez, se interesó por el clan de Marcos.

Una hora más tarde —sin haber visto la lancha—, el guía llegó a un acuerdo con el beduino jefe.

Nos trasladamos a la ensenada que hacía de puerto y allí conocí a la que sería mi compañera en los próximos días: una barca de madera, de ocho metros de eslora.

Marcos y quien esto escribe la repasamos minuciosamente.

Era humilde pero suficiente para mis propósitos.

Los blancos del casco andaban un poco desmayados. Los azules de la cubierta estaban allí a la fuerza; no por ganas...

En realidad hacía falta coraje para vivir en el mar de la Sal.

Yo lo sabía por experiencia...

Presentaba un motor italiano (un «fita»), nacido en la segunda guerra mundial.

Tenía el pistoneo valiente y decidido.

El beduino juró por su sangre que «aquella joya» podía volar a razón de 3 y 4 millas a la hora. «Dios la había dotado —eso dijo— de 12 caballos y 2 cilindros. Algo nunca visto en el *yam*.»

Disponía, además, de arranque eléctrico y una manivela roja (para el manual).

«El colmo de los lujos», según el patrón.

La pobre no tenía nombre.

Se lo habían llevado los *žnun*, los genios y espíritus maléficos del lago. Eso aseguró el dueño, y en voz baja.

Yo sabía un poco del tema...

Y quedó bautizada como la *Sin nombre.*

Poco después, tras cargar los equipos, la embarcación puso proa al norte. Remolcamos una pequeña lancha, necesaria para el regreso de Marcos y de los beduinos que nos acompañaban.

Alcanzamos el promontorio de Rās el Ghōr bien entrada la noche.

Todo fue bien.

La *Sin nombre* quedó varada en la costa de guijarros y los hombres ayudaron a descargar las cajas y la pequeña bolsa, con mis pertenencias.

Montamos la tienda, cenamos, y Marcos y el resto embarcaron en la segunda lancha, perdiéndose en la noche.

El guía regresaría al día siguiente a Belén.

Prometió volver en el plazo de una semana.

Yo sabía que eso era poco probable.

Si estallaba la guerra, las fronteras con Israel quedarían cerradas.

Nos abrazamos y dejamos que Dios hiciera su trabajo.

Y allí permanecí, bajo su amparo.

La luna, infiel, había huido con otro a las 21 horas y 12 minutos.

No importaba.

Las estrellas, vestidas de blanco, salieron a recibirme.

Y, de pronto, caí en la cuenta: el lago se había apagado.

Era negro como boca de lobo.

Y empezaron a merodear las dudas: «¿Estaba allí Eliseo? ¿Era todo una pésima interpretación de quien esto escribe?»

No podía ser...

Me refugié en el código: «Y cada error conduce a la luz...»

Terminé dormido, vigilado por 8.000 estrellas blancas y otras tantas dudas negras...

✡

# 3 de octubre

Ese miércoles amaneció a las 5 horas y 34 minutos.

Los cielos me saludaron, azules.

El lago se había encendido de nuevo.

Ahora jugaba a lo de siempre: a reflejar lo que tuviera a mano.

Sintonicé la radio y alguien, invisible, le puso vida al desierto de piedra en el que me encontraba.

Las noticias no eran malas: eran peores.

Unos y otros —árabes y judíos— se acusaban mutuamente. Y los rusos y norteamericanos se frotaban las manos. En la vida siempre hay tontos útiles...

El locutor habló de temperaturas moderadas. No rebasaríamos los 28 grados Celsius. Ya veríamos...

Y los vientos se mostraron inquietos. Jugaban un rato en la orilla del Mujib. Hacían olas de chichinabo y corrían a otra parte, montados en velocidades de andar por casa. Ninguno superaba los 14,4 kilómetros por hora.

Tomé un baño, pero no logré calmar los nervios.

Debo ser sincero: estaba tan excitado que no sabía qué hacer ni adónde mirar.

Los dedos —como decía mi abuelo— se hacían huéspedes.

¿Observaba Eliseo desde el lago? ¿Quizá desde los acantilados rojos?

¡Qué estupidez!

Eliseo estaba muerto.

No, no lo estaba...

Yo me hallaba allí por algo.

El código...

¡Fantasías!

No, no lo eran...

Lo sé: estaba hecho un lío.

¿Qué hacía en mitad de la nada y en un territorio en el que estaba a punto de estallar una guerra?

¡Faltaban tres días!

Miré a mi alrededor y me cansé de mirar.

Negativo.

No observé nada extraño.

El viento iba y venía, rizando la superficie del mar Muerto. Eso era todo.

Salí del agua sin dejar de mirar atrás.

Tenía miedo, y no sabía de qué.

Y decidí que debía mantenerme ocupado. No importaba en qué.

Si Eliseo estaba vivo, el día 6 daría señales de vida.

Era lo único que debía preocuparme.

E intenté espantar las malditas y negras dudas.

Desayuné y me ocupé de los equipos, trasladándolos a la cubierta de la lancha.

Revisé hasta el último cable.

Oficialmente era un cazador de bacterias pero, en realidad, aquel aparataje tenía otra finalidad, tan importante como improbable: el instrumental debería ayudarme a saber algo de la «cuna».

¿Podría detectarla?

Y temprano, antes de que el sol se despabilara, llené el depósito de la *Sin nombre* y me hice a la mar.

La barca se puso de mi parte desde el primer pistoneo.

Era una lancha inteligente.

Nos entendíamos con la mirada...

Activé el «Navstar» y navegué en la dirección indicada en la pantalla del «buscador».

Lo primero era lo primero: ubicar las coordenadas que aparecían en el código.

Y fue en esos instantes, al explorar la superficie del lago, cuando lo eché de menos.

Detuve el motor.

Busqué entre los aparatos.

Negativo.

¿Lo había olvidado en tierra?

¿Cómo podía ser tan torpe?

Regresé a la desembocadura del Mujib.

Puse la tienda patas arriba.

Negativo.

¡Había olvidado el visor IR! (1)

¿Lo dejé en Washington D. C.? Probablemente...

Maldije mi mala cabeza.

Si la nave flotaba en el mar de la Sal, lógicamente «apantallada» en infrarrojo, no podría verla. El visor IR era fundamental...

No tardé en resignarme.

¿Por qué pensaba que la «cuna» se hallaba en el lago?

Era absurdo...

De haber sido así, al verme en la *Sin nombre*, el ingeniero habría dado señales de vida.

¿Por qué esperar al 6 de octubre?

Y sumido en estos pensamientos volví a embarcar y me dirigí al punto señalado por el «Navstar».

Coordenadas:

$$31° \quad 27' \quad 025'' \quad (N)$$
$$35° \quad 33' \quad 34'' \quad (E)$$

El mar Muerto, como decía, estaba desierto.

A lo lejos, en la orilla judía, gritaban los blancos y los verdes del oasis de En Gedi.

(1) El IR eran unos binoculares de visión infrarroja, con unas características especiales. Trabajaba con baterías, tipo CR-123, con una duración de 30 horas. No necesitaba ajuste interpupilar. La distancia de detección era de 300 metros, con un rango de enfoque de 10 centímetros a infinito. Usaba lentes de 26 milímetros, con un campo de visión de 40 Å (1 km-640 m). La resolución era excelente: 28-38 lp/mm (G2 positivo). *(N. del m.)*

No respondí. Me hice el tonto.

Los acantilados jordanos tenían un mal día. Los vi rojos y serios. El gres de Nubia observaba con desconfianza: «¿Qué hacía aquel estúpido humano bajo un sol de justicia y con un enorme *keffiye* a cuadros rojos sobre la cabeza?»

El viento se puso algo bravucón e hizo cabecear a la *Sin nombre*. Nada serio.

Finalmente alcancé el punto deseado.

Miré a todos lados.

Negativo.

Revisé el «Navstar» cincuenta veces.

Afirmativo.

Era el lugar señalado en el código.

Me hallaba en las coordenadas exactas.

Volví a inspeccionar el lago.

Detuve el motor.

El viento y la corriente nos empujaron con dulzura hacia el sureste.

Negativo.

Activé de nuevo el «fita» y regresé a las coordenadas.

Tomé referencias.

Una marca alta, en los acantilados rojos, y otra más baja, en la costa. Servirían en el caso de que el «Navstar» dejara de funcionar.

Y empecé a hacer cálculos, con la ayuda de los equipos.

Fue entonces cuando percibí aquella extraña sensación.

Miré el reloj.

Eran las once y cincuenta.

No sé explicarlo...

Sentí una presencia a mi espalda.

Sentí cómo me observaba.

Los pelos se erizaron.

Me di la vuelta pero allí, obviamente, no había nada ni nadie.

Revisé la superficie del lago.

Negativo.

El viento jugueteaba; nada más.

Pero yo hubiera jurado...

Y me dediqué a lo que tenía que dedicarme.

La distancia, desde las coordenadas a la playa del campamento (en línea recta), era de 4,27259354 kilómetros.

Por el otro lado —también en línea recta—, era de 12,20740645 kilómetros.

Bauticé el lugar de las coordenadas como «punto rojo».

Bien. ¿Y ahora qué?

Volví a inspeccionar la superficie del *yam*.

Yo hubiera jurado que alguien me observaba...

Eso era ridículo.

Allí no había nadie.

Y el resto de la mañana lo hipotequé en la medición de la profundidad.

El aparataje la estimó en –720 metros. Eso hacía una profundidad real de 320.

Me hallaba, por tanto, sobre la fosa sur (1).

¡Vaya!

Allí no había forma de fondear la *Sin nombre*.

Y, de repente, sentí de nuevo aquella sensación.

Me volví, rápido.

Negativo.

Y pensé: «Si la nave se hallara flotando sobre el lago, aunque no la viera, si ponía proa hacia aquel lugar, era probable que chocara con ella.»

La idea me pareció un perfecto disparate.

Pero la sensación continuó en pie. Alguien observaba.

Hice cálculos, en un vano intento por distraerme.

La «cuna», si no recordaba mal, se había hundido cerca de la costa jordana. Quizá a 500 metros. ¿Por qué el código marcaba aquel punto, a poco más de cuatro kilómetros?

Finalmente me decidí.

Dirigí la *Sin nombre* hacia el lugar en el que, supuestamente, podía encontrarse la «cuna».

Si estaba allí no tardaría en darme cuenta...

---

(1)   La referida fosa sur se extiende desde el *wadi* Mujib a la zona de En Gedi. La profundidad oscila alrededor de -730 metros. *(N. del m.)*

Pero, como imaginaba, la lancha siguió y siguió navegando.

Y me tranquilicé: «Pura fantasía...»

El calor se hizo insoportable y no tuve más remedio que regresar a la playa de piedra.

Esa noche cené estofado de buey, en vinagre, y frío.

No deseaba encender fuego.

Y me dormí abrazado a una estrella.

Tenía que confiar...

# 4 de octubre

El alba se presentó ese jueves a las 5 horas y 35 minutos.
Llegó menos violeta de lo habitual.
¿Por qué no me percaté de su tristeza?
Algo se avecinaba...
Sintonicé la radio.
Malas noticias.
Decidí bañarme.
Repasé el código, por enésima vez, y tomé una decisión.

**Y cada error conduce a la luz.**
**También el séptimo.**
**Cien atardeceres después de muerto**
**vivirás lo no vivido.**
**Será el día del relámpago.**

Pues eso.
Tenía que ser muy estricto y ajustarme al dictado de la clave: «Cien atardeceres...»
Desayuné café y huevos revueltos.
Y, como digo, tomé la decisión de hacerme a la mar al amanecer y al atardecer. Únicamente.
Era lo que apuntaba el código.
Si tenía que suceder algo ocurriría al atardecer...
Permanecer todo el día en el lago suponía un desgaste importante e innecesario.
La humedad superaba el 85 por ciento.
Era asfixiante.

510

Las temperaturas escalaban sin descanso.

Sólo al atardecer, con la llegada de la brisa del Mediterráneo, se suavizaban los rojos de aquel horno.

Y fue esa mañana del jueves, 4 de octubre, cuando se me ocurrió algo que prometía...

Estaba cerca, muy cerca de la playa de piedra.

Podía echar un vistazo.

Disponía del instrumental necesario.

No tenía otra cosa que hacer...

Y puse rumbo al lugar que habían indicado los satélites Big Bird y Landsat. Como se recordará, el 21 de julio, Curtiss y los directores se percataron de «algo» que aparecía encallado entre las agujas de los acantilados submarinos de la costa jordana, no muy lejos del Mujib.

Según los especialistas de Caballo de Troya, aquellos restos pertenecían a la «cuna».

Era la *landing* o tren de aterrizaje de la nave.

Según las imágenes tomadas por los citados satélites, los cuatro puntos de apoyo se hallaban a 60 metros de profundidad y a 140, aproximadamente, de la costa donde había plantado el campamento.

Era una oportunidad que, sinceramente, no había contemplado.

Y a las 6 horas y 35 minutos, aprovechando el relativo frescor de la mañana, dirigí la *Sin nombre* hacia la cuadrícula estimada por los satélites artificiales.

Tuve un presentimiento...

Lo rechacé.

Y dispuse el «ROV» (1), un robot de pequeñas dimensiones y grandes prestaciones.

---

(1) El «ROV» (vehículo por control remoto) era lo último en exploración submarina. Fue alquilado en Washington D. C., con el resto del equipo. Estaba capacitado para descender a 200 metros de profundidad y captar imágenes en alta resolución (570 líneas y 0,2 lux para color y 430 y 0,03 para blanco y negro). Un motor eléctrico, sin escobillas, le proporcionaba una velocidad de 3 nudos. Disponía de cuatro hélices, lámparas halógenas de cuarzo y propulsión multidireccional. El cordón umbilical, de 7 milímetros de diámetro, reunía los sistemas de transmisión y anclaje en una sola guía. Longitud máxima: 250 metros. *(N. del m.)*

Estaba capacitado para moverse en aguas turbias o de difícil acceso.

Era pequeño y lindo, como un bebé.

El manejo era simple.

Disponía de un monitor con una pantalla de 15 por 20 centímetros.

La guía había sido reforzada con acero trenzado de dos milímetros.

Anclé el monitor a la cubierta y lancé el robot al agua.

Y el «ROV» inició la búsqueda.

El fondo, en efecto, era rocoso, con un bosque de agujas negras.

Lo hice descender a 40 metros.

La oscuridad era casi total.

Y el «ROV» buscó y buscó.

Bajó a 50 metros.

Negativo.

Todo era negrura y peñascos pelados.

Sesenta metros.

Disminuí la velocidad e intenté moverlo con delicadeza.

El acantilado corría hacia el nacimiento de la sima sur. En breve, la profundidad se desplomaría hasta 300 y 330 metros.

Y allí los mantuve, a sesenta metros, durante casi dos horas.

El calor apretaba.

Negativo.

No lograba hallar el tren de aterrizaje.

Y lo intenté, una vez más...

El «ROV» enfocó una de las agujas de piedra y creí ver algo.

¡Vaya!

Ajusté la imagen y detuve la navegación del robot.

¡Vaya y revaya!

¡Era la *landing*!

Los satélites no habían errado.

¡Allí estaba, esparcida!

Aproximé el «ROV» y me proporcionó detalles.

Distinguí el armazón metálico, rectangular, al que se hallaban atornillados los cuatro puntos de apoyo...

¡Dios mío!

Después contemplé las antenas de aterrizaje de los radares, las sondas de percepción de cada una de las patas y la escalerilla. Mejor dicho, parte de ella, y sujeta al «cinturón».

¿Qué había ocurrido?

Y me vi asaltado por viejísimas dudas: ¿Se hundió la «cuna» realmente? ¿Se hallaba la nave en algún otro lugar del mar Muerto? ¿Por qué se soltó el tren de aterrizaje? ¿Qué fue de Eliseo?

Pero las sorpresas no terminaron ahí...

Una hora más tarde, a 180 metros de profundidad, y a casi 200 de la costa, el «ROV» descubrió otros restos, supuestamente de la «cuna».

Quedé perplejo.

Aparecían igualmente esparcidos por el acantilado.

Aquello no fue detectado por los satélites...

El robot navegó una y otra vez por la zona y ofreció unas imágenes familiares.

Las reconocí...

No había duda.

Una de las piezas era la *steerable,* una de las antenas de dirección, ubicada en lo alto del módulo.

La parabólica estaba casi intacta.

También observé parte de la *egress* o plataforma de egresión.

Y algo más allá, a 190 metros de profundidad, el «ROV» localizó el resto de la escalerilla que ayudaba a entrar y salir de la «cuna».

Noté cómo se helaba el alma.

Ya no era, únicamente, el tren de aterrizaje...

Allí se hallaban otras partes de la nave.

¡Dios mío!

¿Se había despedazado al chocar con las aguas?

No lo sé...

Olvidé la promesa que me hice a mí mismo y continué el rastreo del fondo hasta bien entrada la tarde.

Sólo hallé naufragios...

Regresé al campamento y analicé las imágenes del «ROV» hasta el agotamiento.

Llegué a una triste conclusión: Me había equivocado.

¡La nave se estrelló! Eliseo, probablemente, estaba muerto.

¿Y el código?

Esa noche no pude dormir.

¿Retornaba a Israel? Faltaban dos días para el no menos supuesto estallido de la guerra.

Quizá todo era imaginación mía...

✡

# 5 de octubre

Al amanecer de aquel viernes, 5 de octubre, conecté la radio.

Me hallaba confuso y desesperado.

Lo que oí tampoco me alivió.

Golda Meir, la primera ministra de Israel, acababa de regresar de Viena. Un grupo terrorista palestino, al parecer, había secuestrado un tren... (1)

¿Y qué me importaba?

Cambié de emisora.

La inminente guerra (?) me daba igual.

La «cuna» estaba allí, en el fondo del mar de la Sal, destrozada...

Eliseo había muerto...

El locutor habló de Siria. Citaba un periódico de Beirut, *Al Bayat*. Según el rotativo, Damasco acababa de declarar el estado de alerta en todas sus unidades y reclamado a los reservistas y oficiales retirados.

(1)   El periódico *Al Nahar* publicaba un mensaje de «Las águilas de la revolución palestina», responsabilizándose del secuestro de un tren, en Viena. Dicho convoy fue asaltado por los palestinos a finales de septiembre. Los guerrilleros exigieron a Bruno Kreisky, jefe del gobierno de Austria, el cierre inmediato del campamento de tránsito de Schoenau, ocupado por emigrantes judíos rusos con destino a Israel. Golda viajó a Viena para tratar de convencer a Kreisky de la necesidad de mantener abierto, y en pleno funcionamiento, el referido castillo de Schoenau. Los guerrilleros amenazaron a Rusia con tomar represalias contra sus embajadas en el mundo si Moscú seguía autorizando la salida de judíos soviéticos. Golda regresó a Israel sin acuerdo con los austríacos. *(N. del m.)*

«El ataque de Israel —gritaba el locutor— es inminente.»

Siria, al parecer, estaba avisando a los restantes países árabes sobre la concentración de tropas judías en la frontera del Golán.

¡Qué locura!

Todas las noticias giraban alrededor del mismo asunto: Israel se disponía a atacar Siria y Líbano.

La jugada era perfecta.

Yo lo sabía. Todo era mentira.

De Moscú también llegaban noticias: la URSS había puesto en órbita ocho satélites de la serie «Kosmos», ¡y en un solo día!

¿Investigación espacial y científica?

¡Mentira!

Todo estaba programado para el seguimiento de la guerra.

Cambié de nuevo de emisora.

Los jordanos se unieron al coro: «Israel se prepara para un ataque masivo.»

¡Era increíble! La opinión pública estaba siendo manipulada, una vez más.

Apagué la maldita radio y sopesé, seriamente, la posibilidad de regresar a Belén.

Era cuestión de organizarse. Podía cargar los equipos en la *Sin nombre* y navegar ese mismo día hasta la bahía de Lisan. Allí devolvería la embarcación y contrataría un vehículo que me trasladara a la frontera.

Si actuaba con presteza —y así estaba escrito—, en la madrugada del viernes al sábado podía hallarme de regreso en la casa de Marcos.

Pero, obviamente, eso no estaba escrito...

Y mi reacción no tuvo nada que ver con la lógica.

Algo tiraba de mí hacia el lago.

No sé explicarlo.

Había encontrado parte de la nave. Si me esforzaba, quizá tuviera la fortuna de hallar el resto.

Quién sabe...

No eran éstos los propósitos iniciales de quien esto escribe cuando viajé a Israel y a Jordania. Pero ¿qué importaba?

Las circunstancias habían cambiado.

Eso pensé.

Disponía de los medios necesarios para buscar la «cuna».

Me encontraba en el lugar correcto y no tenía prisa. Nadie me reclamaba.

Sobraba combustible y podía estirar los víveres durante semana y media. Es más: si fuera necesario cabía la posibilidad de reabastecerse en Mazra'a.

Lo tuve claro.

No se presentaría una oportunidad como aquélla.

Tenía la obligación moral de rastrear el lago e intentar hallar a mi compañero.

¡Pobre tonto!

Y el Destino me observó y sonrió, burlón...

Y lo dispuse todo.

Cargué en la lancha el resto de la guía del «ROV», proporcionándole así 250 metros de cable. Era todo lo que tenía.

Y a las siete de la mañana situé la *Sin nombre* en el filo de la fosa sur. La profundidad, en aquel punto, era de 200 metros.

El lago continuaba desierto.

El robot, como dije, podía descender a un máximo de 250 metros. Yo sabía que la sima alcanzaba 300 y 330 metros, según las zonas.

No importaba.

Peinaría los alrededores de la fosa. Con eso era suficiente, de momento.

Si no hallaba la nave buscaría una embarcación más grande y solicitaría más cable.

¿Más cable?

La compañía que me había alquilado el «ROV» estaba en Washington D. C. ...

El «pedido» no era tan simple como imaginaba.

Pero no quise pensar en semejantes «menudencias».

Estaba a lo que estaba...

Es curioso.

El hallazgo del tren de aterrizaje, y de las restantes piezas de la nave, borraron de mi mente el código. El objetivo capital de aquel viaje —averiguar si Eliseo seguía con vida— se esfumó.

¡Cuán frágil es la voluntad humana!

Volví a repasar el instrumental, aseguré los anclajes del monitor a la cubierta, revisé la guía del robot y, satisfecho, lo lancé al agua.

Así empezó aquella nueva e increíble aventura

✡

El «ROV» se sumergió, dócil.

Y en segundos se presentó la negrura.

Los focos buscaron y buscaron.

Cien metros.

Negativo.

La pantalla del monitor siguió mostrando rampas alfombradas de piedras que se precipitaban, irremisiblemente, hacia la gran sima.

¡Qué agobiante visión!

La soledad, en aquel mundo, era para siempre...

Negrura y negrura.

El robot no hallaba un solo vestigio de vida.

Era la muerte, líquida.

Las agujas mostraban sus aristas, sorprendidas por las luces halógenas.

Ciento cincuenta metros.

En una de las laderas apareció un naufragio.

Detuve la marcha del «ROV».

El aparato inspeccionó los restos minuciosamente.

Falsa alarma.

Se trataba de un barco de hierro, muerto sobre babor y con el casco roído por la sal.

El encuentro me entretuvo lo suyo.

El «ROV» levantó una columna de polvo y la soledad lo agradeció.

Doscientos metros.

El cable-guía se acercaba al límite.

Consulté el reloj.

Marcaba las 11 horas y 20 minutos.

El sol, rubio y redondo, había optado por sentarse en lo alto.

Y me contemplaba, curioso.

Al parecer no tenía intención de seguir su camino.

Empecé a sudar copiosamente.

Tenía que hacer un alto y descansar.

Me sentía agotado.

El sueño llamó a la puerta, con razón.

Y en eso, las imágenes del monitor hicieron un extraño.

Se agitaron y el fondo de piedra se difuminó.

¡Vaya, interferencias!

¿Interferencias? ¿En aquel abismo?

Traté de pensar.

Las perturbaciones, en la recepción radioeléctrica, sólo podían tener dos orígenes: naturales, a causa de parásitos atmosféricos, o artificiales, provocadas por aparatos eléctricos. Había una tercera posibilidad —la interferencia intencional—, pero no la consideré.

El cielo estaba azul. La presencia de parásitos, engendrados por una borrasca, no tenía sentido.

¿Se debían las interferencias a parásitos industriales, nacidos de aparatos eléctricos?

Me hallaba en mitad del mar Muerto.

Los sistemas eléctricos conocidos estaban muy lejos: en En Gedi (a casi 21 kilómetros) y en la ciudad del Potasio, al sur del *yam* (a casi 38 kilómetros).

No entendí.

Aquello no tenía sentido.

Traté de recuperar la señal.

Negativo.

Me peleé con los mandos y con la tabla de grises durante cinco minutos.

Imposible.

La pantalla se ensució, definitivamente. Aquello era un enjambre de líneas y de puntos blancos.

No lograba distinguir absolutamente nada.

¿Qué sucedía?

No podía tener tan mala suerte...

Y tuve un presentimiento.

Miré a mi alrededor.

El lago continuaba rosa y azul y muy quieto. Parecía expectante.

¿Qué estaba ocurriendo?

Maniobré de nuevo sobre el monitor.

Fue inútil.

El robot se había averiado, aparentemente.

Diez minutos después, aburrido, lo desconecté.

«Si la avería es importante —me dije—, adiós...»

No quise ser agorero.

Pensé en izarlo, pero me hallaba cansado.

Lo haría más tarde...

Y fui a sentarme a popa, junto a la caña del timón.

Me cubrí con el escandaloso *keffiye* a cuadros rojos y blancos e intenté pensar.

¡Vaya situación!

El «ROV» se había malogrado en plena búsqueda.

Allí estaba, muerto, a 200 metros de profundidad. Miento: a 210...

«¡Qué mala pata —me reprochaba—, qué mala pata!»

El silencio volaba a su antojo por el *yam*.

«¿Y si no conseguía hacerlo funcionar?»

Espanté la idea.

«¡Tenía que arrancar! ¡Eliseo estaba allí abajo, en alguna parte!... ¡Tenía que dar con la "cuna"!»

La *Sin nombre* jugaba a ratos con el viento y se mecían mutuamente. No tenían otra cosa que hacer...

Y la falta de sueño pasó factura.

Terminé adormilado.

No sé el tiempo que permanecí en aquel limbo.

Quizá cinco minutos...

La cuestión es que, de pronto, me despertó un ruido.

Fue un golpe seco.

Sonó en la quilla, hacia proa.

¡Vaya!

Y al instante, antes de que acertara a reaccionar, la barquilla se estremeció.

Fue una sacudida breve e intensa.

Aparté el turbante.

¿Qué había sido eso?

Me puse en pie de un salto y exploré las aguas, alarmado.

Pensé en un bloque de betún.

A veces escapaban del fondo, por las grietas, y flotaban a la deriva, impulsados por las corrientes y los vientos. Yo los había visto durante la estancia del Maestro en la ciudad de la Sal.

Algunos eran enormes, como hipopótamos.

Recorrí de nuevo el lago con la vista.

El viento no era intenso.

Podía sostener una velocidad media de 13 kilómetros a la hora.

Negativo.

Allí no se distinguían bloques de asfalto.

Tampoco vi barco alguno.

Estaba perplejo.

¿Fue un sueño? Quizá...

Y me tranquilicé, relativamente.

Volví a sentarme y reflexioné.

No fue mucho lo que pude dedicar a pensar.

De pronto, la *Sin nombre* experimentó otra sacudida.

Cabeceó y me pareció que se movía.

Necesité unos segundos...

¿Soñaba de nuevo?

Me alcé y comprobé que, efectivamente, la embarcación navegaba... ¡sin motor!

Supongo que palidecí.

¿Qué demonios pasaba?

Me asomé al tambucho del motor. El «fita» estaba mudo, más desconcertado que quien esto escribe.

Me pellizqué.

No soñaba.

¡La barca navegaba! Lo hacía despacio, pero navegaba...

Se dirigía al oeste, al centro del lago.

Caminé hacia proa. Los nervios se derramaban a mi paso y se retorcían en la cubierta.

¿Qué demonios sucedía?

Entonces lo vi.

Me detuve, asombrado.

No era posible...

¡El cable del «ROV» se hallaba tenso!

¡Algo tiraba de él!

El roce con la madera lo hacía gemir.

¡Vaya y revaya!

Algo arrastraba a la *Sin nombre*...

Necesité unos segundos para comprender..., y tampoco.

No podía dar crédito a lo que veía.

¿Quién o qué tiraba de la lancha?

Y regresó el presentimiento.

Lo rechacé, naturalmente.

No podía ser la «cuna»...

Traté de ser frío.

¿Era un animal?

Imposible.

En aquel mar no había vida, salvo algunas malditas bacterias.

¿Estaba ante un ser fantástico y desconocido?

Eso eran leyendas...

Miento. Allí sí había un animal: yo.

¿Cómo no me percaté?

¡Qué torpeza!

Me asomé por la proa y verifiqué que la guía continuaba tensa.

Lo que fuera tiraba con firmeza y con suavidad. Parecía no querer lastimar la nave.

Un «animal» (?), atrapado en el cable, se hubiera comportado de otro modo.

Pero ¿en qué estaba pensando?

Escruté las aguas.

Negativo.

No distinguí burbujas, al menos en las proximidades de la *Sin nombre*.

El monitor resistía, anclado a la madera de la cubierta.

El sol había echado a andar, no menos perplejo.

¿Cuánto se prolongó el arrastre?

Lo ignoro.

Perdí la noción del tiempo...

No supe si gritar, llorar, o arrojarme por la borda.

¿Me estaba volviendo loco?

Y el miedo asomó la cabeza, sin rostro, por el hueco del tambucho.

¡Vaya!

Pero, súbitamente, el cable aflojó y la embarcación aminoró la marcha.

Me atreví a agarrar la guía y noté que no soportaba el peso del robot.

Fui recogiendo el cable y lo introduje en la *Sin nombre*.

¡Maldita sea!

El «ROV» se había perdido...

Y al alcanzar el final de la guía quedé nuevamente atónito.

¡Dios santo!

Aparecía seccionada, limpiamente, como si el acero trenzado fuera zanahoria.

Al tocar dicho extremo me quemé.

¡No era posible! Aquello era de locos...

¿Qué era lo que había cortado el acero?

Consulté el reloj: 11 horas y 53 minutos.

Oteé de nuevo los horizontes.

Ni un alma...

Nada de bloques de betún. Ni una sola burbuja. Nada.

Empecé a preocuparme.

El sol y la soledad me hacían ver visiones...

Pero no.

Aquel cable, cortado como si fuera mantequilla, no era una alucinación.

Y el presentimiento se hizo más y más fuerte.

Pero, torpe de mí, seguí ignorándolo.

Yo era un científico... Mejor dicho, un científico estúpido.

☥

No logré poner en pie una sola explicación, medianamente razonable, sobre lo que había sucedido.

Y no lo conseguí porque, sencillamente, no la había.

Eso creí...

Al final, los pensamientos se centraron en el robot.

¿Qué le diría a la compañía propietaria?

¡A qué absurdos se llega en situaciones críticas!

Regresé a popa e intenté reconstruir lo ocurrido, una vez más.

Primero fue el golpe bajo la quilla. La *Sin nombre* se estremeció y empezó a navegar, sin motor. Después el cable... El «ROV» se perdió.

Fin de la locura.

Pero las reflexiones duraron poco.

Súbitamente, a cinco metros de la popa, en mis narices, como quien dice, surgió «aquello».

Era naranja y del tamaño de un balón de rugby.

Pensé en una boya.

¿De dónde había escapado?

La pregunta era insustancial.

El mar Muerto era un basurero. Podía proceder de cualquier parte.

Flotó un rato cerca de la *Sin nombre* (creo que divertida ante la visión de aquel tonto de solemnidad).

Noté algo raro en la «boya».

Y la curiosidad encendió el motor.

Me aproximé y descubrí que no era una boya. Lo parecía, pero no...

Me resultó familiar.

La saqué del agua y, al examinarla, entendí...

Y en ello andaba cuando, de pronto, a tres metros, vi aparecer una segunda «boya».

¡Vaya!

Y ahora, ¿qué pasaba?

Arrojé la primera al interior de la embarcación y «pesqué» la segunda.

Y permanecí con la vista fija en el agua —como un idiota—, por si surgía alguna más...

No hubo más «boyas».

Apagué el motor y contemplé la «pesca», desconcertado.

Las estudié, despacio.

Eran gemelas.

Se trataba de dos de las doce baterías o acumuladores que guardábamos en la «cuna». En la nave, como expliqué en su momento, se almacenaba una docena de estas baterías de litio. Se hallaban repartidas estratégicamente y solíamos utilizarlas en asuntos menores. El voltaje nominal era de 3,7 V.

En ocasiones, como creo haber mencionado, fueron usadas como alimentadores de linternas. La carcasa las hacía estancas y garantizaba la flotabilidad. Tenían 30 centímetros de longitud y un peso, aproximado, de 500 gramos.

Y planteé la gran pregunta: ¿Cómo llegaron a la superficie?

Recordé que los satélites habían detectado un racimo de acumuladores a 330 metros de profundidad, en la fosa sur, y a cosa de 500 metros del Mujib.

Inexplicablemente, dichas baterías aparecían activadas y agrupadas, como si fueran globos, y sujetas al fondo del lago.

Las fotografías de los satélites, tomadas en julio, advertían que la «mancha naranja» era una fuente de calor de origen químico. En la sala de las «tormentas», en Edwards, discutimos mucho sobre el asunto.

Poco después, el 21 de julio, las baterías se apagaron (?) de forma igualmente misteriosa.

Permanecieron activas durante 23 días.

Nadie, en la zona restringida, supo explicar el enigma de los acumuladores.

Y repetí la pregunta: ¿Cómo alcanzaron la superficie del *yam*?

En esos momentos, la *Sin nombre* se hallaba lejos de la fosa sur. Bajo la quilla teníamos 210 metros de agua y el racimo de acumuladores fue detectado a 330.

Algo no cuadraba.

«Pudieron ser arrastradas por las corrientes», me dije.

En ese supuesto, ¿dónde estaba el resto de las baterías?

Continué inspeccionándolas.

¡Qué extraño!

¿Por qué se presentaron junto a la barca al poco del arrastre de la *Sin nombre* y del corte del cable?

Y, de pronto, reparé en unas cintas negras, adhesivas, que abrazaban el ecuador de dichas baterías.

No recordaba haberlas visto antes...

Despegué una de ellas y descubrí una palabra, escrita en negro y con grandes caracteres.

Al leer casi caí de espaldas...

¡Dios santo!

Limpié bien la superficie.

Reconocí la letra nerviosa de Eliseo.

¡Dios bendito!

¡Era él! ¡Estaba en el lago!

Me puse en pie y exploré los horizontes como si me fuera en ello la vida.

El *yam* continuaba azul y dormido.

Y leí de nuevo: «*Iôbi*».

La palabra era hebreo sagrado.

Significaba *bellinte:* la belleza y la inteligencia de Ab-bā a la hora de crear (1).

(1)  *Bellinte* era una palabra utilizada por el Maestro. Fue un invento suyo; una licencia literaria. *Bellinte,* como tal, no existe en arameo, ni en hebreo, ni tampoco en *koiné* (griego internacional). Él hablaba de *iôbi,* que podría traducirse como la suma de la mitad de las palabras *iôfi* («Belleza», en hebreo) y *binâ* («Inteligencia», también

Sentí un escalofrío.

Aquella palabra sólo la conocían tres personas: Curtiss, el ingeniero y yo.

Era un término afortunado que repetía con frecuencia en los diarios.

Había sido escrita, obviamente, por Eliseo. Después la ocultó bajo la cinta adhesiva.

Y me pregunté, como un perfecto tonto: «¿Qué sentido guarda todo esto?»

La respuesta fue fulminante: «Cien atardeceres después de muerto vivirás lo no vivido...»

Pero seguí en las nubes.

Soy torpe, lo sé. Siempre lo he sido. Me lo decía mi abuelo.

Y la extraña sensación regresó: alguien me observaba.

Me cansé de explorar el *yam*.

No hallé ninguna otra batería.

El segundo acumulador continuaba sobre la cubierta.

Presentaba también una cinta negra, adhesiva, que lo rodeaba por la cintura.

¿Ocultaba otro mensaje?

No despegué la cinta.

Quise adivinar...

Imposible.

Entrar en la laberíntica mente del ingeniero resultaba inviable.

Me rendí.

El acumulador, lo sé, también se rió de mí.

Despegué la cinta y, al descubrir la palabra, el corazón casi escapó por la boca.

Palidecí.

Traté de reprimirlas, pero pudieron más que yo...

Y las lágrimas cayeron sobre la *Sin nombre*. La barquilla no sabía qué hacer.

---

en el hebreo sagrado). *Iôbi*, por tanto, sería equivalente a *bellinte*. *(N. del m.)*

Más información en *Caná. Caballo de Troya 9. (N. del a.)*

Lloré con nerviosismo.

Ya no había duda.

¡Eliseo estaba vivo!

Él sabía de mi gran amor por Ruth y había escrito un término que yo utilizaba en los diarios para nombrarla:

«MATCH.»

Me extrañó. El sobrenombre estaba mal escrito.

Permanecí en el lago hasta la caída de la tarde.

«Cien atardeceres después de muerto...»

Y regresé a la playa de piedra.

El ánimo se serenó, poco a poco.

Las preguntas, en cambio, hicieron cola a la puerta de la tienda.

Las había de todos los colores...

No cabía duda: Eliseo seguía vivo, pero ¿cómo lo logró? ¿Por qué estaba allí? ¿Qué pretendía? ¿Era aquello un juego? ¿Qué tenía que hacer quien esto escribe? ¿Debía conectar con él? ¿De qué forma? ¿Era la «cuna» la que había arrastrado a la *Sin nombre*? ¿Fue Eliseo quien cortó el cable? ¿Por qué no se presentaba de una vez? ¿A qué esperaba?

Y el código sonó «5 por 5» en el recuerdo:

**«Y cada error conduce a la luz.**
**También el séptimo.**
**Cien atardeceres después de muerto**
**vivirás lo no vivido.**
**Será el día del relámpago.»**

Y con el alba caí en un profundo sueño... (1)

---

(1)   Lo olvidaba. Los acumuladores presentaban sendos números. Al principio los tomé por la referencia de fabricación. En el primero leí: «53-13-57». La segunda batería llevaba grabada la siguiente secuencia: «41-4-35». Como decía el Maestro, «quien tenga oídos, que oiga...» *(N. del m.)*

# 6 de octubre

Tuve una ensoñación misteriosa. Otra más...

Y recordé las palabras del Hombre-Dios: «Busca la perla en los sueños.»

En un primer momento lo atribuí a la tensión de aquellos días.

Ahora no sé qué pensar...

Es más: ni siquiera sé si fue un sueño.

Esto es lo que recuerdo:

Era sábado, 6 de octubre.

En la ensoñación me asomaba a un calendario árabe y lo confirmaba. Aparecía marcado en rojo.

Era un día sobresaliente, aunque no sabía por qué.

¡Qué absurdo!

En la tienda de campaña, en la desembocadura del Mujib, no disponía de calendario.

Salí precipitadamente de la tienda.

Gritaba y gritaba: «¡Es el día del Perdón!»

Monté, al salto, en la *Sin nombre* y navegué, a toda máquina, hacia el «punto rojo».

El sol me vio y se dirigió también hacia el oeste. Yo corría más.

Y al llegar al lugar marcado por el «Navstar» la vi.

Apareció de repente.

Supuse que había permanecido «apantallada» en IR (infrarrojo). Pura precaución.

¡Era la «cuna»!

Flotaba dulcemente, sin ganas.

El sol le arrancaba destellos rojizos. ¡Qué ladrón!

Me fijé en un detalle: en lo alto de la nave faltaba una antena de dirección. Y recordé que había visto esa parabólica entre las agujas rocosas del fondo del lago.

Me aproximé a cincuenta metros.

Eliseo tenía que hallarse en el interior.

Entonces lo vi.

¡Era él!

Saludó brazo en alto y, sin esperar respuesta, se lanzó al agua.

¡Estaba vivo!

Controlé el reloj.

¡Qué manía!

¿Por qué me preocupaba tanto de la hora? Aquello sólo era un sueño...

17 horas y 10 minutos.

Faltaban 11 para el ocaso.

«¡Vaya! —me dije—. ¿Y de qué se puede hablar en once minutos?»

Eliseo nadó hacia la lancha.

¡Qué raro! Lo hacía como los perros...

Pensé en aproximarme.

No tuve opción.

En eso oí un bramido.

Levanté la vista y distinguí una formación de aviones de combate.

Eran «Mirages».

Procedían del norte.

Volaban a baja altura.

No tardarían en sobrevolar la «cuna».

Juraría que la habían visto.

Grité a Eliseo y señalé los cinco aviones.

El ingeniero estaba al tanto.

Sacó el brazo derecho del agua y dirigió una especie de cajetilla azul, como de cigarrillos, hacia la «cuna». No supe qué era.

Y, al instante, la nave desapareció de la vista.

Comprendí.

El ingeniero había activado alguna suerte de mando y «Santa Claus» procedió al «apantallamiento».

¡«Santa Claus», el querido ordenador central!

También lo añoraba...

Tres segundos después, los cazas nos sobrevolaron a 150 metros.

Lucían la estrella de David en el fuselaje...

Iban armados hasta los dientes.

Fue un trueno.

En eso desperté.

Miré a mi alrededor, angustiado.

La luz del día jugaba con las rendijas de la tienda.

Y un estampido hizo oscilar la linterna que colgaba de la techumbre.

¡Los cazas! ¡Eliseo!...

Y recordé la ensoñación.

Abandoné la colchoneta y salí de la tienda de campaña, desconcertado.

Una formación de tres F-4 acababa de sobrevolar la playa del Mujib.

Se dirigían al oeste.

Lamían casi las piedras...

Eran judíos.

Al perderse en el horizonte creí oír detonaciones.

Parecían cañonazos.

Se oían lejanos, más allá de la ribera occidental del mar Muerto.

Los Phantom llevaban esa dirección.

Sí, eran cañones.

Los disparos eran continuos.

Consulté el reloj: 14 horas y 20 minutos.

Había dormido toda la mañana...

Y, de pronto, recordé el principio del sueño: ¡6 de octubre!

Las imágenes me atropellaron.

Vi a Curtiss, con el documento «azul» y secreto en el que se anunciaba la cuarta guerra árabe-israelí.

Vi también el código y la «cuna», flotando en el *yam*.

¡Había estallado la guerra!

Corrí al interior de la tienda y conecté la radio.

Pasé de una emisora a otra.

La confusión era total.

Necesité tiempo y paciencia para medio entender lo que ocurría.

Todos —árabes y judíos— proclamaban una gran victoria.

Las emisoras hablaban de un ataque simultáneo, lanzado por Egipto y por Siria a las 13.58 horas.

¡Hacía 22 minutos!

La VI Flota Norteamericana en el Mediterráneo se hallaba en estado de máxima alerta.

Egipto, al parecer, estaba atacando el Sinaí. Siria lo hacía por el este, en la zona del Golán.

¡Malditos bastardos!

El plan Rapto de Europa se hallaba en marcha.

¡Maldito Nixon! ¡Maldito Brézhnev!

Era el Yom Kippur, el día de la Expiación o del Perdón; una jornada sagrada para los israelitas. Todo quedaba paralizado en el país. Los judíos, allá donde estuvieran, se retiraban a rezar y solicitaban perdón por los pecados cometidos durante el año. Nada funcionaba, salvo los servicios de urgencia.

Los árabes lo habían previsto todo...

Mejor dicho, los rusos y mis compatriotas.

Y seguí oyendo, perplejo y angustiado.

Cazas sirios —Mig-21— atacaban las alturas del Golán, al noreste de Galilea.

La artillería estaba lanzando una cortina de fuego y metralla sobre los carros judíos y sobre el Cuartel General de la Brigada Israelí, en Naffaj.

Setecientos tanques sirios avanzaban con furia hacia el noreste de Israel.

Dos minutos más tarde —14 horas—, a 640 kilómetros al sudeste, 8.000 infantes egipcios iniciaban el cruce del canal de Suez, atacando la península del Sinaí (1).

---

(1)   En 1967, tras la llamada «guerra de los Seis Días», el Sinaí y las alturas del Golán cayeron en poder de Israel. Eran territorio egipcio y sirio, respectivamente. *(N. del m.)*

Mil cañones, enterrados en las dunas de la orilla oeste de Suez, disparaban simultáneamente contra los 600 judíos que defendían las fortificaciones de la línea Bar-Lev.

Los soldados egipcios portaban lanzagranadas rusos RPG-7 y cañones antitanques, también soviéticos, del tipo Sagger.

Los sirios, por su parte, habían sido dotados por Moscú con los temidos cohetes Sam 6 y Sam 7.

Los aviones judíos caían como moscas.

Al volar bajo, para intentar evitar los Sam, los Skyhawk, los Mirages y los Phantom israelitas se encontraron con la trampa mortal de los cañones antiaéreos CSU-23, capaces de disparar 4.000 proyectiles por minuto.

Una hora después del inicio de la guerra, los ejércitos judíos estaban siendo masacrados (1).

Los cagacirios de Washington se pronunciaron y tuvieron la desvergüenza de pregonar «que aquella guerra había sido una sorpresa».

¡Malditos políticos y malditos militares!

¡Hipócritas!

Permanecí pegado a la radio hasta que apareció ella.

¡Oh!

La vi recortada en la puerta de la tienda.

El cabello ocultaba los hermosos pechos.

Me miró, muy seria, y exclamó, al tiempo que señalaba hacia el lago:

—Es la hora... ¡Vamos!

Dio media vuelta y se alejó de puntillas.

¿Qué hacía la bella intuición en mitad de una guerra?

No tardé ni un segundo en abandonar la tienda de campaña.

(1)  Según el Instituto de Estudios Estratégicos de Londres, Israel disponía de un ejército de 30.000 hombres, con la capacidad de movilizar otros 300.000 en 72 horas. El potencial bélico de los egipcios se elevaba a 298.000 hombres. Siria contaba con 132.000 soldados. Israel sumaba 1.700 carros de combate. Egipto 1.955 y Siria rondaba los 1.200. Los judíos disponían de 488 aviones de guerra y los egipcios y sirios de 620 y 326, respectivamente. En piezas de artillería, egipcios y sirios triplicaban la capacidad de fuego de Israel. *(N. del m.)*

Pues bien, ya no estaba...

¿Cómo lo hacía?

A lo lejos —hacia el Sinaí— se oían detonaciones. El suelo temblaba y el cielo se dolía.

Eran las 16 horas y 30 minutos.

Sí, había llegado el momento; el gran momento...

Salté al interior de la *Sin nombre* y puse rumbo al «punto rojo».

☆

«Cien atardeceres después de muerto vivirás lo no vivido.»

Faltaban 51 minutos para la puesta de sol.

—¡Vamos..., vamos!

Los gritos animaron a la *Sin nombre*. Parecía saber lo que estaba sucediendo.

Y voló...

El cielo, por el oeste, había empezado a teñirse de rojo.

Era sangre humana, que salpicaba.

Los Sam 6 herían los azules una y otra vez.

Los aviones judíos morían...

Después lo supe: en esos momentos entraron en acción 240 aviones egipcios y más de 3.000 cohetes.

Se combatía en tierra, en el aire, en el canal y, sobre todo, en los corazones. Eran tres mil años de odio.

¡Qué gran amnesia es la guerra!

Me hallaba a 360 kilómetros del Sinaí, y a 200 de los altos del Golán, pero el fuego y la muerte caían en mi interior.

Vi pasar nuevas escuadrillas de aviones judíos.

Ninguno me prestó atención.

El día se volvió pastoso, como las miradas de los hombres en guerra.

Y los vientos se revolvieron, rabiosos.

La guerra es así: enfrenta a todos contra todos.

Y llegó un momento en el que el sol se negó a avanzar.

Sabía lo que le esperaba en el oeste.

La *Sin nombre* necesitó 40 minutos para alcanzar el «punto rojo».

El «Navstar» avisó.

Nos hallábamos en las coordenadas señaladas por el código.

17 horas y 10 minutos.

Faltaban 11 para el ocaso, suponiendo que el sol se decidiera a bajar.

No le culpo.

Mil cañones, vomitando metralla, son muchos cañones...

Las detonaciones, el rojo sangre y las estelas de los Sam 6 y de los Sam 7 se habían incorporado al paisaje.

Distinguí aviones F-4, Mirages, Baraks, Skyhawks (tipo A-4) y hasta Mystères y Super Mystères.

Todos judíos.

Todos en vuelo bajo.

Todos a la desesperada.

Me sobrevolaron más de cincuenta.

No los vi retornar a sus bases.

«Mal asunto», pensé.

17 horas y 15 minutos.

Faltaban seis para el gran momento.

¿Aparecería la «cuna»? ¿Lograría ver a Eliseo? ¿Qué había ocurrido?

Paré el motor.

El viento se dio cuenta y nos empujó hacia el sureste.

Se puso chulo, con rachas de 27,8 kilómetros a la hora.

Me dio igual. Yo estaba a lo que estaba.

El sol continuaba en la duda ¿Se dejaba caer o no se dejaba caer?

Le saqué punta a los sentidos.

Tenía que estar muy atento.

La nave se hallaba cerca; lo sabía...

Quizá había sido «apantallada» en IR. Por eso no la veía.

Los reflejos rosas huyeron del lago. El viento dejó caer otros, azules, pero nadie protestó.

El sol, valiente, continuó bajando sobre el Sinaí.

17 horas y 20 minutos.

Empezó a oscurecer.

Los nervios volvieron a desatarse y los vi culebrear por la cubierta.

Repasé el código mentalmente.

Tenía que entretenerme con algo...

«Y cada error conduce a la luz.

También el séptimo.

Cien atardeceres...»

Una voz, en mi interior, me interrumpió:

—¡Confía!

Fue entonces cuando observé aquel burbujeo, a proa, y a un tiro de piedra.

¡Atención!

Fue breve.

Y se hizo el silencio.

El cañoneo continuaba a lo lejos, pero lo borré.

¡Atención!

El corazón bombeaba, ansioso.

Los escalofríos me recorrieron.

Otra vez aquella sensación: me sentí observado...

No supe qué hacer.

Miraba, pero no veía. Oía, pero no escuchaba.

Eso sí: sentía...

La nave estaba allí. La sentía...

Entonces creí oír un segundo burbujeo, más cerca. Yo diría que a proa.

Los vellos se erizaron.

Lo pensé todo en segundos: ¿Eliseo? ¿Nadaba hacia mí? ¿La «cuna»? ¿Qué debía hacer? ¿Arrancaba el motor? ¿Esperaba?

El agua siguió agitándose a proa.

Tragué saliva, me armé de valor, y caminé hacia el lugar del burbujeo.

Me detuve a proa.

Estaba sudando.

Tenía miedo.

¿Por qué tenía miedo?

No lo sé.

Finalmente me asomé a las aguas.

El corazón lo hizo unas décimas de segundo antes que yo.

¡Dios bendito!

¡Vaya susto!

No vi nada...

Falsa alarma.

Intenté serenarme.

Acaricié el corazón y el pobre aminoró el ritmo.

Empezaba a ver fantasmas...

Me senté en la proa.

El sol desapareció en el Sinaí. ¡Qué valor!

¿Se lo tragó la maldita guerra? ¿Fue derribado?

17 horas y 21 minutos.

El viento se hizo el amo y siguió empujando a la *Sin nombre.*

¿Qué hacía?

Era el momento de la reunión con Eliseo... Eso pensaba.

«Cien atardeceres después de muerto vivirás lo no vivido...»

Pero ¿qué tenía que vivir? ¿En qué consistía el juego? ¿O no era tal?

Lo maldije.

Y grité su nombre, hasta casi quedar ronco.

Entonces oí risas.

¡Vaya y revaya!

¿Risas? ¿En mitad de la nada? Estaba peor de lo que suponía...

Sonaron a popa.

Dudé.

Y las escuché de nuevo.

Yo conocía esas risas...

Me decidí.

Caminé hacia la caña del timón.

La embarcación me reclamaba. Flotaba sin rumbo.

No hice caso.

Pero el viento zarandeó a la *Sin nombre* y oí la voz de la lancha, solicitando auxilio.

Me compadecí.

Y olvidé las risas. Estaba alucinado...

—¡Ya voy, querida! —clamé en voz alta—. ¡Ya voy...!

Y sonaron de nuevo las risas. También a popa, y más claras.

Me quedé de piedra.

No estaba alucinando.

Los habitantes del lago hablaban, y no paraban, de sirenas bellísimas, de cabellos rubios y ojos verdes, que «jinotizaban» a los hombres curiosos e imprudentes. Después de seducirlos con sus risas y cánticos los arrastraban al «bosque petrificado», en el Lisan, y los devoraban.

Me asomé por la popa, con precaución. ¿Precaución o miedo?

No creía en las leyendas, pero nunca se sabe...

¡Dios santo!

El corazón saltó al agua, definitivamente.

Y, desconcertado ante aquella «visión», sólo acerté a dar un paso atrás.

Y el Destino sonrió, burlón.

Mi proverbial torpeza y la mala fortuna (?) hicieron que topara con la parte alta del tambucho del motor y que me precipitara al agua, de espaldas.

No pude evitarlo.

Caí cuan largo era.

¡Vaya!

El turbante, más listo, se quedó por el camino.

Cuando salí a la superficie flotaba cerca de la popa.

La *Sin nombre* se había quedado también sin habla.

Y escuché de nuevo las risas.

Risas no: risotadas.

Al levantar la vista hacia la lancha descubrí una mano, abierta y tendida hacia quien esto escribe.

Y una voz familiar aconsejó:

—¡Vamos, mayor...!

✧

Me agarré con ambas manos y el ingeniero tiró de mí, alzándome como una pluma.

Me quedé contemplándole en mitad de la lancha, con la boca abierta.

¡Era él!

Aparecía desnudo, con un breve taparrabo negro.

Le recorrí de pies a cabeza, incrédulo.

El esfuerzo y los sacrificios habían merecido la pena.

Eliseo, sin dejar de sonreír, permitió que lo examinara.

Presentaba el cabello largo y negro, sin una sola cana.

El encanecimiento de tiempos pasados era un recuerdo.

Tenía el cuerpo musculoso, sin asomo de las «recientes» (?) dolencias.

La piel brillaba, tensa y bronceada.

El ingeniero no aparentaba ni veinte años...

La dentadura aparecía blanca e impecable.

¡Dios mío!

Yo lo había visto agonizante... (1)

Los ojos tenían luz propia. Parecía feliz y sereno.

Del cuello colgaban la chapa de identidad y una cajita de cristal (?), en una tonalidad azul turquesa.

¡Yo la vi en el sueño!

Era de escasas dimensiones, como un paquete de cigarrillos.

No supe qué era.

Finalmente nos abrazamos.

No hubo palabras.

De pronto, otra formación de F-4 nos sobrevoló a bajísima altura.

El estampido nos sobrecogió.

La muerte —negra y roja— peleaba en el horizonte.

—¡Vamos, mayor! —exclamó Eliseo, al tiempo que señalaba las luces de los Phantom—. Éste no es el mejor lugar para conversar...

Tenía razón.

(1) Amplia información en *Caná. Caballo de Troya 9. (N. del a.)*

Arranqué el motor y puse rumbo al Mujib.

Pero, de pronto, caí en la cuenta:

—¿Y qué pasa con la «cuna»?

El ingeniero indicó la cajita azul y replicó:

—No hay problema...

Y preguntó, malévolo:

—¿Queda cerveza helada en el campamento?

Al principio no reaccioné.

¿Cómo sabía lo del campamento?

Mi pregunta era una estupidez.

Y elegí el silencio.

A las 18 horas y 40 minutos, ya oscurecido, nos sentamos a la puerta de la tienda y apuramos unas cervezas (no heladas, por supuesto). E iniciamos una larga conversación.

Eliseo fue aclarando dudas, aunque no todas...

Empezó por el principio.

¿Qué sucedió aquel sábado, 17 de enero del año 28, cuando perdí el conocimiento en la playa de Saidan? (1)

—Nos asustamos. Tuviste un vómito de sangre y te desplomaste...

Eliseo sabía resumir.

—Te trasladamos al «palomar», en el caserón de los Zebedeo.

Hizo una pausa.

Sé que no le gustaba recordar aquellos momentos, pero era necesario. Y prosiguió:

—Hicieron todo lo posible. Llamaron a los mejores «auxiliadores»...

El muchacho negó con la cabeza.

—Te morías... Así transcurrieron las horas. Kesil y Abril no se movían de tu lado... Pero no reaccionabas ante nada.

Escuchábamos el cañoneo, a lo lejos.

—Lo pensé mucho —prosiguió Eliseo—. No tenía otra cosa que hacer... Finalmente tomé una decisión. Y el lunes, 19, ascendí al Ravid. Allí permanecí tres días. Estaba

___

(1) Amplia información en *Caná. Caballo de Troya 9. (N. del a.)*

desesperado. No soy médico. Supuse que te morías. No sabía qué hacer.

Fue el único momento de la conversación (más bien del monólogo) en el que Eliseo palideció.

—Había leído los diarios, y detenidamente.

Me miró, buscando mi comprensión.

Sonreí.

El asunto ya no tenía importancia.

—Y, como te digo, maduré un plan...

No hacía falta ser muy despierto para imaginar a qué plan se estaba refiriendo.

—Trabajé la idea durante esos días —continuó—. «Santa Claus» echó una mano.

Recuperó la sonrisa y prosiguió:

—El plan era simple. Primero te devolvería a 1973. Era la única forma de salvar tu vida... Después retornaría con el Maestro.

Hice como que no entendía.

—¿Retornar?

—Ya sabes a que me refiero...

Simulé sorpresa.

—Si todo marchaba bien —añadió—, una vez concluida la vida pública del Hijo del Hombre, volvería a 1973 y me reuniría contigo en alguna parte.

Siguió sintetizando:

—¿Cómo hacerlo? ¿Cómo avisarte? La solución fue el código...

Le dejé hablar. Tenía muchas preguntas, pero decidí esperar.

—Introduje una serie de errores menores en los diarios. Sabía que los detectarías...

Sonreí de nuevo, con malicia.

—Eres riguroso y tu memoria no tiene igual. Tarde o temprano te darías cuenta... Y así ha sido, obviamente.

Asentí en silencio.

—Si los diarios hubieran caído en otras manos, las anomalías en cuestión habrían pasado inadvertidas, casi con seguridad.

Hablaba con razón.

Y lo interrumpí:

—¿Cómo sabías que la guerra empezaba hoy?

Me miró, estupefacto.

Entendí.

Eliseo —no debía olvidarlo— pertenecía (o había pertenecido) a la élite de la Inteligencia Militar. La pregunta sobraba.

—¿Y por qué tenías que regresar a 1973 y reunirte conmigo?

—Para entregarte una información. Ése era el plan. Yo retornaba con el Hombre-Dios —me gusta la expresión—, seguía sus pasos, escribía un nuevo diario, y, sencillamente, te hacía entrega de él.

Quedé perplejo.

Ahora lo entendía.

¿Ésa fue la verdadera razón de la vuelta de Eliseo al tiempo del Hijo del Hombre?

Desconfié.

Además, ¿dónde estaba la información?

Pero no interrumpí.

—Y durante esos días en el Ravid, como te digo, trabajé en el código y en los detalles de los nuevos «saltos» en el tiempo.

No salía de mi asombro.

—El jueves, 22, todo estaba listo...

Como digo, me hallaba pasmado. ¿Así, tan simple? Y recordé algo que no sé si he mencionado en estos diarios: el coeficiente de inteligencia del ingeniero triplicaba el de este asombrado explorador...

—Ese mismo jueves descendí a Saidan y comprobé que las cosas seguían igual, o peor. Permanecías inconsciente y demacrado. Abril y Kesil no sabían qué hacer: no comías, ni bebías... Continuaban los vómitos de sangre...

—¿Y el Maestro?

—Te visitó en dos ocasiones. La segunda fue esa tarde del 22. Yo estaba delante.

—¿Qué sucedió?

—Nada. Mejor dicho, todo...

—No entiendo.

—Entró en el «palomar». Se sentó a tu lado en el filo de la cama, y te contempló. No dijo nada. Ni una palabra. Abril, de vez en cuando, mojaba tu frente.

»Pasado un tiempo se inclinó sobre ti, te alzó y te abrazó tiernamente. Parecías un muñeco...

»Nos emocionamos y temimos lo peor.

El ingeniero guardó silencio. Se repuso y prosiguió:

—El Maestro volvió a dejarte en el lecho. Se levantó y, también en silencio, se dispuso a abandonar el cuarto. Tenía los ojos húmedos. Al pasar me miró con gran fuerza. Creí entender. Y lo dispuse todo para esa noche.

—¿No dijo nada?

—Sólo me miró y con intensidad.

Recordaba esa mirada...

—Contraté un carro, como otras veces. Kesil me acompañó. Abril lloraba...

Hizo una pausa y fue sincero:

—Por cierto, esa mujer estaba muy enamorada de ti.

No hice comentarios.

—Y en plena noche nos dirigimos a las puertas de Migdal. Desde allí, como en otras ocasiones, caminaría hasta la «cuna». Cargaría contigo. En Saidan tuve que regañar a Abril. Quería acompañarte. Y allí se quedó, destrozada... Pero, al llegar a las murallas de Migdal, surgió otro problema

No fui capaz de imaginarlo.

—Kesil, que se empeñó en viajar en el carro, se dispuso a acompañarme a lo alto del Ravid. No me dejaría solo, contigo, en mitad de la oscuridad. No hubo forma de convencerlo. Tampoco supe qué decir...

Comprendí la situación.

—Kesil cargó contigo y caminamos hacia el Ravid.

»Busqué una excusa. Lo juro. No la hallé.

»Y al llegar a la «zona muerta», cerca del manzano de Sodoma, hice un último intento para que diera media vuelta y regresara a Saidan.

»Preguntó por qué. Me desarmó.

»No podía decir la verdad, y tú lo sabes...

Estuve de acuerdo.

—¿Y qué hiciste?

Movió la cabeza, negativamente, lamentando lo ocurrido.

—No tuve más remedio que golpearle.

Me quedé serio.

—¿Qué podía hacer? ¿Decir que éramos astronautas y que escondíamos una nave en lo alto del peñasco?

Y allí quedó, sin conocimiento.

Cargué contigo y me apresuré para llegar a la «cuna».

—¿Supo Kesil de la existencia de la nave? ¿Llegó a verla?

La respuesta me dejó de piedra:

—Cuando retorné a la época del Maestro, en enero de ese año 28, tuve la sensación de que Kesil lo sabía todo...

—¿Por qué?

El ingeniero no respondió.

—¿Y bien?

—Trabajé rápido. Es curioso: lo que más guerra me dio fue el traje de astronauta... Necesité una hora para enfundarte en él. Me asusté. Estabas como muerto... Y en una de las maniobras, al acomodarte en el asiento del copiloto, sufriste otro vómito de sangre. La escafandra quedó manchada. Pensé en liberarte de ella, pero el tiempo apremiaba. Kesil podía presentarse en el «portaaviones» en cualquier instante. Sabes que era tozudo y valiente...

Guardó otro par de segundos de silencio y exclamó, casi para sí:

—¡Pobre amigo!

Intuí algo grave, pero no pregunté.

—Y a las cuatro de la madrugada de aquel viernes, 23 de enero, «Santa Claus» activó el J85 e iniciamos el vuelo hacia el mar Muerto.

Fin de tu aventura...

✲

Eliseo prosiguió el relato, más calmado.

Cenamos y conversamos hasta las 3 horas y 37 minutos del domingo, 7 de octubre.

La luna, en fase creciente, nos acompañó, expectante, hasta las 3 horas, 49 minutos y 58 segundos.

Después, agotada ante tanta guerra, huyó.

La constelación de Orión, en lo alto, lloraba betelgeuses, mintakas, bellatrixes, rigeles, alnitakes y no sé cuantas lágrimas más.

El vuelo desde el Ravid hasta el mar Muerto —según Eliseo— fue tranquilo, con las únicas incertidumbres de mi estado y la escasez de combustible.

—«Santa Claus» pilotó con finura...

Y el ingeniero siguió resumiendo:

—Al hacer estacionario sobre el lago, los tanques de reserva entraron en acción.

Eso lo recordaba.

Disponibilidad: 492 kilos. O, lo que era lo mismo, 80 segundos.

Le interrumpí.

—¿Qué habría sucedido si el «salto» en el tiempo se hubiera efectuado en la fecha establecida oficialmente? (1)

Eliseo sonrió con amargura. Y sentenció:

—Ni tú ni yo estaríamos aquí, ahora... Pero no estaba escrito.

¡Vaya! ¡Qué cambio! El ingeniero creía en el Destino.

—El ordenador central obedeció y llevó a cabo la inversión de masa que nos trasladó a las 21 horas del 28 de junio de 1973.

Hizo otra pausa y proclamó:

---

(1)   El segundo «salto» en el tiempo se registró a las 1 horas del 10 de marzo de 1973. Los astronautas deberían estar de vuelta en Masada en la noche de 19 al 20 de marzo. La estación receptora de fotos empezó a transmitir el 1 de abril (1973). Caballo de Troya, por tanto, tenía que abandonar Masada unos días antes. Según cuenta el mayor, Curtiss y el equipo resistieron en la «piscina» hasta el 28 de marzo, miércoles. Amplia información en *Masada. Caballo de Troya 2. (N. del a.)*

—¡Misión cumplida, mayor!

Contempló mi cara de sorpresa y añadió:

—Misión cumplida..., o casi.

Eso estaba mejor.

Quedaba mucho por contar...

—Tuve que empujarte —lamentó el ingeniero—. Tu estado no era bueno y el tiempo corría, inexorable...

También lo recordaba.

De pronto, Eliseo detuvo la narración.

Eran las dos de la madrugada.

Consultó la cajita azul y se puso en pie.

Caminó hasta el agua y permaneció abstraído por espacio de un minuto.

La noche se retorcía roja y blanca por el oeste.

El cañoneo no cesaba.

Imaginé que el ingeniero vigilaba la «cuna»; mejor dicho, a «Santa Claus».

Cuando regresó, pregunté:

—¿Qué ocurre? ¿Para qué sirve? —y señalé la cajita azul—. Nunca la vi en la «cuna»...

El ingeniero esquivó el asunto:

—Hay cosas que no conoces, mayor... ¿Dónde estábamos?

Me resigné.

—Decías que me empujaste..., y caí a las aguas.

—No tuve opción... Quedaban 40 segundos. Todo fue programado al milímetro. «Santa Claus» llevaba el mando...

—No entiendo... La nave se hundió. La vi descender. Se balanceaba...

Sonrió, malévolo.

—De eso se trataba, mayor...

Lo miré, desconcertado.

—Ése era el plan —prosiguió—. Eso pretendía: que creyeras que la nave se había ido al fondo.

—¿No se hundió?

—Sí y no, como a ti te gusta escribir...

Esperé, atento.

—Cuando la «cuna» descendió a 30 metros, el ordenador activó el cinturón gravitatorio (1) y los motores auxiliares nos fueron aproximando al fondo, lentamente. La burbuja protectora resultó un escudo y un «flotador» perfectos.

Estaba con la boca abierta.

—Al llegar a 325 metros de profundidad, «Santa Claus» procedió a la siguiente fase del engaño: los acumuladores.

Me quedé sin respiración.

Eliseo se dio cuenta y sonrió, satisfecho.

—Las doce baterías que conoces fueron agrupadas en racimo y programadas para emitir energía en el momento apropiado. Un peso de 24 kilos las mantendría en el fondo. Y así se hizo. «Santa Claus» liberó los «globos» y allí permanecieron, a cinco metros del fango. Los cálculos eran exactos. La pesa no fue absorbida por el lodo gracias al «tirón» de los acumuladores. En ocho días serían activadas automáticamente.

Y recordé las fotografías recibidas en Edwards.

Los satélites detectaron una «mancha naranja» (los acumuladores) el 6 de julio y a 330 metros de profundidad, en lo que llamábamos la «fosa sur» del mar Muerto. Distancia a la costa jordana: medio kilómetro.

Estaba asombrado.

Y pregunté, inocentemente:

—¿Y si hubiera fallado el cinturón gravitatorio?

—La nave se habría clavado en el barro del fondo...

—¡Dios mío! ¡Te la jugaste!

El ingeniero se mantuvo serio.

—No, mayor... En la vida siempre debe haber un plan B. Y yo lo tenía...

Permaneció mudo unos segundos.

(1)   Según el mayor, el cinturón gravitatorio era uno de los sistemas defensivos de la «cuna». De la membrana exterior partía una poderosa emisión de ondas gravitatorias que envolvía y protegía la nave como una «esfera» invisible. Podía ser regulada en distancia y en intensidad. Nada ni nadie estaban capacitados para penetrar dicha barrera. El mayor anuncia en los diarios que dicha «burbuja gravitatoria» será la solución, en el futuro, a los accidentes aéreos, de tránsito o de ferrocarril. Amplia información en *Jerusalén. Caballo de Troya 1. (N. del a.)*

Finalmente declaró, y volvió a sorprenderme:

—¿Sabes qué opinaba el Hombre-Dios sobre la muerte?

No entendí a qué venía aquello, pero aguardé.

—Él decía que la muerte es un plan B...

Mensaje recibido.

Y concluida la expulsión de los acumuladores —según el ingeniero—, «Santa Claus» dirigió la «cuna» hacia la superficie.

—La nave emergió, «apantallada», a 140 metros de la costa de Jordania. Allí procedí a la liberación del tren de aterrizaje y de otras piezas de la «cuna». Algunas ya las has visto. Ahí siguen, esparcidas por el acantilado submarino.

—De esta forma —redondeé— todos creerían que la nave se había destrozado en la caída...

—Era lo correcto —matizó Eliseo— para que nadie sospechara. Nuestro encuentro tenía que verse libre de malos pensamientos...

—Pues no ha sido así —manifesté—. Una parte del equipo director dudó...

—Lo sé.

—Y hay algo peor...

Y le hablé de «Rayo negro» y de lo programado por Kissinger y por el general Haig.

Escuchó, serio, y replicó:

—También lo sé...

Fui torpe, una vez más. No solicité una aclaración. ¿Cómo era que lo sabía? En esos momentos (octubre de 1973) «Rayo negro» no había sido «lanzado».

Eliseo continuó:

—Terminada la operación de lanzamiento de la *landing*, y del resto de las piezas, pude dedicarme a lo importante...

—¿Lo importante?

—Sí, tú... «Santa Claus» y yo observamos tus movimientos. El viento y las corrientes, como suponíamos, te empujaron hacia el lado jordano.

—¿Qué habría ocurrido si llego a caer en la orilla judía?

Eliseo negó con la cabeza, y agregó:

—Eso no podía suceder...

Y añadió, divertido:

—Además, estaba el plan B...

¡Vaya!

—Finalmente, cuando comprobamos que los beduinos se habían hecho cargo de ti, llevé la nave al centro del lago, nos sumergimos a 100 metros, y «Santa Claus» llevó a cabo una nueva inversión de masa.

—¿Regresaste al tiempo del Maestro?

—Afirmativo.

—¿A qué momento?

—Al lunes, 26 de enero del referido año 28 de nuestra era.

—¿Para qué?

—Te lo dije: quería seguir sus pasos. Me convertí en su sombra durante dos años largos...

—¡Dios mío! Cuéntame...

Guardó silencio.

Manipuló la cajita azul y extrajo algo.

Después abrió la palma de la mano derecha y me lo mostró.

¡Vaya!

—¿Y eso?

—Es para ti...

¡Era una «perla» negra, similar a la que había aparecido colgada en mi cuello aquel 28 de junio!

¡Era un «DR», un «lector de sueños»!

Me lo entregó y comentó:

—Todo está aquí... Sólo tienes que desencriptarlo. Ya sabes cómo hacerlo...

Estaba perplejo.

—Entonces fuiste tú...

El ingeniero adivinó mis pensamientos y asintió con la cabeza.

—Fuiste tú —repetí, desconcertado— quien colgó el «DR» de mi cuello...

—Lo hice en el Ravid, antes de enfundarte en el traje.

Sopesó las palabras y sentenció:

—Los diarios no deben perderse...

No presté atención. Estaba fascinado.

—Pero ¡cuéntame! ¿Qué fue del Maestro? ¿Qué sucedió en esos dos años?

Señaló la «perla» con el índice derecho.

Y, cuando se disponía a hablar, estallé:

—¿Qué pasó con Ruth? ¿Fue curada por el Hombre-Dios? Yo sé que sanó... ¿Ella está bien? ¿Se casó? ¿Me recordaba?

Eliseo solicitó calma y se limitó a repetir:

—Todo está ahí, mayor... Es más emocionante que lo leas.

No le saqué una palabra, salvo el maldito «todo está ahí»...

Después hablamos de mil cosas.

Se rió mucho al comentar el asunto de las interferencias, del arrastre de la *Sin nombre* y de la pérdida del robot. Fue él, claro...

Y, cada poco, el ingeniero repetía:

—El mundo tiene derecho a saber la verdad. No escondas los diarios ¡Escribe, hermano, escribe!

Una hora antes del amanecer lo trasladé al «punto rojo».

No hubo despedida.

Antes de lanzarse al agua, exclamó:

—¡Lehaim!

Y desapareció en la noche.

Nunca más volví a verlo...

Y respondí, un poco tarde:

—¡Por la vida!

Permanecí en el lugar largo rato.

El alba se asomó a las 5 horas y 37 minutos.

Llegó violeta y pacífica, como siempre. Pero, al ver la sangre derramada, huyó, pálida, y se convirtió en día.

✡

Permanecí en el Mujib dos días más.

La guerra siguió, terca, absurda y aborrecible.

El encuentro con Eliseo modificó mis planes, en parte. Hice balance.

El ingeniero me devolvió a mi tiempo. Después «regresó» a la época de Jesús (enero del 28). Vivió más de dos años a su lado y, al parecer, había escrito un diario. Se hallaba contenido en la «perla». Yo, ahora, debía retornar a la base de Edwards y desencriptarlo.

Eso haría en cuanto fuera posible.

«El diario de Eliseo» —así lo bauticé— tenía prioridad sobre todo lo demás.

Y pensé mucho: ¿qué ocurrió en esos dos años de vida pública?

Tendría que esperar para averiguarlo...

El martes, 9 de octubre, decidí regresar a Belén.

Tracé un plan.

Las fronteras estaban cerradas. Sólo podía ingresar en Israel clandestinamente. El acceso menos comprometido era por la orilla judía del mar Muerto.

Pero antes de partir del Mujib tomé una de las sartenes de hierro y grabé en el fondo: «*le nétzaj netzajim*» (1).

Después puse proa al sur.

Al navegar sobre la sima dejé caer la sartén. Y se hundió hacia la negrura.

Así rehogué, en parte, mi corazón...

Al atardecer alcancé la costa del Lisan. Hice entrega de la *Sin nombre* y regalé los equipos. Ya se me ocurriría algo con la compañía propietaria. El «Navstar» se quedó conmigo.

Tuve que caminar hasta la aldea de Mazra'a y allí, con paciencia y dinero, negocié mi traslado a la costa hebrea. Concretamente a En Gedi.

Me costó una fortuna.

Y esa misma noche, la *Sin nombre* me prestaba un nuevo servicio, aproximándome al sur del oasis. Al desembarcar, el beduino que la pilotaba se alejó, veloz.

---

(1) El mayor no explica el porqué de esta expresión hebrea. Según mi maestro de Kábala, doctor Larrazabal, *le nétzaj netzajim* puede traducirse como «hacia la gloria de las glorias». *(N. del a.)*

Le tomé cariño a la lancha...

Al día siguiente, miércoles, 10 de octubre, tras telefonear a Marcos, retorné a la ciudad de Belén.

El guía bendecía y bendecía al buen Dios. Todos me creían muerto.

Durante 20 días no me moví de Belén.

La guerra continuó, según lo planeado en Rapto de Europa.

Dediqué tiempo y afán a escribir y a trabajar en el diseño de un segundo código, fundamental para mis propósitos.

Puse al día los diarios e hice algunos retoques.

El 22 de octubre, lunes, empezó a hablarse, en serio, de un alto el fuego. Los cañones, sin embargo, no fueron silenciados hasta el sábado, 27.

La maldita guerra tuvo una duración de 21 días.

En ella murieron 2.378 soldados judíos. Los árabes nunca revelaron el número de bajas (1). Entre sirios y egipcios se habló de 18.800 muertos.

El 11 de noviembre se firmó un acuerdo de paz, al fin.

Algunos se frotaron las manos...

Europa y Japón —como pretendía Rapto de Europa— se hundieron, económicamente. Los países árabes, productores de crudo, cerraron el grifo a Occidente, como represalia por la victoria de Israel.

Y los traficantes de armas y de vituallas (con el Kremlin y el Pentágono a la cabeza) se embolsaron del orden de 21 billones de dólares... ¡en 21 días!

El pueblo árabe y judío nunca supo...

---

(1) Según algunas agencias internacionales, Siria pudo perder alrededor de 3.500 soldados. El número de muertos en los ejércitos egipcios fue superior a 15.000. Nunca fue confirmado. Siria capturó 119 soldados judíos (entre el 6 y el 8 de octubre). De éstos, 42 fueron asesinados. Siria se negó a entregar a la Cruz Roja los nombres de los prisioneros israelíes. Lo hizo, finalmente, el 28 de febrero de 1974. Los árabes perdieron 2.200 tanques y 450 aviones. Israel, por su parte, perdió 800 carros y 115 aviones de guerra. El número de prisioneros árabes en poder de Israel ascendió a 8.800. Entre Egipto y Siria sumaron 400 prisioneros judíos. *(N. del m.)*

Cuando los ánimos se tranquilizaron un poco llevé a cabo algunos viajes cortos por Israel y rematé la construcción del segundo código, también al más puro estilo «Eliseo» (1).

Después, según lo planeado, dividí los diarios en dos partes. Una regresaría a Estados Unidos con quien esto escribe. La segunda, y más voluminosa, se quedó en Israel.

El grueso del «tesoro» lo repartí en seis paquetes.

Cada uno fue protegido en una doble bolsa de plástico negro, refractario a la luz.

Los numeré y me entretuve en envolverlos en una gruesa tela de arpillera.

Los zurcí con sedal azul y los contemplé durante un tiempo.

«¿Quién sería el destinatario de aquella increíble y fascinante aventura con el Hombre-Dios?»

Lo dejé en manos del Destino. Él sabe...

Deposité los paquetes en la maleta marrón y cerré con llave.

A finales de noviembre (1973), faltando unas horas para el viaje a USA, entregué la maleta marrón, con los diarios, al guía Marcos.

Y comenté:

—Alguien pasará a buscarla... No sé quién, ni cuándo.

No preguntó. Se limitó a guardarla.

Yo sabía que estaba en las mejores manos.

Después, con lágrimas en los ojos, nos despedimos.

Tampoco he vuelto a verlo.

---

(1)   El mayor se refiere, sin duda, a lo siguiente:
«MIRA, ENVÍO MI MENSAJERO
DELANTE DE TI MARCOS 1.2
HAZOR ES SU NOMBRE
Y SUS ALAS TE LLEVARÁN
AL GUÍA MARCOS 6.2.0
EL NÚMERO SECRETO DE SUS PLUMAS
ES EL NÚMERO SECRETO DEL GUÍA,
EL QUE HA DE PREPARAR TU CAMINO MARCOS 1.2.»
Amplia información en *Masada. Caballo de Troya 2* y *Saidan. Caballo de Troya 3*. (*N. del a.*)

Al ultimar los diarios, en la casa de Marcos, escribí: «¿Qué me reserva el Destino? ¿Debo aceptar la oferta del general Haig? ¿Debo participar en "Rayo negro"?

»Y lo más importante: intuyo el contenido del "DR" pero ardo en deseos de leer ese diario.

Sé que viviré lo no vivido...»

✫

En Ab-bā, siendo las 12 horas
del 12 de julio de 2012
(según la iglesia católica, el día de Jasón).

Si desea ponerse en contacto con J. J. Benítez, puede hacerlo en el apartado de Correos n.º 141, Barbate, 11160, Cádiz (España) o bien en su página web oficial: «jjbenitez.com»

# LIBROS PUBLICADOS POR J. J. BENÍTEZ

*Existió otra humanidad*, 1975. (Investigación)
*Ovnis: S.O.S. a la humanidad*, 1975. (Investigación)
*Ovni: alto secreto*, 1977. (Investigación)
*Cien mil kilómetros tras los ovnis*, 1978. (Investigación)
*Tempestad en Bonanza*, 1979. (Investigación)
*El enviado*, 1979. (Investigación)
*Incidente en Manises*, 1980. (Investigación)
*Los astronautas de Yavé*, 1980. (Ensayo e investigación)
*Encuentro en Montaña Roja*, 1981. (Investigación)
*Los visitantes*, 1982. (Investigación)
*Terror en la luna*, 1982. (Investigación)
*La gran oleada*, 1982. (Investigación)
*Sueños*, 1982. (Ensayo)
*El ovni de Belén*, 1983. (Ensayo e investigación)
*Los espías del cosmos*, 1983. (Investigación)
*Los tripulantes no identificados*, 1983. (Investigación)
*Jerusalén. Caballo de Troya*, 1984. (Investigación)
*La rebelión de Lucifer*, 1985. (Investigación)
*La otra orilla*, 1986. (Ensayo)
*Masada. Caballo de Troya 2*, 1986. (Investigación)
*Saidan. Caballo de Troya 3*, 1987. (Investigación)
*Yo, Julio Verne*, 1988. (Investigación)
*Siete narraciones extraordinarias*, 1989. (Investigación)
*Nazaret. Caballo de Troya 4*, 1989. (Investigación)
*El testamento de san Juan*, 1989. (Ensayo)
*El misterio de la Virgen de Guadalupe*, 1989. (Investigación)
*La punta del iceberg*, 1989. (Investigación)
*La quinta columna*, 1990. (Investigación)
*A solas con la mar*, 1990. (Poesía)
*El papa rojo*, 1992. (Narrativa)
*Mis enigmas favoritos*, 1993. (Investigación)
*Materia reservada*, 1993. (Investigación)

*Mágica fe*, 1994. (Ensayo)
*Cesarea. Caballo de Troya 5*, 1996. (Investigación)
*Ricky-B*, 1997. (Investigación)
*A 33.000 pies*, 1997. (Ensayo)
*Hermón. Caballo de Troya 6*, 1999. (Investigación)
*Al fin libre*, 2000. (Ensayo).
*Mis ovnis favoritos*, 2001. (Investigación)
*Mi Dios favorito*, 2002. (Ensayo)
*Planeta encantado*, 2003. (Investigación)
*Planeta encantado 2*, 2004. (Investigación)
*Planeta encantado 3*, 2004. (Investigación)
*Planeta encantado 4*, 2004. (Investigación)
*Planeta encantado 5*, 2004. (Investigación)
*Planeta encantado 6*, 2004. (Investigación)
*Cartas a un idiota*, 2004. (Ensayo)
*Nahum. Caballo de Troya 7*, 2005. (Investigación)
*Jordán. Caballo de Troya 8*, 2006. (Investigación)
*El hombre que susurraba a los ummitas*, 2007. (Investigación)
*De la mano con Frasquito*, 2008. (Ensayo)
*Enigmas y misterios para Dummies, 2011* (Investigación)
*Caná. Caballo de Troya 9*, 2011. (Investigación)
*Jesús de Nazaret: nada es lo que parece*, 2012. (Ensayo)